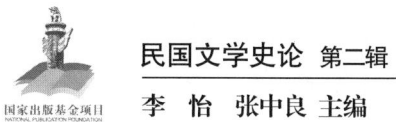

民国文学史论 第二辑

李怡 张中良 主编

民国时期中学生的新文学接受研究

罗执廷 著

本书出版获得广东省高水平大学建设经费资助

南方出版传媒
花城出版社
中国·广州

图书在版编目（CIP）数据

民国时期中学生的新文学接受研究 / 罗执廷著. --广州：花城出版社，2019.6
（民国文学史论 / 李怡，张中良主编. 第二辑）
ISBN 978-7-5360-8833-7

Ⅰ. ①民… Ⅱ. ①罗… Ⅲ. ①中学生－新文学（五四）－接受学－研究－民国 Ⅳ. ①I206.6

中国版本图书馆CIP数据核字（2018）第298093号

出 版 人：肖延兵
专业审读：李　怡
特邀编辑：张灵舒
策划编辑：张　瑛
责任编辑：张　瑛
技术编辑：凌春梅
装帧设计：杨亚丽　贡日亮

书　　名	民国时期中学生的新文学接受研究 MINGUO SHIQI ZHONGXUESHENG DE XINWENXUE JIESHOU YANJIU
出版发行	花城出版社 （广州市环市东路水荫路11号）
经　　销	全国新华书店
印　　刷	佛山市浩文彩色印刷有限公司 （广东省佛山市南海区狮山科技工业园A区）
开　　本	787毫米×1092毫米　16开
印　　张	24.75　1插页
字　　数	450,000字
版　　次	2019年6月第1版　2019年6月第1次印刷
定　　价	88.00元

如发现印装质量问题，请直接与印刷厂联系调换。
购书热线：020－37604658　37602954
花城出版社网站：http://www.fcph.com.cn

总序一：文学研究与历史意识

李怡

在相对平静的中国现代文学研究领域，最近几年出现的"民国文学"研究的设想似乎是值得注意的动向，面对这样一种动向，有人认为是打破某种学术停滞的契机，但也有人提出了自己的质疑，表达了自己的担忧，但无论如何，有关民国的话题已经成为我们无法绕开的存在，即使质疑，也有必要理解它生成的理由。

在我看来，借助"民国社会历史"这一视角研究中国现代文学，最重要的其实并不是提出了"民国"这一概念，更大的价值是它提示我们，文学的研究必须回到历史的语境之中。既然中国史已经可以清晰地划分为古代史与近现代史，又有什么必要独立出一个"民国史"呢？这当然是为了进一步关注和描述民国特有的社会、政治与文化情态。一般说来，古代、近现代，这都是世界通行的普泛性概念，这些概念的意义在于昭示了一种共同的人类历史进程，其意义自不待言。但是普泛性的概括并不能代替各个国家和民族的具体遭遇和问题，共同的历史进程之中，依然掺杂千差万别的"民族史""区域史"，特别是像中国这样的独特的东方"现代"国家，许多历史的细节都不是西方话语体系的"近现代"所能够涵盖的，中国的"现代"就集中发展于"民国"，所以研讨"民国"也就是真正落实中国的"现代"历史是什么。近些年来，民国史研究是中国史学界取得显著成果的一个领域，可以说，在尊重、回到历史的取向上，历史学家已经走在了学术的前列。中国现代文学研究开始重视"民国"历史种种，从根本上讲就是得益于历史学界的启示。

因为这样的启示，我们的文学研究也才开始摆脱了"理论的焦虑"，在新的领域找到了自我充实的可能。中国现代文学研究其实一直存在着某种理论的焦虑症。先是有中国式的马克思主义理论"武装头脑"，继而又用西方的各种文学理论来框架我们的现象，到头来发现它们都难以准确描述现象的丰富和复杂，这才出现了几乎是众口一词的"回到历史现场"、体察具体历史情境之类的倡议。

当然，所谓"回到历史现场"也并不是一件那么容易的事情，它关乎我们对待历史的态度，也牵涉我们自己的思维能力，并且在某种意义上也不应当成为"非理论""去理论"的简单借口，在更深的地方，"理论"依然有其不可替代的价值，并且将可能恰到好处地推进我们的认知。"回到现场"不是绝圣弃智，不是排斥理论思维能力，而是让我们的理性的能力更妥当地敞开事实呈现的广阔空间，或者说理性思辨的节奏和方向与丰富的历史事实两厢贴合。自然，这样的历史考察就不是那么容易的，至少不是我们表述学术态度时那么容易。文学研究最终依靠的不是一种"表态"而是更为深邃的能够破解精神秘密的"意识"，这就是我们所谓的"历史意识"。历史意识是在尊重历史现象中产生的，但又不是对历史现象的乱七八糟的堆砌，其中深含着我们自身思维能力的发展和成熟，所以，"回到历史现场"不会是一次性完成的，也不会只有哪一家的"现场"，它同样值得讨论、辨别、清理和驳诘。

这样，我们的"民国文学史论"就有了第二辑，也许还会有第三辑。连续性的发展表达的是不同认知的结果，重要的在于，随着我们对"民国"特定历史的逐步"返回"，我们对于文学的理解也逐步加深了，观点也日益丰富了。

感谢那些多年来一直关心我们研究的同行、朋友和广大的读者，我们都在不断充实着自己，在越来越深入的历史考察中解读现代的中国，在越来越广阔的视野中丰富我们的思想意识。当然，也要感谢花城出版社，这些有理想有坚守的优秀编辑，没有你们的策划、督促和鞭策，也绝不会有这连续数年的学术工程。

2018年8月于成都江安花园

总序二：还原民国文学史

张中良

不止一次听到质疑：既然中国现代文学史的概念早已获得公认，20世纪中国文学史的概念也逐渐为人们所接受，为什么还要另起炉灶提出民国文学史？

尽管存在着质疑，而且对民国文学史的理解也不尽相同，但这个概念总算引起了人们的注意，这就扩大了探讨的空间。

民国文学史的概念，1994年见之于一套"中国全史"时，只是参照历代文学史的分法，标志着一个时段，并没有涉及多少民国赋予文学的意义。现在，仍有学者持同样的理解。2006年，秦弓提出"从民国史视角看现代文学"，意在把现代文学还原到民国史的历史语境中去重新审视。2009年，李怡阐述现代文学的"民国机制"，将问题的讨论向前推进了一步。几年来，民国文学乃至民国文学史的概念逐渐凸显出来，中国现代文学研究会、北京师范大学文学院等举办的学术会议都曾就民国文学问题展开过讨论，《文学评论》《中国现代文学研究丛刊》《学术月刊》《文艺争鸣》《广东社会科学》《湖南社会科学》《厦门大学学报》《湖南大学学报》《郑州大学学报》《重庆师范大学学报》《衡阳师范学院学报》《金陵科技学院学报》《兰州学刊》《当代文坛》《江汉学术》等刊物发表相关论文。从讨论来看，民国文学史确有新民主主义文学史、现代文学史、20世纪文学史所不能表征的独特而丰富的意涵，既然如此，"民国文学史"的梳理、叙述与阐释又有何不可？

在相当长的时期，民国是一个禁忌。人们每每把民国简化为一个败亡的政府，如果作为一个历史时期来表述的话，通常是"解放前""旧社会"。一个简单的逻辑就是：政府如果不腐败，怎么会被推翻？旧社会如果不黑暗，怎么会结束？在这样的背景下，有谁还敢"冒天下之大不韪"去探讨民国问题呢？

然而，问题在于：民国在推翻了清朝政权、结束了两千余年的封建帝制的基础上建成，是辛亥革命的胜利成果，而非历史的耻辱；民国作为亚洲第一个共和国，曾经寄托了中华民族走向现代化的希望；民国是一个国家实体，而国家从来就不等同于政府，民国有多种势力对峙、冲突、交错、并存的政治，有虽然地区之间并不平衡，但毕竟曾经几度繁荣的经济，有由弱到强的外交，有终于赶走侵略者的抗日战争胜利，有大踏步发展的新式教育，有束缚与自由交织的新闻出版，有丰富多彩的文学艺术，等等，怎么能够因为民国政府的最后败亡而抹杀民国的一切？民国是一个历史过程，从诞生到成长再到衰败，怎么可以由其结局否定此前的所有历史？

即使为了总结历史经验教训，也不能无视民国的存在。中国向来有后世修史的传统，1956 年，国家制定十二年科学发展规划时，中华民国史研究被列入其中，然而，1957 年的"反右"使规划搁浅，在接下来阶级斗争之弦越绷越紧的政治形势下，民国史研究没有人敢于问津。关于民国时期政治史、经济史、口述史等资料经过整理面世一批，但没有一种以"民国"冠名。1971 年 9 月 13 日三叉戟折戟温都尔汗之后，"文革"狂潮呈现衰势。1972 年，周恩来总理再次号召编写中华民国史，中国科学院近代史研究所成立了中华民国史研究室，开始启动研究与编写工作。但在"文革"后期，学术研究步履维艰。直到改革开放以来，才恢复了实事求是的优良传统，民国史研究逐渐步入正轨。[①] 史料的发

[①] 参照张宪文等：《中华民国史》第 1 卷，南京：南京大学出版社，2005 年，"导论"，第 2—5 页。

掘、整理与出版，敏感问题的探索，均有可喜的成绩。在此基础上，张宪文等著《中华民国史》（4卷本）、李新担任总编的《中华民国史》（12卷本）①等代表性成果先后问世，引领读者走近民国史的真实。

比较而言，中国现代文学研究在民国文学的历史还原方面要落伍很远。人们已经习惯于在原来的思维框架中思考问题，怯于拓展新的学术视野。直到今天，还有人担心研究民国文学会不会有什么风险？历史已经走到21世纪，多少惨痛的教训才换来了新时期以来的改革开放，走回头路的可能固然并没有完全杜绝，但我们应该相信社会的进步、民族的良知、人民的觉醒，如果有谁再敢倒行逆施，很难得逞。民国文学史研究的指归，小则是要呈现真实的民国文学史风貌，丰富人们的历史认知，大则是要普及实事求是的历史主义精神，保障社会稳步前进。

以新民主主义观点、现代性或20世纪眼光来梳理与阐释文学史，自然各有所长，但是民国文学在民国的背景下诞生、成长，打上了深刻的民国烙印，表现了独特的民国风貌，而从20世纪50年代以来的学术史来看，从迄今出版的近600种现代文学史著作来看，回避民国文学概念，便无法揭示文学的民国基因，因而，很难准确地画出这一历史时期的中国文学全图，无法解释文学发展的复杂动因，也无法理解民国文学的多元内涵与艺术个性。

民国政治自始至终是一种多元化的政治。北洋政府时期，南北对峙自不必说，北洋政府内部派系林立，你方唱罢我登场，客观上给新文学提供了一个相当宽松的发展空间。1927年4月18日南京国民政府成立，到1937年卢沟桥事变，这期间不仅存在着尖锐的国共冲突，而且两党之外还有活跃的自由主义阵营、根基深广的民主主

---

① 李新总编：《中华民国史》（12卷16册），北京：中华书局，2011年。

义力量，国民党内部也有各种错综复杂的派系。全面抗战爆发之后，各派政治力量团结在民族统一战线的旗帜下共同抗日，但又各自保留着相对独立的空间，不仅有陕甘宁边区、新辟的敌后根据地与广义的国统区之别，而且在国统区内部，也有桂、粤、滇、晋等具有一定独立性的区域。这种多元化的政治是民国文学形成多样形态的重要原因。民国的法律，有其自身的缺陷，也存在着法律层面与实践层面的巨大反差，但作家的生活与创作还是有一定的法律保障。若不然，鲁迅怎么能够在对教育总长的诉讼中胜诉、恢复了被免去的教育部佥事职务？在他成为左翼作家之后，怎么能够躲得了牢狱之灾，继续他的著译事业？在"白色恐怖"之外，还有广阔的空间，于是，才会有色彩斑斓的民国文学。民国时期，尽管确有政治压迫与文化管制，但民国文学却能在错杂的空间中得以发展，不仅内蕴丰盈复杂，而且审美风格也是千姿百态。

民国文学应是民国时期文学的总称，就文体而言，不仅有五四文学革命开创的新文学，也有传统形式的旧体诗词、戏曲、文言小说、文言散文，还有介乎二者之间的改良体；就政治倾向而言，不仅有官方属意甚深而命途蹇涩的三民主义文学，官方倡导且得到广泛呼应的民族主义文学，也有左翼倡导的革命文学、左翼文学，还有"五四"以来脉息不绝的自由主义文学、民主主义文学；就创作方法而言，不仅有现实主义，也有浪漫主义、古典主义，还有形形色色的现代主义，以及各种方法的杂糅重构；就审美格调而言，有《凤凰涅槃》式的豪迈弘放，也有《义勇军进行曲》式的慷慨悲壮，还有《再别康桥》式的缠绵悱恻；从喜剧风格来看，有鲁迅浙东式的冷隽幽默，也有李劼人式的麻辣川味，有老舍杂糅着京味儿与英国风的月色幽默，还有张天翼式的湖南辛辣讽刺；就城乡文明倾向来看，有新感觉派式的斑驳陆离的都市色彩，也有沈从文式粗犷与清新交织的湘西风光，还有赵树理最为典型、叙事偏于传统的乡土通俗，等等。气象万千的文学风景，无论是其内蕴，还是其形式，都在民国的历史进程中形成，都与民国的机制息息相关，因而民国文学研究不是单纯的外部研究，而且含有审美机理的内部研究。

民国文学史研究还是刚刚起步，要做的工作有许多。我与李怡教授曾经交流过，我们都认为，一部成熟的文学史著作应该有扎实的研究作基础，与其现在匆匆忙忙地"凑"一部民国文学史，毋宁脚踏实地地考察民国文学与民国政治、经济、法律、战争、外交、民族、宗教、文化、教育、艺术、新闻出版、自然环境及灾变诸多方面的关联，考察文学所表现的民国风貌，考察民国文化生态对文学风格的影响（或曰民国文学审美建构不同于前后时代的特色），然后再进行民国文学史的整合性的叙述与分析。我们不去奢望将来关于20世纪上半叶的文学史叙述仅由民国文学史来承担，那样既无必要，也不可能，大一统式的构想本来就是与学术自由相背离的。但我们相信，民国文学史的叙述必定会在中国文学史的总体框架中占有不可或缺的一席之地。

我们的构想与努力有幸得到花城出版社乃至上级管理部门的认同与支持，"民国文学史论"第一辑六卷列入"'十二五'国家重点图书出版规划项目"与"国家出版基金项目"，于2014年出版，并在"国家出版基金项目"2015年绩效考评中获得"优秀项目"。丛书问世以来，有学者在海内外发表评论，予以积极的肯定。这对我们来说，无疑是巨大的鼓舞。民国文学话题也遇到一些质疑，但探索并未中止，视野与深度反而不断拓展，曾经一度持有尖锐意见的学者也加入了推进民国文学研究的队伍，这正是我们所希冀的良性学术生态。花城出版社张瑛副编审在成功策划了《民国文学史论》丛书第一辑之后，又积极策划第二辑、第三辑。如果说第一辑主要是在观念与宏观方面打下基础的话，那么，第二辑则较多在语言、审美品格、文学教育、经典作家、形象和刊物等典型个案等方面做出新的拓展，第二辑的问世将会进一步丰富读者对民国文学的认识。第二辑11卷同样被列入国家出版基金项目，感激自在不言之中！这无疑也增强了我们将民国文学研究不断引向深入的信心。

2018年8月19日修订于上海

目 录

绪　论 / 001

一、中学生是新文学最大的受众群体 / 001
二、中学生是新文学最理想的受众群体 / 006
三、相关研究的现状与本书的研究思路 / 011

第一编　观念、体制与时代背景

第一章　教育思想、文学观念与时代背景 / 017

一、文学"新民"说与国民教育思想的契合 / 017
二、国文教育改革与新文学的历史机遇 / 021
三、国文教育的时代演进与新文学接受 / 026

第二章　中学体制和相关政策 / 036

一、课程设置、课程标准与新文学的位置 / 036
二、教科书编审、使用体制与新文学接受 / 049

第二编　接受的渠道、方式和对象

第三章　国文教材与新文学的接受 / 059

一、国文教材及其新文学选目概况 / 060

二、教材编排模式与新文学的接受 / 086

三、教材的注解、习题与新文学的接受 / 094

四、小结 / 108

第四章　课堂教学与新文学的接受 / 110

一、演讲、讨论与启发式教学 / 112

二、新文学的精读式教学 / 121

三、新文学的审美式教学 / 131

四、小结 / 139

第五章　课外阅读与新文学的接受 / 141

一、课外阅读及新文学时潮的影响 / 143

二、书目指导、图书条件与新文学接受 / 154

三、小结 / 165

第六章　校园活动与新文学的接受 / 167

一、文艺社团、校园刊物与新文学 / 168

二、校园演剧活动与新文学接受 / 180

三、小结 / 187

第三编　接受与转化的向度

第七章　作文教学中的新文学倾向 / 191

　　一、作文命题的新文学化 / 192
　　二、写作教材的新文学烙印 / 202
　　三、小结 / 214

第八章　中学生文艺与新文学精神 / 216

　　一、新文学影响下的中学生文学热 / 216
　　二、"社会文学"倾向与忧国忧民情怀 / 233
　　三、小结 / 256

结　语 / 258

附论　新文学的教育之用
　　——民国时期中学国文教材中的新文学篇目分析／向林林　罗执廷
　　/ 263

参考文献 / 361

后　记 / 377

绪 论

一、中学生是新文学最大的受众群体

因为胡适、陈独秀、刘半农等人以"文学革命"为口号的鼓吹和炒作,新文学运动很快引起新旧知识界的注意。但当时新知识界的阵营还是比较弱小的,一个不争的事实是,新文学在产生以后的很长一段时期内,至少是在进入20世纪30年代之前,其受众范围还是很有限的,大体只限于新知识界及学生群体。直到30年代,才随着新式教育的开花结果以及上海、北京等少数地域的都市化进程而扩展到一般受过教育的社会中等阶级,如公务员、职员、技工阶层。而属于社会中上阶层的旧式文人、知识分子及官僚们则始终崇古不化或附庸风雅,只尊崇旧文学而对新文学百般抵触甚至是加以贬低;属于社会下层的农民、贩夫走卒、学徒、工人、士兵等等,要么偏爱《水浒》《封神演义》《说唐》《说岳》等旧通俗文学,要么喜读鸳蝴、黑幕、武侠、侦探之类新式通俗小说,对于新文学也是很少问津的。在新文学的主要受众群体——新式教育体系下的学生群体中,小学生在学期间通过教材、课堂及课外学习和校园活动接触新文学的频次也不会太多,毕业后进入社会谋生,更可能从此与新文学阅读无缘；只有中学生①和大学生，他们在学期间会接触到大量新文学，毕业后参加工作也多可能投身于文教事业，继续与新文学的缘分，他们才是新文学最主要和最稳定持久的受众群体。

如果进一步细分的话，新式教育体系下的中学生群体和其毕业生，其数量又远远多于高等学校在校生和毕业生。据中华教育改进社的统计，1923年全国高等学校学生共34,880人，中等学校在校生人数则为182,804人②，数量相差五六倍。据民国政府教育部编的《第二次中国教育年鉴》统计，1928—1947年全国高等学校与中等学校的在校学生数为③：

学年度	高等学校在校学生数	中等学校在校学生数
1925		185,981
1928	25198	234,811
1929	29123	341,022
1930	37566	514,609
1931	44167	536,848
1932	42710	547,207
1933	42936	559,320
1934	41768	541,479
1935	41128	573,262
1936	41922	627,246

---

① 本书所指的"中学生"系"中等学校学生"之简称。民国初年继承的是晚清学制，即日本式学制，这种学制下，由低级到高级依次定名为国民学校（初小）、高等小学（高小）、中学堂、高等学堂、大学等。中学堂采四年制，是正宗的中等教育，而高等学堂则带有大学预科的性质。1922年11月，《学校系统改革案》公布，新学制正式诞生，史称壬戌学制。在新学制系统中，中等教育按类别分为三类学校：普通中学（初中三年、高中三年）、师范学校（又分为高中级别的师范和初中级别的乡村师范、简易师范、简易乡村师范）、职业学校（分农业、工业、商业、家政等专科）。本书所指中学生包括旧学制下的中学堂学生和新学制下所有中等教育系统学校的在校生。

② 舒新城：《中学生的将来》，吕达、刘立德主编：《舒新城教育论著选》上册，北京：人民教育出版社，2004年，第329页。

③ 据《全国专科以上学校之学生数（二十一至三十五学年度）》和《元年度至三十五学年度全国中等学校概况》，教育部教育年鉴编纂委员会编：《第二次中国教育年鉴》第4册，上海：商务印书馆，1948年，第1412、1428页。

（续表）

学年度	高等学校在校学生数	中等学校在校学生数
1937	31188	389,948
1938	36180	477,585
1939	44422	622,803
1940	52376	768,533
1941	59457	846,552
1942	64097	1,001,734
1943	73669	1,101,087
1944	78909	1,163,113
1946	129336	1,878,523

比较起来，1928—1946年间，在校中学生的数量7—16倍于在校大学生的数量。显然，中学生这个群体更庞大，通过人人必修的国文课程和课外阅读等途径，他们成为新文学最大的受众群体。

正是由于中学生群体人多势众，新文学的倡导者们很早便意识到了应该通过他们来传播和推广新文学。1918年4月，胡适在与盛兆熊讨论"文学改革的进行程序"时便提出，白话新文学普及的关键在"学校教育"，即将"新文学"引入中小学校的国语教科书。① 胡适主张从中小学的国文教科书编纂入手来"普及"新文学的思路很快引起反响。《新青年》6卷2号发表了一篇读者来信，主张"鄙见以为从速编新文学教科书，正是改革新文学的急务"。钱玄同则在回信中说："编新文学教科书一事，同人都有此意，现在方在着手进行。"② 钱玄同这里所指的就是北京孔德学校正在编写的教科书《国语读本》。新文学的开创者们为了将新文学推广到中小学国文教育之中，施展了浑身解数，如胡适就曾发表《中学国文的教授》（1920）、《国语文法概论》（1921）等长文指导中学的国文教学，还参与制订并起草了1923年的高中国文课程标准；叶绍钧则起草了1923年的初中国文课程标准。还有许多新文学家干脆就投身于中学校，担任国文教员，如朱自清、刘大白、许地山、孙俍工等等。他

---

① 盛兆熊、胡适：《论文学改革的进行程序》，《新青年》第4卷第5号，1918年5月。
② 彝铭氏、钱玄同：《对于文学改革之意见二则》，《新青年》第6卷第2号，1919年2月。

们的活动都有助于在中学生中宣传和推广新文学。

相较于中学生群体,大学生不仅数量少很多,而且还不必人人修习国文课程①,对于理、工、医、农、商甚至法政等文科专业的大学生和大专生来说,新文学并非他们必须修习的课程。即使是文学专业的大学生和大专生也未必全都需要修习新文学。由于保守势力和"国故""国粹"等文化思想的长期存在,众多高等学校长期在课程设置等方面对新文学持轻视或有意忽略的态度。整个20世纪20年代,没有一所中国的高等学校专门设置过关于新文学的课程或在课堂上正式讲授过新文学的内容。直到30年代,才在清华大学、武汉大学、青岛大学等少数几所大学开设了有关新文学的课程,而这又是朱自清、杨振声、苏雪林、沈从文等新文学作家努力的结果。而且,"虽然清华大学、燕京大学、辅仁大学、武汉大学开设过新文学课程,但也是阻力重重,无法作为常设课在大学讲堂上站稳脚跟,更遑论与古代文学抗衡了"②。高等学校的课程设置门槛和新旧文学的壁垒森严,让中国新文学长期不能以课程和课堂等法定的形式进入大学,而只能通过大学生的课外阅读、校园活动等方式存在。

而在同一时期的中等学校里,新文学不仅广泛存在于学生的课外阅读和校园文艺活动中,更是按国家的中学校令和课程纲要等法定的要求,早早进入了国文教材③与国文课堂。20年代初,教育部下令小学课程改"国文"为"国语",小学国语教材废除文言改用语体文,中学里文言文和语体文教学并重。这就以政府法令的形式将包括新文学作品在内的语体文设定为中小学国语、国文的主要教材。对于这一改革,著名学者钱理群评价说:"它不仅是中国现代汉语发展史,更是中国现代文学发展史上的一个划时代的事件。"因为"五四文学革命所创造的现代文学是通过进入中小学教科书而真正在国民中扎根的"④。从教科书开始,再延伸到课堂教学、课外阅读和校园文艺活动,新文

---

① 民国的高等学校长期都未开设面向所有学生的通识教育性质的国文课程,直到20世纪40年代才在西南联大等高校的国文教育家们的推动下,统一开设"大一国文"这门课程。

② 王彬彬主编:《中国现代大学与中国现代文学》,上海:上海人民出版社,2011年,第325页。

③ 此处的"教材"是狭义的用法,专指供师生在课堂上共同使用的教本,俗称"课本"或"教科书"。广义的"教材"还包括市面上流通的供学生自学用的辅助性教材,俗称"教辅"。本书大多时候采用狭义的"教材"概念,偶尔也使用广义的"教材"概念,视具体情况而定。

④ 钱理群:《五四新文化运动与中小学国文教育改革》,《中国现代文学研究丛刊》2003年第3期。

学就这样与民国的中学生群体缔结了不解之缘。

　　中学国文教材大量选入新文学作品及与新文学相关的知识性文章，这对于中国新文学的社会性传播和自身的发展壮大意义非凡。国文是每一位中学生必修的课程，国文教材也因此而具有较大的使用量，对于中国新文学的社会性传播和接受至关重要。民国时期长期没有全国统一使用的教材，而是由各书局组织编写出版的教材自由竞争。当时公开出版发行的中学国文教材先后多达上百种，每种一版通常印 5000 册，而由商务、中华、世界、正中等大书局出版的教材通常销数很大，有的版次多达几十上百次，其中所收录的新文学作品被阅读的次数便相当可观，而这正是新文学能够通过中学教育发挥其社会影响力的一个重要基础。比如抗战期间及抗战胜利后由国民党官方推行的所谓"国定本"教材《初级中学国文甲编》的发行量就十分惊人，其中上海白报纸本第六册于 1945 年 10 月出第一版，至 1946 年 12 月已出至第 140 版。《初级中学国文甲编》各种版本的总发行量大到无法统计。当时，一般的新文学作品类图书首版通常印 1500 册，较知名的作家如鲁迅每版次才印 3000 册，绝大多数新文学书籍也就印一两次或几次而已，销数不过几千上万册。至于文学期刊，每期印数通常不过几千册，某些较受欢迎的杂志如《论语》《宇宙风》也不过每期印三四万册。直到新文学出版特别繁荣的 1935 年时，叶圣陶还说，"我国是一本文学书卖到二三千册已经算是销数很好的国家，一种文学杂志有一二万份的销数，简直可以封王了"①。他又曾说，"阅读文艺创作只是一万左右的人的事（新书销数到一万册算是畅销了）"②，这所谓的"一万左右的人"大概是不包括中学生在内的。而如果新文学作品进入中学国文课本，读者数量就陡然膨胀了许多倍。如商务印书馆出版的《新学制初中国语教科书》自 1923 年初版到 1929 年已达 132 版，按每版印 5000 册算，累积印数当在 60 万册以上，也就是说，一篇新文学作品如果进入此套教材，它至少会被超 60 万人阅读。再以鲁迅的小说《故乡》为例，它被收入小说集《呐喊》，而《呐喊》的单行本截止 1937 年共再版 24 次，总印数超过 10 万册，这样的印数在当时已可谓畅销书。但当《故乡》作为中学课文被学生阅读时，其传播面就更为可观了。据日本学者藤井省三估计，"通过教科书阅读《故乡》的读者从 1923 至 1937

---

①　叶圣陶：《答愿意献身于文学的青年》，叶至善、叶至美、叶至诚编：《叶圣陶集》第 9 卷，南京：江苏教育出版社，1990 年，第 116 页。

②　叶圣陶：《创作不振之原因及其出路——答〈北斗〉杂志问》，叶至善、叶至美、叶至诚编：《叶圣陶集》第 9 卷，第 114 页。

年的十五年间累计起来大概超过了一百万。这个数量远远高于通过单行本《呐喊》阅读《故乡》的读者数"①。

中学生的数量数倍乃至十数倍于大学生，中学生的教材和课堂大量接纳被大学教材和课堂所拒的新文学，中学国文教材的可观印数和销数，这些事实都提醒我们，研究新文学在民国时期中学生群体中的接受情况是十分重要和必要的，某种意义上甚至比研究大学校园的新文学接受情况更加重要。

二、中学生是新文学最理想的受众群体

研究新文学在民国时期中学生群体中的传播和影响情况之所以重要，还在于民国中学生这个群体的特殊年龄特征和社会地位、社会影响力，从这个群体身上最容易看到新文学在培养现代国民素质方面的贡献。我们都知道，中国新文学是一种思想启蒙性质的文学，也是一种社会关怀性质的文学，而从旧时代过来的"老旧国民"和早已在社会上摸爬滚打的青壮年国民显然不是新文学进行思想启蒙和社会认知教育的合适对象。年龄太大则已有社会经验和定见，不容易受新文学的影响和左右，小学生接受和消化新文学的能力又有限，而中学生正处于求知欲最旺盛、思想最活跃的年龄阶段，也是世界观、价值观和人生观形成的关键阶段，新文学在影响他们的社会认知、人生态度和熏陶其情志等方面就特别容易见效和持久。通过中学生这个群体的心灵接受和转化，新文学才真正在中国社会上站稳了脚跟，在国民精神生活中显示了其价值。

民国时期国力贫穷、人民率多生活困苦，再加之新式教育初创，很不完备，"中学教育资源不能满足教育需求的情况一直没有得到改善"②。1931年国际联盟教育考察团在论及中国中等教育现状时说："中等学校名额过少因而投考落第之学生甚多，就社会对于中等教育之需要观之，现有之中等学校，实属供不应求。"③ 由于中等教育不发达，学生家庭贫困等等原因，民国时期许多地方（尤其是乡村和小城镇）学生入学普遍偏晚，中学生的年龄普遍较今日之中学生大出几岁。如1931年的山东省平原县立初级中学，初一学生"小者，

---

① ［日］藤井省三：《鲁迅〈故乡〉阅读史——现代中国的文学空间》，董炳月译，南京：南京大学出版社，2013年，第54页。

② 王伦信：《清末民国时期中学教育研究》，上海：华东师范大学出版社，2002年，第213页。

③ 国联教育考察团：《中国教育之改进》，国立编译馆译，南京：国立编译馆，1932年，第113—114页。

年十三四岁,大者,有至十八九岁者"①,山东高密县立初级中学某初三班级"年龄俱在二十岁以外"②。1933年的江苏省立南通中学,初中生从12岁到21岁,最集中的年龄段为15—17岁;高中生年龄从15岁到25岁,18—20岁的人数最多,共181人,21岁和22岁分别有27人和13人。③ 这还是30年代的情况,更早前的20年代,教育更不发达,中学生年龄参差不齐的情况更为普遍和突出。据臧克家回忆,20年代前期山东济南第一师范是小学师资的培养所,"学生年龄,比较大,况且又附设了3个专科,30岁左右的学生为数不少"④。由于年龄普遍偏大,这些中学生在当时便被社会上称为"青年"而非"少年"。

民国中学生的年龄特征决定了他们接受新文学的兴趣和能力不仅远远强于小学生,而且也要高于我们今天的中学生,这表现在他们的课外阅读量、自学能力以及对文学作品的解读能力和创作能力诸方面。以北平育英中学1934年12月出版的学生刊物《育英半月刊》第三卷第三期的"文艺短论"栏目来看,它登载了《目前中国文艺界几个重要问题的探讨》(微痕著)一文,介绍了当时文坛关于"大众语文的提出和建立""文学遗产的接受与整理""中国目前为甚么没有伟大作品产生?"和"幽默、杂文、小品的风行"等热点话题,又登载了《怎样改进新诗?》《关于文学创作》《我们需要甚么文艺?》等文,讨论如何创造出好的或伟大的文学作品来。这期校刊还在"书报评介"栏目中登载《北国里的文艺杂志》(小草著)一文,介绍了杨振声、李长之主编的《文学评论》,吴承仕主编的《文史》双月刊,叶公超主编的《学文月刊》,以及提倡民族文艺的《华北月刊》《北强月刊》,小型文艺刊物《文艺战线》(张少峰主编)、《细流月刊》(辅仁大学办),等等。从这期校刊,我们就能看出当时中学生们对于文坛的熟悉程度和关注程度。翻阅了大量这类原始资料之后笔者确信:民国时期中学生对中国新文学的喜爱程度远远超过今天的中学生对于当代中国文学的喜爱程度,民国时期条件较好的中学校学生的新文学阅读量是要高于我们今天的中学生的一般文学阅读量的,民国时期大多数高中国文选修

---

① 山东省政府教育厅编:《山东省县私立中等学校国文教学概况》,1931年,第604页。

② 山东省政府教育厅编:《山东省县私立中等学校国文教学概况》,第494页。

③ 《本校学生年龄统计(廿二年十一月)》,《江苏省立南通中学校刊》,1933年11月。

④ 臧克家:《新潮澎湃正青年》,邓九平编:《文化名人忆学生时代》上册,北京:同心出版社,2004年,第419页。

课所涉及的新文学知识都已接近今天一般大学中文系本科课程的水准，民国时期部分优秀高中生对于中国新文学的掌握程度已达到学术研究的层次。① 这也是我们要重视民国中学生的新文学接受情况的一个原因。

因为"青年"这一身份，学识又相对较高，民国的中学生群体便受到国家和社会的瞩目与厚望。民国时期教育界一直流行着"中学教育发达则其国强，中学教育不发达则其国弱"的信念和说法，人们纷纷把社会改造和强国保种的目光投向了中学生。1915 年，教育家、出版家陆费逵撰文《敬告中等学生》说："国家之成立，必有一种人为其中坚。吾国昔时之中坚在士……（中略）他日国家社会，将以中等学生为之中坚，可断言也。"② 1918 年，教育家蒋梦麟在《建设新国家之教育观念》一文中主张中学以培养社会领袖为己任，应注重培养学生的爱国心和服务国家、社会的意识与能力。他说："夫中学者，养成初级领袖之机关也。初级领袖者，即教育总长汤君济武所谓社会中坚是也。"③ 1919 年 10 月，教育部召开全国中学校校长会议，提出"注意管理、训练，养成学生为社会中坚之人物"的议题。这也充分显示了政府所寄予中学生群体的厚望。教育家舒新城在 1924 年的某次演讲中说：

> 中国有中学校的名称，以一八九八年上海南洋公学的附属中学为始，到现在不到三十年，时间上可算是很短。但中学生三字却有了特别的意义，就是中学生为"社会中坚人物"。"中坚人物"四字，在一般人看来，有下列几种意义。
> （1）有充分的学识，能主持社会上各种事业。
> （2）有良好的行为，能得社会上多数人的信仰，为多数人所依归。
> （3）社会上发生事变时，能主持正义，指导群众。
> （4）社会上有应兴革的事情，能以身作则，竭力进行。

---

① 1932 年，孙俍工编选的初中和高中《国文教科书》由上海神州国光社出版，其中初中第五册第一单元布置了《新诗之我见》这道作文题，高中第四册第五单元布置了《普罗文学评议》《论新浪漫主义》这两道作文练习题。这几道作文题都对中学生的新文学知识水平和阅读面提出了较高的要求。如此专精的命题表明，当时中学生的新文学接受水平实在不亚于今天中文系本科生的水平。

② 陆费逵：《敬告中等学生》，吕达主编：《陆费逵教育论著选》，北京：人民教育出版社，2000 年，第 151 页。

③ 蒋梦麟：《建设新国家之教育观念》，曲士培主编：《蒋梦麟教育论著选》，北京：人民教育出版社，1995 年，第 48—49 页。

（5）无论何时，均能以公众福利为前提，处处为公众谋幸福。

在中学生自身看来，除上述者外，还有几种特殊的意义如下。

（1）在学识上小学生知识较浅，不足以领导群众，大学生学识又太高，亦难为群众所了解而使之遵从，只有中学生间于二者之间，上有了解专门学识的基础，下又足以使群众了解其言行；民主国社会上的一切活动，都当植立于民众意志之上，中学生在一切活动中当然为重镇。

（2）现在社会上各种事业虽然趋重分工，但无论治何种职业，都要有充分的常识，中学生受了较高深的普通教育，常识自然充足，能担任较高等的职业，在职业界亦可为重镇。

（3）中学生因受过相当的教育，对于世界潮流、国家事变有相当的见解，并且系中产阶级，有余暇时间与闻政治。以其识力与地位可以左右国家政局，在政治上也可为重镇。①

民国时期全国国民的绝大多数为文盲，受过教育的国民比例极低，而接受过高等教育的又是凤毛麟角，能接受中等教育在当时已属不易，中学生在当时的社会声誉不低。所以当时社会上包括中学生自己都对中学生群体寄予厚望，期望他们成为改造社会和建设国家的"中坚"。1916年9月18日，南开学校的负责人之一张彭春对修身班学生训话说，"近日国事日促。内家既暗弱异常，外债复连绵不已。则累卵之险何啻今日。惟兴亡之权，胥恃乎青年。于是励同学以共相砥砺，以作中流砥柱为志。"这番训话让众学生"大受戟（激）动"②。1922年，张彭春又在其博士论文中指出："中学，特别是那些在大的教育集中地区的中学是国家的有志青年们聚集的地方。在那些学校里未来一代的领导者将产生或改变。"③ 民国的中学生们自身也有强烈的精英意识，喜谈自身责任与使命，他们说："中国今日，平均三百多个人中只有一个中学生。"

---

① 舒新城：《中学生的将来》，吕达、刘立德主编：《舒新城教育论著选》上册，第325—326页。

② 张彭春：《国家兴亡之权胥恃乎青年》，原载天津南开学校《校风》第39期（1916年9月25日），据崔国良、崔红编：《张彭春论教育与戏剧艺术》，天津：南开大学出版社，2003年，第6页。

③ 张彭春：《论中国教育之现代化——鉴于国民生活的转变对课程结构标准的研究，特别涉及中等教育》，董秀桦译，崔国良、崔红编：《张彭春论教育与戏剧艺术》，第130—131页。

"所以别的责任就要分到我们身上。""所以我们每一个人都是三百多人的领袖。"①"在现在的教育尚未普及的中国，我们便是民众的领袖呀！"② 中学生群体的这种强烈的自我期许和使命感使得他们主要亲近的是那种更多体现了社会责任感的新文学品种，而不是那种自娱自乐的新文学类型。我们从当时中学生的课外阅读和读书报告、文章写作中大体可以发现，鲁迅、茅盾、郭沫若等关心底层人民命运和国家民族前途，注重揭露社会问题和阶级矛盾的左翼文学家最常被民国中学生们提及，而周作人、林语堂一派的闲适幽默小品则不仅很少被提及，而且常常遭到中学生们的鞭挞。

当然，视中学生为社会中坚和国家希望的观念具有一定的理想化的成分，中学生毕业后在社会上落魄乃至毫无用处的个案也不少，但就整体情形而言，中学生群体确实在社会上发挥着重要的作用和影响力。这尤其表现在社会政治运动领域和教育领域，如当时全国性或地方性的学潮、抗日宣传运动、政治民主运动都常常以中学生为主力军。新加坡学者王赓武曾将现代中国的中学生类比于古代社会的"士"，高度评价了他们在社会上的地位和文化上的影响力。他说："现代教育中的中学生、大学生承继了中国培养'精英'之'士'的教育传统，但是，这一新生力量人数更多、更集中于城市与大集镇、脑子里激荡着的是从西方借来的崭新观念。"③ 马俊江也指出，由于中学在当时教育体系中属于精英阶层，且中学生群体的自我身份认同也是"社会的精英"和"民众的领袖"，民国年间的中学生便成为一个独立的群体和社会势力，"政治、文化、文学……举凡现代中国社会的方方面面，都有着这一势力群体参与的身影"④。民国时期中学毕业生所从事的职业如基础教育、新闻出版即多是对国家和社会非常重要的行业。民国时期，中学毕业生除升学者外，以做小学教师者为最多，据舒新城在20年代初的调查，中学毕业生之服务于教育界者，除沪、宁、杭各地特殊的中学校外，"大概都达到未升学者总数二分之一上下"，此外则是服务于行政机关和新闻出版界、工商业界。⑤ 中学生毕业后大多从事教育业或新闻出版业，这就让他们在思想启蒙、文化传播和国民素质培养方面

---

① 文清：《我国中等学校学生目前的责任》，北平育英中学学生自治会半月刊委员会编辑：《育英半月刊》第4卷第1期，1935年10月。
② 王延寿：《话别》，北平育英学校年刊委员会编辑：《育英年鉴》，1929年。
③ 转引自马俊江：《中学生与现代中国的文学运动》，《文学评论》2013年第4期。
④ 马俊江：《中学生与现代中国的文学运动》，《文学评论》2013年第4期。
⑤ 舒新城：《中学生的将来》，吕达、刘立德主编：《舒新城教育论著选》上册，第333、330页。

发挥着中坚作用。

总之，由于民国中学生的年龄特征，他们便成为新文学理想的与合格的受众，成为新文学发挥其思想启蒙、社会教育功能的最佳载体。同时，中学生在社会上的"中坚"地位和毕业后从事的中小学教育、新闻出版等重要职业也使得中学生的新文学接受具有明显的社会意义，使新文学在国民精神塑造等方面的积极价值更易得到传递。这是我们今天要研究民国时期中学生的新文学接受情况的又一个重要原因。

三、相关研究的现状与本书的研究思路

迄今为止，关于民国时期中学生与新文学之关系的研究还不算多，从研究成果的数量和质量上看都远不如关于民国大学生与新文学关系的研究。关于后者，已涌现出了大量关于北京大学、清华大学、南开大学、西南联大等著名大学的新文学教学或校园文艺活动的研究成果，比如姚丹所著《西南联大历史情境中的文学活动》（2000）、张玲霞所著《清华校园文学论稿（1911—1949）》（2002）、陈平原所著《现代中国的文学、教育与都市想像》（2011）、季剑青所著《北平的大学教育与文学生产》（2011）、王彬彬所著《中国现代大学与中国现代文学》（2011）、李光荣所著《季节燃起的花朵——西南联大文学社团研究》（2011）等专著。相较于大学校园和新文学关系的研究，民国中学教育和新文学关系的研究比较后起。日本学者藤井省三的《鲁迅〈故乡〉阅读史——近代中国的文学空间》（北京：新世界出版社，2002年）第二章《教科书中的〈故乡〉》即是这后一方面较早的代表性成果。钱理群先生的论文《五四新文化运动与中小学国文教育改革》（《中国现代文学研究丛刊》2003年第3期）则是国内较早的和开风气之先的成果，他比较细致地梳理了五四新文化运动中胡适、刘半农等新文学家对于中小学国文教育的改革设想以及将新文学推广到中小学国文教材中的诸多努力。此后出现的研究成果也都主要集中于中学国文课程、教材的考察方面，还很少完整地揭示民国中学生接受新文学的整体情况，比如中学生的课外新文学阅读情况、文艺创作情况就很少有人研究。下面对相关选题领域的重要研究成果作一大致梳理：

王林的博士学位论文《论现代文学与晚清民国语文教育的互动关系》（北京师范大学，2004年）从国文立科、学制与课程设置、课程纲要与课程标准等方面梳理了中国现代文学与晚清民国语文教育的互动关系。它主要采用的是逻辑推演与个案分析结合的模式，其弱点在于个案数量太少，很难全面反映当

时中学国文教育的普遍状况。比如该论文在谈语文教育与现代文学"经典"的建构时,仅仅只以叶圣陶编辑的国文教材为讨论的中心,又仅以朱自清的《背影》为个案来分析其被经典化的背景;在该论文的附录部分仅仅列举了10种中学国文教材的现代文学选目。这样小的样本量必然难以呈现当时具体、复杂且多变的国文教育情况。像王林这种以点带面,只用少量个案来支撑的研究模式在目前新文学与中学教育关系的研究中比较普遍。它们多只注目于鲁迅、朱自清、周作人等少数几个著名的新文学家在中学教育中的接受情形,或者只是以少量的国文课本为考察的对象,这样的研究显然很不全面,说服力也不足。

张伟忠的博士学位论文《现代中国文学话语变迁与中学语文教育》(山东师范大学,2005年)"旨在探讨现代中国文学与中学语文教育(主要是文学教育)的相互关系和相互影响,重点研究、解决以下问题:一,现代中国文学思潮、文学运动、文学作品、文艺理论形成了怎样的文学话语,对中学语文教育产生了怎样的影响;二,现代中国教育体制、教育观念、教育方法、教育改革对现代中国文学的传播、接受起到了怎样的作用;三,文学发展与母语教育互动关系的连接点是什么,二者如何在相互影响、促进的过程中共同走向现代化和全球化;四,新世纪文学话语和教育话语如何走向融合,中学文学教育应怎样开展。"(见该论文《摘要》)不难看出其研究的宗旨是回应当代有关中学语文教育改革的思考,是"以史为鉴"的研究模式而非文学史的研究。作者将考察的范围设定为从清末至21世纪初一百多年间,这种大跨度的宏观勾勒导致其对民国时期的考察较为粗略。全文除绪言、结语外共九章,只用三章的篇幅分别勾勒了"五四启蒙话语""三十年代的大众话语""四十年代的革命话语"与语文教育的关系。这与我们所期待的回到历史现场、专注于历史细节的钩沉和考辨的研究思路和效果还有一定的距离。

蔡可的博士学位论文《现代中学语文课程与文学教育的演变》(北京大学,2005年)立足于语文教育学科而非中国现代文学学科,其研究目的是为了回应中学语文教学改革这一热点话题。其《内容提要》中说:"希望在问题的探讨中能为中学语文课程及文学教育的改革提供某些思考。"黄耀红的博士学位论文《演变与反思:百年中小学文学教育研究》(湖南师范大学,2008年)属于"课程与教学论"这一专业的成果,它着眼于中小学文学教育的历史、现状和未来,"重点聚焦中小学文学教育的论争,揭示中小学文学教育所面临的理论与实践困惑,在此基础上,剖析当下中小学文学教育存在的突出问题。最后,面向未来,提出中小学文学教育的理念与策略"。(见该文《摘要》)李斌的博士学位论文《民国时期的中学国文教科书研究》(北京大学,

2011年）也是语文教育学科的研究成果，其着眼点在于中学国文教材编写的历史经验和教训，而不在于中国现代文学研究。著者在《内容提要》中说："本文以民国时期中学国文教科书的内容及效果为研究对象。通过对相关资料的搜集、整理、归纳、分析，我们描述了民国时期中学国文教科书的复杂面貌，提出了其发展演变的主要矛盾，并试图回应近年来关于确定'语文教学内容'的探讨。"在这篇论文中，新文学只是其中涉及的部分内容。像蔡可、黄耀红、李斌这种以语文教育而非中国现代文学为出发点的研究成果还有很多，如刘浪的硕士学位论文《新国文·新文学·新国民——以民国时期叶圣陶国文教育思想为例》（华东师范大学，2006年），等等。

而真正从中国现代文学的传播、接受与再生产这样的视域出发来研究的成果主要有：林喜杰的《群体性解读与想象——新诗教育研究》（博士学位论文，首都师范大学，2007年）、姚丹的《民国时期的新文学教育——以中小学教材为考察对象》（《河北学刊》2008年第4期）、马俊江的《革命文学在中学校园的兴起与展开——北方左联与1930年代中学生文艺的历史考察》（《中国现代文学研究丛刊》2012年第1期）和《中学生与现代中国的文学运动》（《文学评论》2013年第4期）、刘绪才的《1920—1937：中学国文教育中的新文学》（博士学位论文，南开大学，2013年）等。林喜杰的论文只涉及新诗在民国中学教育中的接受情况。姚丹认为民国教材中大量选入新文学作品，"明显地有利于新文学的传播，同时也培植出学生新的'文学感觉'与'文学观'""也有利于学生写作时的模仿"[①]，但她并没有就这后两个论点展开论述。刘绪才的论文探讨了新文学进入中学教育的背景，探讨了新文学作品在国文教材中的选目变化情况，周氏兄弟作品被经典化的情况，鲁迅的小说、朱自清的散文、胡适和刘大白的诗歌在国文课堂上被讲授的情况，开明书店的新文学读物出版情况，等等。刘绪才的研究只限于抗战之前，而且只依据20多种国文教材来研究新文学选目，样本数量太少，又只举了鲁迅小说、朱自清散文等少量的个案来谈新文学的课堂教学情况，研究覆盖面明显不足。

以上列举的是与本书相关或相近的已有学术成果中比较重要的，至于大量低层次的论文和一些零散的文章就不再一一介绍了。总体来看，立足于语文教育学科的研究尤其是关于民国国文教科书的研究已蔚为热点，而立足于中国现代文学学科的文学接受研究还很不足，对民国时期中学生接受新文学的情况的

---

① 姚丹：《民国时期的新文学教育——以中小学教材为考察对象》，《河北学刊》2008年第4期。

研究还很不完整与深入。就以上梳理来看，现代文学学者已纷纷涉足新文学与国文教育的关系研究领域，但偏重的是新文学在中学课程体制和国文教科书中的地位以及新文学由此被传播和经典化的情况，却没有或很少研究民国中学生的课外新文学阅读、校园新文学活动、学生文艺创作等更丰富的内容。而且，已有的研究比较侧重"制度"（课程）和"物"（教科书）的层面，而没有侧重"人"（中学生）与"精神"的层面。它们大多只是将中学生当作新文学接受的被动客体，而没有正视中学生的新文学接受还有其主体性选择的一面，没有从中学生的精神、心理等内面来考察其接受新文学的倾向和结果。而这正是本书要着力之处。在笔者看来，如果忽略了中学生接受新文学的具体情况和个体选择，以及接受过程中的思想或情感反应等等，就很难深入揭示新文学接受的效果与产生的影响。同样，如果没有大量的有关中学生个体接受新文学情况的资料作为基础，无论是宏观的历史梳理、逻辑推演，还是细致的个案式的考察，都无法说清楚"中学生"作为一个群体或无数的个体接受的是什么样的新文学品种，接受的是新文学的哪些方面的东西和影响。

总之，回到民国的具体情境之中，回到民国的中学校园，注目于一个个具体的有名有姓的中学生，考察他们接触新文学的途径、状态（思想、情感反应）以及对于新文学的主要精神的领会与转化，等等，是本书的主要思路和任务。鉴于前人相关研究的某些疏漏，本书打算以更多的原始材料为基础，以更扎实的实证研究为目标，对民国时期中学生接受新文学的情况做更全面、细致和深入的考察。而且，在民国特定的社会情势下，新文学在中学教育体系中的角色主要是在于其国民素质培育功能，因此，我们这本书的落脚点也是新文学被民国中学生所接受并进而转化为其思想和心理素质的情况。

第一编
观念、体制与时代背景

晚清以来，以小说"新民"，以文学改造国民性和"立人"的思想深入人心，新文学因此背景而与新式学校教育关联起来，受到知识界的重视。而在国语统一运动的影响下，以现代语体文作为中小学"国语""国文"的主要教材的观念也日渐流行，这样，新文学以"语体文"的身份进入国文教材就具有了可能性。当然，新文学在国文教育中的地位、身份和具体样态也受制于不同的国文教育思想的博弈并呈现出时代性和阶段性的特点。

　　新文学进入中学教育还有其制度背景。首先，民国教育部下令中学国文教学要"文言文与语体文并重"，新文学以"语体文"的身份进入中学课本就有了制度保障。其次，教育部制订的历次中学国文课程纲要和课程标准基本都维护了新文学的地位。再次，教科书由民间自由编写和出版，学校和教师自由选用的体制也有利于反映社会和时代的新文学作品迅速进入教材。最后，高中阶段的国文选修课程使中学生有机会接触到更专门和精深的新文学知识。

第一章　教育思想、文学观念与时代背景

文学作品在中国自古以来就是启蒙教育和科举教育的重要材料，但中国传统上主要是大文学和泛文学的概念，所谓"文章""辞章""文辞"等等，直到清末才受西方的影响而产生了"文学"这一现代概念及学科命名。① 同样，私塾、县学、府学、书院等在中国虽说是古已有之的东西，但现代意义上的分科设置多种课程的新式学校也还是清末洋务运动以后效法西方的结果。因此，探讨民国时期中学生与新文学的关系也还是要追溯至清末的环境中去。要言之，清末以来的现代"文学"概念和意识的出现，文学观念与实践，教育改革与实践，是民国中学生与中国新文学发生交集的前提和大背景。

一、文学"新民"说与国民教育思想的契合

1904年，林传甲受聘于京师大学堂讲授国文，为了配合大学堂章程要求，讲习"历代文章源流义法"，就编成一本七万余字的讲义，题为《中国文学史》。这本稍后出版的教材开宗明义即是："我中国文学为国民教育之根本。"② 当然，在清末颁布的《奏定学堂章程》以及林传甲所编教材中，所谓的"中国文学"还只是泛文学（即文章）的概念，并非现代意义上的纯文学。而从现代"文学"概念的意义上谈论本民族文学和国民教育之关系的首先还是严

---

① 日本学者藤井省三指出，现代汉语中的"文学"一词，借用的是明治时期日本译介"Literature"时所创造出来的译语，是在清政府借鉴东京帝国大学等日本的大学制度而设立京师大学堂的时候接受这一概念的。（参见藤井省三：《华语圈文学史》，贺昌盛译，南京：南京大学出版社，2014年，"前言"。）

② 林传甲：《目次》，《中国文学史》，上海：科学书局，1914年，第24页。

复、梁启超、王国维等启蒙思想家。清末以来关于文学与国民教育之关系，主要有严复、梁启超等人的小说"新民"说，王国维、蔡元培的文学"美育"说，鲁迅的"立人"说。

严复是中国近代较早注意到文学与国民教育之关系的一位启蒙思想家，他提出，中国要富强，必须致力于"鼓民力、开民智、新民德"，造就一代新人。1897 年，严复、夏曾佑合撰的《本馆附印说部缘起》一文可以说是开启了以小说"新民"之思路的先河。此文的主旨是要用小说来开通民智和影响人心、风俗："夫说部之兴，其入人之深，行世之远，几几出于经史上，而天下之人心风俗，遂不免为说部之所持。"① 梁启超于维新变法运动失败后流亡日本，开始接触大量西方资产阶级启蒙思想家的著作，眼界大开。他认真总结和反思了维新运动失败的原因，深感提高国民素质的重要，写成了著名的《新民说》。《新民说》指出："苟有新民，何患无新制度，无新政府，无新国家？非尔者，则虽今日变一法，明日易一人，东涂西抹，学步效颦，吾未见其能济也。夫吾国言新法数十年，而效不睹者何也？则于新民之道未有留意焉者也。"② 梁启超认为小说有"熏""浸""刺""提"这四种能强有力地支配人心的力，"故今日欲改良群治，必自小说界革命始；欲新民，必自新小说始。"③ 梁启超也将小说视作培养新式国民的利器。

与严、夏、梁等人着眼于"说部"这一特定文学品种不同，文艺理论家王国维在更高的层面上提出了文学的国民教育价值。他在 1904 年撰文《文学与教育》，开首即说："生百政治家，不如生一大文学家。何则？政治家与国民以物质上之利益，而文学家与以精神上之利益。夫精神之于物质，二者孰重？且物质上之利益，一时也；精神上之利益，永久的也。"④ 两年后，王国维又撰《论教育之宗旨》，提出教育之宗旨在培养"完全之人"，即身体与精神两方面能力俱全的人；而精神之中又分为知力、感情及意志三部，因此教育也应包括智育、德育（即意育）、美育（即情育）这三项。"要之，美育者一面使

---

① 严复、夏曾佑：《本馆附印说部缘起》，陈平原、夏晓虹编：《二十世纪中国小说理论资料》第 1 卷，北京：北京大学出版社，1989 年，第 12 页。
② 梁启超：《新民说》，侯宜杰选注：《新民时代——梁启超文选》，天津：百花文艺出版社，2002 年，第 45 页。
③ 梁启超：《论小说与群治之关系》，陈平原、夏晓虹编：《二十世纪中国小说理论资料》第 1 卷，第 37、33 页。
④ 王国维：《文学与教育》，傅杰编校：《王国维论学集》，北京：中国社会科学出版社，1997 年，第 371 页。

人之感情发达,以达完美之域;一面又为德育与智育之手段,此又教育者所不可不留意也。"王国维认为德育、智育、美育这三者不可分离而论,"有一科而兼德育、智者者,有一科而兼美育、德育者,又有一科而兼此三者"①。王国维认为,教育中某些学科(如音乐、绘画、文学)是实施美育、德育和智育的途径。王国维隐隐含有文学即美育,要为培养精神健全之国民服务的思想。

与此同时或稍后,未来的新文学旗手鲁迅也开始思考国民性改造问题。在1907年撰写的《文化偏至论》中,鲁迅提出,中国要"生存两间,角逐列国是务,其首在立人,人立而后凡事举","人既发扬踔厉矣,则邦国亦以兴起"②。鲁迅对改造国民性之重要意义的深刻认识,促使他自觉地肩起了以文艺重塑国民灵魂的历史重担。他在《呐喊》自序中说,他早年弃医从文为的就是以文艺来启蒙民众,从精神上拯救愚弱的国民:"我们的第一要著,是在改变他们的精神,而善于改变精神的是,我那时以为当然要推文艺,于是想提倡文艺运动了。"③

可以说,到清末民国之交,文学与国民素质改造的逻辑关系已众目昭昭。然而当时的实际情形是,鸳蝴派小说、黑幕小说、侦探小说之类通俗文学大行其道,翻译的小说中侦探类也占一半以上的比例。而同样是翻译,严肃认真,寄托着译者"转移性情,改造社会"希望的《域外小说集》则门可罗雀。可见,清末民初的小说并不能真正起到"新民"或"立人"的效果,文学"新民"要真正落实,还是得靠新文学的发生及其与青少年学生的结合。因为:一则,老旧的国民根本不看新文学,二则,老旧国民的"劣根性"根深蒂固,不容易甚至不可能改造得了。"文学"的所以"新民",所以"立人",也就只能坐实到青少年学生这里。陈独秀当时就曾敏锐地提出,首先应当从提高青年的素质入手来提升国民素质,因为"青年之于社会,犹新鲜活泼细胞之在人身",国家和民族的命运,"惟属望于新鲜活泼之青年"④。同样,当鲁迅在《狂人日记》的结尾写上"没有吃过人的孩子,或者还有?救救孩子……"之时,他实际上也像陈独秀一样,"惟属望于"青少年,将这一群体设定为文学启蒙的首要目标。

---

① 王国维:《论教育之宗旨》,傅杰编校:《王国维论学集》,第373—375页。
② 鲁迅:《文化偏至论》,《鲁迅全集》第1卷,北京:人民文学出版社,2005年,第58、47页。
③ 鲁迅《〈呐喊〉自序》,《鲁迅全集》第1卷,第439页。
④ 陈独秀:《敬告青年》,《青年杂志》第1卷第1号,1915年9月。

再从学校教育这一方看。梁启超很早就注意到了开办新式学校与开启民智的关系，他在1896年发表的《变法通议》系列文章中大讲兴学校育人才之事，认为言自强须"以开民智为第一义"，而开民智又"归于学校"。这种通过新式学校教育来"新民"的思想主张很快就变成国家的教育方针或政策，清政府在苟延残喘中开始兴办学校，虽然其规定的中小学堂的教学内容还偏重于读经之类的陈腐的东西，但其发展国民教育的政策是坚实的。后继的民国政府在重视开办学校和发展国民教育方面则更上一层楼，还专门设置了教育部、教育厅、教育局这一专门的行政机构体系。而且，民国肇造，临时政府即于1912年1月19日发布了《普通教育暂行办法通令》，明确要求全国废止有碍国民精神健康的"读经"等科目，以国文课取代读经课。1912年5月，蔡元培以民国首任教育总长的身份向参议院宣布政见，主张民国的新教育应分为普通与专门两类：普通教育"务顺应时势，养成共和国民健全之人格"，专门教育"务养成学问神圣之风习"①。在教育部当年公布的《中学校令》中也明确："中学校以完足普通教育、造成健全国民为宗旨"。为了培养健全的共和国民，蔡元培提出了军国民教育、实利主义教育、公民道德教育、世界观教育、美育这"五育并举"②的教育方针。1912年7—8月，全国临时教育会议召开，会议接受了蔡元培的"五育并举，以德育为首"这一意见，讨论并通过了民国教育方针，并于9月2日由教育部以《教育宗旨令》公布实施，其内容为："注重道德教育，以实利教育、军国民教育辅之；更以美感教育完成其道德。"③这里规定了"美育"是道德教育这一主要目标的实施途径或达成手段。按照这一逻辑，"文学"教育作为美育之一种，自然是道德教育的实施途径，其地位带有某种基础性。

蔡元培是著名教育思想家，也是民国的首任教育总长，其教育思想对民国中学教育影响深远。在蔡元培的教育思想中，"美育"居于核心地位。他在1912年发表的《对于教育方针之意见》中提出了通过"美育"来实施世界观教育的主张："……世界观教育，非可以旦旦而聒之也。且其与现象世界之关系，又非可以枯槁单简之言说袭而取之也。然则何道之由？曰美感之教育。美

---

① 蔡元培：《向参议院宣布政见之演说》，高平叔编：《蔡元培教育论著选》，北京：人民教育出版社，1991年，第11页。
② 蔡元培：《对于教育方针之意见》，《东方杂志》第8卷第10号，1912年4月。
③ 见《教育杂志》第4卷第7号，1912年10月。

感者，合美丽与尊严而言之，介乎现象世界与实体世界之间，而为津梁。"①在蔡元培的观念中，美育是世界观教育的手段和途径（"津梁"），这是对王国维的"美育"观的一个呼应。王国维和蔡元培的"美育"说都并非孤立地强调美育的重要性，而是将美育视作一种工具性（"津梁"）的东西，用以辅助德育、智育，因为寓教于乐效果更好。"美育"说实际上是抬高了文艺在现代教育体系中的地位。虽然王国维、蔡元培所指的"美育"包括音乐、美术、舞蹈、戏剧等多种，但文学也应属于其中之一。这样，以文学作品作为学科教材，通过"涵养文学兴趣"来实施德育、智育、军国民教育，就成了"美育"说的一项重要内涵，且因为蔡元培这样的教育界权威人物的作用和影响而化为了民国初期带共识性的一种教育理念。这样的"美育"观一方面是有利于加强文学在学校教育中的地位和分量，另一方面也基本厘定了文学作品在民国教育体系中的特殊身份和功用，即人们重视的是文学作品的德育、智育等功效，文学本身的专业身份和学科价值并非关注的重点。

二、国文教育改革与新文学的历史机遇

文学在"新民""立人"这些目标与功能上与中学教育相契合，这只是说明了两者间发生交集的逻辑可能性。从逻辑可能性到事实则还有赖于在白话运动这一大背景下"文学革命"与国文教育改革的合流这一历史契机。国文教育离不了文学，本民族的优秀文学作品无疑是最好的国民教育的材料。但相对于有几千年的积累和光辉传统的古代文学而言，新文学不过是个才呱呱坠地的婴儿，从逻辑上说似乎也不应轻易地将这些还未经时间检验的粗糙的试验品选作教材。但历史的机遇恰恰是在于"国语教育"的应急需要。

清末民初的中小学国文，课本上和课堂上基本都是文言文。文言是出了名的难学难教，少年儿童学这些不切于生活日用而又繁难的文言，无论如何也是不经济的事情，也难以体现"启发民智"的效果。其实，早自清末以来，因为许多有识之士的提倡与实践，中国已逐渐形成了颇具声势的白话或俗话运动。这一运动尝试统一各地口音，尝试各种给汉字注音以便教学的方法，主张用浅近而又接近生活日用的俗话、白话文来教育童蒙和平民，使稚龄童子和贩夫走卒之类下层民众也能识字看书，扩大见闻，启发心智。白话运动首先通过创办各种白话报刊而获得很好的社会效果，随着运动的发展，以白话和白话文作为

---

① 蔡元培：《对于教育方针之意见》，《东方杂志》第 8 卷第 10 号，1912 年 4 月。

中小学教材的主张就提上了议事日程。1916年8月，教育界的一些著名人士发起了"国语研究会"，并于1917年2月开会讨论进行方法，决定学会的宗旨是"研究本国语言，选定标准，以备教育界之采用"，学会的事务中较重要的一项是"用标准语编辑国民学校教科书及参考书"。国语研究会的同人们发现全国各地报章"用白话文体者，其销售之数，较用普通文言者，加至数倍"，而且各地方官署凡欲使一般人民皆能通晓，则"大率用白话"发布文告。他们由此醒悟到要普及教育就必须改用浅俗的白话文来教学，"国民学校之教科书必改用白话文体，此断断乎无可疑者"①。

而"新文学"的提倡和鼓吹也是在清末以来的白话运动的大背景下发生的。1917年1月初，《新青年》2卷5号发表胡适的《文学改良刍议》，主张白话"为将来文学必用之利器"。紧接着，陈独秀在《新青年》2卷6号发表《文学革命论》以响应，同期的《新青年》还发表了胡适的白话诗八首，以为文学改良的尝试和示范。之后，《新青年》又相继发表方孝岳的《我之改革文学观》、刘半农的《我之文学改良观》、胡适的《历史的文学观念论》等等。这些文章和书信都强调或支持"白话文学为将来中国文学之正宗"。《新青年》在鼓吹"白话文学"的同时也注意到了教育界的国语运动并且表示支持，它在第三卷第一号的"国内大事记"栏中刊登了"国语研究会讨论进行"这一条消息。胡适、钱玄同、刘半农等谋求从白话入手创造中国新文学，国语研究会则争取中小学教科书以白话文代替文言文，新文学运动和国文教育改革运动就在白话运动这一大背景下发生了交集。钱玄同、刘半农、胡适等新文学界中人也赞同国语研究会关于国文教育改革的意见，纷纷加入这一组织。

国语研究会以"研究本国语言，选定标准，以备教育界之采用"为宗旨，其思路是先研究和制订国语（白话）在语音和文法等方面的标准，然后再推行到教育中去。胡适的思路却更高明一筹，提出先要有用国语（白话）试作的文学作为范例，然后才有通行的国语，因为从古今中外的实例来看，国语并不是由政府的权力规定的，也不是由语言学家们制造和规定出来的，而是由文学家造成的，"中国将来的新文学用的白话，就是将来中国的标准国语。造中国将来白话文学的人，就是制订标准国语的人"②。沿着这一思路，胡适提出了以白话文学作为中小学国文主要教材的观点，这比当时用"白话文体"编国文教科书的见识更进了一步。1918年8月，胡适在谈论文学革新问题时说："现在

---

① 《国语研究会讨论进行》，《新青年》第3卷第1号，1917年3月。
② 胡适：《建设的文学革命论》，《新青年》第4卷第4号，1918年4月。

各处师范学校和别种学校也有教授国语的，但教授的成绩可算得是完全失败。失败的原因，都只为没有国语的文学，故教授国语没有材料可用。没有文学的材料，故国语班上课时，先生说，'这是一头牛'，国语班的学生也跟着说，'这是一头牛'；先生说，'砍了你的脑袋儿！'那些学生也跟着说，'砍了你的脑袋儿！'这种国语教授法，就教了一百年，也不会有成效的。"① 没有文学性材料（白话文学作品），光靠"这是一头牛"式的简单的口语教学，既不能全面学习语法，又难以引起学生的兴趣，是学不会国语与国文的，"国语没有文学，便没有生命，便没有价值，便不能成立，便不能发达。"② 胡适关于白话文学与国语教育之关系的揭示极具说服力，后来也产生了广泛的影响，从而开启了民国国文教育与新文学的姻缘之旅。

因为文学革命运动和国语运动的合力作用，中小学国文改革运动便加速进行。1918年春，蔡元培召集孔德学校教员举行教育研究会，会上许多人提出了修订教科书的问题。其中马幼渔提出文言之弊，当改为白话，初等小学和高等小学的国文教材都应改为白话；钱玄同则提出中等以上学校国文"亦可用白话，无论理之深浅，均以白话为是。古人用古语，今人自然当用今语……"③ 稍后，《新青年》5卷2号在刘半农的《南归杂话》文后发表钱玄同的"附言"："国文科必须改为国语科。十岁以内的小孩子，绝对应该专读白话的书，什么'古文'，一句也用不着读"。接着，胡适又在《新青年》5卷3号的"通信"中提出："现在的一切教科书，自国民学校到大学，都该用国语编成。""国民学校全习国语，不用'古文'。""中学堂'古文'与'国语'平等。但除'古文'一科外，别的教科书都用国语的。"④ 1919年4月，主要由新文学界与教育界人士组成的国语统一筹备委员会召开成立大会。刘半农、周作人、胡适、钱玄同、朱希祖等在这次会议上提出了一个《国语统一进行方法的议案》："统一国语既然要从小学校入手，就应当把小学校所用的各种课本看作传播国语的大本营，其中国文一项尤为重要，如今打算把《国文读本》改作《国语读本》，国民学校全用国语，不杂文言，高等小学酌加文言，仍以国语为

---

① 胡适：《附答黄觉僧君〈折衷的文学革新论〉》，《新青年》第5卷第3号，1918年9月。
② 胡适：《建设的文学革命论》，《新青年》第4卷第4号，1918年4月。
③ 蔡元培：《教育研究会讨论修订教科书问题的记录》，高平叔编：《蔡元培教育论著选》，第147页。
④ 胡适：《附答黄觉僧君〈折衷的文学革新论〉》，《新青年》第5卷第3号，1918年9月。

主体；国语科以外，别种科目的课本，也该一致改用语体文。"① 此项议案在大会通过并呈交教育部。教育部接受了国语统一筹备会的建议，于1920年1月通令全国："自本年秋季起，凡国民学校一二年级，先改国文为语体文，以期收言文一致之效。"同年4月，教育部又发出通告，截至1922年止，凡用文言文编的教科书一律废止，各学校要逐步采用经审定的语体文教科书。② 在1920年1月的那次全国通令中，教育部下令将全国国民学校（初级小学）的"国文"科目改名为"国语"。"国文"改"国语"，一字之改意味着白话和语体文作为法定语言和教材的地位的确立。1922年，教育部又复函国语统一筹备会，同意中学的国文教学要"文言文与语体文并重"③。教育部的这番命令为白话文（语体文）在中小学教育中争得了至关重要的地位，同时也为新文学以白话文的身份进入中小学教材创造了条件。

教育部的命令因为顺应民心而得到了各地学校的积极响应，不一年间，大江南北各小学的国文教材都更换为语体文，连初级中学也受到裹挟，纷纷使用语体文作教学材料。大量筛选浅近的语体文进入中小学课本和课堂就成了一时潮流。初期新文学的水平和技艺虽然幼稚和粗糙，但就形象性、生动性和美感这些方面而言还是强于一般的白话议论文、说明文、应用文的。因此，就在急需语体文而已经创作出来的成熟语体文又并不多的情况下，刚刚诞生未几的新文学作品就开始以"语体文"的身份堂而皇之进入中小学课本和课堂了。当时，不仅小学通通改"国文"为"国语"，连中学都有改"国文"为"国语"的提法，如1923年由教育部颁布的新学制中学课程标准纲要——《初级中学国语课程纲要》《高级中学公共必修的国语课程纲要》。小学语文教学本重说话和口语，命名为"国语"是实至名归，而中学的教学任务已不是口语而是文章，这时还被有些人命名为"国语"而非"国文"，可见当时的国语运动和小学改"国文"为"国语"潮流的波及面之大、影响之巨。

小学改"国文"为"国语"，选材由古文变成纯粹的白话和语体文，这还比较容易获得共识。而中学阶段的国文如何选材却很难获得共识。1922年教育部致"国语统一筹备会"的复函中只规定了中学国文教学要"文言文与语体文并重"，并没有具体规定语体文的比重和类别，这就留下了很大的争议和

---

① 转引自王建军：《中国近代教科书发展研究》，广州：广东教育出版社，1996年，第252页。
② 参看王建军：《中国近代教科书发展研究》，第252—253页。
③ 黎锦熙：《国语运动史纲》，上海：上海书店，1990年，第119页。

操作空间。20 年代初期的中学国文课堂主要还是由旧式科举体制培养出来的举人、秀才、私塾先生以及深受旧学影响的教员把控着，他们大多是"国故派"和"国粹派"，对于新兴的语体文是不屑一顾的。他们的做法通常是，你自规定文言与语体并重，我却依然故我，只讲我擅长和喜好的旧文学和国故。就连梁启超、黎锦熙这样的新文化界名人和国文教育家都主张中学应偏重文言文。1922 年夏，梁启超在东南大学暑期学校讲演时说："我主张高小以下讲白话文，中学以上讲文言文，有时参讲白话文。做的时候文言白话随意。因为辞达而已，文之好坏，和白话文言无关。"① 梁启超两次对束世澂说："中学作文，文言白话都可；至于教授国文，我主张仍教文言文。因为文言文有几千年的历史，有许多很好的文字，教的人很容易选得。白话文还没有试验的十分完好，……"② 而据胡适 1922 年 7 月 5 日日记，在中华教育改进社第一次年会期间，语言学家黎锦熙也提出了一个议案：中等各校讲读应以文言文为主，作文仍应以国语文为主，愿意学习文言文者可听其自由。这一"以文言文为主"的教学主张受到胡适的坚决抵制。③ 1924 年，针对当时国文教育界的某些反动论调，如"国语文无价值呀""国故应该整理呀""中学应该教古文呀"等等，新文艺家孙俍工特意撰文《从文艺的特质上解释国语文的价值》，认为以文艺的五种特质——"能感动人""永久""普遍""个性的表现""时代的表现"——为标准，国语文明显优于古文。他还断言："古文在现代是没有价值的无用的废物了。国语在今日实在是我们创作文艺，发表思想的最好的工具。"④

随着新文化运动的扩张和发展，新观念的影响力日渐扩大，而与新文化运动相伴而生的新文学也有很大发展，国文教育改革的话题就由"国语"推进到了"国语的文学"阶段。如常乃德认为，小学毕业生就已经能做白话文了，如果中学还要教学白话文，应将"重点放在文学上"，因为"中学校所造就的是普通的人民，普通的人民若对于文学的兴味一点没有，则结果必造成干燥无味

---

① 卫士生、束世澂笔记：《梁任公先生讲中学以上作文教学法》，上海：中华书局，1925，第 53 页。
② 参见卫士生、束世澂：《〈中学以上作文教学法〉序言一》，卫士生、束世澂笔记：《梁任公先生讲中学以上作文教学法》，"序言一"，第 1—2 页。
③ 参见陈平原：《八十年前的中学国文教育之争——关于新发现的梁启超文稿》，《中华读书报》2002 年 8 月 7 日。
④ 孙俍工：《从文艺的特质上解释国语文的价值》，《学生杂志》第 11 卷第 7 号，1924 年 7 月。

的社会"①。孙俍工也认为"在中等学校底国文科里纯文学应该占十分之六七"②。除了观念上的宣传,许多新文学作家也凭借担任中学国文教员的机会将新文学向中学渗透。如孙俍工不仅在中学教国文,还编选出版了初中国文教材,在其中率先大量选入新文学作品,其比重高得惊人。而叶圣陶、朱自清、刘大白等人20年代初期在江浙各地的中学课堂上已有意识地介绍新文学和选讲新文学作品,还在课外热情指导帮助学生从事新文学的阅读和创作活动。所以,在20年代前半期,当新文学还不够成熟且在社会上还没有得到广泛接纳和承认的时候,新文学界在将自身推广到中学校园时是很积极和主动的。其结果是培养起了中学生们对于新文学的兴趣,反过来又倒逼保守的旧式国文教员添讲新文学,甚至是倒逼校方辞退旧式国文教员而迎聘新文学家为教员。20年代中期起,许多此前参加了新文化运动和受新文学运动影响的大学毕业生(包括高师毕业生)和高中毕业生纷纷成为中学教师,他们自然也会利用课堂内外的机会向学生灌输新文学的知识和内容。

总之,由于国语运动和国文教育改革这一"天时",以及各方面的"人和"——首先是蔡元培、胡适等有影响力的新式知识分子的舆论鼓吹和政策运作,其次是叶圣陶、朱自清、孙俍工等众多新文学家和新文学的拥护者在中小学教师任上的努力,新文学先是以"语体文"的身份悄悄进入中学国文教材和课堂,随后就是以独立的"新文学"的身份而存在了。到了1931年,山东一位国文教师感叹说:"不知怎的十数年来,一般人对国文的观念,大多数都缩小到文学的范围上去,于是任中学国文教员的,也多无疑的认为自己当了国文教员,就是负了宣讲文学的使命,翻过来讲一篇小说,翻过去讲一篇戏剧,总之文艺作品是唯一的教材,教材大部分是文艺。"③这里所谓的"小说""戏剧"和"文艺作品"主要是就新文学而言。新文学毕竟是进步思潮与文化的代表,是在逐渐发展和成熟中的,而且是与现实生活紧密相关的,所以它获得的支持越来越多,在中学国文课程和中学师生心目中的位置也越来越稳固。

三、国文教育的时代演进与新文学接受

新文学以语体文的身份而获得教育制度保障得以进入中学国文教材,许多

---

① 常乃德:《中学校国文教授之我见》,《中等教育》第2卷第1期,1923年3月。
② 孙俍工:《文艺在中等教育中的位置与道尔顿制》,《教育杂志》第14卷第12号,1922年12月。
③ 山东省政府教育厅编:《山东省县私立中等学校国文教学概况》,第222页。

著名的新文化界人士和教育界人士也努力在为新文学争取其在中学国文中的地位，但这还并不能完全决定实际的中学国文教学中新文学以多大的比重和什么样的形态呈现。这要受制于各种国文教育思想与主张博弈的结果。整个民国时期，在新文化与"国故"，新文学与旧文学等等不同趣味与倾向博弈的复杂环境下，中学师生对待新文学的态度也比较复杂，许多人也经过了一个由排斥、怀疑到逐渐适应的过程。所以新文学在中学国文中的位置总体上看是日趋稳固的，是越来越没有争议的，只是其所占比重由于复古思潮的影响而在某些时段有所下降罢了。至于新文学在中学国文教育中呈现的面貌和情态，也因不同国文教育思想的博弈而具有某些共时性的地区差异和历时性的变化。大体上可以说，民国时期主要存在着社会本位派、语文技能本位派和文学本位派这三种国文教育观念，它们对于新文学的态度和处理方式是有所差异的。

社会本位派是民国时期持续时间最久、影响力最大的一派。这一派注重对学生进行社会认知教育，力图帮助学生尽快了解社会，使其具有将来适应社会所需的素质或是改造社会的意愿和能力。如沈仲九在1919年说："国文研究的材料，以和人生最有关系的各种问题为纲，以新出版各种杂志中，关于各问题的文章为目。这种问题和文章，要适合学生的心理，现代的思潮，实际的生活，社会的需要，世界的大势，而且要有兴味。"① 这可以说是大致代表了社会本位派的国文教育观。1923年，教育家兼出版家舒新城提出初中国文教学所应依照的四条原则，其第一条就是社会认知方面的（"使学生多与社会接触以扩充其经验，使研究问题时判断正确，发表思想时材料丰富"），第二条是语文能力方面的（"多予学生以练习的机会，养成其迅速明确的习惯——练习语言与文字并重"），第三条是美育方面的（"多选文学作品，养成学生美感"）。对于第一条原则，舒新城解释说："许多人教国文，都只注意于形式上练习而忽视扩充学生的经验。形式的练习本不当轻视，然而学生经验不丰，对于社会上各种问题第一是不能感触；即偶然感触到了，也无意见表示。所以徒为形式上之练习，实在没有用处……（中略）我们应当改弦更张，先从扩张学生的经验入手，所以有第一条原则。"② 舒新城所提出的第三条原则也颇值得重视，这种观点承认了文学有其独立的审美情感价值，但它毕竟位于第一条原则之后，所以文学作品首先应该是用来扩充中学生的社会经验和训练其思想能力的

---

① 仲九：《对于中等学校国文教授的意见》，《教育潮》第1卷第5期，1919年10月。
② 舒新城：《道尔顿制功课指定概说》，吕达、刘立德主编：《舒新城教育论著选》上册，第262—263页。

材料。按沈仲九、舒新城所代表的这种社会本位的国文教育观，新文学中能够反映社会问题和有助于传授社会经验的类型和品种才是最受青睐的。这种偏重社会价值取向的国文选材观也得到了 1929 年 8 月教育部修订后颁布的新的课程标准的支持，这个初级中学国文课程标准规定，选用教材的内容标准应为"合于现实生活的""含有改进社会现状的意味的"等，另外还明确"作文题材取有关于现实生活的"。①

语文技能本位派强调以读写技能为国文教育的首要目标，这一派的思想诞生很早，但在 20 年代的国文教学实践中还很少收到实效，直到 30 年代才随着国文教育的成熟而成为思想潮流并得到广泛实践。穆济波早在 20 年代就提出了偏重于读写能力的国文教学目标。他认为普通国文教学应有如下目的：A. 养成适应相当需要的能力：1. 普通言语文字能充分运用自如，2. 社会习用的文章法式能充分了解与应用。B. 养成自由发展思想的能力：1. 情意的活动能充分表现，2. 情意的活动能自由潜发。C. 养成观察与批评现实生活的能力：1. 最近的环境与时代趋势的了解，2. 人生的欣赏与眷注。D. 养成自由读书的能力。② 穆济波首先重视的就是"言语文字"的运用能力和"文章法式"，其次才是思想能力训练和社会认知等目标。朱自清也提出了自己的主张："我以为中学国文教学的目的只需这样说明：（1）养成读书思想和表现的习惯或能力；（2）发展思想，涵育情感。""这两个目的之中，后者是与他科相共的，前者才是国文科所特有的；而在分科的原则上说，前者是主要的。"③ 他所谓"表现的习惯或能力"是就写作、演说、辩论等而言。与朱自清一样，叶圣陶也不同意将过多的教育目标和使命压到国文教学肩上，而是主张国文教学应偏重语文知识与写作技能的培养这一首要目标。叶圣陶在 1932 年发表了《国文科之目的》，其中说："在这里，颇有问一问国文科的目的到底是什么的必要。我们回答是'整个的对于本国文字的阅读与写作能力的教养'。换一句话说，就是'养成阅读能力'、'养成写作能力'。"④ 这一流派在 30 年代的壮大还得

---

① 《初级中学国文暂行课程标准（1929 年）》，课程教材研究所编：《20 世纪中国中小学课程标准·教学大纲汇编·语文卷》，北京：人民教育出版社，2001 年，第 283 页。

② 转引自朱剑芒：《初中国文教学法》，朱剑芒编：《初中国文指导书》第 1 册，上海：世界书局，1931 年，第 7—8 页。

③ 朱自清：《中等学校国文教学的几个问题》，朱乔森编：《朱自清全集》第 8 卷，南京：江苏教育出版社，1993 年，第 390—392 页。

④ 刘国正主编：《叶圣陶教育文集》第 3 卷，北京：人民教育出版社，1994 年，第 32 页。

益于中学会考制度的支持。1932年，教育部公布了《中小学学生毕业会考暂行规程》，要求以会考的方式检验各地方、各学校的教学水平以及学生的学习效果，"非各科皆能及格不得毕业"。会考主要考文言文翻译、作文和语法、文法知识，其中作文是重头戏，这自然也逼着中学国文教学走向偏重语文（作文）技能训练的方向。在强调读写技能的倾向下，新文学作品常常是作为文章法式的范例而被教学的。

在强调社会经验的国文目标和强调语文技能的目标之外还有第三种思想流派，即强调文学的审美性和情感性价值的文学本位派。如常乃德认为，中学教学白话文应将"重点放在文学上"，因为"鉴赏和辨别文学作品的能力是不可缺。中学校所造就的是普通的人民，普通的人民若对于文学的兴味一点没有，则结果必造成干燥无味的社会"①。孙俍工也认为"在中等学校底国文科里纯文学应该占十分之六七"，应当"把文艺的意义阐明到真确""把文艺底生命"扩张到人们全体。② 20年代的国文教育界已开始接受西方的文学教育理论，重视起新文学的独特教育价值来。如周铭三、冯顺伯在其合著的《中学国语教学法》（1926）一书中专设了"文艺教学法"这一章，指出文学作品的教学法不同于"文字的教学法""文学的学习……在形式方面注重美的要素；在实质方面注重社会道德的要素；在阅读习惯方面注重修养消遣的要素。"③ 这种纯文学趣味的国文教学观点一度很有势力，二三十年代出版的一些国文教材就热衷于大量选择朱自清、俞平伯、冰心、苏梅、徐蔚南、孙福熙等人的审美性较强的散文小品。针对这种审美化的纯文学教学倾向，有人曾表示不满并批评说："现代中学文学的教学，大都有倾向休闲目标而忽略社会目标的趋势。"④

上述三种国文教育观念对待新文学的态度是有所区别的：社会本位派强调通过新文学作品来增进学生的社会知识和社会经验；语文技能派则强调新文学作品在语文技能学习上的价值，希望通过新文学作品来训练学生的阅读和写作能力；文学本位派则强调文学本身的审美性和独立价值。这三派大体反映了新文学作品在当时中学国文中的使命和教学方式：作为社会问题和社会经验的载

---

① 常乃德：《中学校国文教授之我见》，《中等教育》第2卷第1期，1923年3月。
② 孙俍工：《文艺在中等教育中的位置与道尔顿制》，《教育杂志》第14卷第12号，1922年12月。
③ 周铭三、冯顺伯：《中学国语教学法》，上海：商务印书馆，1926年，第173页。
④ 程其保：《初级中学课程标准之讨论》，《教育杂志》第23卷第9号，1931年9月。

体，作为语体文写作训练的示范，作为对学生进行审美熏陶和涵养其文学兴味的材料。这三个面向在整个20—40年代的国文教学中都是存在的，只不过是在同一时段有声势大小的差异，在不同阶段有此消彼长的演变罢了。大体上说，20年代是这三种倾向都能自由发展的状态，社会本位派与文学本位派大体平分秋色，都很有人气，语文技能派则显得很弱势。到了三四十年代，随着国内社会问题的频出、各种矛盾的加剧和战争动乱的环境——如帝国主义商品倾销导致的农村破产、工商业萧条，地主与农民，工人与资本家之间矛盾的加剧，日本帝国主义加紧侵略中国，抗日战争，国共内战，等等——国文教育中的社会本位派势力与文坛的左翼文学、国防文学、抗战文学等潮流同频共振，其声势明显盖过了文学本位派。而随着国文教育日益走向成熟，重视语文技能训练的教学倾向也在潜滋暗长中稳步发展，对新文学的教学也日趋注重其语文技能层面，因此三四十年代中学生的写作能力明显高于20年代的中学生。而自抗战以后，由于战争形势和社会问题的层出不穷，文学本位派也就长期失势了。

但需要强调指出的是，语文技能派和文学本位派虽然是与社会本位派分庭抗礼的国文思想流派，但他们同样都不否认新文学的社会意义和价值。这是由于新文学所处的民国这个时代和社会的现实所致。比如文学本位派的周铭三、冯顺伯之所以重视"国语文的文艺作品"的教学价值，首先就因为它们"是代表现在社会的时代精神的；中学生当被引导进入时代精神的作品里"①。所谓"现在社会""时代精神"不也是要把新文学作品当作反映时代和社会的材料么！而语文技能本位派的代表性人物叶圣陶则在《国文百八课》第二册"文话一 记叙文与小说"中解释说："据实记录的记叙文以记叙为目的，只要把现成事物告诉大家，没有错误，没有遗漏，就完事了。出于创造的小说却以表出作者所看出来的一点意义为目的。"② 他又在《开明国文讲义》第一册"文话四 小说"中进一步说明："小说的目的却在表达出作者所见于人生的、社会的某种意义""必须叙述文里含着作者所见于人生的、社会的某种意义（主要在'含着'，明白说出与否倒没有关系），方才是小说。"③ 如此反复强调小说要含有"人生的、社会的某种意义"，与社会本位派看待新文学的眼光并不矛盾。

---

① 周铭三、冯顺伯：《中学国语教学法》，第180页。
② 刘国正主编：《叶圣陶教育文集》第5卷，第250页。
③ 同上，第456页。

除了国文思想和观念的差异，新文学在中学教育中的处境还要受到时代演变与社会政治环境的影响。下面我们再就国文教学在时代发展演变中的情形以及新文学在其中的状态作一大致的勾勒。

20 年代的新式国文教育虽属草创期，但基本呈现出相当自由和活泼的面貌，各种思想观念自由交锋，人们自由探索和实验各种教学理念与方法。有的人提倡美育，有的人鼓吹军国民教育，有的人则主张社会教育，还有的人强调以读写技能为主，也还有人鼓吹"国家主义"的文学教育目标①。20 年代，新文学就是在这种自由思想自由实验的宽松的氛围中大举侵入中学国文领域的，反映在当时出版的各种国文教材上，不仅是新文学作品的比重很高（相较于古文和实用文），而且是各种题材、主题和风格的新文学作品都可以入选，各种思想派别（如劳工神圣派、社会问题派、唯美艺术派等等）的新文学作品都能在教材或课堂中占有一席之地。

从 30 年代起则情形为之一变。国民党和日伪政权分别在国统区和沦陷区大搞党化教育或奴化教育，它们的实质和共同点都是教育统制，都以复古教育为手段，使得作为新文化之主要载体的新文学在中学国文教育中的地位大为降低。而在教育基础薄弱的中共抗日根据地和解放区，学生文化水平和政治功利主义也让新文学在中学国文中的地位边缘化，形象残缺化。

国民党一方面大搞党化教育，用大量的党八股挤占新文学的教学地位，另一方面又极力配合蒋介石发动的新生活运动，大举复古忠孝礼义廉耻等传统伦理道德，还由教育部制订了新的国文课程标准以实施上述政治目标，结果就让 30 年代的国文教育受到严重干扰。当时国文教学中的国粹、国故倾向甚嚣尘上，新文学的比重在国文课本中被压减，而且还由于严苛的"不违背党义""不挑拨阶级矛盾和社会冲突"等政治标准而受到清洗，很多左翼作家的作品都被清出课本。与官方的党化思想和复古思想相呼应，国粹、国故派教育思想和谬论再次兴起，它们不满国文教学中实际已经形成的普遍重视语体文（尤其是新文学）的现象，大搞文言复辟运动。它们故意拿中学生文言文写作水平下降的事实做文章，笼统和夸大地宣传中学生国文程度的低落，以图影响社会视听。而叶圣陶等国文教育界的有识之士则针锋相对地指出，中学生国文程度的低落仅仅只是表现在文言文写作方面，但在阅读能力、语体文写作方面则未见

---

① 如胡云翼撰写了《国家主义的教育与文学》（《中华教育界》第 16 卷第 5 期，1926 年 11 月）一文，大肆鼓吹国家主义的文学教育，说国家主义的教育最适合通过文学一科来实行。

有何低落的事实。从 1934 年底到 1935 年 5 月，叶圣陶在其主编的《中学生》杂志上发起了一场"中学生国文程度的讨论"，他自己也撰写了《中学生的国文程度低落吗？》等三篇文章。他认为，就算是中学生作文能力差，也是因为学校只知选用不合时代要求的文言古文的缘故。他强调说："国文科的目标在养成阅读能力跟写作能力，阅读跟写作又须切近现代青年的现实生活。""切近不切近现代青年的现实生活，才是国文教学成功跟失败的分界标。"① 叶圣陶以平实的说理和充分的事实证据对于国文教育中的复古逆流予以阻击。

抗战起，国民党政府加强党化教育和"民族意识"教育，由教育部统一编选所谓的"国定本"《初级中学国文甲编》并从 1942 年起逐渐在国统区强制推广使用。"国定本"充满着复古与党化教育的气味，对于其偏重文言的倾向，当时就有人批评其脱离学生实际："现在初中一年级的学生，已经不容易找到旧式私塾出生的人物，和所谓的'书香世家'的子弟了；至于刚由新制小学毕业出来的，他们一向就没有讲过文言文，一跨进初中的教室，就要他们捧着一本文言文占有大半的课本，这不但是学习上的灾难，有时我们甚至觉得有点儿残酷。"② 抗战胜利后国民党政府继续强制推广使用所谓的国定本教材，其中充斥着国民党达官贵人的文稿和讲话，遭到了国文教育界和学校师生的普遍不满和抵制。当时人批评这套国文课本说，这些文章多由官员的幕僚或部属代为捉刀，"应制"为文，"既无真知灼见，更少热诚和灵感，敷衍成篇，聊以塞责""滥调陈言味同嚼蜡""使一般初中学生终日诵习些这等文字，势将使其思路日益窘涩，观念日益模糊，性灵日益泪没，流弊之大，何堪设想？"③ 由于党化教育思想和所谓民族意识、抗战意识等的限制，这种所谓的"国定本"教材事实上是不可能重视作品的审美艺术性的，也不可能选入与国民党政权为敌的左翼作家的作品。

抗战以后以所谓"国定本"为代表的国文教育中复古倾向和党八股、抗战八股肆意排挤新文学的情况让朱自清、余冠英、李广田等围绕在《国文月刊》周边的国文教育家们实在是看不下去了。余冠英特意撰文《坊间中学国文教科书中白话文教材之批评》，批评国文教科书中文学篇目太少，并强调："中学国

---

① 叶圣陶：《读了〈中学生国文程度的讨论〉》，刘国正主编：《叶圣陶教育文集》第 3 卷，第 43—44 页。

② 林举岱：《国定初中国文甲编第一册商榷》，《国文杂志》第 3 卷第 1 期，1944 年 4 月。

③ 邓恭三：《我对于国文教科书的控诉》，转引自龚启昌：《中学国文教学问题之检讨》，《教育杂志》第 32 卷第 9 号，1948 年。

文教本正该将文艺作主要的教材。文艺作品应该在选文里占大多数。据说中学生对于课本中的语体教材兴趣比较好些,尤其偏重在文艺方面,这样正顺应学生的爱好,教学更容易收效。"① 李广田则痛批当时流行的两本高一国文教材——中华书局版《新编高中国文》第一册和正中书局版《高级中学国文》第一册,前者按文学史顺序来编选古文,后者以学术思想性文章为主——说:"这些教材,高则高矣,试问,这适合于现代青年的接受能力吗?这是现代青年所需要的吗?这会引起学生的兴趣吗?这可以作中学生作文的范文吗?"② 稍后他又撰文《论中学国文应以文艺性的语体文为主要教材》,认为"文学的阅读可以实现中学教育中社会公民的目的,因为文学使阅读的人有更多的人间经验""积极的文学作品,可以增强中学生的意志,可以鼓励他们的奋斗精神""而这又是教条式的教训,任何空论,以及实用教材所不能办到的"。③ 朱自清曾是较重视写作技能和应用文体教学的一派,曾经表示过对中学国文教学偏重文学篇目却忽视语文技能的担心,但到了40年代,他也有针对性地提出了重视文艺教学的主张。他撰文说:"文艺增进对于人生的理解,指示人生的道路,教读者渐渐悟得做人的道理。这就是教育上的价值。文艺又是精选的语言,读者可以学习怎样运用语言来表现和批评人生。国文科是语文教学,目的在培养和增进了解、欣赏与表现的能力,文艺是主要的教材。"④ 余冠英、李广田、朱自清等在四十年代中后期集中发声提倡重视新文学作品的教学,是在与当时党化和复古化的国文教育歧路进行抗争。

在"九一八"事变和"七七"事变之后的沦陷区,日本殖民者和其扶植的伪政权也在加强教育统制,大搞奴化教育和复古教育,以泯灭中国人民的民族意识和国家观念,培养服从于日本侵略和殖民统治的顺民。"九一八"事变后,日寇先是在东北发动宪兵,对学校、图书馆、书店中有"排日"记事的书籍悉数加以"押收"和"烧却",对小学校以上的教科书加以搜查和检阅,对其中排日的章句加以删除或是"墨涂",接下来则是用"满洲国"版的教科书

---

① 余冠英:《坊间中学国文教科书中白话文教材之批评》,《国文月刊》第17期,1942年11月。
② 李广田:《中学国文程度低落的原因及其补救办法》,《国文月刊》第28、29、30期合刊,1944年11月。
③ 李广田:《论中学国文应以文艺性的语体文为主要教材》,《国文月刊》第31、32期合刊,1944年12月。
④ 朱自清:《中学生与文艺》,《中学生》第187期,1947年5月。

加以替代。① 当时在吉林北山小学就读的陈尊三回忆："所有的课本中鲁迅的、茅盾的，甚至冰心的文章都被剪子剪掉了。其实鲁迅的文章是散文《风筝》，这篇文章并没有反日倾向，但这也不行，不能让青少年知道鲁迅。"② 而在"七七事变"之后，华北"临时政府"和华东"维新政府"这两个日寇扶持起来的傀儡政权搞"南北政府の教育一元化"，制订了统一的教育方针，如"青年教育的根本方针是：排日教育的彻底的排除和亲日思想的促进这两点"③。伪政权成立专门的教科书编审机构，如华北"临时政府"组织的"初等教育研究会""中等教育研究会"和"教育总署编审会"，南京"维新政府"组织的"国立编译馆"，它们一方面加强对旧教科书的审查和检定，要求其修改或删削之后才发行，另一方面也以"消除排日意识，促进日支亲善"为宗旨，新编和出版中小学教科书，并强制各地使用。比如在教科书检定方面，南京市教育局于1940年9月公布的教科书审查表显示，许多国文教科书都应该修改、删削。具体有：（1）朱剑芒主编《初中新国文》（世界书局1939年4月版）要求删去十余篇课文，另外第六册第四十课中与"一·二八事变"有关的一段要修正；（2）蒋伯潜主编《蒋氏初中新国语》（世界书局1938年5月版）应删除《在雪夜的战场上》《战地的一日》《抗战受伤的追忆》《济南城上》《川原中尉战毙记》《第八支队》《南口喋血记》《明史戚继光传》等与抗日有关或易于激发爱国热情的课文；（3）叶楚伧主编的《初级中学国文》（正中书局1934年版）也应删除十多篇课文；（4）傅东华主编的《复兴初中国文》（商务印书馆1938年10月版）除应删除某些课文外，还应消除"五四事件""反抗精神"等字句。④ 初时日占区还允许使用经检定与削除、"修正"后的旧教材，稍后便是全面强制使用华北伪教育总署编审会编的《初中国文》（新民印书馆1938—1939年初版，1941年修正）和《高中国文》等教科书。比如，1939年5月，华北伪政府发现天津市英法租界内的各中小学校还在使用国民政府时代的旧教科书，大为不满，特别发出训令，强制各学校使用新民印书馆的

---

① 据［日］川岛真.『日中外交懸案としての教科書問題——一九一〇—四〇年代』，並木頼寿，大里浩秋，砂山幸雄.『近代中国・教科書と日本』，東京：研文出版，2010年，第376—377页。

② 朱林林：《抗战时期的沦陷区教科书》，《钟山风雨》2013年第5期。

③ ［日］大里浩秋.『『日華学報』に見る「親日政権」下の教科書検定の動き』，並木頼寿，大里浩秋，砂山幸雄.『近代中国・教科書と日本』，第507—508页。

④ 同上，第537—541页。

教材，且对旧教科书实行"徹底的に排除"①。此外，殖民统治者及其走狗也大搞复古，在新编国文课本中大肆宣传国故与国粹，妄图用传统的封建思想和伦理道德观念来麻醉中国学生。日寇扶持的伪南京"中华民国维新政府"教育部制订的教育"根本方针"即："推广东亚固有文化，矫正错误（恶）思想，养成青年子女健全的思想。"②所谓"东亚固有文化"，不外乎日本的军国主义文化和中国旧有的封建文化和道德，诸如皇权思想、忠孝思想、王道乐土之类。学校当局和国文教员为了避免政治迫害，也只能被动地配合殖民者。比如，洪光仪于1941年夏进入杭州中学（高中）读书，"那时校中教国文，不用课本，用的是教师选印的文篇。为了取材便利，又不致抵触政治，所选的文章，差不多全是《古文观止》上的"③。

在国统区和沦陷区之外，中共领导下的抗日根据地和解放区，也呈现出教育统制化的苗头，但并没有导致严重的后果。因为抗日根据地和解放区基本都是乡村、山区和小城镇，中等教育在很长时期内都很贫弱，学校数量和学生人数很少，师资、课本、课外读物等都很匮乏，国文教育水平也可想而知。直到解放战争时期，解放区的中等教育才有所壮大。总体看，新文学在抗日根据地和解放区国文教育中的地位并不高：其一，正式出版和使用的中学国文课本不多，抗战时期大概只在延安出版过一两套，直到解放战争时期才在各解放区陆续编写和翻印了一些，但数量也不算很多，更谈不上系统；其二，因为学生水平和实用主义所致，课本偏重故事、通讯、报告等普通文和应用文，不重视纯文学，新文学篇目所占比例很低；其三，课本中新文学的选目呈现很强的政治色彩，主要是鲁迅作品、解放区作家的作品和少量左翼作家的作品。

---

① ［日］大里浩秋.『『日華学報』に見る「親日政権」下の教科書検定の動き』，並木頼寿，大里浩秋，砂山幸雄.『近代中国・教科書と日本』，第513页。
② 同上，第505页。
③ 洪光仪：《我学习国文的经过》，《中学生》第183期，1947年1月。

第二章 中学①体制和相关政策

如前所述，新文学之与民国中学生发生交集，既有文学"新民""立人"之类的国民教育思想背景，又有中小学国文教育改革这样的制度背景。从中学生所身处的学校这一主要生活空间来看，他们主要是通过课堂和课外活动来接触中国新文学的，于是，民国时期中学的课程体制和校园环境就成为中学生接受新文学的重要背景条件。这里所谓的中学课程体制主要是指政府规定的"国文"课程设置和相应的教学标准，也包括与国文直接相关的选修类课程，它们对于中学生的新文学接受具有很大的影响力。与课程问题紧密相关的还有一个教科书的编写和使用问题，这当然也属于国家教育政策层面的问题。所谓校园环境，则主要是指以寄宿制为主体的中学格局，寄宿制下普遍实行的晚自习制度和因寄宿而形成的丰富的校园活动，此外，民国教育行政当局和学校当局所支持的学生自治和大力发展学生社团以训练学生能力的政策等，也使得与新文学相关的学生社团活动和校园文化活动十分丰富，这都有助于增进中学生与新文学的关系。关于民国中等学校的寄宿体制、学校当局的校园管理政策及相应形成的校园生活氛围等问题，我们留待后面的章节再展开，本章我们专门探讨中等学校的课程体制、教科书编写使用体制和相关问题。

一、课程设置、课程标准与新文学的位置

新文学在民国中学教育中的位置主要归属于"国文"这门课程，而"国文"这个课程名称发端于清末。以《钦定学堂章程》（1902）和《奏定学堂章

---

① 本书所指"中学"系"中等学校"之简称，指1922年之前旧学制下的四年制中学堂和1923年以后新学制下所有的中等教育系统的普通、师范和职业学校。

程》(1903)为标志,清政府仿照日本学制,陆续设计并颁布了"壬寅—癸卯学制",规定在初等小学堂设"中国文字"科,"其要义在使识日用常见之字,解日用浅近之文理"①;在高等小学堂设"中国文学"科,"其要义在使通四民常用之文理,解四民常用之词句,以备应世达意之用""兼使学作日用浅近文字"②;在中学堂设"中国文学"科,首要任务是"作文""次讲中国古今文章流别、文风盛衰之要略,及文章于政事身世关系处"③。"中国文字""中国文学"科的设立是"国文"科的前史。1907年,清政府颁布了《学部奏定女子小学堂章程》,其所列学科中无"读经"而有"国文",国文科"其要旨在使知普通言语日用必须之文字,能行文自达其意,且启发其智慧"④。这是中国依据政府教育法规采用"国文"学科名称之始。民国成立后基本沿用"国文"这一名称,直到1920年1月教育部下令将全国国民学校(初级小学)的"国文"科改名为"国语",但中等学校基本还是沿用"国文"这个名称。

1912年9月,民国政府教育部公布《中学校令》,同年12月在其《施行规则》中开列学科为修身、国文、外国语、历史、地理、数学等14门,废除了清末《钦定学堂章程》中规定的"读经""词章(文学)"等与国文相关的科目。民国政府教育部规定"国文"科的要旨"在通解普通语言文字,能自由发表思想,并使略解高深文字,涵养文学之兴趣,兼以启发智德",并规定"国文首宜授以近世文,渐及近古文"⑤。这项规定把"涵养文学之兴趣"的地位抬得很高,成为国文教学的要旨之一,而"启发智德"不过是从"涵养文学之兴趣"中派生出来的次等目标。这条看似悖谬的规定背后反映的是深受西方现代学术分科思想影响的中国新式知识分子们的主张和利益。蔡元培、王国维等深受中国传统文学熏陶,又受到西方学科体制的启发,重视"文学"的教育价值,主张通过文学教育来实施"美育",并视文学为国文科的主要材料。蔡元培说:"国语国文之形式,其依准文法者属于实利,而依准美词学者,属于美感。其内容则军国民主义当占百分之十,实利主义当占其四十,德育当占

---

① 《奏定初等小学堂章程》(1904),舒新城编:《中国近代教育史资料》中册,北京:人民教育出版社,1961年,第420页。
② 《奏定高等小学堂章程》(1904),舒新城编:《中国近代教育史资料》中册,第435页。
③ 《奏定中学堂章程》(1904),舒新城编:《中国近代教育史资料》中册,第509页。
④ 舒新城编:《中国近代教育史资料》下册,第802页。
⑤ 顾黄初、李杏保主编:《二十世纪前期中国语文教育论集》,成都:四川教育出版社,1991年,第8页。

其二十，美育当占其二十五，而世界观则占其五"①。"美育"在其中的比重相当高。重视国文材料的"美感"和"美育"功能，这为后来新文学进入中学国文课程提供了理论支持。

民国建立后最初沿用晚清的日本学制，设四年制的中学堂，国文是其必修课程。1923 年起，全国学校系统改为欧美学制，史称"壬戌学制"，其中中等教育阶段包括初中三年和高中三年，另外将普通中学、师范学校和职业学校分设，但无论是在哪种学校，国文都是核心的必修课程。当然，民国时期的中等学校体系比较复杂，不仅有公立的学校系统，还有规模庞大的私立学校系统，其中还包括由国外势力（比如教会、海外华侨）控制的学校系统。比如教会系统的学校就一度（在民国政府没有收回教育权之前）拥有相当的办学自主权，对于国文课程的重视程度甚至是教学目标都不一定同于公立学校。即便是公立的中学校系统也并不是铁板一块，职业学校就远不如普通中学和师范学校那样重视国文②。而且，由于长期存在政权分立的情形，事实上很难有全国统一的国文课程制度。比如日本侵占中国东北后，把日本语列为"国语"，把中国语改成"满语"课程，教材中充满日本的历史、文化、人物方面的文章，日文好坏成为衡量学生成绩的最重要的指标。全面侵华之后，在华北、华东等占领区，日伪强行把日语定为各级学校的必修科目，并不断增加学时，以前的国文课时则遭到压缩以为日语课让路。但总体来看，在民国的绝大部分时空里，国文还是中等学校的主要课程，即便是沦陷区也没有完全停止国文课程，而且自20 年代起，新文学已成为中学国文课程中的重要内容。

自从新文学运动与国语统一运动合流并向中小学教育中渗透以后，新文学就开始以语体文的身份进入中学国文，然后又受到教育部颁布的课程纲要和课程标准的保护。1923 年 6 月，全国教育联合会公布了《中小学课程纲要》，其中叶绍钧起草的《初级中学国语课程纲要》规定"毕业最低限度的标准"是"能欣赏浅近文学作品"。所谓"浅近文学作品"应当主要是指白话文学和新文学。1923 年的这套初中、高中《国语课程纲要》分别要求国语教学以"引起学生研究中国文学的兴趣""培养欣赏中国文学名著的能力"为目标，这也

---

① 蔡元培：《对于教育方针之意见》，《东方杂志》第 8 卷第 10 号，1912 年 4 月。
② 当时的职业中学校分商科、化学、染织、金木工等专业，国文教授时间多寡不一。比如在 1931 年的山东省省立第一职业学校，商科三年的国文课时间为每周 7、7、6 课时，化学科、染织、金木工科只在前两年有国文课，每周均为 3、2 课时。（王育杰：《山东省立第一职业学校国文教学概况》，《山东省县私立中等学校国文教学概况》，第 415 页。）

是以制度化的方式保障了文学作品在中学国文教学中的地位。且看纲要规定的初中国文三个"段落"（年级）的精读与略读要求：

第一段落 精读：传记，小说，诗歌，兼及杂文，语体约占四分之三；取材偏重近代名著。

第二段落 精读：记叙文，议论文，小说，诗歌，杂文。取材不拘时代。语体约占四分之二。

第三段落 精读：记叙文，议论文，小说，诗歌，杂文，语体约占四分之一。余同第二段落。

略读书目举例（三个段落同）：

（一）小说：1.《西游记》。2.《三国志演义》。3.《上下古今谈》（吴敬恒）。4.《侠隐记》（法国大仲马原著，伍光建译）。5.《续侠隐记》（同上）。6.《天方夜谭》（有文言的译本）。7.《点滴》（周作人）。8.《欧美小说译丛》（周作人）。9.《域外小说集》（周作人）。10.《短篇小说》（胡适）。11. 鲁迅小说集。12.《阿丽思梦游奇境记》（赵元任）。13. 林纾译的小说若干种。

（二）戏剧：1. 于元明清词曲内酌选其文词程度为初中学生所能了解，而其意义无背于教育者，如《汉宫秋》、《牧羊记》、《铁冠图》之类。2. 于近译西洋剧本内酌选如《易卜生集》第一册（潘家洵译）之类。

（三）散文：甲. 以著作人分类，例如梁启超文选，章士钊文选，胡适文选之类；乙. 以文体分类，例如议论文选本、传记文选本、描写文选本之类。丙. 以问题分类，例如文学革命问题讨论集、社会问题讨论集等。①

这个纲要始终强调以小说、诗歌为主要选材对象，而且在略读书目中推荐了胡适、周作人、鲁迅等人著译的大量语体文学，还推荐阅读关于文学革命问题的讨论集。

1923 年的课程标准规定了初中国文教材中语体文至少占一半的比例，这为新文学篇目以语体文的身份大量进入教材和课堂奠定了基础。在当时保守的"国故"势力还很强势的背景下，课程纲要起草者叶绍钧没有公开提出对新文

---

① 《新学制课程标准纲要·初级中学国语课程纲要（1923 年）》，课程教材研究所编：《20 世纪中国中小学课程标准·教学大纲汇编·语文卷》，第 275—276 页。

学的教学要求,只是含混地提出让学生"能欣赏浅近文学作品"。胡适则提出了"国语文学"并将其置于和古文学并称的地位上,要求文科高中生了解国语文学,认识其历史地位。他起草的《高级中学第一组必修的特设国文课程纲要·(二)中国文学史引论》中要求"使学生了解古文学与国语文学在历史上的相当位置",还在课程中规定了要学习"革命与建设"这一新文学运动的内容。① 在胡适的高中文学史课程纲要中,新文学成为整个中国文学史的第六个时期,至少占有了1/6的分量。

1929年8月,国民政府教育部修订的课程标准(《暂行标准》)颁布,它除了规定国文教学的大目标外,还详细地提出了包括"作业要项""时间支配""教材大纲""教法要点"和"毕业最低限度"在内的多项内容,可以说是对国文教学进行了更细化和量化的规定和指引。《暂行标准》规定初中各年级文言文和语体文的比例依次为:第一年三比七,第二年四比六,第三年五比五,相较于1923年课程标准,明显进一步增加了语体文的比重。在"略读"的"选用读物的标准"项下,除"国文知识和技能""品性的涵养""思想启发"这三条外还列了"能使学生对于文学获得最低限度的常识,或引起欣赏的兴趣的"这一条。它重视"语体文"和"文学",表明了对于新文学的支持态度。1929年的初中课程标准还列了六条"选用教材的标准":(1)包含党的主义及策略,或不违背党义的。(2)合于现实生活的;乐于社会生活的。(3)含有改进社会现状的意味的。(4)合于学生身心发育的程序的。(5)叙事明晰,说理透辟,描写真实的。(6)造句自然,音节和谐,能耐讽诵的。② 这六条标准中的第二、第三条明显有利于新文学作品的入选,同时也暗示"含有改进社会现状的意味的"新文学作品更应入选。此次的《高级中学普通科国文暂行课程标准》还在"作文练习"项下规定:"文学作品凡小说,诗歌,戏剧,各种散文,皆可令学生试作。其有特别天才者,当就其性情所近,指示他多读名家作品,以作模范。"③

1932年,教育部颁布了正式审定的《课程标准》。这次的国文课程标准对"目标"进行了相应的调整,增加了引导学生了解本国固有的文化、培养其民

---

① 课程教材研究所编:《20世纪中国中小学课程标准·教学大纲汇编·语文卷》,第281页。

② 《初级中学国文暂行课程标准(1929年)》,课程教材研究所编:《20世纪中国中小学课程标准·教学大纲汇编·语文卷》,第282—285页。

③ 课程教材研究所编:《20世纪中国中小学课程标准·教学大纲汇编·语文卷》,第288页。

族精神的目标，且将其列为第一项，"叙事说理表情达意之技能"次之，"欣赏文艺之兴趣"排到了第四位，即最末一位。《初级中学国文课程标准》规定教材选文要做到"含有振起民族精神，改进社会现状之意味者""合于现实生活及学生身心发育之程序，而无浮薄淫靡或消极厌世之色彩者"。这些规定都从实质上降低了纯文学的地位，要求入选教材的新文学应具有思想道德教育或社会教育方面的内容，而不能只是纯粹的审美品。但在"略读"选材方面则放松了对于文学作品的内容限制，列举了"古今名人游记""古今小品文及短篇小说集""歌剧话剧之脚本""适合学生程度之定期刊物"等选材对象。①《高级中学国文课程标准》规定教学目的有四："使学生能应用本国语言文字，深切了解固有的文化，以期达到民族振兴之目的。""除继续使学生能自由运用语体文外，并养成其用文言文叙事说理表情达意之技能。""培养学生读解古书，欣赏中国文学名著之能力。"② 相比于此前的《暂行标准》，这套标准明显强调了"固有的文化"的传授和对文言文写作技能的传授，从而显示出相当明显的"国故"和复古倾向。这样的课程标准当然会导致新文学作品在教材中比重的下降。当然，由民间自行编写和出版的国文教材未必都遵循这种选文标准，实际的国文教学中师生也未必都按照《标准》来办。

1932 年的初中高中课程标准都要求"选文材料中应注意加入下列各项之党义文选：中山先生传记、中山先生遗著、中山先生演说词、中国国民党历次重要宣言、中国国民革命史实、中国国民党史略、革命先烈传记、革命先烈遗著、党国先进言论"。这一条规定在 1936 年的《初级中学国文课程标准》《高级中学国文课程标准》，1940 年的《修正初级中学国文课程标准》《修正高级中学国文课程标准》中都保存下来了，1940 年的标准中于党义文选项下还新增了"总裁言论"。在这些课程标准影响下，30 年代以后国文课本中新文学的篇目比例呈下降趋势，以便腾出篇幅加入这些"党义文选"。1932 年的这个课程标准制定于日本加速侵华的"九一八"事变和"一·二八"事变背景之下，因此增加了"民族精神""民族振兴"这些课程目标，也得到了一定程度的响应。福建省教育厅根据教育部课程标准而颁行了《福建省中学课程实施纲要》，特别说明："关于文学艺术等课程必须注重发扬民族精神造成雄壮勇敢之风尚，

---

① 课程教材研究所编：《20 世纪中国中小学课程标准·教学大纲汇编·语文卷》，第 289—290 页。

② 同上，第 293 页。

一切浪漫堕落萎靡不振之文艺绝对禁止。"① 这里明显是对国文科中的文学教学提出了有针对性的要求。强调爱国主义和民族主义的教育政策自然也反映到了这一时期国文教材的新文学选目上,《济南城上》《国旗》《一月二十八夜》《街血洗去后》《五月卅一日急雨中》等抗日爱国和反帝国主义题材的作品普遍受到青睐。

由于国民党政府进一步强化专制统治,而日本帝国主义的侵略行径也越发猖獗,1936 年 6 月教育部又颁布了新的《初级中学国文课程标准》。它提升了"了解固有文化"和"唤起民族意识并发扬民族精神"这两条标准的重要性,而"欣赏文艺之兴趣"则下降到第五位,也是最后一位。这种倾向显然也改变着新文学作品在国文教学中的地位。1940 年颁布的《修正初级中学国文课程标准》相较于 1936 年标准,将"欣赏文艺之兴趣"从第五条提前到第三条,置于"了解固有文化""唤起民族意识与发扬民族精神"之前。这一积极的变化是国文教育界努力争取的结果,也是文艺抗战取得积极效果的产物。抗战初期,文艺所起到的巨大的宣传和动员效果(比如戏剧入伍、戏剧下乡)让课程标准的制订者们也重新认识到了文艺的力量。1940 年的《修正高级中学国文课程标准》相较于 1936 年标准也有积极的调整,即将"陶冶学生文学上创作之能力"提升到第三位目标,居于"固有文化"和"民族意识"之前。② 1948 年颁布的中学国文课程标准似乎又倒退了,其初中课程标准中干脆就去掉了"欣赏文艺之兴趣"这一目标而增加了"培养运用国语及语体文表达情意之能力,以切合生活上之应用",高中标准中也去掉了"学生文学上创作之能力"这一条而增加了"能作切合生活上最需要应用最广之文字"这一条。③ 相较于 1932、1936、1940 年的三个标准,政治标准虽然弱化了,语文技能标准又压过了文学标准。

三四十年代的几个课程标准相较于 20 年代的课程标准有两个突出的变化:其一是"复古"的倾向和政治化的倾向较强,这必然影响到国文课本的选材,使新文学的篇目在数量和比例上有明显下降,而且由于种种政治性标准的设置,那种违背党义和不承载传统美德的新文学作品便很难入选。其二,更加重视读写能力的训练,不仅要读写语体文,还要读写文言文,这对于新文学有两

---

① 福建省教育厅秘书处编:《福建现行教育法规汇编》,1932 年 7 月,第 56 页。
② 参见课程教材研究所编:《20 世纪中国中小学课程标准·教学大纲汇编·语文卷》,第 304、309 页。
③ 同上,第 318、320 页。

种可能的影响，一是其比重和地位受到文言文的冲击而有所下降，二是新文学作品的写作示范价值得到提升，由仅供学生欣赏向供其写作学习转变。重视读写能力的训练是一个进步，反映了国文教育的日渐成熟与回归基础和本位——读写。而复古和党化、政治化，反映的是当时各种社会矛盾和思想冲突的交汇，对于国文教育的健康发展是有明显的损害性的，可以说是国文教育史上的一股逆流。

必须注意的是，教育部颁布的国文课程纲要和课程标准其实并不具有强制性的约束力，实践中也不能避免不同学校和教师各行其是的纷乱情况。朱自清在1925年时即说："旧部章固不在教师们的眼中，'新学制课程纲要'也还无约束的力量；所以现在的情形，只是各出心裁"①。纪子培更是明确地说："虽然在十八年的秋天，教育部曾经颁布过中小学课程标准；但是，谁又切实地奉行过呢？这责任固然应由各学校当局及各教员负担；但是该课程标准本身之有缺陷和不适当处，恐怕也有问题的罢！"② 实际上当时国文教育界对于国文课程的目标、宗旨等等的认识是有着明显的分歧的。1931年，山东省立第二师范学校的国文教员纪子培主张的国文教学目的为：初中（前期师范同）——甲、培植成迅速自由阅读及写作语体文的能力；乙、养成欣赏时代文艺及学术的兴趣；丙、灌输民生史观的新思潮以培植成学生之正确的人生观。高中（后期师范同）——甲、培植成充分了解时代文艺及学术的能力；乙、养成其写作此种文艺及学术文字的能力；丙、养成略读古书的能力并使之了解文艺的本质及演进。③ 纪子培特别强调了"时代文艺"的欣赏兴趣和写作能力，而其所谓的"时代文艺"隐然有追逐新文学时潮的意味。这种个人的观点与当时教育部的课程标准并不一致，后者并未要求培养学生的文学写作兴趣和能力。国文教育宗旨分歧、观点多样，自然导致实际的教学五花八门，各有偏重，而且当时的国文教员在实际教学活动是有相当的自由权和实验的权力的。1931年，山东省立第二师范学校的国文教员袁景修便声称，国文科范围太广、选材太难，各校情形又不同，"所以结果，虽然是教育部曾颁布了中小学的课程标准，而实际上，每个学校是各自为政，而每一教员也是因人而异趣。"④ 邵燕祥回忆

---

① 朱自清：《中等学校国文教学的几个问题》，朱乔森编：《朱自清全集》第8卷，第389页。
② 山东省政府教育厅编：《山东省县私立中等学校国文教学概况》，第26页。
③ 同上，第27页。
④ 袁景修：《山东省立第二师范学校国文教学概况》，山东省政府教育厅编：《山东省县私立中等学校国文教学概况》，第15页。

在 40 年代后期读中学时的情况说："当时我敬爱的几位国文老师，可能自备教案，但显然没有依照什么教学大纲，或因国民党大树将倾，他们的教育部顾不上'部颁'什么统一的标准了。这就给了老师自然也给了学生们相应的自由空间。"① 以上这些情况提醒我们，研究民国时期中学国文的教学情况，不能仅仅以课程标准、课程纲要之类的官方文件为准，这样得出的结论可能与实际情形相差甚远。

还应该注意高中情况的特殊性。在高中国文课程标准的影响下，坊间出版的高中国文教材确实普遍较侧重文言文和学术文的教学，新文学作品的比重偏低。这也遭到有识之士的批评。徐中玉即指责商务版的《复兴高级中学教科书·国文》第五册"连一篇纯文艺的东西也没有！"② 但由于课程标准不具备法律效力，且民间又有教材编写的自由，所以仍然有少量的高中国文教材表现出对新文学的偏重。朱自清、叶圣陶、吕叔湘合编的《开明新编高级国文读本》（1948）共三册，除第三册为古文外，第一、二册中新文学作品就占了大半，其中小说和散文有《社戏》《骆驼祥子（节录）》《华威先生》等 10 多篇，诗歌则有郭沫若《地球！我的母亲》、艾青《城市》、田间《多一些》、鲁黎《泥土》、何其芳《河》、臧克家《老马》等 10 多首，还有曹禺的戏剧《蜕变》。在实际的高中课堂上，教师们也尽有不按部颁标准来选材教学的。吴奔星 1942 年在高中层次的广西柳庆师范任教，校内国文教师所编讲义"内中语体文占十分之九；且多系报纸副刊及文艺刊物上选下来的"，原因是学生程度和教师水平都很低，无法按部颁标准在高中讲文学史、学术史之类的内容，所以实际上还是按初中国文的教学标准来办。③ 庞翔勋谈其教学经验说："我完全抛弃部颁高中国文课程标准的系统，不以文学源流或文学史为经，有一级用《国文百八课》的办法来选材，先讲文话，再讲文选。有一级用培桂中学时的办法，高中一侧重记述文和应用文，高中二侧重抒情文和说明文，高中三侧重议论文和应用文。有一级采用《古文观止》，根据各体文章选读。"④ 可见，某些高中教师并没有机械地遵从课程标准，而是实事求是地自选教材，这就使新文学作品在高中国文教学中仍然占有了相当地位。

我们还须注意当时中学的选科制和选修课程。1923 年起实行"壬戌学制"

---

① 邵燕祥：《中学〈国文〉琐忆》，《中学生》2007 年第 1 期。
② 徐中玉：《国文教学五论》，《国文月刊》第 67 期，1948 年 5 月。
③ 吴奔星：《中学国文教学法的出路》，《国文月刊》第 23 期，1943 年 8 月。
④ 庞翔勋：《我的中学读文教学经验》，《国文月刊》第 25 期，1944 年 1 月。

以后，不仅师范学校和职业学校实行分科制，连普通中学也开始实行分科制和选修制，少数初中学校从三年级开始分文理科，而高中则包括普通科、师范科、农商科等，普通科又细分为文史组、史地组、理科组，等等。在这种分科选修制下，各科都有公共必修的国文课程，但同时又开设五花八门的专业性必修或选修课程。一般地说，师范学校的国文科和普通中学的文科生会接触到比较多的与新文学有关的课程，比如"文学概论""文学史""新文学""中国现代文艺"，等等。这些课程都走向专、深的方向，比较接近于我们今天大学中文系本科的某些课程内容。高中阶段，即便是各科公共必修的国文，也可能包含比较专深的新文学内容。比如1930年左右的北京私立明德中学，高一必修国文课程规定的阅读书目为《白话文学史》《欧洲文艺复兴史》《新文学概论》《文学评论之原理》《欧洲文学史》《西洋小说发达史》《文艺史概要》《近代文学十讲》《文艺论集》《新文艺评论》《戏剧短论》《宋春舫论剧》《诗之研究》等，其中新文学的内容都很专深。

相较于公共必修的国文课，国文类选修课程就更显得专深了。1925年前后，北京师范大学附属中学高中部文科组开设的7门国文选修课程中有文学文、文学概论、文学史三门涉及新文学的内容。其中，"文学文"在高一高二开设，每周2小时，第一学年第一学期讲"现代之诗歌，戏剧，小说"。"文学概论"在高三上学期开设，每周二小时，内容为："总论——什么是文学，研究文学的几条路径，文学概观（文学之要素、文学与思潮、文学与生活），文学之三方面（想象论、赏会论、形态论），诗词，小说，戏剧与童话，结论。"① "文学史"在高三开设，每周2小时，将历代文学划分为十段，"现代文学（文、诗、新剧）"为第十段。1931年，北平师范大学附属中学高中《普通科国文选修科课程标准》中规定了6种选修课程，其中"文学概论"和"中国文学史"这两种与新文学相关。"文学概论"的设科用意是："使学生明了文学与人生之关系；认识文学与时代之影响；并指导学生对于文学之创作，鉴赏与批评。"其"教授内容"第三、四条规定："对于新兴文学之研究，务期明了所谓文艺政策之由来，及其时代之背景；加以严正之批评，及合理之指导。""注重文学思潮之介绍，及建设批评之鹄的；不以一家一派之学说为限。（如温齐斯特之《文学评论之原理》、韩德生之《文学研究导言》、厨川白村之《苦闷的象征》、本间久雄之《新文学概论》，及晚近卢那卡尔斯基之《文艺与

---

① 《高级中学普通科第一部国文选修科课程标准》，国立北京师范大学附属中学校编：《国立北京师范大学附属中学校一览》，1926年，第34、37页。

批评》等，各有其立场与观点。）"① "中国文学史"一门则将中国历代文学分为十段，"现代文学"为第十段。1928 年前后，上海中学高中部普通科文史地组国文设 3 门必修课和 2 门选修课，必修课中"文学史大纲"共 4 学分，略涉新文学；选修课中高一专设"新文学"2 学分。② 1929 年前后，南开中学高中甲组（文科）有选修课"文学概论"，每周三小时，该课程所指定的必读书目包括：章锡琛译《新文学概论》、鲁迅译《苦闷的象征》、周作人著《自己的园地》、陈钟凡著《文学批评史》、余上沅著《戏剧论集》、王希和著《诗学原理》和《西洋诗学浅说》，以及《小说法程》，等等，大都是与新文学相关的理论和知识。③

分科选修制使得学校在设置选修课程上有较大自由，也给了学生凭兴趣选修不同课程的自由，而新文学因为得到中学生的喜爱，不仅在"文学史""文学概论"这些选修课中占有一定分量，甚至还常常独立成课。如 30 年代初期的南开中学，高中设有四种国文选修课，其中就包括"现代文学"，后来成名的诗人穆旦当时即选修了这门课④。更早之前，周铭三、冯顺伯在其编著的《中学国语教学法》（1926）一书中即设想了专门开设有关"新文学"的以评论和创作为主要内容的选修课程。他们主张以"选修学程"的方式教学生"评衡和制作"新文学，其主要理由是：（1）有一部分中学生在文字上已有充分的发表能力，就有在最近国语文学上自我表现的趋势，我们当然要引导他们；（2）国语的文艺作品是平民的，非贵族的，当然要给中学生养成这种发表能力；（3）帮助中学生在文学上有充分的修养可以在情感生活上有发表的自由；（4）格外帮助增进文字发表能力。⑤ 教育学者阮真也曾主张依据初中生毕业后的去向的不同而在初三阶段就设置不同的选修课，如"中国现代文艺"和"普通应用文"，"性近文学的（学生）可以选修现代文艺，毕业后要就职业不能升学的可选修普通应用文"⑥。阮真设计的"中国现代文艺"这门初三选修

---

① 国立北平师范大学附属中学校编：《国立北平师范大学附属中学课程标准》，1931 年，第 46—47 页。
② 江苏省立上海中学校出版委员会编：《江苏省立上海中学一览》，1930 年 7 月，第 42、43 页。
③ 《各学科教学纲要说明·国文学科》，南开中学校编：《天津私立南开中学一览》，1929 年 10 月，第 79 页。
④ 陈伯良：《穆旦传》，杭州：浙江人民出版社，2004 年，第 14 页。
⑤ 周铭三、冯顺伯：《中学国语教学法》，上海：商务印书馆，1926 年，第 182 页。
⑥ 阮真：《中学国文各学程教学研究》，广州：中山大学教育学研究所，1930 年，第 59—60 页。

课每周二小时,时期一年,定为四学分。其"教学目的"如下:1. 教授现代各体各家的著名文学作品,使学生欣赏,引起其研究现代文学的兴趣。2. 培养读书的习惯和能力。3. 启发一部分学生的文学天才,使为浅近作品的摹拟练习。4. 使学生略知中国现代文艺派别的大概,为升高中时,进修文学源流、文学概论、西洋近代文艺、中国古代文艺等课程之预备。阮真为这门选修课设计的教材范围包括:1. 现代文学通论(胡适《五十年来中国之文学》《文学改良刍议》《建设的文学革命论》);2. 现代的新诗(胡适《尝试集》,刘大白《旧梦》《邮吻》,康白情《草儿在前》《河上集》,刘半农《扬鞭集》,陆志苇《渡河》,俞平伯《冬夜》,汪静之《蕙的风》,谢婉莹《春水》《繁星》,郭沫若《女神》,徐志摩《志摩的诗》,白采《白采的诗》);3. 现代的散文小品(鲁迅《热风》《华盖集》《华盖集续编》,周作人《自己的园地》《雨天的书》《谈虎集》,孙福熙《山野掇拾》《大西洋之滨》,郑振铎《山中杂记》,瞿秋白《新俄国游记》,郁达夫《日记九种》,郭沫若《我的幼年》,冰心《寄小读者》,田汉《蔷薇之路》,田汉等《三叶集》);4. 现代的小说(鲁迅《呐喊》《彷徨》,叶绍钧《隔膜》《火灾》《城中》,冰心《超人》,郁达夫《沉沦》,王鲁彦《柚子》《黄金》,高长虹《光与热》《时代的先驱》,王统照《春雨之夜》《黄昏》,庐隐《海滨故人》,蒋光慈《鸭绿江上》《少年漂泊者》,许钦文《故乡》《毛线袜》,等等);5. 现代的戏剧(田汉《咖啡店之一夜》《湖上的悲剧》,侯曜《复活的玫瑰》《山河泪》《弃妇》,蒲伯英《阔人的孝道》《道义之交》,洪深《贫民惨剧》《赵阎王》,郭沫若《三个叛逆的女性》《棠棣之花》,欧阳予倩《泼妇》,宋春舫《枪声》《朝秦暮楚》,徐公美《歧途》,丁西林《亲爱的丈夫》《酒后》,王统照《死后的胜利》);6. 现代的文艺批评(孙俍工《新文艺评论》,郭沫若《文艺论集》,郁达夫《文艺论集》,台静农《关于鲁迅及其著作》,闻一多与梁实秋合著《〈冬夜〉〈草儿〉评论》)。①

分科选修制的实行,使得以升学为目标的高级中学设置了相当多的国文类选修课程,几乎把高中办成了大学中文系。一般地说,由于师资及学生兴趣等方面的原因,除职业学校外,普通中学和师范学校的文科所开设的国文类选修课程都较丰富。比如,师范学校多开设"儿童文学研究""国音学"这类课程;普通高中的文科则大多开设"古籍选读""文字学""文学概论""中国文学源流"之类课程,甚至有"近代文学作品及批评""外国近代文艺"这种选修课程。通常来说,文科师范生和文科高中生有更多接触新文学的机会。据当

---

① 阮真:《中学国文各学程教学研究》,第143—149页。

时教育部的统计，1925 年中等学校中普通中学、师范、职业学校的学生数分别为 129978、37992、18011 人，1931 年则分别为 401772、94683、40393 人，1936 年分别为 482522、87902、56822 人，1945 年分别为 1262199、202163、102030 人。① 可以看出，普通中学和师范学校学生数始终占了大头，而这两类学校恰恰又是开设国文类选修课的主体。按此，有机会选修专门的文学课程的文科中学生、师范生的比例还是不小的，这都有助于增加他们接触新文学的机会和加深对于新文学的了解。

以上主要是就民国时期中央政府治下的国文课程标准和课程设定情况而言，在日伪统治下的沦陷区，在中国共产党治理下的抗日根据地和解放区，情形则有所不同。

"九一八"事变之后，日伪在东北沦陷区先是查禁和涂抹教材，然后是重新编写以古文为主体及宣扬皇权思想和"日满一体"内容的国文课本，到 1938 年 1 月则开始施行新学制，将国语科变成了日语、满语和蒙古语，日语课成为主体。此后的国文教材主要是日语和满语，但也有一部分教科书是中国语（汉字）与日本语的对译，或是中国语与日本语混合在一起的"协和语"教本。其中，除经、史、子、集类文章外，汉奸如郑孝胥、罗振玉及日本反动文人的文章较多，鲁迅、冰心、老舍的文章也偶尔有收录。教材的主要内容是岳飞、文天祥的忠君爱国故事，诱导对溥仪的忠诚和对天皇的忠实，爱护满洲国和亲邦日本，以及《国民精神总动员论》《非常时期的贮蓄》等时事论文。② 在"七七事变"后的其他沦陷区，日伪政权也加强了日语教育以排挤汉语教育，还加强了对中学国文教材的删削和编审，以排除可能的反日抗日内容，实施复古和奴化教育。总之，在沦陷区，日伪一方面是在课程设置和课时安排方面打压国文课，以便增加日语课时比重，或是僭称日语、满语、蒙古语为"国语"以取代汉语，另一方面则是"修正"或新编教科书。在经修改审定后的国文教材中，有关日本侵华、帝国主义、孙中山、三民主义、共产主义等内容或提法的文章都被删除，而新编的所谓"国定教科书"则以鼓吹"建国精神、民族协和、王道乐土"和"大东亚共荣"等奴化教育思想为特色。日伪还曾特令中学加授中国古代的"四书"（《大学》《中庸》《论语》《孟子》），通过

---

① 《元年度至三十五学年度全国中等学校概况》，教育部教育年鉴编纂委员会编：《第二次中国教育年鉴》第四册，上海：商务印书馆，1948 年，第 1428 页。

② 王野平.『中等教育——侵略協力者の養成』，王智新編著.『日本の植民地教育・中国からの視点』，東京：(株式会社) 社会評論社，2000 年，第 175—180 页。

读经复古麻痹学生反抗意识。

中共治下的抗日根据地和解放区非常重视国文课程,但其课程内容和教学标准却偏于时政性和实用性,与文学性无缘。40 年代初,陕甘宁革命根据地按照党的教育政策制定了《初中国文课程标准草案》,对国文科的教学思想和教学目标作了如下规定:"本科教学的全部活动,必须贯彻新民主主义革命的立场、观点、方法,以达到下列具体目标:提高学生对大众语文和新社会一般应用文字的读写能力,掌握其基本规律与主要用途,获得科学的读、写、说的方法,养成良好的读、写、说的习惯——这是本科的基本目的。同时,适当配合各项课程,提高学生的思想认识,增进其他各种认识。"① 从此项规定看,解放区主要强调识字、读书和应用文写作能力,以及思想政治教育,并不重视文学的"美育"价值。40 年代末在解放区使用较广的《初中国文》便声明其编写目的:"使学生掌握语文的基本规律,提高其阅读、写作能力;同时养成青年活泼的思想,增进社会、历史、自然各方面的知识,以树立青年革命的人生观与实事求是的科学态度。"② 另一解放区国文课本也声称:"选文内容,力求切合新民主主义方针、精神,联系群众革命生活和斗争","至于徒供欣赏玩味的'美术文',暂未选用。"③ 显然,解放区的国文教学并不重视文学欣赏的目标。

二、教科书编审、使用体制与新文学接受

与新文学进入中学国文密切相关的还有一个教材编写、审定和使用的问题。教科书的编、审和使用有其内在体制或规则,这也是与中学生的新文学接受直接相关的一种体制性因素,它在很大程度上制约甚至是奠定了民国中学生接受新文学的基本格局。

民国成立后,在教科书政策上延续清末的审定制。1912 年 9 月,民国教育部颁布了《审定教科用图书规程》14 条,主要内容包括:初高等小学校、中学校、师范学校教科用图书,"任人自行编辑,惟须呈请教育部审定";各省组

---

① 转引自李倩:《1940 年代末解放区语文教材中的鲁迅作品》,《鲁迅研究月刊》2013 年第 8 期。
② 王食三等:《编者的话》,《初中国文》第 1 册,北平新华书店,1949 年。
③ 万曼等:《编辑例言》,《高中国语》第 1 册,开封新华书店,1949 年。

织图书审查会,"就教育部审定图书内择定适宜之本,通告各校采用"①。实际上,最初一年多教育部没有审定中学国文教科书,直到1914年才开始操作审定事务,而到了1916年后基本再无审查记录。② 国民党政府时期也继承了北洋政府的教科书审定制度,由教育部专责此事。常常出任审查委员的是蔡元培、黎锦熙、胡适、朱经农、经亨颐等开明人士,因此各书局所出版的国文教科书大都顺利通过了审查,很少有被枪毙的命运。许多教材即使没有完全遵照"纲要"或者"标准"的规定来编,也能通过审查,因为教材审查者与教材出版商常常关系密切,为其大开绿灯。

这种教科书由民间自行编选并出版发行的体制对于新文学进入中学教育具有明显的积极意义。民营出版发行就意味着必然会有竞争出现,各教科书出版商对于作为主要利源的教科书都投入主要精力和财力,教科书的五花八门和趋新求变也成了普遍现象,商务、中华、世界、开明这几家主要教科书出版商都反复推出过好几种版本的国文课本。教科书的五花八门和不断更新具有多方面的意义:其一,有利于国文教育思想的自由探讨和教学实践上的自由探索;其二,有利于及时地将反映新的社会现实和思想文化潮流的文章(包括新文学作品)收入教材;其三,有利于针对教学实践的反馈而不断对教科书修改调整,精益求精。而自新文化运动和五四爱国运动以后,整个新知识界和青年学生界都弥漫着一股求新、求变和爱国、进步的理想主义氛围,都普遍存在着喜爱新文学的情况。在这种氛围之下,各教科书出版商自然也乐于因应时势推陈出新,不断将新面世的体现了新的时代内容和精神的新文学作品选入课本之中。这是市场对中学国文教材编写的影响。

更为重要的是,学校和教员们可以不选用这类经审定的教材,而是自己编选教材或印发讲义。1925年初,江苏省中等学校国文教学委员会调查各校国文教学实施状况,收到反馈的46校中,用书的16校,自编教材的30校。用书各校中,采用商务印书馆《新学制初中国语教科书》的有10校,采用中华书局版《初级古文读本》的有6校。其中,江苏八中的报告说:"坊间国文读本夥矣。然选材标准,是否适当,排列次序,是否合宜,在编者且难自信。何况学校教法,贵能顺应时期;或利用偶发事项,俾生徒有直接的观察与觉悟,

---

① 《教育部公布审定教科用图书规程令》,《教育杂志》第4卷第7号,1912年10月。
② 李斌:《民国时期中学国文教科书研究》,北京大学2011年博士学位论文,第30页。

徒取刻板文字，挨次讲授，直敷衍教室时间而已。"① 这很可代表自编教材者的态度。1931 年，山东沈孜研声称自己此前四年先后在三个学校任教，"一校全用课本，一校纯由教员自选，一校则用国文活页"②。当时山东省立第三职业学校就没有为学生订课本，而是由学校油印讲义，教师自行选材，随讲随印。1930—1931 年，张文昌调查了全国 88 所中学（高中 38 校，初中 50 校），包括广东 10 校、福建 4 校、浙江 17 校、江苏 35 校、山东 4 校、河北 18 校。调查发现，初中使用自编国文讲义的有 39 次，使用中华书局《新中华国语与国文》的 33 次，使用世界书局版《初中国文》的 26 次，使用商务版《新学制国语教科书》的 18 次，使用中华版《新中学初级国语读本》的 16 次，使用《开明活页文选》的 13 次，使用商务版《现代初中国文》的 12 次，其余零星使用的教材不多。而高中学校中，使用自编讲义的 52 次，使用《开明活页文选》的 19 次，使用世界书局版《高中国文》的 19 次，使用中华书局版《新中学高级古文选读》的 13 次，其余教材都是零星使用。③ 从上述教材使用情况调查可以看出，当时使用自编讲义的情形一直非常普遍。

正规出版和发行的国文课本要经过教育部的审定，国民党政府又有不允许违背"党义"、不允许宣传偏激思想和挑唆社会矛盾之类的选材禁制，还要照顾到"国故"与"国粹"之类，所以往往十分呆板，很不讨师生喜欢。这便为各出版商推出众多的"中学国文补充读本"之类的书籍提供了契机。这些教辅图书的编者们评论正规教科书的弊病说："一般教科书式的国语读本是不大有益于学生的。因为这些书局出版国语教科书是有许多顾忌的。一则要给审定，二则要迎合旧社会和教员先生们的心理，既不敢选一篇思想激烈一点的文章，也不敢选一篇描写恋爱过火一点的文艺。总之，他们的国语教科书只是一些'平凡的诗文'，绝难启发学生的思想和感情的变化。"④ 当时的国文教员或是嫌书局出版的教科书程度太深、文言语体比例不当、编排不科学，或者认为其编印质量欠佳（有知识错误和印刷错漏等），或者认为这些课本不合自己理解的教育理念，采用这类课本的意愿普遍不强。山东省立第七中学的教员刘君复公开表示："就现行教育部审查的国文教本说，没有一种真正能合用的教本。

---

① 孟宪承：《初中读书教学之研究》，光华大学教育系、国文系编：《中学国文教学论丛》，上海：商务印书馆，1927 年，第 35 页。

② 山东省政府教育厅编：《山东省县私立中等学校国文教学概况》，第 221 页。

③ 张文昌：《中学教本研究》，李文海主编：《民国时期社会调查丛编（二编）·文教事业卷（二）》，福州：福建教育出版社，2014 年，第 238—239 页。

④ 江南文艺社编：《现代中国散文选·序》，上海：江南文艺社，1930 年。

无论中华、商务所出的国语教科书，以及开明、北新出版的活叶文选，无不各有所短，他们所选取的材料，不是失之太深，就是过于滥杂。因为他们是营业的性质，所取的教材并要适宜于每个教员的合用，有的教员相信诗词歌赋的，有的教员相信文言文的，有的相信语体文的，因此，他们所出版的教本，是牛溲马渤，兼收并蓄，所以这种教本只宜选择不宜尽用。其次更要注意到学生的程度，每班学生至少四十人，在此四十人中，学识程度一定是高低参差不齐……顾到这各（方面）的困难办法，唯一的（办法）只有教员选印讲义，即是说国语教材的选用，应该以选印讲义为主，各家出版的教本为辅。"① 当时甚至有教员主张选用教员本人所"范作"的文艺作品供学生学习，以丰富"死气沉沉"的课本："自来教师以所作文艺，教授学生者甚少，因特提出，盖学生未有不对教师作品感受兴味者，乘机教读一二，效力定当十倍于死气沉沉之教科书也。"②

正规教科书众口难调，便一方面催生了活页文选这种国文教材出版方式——中华书局、开明书店、北新书局都推出过各自的活页文选，以方便师生按自己所需自由选用和搭配课文，一方面也使得国文教师自编自印教材的热情高涨。教师依据自己的阅读经验和教学理念，自选文章编印（油印）成国文讲义以供教学之用，这种情况在民国时期随处可见。这些由师生自编自印的临时教材不对外出版和发行，也不须教育部审定，完全跟着师生的兴趣走，常常很好地满足了他们对于新文学的热情。当然，更多时候是正规教材与自选教材参用的局面。1931 年，山东省立第四乡村师范学校的教员姜鸿儒虽然采用中华书局版《新中华国语与国文》作教材，但因"一般学生的心理，是好新的，课本上的文章是呆板的；欲变换其心理，振作其精神，所以选授了叶绍钧的《义儿》和鲁迅的《社戏》两篇"③。山东东平县立初中某教员虽采用中华书局版《国语与国文教本》，但嫌它不够好，又从陈思编的《小品文甲选》一书中选择作品作为补充教材，所选 20 篇补充作品都是新文学的散文、小品名作，如周作人、鲁迅、朱自清等人之作。④ 其实，自选教材成风，补充教材盛行，这不仅是因国文教师的兴趣和理念所致，有时干脆就是学生自己提出的要求。山东平原县县立初中的一位国文教员说："有时学生高兴自己选点东西，或要

---

① 山东省政府教育厅编：《山东省县私立中等学校国文教学概况》，第 204 页。
② 同上，第 167 页。
③ 同上，第 160 页。
④ 同上，第 645 页。

求讲点别的东西……即征求多数的同意,大众赞成,即按所指定的篇目,与之讲解。"①

当时的某些著名中学则普遍存在一种"校本教材"现象,如南开中学、东南大学附中、北师大附中、孔德学校等纷纷由自己的国文教员编选教材并出版。这种教材往往只在学校内部使用而不对外发行,它们不像商务、中华、世界、开明等出版商推出的国文课本那样畅销,却更显示出个性与特点,也更符合该校师生的实际需要与水平。在没有强制推行所谓部编"国定本"教材之前,各地中学校自选自编教材已是常态。直到四十年代后期,虽然教育部已强制推行所谓"国定本"初中国文教材,某些地方的学校,尤其是私立学校,依然是"国文课本,各校并不统一"②,初中国文教学呈现出"国定本"、书局本和自印补充本并行不悖的教科书使用局面。至于高中国文的教学,因为没有推出过"国定本",所以一直处于书局课本和自选教材并行的局面当中。林炜彤回忆四十年代末期的高中教学时说,"当时,各校乃至各人所用的教材、教法都不一致,可以选定一种教科书,也可以自选,只要不选为当局'禁忌'的文章,学校也不大过问。"③ 于是他自选了许多新文学作品作教材,如李大钊的《今》,鲁迅的《狂人日记》《药》等。

政府并非不想统一教材,而是限于行政效力之低而迟迟无法如愿。早在1934年,教育部就曾"组织教科用书编辑委员会,从事中小学教科用书之编辑,先后特约部外专家若干人,分别执笔。各书多数完成,其中一部分并经印行试用"④。1935年11月23日发布的国民党第五次全国代表大会宣言第三纲"弘教育以培民力"中第一目即为"实行教科书之统一与改良"⑤。1938年,国民党临时全国代表大会通过的《战时各级教育实施方案纲要》指出:"对于各级学校各科教材须彻底加以整顿,使之成为一贯之体系而应抗战与建国之需要,尤宜尽先编辑中小学公民、国文、史地等教科书及各地乡土教材,以坚定

---

① 山东省政府教育厅编:《山东省县私立中等学校国文教学概况》,第611页。
② 张隆华:《鉴往察来》,刘国正主编:《我和语文教学》,北京:人民教育出版社,1984年,第227页。
③ 林炜彤:《在实践中不断探索》,刘国正主编:《我和语文教学》,第287页。
④ 国立编译馆主编:《初级中学国文甲编·编辑经过》第1册,重庆白报纸本,1946年。
⑤ 《中国国民党第五次全国代表大会宣言》,中国第二历史档案馆编:《中华民国史档案资料汇编·第五辑第一编·政治(二)》,南京:江苏古籍出版社,1994年,第483页。

爱国爱乡之观念。"① 同年，蒋介石手谕教育部"令即改编中、小学国文、史地、常识诸科教科书"②。于是，教育部组织人员开始编辑，随后改组教科用书编辑委员会，于1942年1月扩大国立编译馆的组织，在其中专设教科用书组，主持中、小学教科书编辑。这个编辑组先后编出公民、国文、历史、地理等科目的中、小学课本的暂行本、修订本、标准本，都在重庆出版，统一由"国定中小学教科书七家联合供应处"③ 印刷供应。1943年11月，在上述教科书编辑出版达到一定规模后，教育部命令各省市"必须采用部编课本"，以前"所有各书局编印同类教科书之版本""均一律停止发行"④。当时国文一科只编出了《初级中学国文甲编》，高中部分未见编出。抗战胜利后，"国定本"《初级中学国文甲编》又出修正标准本，并在上海出版。

但即便是已经强制推行了所谓"国定本"教材的情形下，仍然有不少中学校的国文教师在国定本之外另选教材。孙绍振回忆说："抗战胜利以后，国民政府规定了所谓的《国定教科书》，那是很枯燥的。现在只记得蒋介石给蒋经国的信，开头是'经儿知之'。但是，我的语文教师却是非常好的。""她不大理睬'国定教科书'，常常把冰心的《寄小读者》成批地印发给我们，有的还当作'说话'课的教材。"⑤ 向锦江也回忆说，抗战后期他任中学教员，看到教育部钦定的中学国文课本，"实在叫人生气，至少有一半课文我不愿教。于是自选一些文章和作品作为教材，油印发给同学学习"。"人民解放战争时期，我仍然不用国民党教育部规定的国文课本。选用了开明书店出版，叶圣陶、朱自清、吕叔湘三位先生编辑的国文课本"⑥。程力夫1946年秋在福州某著名私立中学教国文时课本有两套：明的是当时的"国定本"，暗的采用《开明国文读本》和自选读物。因为"国定本"教材中多令人生厌的"伟人"文章和深

---

① 中国第二历史档案馆编：《中华民国史档案资料汇编·第五辑第二编·教育（一）》，南京：江苏古籍出版社，1997年，第14页。

② 国立编译馆主编：《初级中学国文甲编·编辑经过》第1册，重庆白报纸本，1946年。

③ 系由正中书局、商务印书馆、中华书局、世界书局、大东书局、开明书店、文通书局按不同比例合组的教科书供销机构。

④ 《教育部训令》（1943年11月8日），载重庆《教育部公报》第15卷第11期，1943年11月30日。

⑤ 孙绍振：《我学语文的根本经验：着迷》，钱理群、孙绍振：《对话语文》，福州：福建人民出版社，2005年，第115页。

⑥ 向锦江：《关于中学语文教员工作的回忆》，刘国正主编：《我和语文教学》，第90—91页。

奥的古文，程力夫有意将《马凡陀山歌》《华威先生》《在其香居茶馆里》等较新的新文学作品都选成了课文。① 张寿康则回忆说，1948年他在北平女一中教初三，课文上没有白话文，他就选教了鲁迅的《秋夜》和一些杂文，结果受到校方的警告。② 另一方面，无论是抗战期间还是抗战胜利之后，由于国定中小学教科书七家联合供应处的经营不善（缺乏印刷资金、设备不足、交通困难等），国定教科书并未能做到普遍供应，在某些地方仍然由战前各书局编印的教材或其翻版在支撑局面。③

总之，民国的大部分时间内一直实行的是由民间自行编选国文教材，经官方审订后公开出版发行的政策，而所谓的审订又往往是走过场，这就使得官方制订的带党化色彩和复古反动性质的课程标准对于国文教科书的不良影响受到限制，使得当时各民营书局出版的国文教科书大体能免于党化和复古思想的毒化。更重要的是，各学校和其国文教员在很大程度上拥有选用正规教科书或自选自印教材的自由，除了40年代曾强制推行"国定本"初中国文课本，其他时候的初中国文和高中国文教学都呈现为各书局出版的教材和各学校、教员自编自印教材并存的局面。教材编写、使用的自由极其有利于新文学进入中学课堂。比如1920年代初在新文学的成绩还很单薄的时候，由于自编自用教材的风气，某些新文学家和新式国文教员便大胆地将还显稚弱的新文学作品纷纷选进课本和课堂。曾在浙江一师、上海吴淞中学等地任教的国文教员沈仲九与曾在漳州第二师范、湖南一师、吴淞中学等处任国文教员的孙俍工，便率先联手推出了市面上最早的以新文学为重心的初中国文教科书——《初级中学国语文读本》（民智书局1922—1923年版）。这本教材"里面没有一篇文言文，尽是'五四'以来的白话论文、诗歌和小说"，它"对于传统思想的改造有很大的作用，对于新文学的学习也有很大的影响。"④ 由此开端，重视新文学的国文教材越来越多。此外，在复古和党化色彩严重的三四十年代，自编自用教材的盛行也常常有利于中学生接触更多的新文学作品。

---

① 程力夫：《回顾与探索》，刘国正主编：《我和语文教学》，第366页。
② 张寿康：《学习·教学·编辑》，刘国正主编：《我和语文教学》，第186页。
③ 参见贺金林：《"七联处"与1940年代的教科书发行》，《广东社会科学》2010年第1期。
④ 胡山源：《文坛管窥：和我有过往来的文人》，上海：上海古籍出版社，2000年，第206页。

第二编
接受的渠道、方式和对象

民国中学生接触新文学的渠道有教材、课堂、课外阅读、校园文艺活动等，不同途径下的接受对象、方式和效果是有所不同的。

从现存百余种国文教科书的新文学选目、编排和注解、习题等情况来看，新文学主要不是以纯粹"文学"的身份，而是作为社会问题、阶级意识、爱国主义和民族意识的载体出现的，主要承担的是思想道德教育和社会认知教育方面的使命。

民国时期的国文教师常常在课堂上自由选讲新文学，某些新文学潮流如革命文学、普罗文学、国防文学也都曾迅速地波及国文课堂。20年代的国文课堂盛行社会问题演讲和讨论式的新文学教学，三四十年代则更注意对于新文学的精读教学和审美教学。

民国时期的中学校大都是寄宿制学校，学生日常起居都在学校，有较多的课外阅读时间和校园活动机会。新文学是大部分中学生课外阅读的首选对象，而紧贴社会现实的作品又是他们的最爱。与此同时，文学社团、校园刊物、演剧活动也是中学生接受和转化新文学的重要途径。

第三章　国文教材与新文学的接受

日本著名教育学者唐泽富太郎认为，义务教育阶段的教育造就出实际社会中对应的人，这个人的一生都会受到这种教育影响的支配，而义务教育的施行则是以教科书为中心的，"教科书不只是一部分国民必须接受的书，而是给予广大的一般民众每个人以很大的影响"的书，因此，教科书的历史就是庶民的教育史、国民的形成史。① 他在系统研究了明治以降的各种教科书之后发现，它们与日本人的心性之间有很大的关系，具体从权威主义、极端概念的使用、划一主义等思维方法，从家族主义、立身处世主义、精神主义、悲剧爱好性等社会表现来看，教科书对日本人的心性的形成都具有很强的作用。② 确实，"教材特别是教科书是培养人、造就人的，其作用非同寻常，它可能是一个人一生中所接触的最重要的读物，它的力量可能影响着受教育者一生的思想和行动"③。民国时期的国文教科书也可作如是观。1912年2月23日，《申报》刊登一则由陆费逵撰写的简短文字广告《中华书局宣言书》："……立国根本，在乎教育；教育根本，实在教科书。"这种断言大致符合清末民初实情，即在出版业不发达和人民的文化消费力很低的时期，教科书通常是平民子弟仅有的少量读物中最重要者。而且，教材要在课堂上讲授和课外温习，还要考试，其中内容给予学生的印象要比其他读物深刻得多。换言之，学生对教科书的接受是一种深度接受，不同于一般的课外读物。国文教育家黎锦熙曾如此评价民国

---

① ［日］唐泽富太郎．『教科書の歴史——教科書と日本人の形成（上）・序』，『唐泽富太郎著作集（第六卷）』，東京：株式会社ぎょうせい，1989年，第3页。
② ［日］唐泽富太郎．『教科書の歴史——教科書と日本人の形成（下）』，『唐泽富太郎著作集（第七卷）』，東京：株式会社ぎょうせい，1990年，第281页。
③ 朱绍禹：《导语》，《中学语文教材概观》，北京：人民文学出版社，1997年，第1—2页。

时期国文教科书的历史地位:"站在教育的立场上说,须知这些书的势力,把二十多年以来青年们对于本国文字与文学的训练,和关于本国文化学术的常识,都给支配了,这是他们必须读而又仅读的书,简直是取从前《四书》《五经》的地位而代之。"① 鉴于教科书的重要性,我们详细考察其中的新文学选目及编排处置情况就非常必要,从中当能了解当时中学生群体接受新文学的一般情况。

一、国文教材及其新文学选目概况

新文学进入中学国文教材始于1920年。这年4月,教育部发出通告,截至1922年止,凡用文言文编的国文教科书一律废止,要求各学校逐步采用经审定的语体文教科书。这一规定因为顺乎民意,很快便得到民间响应,自当年起,以白话文为主体的国文教科书便纷纷涌现,新文学作品便日渐成为中学(尤其是初中)国文教材中的重要存在。综观20—40年代的中学国文教材,初中已普遍选入新文学作品,区别只是新文学作品的比重和具体篇目的差异罢了;高中国文教材则仍以古文、学术文为主,新文学作品的比例普遍较低。为较全面地反映民国中学生通过教材接受新文学的情况,我们不妨详细叙录目前所见教材的新文学选目情况:

1. 洪北平、何仲英编选:《白话文范》(全四册),上海商务印书馆1920年初版。

这大概是民国时期第一本有意识地选入新文学的教材。因为初期新文学创作不发达,所以入选的篇目并不多,主要有鸣剑的《早晨的社会》,沈仲九的《自决的儿子》,傅斯年的诗《深秋永定门城上晚景》,周作人的诗《两个扫雪的人》,沈尹默的诗《生机》,胡适的《许怡孙传》《李超传》,另有游记8篇(梁启超《欧游心影录》、周作人《游日本杂感》和《游日本新村记》、李哲生《东行随感录》等)。这套教材的第一册在不到一年时间内就印到第六版。

2. 孙俍工、沈仲九编:《初级中学国语文读本》(全六册),上海民智书局1922—1923年初版。

按当时人说法,"里面没有一篇文言文,尽是'五四'以来的白话论文、

---

① 黎锦熙:《三十年来中等学校国文选本书目提要·引言》,北平师范大学《师大月刊》第2期,1933年1月。

诗歌和小说。"① 包括中国新文学作品和翻译的外国文学作品。按作者统计，周作人19篇（著10篇、译9篇），鲁迅17篇（著14篇、译3篇），胡适16篇（著12篇、译4篇），蔡元培8篇，梁启超、李大钊、叶绍钧、郭沫若、俞平伯各5篇，沈玄庐、钱玄同、刘复（半农）、郑振铎各4篇，冰心、刘大白、戴季陶、朱自清、任鸿隽各3篇。鲁迅作品包括《孔乙己》《药》《故乡》《风波》和8篇随感录。这本教材比较重视新诗，收郭沫若、俞平伯、田汉、刘半农、徐玉诺、刘大白、宗白华等人的诗多首。

3. 范祥善、吴研因、周予同、顾颉刚、叶绍钧编：《新学制初中国语教科书》（全六册），上海商务印书馆1923年初版。

这是1920年代使用极广的一套教材，到1929年时已达132版。教材共259课，其中白话文123课，内有小说11篇，如鲁迅的《孔乙己》《故乡》《鸭的喜剧》，叶绍钧的《伊和他》《阿菊》《祖母的心》，有胡适等人新诗9首，有周作人、徐志摩、叶绍钧等人散文11篇。从内容上看，有胡适的《威权》、郑振铎的《我是少年》、洪白蘋的《天亮了》等励志性作品，有刘延陵的《在柏林》、谢寅的《希望》等反战主题作品，有周作人的《一个乡民的死》《卖汽水的人》，汪敬熙的《雪夜》，叶绍钧的《阿菊》《寒晓的琴歌》等反映底层生活的篇目。

4. 秦同培编：《中学国语文读本》（全四册），上海世界书局1924年初版。②

新文学篇目较多，如鲁迅的《故乡》《药》《孔乙己》《风波》，胡适的《人力车夫》《鸽子》《老鸦》《一念》《新婚杂诗》，周作人的《一个乡民的死》《卖汽水的人》，叶绍钧的《隔膜》《母》，冰心的《超人》，玄庐的《李成虎小传》，郑振铎的《自由》《荒芜了的花园》，等等，大多是励志性或关涉社会问题的作品。

5. 沈星一编：《新中学教科书·初级国语读本》（全三册），上海中华书局1924年初版。

选五四小说16篇、新诗29首、小品文与游记等13篇，包括鲁迅的《孔乙己》《故乡》，周作人的《自己的园地》，冰心的《烦闷》《去国》《超人》《一个军官的笔记》《到青龙桥去》，朱自清的《匆匆》等。冰心的作品就选了7篇，也比较偏爱新诗，有刘半农的《一个小农家的暮》，沈尹默的《生机》

---

① 胡山源：《文坛管窥：和我有过往来的文人》，第206页。
② 该书目前能看到的最早版本是1924年6月第3版，其初版何时印行不得而知。

《三弦》，胡适的《一颗星儿》，周作人的《小河》《歧路》《两个扫雪的人》，郭沫若的《天上的市街》，沈玄庐的《十五娘》等。

6. 钱基博编：《新师范讲习科用书·国文》（全二册），中华书局1924年初版。

为历代文选，其中"当代文"14篇，中间新文学篇目有：胡适的诗《人力车夫》《鸽子》，刘靖裔的诗《红树》《秋意》，李哲生的游记《东行随感录》，梁启超散文《欧游心影录·楔子》。

7. 国立北京师范大学附属中学校选辑：《初级中学用·国文读本》（全三册），本校1925年自印。

收录的新文学作品不多，主要有：鲁迅《孔乙己》，朱自清《匆匆》，叶绍钧《隔膜》《一个朋友》，冰心《笑》《梦》《迎春》《一个军官的笔记》，李大钊《今》，鸣剑《早晨的社会》，晨曦《疑问》，梁启超《欧游心影录·楔子》《威士敏士达寺》，王统照《黄昏》，周作人《思想革命》，谢寅《希望》等。

8. 穆济波编：《新中学教科书·高级国语读本》（全三册），中华书局1926年初版。

有沈雁冰的《五月三十日的下午》，叶圣陶的《五月三十日》，黎锦明的《店徒阿桂》《小黄的末日》等少量新文学作品。收入两篇反映"五卅惨案"的作品，以引导学生关心国事。

9. 孔德学校编：《北京孔德学校初中国文选读》（全十一册），1926年出版。

第一至第四册为古文、古诗词，第五册为新诗，第六册今人论文，第七册今人白话小说，第八、九册翻译名家小说，第十册翻译戏剧，第十一册为托尔斯泰《儿童的智慧》[①]。笔者仅见第九册。据陈漱渝先生主编的《教材中的鲁迅》一书所言，孔德学校这套教材在第七册选录叶绍钧、鲁迅、周作人、徐志摩、冰心、朱自清、陈独秀等7位作家的26篇小说，第八、九册选入30篇翻译小说，其中鲁迅有6篇创作和6篇翻译[②]，包括《风波》《故乡》《鸭的喜

[①] 据黎锦熙：《三十年来中等学校国文选本书目提要》，北平师范大学《师大月刊》第2期，1933年1月。

[②] 参见陈漱渝主编：《教材中的鲁迅》，福州：福建教育出版社，2013年，第3—4页。

剧》《社戏》等。①

10. 胡怀琛、陈彬龢、汤彬华编：《新时代国语教科书（初级中学用）》（全六册），商务印书馆1928年1月初版，1929年3月第25版。

有陈衡哲的《运河与扬子江》，胡适的《上山》《威权》，郑振铎的《我是少年》，鸣剑的《早晨的社会》，许地山的《落花生》等励志作品，有刘大白直指社会不公的新诗《金钱》，有冰心反映军阀混战与士兵问题的《到青龙桥去》，有鲁迅的《故乡》，叶绍钧的《母》，冰心的《笑》等。

11. 朱文叔编：《初级中学用新中华教科书·国语与国文》（全六册），上海新国民图书社1928—1929年初版。

有鲁迅的《聪明人和傻子和奴才》《鸭的喜剧》《风波》《风筝》，有胡适的《威权》《四烈士冢上的没字碑歌》，成仿吾的《不朽的人豪》，陈西滢的《哀思》等悼念革命烈士的作品，有《梦见妈妈》《龙潭之役》等写北伐革命的作品，有杨振声的《济南城上》，胡云翼的《支那妇人》，冰心的《赴敌》，叶绍钧的《倪焕之》，朱自清的《白种人——上帝的骄子》等抗日反帝情绪的作品，有冰心的《寄小读者通讯（十七）》，沈尹默的《生机》《争光》，刘大白的《西风》《回头来了的东风》，陈衡哲的《运河与扬子江》，朱自清的《匆匆》等寓乐观进取精神的作品，有叶绍钧的《篮球比赛》与陈西滢的《管闲事》等表合作互助精神的作品。

12. 朱剑芒编辑：《初中国文》（全六册），上海世界书局1929年初版。

有胡适的《上山》、陈衡哲的《运河与扬子江》、郑振铎的《我是少年》等励志文，有王世颖的《虎门》、盛炯的《梦见妈妈》等爱国题材，有反映妇女问题的《这也是个人吗?》与《苦鸦子》，有鼓励勤劳精神的《两个扫雪的人》与《劳工之神》，有教导珍惜时间的《天亮了》与《匆匆》，有反映底层人物的《孔乙己》，有反映五卅惨案的《五月卅一日急雨中》和《街血洗去后》，另有《聪明人和傻子和奴才》《鸭的喜剧》《乌篷船》《寄小读者》等。

13. 张弓主编：《初中国文教本》（全六册），上海大东书局1930年初版。

收叶绍钧《伊和他》《小蚬的回家》，冰心《莲花》，陈西滢《成功》，朱自清《背影》，丰子恺《忆儿时》等表现家庭和亲情的作品；收沈尹默《生机》，胡适《威权》，冰心《迎春》，郑振铎《我是少年》等励志文；收叶绍钧《母》《潜隐的爱》《寒晓的琴歌》，余上沅诗《"爱的神呵"后篇》等表示

---

① 参见陈漱渝主编：《教材中的鲁迅》，福州：福建教育出版社，2013年，第3—4页。

"爱与美"的作品；收胡适《李超传》等关于妇女解放问题的作品；收叶绍钧《隔膜》，鲁迅《示众》，周作人《我们的敌人》等关于"社会建设"的作品。

14. 南开中学编：《南开中学初中国文教本》（全六册），南开中学印，1930—1931年。

新文学篇目特别多，新诗、散文小品受到重视，包括鲁迅的《故乡》《聪明人和傻子和奴才》《雪》，周作人的《苦雨》《小河》《两个扫雪的人》，朱自清的《桨声灯影里的秦淮河》《匆匆》《背影》《荷塘月色》，叶绍钧的《藕与莼菜》《小蚬的回家》《母》《寒晓的琴歌》《暮》，俞平伯的《陶然亭的雪》《西湖的六月十八夜》《桨声灯影里的秦淮河》，冰心的《去国》《笑》《梦》《到青龙桥去》《寄小读者——通讯十七》等。初三部分下册75篇课文中新文学就占了34篇，其中包括20多位诗人的近30首诗作，不乏《毁灭》《十五娘》《自己墓上的徘徊》《飘落》这样的长诗。当时读南开的穆旦、辛笛上课用的就是这套课本。这或许可以解释何以从南开中学走出了两位著名诗人。

15. 赵景深编：《初级中学混合国语教科书》（全六册），北新书局1930年9月初版，1932年5月出齐。

新文学作品比重很大，包括周作人的《乌篷船》《吃茶》《苍蝇》《故乡的野菜》《一个乡民的死》《卖汽水的人》《人的文学》《平民的文学》《自己的园地》，鲁迅的《风筝》《鸭的喜剧》《聪明人和傻子和奴才》《藤野先生》，朱自清的《白种人——上帝的骄子》《匆匆》《别》《背影》《荷塘月色》《绿》，叶绍钧的《没有秋虫的地方》《篮球比赛》《伊和她》《藕与莼菜》《五月卅一日急雨中》，俞平伯的《清河坊》《雪晚归船》《西湖的六月十八夜》，郑振铎的《我爱的中国》《街血洗去后》等等。

16. 庄适编：《现代初中教科书·国语》（全六册），商务印书馆1930年10月初版。

新文学作品集中于第一、二册，有陈衡哲《运河与扬子江》，许地山《落花生》《蛇》，谢寅《希望》，冰心《笑》《到青龙桥去》，叶绍钧《阿菊》《寒晓的琴歌》《伊和他》《祖母的心》，刘延陵《在柏林》，耿济之《航海》，吴载盛《奉化人的海间生活》，汪敬熙《雪夜》，梁启超《欧游心影录·楔子》，洪白蘋《天亮了》等。

17. 北平师大附中选订：《初中国文读本》（全六册），北平文化学社1931年7月初版。

仅见第3—5册，收录鲁迅的《药》，朱自清的《匆匆》《白种人——上帝的骄子》《背影》《自然的微笑》《记画》，叶绍钧的《隔膜》《伊和他》，冰心的《笑》《国旗》《说几句爱海的孩气的话》《寄小读者（通讯九）》，苏梅的《扁豆》《收获》，丰子恺的《从孩子得到的启示》，杨振声的《磨面的老王》，许地山的《爱流汐涨》，刘半农的《一个小农家的暮》等作品，新文学的篇目占比较高。

18. 姜亮夫、赵景深主编：《初级中学北新文选》（全六册），北新书局1931年7月初版。

新文学比重较大，有鲁迅的《论雷峰塔的倒掉》《鸭的喜剧》《聪明人和傻子和奴才》《藤野先生》《狂人日记》，有周作人的《乌篷船》《吃茶》《故乡的野菜》《苦雨》《一个乡民的死》《卖汽水的人》《苍蝇》《山居杂诗》，有朱自清的《绿》《匆匆》《白种人——上帝的骄子》，有叶绍钧的《伊和他》《没有秋虫的地方》，有《笑》《我所知道的康桥》《蝉与纺织娘》《北京的空气》等散文、话剧，更有《一个小农家的暮》《十五娘》《三弦》《太阳吟》《雨巷》等新诗。

19. 江苏省立中学国文学科会议联合会主编：《新学制中学国文教科书·初中国文》（全六册），南京书店1931—1932年初版。

新文学作品较多，有鲁迅的《聪明人和傻子和奴才》《风筝》《雪》，周作人的《苦雨》《苍蝇》《爆竹》《先驱》，叶绍钧的《阿菊》《藕与莼菜》《母》《没有秋虫的地方》等等。文体上侧重抒情写景文，选了冰心的《祝你奋斗到底》《迎春》《离家的一年》，徐蔚南的《初夏的庭院》《山阴道上》，王世颖的《如此湖山》，俞平伯的《陶然亭的雪》《眠月》，朱自清的《背影》《荷塘月色》《桨声灯影里的秦淮河》，刘大白的《生机》，徐志摩的《我所知道的康桥》，等等。

20. 傅东华、陈望道编：《初级中学用基本教科书·国文》（全六册），商务印书馆1931年12月初版。

这是一套使用较广泛的课本，到1933年2月已印到第51版。收录了鲁迅的《风波》《孔乙己》，沈玄庐的《十五娘》，叶绍钧的《倪焕之》《五月卅一日急雨中》等"暴露现实情状"的作品。另有鲁迅的《风筝》《鸭的喜剧》《聪明人和傻子和奴才》《娜拉走后怎样》，周作人的《一个乡民的死》《卖汽水的人》《两个扫雪的人》，朱自清的《荷塘月色》《背影》，郑振铎的《蝉与纺织娘》，冰心的《寄小读者》《一个军官的笔记》《笑》，新诗《生机》《渴杀苦》等等。

21. 《初中一年级国文读本》（全六册）、《初中二年级国文读本》（全六册）、《初中三年级国文读本》（全六册），北平文化学社1932年1月初版。

有鲁迅的《故乡》《风波》《社戏》《孔乙己》《药》《聪明人和傻子和奴才》《雪》《鸭的喜剧》《端午节》《幸福的家庭》《好的故事》《维新与守旧》《北京通信》《日记二则》《羊与猪》（原题为《一点比喻》），周作人的《乌篷船》《喑辞》《祖先崇拜》《画家》《一个乡民的死》《思想革命》《燕子与蝴蝶》《苦雨》，朱自清、叶绍钧、郑振铎、冰心等人也选得较多，还有《十五娘》《一个小农家的暮》《威权》《生机》等新诗。这是一套选文量较大，新文学篇目占比很高的教材。

22. 孙俍工主编：《初中国文教科书》（全六册），上海神州国光社1932年初版。

收杨振声《济南城上》、李大钊《今》、周作人《人的文学》、冰心《超人》、鲁迅《端午节》、胡适《终身大事》、徐志摩《海滩上种花》、芳草《被系着的》等。

23. 徐蔚南编：《创造国文读本》（全六册），世界书局1932—1933年初版。

重视周作人小品，共选入11篇，如《故乡的野菜》《北京的茶食》《苦雨》等。还选入刘大白诗文11篇。"在徐蔚南这里，编辑国文教科书成为展示自己立场和趣味的机会。他试图通过《创造国文读本》，抹煞鲁迅为领导的左翼文学，引导学生亲近周作人一派的文学趣味，并阅读自己参与的'民族主义文艺'。"①

24. 王伯祥编：《开明国文读本》（全六册），开明书店1932—1933年初版。

新文学作品比重较大，如周作人的《故乡的野菜》《吃茶》《苍蝇》《卖汽水的人》《乌篷船》《两个扫雪的人》《小河》，鲁迅的《秋夜》《孔乙己》《雪》，冰心的《到青龙桥去》《寄小读者》《一个军官的笔记》，朱自清的《荷塘月色》《匆匆》，叶绍钧的《古代英雄的石像》《藕与莼菜》，俞平伯的《西湖的六月十八夜》《雪晚归船》，还有《运河与扬子江》《卖布谣》《生机》等。

25. 张鸿来、卢怀琦等编：《初级中学国文读本》（全六册），北平师大附中国文丛刊社1932年8月初版。

新文学作品比例不算高。收录王世颖的《虎门》，郑振铎的《蝉与纺织

---

① 李斌：《民国时期中学国文教科书研究》，北京大学2011年博士学位论文，第78页。

娘》，朱自清的《匆匆》《背影》，冰心的《笑》，杨振声的《济南城上》，鲁迅的《聪明人和傻子和奴才》《故乡》，叶绍钧的《小蚬的回家》，陈西滢的《管闲事》等，比较偏爱苏梅（绿漪）的小品，选其《扁豆》《收获》《买绒线》《鸽儿的通讯》《小汤先生》共5篇。

26. 陈椿年编：《新亚教本·初中国文》（全六册），上海新亚书店1932年8月初版。

偏重反映底层人民痛苦的作品，如《苦鸦子》《这也是个人吗？》《生命的价格——七毛钱》《寒晓的琴歌》《渔家》《渴杀苦》《十五娘》《被系着的》《李成虎小传》等，另有《鸽儿的通信》《自由》《威权》《街血洗去后》《倪焕之》等。

27. 石泉编：《师范教科书·初中国文》（全六册），北平文化学社1932—1933年初版。

收新文学作品近50篇，主要有《聪明人和傻子和奴才》《论雷峰塔的倒掉》《孔乙己》《风波》《鸭的喜剧》《乌篷船》《一个乡民的死》《卖汽水的人》《苦雨》《运河与扬子江》《寄小读者通信》《背影》《匆匆》《小蚬的回家》《伊和他》《倪焕之》《五月卅一日急雨中》《威权》《渴杀苦》《一个小农家的暮》《我所知道的康桥》《大泽乡》《虎门》等。

28. 周颐甫编：《基本教科书国文教本（初级中学用）》（全六册），商务印书馆1932年初版。

新文学作品比重较大。主要有《落花生》《伊和他》《背影》《匆匆》《荷塘月色》《人力车夫》《我是少年》《两个扫雪的人》《渔家》《劳工之神》《山居杂诗》《这也是个人吗？》《苦鸦子》《一件小事》《笑》《运河与扬子江》等等。选苏梅、冰心作品较多，均达6篇。

29. 戴叔清（钱杏邨化名）编：《初级中学国语教科书》（全六册），上海文艺书局1933年版。

几乎大半选文都是新文学。第一册包括徐志摩《泰山日出》，俞平伯《山阴五日记游》，郁达夫《一个人在途上》，郑振铎《蝉与纺织娘》，郭沫若《大鹭》（诗），胡适《南高峰看日出》（诗），冯至《遥遥》（诗），闻一多《故乡》（诗），刘半农《稿子》（诗），鲁迅《示众》，叶绍钧《隔膜》等。第二册包括周作人《一个乡民的死》《乡村里的戏班子》，石评梅《社戏》，鲁迅《社戏》，郭沫若《芭蕉花》，徐志摩《我的彼得》，石评梅《恐怖》，冰心《纸船》（诗），俞平伯《夜月》（诗），徐志摩《山中》（诗），叶绍钧《小铜匠》，鲁迅《怎么写》《忽然想到》《夏三虫》《恨恨而死》，田汉《南归》。第三册包括王统照《烈风雷雨》，叶绍钧《遗腹子》，冰心《超人》，鲁迅《风波》《故乡》。第四册有鲁迅《〈呐喊〉自序》《过客》，周作人《自己的园地》《故乡的野菜》，叶绍钧《藕与莼菜》，郁达夫《灯蛾埋葬之夜》，徐志摩《我所知道的康桥》，丰子恺《伯豪之死》，石评梅《荒丘》等。第五册有郭沫若《函谷关》《歧路》《炼狱》《十字架》等。

30. 傅东华编：《复兴初级中学教科书·国文》（全六册），商务印书馆1933年初版。到1934年4月有的卷册已印至第75版。

新文学所占比例达到一半，总数在50篇以上。主要有鲁迅的《风筝》《鸭的喜剧》《马上日记》《秋夜》《聪明人和傻子和奴才》，周作人的《爱罗先珂君》《卖汽水的人》《画家》《金鱼》《乌篷船》《祖先崇拜》《唁辞》《自己的园地》，另有《沉默》《生机》《运河与扬子江》《寄小读者》《一个军官的笔记》《街血洗去后》《五月卅一日急雨中》等等，重视周作人、鲁迅是这套教材的一个特点。

31. 马厚文编：《初中国文教科书》（全六册），上海光华书局1933年初版。

收新文学作品比例较高，包括鲁迅的《故乡》《孔乙己》《秋夜》《论雷峰塔的倒掉》《〈呐喊〉自序》，周作人的《一个乡民的死》《卖汽水的人》《两个扫雪的人》，朱自清的《背影》《荷塘月色》《月朦胧鸟朦胧帘卷海棠红》，俞平伯的《清河坊》《雪晚归船》《陶然亭的雪》《西湖的六月十八夜》，叶绍钧的《伊和他》《寒晓的琴歌》《没有秋虫的地方》，冰心的《笑》《赴敌》，郑振铎的《我是少年》，陈衡哲的《运河与扬子江》，等等。

32. 罗根泽、高远公编：《初中国文选本》（全六册），北平立达书局1933年初版。

收鲁迅的《秋夜》《雪》《风筝》《故乡》《鸭的喜剧》《父亲的病》《杂感二十五》，周作人的《两个扫雪的人》《故乡的野菜》《自己的园地》《苦雨》，朱自清的《背影》《桨声灯影里的秦淮河》，闻一多的《太阳吟》《口供》，冰心、叶绍钧、许地山也各有数篇入选，还有郭沫若的诗剧《棠棣之花》，诗歌《十五娘》《威权》《乐观》《一个小农家的暮》《繁星》等。

33. 朱剑芒编辑：《朱氏初中国文》（全六册），世界书局1933—1934年初版。

特别偏重新文学作品，约占到一半以上，主要包括：苏梅《扁豆》《金鱼的劫运》《秃的梧桐》《画》，叶绍钧《藕与莼菜》《没有秋虫的地方》《蚕儿和蚂蚁》，许地山《落花生》《愿》，朱自清《背影》《秋》《匆匆》《梅雨潭》

《荷塘月色》，鲁迅《秋夜》《好的故事》《腊叶》《雪》《最先与最后》，冰心《慈爱的结束》《寄小读者通讯》《寄冰弟信》《赴敌》《莲花》，徐蔚南《我们快活》《初夏的庭院》《快阁的紫藤花》《莫辜负了秋光》，郑振铎《塔山公园》《雁荡山之顶》《阿剌伯人》《小孩子》《蝉与纺织娘》《我爱的中国》，周作人《故乡的野菜》《思想革命》《祖先崇拜》《关于三月十八日的死者》等等。新诗的分量很重，郭沫若、朱湘、刘大白、康白情、俞平伯、胡适等人各有几首选入；注意新进作家，如王平陵的《狮子吼》《吴国才之死》《扬子江的波涛》，钟敬文的《钱塘江的夜潮》《水仙花》《谈雨》，罗黑芷的《乡愁》《灯下》，冯至的《遥遥》。

34. 孙俍工编：《中学国文特种读本》（全二册），国立编译馆 1933 年 9 月版。

系因"九一八"和"一·二八"而编写，目的是要唤醒"固有民族精神""抵抗外侮""爱国思想"，收古文和普通文较多，新文学作品只有杨振声《济南城上》、陈西滢《哀思》、孙俍工《复仇》（话剧）、罗家伦《军歌——献给前线抗日将士》（诗）、张佐华《耻辱之夜》。

35. 杜天縻编：《国语与国文（师范用）》（全六册），上海大华书局 1933 年初版。

新文学占比不高，主要有周作人《故乡的野菜》，杨振声《渔旗子税》，许地山《落花生》《债》，苏梅《扁豆》，胡适《健儿歌》，郑振铎《我是少年》《苦鸦子》，罗家伦《军歌》，叶绍钧《这也是个人吗？》，刘半农《学徒苦》，冰心《祝你奋斗到底》，孙俍工《劳工之神》等。

36. 朱文叔编：《初中国文读本》（全六册），中华书局 1933—1934 年初版。

收鲁迅《一件小事》《鸭的喜剧》，周作人的《乌篷船》《自己的园地》《苦雨》《志摩纪念》，叶绍钧的《窠米》，茅盾的《当铺门前》，闻一多《青岛》等，还有《春》《运河与扬子江》《虎门》《离别》《海燕》《我所知道的康桥》《海滩上种花》《被系着的》《济南的冬天》《给亡妇》《海上的日出》等散文小品，以及《十五娘》《人力车夫》《渴杀苦》《生机》《繁星》《答客问》等新诗。

37. 孙怒潮编：《初级中学国文教科书》（全六册），中华书局 1934 年初版。

新文学篇目较多，注重抗日反帝题材如《济南城上》《五月卅一日急雨中》《五月三十日的下午》《沪战之第一夜》《战地的一日》，收鲁迅的《风筝》《鸭的喜剧》《秋夜》《〈争自由的波浪〉小引》，胡适的《差不多先生传》《东西文化的界线》，苏梅（绿漪）的《鸽儿的通信》《小汤先生》《扁豆》，郑振铎的《我爱的中国》，朱湘的《少年歌》，郁达夫的《立秋之夜》，茅盾的《雾》，巴金的《海上的日出》，叶绍钧的《小蚬的回家》等等。

38. 江苏省立苏州中学初中部国文教学研究会沈荣龄等编：《实验初中国文读本》（全六册），上海大华书局1934年初版。

收鲁迅的《聪明人和傻子和奴才》，叶绍钧的《小蚬的回家》《伊和他》《母》《藕与莼菜》《这也是个人吗?》《阿菊》，朱自清的《背影》《白种人——上帝的骄子》《生命的价格——七毛钱》，周作人的《苦雨》《两个扫雪的人》《爆竹》，茅盾的《林家铺子（节选）》，冰心的诗《赴敌》，徐志摩的《想飞》，彭家煌的《喜期》等。较多揭示社会黑暗的作品如《学徒苦》《浏河之战（诗）》《苦鸦子》，还有《济南城上》《一月二十八夜》《复仇》《虎门》等爱国抗日题材。

39. 施蛰存、朱雯等编：《初中当代国文》（全六册），上海中学生书局1934年初版。

新文学作品比例较高，计有鲁迅《秋夜》《雪》《聪明人和傻子和奴才》，周作人《小河》《卖汽水的人》《一个乡民的死》《苍蝇》《苦雨》《山中杂信》，朱自清《荷塘月色》《背影》《桨声灯影里的秦淮河》《白种人——上帝的骄子》，叶绍钧《藕与莼菜》《母》《没有秋虫的地方》《五月卅一日急雨中》，冰心《到青龙桥去》《一个军官的笔记》，另有《虎门》《街血洗去后》《济南城上》《陶然亭的雪》《运河与扬子江》等。

40. 江苏省教育厅修订国文科教学进度表委员会编注：《初中标准国文①》（全六册），上海中学生书局1934—1935年初版。

收鲁迅的《风筝》《聪明人和傻子和奴才》，冰心的《超人》《寄小读者》，苏梅的《扁豆》《秃的梧桐》，胡适的《鸽子》《四烈士冢上的没字碑歌》《漫游的感想》，叶绍钧的《母》《篮球比赛》《地动》《小蚬的回家》《蚕儿和蚂蚁》，丰子恺的《忆儿时》，朱自清的《匆匆》，杨振声的《济南城上》，郑振铎的《止水的下层》，向培良的《国旗》，陈衡哲的《运河与扬子江》等。

41. 赵景深主编：《初中混合国语》（全六册），上海青光书局1934年5月改版，1935年7月第六版。

此版本与赵景深主编并由北新书局1931—1932年间出版的《初级中学混

---

① 又名"中学标准教本·初中国文"。

合国语教科书》选文大同小异。

42. 夏丏尊、叶圣陶、宋云彬、陈望道合编：《开明国文讲义》（全三册），开明函授学校 1934 年 11 月初版。

这套教材注重文体和文法教学，新文学作品所占比例不高，主要有小说《孔乙己》《大泽乡》，散文小品《卖汽水的人》《乌篷船》《背影》《绿》《荷塘月色》《小雨点》《运河与扬子江》《康桥的早晨》《牵牛花》《蚕儿和蚂蚁》，诗歌《三弦》《再别康桥》，戏剧《讨渔税》《北京的空气》等。

43. 《初级中学教科书·国文》（全六册），北平崇慈女子中学校 1934 年版。

只见第二、四册，收录冰心《迎春》，陈学昭《清明日》，黄英（庐隐）《蓬莱美景》，冰心《离家的一年》，丰子恺《闲居》，周作人《寻路的人》《卖汽水的人》，鲁迅《〈呐喊〉自序》等。

44. 大东书局编：《新生活初中教科书·国文》，上海大东书局 1934 年版。

笔者所见册数不全。收鲁迅的《明天》《夏三虫》等新文学作品。

45. 叶楚伧主编①：《初级中学国文》（全六册），南京正中书局，1934—1935 年版。

国民党党化色彩较浓，新文学作品比例不高，包括朱自清的《匆匆》《背影》《绿》《秋》《荷塘月色》，俞平伯的《夜月》《花匠》，徐志摩的《泰山日出》《我所知道的康桥》，周作人的《怀念爱罗先珂君》《北京的茶食》《乌篷船》等。偏爱朱自清、俞平伯、徐志摩、周作人、冰心、苏梅、徐蔚南等人唯美风格的散文小品。基本不收鲁迅、郭沫若、茅盾、田汉等左翼作家的作品。

46. 叶楚伧主编②：《初级中学教科书·国文》（全六册），南京正中书局 1934 年 7 月初版。

与前一套由叶楚伧主编的《初级中学教科书·国文》大同小异。前一套每册选 40 篇，此套每册 50 篇选文，绝大多数选目没有变化，新文学的选目亦然。前一套教材版次较多，此套教材则未见再版，疑为试用版。

47. 叶楚伧主编：《国文（师范用）》（全三册），南京正中书局 1935 年初版。

---

① 署名叶楚伧主编，周侯于、沈荣龄、汪定奕、张圣瑜、许梦因选注，汪懋祖复选、编校，孟宪承校订。

② 据该书《附言》：由周侯于、沈荣龄、汪定奕三人分任选注，由汪懋祖、孟宪承两人审校编订，最后由叶楚伧鉴定付印。

选新文学作品极少，只有《寄小读者》《济南城上》等寥寥几篇。

48. 叶楚伧主编：《简易师范学校及简易乡村师范学校国文》（全七册），南京正中书局1935—1936年初版。

收徐蔚南《我们快活》《初夏的庭院》，冰心《寄小读者》《赴敌》，杨振声《济南城上》，苏梅《扁豆》，叶绍钧《母》《篮球比赛》《蚕儿和蚂蚁》《小蚬的回家》《没有秋虫的地方》，朱自清《荷塘月色》，袁昌英《游新都后的感想》，李健吾《从军》，叶楚伧《牛的觉悟》等，叶绍钧选文最多。

49. 何炳松、孙俍工编：《师范学校教科书甲种国文》（全六册），商务印书馆，1935年1月初版。

收周越《渔村的火》、夏一粟《夜袭》、周近新《民族英雄》（话剧）、王独清《吊罗马》等抗日与民族主义主题的作品。重视新诗和儿童文学，如陈醉云的诗《蜜蜂》《海峡之夜》《能否带我回去》《寒林》，刘大白的诗《卖布谣》，孙毓棠的《城》，陈伯吹的儿童诗《春天归来了》《一年四季都好看》《月亮的夜里》《警告》《夜姑娘》。

50. 颜友松编：《新课程标准初中国文教科书》（全六册），上海大华书局1935年初版。

有鲁迅《秋夜》《幸福的家庭》，周作人《苍蝇》《乌篷船》《苦雨斋之一周》《关于三月十八日的死者》，朱自清《背影》《绿》《匆匆》《白种人——上帝的骄子》，叶绍钧《母》《伊和他》《地动》《藕与莼菜》《五月卅一日急雨中》，另有《落花生》《运河与扬子江》《荒芜了的花园》《我是少年》《又是一年春草绿》等散文小品和《虎门》《济南城上》《战地的一日》等反帝题材。比较重视新诗，收冰心《春水》，郭沫若《春潮》《新芽》，沈尹默《生机》，刘大白《自然的微笑》，还专设一单元收录徐志摩《沪杭车中》，周无《过印度洋》，刘大白《西湖秋泛》，李大钊《山中落雨》，沈祖年《港口的黄昏》等诗。

51. 马厚文编：《标准国文选》（全六册），上海大光书局1935年初版。

系由前述马厚文所编《初中国文教科书》（上海光华书局1933年初版）改版而来。

52. 顾名编：《基本国文》（全二册），上海教育编译馆1935年4月初版。

文言文为主，收少量新文学作品：鲁迅《二重思想》、周作人《背枪的人》、朱自清《月朦胧鸟朦胧》、王统照《农家人生活的一节》、王任叔《给破屋下的人们》。重视新诗，收沈玄庐《十五娘》，徐志摩《夜莺歌》《苏苏》，刘大白《双红豆》，胡适《威权》，闻一多《洗衣歌》。

53. 潘尊行编：《初中精读国文范程》（全一册），国立编译馆，1935年4月初版。

收《我是少年》《上山》《路程》《笑》《想飞》《一月二十八夜》《济南城上》《伊和他》等。

54. 夏丏尊、叶圣陶编：《国文百八课》（全四册），开明书店1935—1938年初版。

新文学作品比例不高，主要有鲁迅的《孔乙己》《风筝》《鸭的喜剧》《秋夜》，叶绍钧的《五月卅一日急雨中》《古代英雄的石像》，朱自清的《背影》《荷塘月色》，还有《寄小读者通讯》《三弦》《一个小农家的暮》《我所知道的康桥》《十五娘》《卖汽水的人》《苏州夜话》等。

55. 朱文叔、宋文翰编：《初中国文读本（增注本）》（全六册），中华书局1935—1936年版。

系由朱文叔所编《初中国文读本》（中华书局1933年初版）改版而来，抽换了个别篇目，即将《一月二十八夜》（翁照垣）、《一月二十九日》（王礼锡）换成《二渔夫》，将《长城外》（白薇）换成《柏林之围》，将《赴敌》（冰心）换成黄遵宪的《军中歌》《旋军歌》，都是围绕反抗侵略的文章在做精选和调整。

56. 宋文翰主编：《国文读本（新课程标准师范乡村师范学校适用）》（全五册），中华书局1935—1936年初版。

新文学作品比例不高，主要有叶绍钧《母》《暮》《古代英雄的石像》，鲁迅《幸福的家庭》，丰子恺《秋》，周作人《自己的园地》等散文小品。熊佛西话剧《卧薪尝胆》，刘大白《卖花女》，周作人《小河》，徐志摩《苏苏》，闻一多《洗衣歌》，朱湘《采莲曲》，陈梦家《铁马的歌》等新诗。

57. 南开中学编：《南开中学初一国文教本》（上册）、《南开中学初二国文教本》（上册），南开中学1935年秋编印。

新文学作品较多，收录冰心《云冈》《赴百灵庙途中》《百灵庙》《莲花》《雨夕》《寄小读者通讯（一）》，叶绍钧《藕与莼菜》《小蚬的回家》《芳儿的梦》《伊和他》《母》《寒晓的琴歌》，苏梅《扁豆》，朱自清《背影》《荷塘月色》，周作人《画家》《若子的病》《苦雨》，徐志摩《车眺》《泰山日出》等。

58. 卢冠六编：《国语模范读本》（全一册），上海三民图书公司1935年6月初版，1936年2月第3版。

收录郑振铎《蝉与纺织娘》、朱自清《匆匆》、鲁迅《马上日记》、周作人《苦雨斋日记》、朱自清《荷塘月色》、徐蔚南《山阴道上》、郁达夫《灯蛾埋葬之夜》、冰心《一个军官的笔记》、周作人《两个扫雪的人》、刘半农《学徒苦》、沈尹默《生机》、冰心《寄小读者》等众多新文学作品。

59. 卢冠六编：《国语精读文选（初中小学国语科教学自修适用）》（全四册），上海三民图书公司，1936 年 1 月初版，1937 年 4 月第 6 版。

仅见第一册，收录有朱自清《荷塘月色》、刘半农《学徒苦》、沈尹默《生机》、冰心《莲花》等新文学作品。

60. 陈介白主编：《初中国文教本》（全三册），北京贝满女子中学 1936 年版。

新文学比重较大，包括鲁迅《风筝》《秋夜》《鸭的喜剧》《孔乙己》，周作人《北京的茶食》《乌篷船》《卖汽水的人》《两个扫雪的人》《故乡的野菜》《苍蝇》《自己的园地》，以及《荷塘月色》《西湖的六月十八夜》《梦》《寄小读者》《生机》《三弦》《海滩上种花》等等。周作人作品最多。

61. 吴拯寰编：《中学适用标准文选》（全三册），上海三民图书公司 1936 年 1 月初版，6 月再版。

今仅见第一、二册，收录有朱自清《记画——月朦胧，鸟朦胧，帘卷海棠红》、田汉《春月的下面》（诗）、叶绍钧《几种赠品》等新文学作品。

62. 朱剑芒编辑：《初中新国文》（全六册），世界书局 1936 年 12 月初版。

这本教材是以朱剑芒所编《朱氏初中国文》（世界书局 1933—1934 年版）为基础增删而来，删除了一些新文学篇目（新诗居多），增补的新文学篇目有：叶绍钧《篮球比赛》《地动》《将离》《五月卅一日急雨中》《怎么能》，绿漪《瓦盆里的胜负》《小公鸡》，周作人《金鱼》，鲁迅《鸭的喜剧》《双十节》，冰心《笑》《归来》，刘大白《自然的微笑》《雪》，茅盾《红叶》，钟敬文《黄叶小谈》，丰子恺《忆儿时》《秋》，周作人《苦雨》《志摩纪念》，俞平伯《西湖的六月十八夜》《陶然亭的雪》《春晨》，郁达夫《钓台的春昼》，朱自清《莱茵河》，郭沫若《五月三十日》，罗黑芷《春日》等。

63. 大东书局编辑所：《分组编制自修国文讲座》（全二册），上海大东书局 1937 年 4 月初版。

收叶圣陶《伊和他》《小蚬的回家》《母》《隔膜》，朱自清《背影》，丰子恺《忆儿时》，冰心《莲花》《迎春》，郑振铎《我是少年》，沈尹默《生机》，胡适《威权》《李超传》，周作人《上下身》《自己的园地》，鲁迅《老调子已经唱完》《杂感》等。

64. 郑育青、汤际亨编：《修正标准新式初中国文》（全六册），北平科学社，1937 年 5 月初版。

全书六册，今仅见第一、三册，其新文学选目有孙福熙《湖上》，陈衡哲《运河与扬子江》，芳草《被系着的》，巴金《繁星》，叶绍钧《没有秋虫的地方》《牵牛花》《粜米》，茅盾《红叶》《当铺门前》，绿漪《秋色》，冰心《母爱》，老舍《济南的冬天》，王鲁彦《雪》，郑振铎《离别》，鲁迅《故乡》《父亲的病》《杂感二十五》① 等。

65. 夏丏尊、叶绍钧合编：《初中国文教本》（全六册），开明书店 1937 年 6 月初版。

新文学比重较高，如冰心《慈爱的结束》，丰子恺《从孩子得到的启示》《小鸡》，王鲁彦《雪》，周作人《卖汽水的人》，朱自清《背影》《给亡妇》，陈衡哲《小雨点》，巴金《朋友》，俞平伯《山阴记游》，叶绍钧《五月卅一日急雨中》等散文小品，以及鲁迅小说《故乡》，等等。重视新诗，两册共设四个诗歌单元，收沈尹默《三弦》、周作人《慈姑的盆》、郭沫若《天上的街市》、胡适《一个星儿》、何植三《采野菜的女孩》、刘半农《一个小农家的暮》、刘延陵《水手》、刘大白《春意》等。

66. 宋文翰编：《新编初中国文》（全六册），中华书局 1937 年 8 月初版。

收鲁迅《故乡》《秋夜》《好的故事》《鸭的喜剧》《雪》，冰心《寄小读者通讯》《繁星》《梦》《笑》，朱自清《荷塘月色》《背影》《春》，叶绍钧《粜米》《寒晓的琴歌》《篮球比赛》《蚕儿和蚂蚁》，以及《一个小农家的暮》《落花生》《蒲公英》《秃的梧桐》《小河》《生机》《乌篷船》《想飞》《年关》等。

67. 蒋伯潜编：《蒋氏初中新国文》（全六册），世界书局 1937 年初版，1938 年 1 月重排，1938 年 10 月新 4 版。

新文学作品较多，主要有鲁迅《秋夜》《聪明人和傻子和奴才》《雪》，胡适《差不多先生传》，冰心《一个军官的笔记》《赴敌》《梦》，朱自清《南京》《匆匆》，丰子恺《忆儿时》《华瞻的日记》，汪仲贤《好儿子》，苏雪林《收获》《溪水》等。书中收有抗战题材的《第八支队》《南口喋血记》，估计是在上海"孤岛"区域内发行的教材。

68. 杨荫深编：《职业学校教科书·初级国文》（全六册），长沙商务印书馆 1938 年 3 月初版。

---

① 原题为《随感录二十五》，发表于 1918 年 9 月《新青年》第 5 卷第 3 号，文章批评中国人只会生孩子却不知道教育孩子。

今只见第二册,收普通文较多,新文学作品较少,有朱自清《匆匆》、向培良《国旗》、周作人《乌篷船》、丰子恺《养蚕》。

69. 中等教育研究会编:《初中国文》(全六册),天津华北书局 1938 年。

由华北伪政权"临时政府"教育部组织的中等教育研究会编写,是沦陷区内最早使用的所谓"国定教科书"教材,其编选以杜绝"排日材料、满洲国否认",清除"三民主义""亲苏容共"等内容以及宣扬"中国固有の道义""时代の趋势に顺应""中日满の亲善协力"等为宗旨。① 现只见第二、六册,收新文学作品《生机》《风筝》《乌篷船》《差不多先生传》《粜米》等。从第二册选目看,多系抄袭宋文翰编的《新编初中国文》(中华书局 1937 年版)而来,但删除了有关反抗外国侵略的篇目(如李健吾的《从军》)。

70. 教育总署编审会编:《初中国文》(全六册),新民印书馆 1938 年 8 月初版。

这套《初中国文》借日寇强制之力,在华北、华东、华中、华南等日占区广泛发行。这套教材系由宋文翰编的《新编初中国文》(中华书局 1937 年版)增删而成,删去了关于孙中山的选目如《孙中山先生的幼年时代》《祭中山先生文》,删去了反映抵抗外国侵略的《亚美利加之幼童》《少年爱国者》《最后一课》《柏林之围》《岳飞郾城之战》等。新文学篇目中删去了李健吾的《从军》,但增加了胡适的《我的母亲的教育》和鲁迅的《孔乙己》。

71. 孙俍工编:《抗战时期中学国文选》(上、下册),成都诚达印书馆,1938 年 2 月初版。

多为通讯、记叙文,包含少量小说,戏剧作品:艾芜《一伤兵》、黄源《俘房》、骆宾基《我有右胳膊就行》、靳以《我们的血》、黎烈文《伟大的抗战》、王统照《夜深沉》、高兰《东北——我的母亲》、蒋山青《卢沟晓月》。

72. 王季思、赵建新等编:《初中国文讲义》,(福建)南平国民出版社 1940 年 1 月初版,杭州国民出版社 1946 年 3 月第 7 版。

仅见第二、三册,收录有胡适《差不多先生传》,鲁迅《好的故事》《生命的路》,杨振声《济南城上》,以群《台庄一勇士》,陈西滢《哀思》,叶绍钧《养蜂》《蚕儿和蚂蚁》,郑振铎《海燕》,朱自清《背影》《绿》,丽尼《江南的记忆》等新文学作品。

73. 国立编译馆编:《初级中学国文甲编》(全六册),重庆正中书局 1941

---

① [日] 川岛真『日中外交悬案としての教科书问题——一九一〇—四〇年代』,並木赖寿,大里浩秋,砂山幸雄『近代中国・教科书と日本』,第 382—383 页。

年初版。

这是抗战时期在国统区使用较广泛的一套教材,被称为"部编本"或"国定本",收《藕与莼菜》《泰山日出》《秃的梧桐》《白马湖之冬》《风雪中的北平》《哀思》《想飞》《我所知道的康桥》《寄小读者通讯》《地动》《篮球比赛》《荷塘月色》《落花生》《收获》《红海上的一幕》等,注重审美性的散文小品。

74. 瞿世镇、卢冠六合编:《中学国文读本》(全六册),上海春江书局1941年8月版,上海三民图书公司1947年8月新5版。

仅见第1、3册,收新文学作品不多,有郭沫若《新生活日记》、冰心《山中杂记》、胡适《南高峰看日出》、叶绍钧《养蜂》、赵景深《杂耍》等。

75. 谭正璧编:《国文入门》(全一册),上海世界书局1944年11月初版。

抗战时期在上海及周边沦陷区发行的一本自修教材,收郁达夫《苧萝村》、郑振铎《塔山看日出》、王统照《湖畔》、叶绍钧《牵牛花》、黄英《雷峰塔下》、沈从文《给一个大学生》等。

76. 谭正璧编:《国文进修》(全一册),上海世界书局1944年初版。

收许地山《落花生》、黄炎培《溪口》、徐志摩《西湖日记一则》、冰心《寄母亲》、陈源《听琴》、胡适《欧游道中》、鲁迅《〈草鞋脚〉小引》等。

77. 叶圣陶、郭绍虞、周予同、覃必陶主编:《开明新编国文读本(甲种)》(全六册),开明书店出版。其中第一册于1943年1月出版,第二册于1946年11月出版,第三至六册于1947年出版。①

新文学比重很高,达一半以上,除收《孔乙己》《故乡》《聪明人和傻子和奴才》《风筝》《一件小事》《一个小农家的暮》《背影》等抗战前的老篇目外,大量收录抗战以来的新作,如萧红《火烧云》(《呼兰河传》之一节),芦焚《邮差先生》,艾青《太阳的话》,夏衍《野草》,沈从文《辰州途中》《常德的船》,茅盾《"拉拉车"》,卞之琳《垣曲风光》,叶圣陶《春联儿》,冰心《从昆明到重庆》《我的同班》,朱自清《飞》,茅盾《白杨树》,袁俊《万世师表》,萧乾《战后访阿尔卑斯》等。

78. 朱廷珪、朱翔等编:《初中国文选读》(全六册),上海土山湾印书馆1946年1月初版。

---

① 版次信息据刘国正主编:《叶圣陶教育文集》第4卷,北京:人民教育出版社,1994年,第45—50页。

收录有朱自清《背影》《荷塘月色》，鲁迅《故乡》《鸭的喜剧》《风波》《雪》，周作人《乌篷船》，黄英（庐隐）《蓬莱美景》，胡适《差不多先生传》《上山》，以及叶绍钧、陈衡哲、郑振铎、巴金、苏梅的作品，冰心入选的作品最多。

79. 汪懋祖编：《初中适用国文精选》（全六册），正中书局 1948 年 1 月初版。

收新文学作品特别少，只有罗家伦《玉门出塞歌》、朱自清《绿》、徐蔚南《快阁底紫藤花》、沈从文《辰州途中》、陈源《成功》、徐志摩《泰山日出》、梁启超《欧游心影录·楔子》。

80. 王任叔、宋云彬等编：《新编初中精读文选（语体文）》（全六册），文化供应社 1949 年 7—8 月初版。

收张天翼《苍蝇们的关心》，萧红《火烧云》，刘延陵《水手》，鲁迅《聪明人和傻子和奴才》《风筝》《一件小事》《记念刘和珍君》《孔乙己》《故乡》，郑振铎《海燕》，叶圣陶《粜米》《蚕儿和蚂蚁》，茅盾《当铺门前》，朱自清《背影》，郭沫若《天上的街市》，卞之琳《给修筑飞机场的工人》，丰子恺《华瞻的日记》《养蚕》，叶圣陶《赤着的脚》《春联儿》，茅盾《白杨礼赞》，曹禺《黄省三》（《日出》节选），赵树理《小二黑结婚》，以及《白毛女》等。

81. 新时代编译社编辑：《新国语文选（初级中学适用）》，世界书局 1949 年 8 月初版。

仅见第一册，收马凡陀《送军粮》、史震林《散记》，丰子恺《忆儿时》，叶绍钧《藕与莼菜》《古代英雄的石像》，鲁迅《聪明人和傻子和奴才》《雪》，朱自清《背影》，贺敬之《杨喜儿过年》，夏丏尊《自发的更新》，以及胡征《强渡黄河》等。这是上海解放初期因应政治形势而编的，收入了一些解放区的作品。

以上考察的都是初中国文教材，高中国文教材大都以文言文和学术文为主，其中只有极少数教材较重视或不忽视新文学，主要是下面几种：

1. 吴遁生、郑次川编辑：《新学制高级中学国语读本·近人白话文选》（全二册），商务印书馆 1924 年 4 月初版，1929 年 9 月第 7 版。

收新文学作品较多，有周作人《悼爱罗先珂君》《游日本杂感》，徐志摩《曼殊斐尔》，叶绍钧《义儿》《云翳》，冰心《梦》，庐隐《华严泷下》，郭沫若《牧羊少女》等等；尤其重视新诗，收有 30 首，包括胡适《一念》《老鸦》《乐观》《平民学校校歌》，俞平伯《春水船》，陈衡哲《鸟》，康白情《紫踯躅花之侧》,沈尹默《生机》,刘半农《无聊》《铁匠》《拟装木脚者语》,刘延陵《水手》,徐志摩《西伯利亚》《哀曼殊斐儿》,闻一多《死水》《也许》,冰心《歧路》《安慰》《哀词》《使命》《繁星》,汪静之《我愿》《海滨》,宗白华《流云》《园中》,郭沫若《司春的女神歌》,雪峰《落花》,等等。

2.《高中一年级国文读本》(全五册),北平文化学社1932年版。

收闻一多《洗衣歌》,周作人《平民的文学》《爱的成年》,鲁迅《死后》《过客》《呐喊·自序》,俞平伯《西湖的六月十八夜》,陈衡哲《洛绮思的问题》,郑振铎《纪念徐志摩先生》,胡适《美国的妇人》《新思潮的意义》,徐志摩《海滩上种花》等。

3. 罗根泽、高远公编:《高中国文》(全六册),北平文化学社1932—1933年版。

收《桨声灯影里的秦淮河》《十五娘》《故乡》《海滩上种花》《西湖的六月十八夜》《洗衣歌》《娜拉走后怎样》《压迫》《赴敌》《Lobilicht的塔》《夜莺歌》。

4. 杜天縻、韩楚原编:《高中国文》(全六册),上海世界书局1933年8月初版。

收鲁迅《狂人日记》《从百草园到三味书屋》,冰心《寄小读者通讯》《山中杂记》,丰子恺《秋》,刘大白《卖花女》,丁西林《压迫》,俞平伯《雪晚归船》,茅盾《雾》,叶绍钧《古代英雄的石像》,郭沫若《棠棣之花》。

5. 天津南开中学编:《南开中学高一国文教本》(上下册),1934年秋印。

收俞平伯《潮歌》、胡适《南高峰看日出》、徐志摩《泰山日出》、郑振铎《蚕与纺织娘》等新文学作品。

6. 朱自清、吕叔湘、叶圣陶、李广田编:《开明新编高级国文读本》(全二册),开明书店1948年初版。

新文学比重极高,占到80%以上,除收鲁迅《社戏》《藤野先生》,郭沫若《地球!我的母亲!》等抗战前篇目外,更大量选入抗战以来新作品,如叶圣陶《邻舍吴老先生》、张天翼《华威先生》、康白情《一封没写完的信》、朱自清《文人宅》、李广田《活在谎话里的人们》、曹禺《蜕变》等。重视新诗也是这套教材的一个特点。

另外,略略选入几篇新文学作品的高中教材还有:(1)史本直编《国文研究读本》(全四册,上海大众书局1933年6月初版),收鲁迅《故乡》《孔乙己》《秋夜》,胡适《不朽》。(2)罗根泽、高远公主编《高中国文选本》(全六册,北平立达书局1933年8月初版),收丁西林《压迫》、陈源《成功》

等少量新文学作品。(3)施蛰存、朱雯等编《高中当代国文》(全六册,上海中学生书局 1934 年 1 月初版),收胡适《漫游的感想》、周作人《吃茶》、鲁迅《孔乙己》、叶绍钧《古代英雄的石像》。(4)宋文翰、张文治编《新编高中国文》(全六册,中华书局 1937 年初版),收鲁迅《幸福的家庭》、周作人《〈近代散文钞〉序》、熊佛西《卧薪尝胆(第二幕)》,以及新诗四首(刘大白《卖花女》、徐志摩《苏苏》、闻一多《洗衣歌》、朱湘《采莲曲》)。(5)(伪)教育总署编审会编《高中国文》(全六册,北平新民印书馆 1939 年 12 月印行),基本由宋文翰、张文治所编《新编高中国文》(1937)增删而来,收新诗四首:刘大白《卖花女》,徐志摩《苏苏》《哀曼殊斐尔》,朱湘《采莲曲》。

总体来看,抗战前的 30 年代是中学国文教材出版最为活跃的时期,其中初中国文教材绝大多数都乐于选择新文学作品,很多时候选目都比较接近。鲁迅、周作人、胡适、叶绍钧、朱自清、俞平伯、冰心、郑振铎、苏绿漪等十多位新文学家是绝大多数教材都会选到的,而且入选量都居于前列。鲁迅的《故乡》《孔乙己》《鸭的喜剧》《风筝》《秋夜》《聪明人和傻子和奴才》,周作人的《乌篷船》《卖汽水的人》《一个乡民的死》《自己的园地》,朱自清的《背影》《荷塘月色》《匆匆》等名篇都是常常被选的。从上面列举的新文学篇目我们也大体可以看出二三十年代国文教材普遍的"社会本位"的倾向——偏爱反映社会问题、阶级矛盾和底层困境的作品(如《十五娘》《故乡》《卖汽水的人》《一个乡民的死》),偏爱抗日反帝题材作品(如《虎门》《济南城上》《赴敌》),等等。当然,与此同时也有一种纯文学的趣味出现在一些教材中,它们大量选入朱自清、俞平伯、冰心、苏梅、徐蔚南等人的唯美主义风格的散文小品,这大概是为了体现"美育"目标或"文学欣赏"目标。国文教育家余冠英曾批评这类教材说:"坊间教本里的文艺作品,多数是抒写小小情事的短篇,在形式和内容两方面都该算作'小品'的东西。少有沉重的、强健的、关系到人生大问题的那一类。这样会使学生误会文艺就是这么纤柔小巧的玩艺儿,养成的兴趣便不会正确,影响当然是不好的。"① 这说明在这一时期的中学国文教育观念中,社会本位的倾向还是压倒了文学本位的倾向。

以上考察的几十种教材绝大多数都是民间编选和出版的。官方色彩的国文课本自 30 年代起陆续出现,虽然种数很少,但由于官方的力量,发行和使用

---

① 余冠英:《坊间中学国文教科书中白话文教材之批评》,《国文月刊》第 17 期,1942 年 11 月。

范围却是不小。这类官方性质的教材包括由叶楚伧署名主编的几本，以及由政府强制推行使用的所谓"国定本"《初级中学国文甲编》。叶楚伧挂名主编的《初级中学国文》（正中书局1934—1935年版）发行量比较大①。叶楚伧当时是国民党中央宣传部长，正中书局也是国民党的官办书局，这种官方身份决定了其党化教育面目。所以它们不仅迅速响应蒋介石发动的"新生活运动"，还大量收入孙中山、蒋介石、汪精卫等党国要人的文章。新文学篇目中像《在雪夜的战场上》（盛炯）、《游新都后的感想》（袁昌英）、《龙潭之役》（徐鹤林）等歌颂国民党的作品也很多，右翼文人如罗家伦、徐蔚南、苏梅等人的作品纷纷被选，鲁迅、郭沫若、茅盾等左翼作家则一篇不选。而所谓的"国定本"《初级中学国文甲编》是教育部按照蒋介石的手谕组织人员编辑的，于抗战时期的重庆出版暂行本，抗战胜利后又出修正标准本并在上海出版。它秉承国民党文化复古思想和党化教育思想，一方面完全屏蔽了鲁迅、郭沫若、茅盾等左翼作家和已作了汉奸的周作人等，另一方面则大选特选合乎蒋委员长提倡的"忠孝仁爱信义和平"等所谓民族传统美德的作品，如胡适的《我的母亲》、冰心的《寄小读者通讯（十）》、叶绍钧的《地动》、朱自清的《背影》、冰心的《南归序引》等等。编者称《寄小读者通讯（十）》"就中写母子之爱，极为挚切动人"②；《背影》令编者"倍觉亲子之爱，高于一切"③，而《南归序引》"抒写母女间之感情，其为亲子之爱则一也"④。

抗战时期国统区的国文教材出版大致分三种情形：一是在抗战初期几年大量重版和翻印30年代商务、中华、世界、开明等书局出版的教材，二是在抗战中后期大量推广使用所谓的"国定本"《初级中学国文甲编》，三是在某些地区曾少量新编国文教材，尤其是为抗战服务的国文补充读本，如孙俍工编的《抗战时期中学国文选》（成都诚达印书馆1938年2月）和《战时初中国文》，广州特种教育社出版的《战时国语读本》（1937年11月），汪馥泉编选的《战时初中国文》（广州救亡出版部1938年2月），赵景深编的《战时初中文选》（广州北新书局1938年5月），叶圣陶编的《开明战时活页文选》（开明书店1938年版），等等。它们大多围绕抗战主题和民族意识、爱国主义来选文，除

---

① 其第1册在一年多的时间内即已印至第33版。
② 国立编译馆主编：《初级中学国文甲编（第二次修订本）》第2册，上海：中华书局，1947年，第48页。
③ 教育部教科用书编辑委员会编：《初级中学国文甲编》第5册，国定中小学教科书七家联合供应处印行，第104页。
④ 教育部教科用书编辑委员会编：《初级中学国文甲编》第5册，第105页。

古代作品外，语体文包括通电、通讯报道、时论、名人演讲等，纯正的新文学作品不算太多。有的国文补充教材"专选抗战发动以后的作品"，以"使读者得到现实之感"①。抗战后期，国民党政府垄断教材出版，不许民营书局再自行编选和出版新的国文教材，而只是承担"国定本"的印刷、发行任务。因为战时物资匮乏，出版印刷能力所限，再加之政府的教材统制，在国统区只有个别地区如广西省曾组织新编了国文教材《初中精读文选》。这套教材由桂林文化供应社于1940年秋开始编写，到1943年春季出齐六册，供广西一省中学教学之用。据编写者之一叶苍岑回忆，"除选入传统的名家名篇外，还广泛地翻阅了'七七'事变以来抗日战争前五年出版的报章、杂志，选取了当时知名作家的新作，例如茅盾的《风景谈》"②。

抗战及解放战争时期的中共解放区也编写出版了一些中学国文教科书，现在笔者所能看到的且选载有新文学作品的主要有：

1. 《中级国文选》（全四册），范文澜、叶蠖生、齐燕铭等五人编，新华书店1942年3月初版，1943年5月订正版，1943年9月再版，另有山东新华书店1944年4月版，华北新华书店1945年版，冀南书店版等多种翻版。各版本先后收录有鲁迅《一件小事》《鲁迅自传》《药》，沈尹默《生机》《人力车夫》，郑振铎《桂公塘》《荒芜了的花园》，苏雪林《秃的梧桐》，陈衡哲《运河与扬子江》，巴金《海上的日出》，茅盾《当铺门前》，叶绍钧《粜米》《古代英雄的石像》及抗战通讯《一月二十八日夜》等新文学作品。

2. 《中等国文》（全三册），陕甘宁边区教育厅编，1945年5月编成，有新华书店1946年5月版，华北新华书店1946年5月版、新华书店晋察冀分店1946年6月版等多种版本和翻印本。重视应用文体，不重视文学作品，收入鲁迅作品较多（11篇），包括《孔乙己》《一件小事》《阿Q正传》《非攻》和《林克多〈苏联见闻录〉序》《我们不再受骗了》《大众并不如读书人所想象的愚蠢》等杂文，另有茅盾《大地山河》等不多的几篇新文学作品。

3. 《高中文选》（第1、2辑），合江省政府教育厅编审委员会编审，东北书店1946年版。收草明《沙漠之夜》《马老太太之死》，白刃《爬雪山过草地》，李雷《记父亲》（诗），丁玲《"海燕"行》，舒群《归来人》，李雷《记李春林》（诗），冯仲云《抗联的父亲——李老头》等通讯报告、小说和诗歌。

---

① 叶圣陶：《选辑后言》，《开明战时活页文选》，上海：开明书店，1938年。
② 叶苍岑：《我从事语文教学研究工作的三个阶段》，刘国正主编：《我和语文教学》，第45—46页。

4.《初中国语》（全六册），胶东中学教材编委会编，胶东区行政公署教育处审定，1945—1946年出版。目前只见第二、三、六册，选鲁迅的《阿Q正传》（节选）、《冲》《中国语文的新生》等①。

5.《国文（初级中学用）》。东北政委会编审委员会编，新华书店东北总分店1947年11月版，东北书店1948年版。仅见第二、四册，收录李大钊《今》，茅盾《大地山河》《风景谈》，冯仲云《抗联的父亲——李老头》等少量新文学作品。

6.《中学国文选》（全三册），关东公署教育厅编选，大连大众书店1948年版。收鲁迅《聪明人和傻子和奴才》《一件小事》、郑振铎《桂公塘》等。

7.《中等国文》（全六册），王食三、韩书田、李光增等五人编，先后经晋察冀边区行政委员会教育处、华北人民政府教育部审定，有新华书店1948年3月版，晋察冀新华书店1948年3月版，华北新华书店1948年9月第3版，冀鲁豫新华书店1948年12月初版，天津新华书店1949年3月第3版等众多版次和翻印本。收录鲁迅的《大众并不如读书人所想像的愚蠢》《给颜黎民的信》《一件小事》《不识字的作家》（《门外谈文》节选），郑振铎的《桂公塘》，茅盾的《当铺门前》，叶绍钧《古代英雄的石像》，茅盾《大地山河》《五月三十日下午》，叶绍钧《五月三十一日急雨中》，王希坚《被霸占的田地》，赵树理《地板》，周而复《诺尔曼·白求恩断片》等。

8.《国语文选（中学课本及青年自学读物）》，于敏、李光家、陈光祖等编，山东省政府教育厅审定，华东新华书店1948年9月初版。目前只见到1—4册，选有鲁迅的《鸭的喜剧》《孔乙己》，朱自清的《背影》，叶绍钧的《古代英雄的石像》，赵树理的《地板》，茅盾的《大地山河》，孔厥的《凤仙花》，周而复的《诺尔曼·白求恩断片》等作品。

9.《国语文选（初级中学适用）》，于敏、李光家、陈光祖等编，中原新华书店1949年3月版，皖北新华书店1949年7月初版。基本上是以《国语文选（中学课本及青年自觉读物）》为基础稍作增删而来，选文情况大体相同。

10.《初中国文》（全六册），王食三、韩书田等五人编，新华书店1949年4月版。选鲁迅的《一件小事》《不识字的作家》《孔乙己》《林克多〈苏联见闻录〉序》，以及《鞋子不见了》《刘二保扇汗》《剥皮老爷》《石明三的转变》《卫生员朱同义》《小二黑结婚》《诺尔曼·白求恩断片》等解放区文学。

11.《初中临时教材·国文》（全六册），东北行政委员会教育部编，东北

---

① 据陈漱渝主编：《教材中的鲁迅》，第143—144页。

新华书店1949年5月版。收王希坚《被霸占的田地》、周而复《诺尔曼·白求恩断片》、陆定一《老山界》、朱德《母亲的回忆》等解放区文学以及斯坦贝克《愤怒的葡萄》等，文学作品不多。

12.《高中临时教材·国文（专科学校适用）》，东北行政委员会教育部规定，东北书店1949年5月初版。只见第一、三册，收鲁迅《故乡》《徒然的笃学》（译文），邹韬奋《纽约的贫民窟》，周而复《诺尔曼·白求恩断片》，高尔基《海燕》，斯诺《毛泽东印象记》等文章。

13.《高中临时教材·国文》，东北行政委员会教育部编审，东北书店1949年5月印行。只见第一、三、五册，选鲁迅的《故乡》《藤野先生》《狂人日记》《为了忘却的记念》《徒然的笃学》等。

14.《高级中学试用课本·语文》，万曼、刘永之编，开封新华书店1949年6月版。收鲁迅《孔乙己》《鲁迅说他自己》《论创作怎样才会好——答北斗杂志问》《论"费厄泼赖"应该缓行》，另收白朗的《老母亲》、周立波的《沁源人》、茅盾的《西蒙诺夫访问记》等。

15.《高级中学适用课本·国语》，万曼、刘永之、杜子劲、奚须选编，中原新华书店1949年8—9月版。选鲁迅的《孔乙己》《论"费厄泼赖"应该缓行》《〈解放了的董·吉珂德〉后记》《自传》等①。

16.《高中活页文选》，韩启晨编，西北新华书店1949年8月版。收鲁迅《对左翼作家联盟的意见——在左翼作家联盟成立大会讲》《论"打落水狗"》，另有郭沫若、赵树理、刘白羽等人作品。

17.《高中国文》（全六册），周静、张山、王朴编，新华书店1949—1950年初版。选入鲁迅的《为了忘却的记念》《辱骂和恐吓决不是战斗》《论"费厄泼赖"应该缓行》《对左翼作家联盟的意见》《我们不再受骗了》等文。

18.《初级中学适用临时课本·初中国文》（全六册），上海联合出版社临时课本编辑委员会编，上海联合出版社1949年8月初版。目前仅见第一、三、五册，收录的主要是与苏联相关的文章、通讯纪实文章、革命领袖文章、解放区文学（如《被霸占的田地》《李有才板话》《鞋子不见了》《刘二保扇汗》《剥皮老爷》《白求恩大夫》），以及鲁迅文章（如《自传》《给颜黎民的信》）。这套教材实际上是以王食三等五人编选的《初中国文》为底本略加增删而来。

19.《高级中学适用临时课本·高中国文》（全六册），华北人民政府教育

---

① 笔者所见不全，此处据陈漱渝主编：《教材中的鲁迅》，第154页。

部教科书编审委员会编辑,华北联合出版社1949年9月再版①。只见一、二、三册,收华山《英雄的十月》,刘白羽《光明照耀着沈阳》,鲁迅《为了忘却的记念》《祝福》《我们不再受骗了》,萧红《回忆鲁迅先生》,夏衍《野草》,郭沫若《杜鹃》《蒲剑·龙船·鲤帜》,阮章竞《圈套》,赵树理《小二黑结婚》《传家宝》,茅盾《白杨树》《莫斯科运河》,孙犁《荷花淀》,俞平伯《山阴五日记游》,丁玲《三日杂记》,吴晗《哭一多父子》,马可《夫妻识字》,张志民《死不着》,马烽、西戎《砍桦林》,以及《白毛女》。

  上述这些解放区教材有的相互间存在传抄关系,除翻印、改版外究竟有多少独立的套数一时难以搞清楚。总体来说,解放区的教材比较重视应用文体和普通文章,文学作品的比例较低。1946年陕甘宁边区教育厅制定的《初中国文课程标准草案》规定各学年精读文文体比重为:应用文16%,普通文(记叙文、说明文、议论文)48%,文艺文16%,语文规律的说明20%。② 实际上,文艺文不仅比例低而且主要限于以鲁迅为代表的左翼文学和解放区文学。李斌在其考察的10套解放区中学国文教材中发现共选有鲁迅作品27篇,出现40次,其中杂文最多,出现了16篇,其任务主要是树立学生"革命的人生观"。③ 解放区教材也重视采选解放区内的文学创作,即那些被称之为"工农兵文学"的作品。以1949年出版的《临时课本·高中国文》为例,它的第一册除了鲁迅、茅盾、郭沫若、夏衍这些左翼文学家的作品外,还包括大量解放区文学,如华山、张志民、马可、马烽和西戎、阮章竞、刘白羽、赵树理、孙犁、丁玲等人的作品。与此同时,在二三十年代国文教材中被热选的叶圣陶、朱自清、俞平伯、冰心、胡适、周作人、苏绿漪、徐志摩、刘大白等人的作品则无缘进入解放区课本。解放区的教育工作者们说:"我们编选教材,十分重视结合实际。从选材内容来讲,要紧密结合当时的政治斗争、军事斗争和阶级斗争……我们的语文课为了配合当时开展的'保田、保家乡'运动,就先后选教了《伤亡登记簿上的第一名》《强渡黄河》《丹娘》等课文,以进一步鼓舞青年学生的斗争意志,坚持不懈地与敌人开展斗争。1947年,轰轰烈烈的土改复查运动开始了,我们又选教了《祝福》《小二黑结婚》《二烧震东市》等课文,让学生进一步认识封建制度的不合理,自觉地、积极地投入到当时的土

---

  ① 又有标注为"上海联合出版社临时课本编辑委员会编辑""上海联合出版社出版"的版本。
  ② 参见周庆元:《语文教育研究概论》,长沙:湖南人民出版社,2005年,第204页。
  ③ 李斌:《民国时期中学教材中的鲁迅作品》,《语文建设》2013年第8期。

改复查运动中去。"① 教材与实际工作相结合，自然并不重视纯文学而是青睐通讯、报告之类宣传性文学。

二、教材编排模式与新文学的接受

一本教材除了选文还有编排问题，把一个作品编排到什么位置往往意味着编选者对它的教育功能的设定，也反映了教材编者对该作品思想内涵和价值意义的理解与判断。而反过来说，教材的编排处理方式也会影响到学生对该作品的认识和接受（价值方面的）。以鲁迅的《一件小事》为例。朱文叔编的《初中国文读本》第二册在选录此文时掐头去尾，只摘录了中间部分的故事作为课文。朱文叔节略的文字有：

> 我从乡下跑到京城里，一转眼已经六年了。其间耳闻目睹的所谓国家大事，算起来也很不少；但在我心里，都不留什么痕迹，倘要我寻出这些事的影响来说，便只是增长了我的坏脾气，——老实说，便是教我一天比一天的看不起人。
>
> 但有一件小事，却于我有意义，将我从坏脾气里拖开，使我至今忘记不得。
>
> 我因此也时时煞了苦痛，努力的要想到我自己。几年来的文治武力，在我早如幼小时候所读过的"子曰诗云"一般，背不上半句了。独有这一件小事，却总是浮在我眼前，有时反更分明，教我惭愧，催我自新，并且增长我的勇气和希望。

掐去上述文字显然不是嫌其啰唆或是篇幅太长，而是要避政治忌讳，或者是因为他看待此文的特殊眼光，即不是从社会政治批评（所谓"国家大事"和"文治武力"）而是从人格教育意义的角度来看待《一件小事》。这其实从教材的编法中就有迹可寻。朱文叔将《一件小事》安排在教材第七单元"做人态

---

① 陈明西：《语文教学工作二三事》，《老解放区教育工作回忆录》，上海：上海教育出版社，1979 年，第 173—175 页。

度的表白和论述"之中,称《一件小事》的内容是"忏悔自己对人之错误"①。与此教材配套的《初中国文读本参考书》中也对这篇课文进行了如下的教学提示:"……全篇绝无教训的话,却能给与(予)人们以很深刻的教训。"又布置了如下习题:"你有自认为对人抱歉的事么?老老实实的(地)把它写出来。"②编选者设定的这种教育目标("做人态度"),决定了其肢解《一件小事》的做法。

总之,不管是编者对作品内涵的理解还是所秉持的教育理念和所欲实施的教育目标,都会反映到教材的编组方式上去。而这些编组方式又成了学生接受新文学作品的影响因素,甚至是决定了学生们对于作品的理解和情感、价值判断。下面我们就从那些国文教材的编组方式来看其对新文学作品的处理方式和效果。

早期的中学国文教材还没有体例设计,大多只有选文和简单的注释,有的甚至连注释都没有,更没有分单元或编组,往往是各种文章杂凑在一起,这其实只是文章选本,还不是现代意义上的课本。但进入 20 年代以后,情况有所改观,单元编组、练习设计等体例逐步形成和完善。因为新文化运动的冲击,新思潮的激荡和社会问题讨论的热潮影响了国文教材的编写,体例上也开始采用按社会问题或人生问题分组编排选文的做法,后来又逐渐发展到按教育功能(思想道德、人格教育、社会教育、美育等)和文体(记叙文、写景文、说明文、议论文、新诗等)来编组和设置单元。

社会问题式编组方式在 20 年代前半期最为盛行。20 年代初浙江第一师范校长经亨颐力倡新文化,聘请陈望道、刘大白、李次九、夏丏尊分别担任四个年级的国文教师。这四人自编教材,依照人生问题、家族问题、贞操问题、文学问题等分门别类地选辑了一百多篇文章,多为当时刊物上发表的新作,包括鲁迅的《狂人日记》等,要让学生了解人生真义与社会现象。这些国文讲义后来由上海新文化书局以"社会问题讨论集""妇女问题讨论集"等名义出版。③1922 年,周予同在《教育杂志》上撰文谈"教材的排列"时说:"我主张采取第二种的方法,就是以问题为主纲,以各种文体不同的文章为内容。譬如说

---

① 朱文叔编:《新课程标准适用初中国文读本第二册教材支配表》,《初中国文读本》第 2 册,上海:中华书局,1933 年,第 3 页。
② 张文治、喻守真、张慎伯编:《初中国文读本参考书》第 2 册,上海:中华书局,1934 年,第 258、259 页。
③ 曹聚仁:《我与我的世界》,太原:北岳文艺出版社,2001 年,第 148 页。

'人生问题'，可将陈独秀的《人生真义》、李大钊的《今》、胡适的《不朽》等聚在一气教授；又如说'文学革命'问题，可将蔡元培的《国文之将来》、胡适的《建设的文学革命论》、钱玄同的《尝试集序》等聚在一气教授；又如说'妇女问题'，可将胡适的《李超传》、潘家洵译的易卜生《娜拉》等聚在一气教授。"这样编排，"同一问题，各人的文体不同，各人的思想不同，很可以鼓起学生的兴趣，一方面了解文艺表现的方法，而一方面对于该问题发生深沉研究的动机"①。1922年底至1923年初陆续出版的由沈仲九和孙俍工编的《初级中学国语文读本》也是按社会问题来编组课文的。比如一年级教材中组织了《美国的妇人介绍》《桑格尔夫人》《女子的根本要求》等五篇讨论妇女问题的文章，叶绍钧的《母》便被置于其中。

由于国文教育界越来越多的人批评社会问题式教材偏离了"读写能力训练"这一国文教育的主旨，单纯的社会问题式选文编组法日渐受到冲击。但由于中国社会本身的问题重重，所以这种编组方式依然拥有顽强的生命力，一直延续到了30年代。

1932—1933年出版的《新亚教本·初中国文》自称"教材的编辑纯以某问题或中心思想为轴心联系各篇成为一组，合若干组成一册"②。其第一册为"实生活的体认"，分为"经济方面""社会方面""政治方面"，每组选文10篇，单元后讨论经济生活、经济制度、生产与分配、家庭组织、财产继承、妇女地位、儿童教育、人口贩卖、童养媳与童工、贞操、压迫的系统、租税制度、官僚政治、内战与兵役等问题。刘纲的《两个乞丐》、大悲的《哭中的笑声》、沈玄庐的《石子》、郑振铎的《苦鸦子》、叶绍钧的《这也是个人吗？》、朱自清的《生命的价格——七毛钱》、叶绍钧的《寒晓的琴歌》、汪敬熙的《雪夜》、杨振声的《渔家》、许杰的《山径》等新文学作品就被放在这些社会问题之中。第三册分四组："民族解放"组收《街血洗去后》《倪焕之》；"劳工"组收《磨面的老王》（杨振声）等；"劳农"组收刘大白的《渴杀苦》、玄庐的《十五娘》《李成虎小传》和徐玉诺的《到何处去》等。

朱文叔编的《初中国文读本》第四至六册也明显围绕社会热点问题编排课文。如第四册的八个单元中包括"教育事实与理想之描画"（其中张天翼的

---

① 周予同：《对于普通中学国文课程与教材的建议》，《教育杂志》第14卷第1号，1922年1月。
② 陈椿年：《致教者》，陈椿年编：《新亚教本·初中国文》第1册，上海：新亚书店，1932年。

《学费》和叶绍钧的《养蜂》皆"暴露现教育事实上之缺点")、"农村崩溃及其救济方法之叙述"(其中臧克家的新诗《答客问》"写现在农民的困苦")等单元。① 第五册则设有"政治之探讨""民生之理论及实际"(其中高植小说《抢险》"描写水灾")、"内地市镇与通商大埠之经济及文化状况的记述"(其中茅盾的《年关》"写内地市镇之萧条,以反映农村经济之崩溃")、"生与死之观照"(其中穆时英小说《两个从生活里跌下来的人》"暗示现社会中生活之不安定",老舍的小说《铁牛》"指摘官僚制度下公务人员之无保障",夏丏尊的《命相家》"说明目前知识分子谋生之不易")等八个单元。② 第六册则包括"社会理想及人生意义之论述""灾情之描写及赈灾方法之记述"(如王统照小说《离乡》)等单元。③ 这套教材特别关注当时中国的经济危机(如农村破产)和社会贫困问题,王统照的小说《山雨》(教材改题为《离乡》)、叶绍钧的《多收了三五斗》(教材改题为《粜米》)、穆时英的《两个从生活里跌下来的人》、茅盾的《林家铺子》(教材节选改题为《年关》)、张天翼的《包氏父子》(教材节选并改题为《学费》)、臧克家的《答客问》等新文学作品便成了反映这一社会问题的材料。

30 年代的国文教材在延续社会问题式编组模式的同时也有转向按文章体例、写作技能或德育目标(爱国、进取等)来编组的趋势。《新亚教本·初中国文》第二册分为"合群""自由""平等""真理""义勇"等六组,即是按人格教育或德育的目标来设置的,收入玄庐的《顾老头子的秘史》、郑振铎的《自由》、苏雪林的《鸽儿的通信》、芳草的《被系着的》、胡适的《威权》、李大钊的《今》等新文学作品。《初中国文教科书》(马厚文编)的单元设置则大都有思想内容或文体类型方面的考虑。其第一册共设置 18 组,其中第一组选文为《我是少年》《上山》《运河与扬子江》,宣扬进取精神、培养进取人格;第四组选文为《一个乡民的死》和《卖汽水的人》,反映下层百姓生活;第十六组选文为《支那妇人》《济南城上》《赴敌》,宣扬抗战。

朱文叔编的《初中国文读本》则明显按写作教学的目标(描写、记述等)来编排课本。其第一册分八组:一、自然现象的描写(收《海上的日出》《繁

---

① 朱文叔:《新课程标准适用初中国文读本第四册教材支配表》,朱文叔编:《初中国文读本》第 4 册,上海:中华书局,1934 年,第 1—2 页。
② 朱文叔:《新课程标准适用初中国文读本第五册教材支配表》,朱文叔编:《初中国文读本》第 5 册,第 1—3 页。
③ 朱文叔:《新课程标准适用初中国文读本第六册教材支配表》,朱文叔编:《初中国文读本》第 6 册,第 1 页。

星》等）；二、植物的描写（收叶绍钧《牵牛花》，沈尹默《生机》《人力车夫》等）；三、社会风俗文化的记述（收胡适《东西文明的界线》、王世颖《虎门》、冰心《东京纪游》、郑振铎《离别》等）；四、青年生活的论述；五、四时景色的描写（收朱自清《春》、叶绍钧《晨》、孙福熙《夏天的生活》、绿漪《秋色》等）；六、动物的描写（沈雁冰《育蚕》、芳草《被系着的》、郑振铎《海燕》等）；七、战事的描写及敌忾的表抒（翁照垣《一月二十八夜》、王礼锡《一月二十九日》等）；八、物质文明上人物制度的记述（周作人《乌篷船》、傅东华《火龙》等）。同时，编者也不忘德育等目标，称第一组自然现象描写诸文"适应青年心理，可以感发其寻求光明之志趣"，第二组植物的描写可"使学者理会生命之意义，引起向上发展之志愿"，第七组"皆以唤起民族精神为中心"。①《初中国文读本》第二册也分为八组：一、家人间情感的抒写（收冰心《母爱》等）；二、妇女的社会生活的记述；三、政治观念的阐明（收西滢《管闲事》等）；四、气象变化的描写（收周作人《苦雨》、王鲁彦《雪》、舒新城《雾》等）；五、民族精神的发挥（收白薇《长城外》、翁照垣《自卫的战争》等）；六、农人生活的描写（收刘大白《渴杀苦》、叶绍钧《粜米》、茅盾《当铺门前》等）；七、做人态度的表白和论述（收鲁迅《一件小事》、冰心《往事》、叶绍钧《与佩弦》等）；八、文章作法的说明。②这又是杂糅文体教学与德育目标的编法。

30年代大多数国文教材的编法都呈现出某种接近的倾向，即围绕着社会问题和思想道德教育这双重目标来操作。前者主要是指围绕阶级矛盾、底层痛苦、民族危机等社会现实问题来编排选文，后者则是指围绕公民精神和人格教育、民族意识、爱国精神等教育目标来编排选文。朱文叔编的《初中国文读本》中有"人生态度志趣的论述"（收徐志摩《海滩上种花》、熊佛西《枯树》等）、"民族精神的发挥"（收冰心《赴敌》、李健吾《从军》、郑振铎《桂公塘》）等主题单元。③杜天縻编的《国语与国文》则包括"教育与生活"大单元，其下细分为"教育""生活的一斑""乡土生活""劳工"组；"民族与国家"单元下细分为"勇敢""牺牲""自卫""雪耻"。周作人的《故乡的

---

① 朱文叔：《新课程标准适用初中国文读本第一册教材支配表》，朱文叔编：《初中国文读本》第1册，中华书局，1933年，第1—4页。
② 朱文叔：《新课程标准适用初中国文读本第二册教材支配表》，《初中国文读本》第1册，第1—4页。
③ 朱文叔：《新课程标准适用初中国文读本第三册教材支配表》，《初中国文读本》第3册，第1、4页。

野菜》、许地山的《落花生》、苏梅的《扁豆》成为"乡土生活"的选材，罗家伦的诗《军歌》、佚名的话剧《荆轲刺秦王》成为"自卫""雪耻"类的教材，郑振铎的《苦鸦子》、叶绍钧的《这也是个人吗》成为"社会恶现状之———虐媳"的范例，刘复（半农）的《学徒苦》、世琦的《徒弟火儿》成为"社会恶现状之三——虐待学徒"的范例，许地山的《债》、冰心的《祝你奋斗到底》成为"人生的责任"的教材。

施蛰存、朱雯等人编选的《初中当代国文》（1934）也非常重视社会认知和思想教育功能。其第一册共分18个单元，至少有四五个单元关涉时政：第十二单元选《虎门》《帝国主义统治下的香港》《凡尔登》以批判帝国主义；第十三单元选《五月卅一日急雨中》《街血洗去后》《止水的下层》反映"五卅惨案"；第十四单元选杨振声的《济南城上》、向培良的《国旗》、俞平伯的《雪耻与御侮》，都是抗日主题。第二册第五单元收冰心的《到青龙桥去》《一个军官的笔记》和楼适夷的《战地的一日》，涉反战思想或歌颂抗日军人；第十三单元收朱自清的《执政府大屠杀记》、胡汉民的《总理广州蒙难经过》、周作人的《关于三月十八日的死者》；第十四单元三篇选文都是记录中国社会贫穷、混乱之状况。

孙怒潮编写的《初级中学国文教科书》（1934）则强调民族意识和爱国主义教育。如第一册的第七单元选入林风的《辽宁月色》、胡适的《四烈士冢上的没字碑歌》这两首诗和谢冰莹的《从军日记二则》、梁启超的《祈战死》二文。其中《辽宁月色》《祈战死》都是抗日题材。第二册第二单元选《沪战之夜》《一二八之夜》《战地的一日》，都是抗日纪实；第六单元的四篇选文"都是弱小民族被压迫者的呼声"，其中《在蕴藻浜的战场上》讴歌"一·二八"抗战，《济南城上》"是日帝国主义者在五三惨案里底惨杀与反抗者的情形"，小说《村中》则是"日帝国主义者惨杀无知农民的新式方法"①。课本编者在第三册第四单程的"学"项中说，姚蓬子的诗《被蹂躏的中国大众》"是作者替铁蹄下的中国民众大放一声反抗的狂吼"，《马将军》"是纪念有功边疆之将的颂歌""读此，不禁为今日负守土之责的人羞死愧死！"②

1934年出版的《实验初中国文读本》第一、二册"用中心编制法，以个

---

① 孙怒潮：《第六单程教学做举要》，《初级中学国文教科书》第2册，上海：中华书局，1934年，第100页。

② 孙怒潮：《第四单程教学做举要》，《初级中学国文教科书》第3册，第64页。

己、家庭、社会等为中心"①来设置单元。于是，《运河与扬子江》成了"个己修养"的材料，《小蚬的回家》《伊和他》《背影》《白种人——上帝之骄子》成为"家庭之爱"的材料，《希望》《生命的价格——七毛钱》《路程》《聪明人和傻子和奴才》《这也是个人吗》《学徒苦》成为"社会环境"的教材，《济南城上》成为"民族精神"的教材。第二册中，《我是少年》《上山》《最苦与最乐》被放入"个己修养"单元，杨振声的《渔家》、郑振铎的《苦鸦子》、俞平伯的《花匠》被放在"社会问题"单元，蔡元培的《五卅烈士墓碑》、胡适的《四烈士冢上的没字碑歌》、冰心的《一个军官的笔记》被放在"民族精神"单元。教材编者对于某些新文学作品的处理明显不当或是理解不准，如视朱自清的《白种人——上帝之骄子》为"家庭之爱"，视冰心《一个军官的笔记》为"民族精神"主题显然是文不对题。

朱剑芒编《朱氏初中国文》特别重视"民族意识"的教育，设有"叙述'一·二八'沪战与前代抵御倭寇的事实""叙述抗日情形与抵御外侮的方法""申述抗日的意义与爱护国土的情绪""申述抵御外侮的精神与前代立功杀贼的人物""申述革命的精神与慷慨赴敌的情绪""申述抵御外侮的重要""申论国人应有的觉悟"等单元，选入楼建南的《战地的一日》，王平陵的诗《狮子吼了》《扬子江的波涛》和《吴国材之死》，冰心的诗《赴敌》，沈定一的散文《怕死么》，朱湘的诗《哭孙中山》，俞平伯的《雪耻与御侮》等。该教材还设置有"申论妇女解放问题""描写被压迫妇女的困苦""申述青年与国家的关系"等单元，选入濮舜卿的话剧《黎明》、周作人的《关于三月十八日的死者》等作品。1936—1937年间朱剑芒又编写了《初中新国文》，其第一册共分成12组，其中第七组为"爱国情绪的表抒"，收郑振铎的《我爱的中国》、梁启超的《忧国与爱国》；第十二组为"对外战争的记述"，选楼建南《战地的一日》。《初中新国文》第二册第七组为"抵御外侮的记述"，选白薇的《长城外》、李健吾的《从军》等。第四册设有"五卅惨案的记述与爱国情绪的表抒"单元，选郭沫若《五月三十日》、叶绍钧《五月卅一日急雨中》等。

何炳松与孙俍工合编的《师范学校教科书甲种国文》（1935）在单元设置上也注意突出时代的主题。在第一册所设置的九个学程中，第四学程选载周越的小说《渔村的火》，夏一粟的小说《夜袭》，王独清的诗《吊罗马》和胡适的译诗《哀希腊》，"都带有民族主义底色彩"，又在"教学注意"项下提示

---

① 《编辑大纲》，江苏省立苏州中学初中部国文教学研究会编选：《实验初中国文读本》第1册，上海：大华书局，1934年。

到:"分析本学程各篇中所含的情绪。"① 这里,《渔村的火》和《夜袭》都是抗日斗争题材的小说,《吊罗马》则以同病相怜的情绪哀叹古老民族的衰落和耻辱。第二册的第四学程收小说一篇新诗两篇(孙毓堂的《城》和侯佩尹的译诗《画角》)并称:"《城》中的不畏艰难的进取的创造的思想,《画角》中的英雄壮气,都是值得我们细心咀嚼的作品。"②

正中书局出版的《初级中学教科书·国文》主要是围绕德育、美育等教育目标来编选课文。此教材全套六册的单元名目是:第一册:亲爱精诚、民族意识、学业修养、身心陶冶;第二册:亲爱精诚、民族意识、学业修养、身心陶冶;第三册:民族德性、学业修养、休闲生活、群己关系与社会生活;第四册:民族德性、学业修养、休闲生活、社会服务与生产;第五册:人伦与社交、学修与劳作、游赏与美感;第六册:社会与政治、国家与正义、文艺与人生。相对于30年代的其他教材,正中书局这套教材比较重视"美育"的目标,设置了"身心陶冶""休闲生活""游赏与美感""文艺与人生"等好几个贴近"美育"的教学单元。与正中书局这套教材的倾向比较接近的还有吴拯寰编的《中学适用标准文选》(1936),它的三册教材共设置了12个单元,分别为"为学与做人""自然界景色""民族的英雄""过去的回忆""艺术与娱乐""成功的要诀""民族的复兴""生活的素描""全国的名胜""国货的提倡""圣哲的言论""升学与就业"。它在重视民族和爱国主题的同时也不忽视生活和审美目标(如"自然界景色""艺术与娱乐""全国的名胜")。但像这样重视"美育"目标的国文教材在当时并不多见。

南开中学1935年编印的《南开中学初一国文教本》上册也比较注重民族意识。第一单元为记载文与写景文,共收17篇课文,如冰心《云冈》《赴百灵庙途中》《百灵庙》,胡其清《我的故乡》,叶绍钧《藕与莼菜》,苏梅《扁豆》,徐蔚南《山阴道上》,周作人《画家》,徐志摩《车眺》等。编者申明是要"藉国内名胜古迹之可爱,与乡野景物之优美,以启发学生爱乡土之情绪"。编者还详解编选之意:"……列《云冈》两篇,使学者知吾族在中古时期即已有此伟大之美术雕刻,用以引起其爱民族之情思。附以《赴百灵庙途中》《百灵庙》两篇,使学者明白塞北重要地点及情形。"③ 第二单元为记叙文单元,

---

① 何炳松、孙俍工编:《师范学校教科书甲种国文》第1册,上海:商务印书馆,1935年,第103—104页。
② 何炳松、孙俍工编:《师范学校教科书甲种国文》第2册,第118页。
③ 南开中学编:《南开中学初一国文教本》,1935年,第1—2页。

其教学目标是"昭示学生少年修养之道,并激发爱亲之天性及爱国之精神",选文包括《我是少年》(郑振铎)、《上山》(胡适)、《落花生》(许地山)、《路程》(左大璋)等。第三组爱国精神,"首列《勇敢的童子》(易君左),副以《捷书》一文,以明民族自卫之道,非舍身抗敌,无以自存。……殿以《少年爱国者》(易君左)而以《大国民》(徐庆誉诗)副之,以明国民应随时随地顾念国家,虽任何牺牲,在所不辞。"(《第二单元教学纲要》)

李斌曾认为,20年代的初中国文教科书在内容上侧重新思潮和新文学,忽略了阅读和写作能力的训练,因而被批评为导致学生国文程度低落的罪魁祸首,在此背景下,商务印书馆、中华书局、世界书局、开明书店四大教科书供应商在一番摸索后,到30年代都转到了以文章作法为主导的编写轨道上来,于是像《国文百八课》这类以文章作法为主要内容的教科书"在数量上最多,流通最广"。① 但实际上,从我们上面的观察来看,完全以文章作法为本位的教材在30年代也并不多,许多教材虽然依文体来编排单元,但那只是教材编排的外在表现形式,其单元设置的动机依然主要是呈现社会问题和对学生进行人格道德与爱国精神等方面的教育。而新文学作品在教材中的身份和作用也主要不是文章作法的范例,也不是审美愉悦的对象,而是社会问题与思想道德教育的材料。当然,不同时代所突出的社会问题与思想道德内容也还是有差异的,20年代的教材侧重亲情、友情之类伦理,以及个性、活泼、进取之类的人格,当时最热闹的"社会问题"也主要是军阀问题和军人问题(冰心的《到青龙桥去》《一个军官的笔记》等成为一时热选)、劳工问题(《人力车夫》《两个扫雪的人》《十五娘》等热选一时)、妇女问题等等。而到了30年代以后,由于帝国主义的经济掠夺以及"九一八"等的影响,国文课本围绕农村破产、抗日问题和民族意识等主题来组织课文的倾向十分明显。

三、教材的注解、习题与新文学的接受

如李斌所言,"除选文外,教科书内容主要通过导读、课后问题与练习设计等助学系统体现出来。同一篇作品,如果助学系统的设计不一样,其承担的教学任务就会截然不同"②。课本的导读、注解、练习系统通常反映了教材编选者对于所选作品的理解,同时也反映了他们对于该作品教学价值的设定,这

---

① 李斌:《民国时期中学国文教材研究》,第70页。
② 李斌:《民国时期中学国文教材研究·引言》,第5页。

些导读、注解和习题系统通常也会影响学生对于作品的理解和价值判断。当然，文学作品不同于普通文，其思想内涵往往是含蓄的、潜隐的，有时候，一个文学作品往往具有复合主题和复杂意涵，而教材编者往往只注意到了其中的一个而忽略了其他。比如《孔乙己》这篇小说，有的教材视孔乙己为一个好吃懒做的文学形象而持否定的态度①，有的教材视小说的主题为反映人心世道之坏，有的教材则视之为同情底层人物的作品。由于理解的差异，导致同一篇新文学作品在不同的教材中以不同的面目呈现出来，并承担着不同的教育功能。比如，朱剑芒编选的《初中国文指导书》认为《孔乙己》的"要旨"是"在使人明白人无正当的职业，便会读书写字，也不免有堕落的可虞"②，又在练习"答案"中称："孔乙己虽然读过书，又写得好字，但是有好喝懒做的坏脾气，所以要穷到做小偷了。""无论何人，但能努力工作而又知所节俭，决不会到穷困的地步，所以好喝懒做，实是造成贫困最大的一种原因。"③ 史本直编选的《国文研究读本》则强调《孔乙己》"蕴蓄着深浓的人生之味——社会的冷酷和长衫朋友的日即没落"④。由于"形象大于思想"，人们在同一种时代环境下都可能对同一个作品产生不同的理解。

由于最初人们认为白话文通俗易懂，所以很少在教材中为白话文设计注解、问答与习题系统。但孙俍工与沈仲九合编的《初级中学国语文读本》（1923）第二册在选录鲁迅的《孔乙己》时有意将作者的一段附言也一并选录和排印，这有些近于为选文安排附注。鲁迅的这段附言是：

> 这一篇很拙的小说，还是去年冬天做成的。那时的意思，单在描写社会上的或一种生活，请读者看看，并没有别的深意。但使（用）活字排印了发表，却已在这时候，——便是忽然有人用了小说盛行人身攻击的时候。大底（抵）著者走入暗路，每每能引读者的思想跟他堕落：以为小说是一种泼秽水的器具，里面糟蹋的是谁。这实在是一件极可叹可怜的事。

---

① 比如，日本殖民统治下的华北伪政府教育部编审会编写的《初中国文》（华北新民印书馆1938年印）第一册就在《孔乙己》一文后设计出这样的"习题"："在新教育制度下，也会有这种失败的人，如曾经遇见过，可以写出一个来。"（《初中国文》第一册第144页）这似乎是说孔乙己的命运与教育制度的新旧无关，暗示孔乙己的命运源于其个人的失败。
② 朱剑芒编：《初中国文指导书》第1册，上海：世界书局，1930年，第53页。
③ 同上，第56页。
④ 史本直编：《国文研究读本》第1册，上海：大众书局，1933年，第140页。

所以我在此声明，免得发生猜度，害了读者的人格。一九一九年三月廿六日记

鲁迅的这段附言本无必要选进课本里去，而教材之所以照录，大概看中的就是这段话对作品内容和写作动机的交代，因为可以由此了解小说是要"描写社会上的或一种生活"，而并不是要对别人（包括孔乙己这样的人）进行人身攻击。这意味着，鲁迅告诉读者，他对孔乙己并无恶感，这篇小说也并不是要把孔乙己塑造成一个好吃懒做的负面形象。鲁迅自述的"描写社会上的或一种生活，请读者看看"正是教材编者的目的所在：借此选文让中学生了解和认识社会现实。

自20年代中期起，国文课本中的注解、习题这些板块得到了加强和完善，对语体文的注解也丰富起来。我们可以由此探知新文学作品在当时被阐释和处理的方式，也可从中了解新文学作品在当时所承担的国文教育目标和使命。

穆济波主编的《高级国语读本》（1925）在课文后面附设两项内容，其中之一为"本篇研究"，为学生设置某些思考型的问题。以课文《五月三十日的下午》一课为例，"本篇研究"附有七题：（1）五卅惨案在中华民族的历史上是怎么一回事？（2）事实之起因及其经过之概况。（3）最后交涉的结果。（4）本文是何种形式的文字？（5）是作者何种情绪下之作品？（6）本篇题旨中心点是什么？（7）民族精神之堕落当如何挽救？这些思考题的设置既是要引导学生们去查找资料，搞清事实，另一方面则是要引导学生深入揣摩作者的情绪和作品的思想立场。这是要对学生进行爱国反帝意识的启发。

朱剑芒编辑的《初中国文》每篇课文均附问题三到四则。通常，我们会将周作人的新诗《两个扫雪的人》解读为宣扬"劳工神圣"的作品，而《初中国文》却将它当作励志和人格教育的材料，其课后"问题"为："为甚么不等到雪止了才去扫雪？扫雪的人，有怎样一种精神？世间有没有不受雇用而自去扫雪的人？"① 这里，课本编者突出的是原诗中"一面尽扫，一面尽下：／扫净了东边，又下满了西边""他们两人还只是扫个不歇"这几句。这样设问，除了有教育学生尊重劳动人民的意思，更有教育学生热爱劳动、不怕艰难险阻的意思。而《孔乙己》课后的"问题"则是："孔乙己读过书，又会写一笔好字，为什么穷到做小窃？……人的好喝懒做，是不是贫困的原因？"② "孔乙己

---

① 朱剑芒编：《初中国文》第1册，世界书局，1929年9月第3版，第157页。
② 朱剑芒编：《初中国文》第1册，1932年6月第13版，第70—71页。

的堕落，是谁把他耽误的？他的好喝懒做，又是怎样养成的？在黑暗社会中，那一种人的势力最大？"①这种问法明显是要将学生引向对黑暗的社会制度的质疑。同样目的的还有叶绍钧《这也是个人吗？》文后的"提问"："在黑暗社会中被凌虐的妇女，怎么没有反抗能力？假使她受过'三从四德'的旧教训，一定怎样结果？她若早明白人类间的自由平等，可就有生路？"②胡适《东西文化的界线》一文后的提问是："哈尔滨做了东西文明的界线，是不是地理上的关系？已收回的租界，怎么外人的势力还能保存？假使要把人力车取缔，应先有怎样一种准备？现在有不主张坐人力车的，可能算彻底的取缔方法？"③这也是要引导学生思考帝国主义和国计民生问题。杨振声的《渔家》被更名为《渔旗子税》，提问则是："一个收税的警察，何以能害得平民家破人亡？倘在民权发达时代，收税的敢这样凶暴么？纳税本是人民应尽的义务，但要使真正穷民不受到困苦，须用怎样一种方法？"④或是："渔家的生活，何以这般困苦？收税的警察，何以这般凶暴？弄到王茂家破人亡，是谁的罪恶？要实现民生主义，须从那里着手？"⑤这就直指社会黑暗，引导学生思考社会不公的原因。《初中国文》针对刘大白的《渴杀苦》又提问："田家工作，最苦楚在什么时候？田主怎么能坐享其利？中山先生的平均地权，是为什么而设的？"⑥而针对苏梅的《收获》也有提问："我国体面绅士，可也有变成垢腻工人的一日？我国人民的强壮体格，和活泼精神，为什么不及欧洲？"⑦

与朱剑芒这套教材配套的《初中国文指导书》则对《孔乙己》采用了励志式的读法，编者认为《孔乙己》的"要旨"是"在使人明白人无正当的职业。便会读书写字，也不免有堕落的可虞。"又提示说："本篇所记的孔乙己，当是个真实有的人物。在描写他底状态动作中间处处表现出好喝懒做而又自命为斯文的一种个性。"⑧这大概是要教导中学生们将来走上社会之后要从事正当的职业，要努力工作以自立自存，而不要像孔乙己那样堕落和任人轻贱。当

---

① 朱剑芒编：《初中国文》第 1 册，1929 年 9 月第 3 版，第 94 页。
② 同上，第 117 页。
③ 朱剑芒编：《初中国文》第 1 册，1932 年 6 月第 3 版，第 108—109 页。
④ 朱剑芒编：《初中国文》第 2 册，1932 年 6 月第 13 版，第 94 页。
⑤ 朱剑芒编：《初中国文》第 2 册，1929 年 6 月初版，第 91 页。
⑥ 朱剑芒编：《初中国文》第 3 册，1929 年 6 月初版，第 48 页。
⑦ 同上，第 62 页。
⑧ 朱剑芒、陈霭麓编：《初中国文指导书》第 1 册，上海：世界书局，1931 年，第 53—54 页。

时的中学生群体确实也曾给人一种高不成低不就的负面印象，许多中学生俨然以小知识分子自居，看不起劳动，城市里的中学毕业生往往游荡而无职业，农村出身的毕业生宁可漂泊在城市里也不愿意回到乡下。中学生毕业后成为城市游民或不务正业者的现象并不少见，这种情况大概让教育家们有感而发，因而写下了上述暗寓针砭的文字。

商务出版的《新时代国语教科书（初级中学用）》（1929）对鲁迅《故乡》的处理也颇有意思。该书在《故乡》末尾的注释中说："此篇是从《呐喊》中选出，是作者自己描写回到故乡时的一篇小说。"① 另外，教材署《故乡》作者名为周树人而不是鲁迅。既然明知《故乡》是小说，编选者何以还要注释为"作者自己描写回到故乡时"？既然《故乡》发表时及流传开来以后其作者署名一直是"鲁迅"，教科书的编者又何以特意署名为"周树人"呢？编者恐怕是有意要突出《故乡》故事的真实性，将小说中所描绘的农村的破败、农民的愚昧和痛苦与现实农村对应起来。这对于引导学生关心社会现实是极为有利的。杜天縻、韩楚原编辑的《高中国文》也有类似的做法和动机。它在选入鲁迅《狂人日记》时题名为《狂人日记（纪实文）》，课文后"文法与作法"部分又有关于纪实文写法的内容：

> 五、本篇为纪实文，而故托于狂人者也。其纪实之材料，为透视一般现在社会之现象；而纪实之主脑，为"吃人"两字。句法方面，因欲适合狂人之情态，故作语无伦次之状；然其思想则前后一贯，因知所谓狂人者也，非狂人也。②

教材编者刻意用"纪实文"来转换《狂人日记》的"小说"身份，又刻意提醒读者"所谓狂人者也，非狂人也"，恐怕都是要强化小说故事的现实指涉性，以引导学生关注现实社会。

1931年，高语罕以王灵皋的化名编出了初中适用的《国文评选》，由上海亚东书局出版。他在《阿Q正传》选文之后评说到："阿Q之死，不过是劣绅土豪，即城市与乡村已得政权的有产者不准贫民革命的一个武装示威而已。我觉得这种描写是鲁迅的对于时代的供献。但是他……（中略）没有透露给我们

---

① 胡怀琛、陈彬龢、汤彬华编：《新时代国语教科书（初级中学用）》第5册，上海：商务印书馆，1929年，第33页。

② 杜天縻、韩楚原编：《高中国文》第1册，上海：世界书局，1933年，第129页。

以光明的前途。又有人说鲁迅后来果然转变了,由暗淡变成光明,由消极变成积极,这正是小资产阶级动摇的政治意识之必然结果,他的一忧一喜,一左一右,一消一长,都是他的动摇不定的政治路线之十足的表示。至于鲁迅的文学技术,在现代中国的文学中似乎很难找到对手。他的深刻,隽峭,能曲曲地传出人心的深处,这并不能仅仅以什么'纤巧''俏皮'等等评语抹杀它。因为在言论不能充分自由的时候,一种深刻的、含蕴的、深藏不露的描写技术更是十二分的需要。"① 高语罕说,学生对于当时面临的各种社会问题和民族危机,应有清醒的认识,而"区区的《国文评选》中所包孕的批评精神,所暗示的批评方法,至少可以助大家一臂之力。"② 具有中共党员和"托派"身份的高语罕试图借编教材之机传播社会政治性的文学观和分析法。

　　由北平师大国文教员们编选的《初级中学国文读本》(1932)也注重"题解"和"注释"系统的设计。如在《疑问》课后的"题解"中说:"这篇小说,是就富贵人出殡的事实,表示贫富阶级的情感。这个不平等的问题,却由人力车夫眼中看出,口中写出。至于冻死的死尸,不过是陪衬的人物,由反面逼来,令人发生无限感慨。"③ 在鲁迅杂文《最先与最后》的"题解"中则说:"国人数千年来,对果敢坚忍之品习,素乏修养。故于一切革新事业,既不敢勇往直前,为最先之倡导,同时稍遇艰险,望风退避,复不能为最后之挣扎。国势陵夷,即坐此故。本文对此结习,严加攻击,其目的不外使国人觉悟前非,而努力于勇毅品操之锻炼焉。"④ 陈西滢《管闲事》一文后的"题解"则是:"国人处事常态,向以不关自身利害者为闲事,谓爱管此类闲事者为好事。至一事之是否须管,与管之者是否合法,则概非所问。此种畏事心理,似守法而实自私,似息事而实遗害。不惟遗害于人,且将有害于己也。此文两举英法人民好管闲事之风习,以讽国人,非劝人多事也,乃深知无关己身者,不必尽为闲事,而多事正所以息事,助人亦即以利己也。"⑤ 鲁迅《故乡》文后的"题解"为:"本篇描写人情之炎凉,人与人心心不相印如中隔厚壁。……

---

　　① 高语罕编:《国文评选》第 3 集,上海:亚东图书馆,1932 年,该课第 76—77 页。
　　② 高语罕:《书后》,《国文评选》第 3 集。
　　③ 张鸿来、卢怀琦编:《初级中学国文读本》第 1 册,北平:北平师大附中国文丛刊社,1932 年,第 89 页。
　　④ 张鸿来、卢怀琦编:《初级中学国文读本》第 3 册,1934 年 8 月再版,第 175 页。
　　⑤ 同上,第 181 页。

(中略)鲁迅先生于中国下层阶级之经济压迫、人生苦痛特别注意揭出。"①

1932—1933年间出版的《开明国文读本（初中用）》（王伯祥编）配有教学参考书《开明国文读本参考书（初级中学学生用）》，其中也设置了课文的注解系统。如对于周作人的《小河》，参考书在"敷演"中说："《小河》的全般意义便在要求解放。故他叙述小河被阻的无可奈何，实是说的对于新潮流不应该遮拦或妨碍。"②而对《孔乙己》的"敷演"文字中说："这样一个平常的堕落的酒徒，给作者这么一描写，遂使人深深觉到我国社会的冷酷和长衫帮的日即没落呢。"在课后的"习问"中编者设置了三个问题或作业，其中第二、三个分别为："试分析孔乙己所秉有的状貌德性，列一简明表。""试作一文，批评孔乙己那样的为人。"③显然，编者以孔乙己为懒惰、堕落等坏"德性"的典型，警示中学生们要"勤劳""有为"。在《战地的一日》后的"敷演"中编者说："这一篇叙述文乃是叙述民国二十一年一月二十八日以后我国十九路军抵抗日本侵略上海闸北时作战前线的事实。他所叙述的虽只是'战地的一日'，但包含着六个小篇，把帝国主义侵略的因由和我军抵抗的意义述说得清楚明白；令人想见帝国主义的凶暴可恶和军士民众们合作抵抗的忠勇可敬。"又在"习问"中发问："一、这次十九路军在上海作战，究有怎样的意义？二、为什么向来被民众所怕的军队这次竟大得民众的帮助？"④《一个军官的笔记》后的"敷演"中说："这一篇小说当然是叙述文，是一个为内战而无名牺牲者的自叙传。他的牺牲不但不能与闸北的自卫战相提并论，即比之两个帝国主义者的互斗如普、法战争那样的枉死也远不及。""像这样的战争当然是要非难或反对的。"在随后的"习问"中编者又要求学生"把《战地的一日》和《一个军官的笔记》的内容与意义作一比较的批评"。⑤这里，教材编者向学生灌输了反对军阀内战同时又坚定支持卫国战争的立场。

与朱文叔《初中国文读本》（1933）配套的《初中国文读本参考书》也习惯于引导学生关注社会现象和社会问题。如对叶绍钧的写景散文《晨》解说道："在第五段中虽然写农舍和女孩子，但背后却隐藏着农民困苦的情形，以

---

① 汪震、王述达选注：《初级中学国文读本》第5册，北平：北平师大附中国文丛刊社，1934年，第205页。
② 王伯祥编：《开明国文读本参考书（初级中学学生用）》第1册，上海：开明书店，1932年，第25页。
③ 同上，第159、160页。
④ 王伯祥编：《开明国文读本参考书（初级中学学生用）》第1册，第220、222页。
⑤ 同上，第227、228、229页。

及乡下人诚恳的态度,倘然粗心读过,就不能体味出作者对于农村的感想。"[1] 对于叶绍钧的《粜米》的"内容提要"是:"本文节取《多收了三五斗》中叙米商抑价收买农人之米谷一段,以示近年来谷贱伤农的现象之一斑,而米商口中'各地方多的是洋米洋面'数语,尤可见外人经济侵略之足畏,及我国生产事业基本部门前途之危险。"[2] 在茅盾《当铺门前》的"内容提要"中也提示到:"本文前半摹写当铺门前贫民狼狈之情形,后半兼及浙省丝业之衰落,可以窥见今日农村经济枯竭之一斑。"[3] 在茅盾小说《年关》的"内容概要"中则称:"(本文)记述内地林某开设一个小店,因受农村经济崩溃之影响,生意萧条","虽只描写一地一店之营业,而其余亦可概见。"[4] 这种阅读指导都从文章的细微处着手而又归结于社会问题的大处。

1934—1935年间推出的《初中标准国文》(中学生书局)也采用了"题解""注释"这样的体例。如《国旗》后的"题解"说:"本篇记王生为国旗而牺牲,即所以发明临难不苟免之意。"[5] 在《秃的梧桐》"题解"中说:"本篇假梧桐之荣枯,描写四时景象。而梧桐虽受他物之侵蚀,终能奋斗争存。"[6] 在《聪明人和傻子和奴才》的"题解"中称:"本篇描写奴性之难改;虽受压迫,而仍甘献媚求荣。亦讽世之作。"[7] 在《运河与扬子江》的"题解"中说:"本篇为寓言,借运河与扬子江之对答,以作独立奋斗之勉励。"[8] 在《小蚬的回家》的"题解"中说:"本篇借小蚬以教仁慈。"[9] 在《济南城上》的"题解"中称:"本篇记济南之惨役。——激发人们的爱国心。"[10] 这都明白揭示了相关选文的教育意图。

---

[1] 张文治、喻守真、张慎伯编:《初中国文读本参考书》第1册,上海:中华书局,1933年,第178页。
[2] 张文治、喻守真、张慎伯编:《初中国文读本参考书》第2册,1934年,第242页。
[3] 同上,第248页。
[4] 张文治、喻守真、张慎伯编:《初中国文读本参考书》第5册,1936年,第122—123页。
[5] 江苏省教育厅修订中学国文科教学进度表委员会编注:《初中标准国文》第1册,上海:中学生书局,1934年,第24页。
[6] 同上,第37页。
[7] 同上,第100页。
[8] 江苏省教育厅修订中学国文科教学进度表委员会编注:《初中标准国文》第2册,1934年,第4页。
[9] 同上,第58页。
[10] 同上,第85页。

宋文翰编选的《国文读本（新课程标准师范乡村师范学校适用）》（1935）在《母》的"题解"中说："本篇为描写经济压迫下之女子，抛弃儿女，出而就业之苦况之短篇小说。"在《幸福的家庭》的"题解"中说："文中所描写者为理想与事实相冲突之故事，指示读者在经济压迫之下，人生实无幸福之可言。所谓'幸福的家庭'，反言也。"① 这样的题解都将新文学作品与时代和社会环境联系起来。宋文翰、朱文叔合编的《新编初中国文》（1933）在《故乡》文后设置了这样的习题："作者回故乡时所见的景象怎样？""就闰土的话看，那时农村的情况怎样？"② 前一个问题的设计有将小说叙述者"我"等同于作者鲁迅，将小说视为纪实的嫌疑，这可能是为了强调故事的社会现实性。这两个设问也是要引导学生了解农村的贫困与荒凉。

颜友松编选的《新课程标准初中国文教科书》（1935）于每篇选文之后都详述文章的出处、作者、题意、文体、章法、风格、思想、材料、背景、时代。编选者处理新文学作品的方式带有极明显的社会政治视角。如王世颖的《放生日的东湖》本来是一篇游记散文，作者不过因放生日的习俗引来众多善男信女以致打扰了郊游的雅兴，发了点带讥讽意味的牢骚。教材编者却穿凿附会称："在本文里所表现的思想，一方面是同情于弱小者，一方面是揭除迷信。"编者将田螺、鱼虾、千年龟也当作同情的对象"弱小者"，颇显牵强。编者甚至发挥说："本文的背景是隐藏着一种暗示：'弱小的百姓只是无辜受苦，暴戾的贪官污吏可以任意横行；弱小的民族只是无辜受苦，暴戾的帝国主义者可以任意横行，现代的社会，现代的世界，只有强权，并无公理。'所以本文有'受苦的还是田螺鱼虾，弄来弄去，总是便宜了渔夫。'等语。"③ 而笔者反复细读，从原作的字里行间确实看不出它有任何影射"贪官污吏"和"帝国主义"的意思。教材编者如此借题发挥，实在是有些过分了。这本教材又节录了鲁迅小说《幸福的家庭》的首段，在教学提示中"时代"一项下交代：

> 本文作于民国十三年三月。查民十三前数年中的国事：民国八年，巴

---

① 宋文翰编：《国文读本（新课程标准师范乡村师范学校适用）》第 1 册，上海：中华书局，1935 年，第 154、165 页。

② 宋文瀚、朱文叔编：《新编初中国文》第 4 册，上海：中华书局，1933 年，第 244、253 页。

③ 颜友松编：《新课程标准初中国文教科书》第 1 册，上海：大华书局，1935 年，第 18—19 页。

黎和会中，我国对日抗争青岛问题失败；于是发生五四爱国运动。同年，又有中日庙街交涉、中日珲春交涉等事。九年，发生直皖战事。十年，外蒙事变。十一年，发生直奉战事、广东战事。十二年，发生临城车案。十三年，浙江、江苏、安徽、江西、福建、湖北六省发生战事。处在这样情形之下的文人，宜其有表现这样时代的文学产生。①

在《运河与扬子江》后编者也不忘拉扯到时代背景上去："本文……系民国十三年七月十日出版。在当时，北受奉直战争之苦，南受苏浙战争之苦，而五四运动之精神复消灭，故有是文之创作。"② 这种时代背景其实与陈衡哲写作《运河与扬子江》的动机毫无关系！在《三峡》的课后提示中，编者又有如下"背景与时代"的说明③：

> 本文作于民国十二年九月十四夜的。那时的四川既有战事，又有土匪，旧社会的势力复重重包围着；所以他只得顺流而下，希望吸收些江南的新鲜空气。谁知那时的江南数省也酝酿着大战事，未几，就爆发了；土匪与旧社会的势力也到处皆有。以作者那样的思想而处在这样的时代，所以在文里处处表现着这样的背景隐藏着。

《三峡》是从女作家漱琴的《长江印象记》中摘取的几段文字，纯是描写风景，只在末尾略略有"同情心的缺乏"等语。教材编者的这段时代背景考察实无必要，与理解文章毫无关系。而将优美的写景文与并无直接瓜葛的所谓社会乱象生硬地扯上关系，也实在是大煞风景。在笔者看来，这位教材编者对许多新文学作品创作的时代背景的说明纯是主观臆测，牵强附会，他的忧国忧时之心实在是太盛了以致乱用一气了。

借新文学作品来发表社会政治评论，这种习气在颜友松这本《新课程标准初中国文教科书》（1935）中随处可见。如郑振铎的寓言小品《荒芜了的花园》本是讽刺人们尚空谈而无实干终于一事无成，而颜友松却发挥说："本文所表现的思想，若与《运河与扬子江》篇比较：即那篇是勇往直前的，不顾环境与事实的，是五四运动底青年学生猛进的思想表现；而这篇却是着重在环境

---

① 颜友松编：《新课程标准初中国文教科书》第 1 册，第 31 页。
② 同上，第 78 页。
③ 同上，第 101 页。

与事实的。民国成立以来，只有各种宣言、标语、章程等发表，不见有具体改造的事实出现，所以才有这种对于现实失望的思想表现。"① 鲁迅的《秋夜》也被加以如下说明：

> （6）背景与时代　本文是作于民国十三年九月十五日的。民国十二年，北方有奉直之战，南方有陈炯明之变，中部有苏浙之战，湖南护宪战争。满地干戈，民生凋零，宜其借《秋夜》以发哀感。②

叶绍钧的《藕与莼菜》则被视为表现了一种"不满于资产阶级为重心的现代社会"的思想：

> 这是属于"经济"的，也可说他是"经济革命观"的；试读"自有那些伺候豪华公子、硕腹巨贾的帮闲茶房们，把大部分抢去了"等句，便知作者所以怀念故乡的藕与莼菜，是因在这里得不到享受雪藕与莼菜的"经济权"的牵动，并不是无端怀念的自发。总合两种的思想来观察，仍是一种"物权革命"的思想底表现……这是合于孙中山先生所主张的"物质建设""节制资本"，以达"民生主义"实现的一种描写法。③

将作者文中随意的一两句言辞大加发挥，将原本表达咏物思乡之情的文章解读成一篇表达政治观点的文章，这实在是有些过火了。

颜友松编的《新课程标准初中国文教科书》时常导向对于新文学作品的社会政治意义的阐释和发挥。比如对叶绍钧描写亲子之爱的《伊和他》，编者说："推测作者描写这篇文，他的背景大概有两种不同的感应在这里：一种是因为他的夫人和他的子女之间有这种事实上的挚爱，他受这种挚爱的感动而描写本文？一种是因世人终日以争夺杀伐欺诈嫉妒为事，他受了这种'无爱的人间世'的刺激而描写本文？这两种原因，究竟那（哪）一种是本文的背景，我们只可推测，不能决实。"④ 这里，编者还是不忘将学生引向社会黑暗问题。

---

① 颜友松编：《新课程标准初中国文教科书》第 1 册，第 106 页。
② 同上，第 207 页。
③ 同上，第 247—248 页。
④ 颜友松编：《新课程标准初中国文教科书》第 2 册，上海：大华书局，1935 年，第 122 页。

在冰心的《春水》诗后，编者说："本篇作于民国十一年，虽然那时北方有安徽、直隶两派的战争，又有直隶、奉天两派的战争，但作者是安于自己个人环境优良的人，又是个乐观者，所以不因国家内乱而发生苦闷。"① 在沈尹默的诗《生机》后则注解说："本篇大约是写于五四运动（民国八年五月四日北平学生的爱国运动）以前。那时的国人，内受恶政府的蹂躏，外受帝国主义者的压迫，国民的生机是如何地受其挫折啊！但'求生'是本能的，故仍暗地里向上生长着，于是五四运动就如春花怒放了。"②《生机》这首咏物诗当然有寓意，但非要将其与五四运动这一具体政治事件联系起来，就显得过于牵强了。编者又在梁遇春《又是一年春草绿》文后注解到："作者的思想，既非积极的向恶社会进攻，又非消极的退避恶社会；只是觉得社会太恶劣，太错杂，自己又无法应付他，于是引起满肚子不合时宜的悲感。在这点上，我们不得（不）说作者的思想是个弱者的思想了。这是我们青年人不应有的思想；更何况当此强邻压境，国事艰难的时候呢！"③

为每篇新文学作品都附上一个有关时代背景的说明，将作者的思想感情或作品的思想内容与具体的时事和政治联系起来，这是颜友松所编《新课程标准初中国文教科书》的基本特色。这种解读新文学的模式显得很机械，也时有穿凿之处，但却很符合用新文学来教育学生爱国和关心社会现实这一教育思潮。这种阐释文学作品的方式当然会牺牲掉许多文学的兴味，也与"涵养学生的文学兴趣"这一国文教学宗旨相违，却可能是当时国文教学中较常见的一种处理新文学作品的模式。

国民党政府强行推广的"国定本"教材《初级中学国文甲编》也很注重运用"题解"等方式来传达教育意图。比如在《东北的冬天》一文后点明文章的主旨是："写东北冬日情况，从生活情形，以见食用之富庶，力述其地之可爱，可恋，以促国人收复东北之决心。"④《固安一农妇》写抗战时期一农妇手刃七名日本兵的事迹，编者赞曰"其人则智勇兼备，其事则壮烈励人"⑤。《亚美利加之幼童》"其主旨在示儿童爱其国家，当有具体表现。此书为含有教育意味之小说，所叙多与儿童之立身、行事有关，期在造成儿童智、仁、勇

---

① 颜友松编：《新课程标准初中国文教科书》第4册，第4—5页。
② 同上，第9页。
③ 同上，第34页。
④ 国立编译馆编：《初级中学国文甲编》第1册，1946年10月重庆第1版，第99页。
⑤ 同上，第94页。

三达德。"①

抗战后出版的《开明新编国文读本（甲种）》（1947）也注意给师生以教学提示，它们常常指向作品的时代、社会背景和思想内涵等方面。如对《故乡》的提示是：（一）下半篇中出现了现在的闰土。现在的闰土不是以前的闰土了，他的处境和意识使他和作者远离。（二）"他大约只是觉得苦，却又形容不出；沉默了片时，便拿起烟管来默默的（地）吸烟了。"用这样简练的话来描写一个受压迫的乡农，胜过千言万语。②该提示强调了闰土的"处境"和阶级"意识"，强调了其作为"一个受压迫的乡农"的身份。茅盾的《白杨礼赞》被收录时改题为《白杨树》，编者的"提示举隅"说：（一）作者看出白杨树与北方农民有若干共同点，他赞美白杨树，其实是赞美北方农民。（二）作者所见的白杨树的精神是什么？……③这种提示文字表明编者看中的是作品在塑造民族精神上的教育价值。《开明新编高级国文读本》（1948）则是通过"篇题""讨论""练习"这样的体例来指示文学作品的教育意义。比如在《社戏》后的"篇题"中写道："作者鲁迅，原名周树人……（中略）他的题材是农村，主题是打倒封建的礼教。同时他用了尖锐的笔批评旧传统，讽刺老中国。他做过中学校长，做过大学教授；爱护青年，领导青年，直到死的一天，始终如一。他对旧社会始终在战斗着，后来并创造了杂文做更尖锐的战斗武器。他和许多青年人在一起努力的（地）促进新社会的实现，青年人最信服他。"④这段包含情感的话显然不是一般性的作者简介，更主要的用意是让学生们深入理解、学习和继承鲁迅精神。《社戏》文后的"讨论"部分则设置了"土财主的家眷怎样看戏？——为什么他们这样？"的提问。这分明是要灌输阶级意识了。在新诗《希望》后所附"篇题"中说："这末一首原有一段'附识'，说是三十五年新年写成这首诗，'当时以极大的兴奋歌唱祖国的重获自由，和人类的即将到来的美丽的前景。''然而转眼间一年过去了，不但饥饿和死亡的威胁没有减除，人民的灾难和痛苦却更日渐加深了。'"⑤编者这是借机

---

① 国立编译馆编：《初级中学国文甲编》第1册，第97页。
② 叶圣陶、周予同、郭绍虞、覃必陶编：《开明新编国文读本（注释本甲种）》第6册，上海：开明书店，1947年，第24页。
③ 叶圣陶、周予同、郭绍虞、覃必陶编：《开明新编国文读本（注释本甲种）》第3册，第19页。
④ 朱自清、吕叔湘、叶圣陶编：《开明新编高级国文读本》第1册，上海：开明书店，1948年，第131页。
⑤ 同上，第162页。

唤起学生对于时局的不满。

与国统区教材相比，解放区的课本显示出更鲜明的阶级意识和政治意识形态。比如，某教材编者明确提示说，孔乙己是被侮辱与被损害的下层阶级民众的代表，鲁迅的小说是"从孔乙己的遭遇，写出封建地主如丁举人之流的恶毒；他们不但杀死了孔乙己，而且还不知杀死了多少比孔乙己更有用有出息的人们"①。编者还就《故乡》的结尾直接点明：鲁迅的意思"并不是消极的（地）等待，而是积极的（地）努力去创造一个没有阶级差别的人人平等的好社会"②。编者还点明《一件小事》的"要旨是表现工农群众伟大的同情心、互助心、责任心及其对作者的影响"③。万曼等编的《高中国语》选入《论"费厄泼赖"应该缓行》时加有编者按："鲁迅先生的这篇论文是在二十四年前写的，虽然时间环境条件已不相同，但在地球上敌人还未绝迹之前，先生所号召的打'落水狗'要打到底的遗训任何时候也不应该忘记，特别是在蒋介石死党悍然拒绝国内和平方案，准备做垂死挣扎之时，重温先生旧作，更能增加警惕，激励斗志。"④

整体上看，当时国文教材的注解和习题系统普遍重视对新文学作品进行社会认知和思想道德方面价值的提示，注重对学生实施社会意识、阶级意识、民族意识等方面的灌输。叶圣陶在1945年时曾评价这种倾向说："'五四'以来国文科的教学，特别是在中学里，专重精神或思想一面，忽略了技术的训练，使一般学生了解文字和运用文字的能力没有得到适量的发展，未免失掉了平衡。"⑤ 但他后来参与编写的《开明新编国文读本（甲种）》（1947）和《开明新编高级国文读本》（1948）也未能免俗，它们同样重视反映社会现实问题和启发学生思索。在国势陵夷和社会问题层出不穷的民国时代，国文学科不可能不受社会与时代的影响，也不可能不反映时代和社会的呼声。引导中学生关注社会现实和思索解决之道，向他们灌输各种思想、道德和政治意识形态，这固然偏离了读写能力训练这一国文科的首要任务，但失之东隅收之桑榆，社会认

---

① 李光家等编辑：《国语文选（中学课本及青年自学读物）》第4册，华东新华书店，1948年。
② 东北行政委员会教育部编审：《高中临时教材·国文》第1册，沈阳：东北书店，1949年。
③ 王食三等编：《初中国文》第1册，北平：新华书店，1949年。
④ 万曼等编：《高中国语》第5册，开封：新华书店，1949年。
⑤ 叶圣陶：《〈国文教学〉序》，中央教育科学研究所编：《叶圣陶语文教育论集》上册，北京：教育科学出版社，1980年，第51页。

知教育和思想精神训练对于"立人"和"救国""改造社会"等更重大的国民教育目标来说却又是有益的和必须的。重社会认知和思想意识灌输而轻作文技能训练,可能正如鲁迅在 1925 年时所说:"……其结果不过不能作文而已。但现在的青年最要紧的是'行',不是'言'。只要是活人,不能作文算什么大不了的事。"① 此可谓透彻之言。

四、小结

教育思想、教育目标必然影响国文课本对于新文学篇目的取舍。周铭三、冯顺伯早就在《中学国语教学法》(1926)中说明:"总起来说,有许多文学,从青年的教育立足点上看起来都要排斥的。我们从文学眼光看文学,当有一副见解和标准,若从教育眼光看文学,当另有一副别的见解和标准。"② 从上面的教科书扫描我们大致可以发现,新文学作品进入中学国文教材之后大多已失去了其纯粹"文学"的身份,而是化身为社会问题、阶级意识、爱国主义和民族意识的载体,化身为思想训练和人格、道德教育的材料。实行新学制以后历次制订的国文课程纲要中始终都有"培养学生的文学兴趣"这一条,可实际上大多数教材的编选都没有体现这一点。新文学作品之被选,主要不在于其文学性、趣味性和审美性等特质,而是在于它们所蕴含的思想道德意识、时代事象与社会内容。因此,新诗史上许多情感真挚、审美艺术性较强的重要诗作,如徐志摩的《再别康桥》、戴望舒的《雨巷》等,都极少入选国文课本,而相反,胡适的《上山》《努力》《人力车夫》之类粗糙的白话诗却频频入选,因为后者能够承担"健康向上""努力进取""同情平民"之类的人格或道德教育职能,而前者却不能。

由于教育目标和时代、社会情势的制约与影响,课本选择什么材料,如何组织和呈现材料就绝不是一个单纯的技术问题,而是有复杂的社会政治与文化、伦理等方面的考虑。从 20—40 年代中学国文教材的编排模式和注解、习题等辅助教学系统来看,它们大体有着相近的共识和特点,即注重围绕社会认知和思想道德教育目标来设置教学单元,注重从社会政治视角来解读文学作品的思想内涵和阐释其价值与意义,新文学作品便常常被放在包括社会矛盾、民生问题、阶级问题、民族问题等等的话题域中来呈现和解说。仅就当时国文教

---

① 鲁迅:《青年必读书——应〈京报副刊〉的征求》,《鲁迅全集》第 3 卷,第 12 页。
② 周铭三、冯顺伯:《中学国语教学法》,第 176 页。

材的民族意识和抗日倾向来说，就彰明显著，且曾引起过日本国的强烈反应。1936年1月起，受日本内务省指令，神户海关、兵库县厅外事课、大阪府川口警察署等机构以检查排日教科书的理由扣留、搜走了神户、横滨、长崎、东京等地华侨学校使用的由中华书局、商务印书馆、世界书局出版的教科书和教授书，日本当局指出这些教科书中的种种排日问题，包括国文教材中的《淞沪之战》《军歌》等课文都被指为"不稳当之点"。嗣后日本政府禁止使用这些中国出版的教材。① 而同样性质的搜禁"排日"教科书事件也在朝鲜地区的华侨学校发生。在这类事件中，国文课本中的某些以激发国民爱国心为宗旨的新文学篇目也被认为是在挑拨民族感情和破坏中日关系。

四十年代末期，国文教师出身的张存拙曾提到"中学国文教材的改进和社会本位文化"的问题，他说："现在把中学教育的社会目标予以认明，直接陶炼青年，使他从家庭的生长进入社会的生长，成为一社会人，成为一社会中坚分子；间接便是从教育着手，去作事半功倍的社会改进，乃至完成社会本位的民族文化。这样大胆地建立一个中学国文教育的目标，便是中国社会本位的中学国文目标。""事实上，中学国文教育里早蕴藏着这些社会的涵义，早就负起了这些使命，向着这目标做去……"② 他这种说法实际上是总结和重申了二十至四十年代中学国文教材"社会本位"的主流性立场。

总之，教育不能不受制于时代和社会的迫切需要，民国时代之于国文教育的急迫要求是：立人、改造社会、救国救民。所以，新文学作品在课本中主要承担的是人格（人生观）教育、社会道德教育（忧国忧民）、社会认知教育（了解社会）这些方面的职能，它们主要不是以"文学"的身份而是作为各种社会现实问题的载体而呈现的。这对于新文学的接受来说至少具有两方面的重要意义：其一是让广大中学生们认识到新文学与社会现实的紧密联系以及因此而具有的社会政治价值和作用，激发他们阅读和创作新文学的热情，使得新文学几乎成为一时的"显学"；其二是强化了一种社会政治性的新文学观，促进了新文学核心精神（忧时忧国忧民）的凝聚和这一精神传统在青年学生群体中的形成乃至发扬光大。

---

① 参见［日］大里浩秋.『一九三六、三七年華僑學校教科書取り締まり事件』，［日］並木頼寿，大里浩秋，砂山幸雄.『近代中國・教科書と日本』，東京：研文出版，2010年，第417—424页。

② 张存拙：《中学国文教材的改进和社会本位文化》，《国文月刊》第74期，1948年12月。

第四章　课堂教学与新文学的接受

国文教材只是为中学师生提供了一种教学的指引和依据，并不就等于国文教学本身。实际上每所学校甚至每个国文教师开展国文教学的具体情形都是不一样的，并不一定受限于教材。由于长期没有全国统一的教材编制和指定使用，各种国文教材层出不穷，任学校和教员自由选用，国文教员在课堂上往往也各行其是。在此情形下，仅仅考察坊间出版的和少数学校自编的教材无疑是相当不全面的，也无以呈现民国时期国文教学的多姿多彩的一面，新文学在课堂上被接受的完整情况也无以呈现。因此，我们必须进一步考察民国时期中学校的国文课堂情况。

考察实际的国文课堂情况会发现，新文学进入课堂的时间要早于其进入国文教材。在20世纪20年代初期，选入新文学作品并在市面上流通的国文教材极少，相当多中学校也并不使用这些出版的教材，而是由教师自行选编教材。与此同时，国文教师在课堂上为学生介绍新文学作品的现象却并不少见。何仲英1920年就在课堂上"教了许多白话诗"，还拿胡适的《我为什么要做白话诗》和《谈新诗》给学生参考。① 孙俍工也很早就开始在东南大学附中的国文课堂上介绍新文学作品。但另一方面，在有些思想保守、"国故"情结很深的国文教员的课堂上，新文学依然受到歧视，露脸的机会不多。郑子瑜在20年代后期开始读小学，他所在的福建某地区，"自小学以至高中，语文课本几乎仍旧是清一色的文言文，上自经传诸子，下至近代的古诗文，同前辈们所受的教育竟然差不了多少"②。由于这样的情况，许多思想进步、热爱新文学的国

---

① 何仲英：《白话文教授问题》，《教育杂志》第12卷第2号，1920年。
② 郑子瑜：《自传》，《郑子瑜学术论著自选集》，北京：首都师范大学出版社，1994年，第743页。

文教员就不愿受制于老旧或死板的课本，而是常常采用自印讲义、增加篇目的方式，选讲一些他们喜爱的新文学作品。所以郑子瑜读书时"课本虽然还是清一色的文言文"，但担任国文教员的是一位叫丘若琛的新诗人，"他很少讲授课文，每从新近出版的文学杂志上选了新诗给我们讲解"①。又比如1931年的山东东平县立初中的某国文教员，嫌中华书局出版的《国语与国文》不过瘾，干脆大量补充别的材料，如从陈思编的《小品文甲选》和曹聚仁编的《散文甲选》两书中选用周作人、鲁迅、朱自清、丰子恺等人的散文小品作为讲授对象。②

国文课堂取材往往还与当时的文学潮流与文坛动向密切相关，如革命文学、普罗文学、左翼文学和国防文学等潮流都曾迅速地波及中学国文课堂。1929年上初中的张毕来遇到的是高中刚刚毕业的一位国文教师，他就曾在课堂上给学生讲起鲁迅所译的卢那察尔斯基的《艺术论》来，"什么经济基础，上层建筑，什么意识形态等等概念"都跑到张毕来脑子里来，刺激他在课外读了一些上海出版的进步书刊。③ 有的国文教员在课堂上十分大胆，甚至根本不按课本来讲。季羡林于1929年入读山东省立济南高中，"初入学时，国文教员是胡也频先生。他根本很少讲国文，几乎每一堂都在黑板上写上两句话：什么是'现代文艺'？'现代文艺'的使命是什么？'现代文艺'，当时叫'普罗文学'，现代称之为无产阶级文学。它的使命就是革命。"④ 胡也频不仅在课堂上公开鼓吹普罗文学，还公然在学生区摆上桌子，招收"现代文艺"研究会的会员。金克木也记述了1929年自己在安徽省立第五中学课堂上接触"普罗文学"的一幕：教师上堂，带来一叠油印讲义发给学生；一看题目和作者——《普罗文学之文献》，作者署名知白。⑤ 在国民党大搞"清党"和反共之后，明知犯政治忌讳，却还用"普罗文学"来投合学生，可见彼时国文课堂的自由风气。在1931年的一次国文教学情况调查中，山东一位教员就主张国文的取材应该"顺乎社会的文艺思潮及现实生活"，"我们若认定只要是一篇好文艺，能够提醒学生的创造力、思考力、生活力，便不论这篇文艺内容的描写男女恋爱是如何过火，表现社会黑暗是如何激烈，解决一切痛苦是如何真挚，我们也要选进

---

① 郑子瑜：《自传》，《郑子瑜学术论著自选集》，第743页。
② 山东省政府教育厅编：《山东省县私立中等学校国文教学概况》，第647—649页。
③ 张毕来：《语文分科教学回忆》，刘国正主编：《我和语文教学》，第129页。
④ 季羡林：《我的中学时代》，邓九平主编：《文化名人忆学生时代》下册，第15页。
⑤ 金克木：《游学生涯》，上海：东方出版中心，2008年，第106—107页。

来，我想这才是教授国文的真价值，这才不愧教授国文的真使命。"① 循此说法，我们当可推想他介绍给学生的都是些怎样的新文学。

课堂上除了有一个讲什么的问题还有一个怎样讲的问题，换言之，就是新文学在课堂讲授与师生互动交流中如何被解读、分析和如何被感受、评价的问题。某种意义上说，如何讲以及讲的效果如何，决定了学生接受新文学的深度。下面我们就沿着国文教育发展和演进的轨迹，考察一下新文学在民国时期的课堂上被讲授和学习的方式及其效果。

一、演讲、讨论与启发式教学

当白话文大量进入国文课本而与文言文共处以后，如何讲授白话文就成为困扰国文教育界的一个重要问题。相对于文言文，白话文在文字上较易懂，这就常常让中学教员们觉得白话文不需要讲解或者不值得讲解。如有人说："教的是文言，这其间自然短不了一番翻译的工夫……但是这种教授法一到了白话文出场的时候便全然失其效用；因为白话是用不着翻译的；勉强译了去讲只有使学生瞌睡，决不会引起趣味。"② 有人说："我只觉得白话文可以让学生自己看，随意学习罢了，何必教授？小学生容或因程度不够，教员不得不略为讲解，中学生谁看不懂，还要讲么？就是教员要讲，也无可讲的话头……"③ 在白话文浅显和缺乏文言文那样的可教之处的印象之下，有的教师只是让学生把课文读一遍再略略梳通几个稍难的字句了事，或者干脆让学生自学，而"在真主张白话文的，不忍不教白话文，于是不得不以'讲演'代替'翻译'。文章的逐字逐句的意义，不容详加解释，只好专就其中的意义加以发挥。"④ 这"其中的意义"便是指白话文中所涉及的社会问题、人生问题、思想问题等等。当时社会上和个人生活中面临的各种"问题"层出不穷，"多研究些问题"便成为一时的社会风气，这也影响到了国文教学，流行起围绕着各种"问题"进行讨论和演讲的教学方式来。在这种教学模式中，新文学作品往往只是引出问题与话题的一个由头，师生关注的不是作品本身的文学魅力或文字技巧，而是

---

① 山东省政府教育厅编：《山东省县私立中等学校国文教学概况》，第213页。
② 常乃德：《中学校国文教授之我见》，《中等教育》第2卷第1期，1923年3月。
③ 何仲英：《白话文教授问题》，《教育杂志》第12卷第2号，1920年2月。
④ 沈仲九：《国文科试行道尔顿制的说明》，教育杂志社编辑：《国文科试行道尔顿制的说明》，上海：商务印书馆，1925年，第5页。

其所揭示或反映的问题的重要与否。而且,初期的新文学确实是热衷于谈论各种问题的,如劳工问题、新旧文化冲突问题、礼教吃人问题、恋爱婚姻问题等等都是其主要内容,像胡适等人的白话诗《人力车夫》《渴杀苦》等,就是关于劳工阶层问题的,这类白话诗通俗易懂,确实不须细讲而又适于进行问题演讲或讨论。

以"问题"为中心的讨论与演讲式教学法是指以课文所涉及的某个社会、人生或思想问题为由头生发开去,或由国文教师依自己的见识和思想发表看法,或是由教师组织学生们围绕这些问题进行课堂讨论与辩论。课堂讨论有时随机在堂上进行,有时先由教师布置学生在课前准备材料,然后再在课堂上操演。早在1919年前后,浙江第一师范学校的夏丏尊、陈望道、刘大白、沈仲九等教师立意革新国文教育,他们在自编教材时取材"以和人生最有关系的各种问题为纲,以新出版各种杂志中,关于各问题的文章写目"①,他们改变过去由老师灌输的方式,"令学生自己研究,教员处于指导的地位","每一星期或两星期,由教员提出一个研究的问题,将关于问题的材料,分给学生",然后分成十一个步骤进行,即"说明、答问、分析、综合、书面批评、口头批评、学生讲演、辩难、教员讲演、临时作文"②。这种教学方式强调通过教师的说明、答问、讲演来对学生进行思想启发,又通过学生自学、讲演、相互辩难以激发学生的思维活性和对社会问题的关心。当时在吴淞公学任教的何仲英也比较认同这种教学方法,认为其"大可发展学生的思想"。何仲英认为白话文虽然文字浅显,但学生能明白字句却未必都能明白白话文的思想内容,所以有些白话文的思想内容是值得讨论和讲解的。而且,"在这知识饥荒时期,学生求知心切,什么人生问题、社会问题、文学问题……都喜欢研究,如若不酌量讨论,恐怕陷入歧途,反为不美,这是我们应当供给需求的唯一机会,非教授不可!"③

新文学的倡导者和开创者胡适既是个热衷于提出"问题"的文学家,又是个讨论式教学法的热情提倡者。他在1920年3月撰写了《中学国文的教授》一文,主张"国语文的教授法"应以学生自学和课堂讨论、演说、辩论为主,而无须由教师过多讲解。他特意点明说,"小说与戏剧""由学生自己阅看",

---

① 沈仲九:《对于中等学校国文教授的意见》,《教育潮》第1卷第5期,1919年10月。
② 同上。
③ 何仲英:《白话文教授问题》,《教育杂志》第12卷第2号,1920年2月。

"讲堂上止有讨论,不用讲解"①。1922 年 7 月 6 日,胡适在中华教育改进社年会的演讲中再次重申"国语文的教授法"应该是:"A. 指定分量,由学生自修。讲堂上只有讨论,不用讲解。注入式的教授,自不容于当代的新潮流,教员在讲堂上,除了补充和讨论以外,实在没有讲解的必要。B. 用演说、辩论,作国语的实用教授法。"② 胡适强调语体文应主要采用课堂讨论和演说、辩论的方式来教,这一方面是因为他也认为白话文通俗易懂,不需要过多讲解,而学生自能明白;另一方面则是因为他特别重视培养学生的思想能力。作为新文化和新文学运动的领袖人物,胡适太懂得新思想的价值和作为其基础的思想意识与思想能力的重要性了。所以他强调说:"演说辩论最能帮助学生养成有条理系统的思想能力。""须认明这两项是国语与国语文的实用教法。"③ 胡适还专门举例谈论了文学作品教学中的课堂讨论法:"例如《镜花缘》上写林之洋在女儿国穿耳缠足一段,是问题小说,教员应该使学生明白作者'设身处地'的意思,借此引起他们研究社会问题的兴趣。又如《西游记》前八回是神话滑稽小说,教员应该使学生懂得作者为什么要写一个庄严的天宫盛会被一个猴子捣乱了。又如《儒林外史》写鲍文卿一段,教员应该使学生把严贡生一段比较着看,使他们知道什么叫做人类平等,什么叫做(作)衣冠禽兽。"④ 胡适是在"国语文的教授法"这一小标题之下谈这些古代白话文学的,其思路自然也适用于新文学的教学。如果归纳起来说的话,胡适关于新文学的教授法主要有两点主张:其一,注意采用演说、辩论这两种"国语文的实用教法",课堂讨论须围绕着文学作品中的某些内容(比如小说中的故事情节)来进行;其二,课堂讨论的目的是将文学作品与社会问题联系起来,借此引起学生"研究社会问题的兴趣"。胡适热衷于将文学作品往种种社会问题上联系,也是希望赋予国文教学更大的解释社会和批评现实的权力,以免国文教学与时代和社会脱节。由于胡适本人的巨大声誉和影响力,他的课堂讨论和演说、辩论式教学法及背后的教育理念也对中学国文教学产生了明显的影响。

由于早期的新文学作品多是胡适所说的"问题小说"和"问题"文学,所以在 1920 年代的中学国文教学中,新文学作品往往是被当作社会问题或人

---

① 胡适:《中学国文的教授》,《新青年》第 8 卷第 1 号,1920 年 9 月。
② 胡适:《中学的国文教学》,白吉庵、刘燕云编:《胡适教育论著选》,北京:人民教育出版社,1994 年,第 150 页。
③ 胡适:《中学国文的教授》,《新青年》第 8 卷第 1 号,1920 年 9 月。
④ 同上。

生问题、思想问题的材料而加以讨论和谈论的。新文学初期出现的胡适的《人力车夫》、刘大白的《渴杀苦》、沈玄庐的《十五娘》等新诗便常常在国文课堂上被教师们当作"劳工问题"的材料进行讲演或讨论。胡适的《威权》、沈尹默的《生机》、周作人的《小河》则是被当作反抗专制和压迫的话题来加以讨论。1924年，国文教师张岸勤曾撰文介绍他的问题式教学法。他在河南开封省立第二中学的国文教学中设计了以"劳工问题"为中心的为期一个月的教学计划①：

课文	体裁	旨趣	作者	学时数
劳工神圣	议论文	评论劳工的价值	蔡元培	2
荆元	记叙文	记叙劳工的生活	吴敬梓	2
缝衣曲	诗歌	申诉劳工之苦	虎特	2
缭绫	诗歌	申诉劳工之苦，形容富贵家之奢华	白居易	2
红线毯	诗歌	同前	白居易	
苦辛吟	诗歌	申诉劳工之苦	于濆	1
古风	诗歌	同前	聂夷中	
水浒诗	诗歌	同前	施耐庵	
田家	诗歌	同前	聂夷中	1
午饭之前	戏剧	形容资本家之残暴	田汉	4

这个计划是以劳工问题为纲组织古今各体文章的教学，教学的着重点不在于诗歌或戏剧本身的文学魅力或文体知识、写作技巧，而在于其所指示的古今中外的社会阶级问题。显然，不重视文学作品本身的形式、技巧分析和审美体味是这种问题式教学法的一般性特征。

问题式教学法也与从美国传来的道尔顿制（The Dalton Laboratory Plan）教学法有契合之处。道尔顿制强调让学生自学，甚至废除课堂讲授，将学习内容制成作业纲要和学习计划，令学生自己去查阅资料、思考和完成，而教师只处于指导者的位置。孙俍工在东南大学附中教国文时曾实验道尔顿制，其设计的文艺作品的作业内容有分篇作业、分组作业等。"分篇作业法"要求学生每读

---

① 张岸勤：《一个月国文教材的计划及教学上经过的实况》，《中华教育界》第13卷第12期，1924年6月。

完一篇文艺作品就作一篇杂记，或读书录、读后感想，或一个简短的评论，其具体要求包括"本篇梗概""本篇所含蓄的思想问题；本篇所表现的人生问题"这两项。"分组作业法"则是把一单元或一阶段所学文章中所有关于思想问题或艺术上相同的点抽出来，分成若干组，每组作一篇简短的评论或总评。① 显然，孙俍工的道尔顿文艺教学法十分重视"思想问题""人生问题"的探讨。穆济波也曾在东南大学附中道尔顿制实验班进行国文教学实验，他为初二年级上学期设计了第一周的作业纲要：

> 从本组国文科工作概要表上，你们知道这一周所要做的是：精读《沙葬》、《今》、《一个人的生活》。……
>
> 当你读《沙葬》时，你便要想：①人生一世，有没有像沙葬一样危险的事情？②什么是愈陷愈久愈速、可以埋葬我们整个个体的？③我们逃不掉的刑罚——残酷地慢吞吞的（地）不快不迟地埋葬——是什么？
>
> 如果你答不出，你去看《今》。你想：①今在哪里？②今何以可贵？③今日我将如何？
>
> 如果打不起"今日之我"的主意，你再去看《一个人的生活》。你想：①什么才算是一个人生活的道路？②没有路如何寻？有了路，如何走？③一直走到尽头，如何才可以保证对得起自己？②

从这份教案来看，道尔顿文艺教学法也注重启发式提问，藉此引导学生思考人生问题。

经受了新文化运动和五四爱国运动的洗礼之后，大批新文化运动的参与者、拥护者和受熏陶者在二十年代进入中学校园担任国文教师，他们本就特别关心各种社会问题，故而在教学上也多喜欢联系社会现实问题来发挥课文之意，其结果便是将学生引导向关心社会问题上去了。教育家阮真曾经用夸张的笔法描述了"问题教学法"在二十年代风行之后的结果：中学生变得"爱讨论问题。有所谓经济问题、劳动问题、妇女问题、贞操问题、遗产问题、亲子关系问题，还有最切身而最欢迎的恋爱问题、婚姻问题等等"；而且学生常以

---

① 孙俍工：《文艺在中等教育中的位置与道尔顿制》，《教育杂志》第14卷第12号，1922年12月。

② 廖世承：《东大附中道尔顿制实验报告》，上海：商务印书馆，1925年，第47—50页。

是否会"谈问题"来判断教师水平的高下,"前老师会谈问题的,后老师不谈问题,都不免要受学生的攻击,说他'时代的落伍者''开倒车''不懂新文学'了"①。

到了30年代,以社会问题为中心组织课堂教学的倾向仍然存在。1930年左右,北平艺文中学的初中国文课,"每一学年底课程均以问题为中心""每一中心问题又得分为若干小问题,按月排列":第一年"以'青年生活'为中心问题";第二年"以'现代社会'为中心问题";第三年"以'文学研究'为中心问题。"② 30年代许多以问题为单元编排的国文教材的出版也足以说明问题式教学法的顽强生命力。如《新亚教本·初中国文》(1932—1933)这套教材在内容设计上就特别偏重问题设置和讨论。该教材为各个教学单元专门设置了讨论题,以供师生教学时使用:

> 第一组讨论标题(经济方面)③:
> 本组题材注重生活的经济方面
> (1) 经济生活的基本问题,衣、食、住、行
> (2) 生产与分配的均衡
> (3) 现存经济制度的检讨
>   (a) 私有资产制
>   (b) 工银劳动制
> (4) 现有经济制度下的产物
>   (a) 乞丐
>   (b) 娼妓
> (5) 理想的经济生活
> 第二组讨论标题(社会方面)④:
> (1) 现存社会制度的轮廓
>   a. 关于家庭组织
>   b. 关于财产继承

---

① 阮真:《时代思潮与中学国文教学》,《中华教育界》第22卷第1期,1934年7月。
② 艺文中学校:《艺文中学初中国语课程大纲》,《北平艺文中学校道尔顿制实施概况》,1933年4月,第28页。
③ 陈椿年编:《新亚教本·初中国文》第1册,上海:新亚书店,1932年,第56—57页。
④ 同上,第110页。

c. 关于妇女地位

d. 关于儿童教育

（2）几个社会问题：

a. 人口贩卖

b. 童养媳与童工

c. 贞操

第三组讨论标题（政治方面）①：

（1）现存政治制度的轮廓

a. 统治者与被统治者的对立

b. 封建制度的尸骸

c. 压迫的系统

（2）几个政治问题

a. 租税制度

b. 官僚政治

c. 内战与兵役

设置这样多的问题讨论当然显得有些迂阔，这一方面会造成脱离具体课文而游谈无边的弊病，另一方面也会造成课堂时间的大量浪费，损害了国文教育的另一个重点目标——文字、语法和文章知识、表达技能的训练。

实际上，早就有人注意到要避免脱离课文、脱离文学欣赏而游谈社会问题的弊病。1920年9月，胡适在《中学国文的教授》一文中谈到"国语文的教授法"时即强调"课堂上讨论，须跟着材料变换，不能一定"。所谓的"跟着材料变换"就是指根据文学作品的内容（如故事情节）的不同而有针对性地展开讨论，如《镜花缘》是"问题小说"就要围绕着小说中林之洋在女儿国穿耳缠足一段描写来讨论妇女解放问题，《西游记》是"神话滑稽小说"，就应该围绕一个猴子捣乱了一个庄严的天宫盛会这一故事来讨论专制与自由、反抗问题，等等。② 1922年，孙俍工与沈仲九在合编出版的《初级中学国语文读本》中主张课堂上多让学生讨论并加以指导，而"讨论应注意下列各事：1，句法，分段，文体，描写的技术，全篇的要义（表明的，含蓄的）等……3，

---

① 陈椿年编：《新亚教本·初中国文》第1册，第153—154页。

② 胡适：《中学国文的教授》，《新青年》第8卷第1号，1920年9月。

对于艺术文，当注意作者的情调、生活和他底时代的社会生活、文艺思潮"①。显然，他们所主张的问题讨论也并不脱离"描写的技术"和作者所处时代的"文艺思潮"等文学本身的问题。这些正确的意见应该都有助于指导中学国文教师正确地操作讨论式教学法，以取得较好的教学效果。因此，随着国文教学的发展，20年代的问题讨论式教学法也逐渐向着纵深演化，即由初期的往往抛开文学作品本身作有关社会问题或人生问题的泛泛讨论、演讲，日益转向结合文学作品本身的形式、技巧、情调、含义等来探讨其中所蕴含的关于社会人生问题的思考和态度。

问题讨论式教学法常常也很重视思想训练。很早就有人（比如前述的胡适）意识到了问题讨论教学法与思想训练之间的密切关系：问题讨论本就是思想训练的载体和契机。1923年，国文教员张岸勤将他所选的教材分为劳工问题号、人生问题号、战争问题号、婚姻问题号等种类。他认为"问题排列法"式教材的优点在于"能够养成学生研究问题的兴味和解决问题的能力"，"能够养成学生系统的思想"，并且说："近来我觉得非着重学生之思想不可。思想是立乎形式之先的一桩东西，形式不过是发表思想的一种工具。学生有了思想，兴致是蓬勃的，意味是溢发的，再和他讲究怎样把此思想发表出来的工具便事半而功倍。……看起来，思想在国文教育上之关系，毕竟是比形式重要些。"② 朱自清也在1920年代末提出加强学生思想能力训练的主张："要养成勉思底习惯，一面须提供多量的刺激，一面须提供相互间析疑问难底机会。现在的中等学校按时授课底办法和注入式的教授，却只能阻遏学生底自己表现，正和我所说相反。所谓知识程度底提高，也只是记忆和了解底题材提高，并非推理能力底发展。所以只能养成勤学不倦的学生，而不能养成自由思想的学生。"③ 他不仅支持课堂上搞问题讨论，还极力主张将问题讨论延伸到课外活动之中，借此给学生以更多的思想训练的机会。

从20年代后期起，许多国文教材已在体例设计上注重设置思考题，以便对学生进行思想启发和训练。朱剑芒编辑的《初中国文》（1929）在每篇课文后均附问题三到四则，"凡事理上有足供讨论处，悉择要提出，以期养成读者

---

① 佷工、仲九：《初级中学国文教授大纲》，《初级中学国语文读本》，上海：民智书局，1923年。

② 张岸勤：《一个月国文教材的计划及教学上经过的实况》，《中华教育界》第13卷第12期，1924年6月。

③ 朱自清：《中等学校的学生生活》，朱乔森编：《朱自清全集》第4卷，南京：江苏教育出版社，1996年第2版，第62页。

的思考能力。"① 1932—1933 年出版的《新亚教本·初中国文》则自称"（编者）确认国文教学的目的在训练思想，养成对于实生活上种种问题的批判及正确表达的技能"②。这套教材在内容设计上特别偏重问题设置。如在《两个乞丐》一文之后就设计了六个问题，包括"乞丐是由于自己的堕落呢，还是社会造成的？""谁抢了他们的食物？谁剥了他们的衣裳？"③ 这分明是要告诉学生，乞丐的产生是因为社会不公，是因为存在剥削、掠夺的社会制度，而并非自身的懒惰或堕落。在《山径》（许杰）一文后则有这样的提问设置："军队拉夫是什么理由？军队的职责是什么？""军队对待拉去的人怎样？他们同囚犯有分别么？但是他们又犯了什么罪？""一切被压迫民众的痛苦都有什么来由？"④ 这些提问不仅引导学生思考军阀队伍的罪恶，还引导他们思索社会黑暗的根源。

到了30年代，国文课堂上注重思想启发已经成了常态。1931年，山东省立第七中学的国文教员刘君复介绍他的教学经验是"启发式的教授法"，"很能引起学生的兴趣和深入"：比方教巴比塞的《名誉的十字架》这篇课文，就应该扩充教材的范围，不宜拘囿于教材之内。教师应当讲到战争的起源与演进的动机、原因，人类战争日趋于残酷的原因（历代统治者提倡战争），战争与非战文学，和平运动的意义等等延伸性内容。将本文讲过之后还应该由学生自由讨论。通过这样的教学过程之后，学生就能够触类旁通，懂得理解其他相类的作品，如莫泊桑的《战俘》。训练学生在思考实际问题上触类旁通的习惯和能力，可以收到事半功倍的学习效果。比如学生读了鲁迅的《祝福》之后再读莫泊桑的《马丹拔蒂士特》，就知道这是描写人类同情心的薄弱；读了鲁迅的《幸福的家庭》再读史特林堡的《爱情与面包》，就知道所谓爱情，所谓幸福，是离开不了物质条件的。⑤

叶圣陶有着多年的中小学国文教师的经验，也一直重视语文技能（读写能力）训练这一国文教育的首要目标，但他后来也逐渐重视起思想训练这一国文目标来。1941 年 8 月，叶圣陶发表文章《如果我当老师》，主张国文科的教学目标在"训练思维，养成语言文字的好习惯"，为此应该发挥学生的主动性，

---

① 朱剑芒：《新主义教科书初中国文编辑纲要》，《初中国文》第 1 册，上海：世界书局，1929 年。
② 陈椿年：《致教者》，《新亚教本·初中国文》第 1 册，上海：新亚书店，1932 年。
③ 陈椿年编：《新亚教本·初中国文》第 1 册，第 15 页。
④ 同上，第 143—144 页。
⑤ 山东省政府教育厅编：《山东省县私立中等学校国文教学概况》，第 305—307 页。

不要由教师满堂灌。① 1941 年，叶圣陶、朱自清合编了《精读指导举隅》，在其所主张的精读教学法中"课堂讨论"居于非常重要的地位。叶圣陶认为上课宜采用"讨论"的形式，而且"还得在平时养成学生讨论问题，发表意见的习惯"②。叶圣陶、朱自清在 40 年代主张的以"精读"为前提的"课堂讨论"当然不同于 20 年代初那种随意引申和发挥的问题式教学法，而是一种紧贴作品实际的对学生进行思想训练的做法。这可以说是对早期相对简单的社会问题演讲和讨论式教学法的发展和深化。

演讲、辩论、讨论式教学法和启发式教学法都有一个共同的特征，即是以文章为轴心向社会问题和思想训练的目标拓展。这样的教学法有把国文科与社会科混在一起的倾向，因此招致了一些反对。但历史地看，这种社会问题和思想导向式的教学方法仍然显示出了某种历史的合理性和进步性，它们能够发挥学生的积极性和主动性，也更符合"造成健全国民"的教育宗旨。此外，对于新文学的教学来说，问题讨论和启发式教学法也有一定的合理性，因为初期的新文学确实普遍都是"问题文学"，无论是小说、诗歌、戏剧还是散文，其主流都是揭示或思索各种社会问题与人生问题。新文学所触及的这些问题和所表达的新思想、新观点在古文中是很少有的，一篇新文学最令师生们耳目一新的常常就是它所谈到的问题和思想。而且，问题讨论与思想启发式教学法还极力挖掘新文学作品的思想价值和社会现实意义，以此显示新文学的特殊价值，以助其与古文学竞争，这显然是具有积极意义的。随着新文学的发展和日渐成熟，早期的"问题文学"也逐渐发展成社会剖析派文学、社会讽喻与批判现实主义等文学类型，但"社会问题"形态始终是新文学发展的主流。这自然也决定了围绕社会问题和思想问题来进行讨论与思考的教学方法永不过时。

二、新文学的精读式教学

20 年代盛行的问题讨论式教学难免导致脱离作品本身的弊病。国文教育家阮真对此批评说："……教国文只是离开文章来讲演主义讨论问题了。辞

---

① 叶圣陶：《如果我当教师》，刘国正主编：《叶圣陶教育文集》第 2 卷，北京：人民教育出版社，1994 年，第 87 页。

② 叶圣陶：《〈精读指导举隅〉前言》，中央教育科学研究所编：《叶圣陶语文教育论集》上册，第 11—12 页。

（词）句的解释，视为无用；文法章法，也不值得注意……"① 孟宪承则还担心专注重问题讨论与演讲的教学会把复杂而多面的"人生思想内容"简单化，形成"偏见与武断"，"阻碍思想自由的发表"②。叶圣陶和朱自清也曾反思说："'五四'以来的国文科的教学，特别在中学里，专重精神或思想一面，忽略了技术的训练，使一般学生了解文字和运用文字的能力没有得到适量的发展，未免失掉了平衡。"③ 国文教育界的这些批评和反思加速了白话文的精读式教学的兴起。

其实，就在盛行问题讨论之风的同时也有少数人开始摸索讲解新文学的恰当方式。1920 年 3 月，胡适撰写《中学国文的教授》一文，指出"无论是小说，是戏剧，教员应该点出布局、描写的技术、文章的体裁等等。"他还建议："读戏剧时，可选精彩的部分令学生分任戏里的人物，高声演读。若能在台上演做，那更好了。"④ 1922 年，孙俍工与沈仲九合编《初级中学国语文读本》时在教材前面附录了《初级中学国文教授大纲》，主张教师在课堂上指导学生讨论时"应注意下列各事：1，句法，分段，文体，描写的技术，全篇的要义（表明的，含蓄的）……"⑤ 孙、沈二人注意"句法""描写的技术"等文学技巧问题，这已经为中学师生们指出了国语文的许多可教之处。另外，受道尔顿制教学法的影响，某些国文教员也开始注意对白话文的教学设计，注意引导学生精读课文。20 年代中期，穆济波在东南大学附中教国文时即要求其所教道尔顿实验班学生作自学笔记，笔记中应包括"提述全篇大要：全篇体裁、主旨、分段撮要""详释难解字句和词语""寻释作意或作法（作品风格以及其精神所在须注意）"⑥ 这几项。显然，传统的文言文的精读细讲式的教学方法也开始用于白话文的教学了。

在国文教育家和国文教师们探索、尝试的同时，课程标准的制订和指引也在发挥作用。1923 年颁布的《初级中学国语课程纲要》已经要求"精读文选，

---

① 阮真：《时代思潮与中学国文教学》，《中华教育界》第 22 卷第 1 期，1934 年 7 月。
② 孟宪承：《初中国文之教学》，周谷平、赵卫平编：《孟宪承教育论著选》，北京：人民教育出版社，1997 年，第 40 页。
③ 叶圣陶：《〈国文教学〉序》，中央教育科学研究所编：《叶圣陶语文教育论集》上册，第 51 页。
④ 胡适：《中学国文的教授》，《新青年》第 8 卷第 1 号，1920 年 9 月。
⑤ 俍工、仲九：《初级中学国文教授大纲》，《初级中学国语文读本》，上海：民智书局，1923 年。
⑥ 参见廖世承：《东大附中道尔顿制实验报告》，上海：商务印书馆，1925 年，第 47—50 页。

详细诵习，研究"①，《高级中学公共必修的国语课程纲要》也规定"精读的书，则须有详细的了解，并应注重文学的技术"②。1929年由教育部颁布的中学国文《暂行课程标准》在"精读"项目下都有明确要求和指示，如初中标准中要求"使学生对于所读的材料，关于内容方面，有明白的认识，关于形式方面，有详细的了解"；高中标准中要求"使学生对于读物有详细的了解，并应注重于文学的技术之指示（包括材料的运用，思想的条理层次，描写人物的技术等等）"③。这两个标准所要求的"详细""研究"和对于"形式"或"技术"的重视都会引导国文教员们钻研新文学作品的精读教学。

教育部的课程标准的指导再加上国文教员们的经验摸索，使得新文学的精读教学日趋成熟。1935年，江苏省立南通中学所制订的全校国文科教学大纲是这样规定"记述文"（包含小说、戏剧）的课堂教学内容的：一、参考，包含"作者"（略历、思想、著作）和"作品"（难字、难句、成句、事实）的讲解和查阅资料；二、研究，包含"形式"（体裁、分段）和"意义"（主旨、概要）；三、讨论或批评，包含"作意"（讨论、批评）和"作法"（讨论、批评）；四、读后感想，包括"抒感"和"余论"。对于"抒情文"除大致规定与上述相同的四项内容外还增添了"作者思想之派别"、"文学批评者（关于作品）之批评"、作品作法之"布局""描写""衬影""作者之个性与生活""作者之修养与艺术的工夫"等更细的教学内容。④从上述"形式""作法""作意"等内容规定当可推想文学篇目教学的细致和深入程度。

考察30年代出版的一些国文教材和其教学参考书，常常可以发现在新文学篇目的教学设计上除了有"内容概要""作者生平"这样的内容，还有"注解""文法""文章体制"（体裁、取材、结构、描写）等内容板块，明显反映出新文学作品的教学在走向精细化。比如由张文治、喻守真等人为《初中国文读本》（朱文叔编）这套教材编写的《初中国文读本参考书》就包含了上述的教学设计板块。这些教学设计多指向对新文学作品思想内涵或社会价值的解析与揭示，但大多落实到了字句、段落和写法技巧上面。比如对郑振铎的《离别》这篇散文，编注者们针对"红日""蓝白红""红蓝条交叉着的联合旗"

---

① 课程教材研究所编：《20世纪中国中小学课程标准·教学大纲汇编·语文卷》，第274页。
② 同上，第277页。
③ 同上，第282、286页。
④ 《本校国文学科教学计划》，《江苏省立南通中学校刊》1932年第2期。

"星点红条的旗"等语词注解到:"谓日、法、英、美四国旗也。"在"描写"项下又说:"本篇有几处描写非常细到,如……(中略)本篇中又多用不整齐的复句,如'我爱的'、'我全心爱着的'、'再过去……再过去'、'我不忍……更不忍'、'更好的……更好的'等句都是。这种句法,很可加强语气。"① 这充分显示了教学指导者们在新文学作品教学设计方面所下功夫之细和深,这是为了帮助学生们深入理解作品的思想情感和表现这种思想情感的语言技巧。

显然,随着国文教育的演进,新文学作品的教学在不放弃社会问题揭示和思想观念灌输的前提下,越来越重视基本语文能力的训练,使得学生对于文学作品的思想内容和艺术形式都能有所掌握。叶圣陶、夏丏尊、朱自清等既有丰富的新文学创作经验,又有丰富的国文教育经验的人都主张将文学欣赏能力的训练落实到"咬文嚼字"上面。如叶圣陶在谈如何作精读指导时提出,专就培植学生的欣赏文学的能力而言,教师的第一步是帮助学生"透彻了解整篇文章,没有一点含糊,没有一点误会",第二步则是帮助学生"体会作者意念发展的途径及其辛苦经营的功力"②。这里明显暗示了研究文学作品的写法和技巧的任务。1935年叶圣陶与夏丏尊合编国文教材《国文百八课》,"这是一部侧重文章形式的书,所选取的文章虽也顾到内容的纯正和性质的变化,但文章的处置全从形式上着眼。"编者"主张把学习国文的目标侧重在形式的讨究"③,新文学在此教材中当然也是侧重从形式上教学的。1936年1月,开明书店《新少年》杂志创刊,由叶圣陶主编。叶圣陶在该刊开设"文章展览"专栏,每期选登一篇现代人的文章(主要是文学作品),然后附上编选者的赏析、解说和评论性文字,用意在于指导学生阅读、欣赏和学习写作技巧。"文章展览"一共"展览"24篇,后来结集为《文章例话》,于1937年2月由开明书店初版,到1949年曾经再版、改版共计10次左右,总印数大概在三到四万册之间,在中学师生中产生了广泛的影响。《文章例话》中的赏析、解说和评论性文字呈现了从文章主旨、思路、风格(如老舍《北平的洋车夫》的口语和幽默)到细节描写、词语使用、句读符号等的全方位的细读技巧。叶圣陶

---

① 张文治、喻守真、张慎伯编:《初中国文读本参考书》第1册,第101—105页。
② 叶圣陶:《论国文精读指导不只是逐句讲解》,中央教育科学研究所编:《叶圣陶语文教育论集》上册,第69页。
③ 叶圣陶:《关于〈国文百八课〉》,中央教育科学研究所编:《叶圣陶语文教育论集》上册,第177、178页。

用文章例话的方式向国文教师和学生们生动地展示了新文学作品的精读所能够达到的令人难以想象的深度与细致程度。

叶圣陶主张精读文教学要"求甚解",他在《国文随谈》(1941)中详细地阐述了自己所总结出的指导精读的方法:第一步,逐词逐句了解,要查字典,了解字词意思,并理解字词在具体句子中的含义和用法,要整体记忆、理解、运用习语和成语,要比较和辨析近义词。第二步,通读全篇,辨明主旨,分清层次。第三步,细细品味文章中的情感、情味,琢磨文章的观点、含义,推求文章的表现手法。① 1941年,叶圣陶、朱自清合编了《精读指导举隅》,列入商务印书馆的"中学生文库"出版。在书中,叶圣陶设计了一套课堂教学程序:通读全文(吟诵和宣读)——认识生字生词——解答教师所提示的问题(包括课前的"预习"和上课的"讨论")——学生练习(吟咏,参读相关的文章,应对教师的考问)。② 叶圣陶认为:"国文属于语文学科,重在语文方面技法的训练。""教材选得适当,只是有了好的凭借,要收效,还得在体会、揣摩、辨认、推求方面下功夫。唯有这些工夫做到家,教学的技法才化为学生的语文习惯,无论阅读或写作,可以随时应用。也唯有这些工夫做到家,教材的内容才成为消化了的养料,在学生的精神上,发生营养的作用。"③

与叶圣陶一样,夏丏尊、朱自清等新文学家兼国文教育家也很重视语文技能的教学。1936年,夏丏尊应教育部的委托向全国中学生作国文科的广播讲演(广播稿刊于当年的《中学生》杂志),他在《学习国文的着眼点》这篇讲话中开篇明义:"我主张学习国文该着眼在文字的形式方面。就是说,诸君学习国文的时候,该在文字的形式方面去努力。"然后又反复申说到:"国文科的学习工作,不在从内容上去深究探讨,倒在从文字的形式上去获得理解和发表的能力。""我们学习国文所当注重的,并不是事情、道理、东西或感情的本身,应该是各种表现方式和法则。""我们所要学习的是文字语言上的种种格式和方法,至于文字语言所含的内容,倒并不是十分重要的东西。"④ 在当年的另一次面向中学生的广播演讲中,夏丏尊专门就新文学作品提示了精读的方

---

① 参见叶圣陶:《国文随谈》,刘国正主编:《叶圣陶教育文集》第3卷,第72—77页。
② 叶圣陶:《精读的指导——〈精读指导举隅〉前言》,刘国正主编:《叶圣陶教育文集》第3卷,第229—243页。
③ 叶圣陶:《教材与教法——〈中学精读文选〉序》,刘国正主编:《叶圣陶教育文集》第4卷,第153、154页。
④ 夏丏尊:《学习国文的着眼点》,《中学生》第68期,1936年10月。

法："诸君读小说，假定是茅盾的《子夜》，如果当作语言文字的学习的话，所当注意的不该但（只）是书里的故事，对于书里面的人物描写、叙事的方法、结构照应以及用辞（词）、造句等等该大加注意，诸君读诗歌，假定是徐志摩的诗集，如果当语言文字学习的话，不但该注意诗里的大意，还该留心它的造句、用韵、音节以及表现、着想、对仗、风格等等的方面。"①

朱自清也是精读教学法的提倡者。1940年，他在《诵读的态度》一文中提出："精读得采取分析的态度。词义，句式，声调，论理，段落，全篇主旨，都分析地说明，比较，练习。'词义'包括词在文句和在诗句里的意义；'句式'包括各种语气；'声调'指朗读而言……论理，段落，全篇主旨，可以专用问题法，启发学生的思想。最重要的是练习，……"② 1943年3月他又撰写《了解与欣赏——这里讨论的是关于了解与欣赏能力的训练》一文，亲自向国文教师示范怎样讲解文学作品。他开宗明义说："了解与欣赏为中学国文课程中重要的训练过程。"而这个过程必须是一种"分章析句""咬文嚼字"的教学培养过程，不仅要"注重字义"，还应该顾及"句子的形式（句式）""段落""主旨""组织""词语""比喻、典故、例证"等方面的分析的方法。他举鲁迅《秋夜》开端"在我的后园，可以看见墙外有两株树，一株是枣树，还有一株也是枣树"为例分析到："这不是普通的叙说，句子的形式很特殊，给人一种幽默感。作者存心要表现某种特殊的情感。这儿开始就显示出一个太平凡的境界，因为鲁迅先生所见到的窗外，除掉两株枣树，便一无所见。更使人厌倦的是人坐屋里，一抬头望窗外，立刻映入眼帘的东西，就只是两株枣树，爱看也是这些，不爱看也是这些，引起人腻烦的感觉。一种太平凡的境界，用不平凡的句式来显示，是修辞上的技巧。"③ 朱自清又以康白情的新诗《朝气》为例来讲如何赏析"比喻"：

> 康白情的《朝气》，内容是描写农家种植的生活，题目何以称为"朝气"呢？农家生活的描写与朝气究竟有何关系呢？这些问题教师是要暗示学生提出来详细讨论的。农家生活的描写实在是一个比喻，作者是别有寄托的。文学作品中的具体故事，往往带上一些抽象性。大概一个比喻的应用，包含三方面的意义。如《朝气》：

---

① 夏丏尊：《怎样阅读》，《中学生》第61期，1936年1月。
② 朱自清：《诵读的态度》，《中等教育季刊》创刊号，1940年9月。
③ 朱自清：《了解与欣赏》，朱乔森编：《朱自清全集》第8卷，第347页。

（一）喻依——农家的生活。

（二）喻体——劳工的趣味。

（三）意旨——由趣味的工作得到美满的结果，显示出生活中朝气的景象。这是文学上表达技巧很重要的一条原则，应当让学生区分得很清楚的。①

朱自清的这种讲解示范细化到了语句应用的层面和修辞的层面，同时又不忘分析这些语文技法与作家的思想情感和作品的思想主题之间的关系。

可以说，到了40年代，无论是一般的国文教师的实践还是国文教育界的思想认识都已走向深化，对于新文学教法的探索已日益深入和细致。1943年初，西南联大教授罗常培在《国文月刊》杂志发表文章，对于坊间那种认为白话文好懂，因此不必浪费时间在中学和大学课堂中讲授的说法予以批评："其实，照我看起来，白话文学并不像一般人想像（象）的那么容易懂。就因为它是新兴的文体，所以对于它的设计、结构，文字的运用，人物的刻画等等，越发得详详细细地分析、解释。"② 1945年，李广田也撰文批驳那种认为新文艺通俗易懂"无可讲"的谬论，也同时批评那些在课堂上只是"叫学生念念，或者只是让学生随便看看，便算尽了教学的本分"式的教师。对于文艺作品的教学，李广田认为主要是要求学生能欣赏，"欣赏的快乐须通过种种功夫才能获得"，包括"分析"和反复"细读"的工夫："我以为对于这些用'的吗呀了'写成的东西也必须先经过一番'疑义相与析'，然后才能'奇文共欣赏'。我主张给学生讲新的文艺作品——或训练青年人阅读新作品——应当像教物理化学或几何代数一样，须把文章分析得清清楚楚，像作数理题一样才行。作者，时代，环境，作品……章法，句法，字法，印象，比较，批评，以及其中人情世态，无巨与细，都应当由教师的指导和学生的努力弄得一清一白，然后再回复细读，这才能够谈到欣赏。"③

1948年，朱自清、吕叔湘、叶圣陶合编出版了《开明新编高级国文读本》，此套教材既重视大量选入新文学作品，又重视贯彻文学作品精读教学法

---

① 朱自清：《了解与欣赏》，朱乔森编：《朱自清全集》第8卷，第349—350页。

② 罗莘田：《中国文学的新陈代谢：民国三十一年七月一日在昆明广播电台讲演》，《国文月刊》第19期，1943年2月。

③ 李广田：《论中学国文应以文艺性的语体文为主要教材》，《国文月刊》第31、32期合刊，1944年12月。

的思想，可以说是代表了民国时期对于新文学的精读法教学的水平。此套教材特别注重安排学生讨论，通过专门设置"讨论"这一课文板块，来发挥学生的思考积极性，指引他们细读作品并从中获得对于作品的深度领会。比如在《华威先生》这篇课文的"讨论"项下，编者们一口气设计了11项可供讨论的问题：（一）真有华威先生这样的一个人吗？真有这样一种人吗？（二）什么是华威先生的主要任务？他参加的团体，哪一个是主要的？他的靠山是谁？他领导的是哪种人？（三）他是什么样子？喜欢用些什么姿势？（四）他怎样表示他的"忙劲儿"？怎样说？怎样做？——真这样忙吗？（五）他怎样参加集会？说话的要点有些什么？（六）他做了些什么工作？他的目的在哪里？（七）他怎样表示他的庄严？（八）他对青年是什么态度？对亲近的人是什么态度？（九）他喜欢什么东西？（十）别人对他怎样看法？他的太太怎样看法？——为什么她这样看法？（十一）全篇这样开头，这样结尾，各是什么用意？"讨论"之外还有"练习"。关于《华威先生》一课，教材设计的"练习"提问有："'他舐舐嘴唇'，'他又抽了两口烟，嘴里吐出来的可只有热气'，各是什么用意？""为什么他对战时保婴会的人说'他不过是一个执行者'？""为什么他骂了两个青年之后'害怕地四面看一看'？""为什么'他忽然打个寒噤'，在被扶着上了床之后？"① 这些讨论或练习的设计初衷是要加深学生对作品意蕴的理解，但也不无引导学生联系社会现实来思考的意图（如第一道讨论题）。在《开明新编高级国文读本》中，编者们为鲁迅的《藤野先生》一文设计的讨论题一共有14个：一、东京"清国留学生"的情形怎样？——作者为什么采用"清国留学生"这个名称？二、他为什么离开东京到仙台去？又怎么留住在仙台？是为了受优待吗？……六、他对中国的了解是怎样的？……九、作者为什么又离开了仙台？……这些讨论题，不单引导学生去细读课文，还揭示了此文背后的一些重要的历史背景和作家的思想动机——留学生的不学无术、弱国子民的受歧视、中国社会和文化传统的畸形现象（女人裹小脚、男人留小辫）、作家以文艺来治疗国民精神痼疾的抱负，等等。有了这样的细读和深思，国文教育的多方面目标也就无形中实现了。

代表民国时期文学精读教学法的最高水平的当属叶圣陶所著的《文章例话》一书。这本教材颇受中学师生欢迎，在抗战时期那么艰难的出版条件下都再版了好几次，对当时的国文教育产生了非常积极的影响。1948年11月，

---

① 朱自清、吕叔湘、叶圣陶编：《开明新编高级国文读本》第1册，上海：开明书店，1948年，第37页。

《文章例话》的第十版中加入了对于卞之琳的诗《给修筑飞机场的工人》的赏析和讲解，从中我们可以看到叶圣陶所示范的文学作品细读法的惊人成就：

给修筑飞机场的工人

母亲给孩子铺床要铺得平，
哪一个不爱护自家的小鸽儿，小鹰？
我们的飞机也需要平滑的场子，
让它们息下来舒服，飞出去得劲。

空中来捣乱的给他空中打回去，
当心头顶上降下来毒雾与毒雨。
保卫营，我们也要设空中保卫营，
单保住山河不够的，还要保天宇。

我们的前方有后方，后方有前方，
强盗把我们土地割成了东一方西一方。
我们正要把一块一块拼起来，
先用飞机穿梭子结成一个联络网。

我们有儿女在北方，有兄妹在四川，
有亲戚在江浙，有朋友在黑龙江，在云南……
空中的路程是短的，捎几个字去罢：
"你好吗？我好，大家好。放心吧。干！"

所以你们辛苦了，忙得像蚂蚁，
为了保卫的飞机，联络的飞机。
凡是会抬起来向上看的眼睛，
都感谢你们翻动一铲土一铲泥。

叶圣陶关于这首诗的赏析和解说文字是（有节略）：

这首诗的第一节前两行是个比喻，把"给孩子铺床"的母亲比喻修筑飞机场的工人。这想头从二者相同之点"铺得平"而来。随随便便的比喻，无论在诗歌或散文里，都是应该割除的赘疣，必须使印象更加显明，意义更加丰富，才是有用的不容割除的比喻。这里既说了"母亲给孩子铺床总要铺得平"，随即用询问口气点明所以"总要铺得平"，为的是"爱护"孩子。用直陈口气也未尝不可以点明，可是限制了读者考索的自由；询问口气却等待读者自由考索。"自家的小鸽儿，小鹰"是顺着母亲的口吻说的。把孩子叫做（作）小动物，"小鸽儿，小鹰"，乃至小猫，小狗，这当儿，母亲心里充满着欢喜；再加上"自家的"三个字，欢喜之外，更透露着骄傲。正如说"我的心肝""我家的宝贝"一样。有了这第二行，把修筑飞机场的工人的心情也烘托出来了。他们"爱护"飞机与母亲"爱护"孩子没有两样，他们几乎要把飞机叫做（作）"自家的小鸽儿，小鹰"。……

第二节说飞机在保卫上的必要，就是常见的标语"无空防即无国防"的意思。但"无空防即无国防"只是一句抽象的断语；这里却说得具体，又表达了意志。……又如说"国防"，意思比较悬空，与各人自身仿佛没甚干系似的；现在点明"山河"与"天宇"，大家放眼望去是美好的山河，抬起头来是可爱的天宇，自身就生息其间，自身的子孙也将繁衍在其间，又怎能不竭力保卫他？以上是说这一节的具体说法给与（予）读者大概有这样的影响。再试吟诵他的语句。"空中来捣乱的给他空中打回去"，语气坚决斩绝。……下一语重复着"保卫营"，加上"空中"两字，音节宏大而响亮，宛如听到激昂的口号。末一行说"不够"，说"还要"，简捷了当，毫无游移。以上是说这一节的语调音节，凑合起来，表达出建设空防的坚强意志。

第三节说飞机在联络上的必要。……接着吟诵"强盗把我们土地割成了东一方西一方"。不说"敌人"而说"强盗"，是对于敌人更愤怒的指称，更严切的谴责；称他们为"敌人"，还是平等看待，现在称他们为"强盗"，简直是道德的败类、人类正义的蟊贼了，日本人不是正配受这样的称呼吗？……

第四节还是说飞机在联络上的必要……前两行里的"儿女""兄妹""亲戚""朋友"，暗示一切人与人的关系；"北方""四川""江浙""黑龙江""云南"只是随便指说（"四川"与"云南"用在行末当然为押韵），但也点明了我国南北东西各地，暗示无地不有。散处在各地的许多人们，仗着"联络网"，差不多近在对面了。这个抽象的意思，作者用最习常最具体的事儿达出来：寄信。……

　　飞机在保卫上，在联络上，有这样的必要，停息飞机的场子自属必要；修筑机场的工人的工作自属可贵可敬，又何况他们有慈母一般的心情。慈母为孩子准备一切，虽是心甘情愿，从他人眼光看来，总不由得说一声"辛苦"。第五节作者从这样的眼光慰劳他们说，"所以你们辛苦了"……单说"辛苦"还嫌欠具体，又用终生劳动的昆虫来比拟他们，说他们"忙得像蚂蚁"，辛苦情况便宛然在目前！修筑飞机场的工作，主要的是翻动泥土，蚂蚁的劳动也大都是翻动泥土，有这一点相同，便不是漫然的比拟（若用蜜蜂来比拟，就差远了）；同时与末一行有了照顾，也可以说"你们翻动一铲土一铲泥"由"忙得像蚂蚁"引出来的。每翻动一铲土一铲泥，其意义深广到说不尽，所以每一铲都该受感谢。……①

对于一首短诗能够讲解出几十倍的文字来，其细腻和精确程度令人叹为观止。而且，这种讲解既体现了对于写作技巧训练的重视，也不忘将技巧的讲解与其思想内涵联系起来。

　　从根本上说，上举叶圣陶、夏丏尊、朱自清这一派的教学法是一种文学细读法，与20世纪四五十年代盛行于英美大学文学课堂中的"细察法"一样。细读式教法对于提升学生的文学解读和欣赏能力及写作技巧和水平都是很有帮助的。叶圣陶等人通过《国文百八课》《文章例话》《精读指导举隅》《开明新编国文读本（甲种）》《开明新编高级国文读本》等教材和教学参考书大力推广文学的精读教学法，带来了一个明显积极的效果，就是三四十年代的中学生写作能力和水平（包括文学写作）比20年代有了明显提升。关于这一点本书在第八章将有详细的陈述，此处便不再展开。

三、新文学的审美式教学

　　在越来越重视新文学作品的精读教学的同时，重视文学的审美教学的思路与实践也兴盛起来。其实关于文学和"美育"的关系早在清末民初就被王国维、蔡元培等教育家阐明得很清楚了，只是在具体的国文教学实践中如何来实施这种美育却还需要探索，需要经验的积累。理论常常是先行的，也能够指引实践。早在1921年就有人在《教育杂志》上发表《最近读法教授之进步》一

---

① 叶圣陶：《文章例话》，上海：开明书店，1948年，第172—178页。

文，谈到了国文教学方法的改进问题。该文说:"读法教授之目的,不可单以养成正确之理解力为满足,而尤在养成文学趣味与陶冶国民性情也。""玩味文学的教材时,一种清新高洁之情操,亦得培养于不知不识之间。故养成文学趣味,陶冶国民性情,不可不视为读法教授之重要目的也"①。1926 年,周铭三、冯顺伯在所著《中学国语教学法》一书中提出文学教学法的要求:"在形式方面注重美的要素;在实质方面注重社会道德的要素;在阅读习惯方面注重修养消遣的要素。"② 1928 年,由著名心理学家唐钺、高觉敷和教育学者朱经农主编的《教育大辞书》由商务印书馆隆重推出,这部大辞书为"文学教学法"专门设置了词条,它是这样阐述文学教育的:

> 旧日之教学文学者,每多注重关于作家及作品之事实。其实关于作家及作品之事实,对于文学本身,并无若何重大之价值,其价值仅在能帮助学生对于文学作品得到较为正确之认识。文学之研究,固非文学史之研究,此在中小学校者尤然。……
>
> ……
>
> 高级学校之学生,知识程度较高,教师可与之讨论文笔、文体及文章之构造等事,低级学校之学生,抽象思想之能力有限,不当与之讨论抽象的理论,应注重文学作品本身之欣赏。研究文学作品之最后目的,在获得作者著作时之同一之感情。此作者著作时之感情,非可以批评法得之,亦非可以分析法得之,惟反复诵读,始能获得。故诵读在文学教学上甚为重要。③

从这个词条的撰写,我们可以看到教育学者们对文学教育方法的思考。辞典的词条撰写通常也反映了当时社会和学界对于某一方面问题的实践经验总结或共识性意见,因此,这个"文学教学法"词条解释中的内容,如"欣赏""感情""诵读"等,也应当反映了当时文学教学的一般共识和经验。

国文教学研究者阮真编著的《中学读文教学研究》(1940)一书可以代表这种注重"欣赏"和"感情""情绪"体验的审美式教学模式。阮真在其书中

---

① 太玄:《最近读法教授之进步》,《教育杂志》第 13 卷第 2 号,1921 年。
② 周铭三、冯顺伯:《中学国语教学法》,第 173 页。
③ 唐钺、朱经农、高觉敷主编:《教育大辞书》,上海:商务印书馆,1928 年,第 204—205 页。

设计过几个新文学作品的教案,如对丰子恺的小品文《忆儿时》是这样设计的:要求学生阅读课文后回答两个问题——(1)成人对于一件工作,何以不能如孩子一样的有兴趣?(2)你也钓过鱼吗?钓鱼的趣味如何?另外要求学生自习的工作是:"篇中词语,如'豪爽'、'点缀'、'亏蚀'、'规模'、'沉闷'、'无功食禄'、'寂寞'、'照应'、'浮珠'、'功利'、'赞咏'、'牢骚'、'游戏欲'、'游钓之地'等,你须自去查考,把简当的意义写在笔记上。"阮真指出,文艺的欣赏"当领略文中的情绪","本篇述童年已往的欢乐,富有令人追怀的情绪。而文笔在清淡之中,颇有风趣,故读了颇觉亲切有味"①。这种教学设计基本抓住了文学作品教学的要点和程序——从字词句到作家情绪与作品风格。阮真为苏梅的小品文《扁豆》设计的教案是:首先由教师介绍小品文的知识:"所谓小品文,简单的说,就是带着诗意的散文。他的用笔,多为记述和描写,有时也带着一些不以严正态度出之的议论或嘲讽。读本篇的目的,就在田家风味的欣赏。"接着要求学生自习,掌握基本的字词。再则提醒文章重点:"本篇的描写,如'绛衣冰肌'、'雨打枯荷'都是用想像(象)的比拟,所以觉着有趣,在文学原理上叫做(作)解释的想像(象),你须细细玩味。"最后是布置作文训练:"读毕这篇后,你可做一篇类似的小品文,作为第四星期的作文。题目以田园工作为范围,你可自己拟一个,最好把你自身亲历的或闻见的写出来。但用笔要轻松,带点游戏欣赏的态度;不可用严正的态度来记事,因为小品文的风格是如此的。"② 而对孙福熙《红海上的一幕》的教案设计是:先由教师简介:"本篇是写景的小品文。而他的写景,却在用作者主观的想像(象),以人性赋与(予)自然物。这在文学原理上叫做(作)人性化,或叫做(作)人格化。用这种方法写景,可从没有情意的自然物中看出情意来,文笔便觉生动有趣。诗人写景,多用此法。本篇作者是个画家,所以对于光线色彩的描写,尤能曲尽其态。读本篇最要领略欣赏的,也在这一点。"③ 在阮真的教学设计中,优美的词句就是令学生进行审美咀嚼的对象,此外对文学修辞技巧、描写技巧等也多所揭示。

除了上述"欣赏"式教学,情境式教学也是一种很重要的审美教学法。当讲读具有美文品质的散文小品时,比如写景、抒情类文章时,教师可以采用情境导入法,把学生引导进入一种身临其境般的氛围中去。1931年,山东某初

---

① 阮真:《中学读文教学研究》,上海:中华书局,1940年,第111页。
② 同上,第113页。
③ 同上,第114页。

中国文教员曾详细介绍过自己讲授俞平伯《陶然亭的雪》的过程：首先是导入，从引导学生回忆所学过的地理知识开始，找到北平在中国的地理位置以及陶然亭在北平城的位置（城南）。然后介绍作者写此文的心理背景："要知一个人，在热闹地方住烦了，也想到坡里逛逛，作者之游陶然亭也是这番意思，况且北平城非比我们这里，所谓'无风三尺土，一雨满街泥'，实在混浊的厉害，在这样嚣尘之区，又当着雨雪的当儿，到旷野陶然亭一逛，亦颇恰意。"接着，教师说明北平的纬度和气候与南方迥乎不同，北平冬天老是下雪，天冷得很，就是在秋天春天有时也是下雪，这是与作者的出生地浙江和常住地上海不同的地方。接着，让学生默读作品，有不明白的地方记下来，以备讨论。然后就作品中的部分问题或知识点进行问答与讨论，如"陶然是什么意思？""冒雪出游有何意思？"然后由教师介绍俞平伯的文学成就，再由教师讲读作品大意和各段内容，总结作品的风格好处——近于古代诗文的情趣。然后请学生朗读相关片断。就这样，一个小时的课结束了。[①] 就这篇散文的讲读方法来看，这位教员注意联系实际生活经验来帮助学生理解作家的写作动机和情趣，同时又旁及作者的诗人身份和诗作特点，引出学生对作者更多的兴趣。这样讲下来，基本讲出了作品的文学意味，也很容易引发学生的美感和兴趣，是成功的文学教学设计。

审美式教学法中比较重要和流行的一种是诵读法。据1925年2月发布的有关江苏省各中等学校国文教学实施状况的调查报告，当时各校国文课堂上的"讲读"方式可以细分为"讲解""范读""美读""诵读"等多种[②]。光从读的方式上就有"美读"和"诵读"之别，它们给学生的感受是明显不同的。"美读"需要揣摩作品本身的性质和特点以寻找合适的语调、语气，要酝酿和把握情感、情绪，而且还要注意恰当的面部表情、身体动作以与声腔相配合，总之，其中有许多细微复杂的技巧，需要教师和学生们去钻研和体会。即便是"诵读"也要细分为"朗读""吟咏""默诵"等多种类型，各自还是具有不同的审美效果的。1931年，山东省立第一中学国文教员们为精读课文设定了如下的"诵读"教学法："（1）朗读 如诗歌及应朗读之论文小说，熟读至可以背诵为佳。（2）演唱 如诗词戏曲等，戏曲读后，即表演，动作表演后，方

[①] 以上参见山东省政府教育厅编：《山东省县私立中等学校国文教学概况》，第613—615页。

[②] 孟宪承：《初中读书教学法之客观研究》，《孟宪承文集》第1卷，上海：华东师范大学出版社，2010年，第199页。

知其意味及价值。诗词歌谣,有时非歌唱亦不能领会其意境及其神韵。(3) 低诵吟咏 文艺有时朗读演唱,声调高亢,反不能得其美妙者,则利于低诵;亦有时展卷读文,分其注意力,有不能体出其深趣者,则利于吟咏,灯前月下,花间篱边,徘徊吟诵,自然有说不出来的妙味,蕴于喉舌之间,此种吟诵习惯,似乎不可不急令学生养成也。"① 从所列"朗读""演唱""低诵吟咏"这三种方式来看,这些国文教员对于文学文的诵读教学有比较深入的认识和比较细致的技巧钻研。1938 年,钟鲁斋在其出版的《中学各科教学法》一书中提出:"好的文章宜于朗诵,读的声音要有高下疾徐,表出文中喜怒哀乐的情节。因此文章好者,不特可以悦目,而且可娱耳,极易加增欣赏能力。"他又认为"有情的文,(如诗歌)教学宜重演唱法"②。确实,诵读法在新诗的教学上就是效果很好的一种方式。郑子瑜回忆中学时代说,他的国文教师"每从新近出版的文学杂志上选了新诗给我们讲解。他的新诗朗诵确是别有一番风味,我最不能忘记的是这样的一段:'幸福在草田中,快跑过去,快跑过去,它就要溜了。'这使我们懂得热爱生产,也改变了轻视劳动的观念,更使我们由沉溺于旧诗转而喜爱新诗,思想也跟着进步了。"③

不仅诗歌适合于诵读式教学,某些小说、散文也是适合诵读教学的。1931 年时邵子风在长沙雅礼中学教初中国文,其学生后来回忆说,他常常在课堂上"用十分抒情的音调朗诵","记得他讲鲁迅译(著)的《鸭的喜剧》。这是篇白话文,学生并不难懂。邵师用丰富的感情念着:'寂寞啊!寂寞啊!沙漠也似的寂寞啊!'我们听了,无形中增加了对盲诗人爱罗先珂的同情。""当时的国文教科书上选了一首白话诗,叫《西窗晚眺》……他读这首诗时,声调抑扬顿挫,极富感情。因为这首诗太好听了,虽过了五十多年,我还能全部背下来。"④ 于漪曾在《我深深地爱》一文中回忆四十年代初在中学课堂上听讲《故乡》的情形:

> 我永远忘不了年轻的黄老师教《故乡》一文时的眼神。他穿着长衫,戴着金丝边眼镜,文质彬彬。讲到少年闰土出现在月下瓜田美景之中时,

---

① 《山东省县私立中等学校国文教学概况》,第 171 页。
② 钟鲁斋:《中学各科教学法》,上海:商务印书馆,1938 年,第 234、232 页。
③ 郑子瑜:《自传》,《郑子瑜学术论著自选集》,第 743 页。
④ 王宗石、项伟:《一代国文大师》,转引自肖志:《1930 年代雅礼中学国文教学的历史钩沉与现实启示》,湖南师范大学硕士学位论文,2010 年,第 39—40 页。

他眼睛睁得大大的，放出异样的光彩。"深蓝的天空，金黄的圆月，碧绿的一望无际的瓜田，少年闰土奋力向猹刺去，手中的钢叉和颈上的银项圈明晃晃的，交相辉映⋯⋯"他描述得那么生动，那么富于感情，我被深深地吸引住了，犹如身历其境，品尝着其中的欢乐。①

于漪还回忆过她在40年代初的另一次国文课："也是在初中读书时，来了一位代课的国文老师，是年轻的新派人，他喜欢教白话文。有一次，教师教到田汉《南归》中的诗：'模糊的村庄已在面前，礼拜堂的塔尖高耸昂然。依稀是十年前的园柳，屋顶上寂寞地飘着炊烟。'教师朗诵（当然是新式的以国语朗诵）着，进入了角色，他自己被感动了，他那深深被感动的神情凝聚在眼睛里，这感情传染了整个教室，一室鸦雀无声，大家都被感动了。课后，我未花多少时间就把诗背出来。虽是几十年再未接触，但至今还能信口背出以上几句。此后，我对新文学更有兴趣，读了许多有名的中外小说，开阔了眼界，使我的心与时代更加贴近了。"②

显然，在民国时期的国文课堂上，声情并茂的朗读或诵读都已很普遍，这较能显示文学的魅力，给学生以情感的触动，并且在学生脑海中留下了长久的记忆。日本学者藤井省三认为，像于漪的老师在课堂上读《故乡》的那种情形，其效果"像舞台表演一样栩栩如生"③，他还认为，《故乡》课堂讲授的这种近于"戏剧化"和"演出"般的效果，"标志着学科教学法的深化"④。确实，诵读法在新诗、散文等体裁的新文学作品教学中的普遍使用及其良好效果充分表明三四十年代的新文学教学已有了长足的进步。除了国文教师们默默地在课堂上实践诵读式教学法，国文教育理论界也渐渐注意起对于诵读法的研究和提倡来。据朱自清在1935年6月时撰文所说，当时张仲述先生在南开大学电台广播，诵读徐志摩的诗，"成绩很好"；清华大学也有过两回诵读会；"北大教授朱光潜先生也组织了一个诵读会，每月一回。"⑤ 1946年语言学家黎锦

---

① 于漪：《我深深地爱》，刘国正主编：《我和语文教学》，第17—18页。
② 于漪：《从记忆深处升起》，《于漪文集》第6卷，济南：山东教育出版社，2001年，第539页。
③ ［日］藤井省三：《鲁迅〈故乡〉的阅读史与中华民国公共圈的成熟》，《中国现代文学研究丛刊》2000年第1期。
④ ［日］藤井省三：《鲁迅〈故乡〉阅读史——现代中国的文学空间》，第58页。
⑤ 朱自清：《语文杂谈》，原载南开大学《人生与文学》月刊（1935年4月创刊）第1卷，现据朱乔森编：《朱自清全集》第8卷，第204页。

熙在《北平报》上谈国文教育，认为当时的国文教学"忽视诵读技术"，而另一语言学家魏建功当时也在台湾"国语推行委员会主任委员"任上提倡诵读教学。这一下子引发了朱自清的共鸣，使他连写了《诵读教学》《诵读教学与"文学的国语"》和《论诵读》三篇文章，发表在北平的《新生报》上。朱自清主张让学生"多多用心诵读各家各派的文字"，以便获得文字的调子或语脉，又认为朗诵对于说话和作文也有帮助，"因为练习朗诵得咬嚼文字的意义，揣摩说话的神气"，"朗诵其实就是戏剧化，着重在动作上。这是一种特别的才能，有独立性；作品就是看来差些，朗诵家凭自己的才能也还会使听众赞叹的。"他的结论是，"要增进学生了解和写作白话文的能力，是得从正确的诵读教学下手"①。在另一篇文章中朱自清又主张将诵读用于白话诗、小说里的一些对话和话剧，还分析了诵读白话诗时的技巧，如不要音乐化，要"滞实"些，不能太流畅，等等。② 也是在1946年的北平，魏建功专门组织了一回"中国语文诵读方法座谈会"，参加的有30人左右，顾随还在会上以北平口语诵读了《阿Q正传》，让李长之觉得效果很好。③ 这一群国文教育家热烈讨论和实验诵读方法，努力将文学作品的教学往审美方面引导。

诵读当然不是审美式文学教学法的全部，对话表演和动作模仿也是很好的审美教学法。早在1920年3月，胡适即撰《中学国文的教授》一文，其中建议："读戏剧时，可选精彩的部分令学生分任戏里的人物，高声演读。若能在台上演做，那更好了。"④ 民国时期的中学国文教材中也选入了一些新文学的戏剧篇目，虽然不多，但也是可以用作学生们模仿和表演的材料的。其实不光是话剧，某些小说或记叙文中的场面和对话也是适合拿来模仿与排演的。通过让学生模仿排演，不仅可以刺激学生们对于文艺文的兴趣和爱好，也能够帮助他们更好地理解和揣摩作家或作品中人物的思想情感。1931年，山东省立第一中学国文教员们将文学文的教学目标设定为"欣赏文艺之美点""认识所含之思想""步步走入纳文学于生活中"等项，他们认为对于"诗词戏曲"可以采演唱法和表演法来教，"戏曲读后，即表演，动作表演后，方知其意味及价值"。⑤ 山东某中学还要求初三年级的国文教学要有演剧的内容："教员须得教

---

① 朱自清：《诵读教学》，朱乔森编：《朱自清全集》第3卷，南京：江苏教育出版社，1988年，第179—180页。
② 朱自清：《论诵读》，朱乔森编：《朱自清全集》第3卷，第185—190页。
③ 同上，第189页。
④ 胡适：《中学国文的教授》，《新青年》第8卷第1号，1920年9月。
⑤ 山东省政府教育厅编：《山东省县私立中等学校国文教学概况》，第171—172页。

以演剧；国文教员虽非戏剧家，不能教成学生个个成为戏剧专家，但一些普通的戏剧常识，这是教员应该教与学生的，因为学生阅读剧本，未能将精妙之处领悟出来，如果使之练习表演，则剧本中之精妙处学生容易领悟了。"① 该校要求初三年级每学期至少由教师带领学生排演一二次。1935 年，洪为法编著出版《国文学习法》一书，收在中华书局推出的《初中学生文库》之中。《国文学习法》书中主张"读文应有腔调，无腔调的读是乱读，不足为法"，"腔调的高低、强弱、缓急"应该与读物的内容相合拍。洪为法又提倡"表演式的背诵和讲演式的背诵"法，并举例说，当学习陈衡哲的《运河与扬子江》时，"大可约一位同学，一人做运河，一人做扬子江，彼此按照原文对话起来。把原文中的神味用语调的高低缓急，以及面部的表情，手足的活动等等表演出来，这不可以增加你背诵的兴趣吗？不又可以帮助你记忆和内容的了解吗？"②

到了 40 年代，对于文学作品教学的原则和方法的认识更加深入，许多作家、学者凭借自己丰富的文学创作经验或深厚的文学修养，提出了不少有益的见解。如古典诗词研究专家傅庚生针对文学作品的教学提出了一君、二臣、三佐等五条主张："一君：明诚；二臣：融情思，端志向；三佐：教学一贯，学思并重……"他认为"文学的教材，本然的便可以唤起人们的情趣，和专诉诸理智的自然科学等不同。若能情知相辅，由了解进抵欣赏的境地，教与学在这上面的乐本是无涯的。"③ 傅庚生强调的"诚""融情思"都是重视审美欣赏和情感体味的文学阅读法，他主张文学教学应该以学为本，通过发挥学生的良知良能和自动精神，经由了解——欣赏——自得的过程，最终达到真善美的极致。而杨同芳则认为，文学教育应注意欣赏，欣赏是情感的反应，可以启发学生心灵的生活，完成一个完美的人生。④ 1948 年，教育心理学家龚启昌又指出："文学的教学目标，应该注重提起学生欣赏的情绪，这与知识教学的纯凭理智，是不同的。""因为欣赏是一件情感的事，所以教师也只有用情感的方法，来激动学生欣赏的情绪。"⑤ 不难看出，这些国文教育专家都特别重视以"情思""情感""情绪"等为中心的审美体验式教学。

---

① 山东省政府教育厅编：《山东省县私立中等学校国文教学概况》，第 266 页。
② 洪为法：《国文学习法》，上海：中华书局，1935 年，第 33—34 页。
③ 傅庚生：《国文教学识小篇》，《国文月刊》第 48 期，1946 年 10 月。
④ 杨同芳：《中学语文教学泛论》，《国文月刊》第 48 期，1946 年 10 月。
⑤ 龚启昌：《中学国文教学问题之检讨》，《教育杂志》第 32 卷第 9 号，1948 年。

四、小结

总体来看，民国时代先后流行的几种教学模式都对新文学的接受具有重要的影响。问题讨论和思想启发式教学法对于新文学的接受来说有利也有弊。它专注于新文学作品的题材内容及其与社会现实的关联而忽略了文学作品本身的形式、技巧和美感，这无助于训练学生的写作技能，也无助于提升其"欣赏文学的能力"。它有利的一面则是有助于训练学生的社会观察力和思想能力，有助于养成学生的社会关怀意识和相应的新文学阅读、写作趣味。而偏重形式技巧的精读式教学模式则一方面加深了学生们对于新文学作品的思想内容和作家的思想情感的理解，一方面则训练了学生们对文学形式和技巧的敏感，培养了他们的文学表现技巧和手段，三四十年代中学生写作水平相较于20年代有明显提升就是其良好效果的反映。至于侧重审美欣赏和体味的文学教学法则涵养了中学生的文学兴味，不仅对其道德情操具有潜移默化的熏陶作用，而且有助于激发中学生们的文学阅读兴趣和创作热情。30年代中学生文艺创作的活跃和成果的丰硕都是其结果。翻阅20—40年代的众多中学生出版物，我们发现诗歌在中学生创作中都是最主要的一种体裁，其数量远远多于小说、散文、话剧，这充分说明了民国中学生们对于最具审美性的诗歌这种文学体裁的喜好。而这与当时国文课堂上的审美教学应当不无关系。

还需要注意的是，取代前期问题讨论与思想启发式教学模式而居三四十年代国文教学主流的精读式与审美式教学倾向并没有放松对于文学作品的题材、思想和社会意义的关注。叶圣陶编著的《文章例话》是一部十分注重作品细读的教材，但他在详细分析和解说某些文学作品的形式、技巧和手法时仍不忘联系某些社会现实和社会问题，对学生进行思想启发。如对于周作人的《小河》这首诗，叶圣陶由诗中农夫筑坝而妨碍小河、稻、桑树等获得水的自由这一点出发进行引申："如果联想到人类社会方面去，更觉得这样的情境差不多随时随地都有。一些人有意无意地给与（予）人家一种压迫，它的影响直接间接传播开去，达到广大的人群。被压迫者的努力挣扎自是不可免的，间接受影响者的切心忧愁也是按不住的，因为大家要保自己的生命。繁复的人间纠纷就从这里头发生出来。"① 这是启发学生对于现实社会问题的观察和思考。总之，从

---

① 叶圣陶：《文章例话》，上海开明书店，1937年，今据北京三联书店1983年版，第143页。

早期幼稚和简单化的离开作品细读而作游谈式的问题演讲或讨论，到 30 年代以后越来越重视以文本细读为基础来进行问题讨论和思想启发，这是国文教学的进步。

当然，我们也不能因此而贬低甚至否定前期那种问题启发式的教学模式，因为那是当时条件下的必然选择，其历史的合理性和实际的价值与效用都不容抹杀。徐开垒 1935 年在宁波读初中时，他的国文教师叫方余甫，"他在上课时很少讲解课文，一般总是在课文中引出一个话题，然后七扯八扯，扯到社会中的实际问题上去。"而学生徐开垒过后却说这种讲法对自己很合适："因为白话文课文我一看就懂，社会上的实际生活情况正是我所缺乏的，所以方先生讲课海阔天空，对我真是太需要了！"① 如此看来，问题引申式教学法对于扩大中学生的生活视野和社会见识也是不无裨益的。

---

① 徐开垒：《在我起步的时候》，王丽主编：《我们怎样学语文》，北京：作家出版社，2002 年，第 67 页。

第五章　课外阅读与新文学的接受

要了解民国时期中学生接受新文学的情况，仅仅研究国文教材与课堂是不够的。国文教材中的新文学作品毕竟数量有限，国文课堂时间也有限，而学生们的课外时间则是远远多于国文课堂时间的。实际上，在民国中学生的课外阅读中，新文学的出场机会要远远多于有限的教材篇目和课堂讲读。曾有过来人将这种情况概括为："课堂上，教科书，古旧的气氛拉着我们往回走；课堂之外，广泛的阅读，时代的新潮，推着我们向前进。"① 某种意义上，课外阅读这种新文学接受途径更值得重视，这不仅是因为课外阅读的量要远远大于教材和课堂，更是因为课外阅读大都具有自由选择性，学生选择新文学主要是出于兴趣和爱好，而兴趣和爱好是成功之母，这就使他们的新文学接受更具延展性，即由阅读和审美发展到进而开始文学创作。20年代读中学的林焕平后来回忆说："我在中学，既是在'五四'潮流影响之下，又是在大革命高潮中，受创造社影响很大，郭沫若的《女神》和《瓶》，我几乎背诵得出来。也反复读过鲁迅的《呐喊》和《彷徨》。我神往做作家，拼命学写作。"②《女神》和《瓶》中的诗篇绝大多数都没有入选民国时期的国文教材，学生却喜爱到能背诵，由此可见兴趣和爱好的力量。

实际上，民国的中学生们花在课外阅读上的时间和精力并不少。当时的高级中学和大部分初级中学，基本都是汇集了一县、一省甚至全国学子的寄宿式学校，学生日常起居都在学校，有较多的课外阅读时间和由学校、老师、同学间提供的书刊条件和良好的阅读氛围。1923年，蒋仲仁考入贵阳前期师范

---

① 蒋仲仁：《学文杂忆》，刘国正主编：《我和语文教学》，第394页。
② 林焕平：《林焕平自述》，高增德、丁东编：《世纪学人自述》第4卷，北京：十月文艺出版社，2000年，第147页。

（初中层次），"师范管学生管得特别严。全体学生都住校，不是星期日不准外出，本城的学生星期六回家，星期天吃过晚饭要赶回来。每天上完正课，还有自习。……晚七点，自习钟敲响了，一灯荧荧，开始自习。到八点，又敲一次钟，叫'音读钟'。音读钟之前，只准看书，写写，算算；音读钟之后，才出声诵读，读国文，读英文。宿舍的晚上，一片窗上的灯光，一片琅琅的书声，置身其间，叫人不敢怠惰，到九点，敲钟下自习。宿舍里这才活跃起来……"① 这段生动的描述为我们呈现了民国时期寄宿制中学校学生生活的一般景象。而在普遍的紧张和充实的课外自学活动中，新文学的阅读显然也是其中一项内容。1930年5月份广东省立第四中学校（潮州）图书馆的借书情况是：文学类共336册，排在第一位，远多于排第二位的普通图书46种和排第三位的自然科学类图书42种，经史子集类古代书籍则总共只借出5册。② 1935年秋冬学期，浙江省立杭州高级中学图书馆统计的图书借阅情况是：文学类图书借阅占了最大比重，共有3399人次借阅文学类书籍5046册，人数和册数均占51%以上；借阅量排第二位的是史地类图书，占15.6%；自然科学图书借阅量排第三，占12.9%；社会科学书籍排第四，占6.2%。③ 据1936年对福州、厦门地区五所中学男生330人、女生292人问卷调查的结果，男、女生在阅读趣味上都偏爱文艺类书籍（分别占总人数的33.9%和49.6%），女生尤甚，都远远高于阅读社会科学、自然科学书籍的人数；在阅读杂志方面，男女生的首选都是文艺杂志（分别为24.2%和22.6%）。④ 而据厦门教育学院学生戴琰君在1936年对福州、厦门地区五所中学224位学生的问卷调查，他们在课外最喜欢做的事依次是运动（占22.4%）、看小说（占19.68%）、看报纸（占18%）、表演游艺（占8%），他们看报纸最注意的内容依次是专电（占19.68%）、社评（占16.9%）、文艺（占16.9%）、国内新闻（12.5%）、本埠新闻（占8.9%）。⑤

---

① 蒋仲仁：《学文杂忆》，刘国正主编：《我和语文教学》，第385页。
② 《本年五月份借书类别统计表》，广东省立第四中学校编：《四中周刊》第91期，1930年6月。
③ 《二十四年度第一学期图书馆借书人数及借出图书册数总统计》，《浙江省立杭州高级中学校刊》第142期，1936年2月。
④ 钟鲁斋：《中学男女学生心理倾向差异的调查与研究》，李文海主编：《民国时期社会调查丛编·文教事业卷》，福州：福建教育出版社，2004年，第573—575页。
⑤ 钟鲁斋：《中学各科教学法》，第43—45页。

一、课外阅读及新文学时潮的影响

新文学自诞生起就开始走向中学生群体,成为这个最活跃、趋新和最有抱负的青年群体阅读和讨论的对象。后来成为著名作家的丁玲在1920年前后就读于长沙周南女中,当时即广泛地阅读了一些新文学作品。她喜欢背诵胡适的诗《蝴蝶》,也喜欢背诵俞平伯、康白情的诗。1921年,丁玲从长沙文化书社买到一本郭沫若的诗集《女神》,"读后真是爱不释手","整天价背诵"[①]。胡风也曾在一篇文章里谈到,1920年代初他在武昌上中学时曾如饥似渴地阅读各种新诗作品,包括《尝试集》《女神之再生》等,也十分关心和搜求冰心的作品。他并且说:"但使我真正接近了文学也接近了人生的却是两本不大被人知道的小书:《湖畔诗集》和王统照底《一叶》。"[②] 20年代前期进入济南第一师范的臧克家,在学校里就读了《呐喊》《彷徨》《女神》《三叶集》《茑萝集》《寄小读者》《昨日之歌》《北游及其他》《蕙的风》等新文学书籍,以及《创造月刊》《创造季刊》《创造日》《洪水》《语丝》《北新》《莽原》《浅草》《沉钟》等新文学杂志。臧克家后来回忆说:"我不但喜欢读文艺书刊,而且对于有名的新文艺作家,羡慕而又崇拜,特别是大诗人郭沫若更使我奉若神明,五体投地。他的许多名篇,当时都能背诵,爱情长诗《瓶》里的句子……(中略)使青春之火正炽烈的我,从内心里起了共鸣。"[③] 周而复追忆他在中学读书时的情形说:"图书馆里也收藏'五四运动'以来的新文学书籍。我贪婪地读着图书馆的藏书,因为好不容易才进学校,读书就十分勤奋。我借阅第一本新文学小说是郁达夫的《沉沦》,第一本诗集是胡适的《尝试集》,经常看《语丝》,特别爱读鲁迅的杂文。阅读新文学作品和外国文学名著多了,我的兴趣便从美术转到文学方面去了,没料到以后竟然成了作家。"[④]

30年代的一些学校调查也表明,大部分中学生还是喜欢阅读新式小说和新式文艺刊物,而并不喜欢读国故。自1930年底至1931年6月,燕京大学张官

---

① 丁玲:《到长沙》,邓九平主编:《文化名人忆学生时代》上册,第336—337页。
② 胡风:《理想主义者时代的回忆》,郑振铎、傅东华编:《我与文学》,上海:生活书店,1934年,第261页。
③ 臧克家:《新潮澎湃正青年》,邓九平主编:《文化名人忆学生时代》上册,第423页。
④ 周而复:《在贫困中成长》,邓九平主编:《文化名人忆学生时代》上册,第96—97页。

廉对中国南北各地几所中学的近两千名中学生进行调查，其中一项是让被调查的中学生填写喜读之小说，统计的结果是："如果按新旧小说来分，男生中旧小说在一百三十二种中只占十六，新小说竟占了一百一十六种；女生的八十三种之中新小说亦占了七十四种，旧小说只有九种。"调查结果还进一步显示，中学生喜爱的小说若按类别而言，则是"爱情、革命、普罗最为普及"①。这说明了中学生群体对于新文学时潮的充分感应和及时吸收。据1936年对厦门地区5所中学问卷调查的结果，男生喜爱的依次是侦探小说（33.3%）、民族小说（15.2%）、普罗小说（14.2%）、传记小说（10.0%）、恋爱小说（10.0%）、戏剧（7.5%）、游记小说（5.5%）、译文小说（3.6%），女生喜欢的依次是侦探小说（30.1%）、戏剧（17.0%）、民族小说（12.1%）、恋爱小说（12.1%）、游记小说（8.8%）、传记小说（6.9%）、译文小说（6.8%）、普罗小说（5.8%）。②虽然通俗小说（侦探小说）的比重最大，但新文学小说（普罗小说、民族小说等）和戏剧的比重也不低。

从30年代市面上充斥的大量"国文补充读本""学生自修读本"之类名目的文学选本也可看出新文学阅读在中学生群体中的活跃程度。比如上海听涛社编选的《中学文学读本》丛书，包括《小品文甲选》《小说甲选》《散文甲选》等，于1930—1931年间初版，多次再版和改版，是一套发行量很可观的新文学选本。洪超编的《中学生文学读本》（上海中学生书局1932年5月初版）全书共六册，分为散文集、应用文集、小品文集、创作小说集、翻译小说集、诗歌戏曲集。它"广收当代著名作家的代表作"③。北新书局在1934年左右推出《中学国语补充读本》丛书，包括石民所编《诗选》、赵景深所编《现代小品文选》、陶秋英编《小品文选》、姜亮夫编《现代游记选》、赵景深编《现代诗选》、姜亮夫编《现代散文选》、胡云翼编《现代戏剧》等16种，其中大多属于新文学选本。上海中学生书局在30年代初期出版了大型的"中学生丛书"（约30种），其中包括《中学生文学》《中学生日记》《中学生游记》《中学生书信》《中学生小品》《中学生小说》《中学生诗歌》《中学生戏剧》《中学生随笔》等等，都是筛选新文学作品供给中学生课外阅读的。除了上述

---

① 张官廉：《中国中学生心理态度之研究》，北平：燕京大学，1932年，第24、33页。

② 钟鲁斋：《中学男女学生心理倾向差异的调查与研究》，李文海主编：《民国时期社会调查丛编·文教事业卷》，第573—575页。

③ 参见许寿民主编的《中学生创作丛书第十二册·塞外》（上海中学生书局1932年版）一书所附的《中学生文学读本》广告页。

这些规模和发行量较大的丛书外，市场上还出现了孙席珍编选的《现代中国散文选》（北平人文书店 1935 年）、王梅痕编的四册《中华现代文学选》（中华书局 1935 年）、《1934 年小说年选》（上海开华书局 1935 年）、朱益才编的《当代创作小说选》（上海经纬书局 1937 年）、邵荃麟等选注的"中学略读文库"（桂林文化供应社 1942 年）等等主要面向中学生读者的新文学出版物。

除了选本，中学生的课外读物中包含了不少新文学家的个人选集甚至是"全集"。新文学作家的个人选集在三四十年代就出版了不少，总数约在 120 种以上[1]，而且大多是廉价的盗版书，基本上都是为包括中学生在内的贫穷的文学青年们准备的。比如大公书局出版的《冰心杰作选》《郭沫若杰作选》等，上海大中华书局出版的《鲁迅杰作集》《郭沫若杰作集》等等，封面都标注有"中学生之课外优秀读物""中学生课余读物"之类。当时的出版商为了迎合青年读者对于某些知名新文学家的追捧，从中牟利，还尽力搜集这些作家的作品和文章，汇编成所谓的"全集"出版。当时有幸获得出版"全集"资格的是郁达夫、冰心和郭沫若这三人。《达夫全集》包括《寒灰集》《鸡肋集》《过去集》《奇零集》《敝帚集》《薇蕨集》《断残集》，共七卷。冰心先后有上海合成书店出版的《冰心女士全集》（1930）、新新书局出版的《冰心全集》等，都是不法商人炮制的盗版书。1932 年，北新书局获得冰心授权，正式出版了三卷本的《冰心全集》。上海新文化书局于 1931 年开始推出《郭沫若全集》，但出版了三卷之后即终止。上述这些"全集"都曾是民国中学生们追捧的对象。中学生文学读物中出现大量盗版、翻版的作家个人选集甚至是"全集"，这种现象说明民国中学生们已不止于零碎地和随机地接触新文学作品，而是能集中和系统、深入地阅读并了解他们喜爱的作家。另外，在中学生课外阅读的另一大品种——学生杂志（如《学生杂志》《中学生》）上面，也登载有大量新文学作家的作品供学生阅读。

新文学日益在民国中学生的课外阅读中占据重要甚至是主要的位置，这一点大概毋庸怀疑，那么中学生们阅读的又主要是哪些新文学篇目呢？民国时期的一些调查资料也许能够告诉我们一些信息。1929 年秋至 1932 年春，吴榆珍用两年多时间调查了北京一女子中学学生的课外生活情况，发现她们最爱看的小说包括《福尔摩斯侦探案》《屠场》《石炭王》等翻译小说和老舍的《赵子曰》、苏雪林的《棘心》、茅盾的《虹》、老舍的《二马》。她们看过的文学杂

---

[1] 参见罗执廷：《民国时期的新文学作家选集出版》，《现代中国文化与文学》第 15 辑，2015 年 5 月。

志则有《小说月报》《小说世界》《新月》。她们对于新文学的评价有"（小说里）理想的生活有意思"、"《赵子曰》描写的社会情形有意思极了"，等等。①据陈表在1930年对上海劳动大学附属中学153位学生（年龄从14岁到20岁）的随机调查，在其文艺类读物中，新文学类作品有142种，占绝对多数，学生最爱读的依次是《爱的教育》《石炭王》《给青年的十二封信》《呐喊》《彷徨》《屠场》《我的幼年》《灰色马》《野草》《痴人之爱》《赤恋》《小小十年》《苦闷的象征》《少年维特之烦恼》《母与子》《父与子》《血痕》《苔莉》《动摇》《落叶》《橄榄》《出了象牙之塔》《寄小读者》《幻灭》《沉沦》《新俄学生日记》《工人绥惠略夫》，而文艺理论类则有《新文艺概论》《生活与文学》《给志在文艺者》《中国白话文学史》《文学与革命》《近代文艺十讲》《欧洲文艺思潮论》《新诗作法》等。调查者得出的结论是"爱读之最高次数为18，每人平均竟有4本之多，可知文艺读物之普遍性，在中学时期表现得很显著的"；而"从数量比较起来，爱读新文学为最多，旧文学次之，文艺杂论又次之。这的确是时代思潮所演成必然的趋势"。②从这些书目看，学生最爱读的六种书中除了《呐喊》《彷徨》还有翻译的《石炭王》《屠场》这两部"普罗文学的名著"。

另据纪燕在1933—1936年间对北平私立志成中学初中一年级学生（年龄13至18岁）连续三年的调查，新文学类作品中阅读率较高的包括《冰心全集》《寄小读者》《超人》《老张的哲学》《赵子曰》，还有《鲁迅全集》《现代小品文选》《冲出云围的月亮》《最后的微笑》《灭亡》《电》《雾》《尝试集》《南归》《春蚕》《彷徨》等，冰心和老舍是较受欢迎的两位作家，巴金的作品入选也较多，蒋光慈的"革命文学"也颇受欢迎。杂志类则包括《论语》《中学生》《太白》《小说世界》《新月》《小说月报》《文学月刊》等。③而据广雅中学校刊《广雅的一日》的调查和统计，在1937年4月20日这一天，学生会内设的阅览室中，"文艺会"小组借出的书主要有《国防文学论》《速写与随笔》《我的文学修养》《电》《绿叶底故事》《文学与生活》《短篇佳作集》《日出》《八月的乡村》《怎样从事文艺修养》《给初学写作者的一封信》《苏

---

① 吴榆珍：《一个女子中学的课外生活》，李文海主编：《民国时期社会调查丛编·文教事业卷》，第663—666页。

② 陈表：《中学生读物问题之实际探讨》，李文海主编：《民国时期社会调查丛编（二编）·文教事业卷（四）》，福州：福建教育出版社，2014年，第269—273页。

③ 纪燕：《初中课外读物问题研究》，李文海主编：《民国时期社会调查丛编（二编）·文教事业卷（四）》，第293—303页。

俄作家的创作经验》《文艺笔谈》《创作的准备》。① 据此信息看，广雅学生文艺团体的成员们对《八月的乡村》这样的"国防文学"时潮是很关注的，而"创作经验""创作的准备"这类图书也表明了学生们对于文学的抱负。1948年，张存拙对其所教的上海某校高一高二两年级课外阅读情况进行调查后发现：高一学生爱读的除《三国演义》《古文观止》《爱的教育》等古代和外国名著外，还包括《家》《春》《秋》《阿Q正传》等新文学名作，他们还打算进一步读鲁迅、巴金作品；高二学生爱读的书则包括《阿Q正传》《且介亭杂文》《秋夜》《子夜》《老张的哲学》《小坡的生日》《家》《春》《秋》《灭亡》《新生》《腐蚀》，打算读的还有《骆驼祥子》《雷雨》《日出》等。②

在抗战之前的二三十年代之交，美蒂在北平教课时给中学生的问卷测验，"都是回答中国的文学家当中最佩服的是（郭）沫若"③。抗战时期，国立十三中④的国文教员李树声对该校初中二年级的158个学生进行了问卷调查，发现在文言作品和白话作品二者中，喜欢前者的占不到23%，喜欢语体作品的占77%强；在小说、小品文、诗词、记叙文、说明文、议论文、杂感及应用文几项中，喜欢读诗词的最多，有58人，小品文次之，有57人，小说又次之，55人；关于杂志，爱看文艺性质杂志的有117人，社会科学的有44人，自然科学的仅32人；他们最崇拜的现代作家中，崇拜巴金的人数最多，共78人，超过崇拜鲁迅、茅盾、冰心的人数。李树声对中学生们更崇拜巴金而不是鲁迅作了如下解释："（一）鲁迅的作品，描写得过于深刻，初中学生的生活经验浅薄，自然难于了解，对他的作品，不能了解，自然也就引不起崇敬之念了。反之巴金却不然，他处处在替年轻人说话，并且把他的勇气、热情，充分地放散在他的作品里，这勇气与热情，正是青年们渴求的东西；他站在时代的前面，针对着时代，给年轻的人们寻找出路，这也是青年们趋之若鹜的原因。（二）又因他的作品，是激情迸发而成的，所以行文极其流畅。青年们读了他的书，自然觉得亲切有味了。"⑤ 李树声的解释只注意到了学生的年龄、心理特征及

---

① 广东省立广雅中学学生自治会编：《广雅的一日》，1937年，第8—9页。
② 张存拙：《中学国文教材的改进和社会本位文化》，《国文月刊》第74期，1948年12月。
③ 美蒂：《郭沫若印象记》，黄人影编：《文坛印象记》，上海：乐华图书公司，1932年，第41页。
④ 该校于1939年9月奉令筹办，建校于江西吉安附近，收容江西、江苏、浙江、安徽、湖北等战区学生。
⑤ 李树声：《初中学生国文学习心理之研究》，《国立十三中学校刊》1941年第1期。

作家的风格，似乎忽略了时代流行性因素。结合本节开头丁玲、臧克家等人的回忆来看，从鲁迅、冰心、郭沫若到蒋光慈、巴金、老舍，中学生们的课外阅读兴趣大致有一个时代性的转移，基本上都是在追随当时文坛上风头正健的作家。

从中学生自己购备的书籍也可管窥他们与新文学的接触情况。据1931年的调查，山东栖霞县立初级中学初二学生自备的课外读物有胡适译《短篇小说》，陈同月《神秘》《阿姊》，顾中雍《昨夜》，卢冀野《三弦》，胡也频《三个不统一的人物》，曹松雪《红桥集》，鲁迅《而已集》《野草》《彷徨》，陈学昭《寸草心》，潘光旦《冯小青》，许钦文《蝴蝶》，沈从文《阿丽思中国游记》，以及《睡美人》《鲁迅论》《月夜》《渺茫西南风》《国文作法》《新民前锋》《学生杂志》。① 这些书目中新文学占绝大比重，也并非都是鲁迅、冰心之类的名家之作，这说明当时初中学生接受新文学比较随机和零散，缺乏鉴别力和正确的引导。山东省招远县立初级中学初二年级学生自备的书籍也以新文学为主，计有郭沫若《橄榄》，郁达夫《日记九种》，徐志摩《落叶》，蒋光慈《少年飘泊者》《丽莎的哀怨》，老舍《老张的哲学》《赵子曰》，以及《草枕》《水浒》《冰心女士全集》《少年维特之烦恼》《思想·山水·人物》《心印集》《钱魔》《茶花女》《婚姻镜》《新生》《世界文学大纲》《黄昏》《老残游记》《嫚娜》《红楼梦》《呐喊》《尝试集》《文学研究法》《语体文应用文作法》。② 山东省立第五中学三个初三班和一个高一班学生自备书刊情况如下：《爱的教育》52册、《中学生》42册、《蚀》33册、《稻草人》29册、《海滨故人》29册、《超人》28册、《风先生和雨太太》25册、《给青年的十二封信》25册、《寄小读者》25册、《木偶奇遇记》24册、《虹》24册、《夜莺》24册、《雪后》23册、《文章作法》22册、《（孙）中山全集》21册、《三民主义问答》20册、《现代学生杂志》19册、《给小朋友们的信》19册、胡适译《短篇小说》18册、《三公文》18册、《两条腿》18册、《两条血痕》17册、《落叶》17册、《月的话》17册、《伊索寓言》17册、《芥川龙之介集》16册、《雪人》16册、《呐喊》15册、《中学生文艺》15册、《母亲的故事》15册、《爱罗先珂童话集》14册、《莫泊桑短篇小说集》14册、《再和我接个吻》14册、《妈妈的故事》14册、《法国短篇小说》13册、《妇女杂志》13册、《建国方略》12册、《东方杂志》12册、《彷徨》11册、《暴风雨之夜》11册、《三国

---

① 山东省政府教育厅编：《山东省县私立中等学校国文教学概况》，第636—637页。
② 同上，第542页。

志》10册、《爱与仇》10册、《菊池宽集》10册、《少年杂志》10册、《女神》9册、《金河王》9册、《现代文学》9册、《白猫》9册、《不平衡的偶力》8册、《三个叛逆的女性》8册、《橄榄》8册、《现代小说》8册、《石炭王》8册、《红楼梦》6册、《野草》6册、《自杀日记》6册、《水浒》6册、《恋爱之路》6册、《阿丽思漫游奇境记》6册、《西部无战事》6册、《一个青年的梦》5册、《春潮》5册、《山野掇拾》5册、《空大鼓》4册、《鸡肋集》4册、《谈虎集》4册,《郭沫若小说戏曲集》3册,另有《达夫全集》《(叶)灵凤全集》《棘心》《而已集》《山中杂记》等零星的书。① 从学生自有书刊的情况看,文学类书刊占了绝大部分,其中又以新文学和翻译文学为多。

中学生的课外阅读难免有被社会上的文学潮流或阅读风气左右的情况。有时候,某些中学生的阅读趣味会偏于低级庸俗的新文艺类型。1928 年时徐培仁抨击文坛粗制滥造迎合市场的恋爱小说:"这些五花八门的小说仿佛是无数的磁石,把一般苦学生袋中买花生米省下的几个零用钱,都用力的(地)吸收进去,然而结果,只使他们脑里留下一个乏味、消沉的印象。他们没有多大的辨别力,一看了关于恋爱的书就倾囊倒箧的(地)买,拼命的(地)买,于是乎作家写恋爱文,老板卖恋爱稿,只要讲恋爱,大家就满意。"② 1931 年,山东一位国文教员描述了他观察到的现象:"试看目下多数的初中学生,喜欢看的是时下流行的浅薄文艺(?)作品,小说呀?戏剧呀!又太半是爱情的,于是成为风尚,假使教员不讲文艺,他马上说你腐败,甚而至于记得几个新名词的,他还要要求你讲什么普罗文学、革命文学……"③ 山东省立第八中学的国文教员阎承裕说:"学生课外阅读十之八九是文艺,尤其是内容关于恋爱方面的文艺——在青年时代所最乐读的读物,当然就是恋爱的小说、诗歌、戏剧……"④ 山东高密县立初级中学的国文教员也有形象的描述:"现在学生自备之读物、学生最爱阅者为语体小说,而新小说之谈爱者十居八九,凡阅时一见教员辄纳诸袖中或藏之他处者,必是此种出版物。"⑤

但也还有许多胸怀大志、思想比较成熟的中学生,他们并不沉迷于庸俗的恋爱文艺,而是偏爱反映社会现实问题和具有进步思想的新文学。1923 年,

---

① 山东省政府教育厅编:《山东省县私立中等学校国文教学概况》,第 281—284 页。
② 徐培仁:《编者的几句话》,《中国近代短篇小说杰作集》,上海:三民公司,1928 年。
③ 山东省政府教育厅编:《山东省县私立中等学校国文教学概况》,第 222—223 页。
④ 同上,第 316 页。
⑤ 同上,第 493—494 页。

李长之开始上初中,通过借阅同学的《呐喊》而开始接受鲁迅的影响。李长之还说自己"不但思想,就是文字,有时也有意无意间有着鲁迅的影子",而这种影响在其他同学身上也可以见到。李长之回忆到:"我记得,有位姓郭的朋友,因为读鲁迅的文章,而感到社会的不满太多了,曾主张过要提倡'怒的文学',终至于在一个期间作了精神病患者。还有位姓沈的朋友,性子是和平些的,但对社会也仿佛感慨甚深,一遇见事情,每每有他锐利的冷然的观察,这结果就使各处对他也不满起来了,他赚下的,乃是'苦闷'和'牢骚'。根源呢,是因为他常读鲁迅的杂感。这都是中学卒业前后的事,大家不过是十六七岁的孩子。"① 吴天石在大革命时代读中学,当亲眼看到所谓"国民革命军"第十七军曹万顺部在南通闹饷哗变,到处奸淫掳掠之后,便发生了很大的怀疑:"这就是革命的军队吗?这和军阀的队伍有什么两样呢?"这一个疑问还没有得到解答,"四·一二"又接踵而来。眼看原先所敬佩的同学纷纷被捕或被迫逃亡,而原先所憎恨的一度销声匿迹的土豪劣绅又大模大样地出来张牙舞爪,吴天石陷入深深的失望与迷茫,"弄不懂究竟是什么一回事"。"当时的青年都喜欢阅读新文艺书籍,于是我也来找文艺书读,想从这里面找到答案。"就这样,吴天石开始翻读了一些老师们认为危险的普罗文艺,那上面描写着工人农民怎样斗争,军阀地主怎样勾结帝国主义者屠杀反抗者。吴天石感到普罗文艺中有些地方的描写和现实中发生的事情"有些近似",于是发生兴趣了,"就专门找寻这一类的书读"。② 张毕来则回忆说,他在1929年进中学后"在课外接触的东西比在课内学的东西多得多。《红楼梦》《水浒传》《西厢记》之类的书不消说,还杂七杂八的(地)看了好些古东西和新东西。'新东西',主要就是刚才说过的'左联'以及有关书刊。这一点很得力于另一个老师的正确引导。"③ 江苏高邮初中一位学生自述了他与文艺结缘的情况:"……我偶然在图书馆里拣到一本周全平的《梦里的微笑》……当时我沐着黄昏的阳光,一页一页的(地)读下去,我忘记了一切,也被一切所遗忘;只是随着那低回的、凄迷的、悲壮的情调而飘荡,它挑动着我,鼓舞着我。这一方面引起我读文艺书籍的兴趣,一方面也使我对于环境和社会有了自觉。"④ 后来他又迷上

---

① 李长之:《后记》,《鲁迅批判》,北京:北京出版社,2003年,第163—165页。
② 吴天石:《文艺作品给我的教育》,吴天石:《漫谈国文教学》,北京:中华书局,1954年,第41—43页。
③ 张毕来:《语文分科教学回忆》,刘国正主编:《我和语文教学》,第128—129页。
④ 天鹰:《我与文艺》,《中学生文艺季刊》1935年秋季号。

了巴金的《灭亡》，鲁迅、丁玲、茅盾也曾占领过他精神的一个时期。

当时的中学生们不仅仅是阅读新文学书籍，而且还会写新文学书评并发表出来，这足以表明他们对于新文学的接受是一种深度接受——研究式的接受。从中学生们的那些书评文章里，我们常常能感受到他们对某些新文学作品的热爱以及理解的深度。一般地说，他们的评论并非只是感官印象式的，而是往往具有较强的分析能力和审美眼光。比如某学生对于闻一多的诗集《红烛》和《死水》的分析和评论就很有点"专业"性水准。该生认为，从诗作"很可看出一多先生对于社会，对于政治和平民生活，都是极其注意，并不是那一类写爱写情的诗人，这是与徐志摩先生大不同之点"；从诗作也"可看出一多先生是一位爱国正直的诗人，性情是柔和中带刚毅"，"作者的理想是很高，意志亦非常坚强，不随波逐流，对于各方面均抱有不平"。该生还以《死水》为例子，具体分析了闻一多在用字清晰、词语的魄力、文字的美、喜用凄苦或激烈的词语、富于热情和想像（象）等优点，同时也指出闻诗中有些句子类乎散文，缺乏音乐性，以及粗俗字使用的不当等问题。① 开明书店主办的《中学生文艺季刊》设有"读书录"栏目，发表中学生的读书评论，其中大部分都是关于新文学的。能作为书评对象的一定都是中学生们深入细读过而且还读出了体会的，从中可以看出当时中学生们接受新文学的趣味和倾向。《中学生文艺季刊》"读书录"栏目发表过三篇有关臧克家诗集《罪恶的黑手》的书评②，这三篇书评都将《罪恶的黑手》与臧克家的另一诗集《烙印》进行比较分析，一致肯定前者比后者在反映社会现实（农村破产、帝国主义掠夺等）的深度上更前进了一步。"读书录"栏目中还发表过关于曹禺的《雷雨》《日出》，萧红的《生死场》，萧军的《八月的乡村》《羊》，茅盾的《路》，叶紫的《丰收》，蹇先艾的《城下集》，巴金的《长生塔》《雨》，朱自清的《欧游杂记》，茅盾的《创作的准备》，朱光潜的《谈美》，丰子恺的《缘缘堂随笔》，沈从文的《从文自传》《八骏图》，舒群的《没有祖国的孩子》，以及《东北作家近作集》等的书评。书评者们认为茅盾的《路》使读者"对现社会得进一层的了

---

① 逸仙：《读闻一多君诗集后的分析》，山东省立第三中学学生自治会编辑委员会编：《三中》创刊号，1931年。
② 冰夷的《臧克家的〈罪恶的黑手〉》，发表于《中学生文艺季刊》1935年秋季号，吴青的《〈罪恶的黑手〉》和张文麟的《〈罪恶的黑手〉》，均发表于《中学生文艺季刊》1935年冬季号。

解"①，塞先艾"处处尽力在揭破现实社会黑暗的一面"②，叶紫的《丰收》"暴露出目前畸形的现实"③，认为萧军的六个短篇"差不多都是描写社会各个角落里，挣扎在生活线上的可怜虫们！"④ 有的书评者认为舒群的《没有祖国的孩子》集子中的九个作品大多是"国防文学"，"都是作者用了怀恋祖国的热情，用了充满东北同胞的血泪和呻吟的笔，在纸上描的画幅"⑤。评论《雨》的学生则说："巴金先生就是看到了中国社会的黑暗，所以他要想竭力揭穿这黑暗，好使它透出些光明来。"⑥ 书评人对于《东北作家近作集》的看法则是："它们是以'失去的土地'做背景"的"国防文学"和"民族革命战争的大众文学"⑦。从这些中学生们选择的书评对象和评论用语就可以看出他们的文学阅读方向：特别关注和喜爱那些深入揭示了社会现实问题的作品。相反，对于那些不关心社会现实的、带消极、休闲趣味的新文学类型，许多中学生都表示了厌弃的态度。上海新陆师范学生沈渭源在谈到如何选择和阅读文艺作品时，对当时文坛和市场上流行的"《袁中郎全集》等性灵派的东西"大加批判："文学是社会现象的一种，是上层意识形态的表现。新时代的新文学是在新群众底社会的实践上产生出来的。（而）这种性灵派神韵派的东西，实在是艺术至上主义，麻醉爱好文学的青年大众，（把他们）引到隔离现实社会的'象牙塔'里去，这种作品，我们决不能无条件地吸收。"⑧ 而在江苏省立南通中学，学生徐陬也热切地关注着左联刊物《文学月报》，认为"这一种杂志保持着可贵的真理态度，发表着新颖的理论与各种形式下的文学作品"，"读了她，我们可以鉴赏到一种新的风格，我们可以认识到一种新文学奔放底体相以及它底社会立场。"徐陬又认为，施蛰存主编的《现代》杂志虽然"也有相似的好处"，但"没有前一种（指《文学月报》）底出发点来得正确"⑨。这是分明地倾向于左翼文艺。显然，层出不穷的社会问题、国家和民族的危难，让有志青年们的阅读趣味更偏于严肃的文艺，尤其是那种表现出社会、政治关怀的作品。

---

① 杨晓峰：《读〈路〉后记》，《中学生文艺季刊》1936 年夏季号。
② 成一：《〈城下集〉》，《中学生文艺季刊》1936 年秋季号。
③ 茉子：《读叶紫的〈丰收〉》，《中学生文艺季刊》1936 年秋季号。
④ 张帆：《〈羊〉》，《中学生文艺季刊》1936 年秋季号。
⑤ 夏煦：《读舒群的〈没有祖国的孩子〉》，《中学生文艺季刊》1937 年春季号。
⑥ 邢国华：《读〈雨〉后记》，《中学生文艺季刊》1936 年春季号。
⑦ 麦若鹏：《〈东北作家近作集〉读后记》，《中学生文艺季刊》第 8 期，1936 年冬季号。
⑧ 沈渭源：《怎样阅读文艺作品》，《中学生文艺季刊》第 8 期，1936 年冬季号。
⑨ 徐陬：《三种杂志》，《江苏省立南通中学校刊》（民国）二十一年度第 4 期（文艺专号），1932 年。

1947年，李广田在谈到当时中学生所以喜爱文艺的原因时指出了两点：其一是中学生感情胜于理智，文艺作品是以感性的形象诉之于读者的感情，所以最对中学生的脾胃；其二，这一点最重要，是时代的原因，"因为我们这个时代是一个最痛苦的时代……今天的中学生，虽然是小小的年纪，却也不能不为了这些事而操心了。一大堆问题摆在他们面前，就是他们的事事物物也无不刺激他们，使他们陷于苦恼之中，这情形，也就促使他们更爱好了文艺，因为暴露黑暗的文艺既可以替他们泄愤，而指示光明的文艺更可以点燃他们的希望，他们的灵魂不但在文艺中得到了慰藉，而且也在文艺中得到了支持"①。从他这番话我们可以想见，内战时期的中学生们最爱读的是"暴露黑暗"和"指示光明"的新文学。

　　总之，从学生实际的阅读情况看，偏于时代性和社会性内容的新文学都是最受关注的。当时的中学生们通过国文教育和自己的阅读也大体接受或形成了"反映时代""反映社会现实""反映人民疾苦"之类的文学价值观。如一位叫徐诚莹的学生撰文《文学与时代》，不仅强调"文学是时代底反映""文学是时代的产物"，还主张："我以为有价值底文学，是永远站在时代底前面，领导着时代，创造着时代底文学呵！"② 一位名叫余道真的中学女生也认为："文学是时代思潮的结晶，每一个时代都有他的特殊情调和特殊色彩，凡能把这时代的情调和色彩尽情地描写出来的，便是不朽的文学。"她还认为，"在民不聊生，政治纷乱的时候是不会有幽闲静穆的笑的文学产生的"③。另一位中学生则在革命文学的潮流中撰文《革命文学与平民文学》说："凡是平民文学必须要革命化，才能算真正的平民文学。同样，革命文学也必须要平民化，才能算真正的革命文学。""革命文学是要描写民间所受帝国主义、军阀、贪官、污吏、土豪、劣绅等的压迫和痛苦，以唤醒多数民众，使他们觉悟本身的痛苦，而起来从事于革命的工作"，"真正的平民文学乃是真实的，痛切的，出于平民自己的呼号和要求的革命文学。"所以，"真正的平民文学，必须取革命文学的内容和精神，而真正的革命文学也必须取平民文学的形式和精神"④。另一学生则撰文《小言战争文学》，在梳理了古今中外的主战文学与非战文学及各自

---

① 李广田：《中学生与文艺》，《中学生》第186期，1947年4月。
② 《学生文艺丛刊第五卷汇编》，上海：大东书局，1929年。
③ 余道真：《文学中的笑与泪》，广州真光中学学生自治会编：《真光》第2卷第1号，1932年1月。
④ 汪蔚云：《革命文学与平民文学》，《学生文艺丛刊》第6卷第1集，1930年3月。

主张后说:"在今日,我们需要战争文学:需要战争文学做成我们攻敌的大炮,需要战争文学做我们革命战线中的利器,需要战争文学把革命战争的情绪灌输到每个弱小民族及一切被压迫者的精灵里,需要战争文学把每个弱小民族及一切被压迫阶级都鼓励起革命战争的情绪。"① 由这些学生言论和主张,可以明显地看出当时的社会动向和新文学时潮对中学生群体的强大影响力。

二、书目指导、图书条件与新文学接受

在谈论民国中学生课外阅读与新文学的关系时我们不能不注意到新式教育培养出来的国文教师的引导作用。贾植芳刚上中学时原本迷恋《水浒》《西游记》《薛仁贵征东》《罗通扫北》《大八义》《小五义》之类的武侠神怪小说,但到初中二年级时,来了一位北师大毕业的国文教师杜先生,他指导学生看新文学作品《呐喊》《彷徨》《女神》《少年飘泊者》《灭亡》《飞絮》《苔莉》《短裤党》《胡适文存》《陈独秀文存》以及外国翻译文学,介绍马列主义的政治读物。② 正是由于这位国文教师的引导,贾植芳转而爱上了新文学。另一位初中生说,其国文教师蒙沙先生"是一位道地的新文学的爱好者兼作家",常常介绍些文艺书叫学生们读,"记得第一部读的是鲁迅的《二心集》,接着《朝花夕拾》,巴金的《灭亡》《家》,沙汀,叶绍钧的《倪焕之》等等,也都一一读过了,对文学的爱好,就此正式奠下了根基"。③ 再以1931年山东临淄县立初中某年轻国文教员为例,他"就自己曾经看过的书"给学生们开出了一份课外阅读的书单:郁达夫《文学概论》、赵景深《中国文学小史》、鲁迅《中国小说史略》、高语罕《国文作法》、郁达夫《小说论》、马彦祥《戏剧概论》,以及《达夫代表作》《沫若小说戏曲集》《呐喊》《彷徨》《鸭绿江上》《迷羊》;夏丏尊译《爱的教育》《续爱的教育》,沈从文《阿丽思中国游记》,叶绍钧《稻草人》,鲁迅译《桃色的云》,韦丛芜译《睡美人》,鲁迅译《一个青年的梦》,郭沫若译《茵梦湖》,赵景深译《月的话》,张资平《爱力圈外》,鲁迅译《爱罗先珂童话集》,徐调孚《木偶奇遇记》,谢颂羔译《金河王》,冰心《超人》,创造社编《辛夷集》,胡适译《短篇小说集》,郁达夫《日记九种》,陈学昭《烟波伴侣》,以及《背影》《自己的园地》《雨天的书》《而已

---

① 徐敬文:《小言战争文学》,《学生文艺丛刊》第7卷第9集,1933年。
② 贾植芳:《我的读书记》,邓九平主编:《文化名人忆学生时代》下册,第129页。
③ 草甫:《我与文学》,《中学生文艺季刊》1936年春季号。

集》《华盖集》《热风》《西滢闲话》《君山》《尝试集》《光慈诗选》《沫若诗集》《龙山梦痕》《谈龙集》《谈虎集》……①如果这位国文教师所说"自己曾经看过"属实的话,那他的新文学阅读量实在惊人。

1931年,山东省教育厅对全省中等学校国文教学概况进行了问卷调查,其中要求国文教员回答他们指定给学生的"必不可少的几种课外读物"的情况。根据问卷反馈,省立第一师范初中国文教员张弘远开出的书目是:《北新杂志》《新月杂志》《东方杂志》《小说月报》《现代学生》《国文周报》《大公报副刊》。②同校教员王仿成开的书单是:《小说月报》《东方杂志》《现代学生》《呐喊》《彷徨》《寄小读者》《倪焕之》《蚀》《虹》《文章作法》。③基本都是新文学类。省立第四师范国文教师开的书目为:第一学年——《老残游记》《儒林外史》《水浒传》《托尔斯泰短篇小说集》《契诃夫短篇小说集》《寄小读者》《超人》《橄榄》《短篇小说集》《爱罗先珂童话集》《尝试集》;第二学年——《倪焕之》《呐喊》《彷徨》《达夫代表作》《域外小说集》《少年维特之烦恼》《易卜生集》《莫泊桑短篇小说集》,以及《镜花缘》《红楼梦》《陶渊明诗》《唐宋八大家文章》等古籍;第三学年主要是古籍和学术著作。④省立第一女子师范国文教员张厌如开给初二学生的书目包括《学生杂志》《妇女杂志》《申报》《大公报》这几种报刊,和《少年维特之烦恼》《茶花女》《哈孟雷特》等翻译作品以及《呐喊》《火灾与隔膜》《超人》《空山灵雨》《玄武湖之秋》《死人的叹息》《繁星》《圣母像前》《志摩的诗》《三个叛逆的女性》等新文学。⑤省立第三乡村师范教师开给初一学生的读物中新文学和翻译文学占绝大部分,包括《稻草人》《倪焕之》《寄小读者》《呐喊》《龙山梦痕》《伏园游记》《女神》《山野掇拾》《一只马蜂》《踪迹》《超人》。⑥省立第四乡村师范教员姜鸿儒开出的书目为:第一学年——冰心《超人》,苏雪林《绿天》,叶绍钧《火灾》《隔膜》,鲁迅《热风》,冰心《往事》,胡适译《短篇小说》,徐蔚南《佉傻》,《伏园游记》,孙伏熙《山野拾掇》,许地山《空山灵雨》,以及《寄小读者》《呐喊》《彷徨》《西滢闲话》等;第二学年——《现代中国小说选》《现代中国散文选》《国语文类选》《华盖集》《自己的园

---

① 参见山东省政府教育厅编:《山东省县私立中等学校国文教学概况》,第664页。
② 同上,第11页。
③ 同上,第13页。
④ 同上,第60—61页。
⑤ 同上,第96—97页。
⑥ 同上,第152—153页。

地》《畸零人日记》《国木田独步集》《爱的教育》《杜威五大演讲》《尝试集》《法国小说集》《蕙的风》《今古奇观》《上下古今谈》《胡适文存》《两条血痕》《三国志》《儿女英雄传》等。①

师范学校系统之外的普通中学的情形则如下：省立第一中学初一书目主要是翻译作品和新文学创作，包括《超人》《寄小读者》《谈虎集》《稻草人》等。初二年级书目包括《呐喊》《彷徨》《坟》《华盖集》《而已集》《自己的园地》《永日集》《倪焕之》《酒后》等。初三年级书目偏重翻译、古籍和学术，只有《田汉戏曲集》《东方创作集》《山河泪》《散文甲选》等少量新文学创作以及李何林编的《中国文艺论战》。②省立第二中学初三开列了很重分量的文艺类书目，包括《达夫全集》《梅岭之春》《超人》《春水》《沫若小说剧曲集》《隔膜》《女神》《圣母像前》《田汉戏剧集》《佛西戏剧集》《三个叛逆的女性》《现代中国文学作家》等。省立第四中学初一学生的课外书目为：《短篇小说》《火灾》《蔷薇之路》《赵先生的烦恼》《呐喊》《老残游记》《三国演义》《寄小读者》《超人》《隔膜》《海滨故人》《在黑暗中》《爱罗先珂童话集》《爱的教育》《上下古今谈》。③初二年级的书目包括《彷徨》《不平衡的偶力》《虹》《老张的哲学》《雨天的书》《达夫代表作》《蚀》《倪焕之》《赵子曰》。省立第八中学教员阎承裕给初一学生开的书目有《隔膜》《稻草人》《点滴》《蔷薇之路》《超人》《寄小读者》《呐喊》等。省立第六中学开给学生的书目偏重于古文，但亦有《呐喊》《彷徨》《给小读者》《超人》《隔膜》《蕙的风》《春水》《繁星》《尝试集》等。省立第九中学初一年级的书目为：《寄小读者》《往事》《超人》《火柴》《隔膜》《自己的园地》《雨天的书》《欧洲童话集》《山野掇拾》《草莽集》《爱罗先珂童话集》《西滢闲话》《桃色的云》《落叶》《短篇小说》。该校初二年级的指定书目为：《少年维特之烦恼》《复活》《达夫全集》《呐喊》《彷徨》《而已集》《虹》《新诗作法讲义》《小说论》《少年歌德之创造》《新时代》《三个叛逆的女性》《橄榄》《现代文学杂论》《青春的悲哀》等。④初三年级的书目则有《新文学概论》《欧洲近代文艺思潮论》《卷耳集》《中国诗选》《雪人》《戏剧汇刊》《城中》《工人绥惠略夫》《革命文学论》《现代小说译丛》《日本剧选》《达夫代表作》及

---

① 山东省政府教育厅编：《山东省县私立中等学校国文教学概况》，第163页。
② 同上，第188—191页。
③ 同上，第233页。
④ 同上，第366页。

"郭沫若译诗集及诗集"。① 山东省立第一女子中学的指定书目如下：第一学年——《寄小读者》《白话唐诗选》《水浒》《倪焕之》《冬夜》《托尔斯泰小说集》《板桥家书》《三国演义》《赵先生的烦恼》《咖啡店之一夜》《西游记》《儒林外史》《镜花缘》《草儿》；第二学年——《玉君》《自己的园地》《悭吝人》《外套》《阔人的孝道》《海上夫人》《复活》《易卜生集》《日本小说集译集》《契诃夫短篇小说集》《法国短篇小说集》等。②

就 1931 年山东全省中等学校国文教学调查情况来看，省立中学和师范学校的国文教员们明显对中国新文学了解较多，开给学生的课外书目中新文学类（含创作及理论批评）较多。相形之下，县立中学、私立中学的国文教员对新文学的兴趣要少一些。这种情况的出现，可能与省立中学或师范多位于大中城市或交通要道，书报流通较速，信息较及时有关，也可能与省立中学或师范国文教员学历较高、知识体系较新有关。当然，这只是就普遍情况而言，并不能涵盖所有的个案，比如寿光县立初级中学某国文教员，他开给学生的课外书目中就有较多新诗品种，如朱自清《雪朝》、徐玉诺《将来之花园》、冰心《繁星》、刘大白《旧梦》和《秋之泪》，对于鲁迅则列出了《华盖集》《华盖集续编》《呐喊》《彷徨》《热风》《中国小说史略》，此外还有李何林的《中国文艺论战》、梁实秋的《浪漫的与古典的》和《文学的纪律》等理论批评著作。③ 开出《中国文艺论战》《浪漫的与古典的》《文学的纪律》等如此"专"的书目，既说明了新式国文教师对于新文学的了解程度，也表明了他们向中学生传递新文学知识的积极性。

湖南私立明德中学校也对学生的课外阅读做出了明确的规定。其初中部的国文课程纲要中规定，第二学年的"略读"任务为："每生须就下列书籍或与其程度相当之书籍于课外选读一百六十万字以上，并须受教员之考查。"备选书目包括《孙中山演说集》《青年之路》《曾文正家书》《短篇小说》《点滴》《中国创作小说选》《东方创作集》《小说汇刊》《尝试集》《新诗年选》《剧本汇刊（第一集）》《新俄国游记》《短篇游记》等 15 种。第三学年的课外阅读任务为 180 万字以上，备选书目包括《三民主义》《建国方略》《梁任公讲演集》《胡适文存》《饮冰室自由书》《老残游记》《儒林外史》《托尔斯泰短篇小说集》《近代俄国小说集》《莫泊三小说集》《法兰西名家小说集》《现代戏

---

① 山东省政府教育厅编：《山东省县私立中等学校国文教学概况》，第 370 页。
② 同上，第 405—406 页。
③ 同上，第 600—601 页。

剧译丛》《中国短篇小说集》等21种。① 该校的高中国文必修课程的课外阅读字数要求更高，其中高一上学期的备选阅读书目主要是文学史和文学概论方面的，如《白话文学史》《欧洲文艺复兴史》《新文学概论》《文艺论集》《新文艺评论》《戏剧短论》《宋春舫论剧》《诗之研究》等，它们提供的还是与新文学密切相关的文学知识和理论。②

当时社会上和国文教员中当然有不少偏爱国故同时又轻视新文学的，但他们的保守思想常常遭到批评和抵制，对于中学生课外阅读的实际影响力并不大。1923年发生的"国学书目"之争即折射了当时知识界在指导青年课外阅读上的分歧和新文学的日渐得势。当时，胡适和梁启超分别开列了一个"最低限度"的国学书目，结果遭到了陈独秀、钱玄同、吴稚晖等多数人的猛烈抨击。吴稚晖以嘲讽的口气说，梁启超上了胡适"整理国故"和提倡国学的恶当，他俩开列的国学书目实属"鬼趣"，而照他俩那样整理起国故来，"不知要葬送多少青年哩"③。秉常则说："……去读那些下等的古籍，却不如看一看报纸杂志。这是'取其重，舍其轻；先其急，后其缓'的最平易的择书方法，也是最高贵、最正确的择书方法！"④ 为了矫正当时社会上的国故癖，周予同也开出了一份书单，包含"关于工具（书）方面的""关于学术思想方面的""关于文艺方面的"三大类，后两类中都包括了大量新文化界人士的著作（如《独秀文存》《胡适文存》）和新文学（包括外国文学翻译）的书目，如叶绍钧的小说集《隔膜》、鲁迅译《爱罗先珂童话集》等。⑤ 朱经农则主张初中学生课外阅读应以现代文学为主："略读的资料，就是各种文学作品，尤重近人著作。……初中略读的资料分'散文选本'、小说、戏剧诸类。"⑥ 鉴于当时知识界的某种国故倾向，鲁迅也针锋相对地提出青年学生最好"少读竟或不读

---

① 《初中国文课程纲要》，明德中学校校长办公室编辑：《湖南私立明德中学校一览》，1930年，第100—102页。
② 《高中国文必修科课程纲要》，明德中学校校长办公室编辑：《湖南私立明德中学校一览》，第48页。
③ 吴稚晖：《箴洋八股化之理学·附注》，张君劢等著：《科学与人生观》，合肥：黄山书社，2008年，第301页。
④ 秉常：《中等学生对于课外读书应该怎样？》，《学生杂志》第13卷第1号，1926年1月。
⑤ 周予同：《中学国文学习法之商榷》，《学生杂志》第10卷第6号，1923年6月。
⑥ 朱经农：《对于初中国语课程的讨论》，光华大学教育系、国文系编：《中学国文教学论丛》，第9—10页。

古书"①。

事实上，某些国文教员的经验也证实了向中学生推销国学与古书的不成功。阮真说："我起初教旧制师范四五年级，指导学生课外阅读的书是《论语》、《孟子》、《左传》、《古文辞类纂》，此外还有些小说及诗词选本。……后来教高级师范文科，（中学第五六年级）也只有教学生读《孟子》、《左传》、《史记》，并随意去看看《经史百家杂钞》。学生实际阅读的情形怎样呢。旧制四五年生好多只去读小说，只有两三个去读《论（语）》《孟（子）》，两三个去读《左传》，读《古文辞类纂》的，简直没有。""有些学生爱读新出版的小说杂志，不爱读古书。"阮真本来以为旧小说之中最适合中学生阅读也最无难度的当属《儒林外史》，他自己便读过两遍，很有浓厚的兴趣。谁知他十三岁的妹妹却说读了《儒林外史》并不觉得有兴趣。他又让初中生去读，"他们也说还是新小说有趣"②。阮真的经历充分说明了当时中学生实际的课外阅读兴趣还是集中在新式小说方面。

课外阅读的重要性人所共知，国文教育家或社会人士便都积极地向中学生推荐书目。1930年12月，上海开华书局出版了《中学读书指导》一书，为初中和高中学生开设了国文方面的阅读书目。其中初中部分包括国文课本和作文法教材、文学史著作、古今文史书籍、古典文学作品、外国文学作品，以及《文学概论》《新文学概论》《文艺论ABC》《文艺思潮论》《小说研究ABC》等文艺理论，新文学则有《小品文甲选》《山野掇拾》《呐喊》《彷徨》《踪迹》《隔膜》《火灾》《城中》《缀网劳蛛》。高中部分则没有列入一篇新文学作品。③ 整体看，这份书目所列举的新文学创作书目并不多，显示出当时社会上保守的国文教育观念（崇古崇洋）还很重。但到了王泽浦编的《中学生国文应读书目提要》（中华书局1934年），情形就有了很大改观。这本《提要》分古代书目（经、史、子、集）和现代书目两部分，两者比重相当。编者声称自己"对新文艺丝毫没有研究"，是依据"已有相当的评价的作品"、"师友中认为有价值的作品"和"自己认为中学生需要的作品"这三个标准选出中学生应读的现代书目。可见，到了30年代，连非文学界的人士也都认为在学生的课外阅读中"新文艺"和古代经史子集具有同样重要的地位。王泽浦为中学生开出的现代书目主要是五类：第一类是文艺理论著作，如托尔斯泰《艺术

---

① 鲁迅：《青年必读书——应〈京报副刊〉的征求》，《鲁迅全集》第3卷，第12页。
② 阮真：《中学国文校外阅读研究》，上海：民智书局，1929年，第112—114页。
③ 参见中学生读书会编：《中学读书指导》，上海：开华书局，1930年。

论》、弗里契《艺术社会学》、伊科微支《唯物史观的文学论》、厨川白村《苦闷的象征》、钱杏邨《文艺批评集》、李何林编《中国文艺论战》、苏汶编《文艺自由论辩集》等；第二类是文学史著作，如汪馥泉《欧洲近代文艺思潮》、汪倜然《俄国文学 ABC》、谢六逸《日本文学》、陈炳堃《最近三十年中国文学史》、周作人《中国新文学的源流》、王哲甫《中国新文学运动史》、张若英编《中国新文学运动史资料》等；第三类是作家评传，如《莫泊桑传》《高尔基评传》《辛克莱评传》《现代中国作家论》《当代中国女作家论》《创造社论》《鲁迅论》《郭沫若论》《茅盾评传》《郁达夫论》《冰心论》等；第四类是新文学的作品集，如《自己的园地》《知堂文集》《周作人散文钞》《周作人书信》《背影》《南腔北调集》《鲁迅杂感选集》《两地书》《呐喊》《彷徨》《茅盾散文钞》《现代中国散文选》《丁玲选集》《现代中国小说选》等；第五类则是翻译的外国文学作品。这份现代文学书目几乎囊括了当时市面上的大部分新文学出版物，这一方面固然是要为学生提供尽可能丰富的选择，另一方面也显示了新文学出版在当时的声势。

到了 30 年代，新文学出版十分活跃，新文学发展至此已成为一个庞大的家族。那么，这个家族中的哪些成员更适合拿来作为中学生的课外读物呢？一些人士就此发表了看法。胡兰成在 1932 年的《教育论坛》上发表了《中学生国文课外读物的一点商榷》。他认为中学生应该多去阅读文艺的教材以懂得这个时代的意义，"应该把全力倾注在现代文艺"，应该避开"风花雪月的一类肉麻文艺"和"高等流氓所提创的为文艺而文艺的东西"。他认为郁达夫、张资平、章衣萍的颓废作品"充满了低级趣味的肉感拍卖，全是些小资产阶级由没落而堕落的表现，是些不健全的、有毒害的思想"，中学生是用不着去看的。俞平伯、朱自清、冰心、周作人等的文章则是"纯粹山林文学的作品"，"是微弱无力地与实际生活不发生关系，同时也多少（会）引人到麻醉的路上去"，这类作品也大可以不必看它。"此外如正统派的《小说月报》，和施蛰存、戴望舒几个人办的《现代》，都是些死气沉沉的东西。"在上述批判的基础上，胡兰成提出中学生课外阅读的选材标准："一、要避免空虚的人文主义的思想；二、要扫除低级趣味的作品；三、要纠正山林文学的习气；四、要避免太过的病态心理的作品"①。胡兰成的有些批评虽然过于偏激，但其初衷还是好的，是希望将积极健康的新文学品种推荐给中学生们。按他的标准，能反

---

① 胡兰成:《中学生国文课外读物的一点商榷》,《教育论坛》第 2 卷第 2 期,1932 年 12 月。

映时代与社会的内容同时又思想积极的新文学应当成为中学生课外阅读的首选对象。

1933年,高语罕在其《语体文作法》一书中强调应该以白话文学作为课外阅读的主要材料,认为鲁迅、郁达夫、郭沫若、胡适、徐志摩、周作人、茅盾、冰心、蒋光慈、叶灵凤,以及高尔基、杰克·伦敦、辛克莱、巴比塞等人的作品,"它们的描写技术和它们代表时代之丰富的精神与内容以及它们之中所显露的现代社会之阶级的矛盾与斗争,在在足以给青年以极大的指导与兴奋,绝非什么《古文辞类纂》、《曾氏百家杂抄》、《唐宋八家文》等等所可比拟的。"他还特别举出茅盾的《幻灭》三部曲说:"他本人的观点我们固然反对,然而他这三部小说所描写的事实,确是大革命后的小资产阶级找不着出路,对于前途彷徨无路,悲观失望的'幻灭''动摇'的实际情形,并且是大革命本身为了错误的领导政策所戕杀的一个消极的、从旁面反证的批评!"①曾是中共党员的高语罕在这里表达的是一种左翼的文化立场,特别推崇反映时代精神与阶级矛盾、斗争的新文学类型,认为它们更能指导学生认识社会现实。

1942年,中共背景的桂林文化供应社编辑出版了一套文学选集,收入"中学略读文库"之中。这套选集包括邵荃麟选注的《创作小说选》,文宠选注的《话剧选》,葛琴选注的《游记选》等。它们大量收入中共作家和解放区作家的作品,包括萧军和周立波的小说、张庚和夏衍的话剧、茅盾的游记等。编选者邵荃麟还宣传其文学主张说:"文学不仅是表现人生、反映人生的,并且是创造人生的;不仅是供人欣赏的,并且是社会革命实践的一种有力武器。文学创作实践和我们的政治实践是互相一致的。"邵荃麟严厉批评当时的许多青年仍然把看小说当作看闲书的态度,要求用严肃的态度去欣赏小说,"更深入地从作品里面去探求它本质的社会意义",要从小说中"看到时代的极重要东西"②。这是左翼文化界试图指导和影响中学生们的文学接受趣味。

1947年5月,朱自清回答《中学生》杂志的提问时为中学生推荐了几部现代作品并略作解释:鲁迅的《呐喊》,"这里是'老中国人的谱'和鲁迅先生反封建的工作";茅盾的自选集《春蚕》,"这里是外来的经济压迫下挣扎着的中国,以及现代中国人的种种面影";冯雪峰的《乡风与市风》,"本书阐明历史在战斗中一个意思,精深警辟"……朱自清又推荐了如下"理论"书:

---

① 高语罕:《语体文作法》,上海:黄华社出版部,1933年,第27—28页。
② 荃麟:《序》,《创作小说选》,桂林:桂林文化供应社,1942年。

本间久雄的《文学概论》,"将文学作为'一个社会的现象'";郑振铎《插图本中国文学史》,"特别注重平民文学的发展"……① 从这些书目和说明中可以看出朱自清偏重的是反映社会现实和体现平民文学立场的文学作品和文艺理论,而这也是受当时的社会政治形势和文学思潮影响所致。

总体来看,无论是在 30 年代还是 40 年代,国文教育家们都在鼓励学生阅读更紧密地反映时代和社会现实的新文学作品,革命文学、左翼文学、平民文学、社会文学是他们所倾心推荐的对象,而"山林文学"、消极颓废的个人主义文学、"为文艺而文艺"的新文学则受到他们几乎一致性的轻视和反感。他们的这些意见或多或少会对当时中学生的新文学阅读选择产生影响吧!

在学校里,课外阅读如果只是停留于教师的口头要求而没有实际督促和保障的手段,很可能就只是一句空话,或者收不到实效。这首先是因为谁也不能保证中学生个个都好学,其次也不能保证学生的阅读选择都是正确的,学生喜欢阅读低级庸俗的甚至是色情暴力性的文学的现象也是存在的。所以,早在 1924 年朱经农就强调国文教师应加强对学生课外阅读的指导:"教员对于学生看书,须加积极的指导,万不可专取放任主义。不加指导的阅读,是要发生流弊的,并且学生阅书以后,没有一个研究讨论的地方,兴趣也要减少。"② 就实际情况看,大多数国文教员都尽到了指导学生课外阅读的责任。1925 年初,江苏中等学校国文教学委员会曾经调查各校国文教学实施状况,接受调查的 46 校中,对学生的课外阅读成绩进行考查的方式中,有 19 校采用了检阅笔记法,有 10 校采用了问答内容法,有 6 校对学生进行测验,有 5 校要求学生对所阅读书目进行略讲,只有 6 校未作要求。③ 山东省立第二中学对学生课外阅读的量就有明确的要求和检查手段:对初中一年级学生,要求"平均每生每日读二十余页,有问题及深刻处,可随时提出疑问及解答,并令学生写读书笔记,每读一书,对于内容,要加以述说,或缩短的揣写,遇有感发或批评,都写在读书笔记上,送阅";对于初二的学生,要求对指定的书籍"平均每日至少读一时半。遇有问题随时提出讨论。并令学生作读书笔记送阅"④。山东省立第五中学也为学生制定了读书报告表,"令其逐日读书之后填写下列各项:1、月时

---

① 朱自清:《中学生与文艺》,《中学生》第 187 期,1947 年 5 月。
② 朱经农:《对于初中国语课程的讨论》,光华大学教育系、国文系编:《中学国文教学论丛》,第 7 页。
③ 孟宪承:《初中读书教学之研究》,光华大学教育系、国文系编:《中学国文教学论丛》,第 61 页。
④ 山东省政府教育厅编:《山东省县私立中等学校国文教学概况》,第 195、198 页。

日；2、书名、篇名、作者姓名；3、所读的页数；4、记载全书，或某篇某段的概要；5、抒发对于全书或某篇某段的批评及感想；6、摘录下列各项问题：a、不了解的文句和理论，b、不知道的史事或典故，c、不懂得意义的单字和名辞（词）。""每到星期日将其所填之表收回。同时再发给新表，使之接续填写。其收回之表，评阅完后，再发还学生，表内所列概要、批评、感想等有不正确者，即分（别）予以纠正。其所列各问题，均指示其应参考之书籍，令其自行查考，其自己不能参考，或已参考而仍不了解时，然后为之详细解释"。① 该校专门设计了读书报告表格，督促学生认真阅读和填写，并加以指导，这样严格的程序当可以保证学生课外阅读的实效。

课外阅读成功开展并收到实效，有赖于图书资料等条件的完备。1927年之前，因军阀混战等原因，各地中小学的教育经费常常被挪用或克扣，得不到保证。但南京国民政府成立后逐渐统一全国，国民经济增长较快，政府已基本能够保证中小学的教育经费。1928年，全国教育会议大会通过，请大学院令全国各学校均须设置图书馆，并以每年全校经费的5%用于购书。② 由于教育主管部门的要求和规定，绝大多数中学都有自己的图书馆或图书室，为学生提供或多或少的阅读选择。比如1931年的山东省立第五中学，每月有图书费约20元、杂志报章费10元，全年合计约360元。按当年的书价，新文学书籍每本定价大多不过5角，杂志则更低廉，因此360元是一笔不小的数字，具有很强的购买力。该校每月将图书费的一半用于添购"文学，小说，戏剧，等类的读物，其余酌置各科参考书籍"③，所以学校藏书中文学类较丰，新文学类和翻译文学类就有不少。该校图书馆还订购了多种杂志，包括《东方杂志》《小说月报》《学生杂志》《少年杂志》《妇女杂志》《中学生》《文艺月刊》《世界杂志》《人文》《良友》《文华》《新学生杂志》《读书月刊》《北新》《现代文学》《现代学生》《青年界》《语丝》《奔流》《新生命》等等。当时山东省立第六中学每年的图书费也有四百元，相较于当时的书报定价，已显阔绰。

一般来说，省立学校的办学经费比较充足，其藏书量也比较可观。谢冰莹20年代中期在长沙省立第一女师读书时，学校的图书馆"可以说是全省最完备的一个，里面书籍很多，尤其关于新出版有思想的杂志，书报，没有不尽量

---

① 山东省政府教育厅编：《山东省县私立中等学校国文教学概况》，第286—287页。
② 高信成：《中国图书发行史》，上海：复旦大学出版社，2005年，第343页。
③ 山东省政府教育厅编：《山东省县私立中等学校国文教学概况》，第279页。

买来的"①。徐中玉1929年进省立无锡中学读高中，其时"图书馆里有好几种新文学期刊，'五四'后出版的新小说、新剧本、新诗，各家都陈列不少。"②相对于省立中学，县立中学条件要差一些，但也有部分学校情况较好。比如山东招远县立初级中学到1931年止已购置"新文学书籍约有四百余种"③，颇为可观。个别私立学校、教会学校的图书条件也较好，如1931年前后的济南市私立育英中学"每学年收图书费千余元，即以此款购备图书，现在学校图书馆中约有古书二千一百六十五册，新出版物两千二百余册"④。教会背景的杭州蕙兰女校图书馆在1936年9月和10月总计一个半月的时间内就购买了普通文学概论2册、历史小说11册、侦探小说9册、儿童文学1册、文学杂著3册。该馆总藏书有18817册，不可谓不丰富。该校图书馆1936年12月10号至30号止，学生借阅的文学类图书有359册，远超排在第二、三位的自然科学类的210册和历史地理类的173册。⑤ 在1934年秋基督教教育会调查的全国250个教会中学图书馆中，华北基督教公理会北平育英中学校图书馆属于最好的之一，它在1924年夏设置图书馆，当年即购置书籍千余种，并规定每年由常年经费项下支出八百元专供购书用。1929年春，育英举行扩充图书馆募捐大会，得书四千余册，大洋二千余元，前后合计共有书八千余卷，并每年仍由常年经费项下提拨一千二百余元购书，到1940年，北平育英中学校的图书已增至二万余卷，杂志二百余种，常年经费亦增至五千余元。⑥

而在那些地处偏僻、条件较差的县立、私立学校和乡村师范、乡村简易师范，学校办学经费较少，很难为学生提供充裕的报刊、图书资料，另一方面学生也大多家贫，难以自购课外读物。为解决这类困难，许多学校采取变通办法，尽量合理利用现有资源，加强书报资料的使用效率。山东省立第一乡村师范就要求学生各人订阅不同的杂志，买不同的书籍，交换阅读。⑦ 山东高密县

---

① 谢冰莹：《一个女兵的自传》，上海：良友图书印刷公司，1936年，第88页。
② 徐中玉：《六十多年关系中的感想》，刘国正主编：《我和语文教学》，第331—332页。
③ 山东省政府教育厅编：《山东省县私立中等学校国文教学概况》，第538页。
④ 同上，第680页。
⑤ 《惠德图书馆进行计划》《惠德图书馆新购图书统计》《惠德图书馆学生借阅图书统计》，蕙兰中学校刊社编辑：《蕙兰》第8期，1937年1月。
⑥ 《华北基督教公理会育英中学校沿革志略》，北京育英中学校育英年刊编辑部编：《育英年刊（1939年）》，1940年。
⑦ 山东省政府教育厅编：《山东省县私立中等学校国文教学概况》，第107页。

立初中因学校藏书太少，故"令学生集股买书"①，书阅毕后由学生平分或者捐献于图书馆以供更多同学借阅。在各类中等职业学校里，文学类书籍往往并不是图书馆购置的重点，但也有例外，如山东省立第三职业学校的国文教员称该校书籍中古籍虽少，"现今流行的新文艺书籍，却应有尽有，如《谈龙集》、《苦闷的象征》、《春水》、《寄小读者》……定期出版物，如《小说月报》、《东方杂志》、《教育杂志》……"② 在边远省份，省立中学、省立师范的办学经费和图书资料条件也大致尚可。20年代中期，蒋仲仁读贵州省立后期师范，虽然相对沿海要闭塞许多，但这所学校里的图书馆也购置了不少书刊。蒋仲仁便在几年间读了《语丝》《莽原》杂志和《呐喊》《女神》等书籍。③

三、小结

显然，民国时期中学生们通过课外阅读扩大和加深了对于中国新文学的了解，而这是单纯的教材与课堂所不能提供的。且举一例：1937年1月，广州市立第一中学的《市一中学生丛刊》第6期刊发了一组纪念鲁迅逝世的文章。其中一篇题为《最大的损失》的文章说："（鲁迅）在每一个阶段无时（无）刻不是从正面剥削与破坏，从反面为国家民族和群众的自由独立而挣扎，呐喊。像 M. Gorky（高尔基）似的永没有休息，劳苦了一生，直到最后的一天。他永远不妥协、屈服。""鲁迅先生是一个划时代的大文学家，也是群众的导师。他的死不单是文坛的损失，也是群众的最大损失。"④ 这些措辞明显接近左翼文艺界对于鲁迅的评价，而这些不是教材和课堂所能够提供的。另一篇纪念鲁迅的文章是由胡家本翻译的《他底最后的仪容》（*His Last Appearance*），这是 Tsa Fu 作的一篇记叙鲁迅逝世前十二天带病参加全国木刻展览会的现场情况的追忆文章，英文原文发表于 *The Voice Of China* 当年十一月号。显然胡家本这位中学生的课外阅读视野十分宽广。这一期《市一中学生丛刊》发表了好几篇探讨新文学发展的文章，如胡家本的《论新文学的题材、主题之演变》、李广泰的《关于国防文学论战底检讨与批评》、周鼎彝的《现代小说丛论》等，都是内

---

① 山东省政府教育厅编：《山东省县私立中等学校国文教学概况》，第495页。
② 同上，第462页。
③ 蒋仲仁：《学文杂忆》，刘国正主编：《我和语文教学》，第394页。
④ 古月：《最大的损失》，广州市立第一中学学生自治会学术部编辑委员会编：《市一中学生丛刊》第6期，1937年1月。

容充实的长篇论文,学术水平不低。高中学生视野如此之广,研究能力如此之强,非课外阅读之功莫属。其实,这一期《市一中学生丛刊》专门组织鲁迅逝世纪念栏目这一做法就充分说明,中学生们对于文坛消息十分敏感,新文学和文坛的情况尽在其掌握之中。

民国中学生们不但对于新文学了解较多,甚至因为阅读而受到其中所传达的思想、观念和情感的影响,产生相关的行动。谢冰莹在进入省立长沙第一女师后借助学校图书馆充裕的藏书,大量阅读新文学作品,如郭沫若、郁达夫、成仿吾等创造社作家的作品,尤其是女作家白薇的作品,给予她很深的影响[1]。由于新文学阅读的影响,她逐渐萌生了个性独立和自由恋爱意识,这鼓励着她坚决反对父母为她包办的婚姻,后来演出了三次逃婚的壮举。诗人臧克家曾说:"我个人在中学时代,就是因为读了郭沫若先生的一篇革命文学论,才决心冒着生命的危险跑到'武汉'革命去的。今天,像我当年的青年朋友们更多,这可以看出文艺的力量实在比想像(象)的要大得多多。"[2] 像谢冰莹、臧克家这种案例毕竟属于特殊情况,更普遍的情形则是因为阅读新文学而产生了情感和信仰,走上新文学创作或研究的事业之路,这方面的例子数不胜数。

---

[1] 谢冰莹:《一个女兵的自传》,第89页。
[2] 臧克家:《不一定正确的答案》,《中学生》第186期,1947年4月。

第六章　校园活动与新文学的接受

民国时期的中等学校多半为寄宿制学校，除了寒暑假和星期日，绝大部分寄宿生都待在校园内，这不仅让学生们有了更多的自习与课外阅读的时间，还为广泛开展丰富多彩的校园活动提供了基础和条件。1922 年，天津南开学校的负责人、教育学者张彭春在其提交给美国哥伦比亚大学的教育学博士学位论文中指出："在诸如北京、南京、天津、上海、广东等集中地区的中学比其周边地区拥有比例很大的外来学生，有时接近学校学生总数的十分之八。这些（学生）几乎来自（全国）所有的省份及学校所在的当地省份地区。……（中略）很显然，中国的中学不像美国的高级中学，即它们不是就近学校，而大多数是寄宿学校。因此，由于在一起生活，紧密接触，对他们的教育影响是非常显著的。"① 张彭春认为，在寄宿学校里校园活动比学科教学更重要，"教科书的重要性不应被夸大"，"真正的实践是在学校里的活动"，"学校活动"是中国教育之现代化的必要途径。② 这也就提醒我们，不应只满足于探讨新文学在中学教材和课堂中的情况，更应该注意挖掘新文学在校园活动中的存在和意义。

校园活动的内容和方式当然是多种多样的，运动、游戏、棋牌、音乐、舞蹈、演讲等等都是，但有关新文学的研究、创作、诗歌朗诵、话剧排演等活动因为开展便利、成本较低或是极具观赏价值、有利于营造节庆氛围（如演剧）而占有重要地位。民国时期，许多新文学作家就在中学担任教职，这自然也为

---

① 张彭春：《论中国教育之现代化——鉴于国民生活的转变对课程结构标准的研究，特别涉及中等教育》，董秀桦译，崔国良、崔红编：《张彭春论教育与戏剧艺术》，第 131 页。

② 同上，第 129、107 页。

新文学类的活动在中学校园中蓬勃开展提供了条件和便利。五四运动前后,杭州的浙江一师就因为教员中先后有刘大白、夏丏尊、朱自清、俞平伯、刘延陵等新文学人士而导致校园文艺活动十分热烈。如国文教师朱自清不仅在校刊《十日刊》上发表了《新年底故事》《奖券热》等作品,还亲自指导了由汪静之、冯雪峰、潘漠华、应修人等学生组成的晨光文学社的活动,促成了《蕙的风》《湖畔》这两部著名的新诗集的诞生。著名新诗人徐玉诺在全国各地中学流转,教了25年书,换了50所学校,足迹遍及东北、东南、华东和中原许多地方①,也同时把新文学的种子播撒到了各地校园。紧随朱自清、徐玉诺等第一批新文学家之后进入中学任教的则是曾受五四新文学熏陶而成长起来的新式大学生、大专生和高中生,他们纷纷进入中学任职,逐渐影响和形塑着中学校园的文化氛围。据张震泽回忆,他的高中老师"率多新文化人士,如董秋芳、夏莱蒂、高滔、胡也频诸先生。他们介绍西洋文学,讲授文学理论,开阔同学思想,扶持同学写作,非常尽力。"② 在这些倾向新文学的教员的引导下,有关新文学的各种组织和活动在校园里纷纷出现,"如文学研究会、文艺社、诗社之类,以创作与文学史论之研究、投稿、出版、演说、辩论为务",或者组织戏剧团体,"结伴长期观演,研究批评,或自行组织演剧团"③。

中学校园活动里与新文学关系较密切的主要是学生文艺社团、校园刊物和校园演剧。下面分述之。

一、文艺社团、校园刊物与新文学

校园文艺活动的热潮从20年代初开始,作为其主要标志和载体的便是文学社团活动和校园刊物出版。文学社团和校园刊物是中学校园的重要学生组织,也是新文学阅读、研究和再生产的重要平台。胡适晚年总结五四文学革命成功的原因时说,五四运动之后"全国青年皆活跃起来了,不只是大学生,纵是中学生也居然要办些小型报刊来发表意见,只要他们在任何地方找到一架活字印刷机,他们都要利用它来出版小报。找不到印刷机,他们就用油印"④。

---

① 南丁:《自然之子徐玉诺》,《人民日报》2012年12月12日,第24版。
② 张震泽:《张震泽自述》,高增德、丁东编:《世纪学人自述》第4卷,第162—163页。
③ 山东省政府教育厅编:《山东省县私立中等学校国文教学概况》,第178—179页。
④ 唐德刚译:《胡适口述自传》,北京:华文出版社,1992年,第183—184页。

诚如胡适所言，以大学生和中学生为主体的青年群体成为五四文学革命的主要助力，没有他们，新文学是难以如此迅速地在社会上站稳脚跟的。实际上，大、中学生群体不仅是胡适等人开创的新文学的主要受众，还是其生力军，他们迅速地吸收和消化胡适、鲁迅、郭沫若、郁达夫等人的最初的一批新文学成果，并且转化为了自己的创作，使新文学的体量迅速膨胀，让保守的旧文化与旧文学阵营也无力打压。

对于中学生群体参与五四新文学运动的情形，评论家茅盾当时就有所注意和激赏。茅盾在其主编的《小说月报》中十分注意搜集和记载各地中学生文学社团的消息，以为新文学运动营造声势。后来他根据《小说月报》14卷到16卷《国内文坛消息》栏的记载，描述了1922—1925年间青年的文学团体和小型文艺期刊"蓬勃滋生"的盛况。他所列举的100多个文学团体及刊物，分布地遍及全国近20个省区，其中就有许多是由中学生和师范生（也包括他们的老师）主办的，如河北冀县第六师范的《微笑周刊》，南开学校文学会的《文学》半月刊，陕西榆林中学所办的《姊妹旬刊》和《榆林旬刊》，南京第四师范的无名作家社，苏州第一师范晓光社的《晓光》季刊和《酸果》半月刊，扬州第五师范梅花社的《冰花》和《文艺》，徐州徐东中学的春社和《春的花》，宁波第四中学的曦社和飞蛾社，嘉兴秀州中学的定期刊《碧漾》，台州第六中学的知社和《知》，绍兴第五中学师范部的半月刊《微光》，潮州金山中学的晨光文学社、伏虎学社及《谷风》定期刊，长沙一中鸡鸣社的《鸡鸣》，长沙岳云中学文学研究会的《卿云》，长沙教会学校学生所办《麦华》，华中美术学校心花社的不定期刊《心花》，川南师范星星文艺社和《星星》，昆明联合中学的《孤星周刊》，云南一中的《滇潮》，河南开封二中微实学社的《荆野》，东北文会中学的东光社和《东光周刊》等。①

在新文学发轫期，专职的新文学作家甚少，创作成果也不够丰富，校园中的年轻学生便被视为生力军。而且，初期的新文学因为不够成熟而和中学生的创作在水平上差距并不明显。因为上述两个原因，中学生文学社团及其活动也被视为新文学阵营中的一支而受到胡适、茅盾等新文学家的重视。但当新文学日益发展和成熟之后，它和中学生创作的水平差距就日益拉大了，这就导致了中学生的文学活动被许多人排除在新文学的范畴之外，从此不再受到重视。虽然如此，中学生的文学活动却并没有消歇，其水平也一直在提升。毕竟，中学

---

① 茅盾：《中国新文学大系·小说一集·导言》，《中国新文学大系导论集》，上海：良友复兴图书印刷公司，1940年，第87—91页。

教育在日益扩张和进步，中学生的新文学阅读积累也越来越丰厚，其创作水平也自然是水涨船高的。只是相对于专业的新文学界来说，这种进步和发展显得不够突出罢了。

前述茅盾所扫描的只是1922—1925年间的部分校园文学社团，下面我们再列举一些有记载和较重要的文学社团，以便更全面地呈现民国时期中学生文学活动的盛况。1922年11月，北京师范大学附属中学的学生蹇先艾、李健吾、朱大枬、滕沁华等8人在校内成立了一个叫曦社的文学社团，他们自筹经费，创刊了不定期刊《爝火》。曦社曾请徐志摩、王统照两位作家到校做报告，徐志摩的报告题为《海滩上种花》，王统照的报告题为《长篇小说、中篇小说、短篇小说》。① 1925年，天津南开中学有两个文学性质的社团"尝试社"和"晨风社"，"尝试社"为初二七组同学所组织，"晨风社"为全校爱好文学的同学所组织。② 1926年春，南开中学的蓬西、曹禺、苏进、青萍、婉青、海林、戊生等爱好文学的同学凑钱创刊了《玄背》，他们联系上天津的《庸报》，附在该报上出文学副刊《玄背》周刊。《庸报·玄背》以发表诗歌、散文、小说为主，也刊登剧本和翻译作品。玄背社崇敬郁达夫，曾把自己的刊物寄给他，请求批评；郁达夫则回信称赞《玄背》对恶势力的抨击是"光明磊落"的，还在其主编的《创造月刊》上向读者推荐《玄背》。③ 1928年，厦门集美中学和集美师范学校的学生吴再挺、许俊明、郑民权发起成立浮萍社，社员都是两校学生，他们曾在厦门《民国日报》上出版文学副刊《鹭华》。④ 1929年，沈阳市兴权中学学生姜灵非、高鲲鹏、成雪竹、马骧弟等组成南郊社，创办文学刊物《南郊》，刊登小诗和散文，共出三期。⑤ 1929年，东北大学附中郭维城、李政文、范德修等学生成立冰花社并集资创办了《冰花》周刊，每期出版一张八开大小的报纸。这个刊物共出版了20期左右，成为当时东北地区畅销的一种文学刊物。⑥ 1929年10月，九江第四中学的学生们也成立了甘棠

---

① 徐宗琏:《作家的摇篮——中国现代史上的中学生文学社团（中）》，《语文学习》1993年第5期。

② 《天津南开中学志》编修委员会编：《天津南开中学志》，天津：天津教育出版社，2014年，第122页。

③ 徐宗琏:《作家的摇篮——中国现代史上的中学生文学社团（中）》，《语文学习》1993年第5期。

④ 同上。

⑤ 同上。

⑥ 徐宗琏:《作家的摇篮——中国现代史上的中学生文学社团（下）》，《语文学习》1993年第6期。

文艺社，办社目的是"因为我们感觉九江文艺沉寂，要使他振兴起"①，颇有文学使命感。甘棠文艺社出版了《甘棠》半月刊。②

到 30 年代，随着新文学的日益发展、社会传播面的拓展以及中学生人数的增长，中学校园里的新文学活动更形活跃。不要说位于大中城市的一般条件稍好些的中学（包括师范学校），即便是在许多小城镇的中学校里，文学社团活动的开展也是很普遍的现象。如在山东文登县立初级中学这样一所小型中学，也由特别嗜好文艺的学生数十人，组织了一个文艺研究社，每半月出文艺刊物一期，内分小说、诗歌、评论、介绍、通讯五项。③山东省淄川县立初级中学则在国文教员们的指导下成立了有全校学生参加的文艺研究社，分类研究各种文体并阅读各类书籍，每周开会一次，每两周由社员自由命题写出作品提交指导员，指导员择佳者印刷分给各社员，"以资观摩鼓励"④。1930 年秋，在安徽宣城的省立第四中学这个学生总数不足 500 人的中等规模的学校里，也同时成立了敬亭文艺社和鳌峰剧社，社员各得四五十人；1932 年秋，二社合并后加入国学研究社，共同组成"四中学生文艺研究会"。⑤1930 年冬，辽宁开原县开原师范学校学生梁梦庚、佟国元、郭玉屏等成立红蓼社，出版刊物《红蓼》，32 开本，64 页。刊物在县内各学校发行，也在几家书店里寄售。⑥30 年代初，江苏南通市崇敬中学的赵丹、顾而已、朱今明、钱千里等学生组成了"小小剧社"，搞话剧演出，颇为活跃。"九一八"和"一·二八"事变激起了他们的爱国热情，又成立了枫叶文艺社，自筹经费出版了 64 开本的小型刊物《枫叶》，共出版 4 期，还曾出过一期宣传抗日救亡的《枫叶特大号》。⑦1931 年 12 月，宁波的浙江省立第四中学的校刊《四中季刊》上刊载了高中女学生冯和仪的论说文《享乐主义》；1933 年 1 月，四中学生自治会又创刊了《四中学生》，在创刊号和第二期上刊发了一些学生文艺以及冯和仪的论说文《破除

---

① 《本社第一次社员会议纪录》，九江四中甘棠文艺社编：《甘棠》创刊号，1929 年 11 月。
② 从 1929 年 11 月到 1930 年 5 月，该杂志已出版到第 6 期。
③ 山东省政府教育厅编：《山东省县私立中等学校国文教学概况》，第 510 页。
④ 同上，第 578 页。
⑤ 固宗：《文艺研究会成立记》，《安徽省立第四中学校校刊》创刊号，1932 年 12 月。
⑥ 徐宗琏：《作家的摇篮——中国现代史上的中学生文学社团（下）》，《语文学习》1993 年第 6 期。
⑦ 同上。

迷信》和《异端思想》①。这个冯和仪就是后来大名鼎鼎的女作家苏青。中学时代的这三篇论说文可以说是苏青的处女作,基本已奠定了她后来的散文小品的基本行文风格和写作特点。

而在上海、北平、广州这样的大城市里,校园文学社团活动更是热闹非凡。1932年春,广东省立第二中学的十几个学生成立了思社,创刊了《思絮》杂志并且在《梧州民国日报》开办《思絮副刊》(每逢星期四出版)。② 1932年,在上海正风中学读书的吴强在校内成立了春风文艺社,以手抄报的形式登载社员们创作的诗歌、散文、小说等。春风文艺社还召开过几次文艺座谈会,举办过几次文艺讲座,请作家周文、叶以群作关于文学创作问题的讲演。③ 即便是在素不重视中文教学和国文课程的某些教会学校里也不乏新文学的社团活动。1936年夏,上海圣玛利亚女校在中文部教务主任汪宏声的指导下成立了一个学生文学社团"国光社",其学生成员有张爱玲、张怀素、谢振、张佩珠等等。国光社创刊了《国光》半月刊,发表社员的诗歌、散文、小说、书评、漫画等。④ 30年代的北平小报《中学新闻》曾载有大量中学文艺社团的消息⑤:

> 市立一中高二文科的几个同学,见到了文坛的寂沉,同学们精神的散漫,于是组织了一个小小的文艺团体——北园文艺社……因为学校的爱护,社里的经费还不成问题,现在他们正在努力着他们的处女作品——《北园》创刊号。

> 辅中一甲新组文艺社:课余文艺研究社。因经济关系,暂不刊印,仅将原稿置图书馆中,任人批阅。

---

① 分别参见浙江省立第四中学学生自治会出版股编《四中学生》第1期(1933年1月)和第2期(1933年6月)。
② 《编后》,广东省立第二中学校思社编:《思絮》创刊号,1931年4月。
③ 同上。
④ 徐宗琏:《作家的摇篮——中国现代史上的中学生文学社团(中)》,《语文学习》1993年第5期。
⑤ 参见晓春《文艺社与演讲会——一中同学新成立的两个团体》《辅中新组文艺社》、联芳《文艺团体在正中》、梦中人《一中每周杂谈》,分别载于1933年11月9日、1934年4月19日、1934年10月11日、1935年1月17日《中学新闻》。

各种研究社及文艺团体占大多数……成绩最佳的还是文艺团体……资格最老的健青社……每星期出一张壁报。

　　（北平市立一中）高年级几位爱好文学的同学，近日合组一个壁刊，定名《艺风》，每两周发刊一次……完全用笔抄录，内容有诗歌、散文、小说等。

　　抗战时期，无论是在沦陷区还是在国统区里，中学生文学社团活动都没有因政治环境的严峻和物质条件的匮乏而停息。1939年6月，成都协进中学和联合中学的学生赵光鲁、蔡瑞武、黎邦琼、徐德明、王远夷等组织了华西文艺社并于1940年3月创刊了《华西文艺》，出版16开本的杂志。《华西文艺》的经费除来自社员缴纳的会费外，还向亲友募捐，先后共出版五期。① 1939年冬，云南省立艺术师范学校学生龙显球、刘光武、王怀武、王燕南等在昆明成立诗与散文社，出版《诗与散文》月刊。汪曾祺等当时有一定知名度的文学青年都向其投稿。② 1943年，河北省唐山市出现了由市内各中学学生联合组成的"田园文艺社"，成员有李瑛（郑梦）、翟庆和（尔梅）、杨金忠、曹镜湖、王孝先等。他们的作品常在北京《时言报》副刊《文艺》和《诗刊》上发表，1944年他们出版了一册五人新诗合集《石城的春苗》。李瑛后来成为著名的诗人。③

　　中学生的文学社团，有的偏于创作，有的偏于阅读和研究，如果有负责任的教师指导和校方的支持，是很能培养和训练文学人才的。杭州高级中学的"文学研究会"就是这样有效运行的文学社团。它的工作包括：（1）讲演——由会员及校内各教师或敦请校外专家担任；（2）阅读——由各会员分别认定某种文艺书籍，限期提出口头或文字报告、读后心得。（3）创作——创作各种文艺作品，交各原级国文教师批阅。（4）出版——编辑会员作品，或单刊或附载日报及杂志中。文学研究会每两星期举行常会一次，还专门为会员设计了研究题目，包括：1. 如何建立民族文学，2. 普罗文学之背景及其在我国之现势，

---

① 徐宗琏：《作家的摇篮——中国现代史上的中学生文学社团（下）》，《语文学习》1993年第6期。
② 同上。
③ 徐宗琏：《作家的摇篮——中国现代史上的中学生文学社团（中）》，《语文学习》1993年第5期。

3. 最近我国文学定期刊物之探讨，4. 最近我国文学作家作品之个别研究，5. 文学创作之技术是否应遵守某种主义问题（如浪漫、写实之类），6. 文学创作与文学批评究有何等关联，7. 新文学运动中几个变迁的历程，8. 文学与民族性，9. 文学与时代背景，10. 中国语体诗之评价，11. 任选中国爱国文学家一人或作品一种作一篇述评，12. 旧诗新译（如释《诗经》为语体，一篇或全篇皆可），13. 读书述评，等等。① "杭高文学研究会"的重要活动有：1933年6月3日晚，请戏剧家李朴园讲戏剧导演术，有会员三四十人及非会员五六十人出席。② 同年11月举行的文学研究会第三次常会是请著名诗人刘延陵讲课，原定题目为《诗歌之讨论》，临时改题目为《文章如何构成》。讲演后有会员数人提出关于诗歌方面问题数则相质询，由刘延陵和国文教师胡伦清两先生详细作答。③ 同月举行的第四次常会继续讨论诗歌问题，谈及新诗作家之概况、诗歌内容与形式，词与音乐之关系等话题。④ 第五次常会本拟邀请话剧家李朴园演讲《如何写一个剧本》，因李朴园临时有事，改由该会导师胡伦清演讲《如何写一个剧本》。大致讲述内容为主题之认定，故事之构造，物色材料时应行注意之各点以及剧情草案之规划等。讲毕，由会员提出关于戏剧方面种种问题，如旧剧与新剧之化装问题，旧剧有无价值问题，剧作家之现况等，均由胡先生详为解答。⑤ 由于中学国文组负责人胡伦清的大力支持和参与，杭高的文学社团与社会上的新文学家联系较密切，社团内部的运行很规范。他们还曾借校方办的校刊出版过几次文学社团作品专号。

谈到中学文学社团的成绩不能不提二三十年代的天津南开学校。南开学校自创办起就十分重视通过丰富多彩的校园活动来锻炼学生的能力，其校园社团活动极其活跃，与文学有关的社团就有"南钟社""南星新闻社""新诗社""文艺学校班""哈哈和呐喊""GS月刊社"等，与戏剧相关的社团先后有"话剧社""英文话剧团""国剧团""骆驼剧社"等。南开曾规定每一学生至

---

① 参见《文学研究会简章》、《文学研究会研究题》，《浙江省立杭州高级中学校刊》第91期，1934年1月。
② 《文学研究会聘请李朴园讲戏剧导演术》，《浙江省立杭州高级中学校刊》第77期，1933年6月。
③ 《文学研究会第三次常会记略》，《浙江省立杭州高级中学校刊》第86期，1933年11月。
④ 《文学研究会第四次常会记略》，《浙江省立杭州高级中学校刊》第87期，1933年11月。
⑤ 《文学研究会第五次常会记略》，《浙江省立杭州高级中学校刊》第89期，1933年12月。

少要入一会，因此不少社团人数是很多的，有时如"读书会"有 90 多名会员，数百册藏书，"南开话剧社"有 70 多人，"南星社"有 60 多人，"骆驼剧社" 50 多人，"新诗社" 40 多人……① 南开学校负责人张彭春非常支持校园文艺，曾提倡中学生的"艺术生活"，其理由是："这种生活有三个原素，和我们的生命的很深处，有密切的关系。其一，是伟大的热情。历来的艺术品，不问是文学也好，音乐也好，绘画也好，那（哪）一个不是人类的伟大的热情的表现！这一点热情，正是人类生命的核心；它使得人生伟大，它使得人生美丽。它是一团熊熊的圣火，烧穿了我们日常生活的一切琐细的东西，冲倒了遮蔽着我们大家的面孔……（中略）没有这样的热情的人，决不能作（做）出轰天动地的大事业，决不能成为一个伟大的人。……（中略）第二个原素，是精密的构造。……（中略）第三个原素，是静淡的律动。……（中略）凡是伟大的人，第一要有悲天悯人的热烈的真情；第二要有精细深微的思想力；第三要有冲淡旷远的胸襟。要得到这些美德，不可不营艺术的生活。"② 在这种教育理念的影响下，南开的校园文艺活动开展得有声有色。也正是因为有如此浓郁的文艺空气，才能从这里走出穆木天、曹禺、靳以、端木蕻良、穆旦、辛笛、韦君宜等众多未来的著名作家。

校园新文学活动的另一重要载体是各种校园刊物，包括校方主办的校刊和学生会、学生社团、年级、班级等各自办的会刊、社刊、级刊、班刊等等，形式上则有铅印、油印、手抄报、壁报等等。由校方主办的校刊最为正规，主要用于发布学校通知、刊载校闻、通报各学科教学计划等等，其中往往也有新文学的内容，如师生的文学创作、文学评论与研究性文章，有的校刊还固定设置文艺专栏，或是出版文艺专号。学校出版校刊的目的中重要的一项即是课余训练学生："学校为培植人材之地，若非予以课余练习之机会，断难期其成才达德，又奚问干国栋家哉，况知识以交换而生，学问由探讨而得，有此一刊，不惟在校师友之学术思想，可以沟通，即校外贤哲之名言高论，亦藉此而时得瞻仰，嘉惠后生。"③ 主要由学校拨款支持的学生会会刊也是中学生施展文学才华的重要阵地，其上常常有较大比重的学生文学创作、翻译或有关新文学的评

---

① 沈晴：《民国时期著名中学的办学实践》，华东师范大学 2004 年硕士学位论文，正文第 43 页。
② 张彭春：《本学期所要提倡的三种生活——在南开学校高级初三集会上的演讲》，崔国良、崔红编：《张彭春论教育与戏剧艺术》，第 549—550 页。
③ 《北方校刊发刊词》，北方中学校刊编辑社编：《北方校刊》第 1 卷第 1 期，1931 年 3 月。

介文章。主要由学生们自筹经费（集资、募捐）出版的社团刊物数量更多，它们往往不够正规或是不够稳定，常常因经济原因而旋起旋灭，其中文学类的社团刊物也有少数办得较好和较有持续性的。二三十年代，办学条件较好的各地区省立学校和私立学校一般都有自己正式的校刊，至少也会出年刊，有的则是季刊或月刊，更有少数学校是旬刊、周刊。南开学校、东南大学附中、广东省立一中、广雅中学、上海南洋中学、北平孔德学校、北平大同中学、杭州高中等著名中学都有编印质量较好、出版频次较高的校刊，其中就包括一些作品水平较高的文艺专栏或专刊。从20年代初到1937年，南开学校就相继编辑出版了《校风》《南开周刊》《南中周刊》《南开双周》《南中学生》《南开高中学生》《南开初中》《南开高中》等多种校刊，从未停止过校刊的出版。① 学生们在这些校刊上激扬文字，既锻炼了写作能力，也训练了思想。同时，这些办学水平较高的学校还常常有正式出版的由学生自办的学生会会刊及社团文艺刊物。在南开学校，"学校为训练学生写作之能力，增加学生发表思想之机会，自始即鼓励学生编辑刊物，会有会刊，校有校刊，或以周，或以季，种类甚多，于彼此观摩之中，寓公开竞赛之意"②。1937年时的广州广雅中学则出版有《文艺行列》《鹰之歌》《时事批判》《广雅丛报》《广雅的一日》等多种校园刊物，校外人士进到广雅校园内的观感是目不暇接："……世界文豪高尔基……《广雅的一日》……第三期《文艺行列》出版了……《时事批判》出'五四'专号征文。"而当时广雅校内的选修课"戏剧研究班"则在讨论排演话剧《怒吼吧中国》还是《春风秋雨》，"音乐研究班"则在导师指导下严肃地奏着《伟大民族的解放》一曲："我们歌唱——/我们是一口大钟/要用洪亮的声响，/去唤醒沉迷中的大众，/让大家——/为着自己，/为着民族；/向前冲锋！/向前冲锋！"③ 这些都显示出校园内文艺生活的无比丰富，与当时文坛和社会主潮的共振。

如果说20年代的中学校园刊物出版还只是起步阶段，数量和质量都比较有限的话，那么到了30年代，就出现了一个大爆发的盛况，各种校园文艺刊物的数量和质量都明显提高。1932年，南通中学学生金丹撰文描述了该校文

---

① 天津南开校史研究中心编著：《天津南开中学史》，北京：人民出版社，2015年，第100—101页。

② 张伯苓：《四十年南开学校之回顾（1944年10月17日）》，崔国良编：《张伯苓教育论著选》，北京：人民教育出版社，1997年，第308页。

③ 英博：《广雅生活的礼赞》，广东省立广雅中学学生自治会编：《广雅的一日》，第21—26页。

艺出版活动由弱而强的发展演变状况："通中关于文艺方面的出版，还不过是启蒙于三四年前的时候。最初，是吕冕南校长带来了几位崭新的人物做我们的本国文和外国文的导师……（中略）老实不客气地，一位鲍先生就把自己译的那两本法国短篇小说集挂起招牌来卖钱；而《呐喊》《彷徨》，也便于此时开始讲究于教坛之上了。创作方面呢，恐怕大家还只把《尝试集》《繁星》当为最上的圭果，如某某级与某某级的二种级刊上，这样专事模仿的东西就不少，这时代可算是一个开蒙时代。""后来，校长换了一位十足的学者穆济波先生……（中略）在那时候'文风'大盛，想着做文学家的同学，车载斗量，出版界盛极一时。在学校方面有月刊，有周刊，月刊前半部有论文，后半部有诗、剧；周刊为报纸式，会议录之后，也有些作品。在同学方面，办级刊的据我所知有五级之多，最长的曾出过八九期；又以文艺社的名义出版的，纯文艺刊物有《白曲》《春雨》等四五种小册子。在量的方面是不算少了……"①

30年代，除了那些办学条件较好、学生素质较高的学校，一般中学校或多或少都曾出版带文艺性的校园刊物，区别只是在于数量和质量罢了。条件再差，也会有油印或手抄的小报、壁报之类。地处烟台的省立第八中学，在1933年就有好几种校园刊物作为学生的发表园地，除学校主办的校刊和《艺术周刊》外，还有由石鼓社主编、东海日报代印的《石鼓周刊》，由血潮社主编、钟声报代印的《血潮周刊》。这后两种都是由学生自己办的社团刊物。②山东某省立中学1930—1931年间设有初中三个年级和高一年级一个班，学生人数并不多，但年级或班级自办的小刊物就有好几种，计有：1.《蓓蕾》（初级十三级一班出版）；2.《快刊》（高一年级出版）；3.《浪花》（初级第九级出版）；4.《自由周报》（初级第十级出版）；5.《沂风》（初级第十一级二班出版）；6.《博爱周报》（初级第十一级一班出版）；7.《新生活周刊》（女生组织的新生活社出版）。③在一些规模较小、学生水平略低的中学，也有以学生为编撰主体的校园刊物，反映出当时中学校园内文艺活动普遍活跃的现象。山东平原县立初中就有一个名叫《微波社》的刊物，"以学生之创作，或翻译小说登载之"④。当时的中学校方、国文教员、学生自己都普遍重视发表园地的

---

① 金丹：《对于过去通中出版界的总检讨》，《江苏省立南通中学校刊》二十一年度第4期（文艺专号），1932年。
② 编者：《编后》，《山东省立第八中学校刊》第2期，烟台：山东省立第八中学出版部，1933年。
③ 山东省政府教育厅编：《山东省县私立中等学校国文教学概况》，第286页。
④ 同上，第608页。

建设，创立了大大小小的校园刊物。在他们看来，"不但是国文，即是整个的教育，也不外是一个刺激反应作用，刺激力大，反应自然就大；反之，刺激力弱，反应自然就轻，所以国文的发表，就是增加其刺激，使扩大坚固其反应力，显明说法，就是引起兴趣"①。这可以说是点明了校园刊物的繁盛与中学生文学阅读、创作之活跃间的相互生发关系。

从这些文艺性的校刊、社团刊物、级刊、班刊的内容看，主要的写作文体包括普通文（记叙文、议论文等）、文学文（诗、小说、散文、剧本）和学术文（文学评论、文学研究等）。这些校园刊物不仅普遍偏重文艺，而且普遍体现出与新文学时潮的呼应性关联。如 20 年代后半期是"大革命"的时代，"阶级革命"的思潮兴起，而文坛上也同样有所反映，"第四阶级文学""普罗文学"等成为一时口号和潮流。1927 年冬季出版的《苏州私立晏成两级中学校刊》在"说海"（小说）栏中一口气发表了《车夫》《黄包车上》这两篇借人力车夫来反映阶级分化与底层阶级困境的小说。其中《车夫》除了写富家少爷对待贫穷车夫的恶行，还赋诗一首为证："雪花飞——；/灯光微——；/我向着宇宙吹！/人们的阶级——重重！/尤其是——/无产阶级；/被黑暗所包围！/到何时？/才看得见：——/平等的一线光辉！"②晏成中学的这一期校刊上还有《小盗的临终语》《黑夜枪声》《罢工》等反映土匪作乱惊吓乡民、穷人被迫加入土匪队伍、工人罢工等与社会阶级问题相关的小说。1930 年 12 月，河北省立第一中学的学生刊物《一中文艺》上刊出了《今后文艺思潮的趋向》一文，它在介绍了苏联"普罗"作家的兴起之后提出，"今后文艺思潮的趋向，已由贵族的进到平民的；个人的普及到大众的。""所以今后的文艺是劳动群众处在沉重的压迫下的呐喊，群众反抗有产阶级的呼声；不是个人的享乐而对于君主贵族的赞颂，或颓废堕落者的无病呻吟。""今后文艺的出路，只有到民间去！"③以上种种，足见中学生感应社会现实和文艺思潮的及时性。

实际上，当时的一些中学文学社团和文艺刊物还受到了文坛上某些势力的渗透或指引，使得其活动常常能够与文坛直接相呼应。据马俊江的研究，三十年代前期，北方左联就曾大肆向华北地区的许多中学校渗透，在中学生中广泛建立左联的文艺小组，当时北平的艺文中学、天津的南开中学、保定的第二师

---

① 山东省政府教育厅编：《山东省县私立中等学校国文教学概况》，第 107 页。
② 见《苏州私立晏成两级中学校刊》第 3 卷第 1 期，1927 年。
③ 吕振才：《今后文艺思潮的趋向》，河北省立第一中学校出版委员会编：《一中文艺》，1930 年 12 月。

范等中学校都是北方左联的发源地。左联及其左翼文学在这些中学校展开活动的主要方式就是建立学生文艺社团和创办学生刊物,如保定二师的左联小组就称为读书会、研究会或学会。在开封的河南省立一中,诗人兼国文教师潘漠华等人在同学中组织读书会,购买阅读上海出版的左翼书刊,出版提倡普罗文艺的《火信》社刊。而北平大同中学教师齐燕铭等人则指导学生成立健进读书会,阅读斯诺的《西行漫记》等禁书。健进读书会的成员耶菲、颖灿都是中后期北方左翼文坛的活跃作者。而上海的正风中学也设有左联小组,后来以小说《红日》闻名的吴强就是该小组成员,他们创立了春风文艺社,还办了一种墙头文学刊物《春风》。① 左联这样的文学团体渗透进中学校园,自然也让左翼文学在中学生群体中扎根下来。

"九一八"事变之后,中日间的民族矛盾取代国内的阶级矛盾上升为中国社会最具焦点性的话题,这同样也反映在此一时期的校园刊物上。如北平大同中学师生就在"九一八"事变之后接连出版了两期《反日专刊》②,登载了抗日救国的"言论"、诗歌、戏剧等。北平北方中学校于1932年7月出版的《北方校刊》第一号也在"文艺"栏目中登载了《恐怖之夜(独幕剧)》《沪战中一个军官的血战书》《告未毕业同学书》《迷梦中(诗)》《大东沟感怀(旧诗)》《大连港内,停泊感怀(旧诗)》等诸多反映"九一八""一·二八"和抗日情绪的学生作品。烟台的山东省立第八中学1933年6月出版的校刊第二期刊登小说6篇,其中就有《五三回忆》《国英》《中国人?》这3篇反日题材,还有反映二十九军抗日的剧作《民族魂》,以及《求人不如求己》《冲锋》《燕语》《前进》《寇已深》《渡辽将军(新乐府之一)》《杂感》等谈论抗日问题的文章或抒发抗日情绪的诗词。1933年4月出版的《江苏省立南京女子中学校刊》第十一期"文艺"栏中也登载了《为义勇军制寒衣述怀四首》。从这些学生刊物的内容,不难看出其与时政和当时文坛盛行的抗日文艺的紧密联系。

30年代前期文坛的幽默小品文思潮及其论争也曾波及中学生群体,引起了他们的反应。《中学生活》这份校园刊物的创刊即直接缘起于对幽默文学潮流的不满。《中学生活》社的同人视幽默文学为"毒害热血有为的中学青年"的

---

① 以上参见马俊江:《革命文学在中学校园的兴起与展开——北方左联与1930年代中学生文艺的历史考察》,《中国现代文学研究丛刊》2012年第1期。
② 北平私立大同中学校抗日救国会宣传科编:《反日专刊》第1、2期,1931年10月、11月。

"流疫",以"消灭这些毒害青年的病菌,我们要重新创造新的青年文化"为号召。他们办刊目的明确:"以期从文艺方面,促醒沉醉的中华民族"①。而北平大同中学校的《大同》校刊也站在了林语堂等人鼓吹的幽默小品文潮流的对立面,它在1935年底设置"书报介绍"栏目,除了介绍《世界知识》《读书生活》《文学问答集》《萍踪寄语》《新时代的旧悲剧》等杂志和书目外,还打算:"若是可能的话,把《论语》《人间世》等最好不读的刊物也作个批评,好使同学们更清楚地认识它们底嘴脸。"②

从"普罗文学"到"国防文学""幽默文学"等等,新文学的各种潮流、运动或论争几乎都曾得到当时的中学生校园刊物的响应,而中学生们也从根本上呼应着新文学的"感时忧国的精神"(夏志清语),通过各种议论性、评论性文字或文学创作显示了其关心社会问题(如民生问题、阶级问题等)与国家民族命运的态度。

二、校园演剧活动与新文学接受

除了在各中等学校普遍开展的以文学研究和创作、发表为中心的新文学活动之外,许多有条件的中学还搞起了校园演剧活动。在 30 年代中期,逢重要节日(如元旦、国庆)和活动(如开学典礼、毕业典礼)时,各学校"大都有表演戏剧的习惯"③。中学生们往往把演剧活动的意义看得很高。如 1933 年江苏省立南通中学戏剧研究会在校刊上发布征求会员布告《愿大家都来演剧》说:"戏剧是表演人生的,因它把悲欢离合的'事'搬上了舞台;戏剧是指导人生的,因它把忠奸贤愚的'人'聚集在幕底——人生是'真'的么?戏剧又何尝是'假'!"这份布告劝同学们不要沉迷于饮酒、做梦之类无意义的事情,"何妨,何妨我们永远永远沉酣于戏剧之中!"④ 校园演剧不仅仅只是学生的一时兴趣或时髦追风,往往也得到了校方和国文教师们的支持。有的学校校长,如南开中学的张伯苓和张彭春兄弟,特别重视戏剧排演、演出在训练学生的做事能力等方面的价值,因此极力扶持学生剧团和演剧活动,有的学校领导

---

① 参见《发刊词》和《中学生活社宣言》,《中学生活周刊》创刊号,1934 年 8 月。
② 《编后》,北平大同中学校学生自治会学术股编:《大同月刊》第 1 卷第 3 期,1935 年 12 月。
③ 《编后杂谈》,《教与学月刊》第 1 卷第 5 期,1936 年 5 月。
④ 《愿大家都来演剧——戏剧研究会征求会员》,《江苏省立南通中学校刊》1933 年 10 月号。

虽未必肯大力资助学生演剧,却也乐见其在丰富校园生活及为学校节日庆典祝兴等方面的好处。中学校园演剧还受到了国文教员的支持。有的国文教员特别重视通过演剧活动来加强学生的国文能力训练,他们说:"我们并认为演剧也是与作文同样要紧的;因为演剧是含有演说辩论,而感人之效能,更在于作文、演说、辩论之上。"①山东某中学还要求初三年级国文课堂必须讲解戏剧和训练学生排戏,每学期至少由教师带领学生排演一二次,对于高中学生,则组织学生剧团,由教员选择剧本,指导排演,"使学生利用星期六的同乐会,作正式的排演"②。山东平原县立初中也曾热衷于搞演剧活动:"新戏团导演新戏,并学生自行编戏。每间一星期举行之。"③不仅是教育界人士,新文学界中人士也大都支持学校戏剧活动,《教与学月刊》于1936年第6期推出"学校剧问题"讨论专栏,发表了洪深的《学校剧——目的与方法》、熊佛西的《戏剧与学校》、李朴园的《学校剧之理论与方法》等文章,洪深就指出,中学校戏剧活动的目的是"作为中学生研究文艺的帮助",表演的对象应该是"文艺上公认有价值的作品——不宜用学生自己的创作",又指出中学生的戏剧活动应有两方面的价值目标:"(一)获得对于文艺作品的更清楚的理解。(二)学习'合作',学习'负责'。"④熊佛西还提议:"每个中学或中学以上的学校都应该有戏剧的课程,任学生选修。(其不能列为正式课程者,亦应将戏剧列为固定的课外活动。)其重要性至少应该与音乐课程平衡。并须聘请专人负责教导。"⑤

20—30年代,校园演剧活动呈现日趋繁荣的局面,这一方面是因为中学教育的扩张,另一方面则是因为可供取材的剧作日渐丰富,外国剧作的翻译越来越多自不必说,就是中国新剧创作也日趋丰富,到30年代中期已出现了曹禺的《雷雨》《日出》等脍炙人口而又利于演出的舞台剧,各种小型的实验戏剧更是蓬勃发展,这都为校园演剧提供了源源不绝的动力和资源。此外,抗战情绪的日益高涨也是三十年代校园演剧活跃的一大背景。杭州高中校园剧社的张来泰说:"自'九一八''一·二八'事变以后,全国各地以演剧作国难之宣传者更多,而尤以学校剧团为主干。"当时"杭高剧社"就上演了《一片爱国

---

① 山东省政府教育厅编:《山东省县私立中等学校国文教学概况》,第265页。
② 同上,第273页。
③ 同上,第608页。
④ 洪深:《学校剧——目的与方法》,《教与学月刊》第1卷第6期,1936年6月。
⑤ 熊佛西:《戏剧与学校》,《教与学月刊》第1卷第6期,1936年6月。

心》《父子兄弟》《回春之曲》《走私》《本地货》等进行反日和抗战宣传的话剧，还曾演出过《湖上的悲剧》《私生子》《学士衣》《东施效颦》《金宝》《苏州夜话》《狱》《耕读传家》《南归》《卓文君》《婴儿杀戮》《心底的一心》《铁花》等剧。① 田汉的剧作和抗日爱国题材的剧作是杭高学生们喜爱的选材。1936 年，陈哲文在张家口宣化中学教国文时也曾指导学生演田汉的救亡话剧《回春曲》。②

抗战时期，伴随着轰轰烈烈的全国性的"戏剧下乡""戏剧入伍"潮流，中学生的校园演剧和走出校门的社会演剧活动也比抗战前更为活跃。著名的南开学校演剧在抗战时期走出校园来到街头，汇入戏剧抗战的历史洪流。南迁重庆后的南开中学面向民众演出了《卢沟桥之战》《王先生上前线》《死亡线上》《烙痕》《警号》《炸药》《保卫卢沟桥》《当壮丁去》《觉悟》《放下你的鞭子》《王先生活捉汉奸》《八百壮士》《为国牺牲》《东北之家》《汉奸的子孙》《三江好》等七八十种与抗战直接相关的话剧。③ 郁林中学的校园演剧活动也很热闹。1943 年秋冬学期，广西郁林中学学生们经各班级代表商议，决定举行班际话剧比赛，"各班均须参加，不论独幕剧或多幕剧内容以适合抗战时代为标准"。当时高四班参演的剧目是三幕剧《月夜》，是由剧作家张平群根据比利时剧作家梅特林克的作品改译的，改译后的剧情变为发生在中国抗战背景下的沦陷区，在三角恋爱的故事中穿插青年刺杀汉奸投降派的故事，表现抗日爱国主题。演出《月夜》的那个周六晚上，"校内剧台的广场里，坐着二千个观众，前面的（是）评判员，各老师，各机关的首长，后面的是全校同学及附近（民）众"④。这显然是一场颇具声势且与时代、社会联系紧密的校园演剧活动。

抗战胜利后，全国性的以宣传和鼓动抗战为目的的戏剧演出活动不复存在，但因为国家前途未卜，社会风雨飘摇，个人生活艰辛，富于良知和热血的中学生们依然没有放下校园演剧这一表达心声和制造社会舆论的武器。如抗战复员后的广雅中学就在校方和教师的支持下开展了好几次被评为"的确不能算

---

① 张来泰：《杭高剧社的过去和现在》，《浙江省立杭州高级中学校刊》第 159 期，1936 年 12 月。

② 陈哲文：《教语文要教会学生读书》，刘国正主编：《我和语文教学》，第 235 页。

③ 参见崔国良、夏家善、李丽中编：《南开话剧运动史料（1923—1949）》，天津：南开大学出版社，1993 年，第 256—259 页。

④ 洪波：《演出〈月夜〉》，郁林中学学生自治会编：《郁中霹雳（郁中校刊）》第 1 期，1943 年 11 月。

是沉寂的"校园演剧活动：1947年上半年学期开始的时候，在庆祝本届学生自治会干事就职典礼中，高二乙班的同学演出了独幕剧《松柏春风》，内容是反映抗战胜利后中学教师们的困苦生活；四月下旬，在该校复员后第一届运动大会的晚会上，学生自治会演出了两幕剧——《衣锦荣归》《转变》；稍后，为欢送毕业同学，学生自治会又演出《前程珍重》，在剧中正面提出了毕业以后青年学生的出路问题——包括升学问题、就业问题和恋爱问题。① 抗战复员后的天津南开中学也出现了由几个高二学生组成的南开话剧研究社、女中部的女中话剧团等学生组织，演出了《王三》《雷雨》《金银世界》《乡女恨（白毛女）》《一袋米》《夜店》等话剧。

民国时期中学校园演剧活动开展最早、持续时间最久、社会影响最大的首推南开学校。南开的校园话剧活动影响大大超出了一校一地的范畴，在二三十年代的平津地区、抗战时期的重庆都颇负盛名。南开学校的话剧编演活动主要是在该校创办人和实际负责人张伯苓、张彭春兄弟的发起和指导下发展起来的。张伯苓早在1909年即率先垂范，在南开校园自编、自导、自演《用非所学》一剧，之后又规定学校凡在毕业典礼等重要节期都举行演剧活动，为此还于1914年组织师生中的新剧爱好者成立学校新剧团。张伯苓提倡在校园里演新剧的目的在于"藉演剧以练习演说，改良社会"②，他认为："从戏剧里面可以得做人的经验。会演戏的人将来在社会上必能做事，……"③ 他认为演剧活动能让学生体悟团队精神，养成合作能力，而"中国至深之病，实不在个人之没能力，而在个人之缺乏合作精神"④。南开学校演剧活动的另一有力推动者是张彭春。1922年张彭春曾在其博士论文中这样解释开展演剧活动的目的："剧本的目的是为使在其中经受锻炼的演员们获得两样东西：（1）提高整体素质和领导才能的能力，（2）以他们号称能决定他们的生计为目的去体验早期阶段的职业。"⑤ 看来，张彭春也并非从文艺本位的立场来看待演剧活动的价值。

---

① 峰：《本学期我们的话剧活动》，广东省立广雅中学学生自治会编：《广雅学生》（复刊第2期），1947年6月。
② 张伯苓：《四十年南开学校之回顾》，崔国良编：《张伯苓教育论著选》，第308页。
③ 张伯苓：《演剧与做人》，原载《怒潮季刊》周年纪念特辑（1938年10月1日），据崔国良编：《张伯苓教育论著选》，第287页。
④ 张伯苓：《今后南开的新使命（1927年10月17日）》，崔国良编：《张伯苓教育论著选》，第169页。
⑤ 张彭春：《论中国教育之现代化——鉴于国民生活的转变对课程结构标准的研究，特别涉及中等教育》，崔国良、崔红编：《张彭春论教育与戏剧艺术》，第138页。

尽管如此，其努力的客观效果却是在校内外传播了新戏剧的价值，助推了中国现代话剧运动。据《南开话剧运动史料》记载，1923—1949 年间，南开学校（含天津南开中学、南开大学和重庆南开中学）共演出话剧剧目二百余个①，为中国现代话剧运动和话剧文学发展做出了突出贡献。其中，从 1923 年至 1937 年，天津南开学校先后演出了《一元钱》《少奶奶的扇子》《酒后》《压迫》《获虎之夜》《咖啡店之夜》《一片爱国心》《一只蚂蜂》《终身大事》《回家以后》《五奎桥》等众多中国新文学的剧目。抗战时期内迁重庆的南开中学以及抗战复员后的天津南开中学，也都演出了众多的优秀新文学剧目，包括《保卫卢沟桥》《当壮丁去》《放下你的鞭子》等优秀抗日剧，以及《雷雨》《日出》《上海屋檐下》《雾重庆》《屈原》《升官图》等非抗日题材的名剧。②南开中学演剧活动最突出的贡献就是培养出了曹禺这位话剧文学大师。在南开学校，曹禺在戏剧编演方面获得了最有效的锻炼和提高，他除大量阅读易卜生、莎士比亚、契诃夫、奥尼尔等外国名家的剧作外，还担任《南开双周刊》的戏剧编辑，在导师张彭春的热情帮助和指导下多次参加演出丁西林的《压迫》、田汉的《获虎之夜》、陈大悲的《爱国贼》等新文学话剧③，也参演了《国民公敌》《织工》《争强》《最前的与最后的》《娜拉》等外国名剧，并改编了其中的《争强》《新村正》《最前的与最后的》等剧目，还创作了《我俩》等剧。④这些经历为他后来创作出《雷雨》《日出》《原野》《北京人》等众多名剧，成长为一代话剧大师，奠定了坚实的基础。

南开学校的话剧活动只是当时全国中学校园演剧活动的一个杰出代表，同时期全国其他城市的条件较好的中学也常常开展这样的活动。曹禺即指出："天津的话剧活动并不只是南开中学一家活跃，很多中学都在演戏，汇文中学，新学书院，还有一个外国的女子学校都在演。"⑤ 女作家苏青回忆说，1928 年 2 月她插班进入宁波市立女中初一年级学习，就开始频频参加学校的戏剧演出

---

① 崔国良：《南开话剧运动再探》，崔国良、夏家善、李丽中编：《南开话剧运动史料（1923—1949）》，第 14 页。
② 参见崔国良、夏家善、李丽中编：《南开话剧运动史料（1923—1949）》，第 251—260 页。
③ 崔国良编：《张彭春年谱》，崔国良、崔红编：《张彭春论教育与戏剧艺术》，第 663 页。
④ 王兴平、刘思久、陆文璧编：《曹禺传略》，王兴平、刘思久、陆文璧编：《中国当代文学研究资料·曹禺专集》上册，福州：海峡文艺出版社，1985 年，第 4 页。
⑤ 曹禺：《回忆在天津开始的戏剧生活》，夏家善、崔国良、李丽中编：《南开话剧运动史料（1909—1922）》，天津：南开大学出版社，1984 年，第 64 页。

活动，"每年元旦演剧时总有我的份儿"：进中学后的第一个元旦，各年级所演的戏剧"多选富有反抗性者，如郭沫若之《卓文君》，王独清之《杨贵妃之死》等"；到了1930年的元旦演剧，则剧目多是恋爱题材的，"计有《复活的玫瑰》、《青春的悲哀》、《孔雀东南飞》、《弃妇》等等"。1930年秋，苏青升入宁波省立第四中学，于1931年元旦演出由庄子休妻故事改编成的英文剧 *A Fickle Widow*；高二时适逢"九一八"事件，学校演剧便都"取材于激昂慷慨一类故事"；到1933年元旦时，"在校方检定下，也只能演些《荆轲刺秦王》、《苏武牧羊》等历史剧"。① 在河北省立正定中学，学校新剧团仅在1933年1月和1934年1月就分别演出了话剧《脱了羁绊的女性》和《奶奶的主张》。② 而杭州蕙兰中学蕙兰话剧社的徐毓生则描述了1936年前后杭州一地的校园话剧热："话剧社是一个演戏的团体，在话剧空气浓厚的杭州，有不少这种团体。本社不过是其中的一个。本学期的社员竟多至六十多人，这都是同学们爱好剧艺的现象。"③ "因为功课忙，运动忙，没有时间可以常演"，杭州蕙兰中学的话剧社在1936年秋至1937年春季学期只演出了两次，一次是应校中发起的"基督教父母运动周游艺会"之邀请而演出《父母的天职》（三幕剧），一次是参加杭州市中等学校"援绥募款游艺会"活动，演出洪深的国防剧新作《走私》。

实际上，在民国时期的许多教会学校或有教会背景的学校中，学生演剧是普遍开展的一项教学活动，这也是教会学校的一种特殊传统。出于教会学校的特性，学生的演剧多取材外国剧作，如演莎士比亚剧作或宗教剧，中国新文学的剧作在20年代一般地说还不太受重视。但经过收回教育权运动④以后，教会学校大都放弃了早前完全独立于中国教育体制的办学方向，逐渐接受中国政府教育部门的监管，洋化、宗教化的色彩日益消减，教会学校的学生演剧也开始较多选择中国新文学剧目了。三四十年代的学校演剧虽也常常搬演外国剧，但对新文学中的剧作是更为重视的，这一是因为新文学话剧开始成熟，有了更多适合演出的舞台剧，另一方面也是因为更合中国国情和现实。而且，当时中学

---

① 苏青：《元旦演剧记》，原载1936年1月1日《宇宙风》第8期，今据于青等编：《苏青文集》，上海：上海书店出版社，1994年，第224—226页。
② 据《河北省省立正定中学校一览》，正定中学校校刊编辑委员会编，1934年3月。
③ 徐毓生：《蕙兰话剧社动态》，蕙兰中学校刊社编辑：《蕙兰》第8期，1937年1月。
④ 收回教育权运动是20世纪20年代中国人民反对帝国主义文化侵略，迫使教会学校纳入中国教育体制的群众运动。这次运动于1924年发端，持续两三年之久。

校园里的学生演剧常常是改编外国剧作,把外国故事换成中国故事和中国人物,所以也可以视作一种中国题材剧。

除了南开等极少数学校,中学校园演剧活动的整体水平不能高估,学生的话剧编创成绩相较于职业剧作家的创作也逊色许多,但它们对于培养话剧人才却是功莫大焉。许多后来的著名话剧界人士都是在民国时期的中学校园里接受话剧启蒙与熏陶的。曾任北京人民艺术剧院艺术委员会顾问的蓝天野说:"我平生第一次看话剧,是曹禺的戏。1942年,我15岁读高中一年级时,在学校小礼堂看一个学生剧团演《北京人》。两年后,1944年,我17岁时第一次上台演话剧,曹禺的《日出》,是我的同学苏民拉我去演戏,也是学生演剧,只是凭着浓厚的兴趣。谁料想,自此下水,毕生以此为业。"①

当时的校园话剧,无论是师生自编自导的剧目还是搬演外国剧作或新文学家们的创作,都呈现出鲜明的题材或思想主题方面的选择倾向。据《南开话剧运动史料(1909—1922)》,南开新剧团在1909—1922年间演出剧目46台,从题材上可以分为三类:一类是现实题材,反映官僚制度、官场腐朽黑暗的,如《一念差》等;反映农村现实生活,表现进步势力与封建势力、帝国主义侵略势力做斗争的,如《新村正》等;反映青少年立志救国的,如《五更钟》等;反映个性解放、妇女解放的,如《华娥传》等。一类是历史题材,如从旧小说改编的《仇大娘》等。一类是改编外国剧本,如《巡按》等。在这三类剧作中,第一类占大多数。② 南开新剧团从一开始就以关注社会现实,批判黑暗现象为主旨来编演剧目,可以说是开创了民国时期校园演剧的优良传统。从20—40年代,反映社会矛盾和人民困境,反映对于外国入侵者的义愤和不畏强暴的抗争精神的剧目成为校园话剧舞台上的常客。中学师生们并没有躲在象牙塔之中自娱自乐,也没有只拿自己的那点生活内容作戏剧的材料,他们常常是放眼社会乃至天下,取材于校园之外的热点社会问题。"革命"话剧(伦理革命、婚姻家庭革命、社会革命等)、"普罗"话剧、"国防戏剧"、抗日演剧、反黑暗、反内战的演剧实际上构成了20—40年代校园演剧的一条主线。

---

① 蓝天野:《感悟曹禺(代序)》,曹禺:《曹禺自述——纪念曹禺先生诞辰百年》,北京:新华出版社,2010年,第1页。
② 编者:《南开早期话剧初探》,夏家善、崔国良、李丽中编:《南开话剧运动史料(1909—1922)》,第9—10页。

三、小结

在社团活动中,学生们交流情感,互通有无,互相砥砺,极大地提升了学习的效果。对于文学社团的这种良好氛围,曹禺曾作过生动的描绘。他不止一次深情地回忆在南开新剧团的情景:"在这短短的、对我又似很长、很长的六年里,新剧团扩大我的眼界,我决定一生从事话剧。我一生永远不能忘记我们排戏的热烈、认真、亲切的气氛。我的青年时间可以说在这个极可爱的团体里度过。"① 因此,中学生的新文学社团活动不仅是增加了其成员接触和试作新文学的机会,更重要的是加深了他们对于新文学的情感和信仰。至于中学生的校园演剧活动,其对于中国现代话剧的传播就更是意义重大。张彭春在1933年时即指出,"大、中学校的学生成为欣赏和支持新剧(翻译或创作)的主力军""新剧仍然主要是由学生作为一种业余活动而演出的,当然有时演出也很精彩,并对技巧方面十分重视"②。在抗战之前,社会上的演剧基本还是以京剧和各种地方戏为主,话剧并不是社会大众娱乐和欣赏的对象,而唯有大、中学校才是话剧这种西方舶来品的最佳归宿。

显然,文学社团活动、校园刊物出版活动、演剧活动等在教材与课堂之外加强了民国中学生们与新文学的接触,这种接触还不是一般性的被动接触,也不只是"兴趣""娱乐""消闲"性质,而是带有某种以"事业"待之的严肃与虔诚性质——如以文学创作、研究、演剧为志业。当时的中学生文艺社团常常与社会上的新文学团体、作家保持着一定的联系:或是由学生社团邀请知名作家到校讲演新文学或传播文学技巧与写作经验,如鲁迅、徐志摩、王统照、刘延陵等都曾应邀到中学校园里为学生们演讲文学问题;或是学生社团与知名作家们进行通信联系,与作家们办的文学杂志发生投稿上的往来;或是由文坛上的某些势力(比如"左联")主动向中学校园里渗透,以培植自己的势力。这些或松散或紧密或直接或间接的关系,都大大增进了新文学之于中学生们的影响,使学生们的新文学阅读、创作乃至相应形成的文学观念,都与主流文坛亦步亦趋,如影相随。

---

① 曹禺:《序》,夏家善、崔国良、李丽中编:《南开话剧运动史料(1909—1922)》,"序言",第2页。
② 张彭春:《中国的新剧和旧戏》,崔国良、崔红编:《张彭春论教育与戏剧艺术》,第556页。

第三编
接受与转化的向度

从民国时期中学生们的写作活动及其成果，可以直观地看到新文学对中学生个体和群体的精神影响及其深度。

20—40年代的中学作文教学，在作文命题上模仿新文学篇目的情形比较普遍，各种写作教材和作文参考书也都热衷于举新文学作品为例，面向中学生讲授新诗、小说、戏剧、小品文写作的教材也特别多。新文学对于作文教学的影响已深入和细化到了思想、题材、情调、文笔、辞藻等不同的层面。

民国中学生普遍喜爱新文学，想成为作家的人也很多，到30年代就形成了中学生创作的热潮。从20年代到30年代，中学生文学日益走出模仿某些新文学作家或作品的格局，全面抗战以后便大体脱去了早期那种过于清浅、浪漫和个人主义的倾向。民国中学生文学的高端水平和主流类型明显继承了新文学"忧国忧民"的优良传统，属于紧密跟踪、反映时代与社会问题的"社会文学"。

第七章　作文教学中的新文学倾向

通过前面的考察我们已发现，新文学无论是在国文教材、国文课堂还是课外阅读、校园活动中都是一个重要的存在，可以说民国的中学生们经由教材、课堂与课外阅读等多种途径已广泛地接触到了中国新文学，对一些非常突出的文学时潮，如"革命文学""普罗文学""幽默文学""国防文学"等等，非常了解。但这还不足以说明中学生们接受新文学的深度和效果。其实，民国时期的中学生们并不只限于"读"和"演"新文学，而是更进一步迈入学习写作的道路，从中学生们的写作活动及其成果，可以直观地看到新文学对他们的精神影响及其深度。

中学生的写作主要有两种情况：其一是作为一种教学任务的课内外作文情况，这是教师根据课程要求而设计的教学内容和布置的作业，是中学生必须完成的一种强制性学习任务。这种情况下的作文有命题和自由选题等具体情形。其二是在教学任务和教师要求之外的自由写作，是学生出于自己的兴趣与抱负而写，虽然也可能有国文教师的鼓励和从旁指导，但不属于国文课的学习任务之列。这一章我们先考察教学任务范围之内的中学生作文情况，至于学生自由写作（尤其是文学性创作）的情况则留待下一章再考察。

民国时期的中学国文课程标准对于作文教学有具体的要求或建议。如1923年颁布的《高级中学公共必修的国语课程纲要》规定："作文应注重内容的实质和文学的技术。精读名著的报告或研究，可代作文。"[①] 1936年颁行的《初级中学国文课程标准》要求作文"题材须取有关于现实生活而偏重记叙描写并与精读文之文体有切实关联者"，《高级中学国文课程标准》则专门提出"文

[①] 课程教材研究所编：《20世纪中国中小学课程标准·教学大纲汇编·语文卷》，第274—275、278页。

学作品凡小说诗歌戏剧，皆可令学生试作"①。这些规定不仅暗示了作文练习时的文学趣味（"偏重记叙描写"），而且还导向了与新文学题材的一致（"有关于现实生活"），甚至干脆建议让学生试作文学作品。课程纲要支持文学写作，国文教材中又大量提供新文学的范文，国文教员里也多是新文学家或新文学的爱好者，这就使得二十至四十年代出现了明显新文学化的中学作文教学。这从当时国文教师、国文考试的作文命题、作文教材的编写情况中都可以看出来。

一、作文命题的新文学化

作文教学与课本选文之间往往有着紧密的联系。随着新文学作品从二十年代起大量进入教材并在课堂上被讲授，新文学作品便日益成为作文教学的重要范本。阮真编著的《中学作文题目研究》（1930）调查统计了全国一些中学校的作文命题情况，他发现民国十年之前（第一期）各省中等学校及大学专门校预科（等同于高中）的作文命题全为文言文。"自民国十年以后，白话文之势力渐及于中等学校"②，语体文的命题比重增加。民国十四年以后（第三期），中学作文题目中文艺类占20.85%，比第一、二期高很多。察其题材，第一期有十分之八属于旧文艺之诗词歌赋，十分之二为拟作、仿作；第二期仍有十分之八的旧诗词歌赋，而间有新诗，另外还有小说；第三期，诗歌只占十分之四，且多属新诗，小说占十分之三，小品亦占十分之二，而戏剧也出现了。第三期文艺题目增多，"盖因近年创作及翻译之新文艺作品骤增，而学生多从事于摹仿新文艺也"③。

胡怀琛1924年在其所著《作文研究》一书中称，据他的观察，"讲新文化的教员，有多数，只拿文学作品教学生；只教学生做文学作品，而把实用文忽略过了。他们以为非文学的作品，是枯燥无味的，是机械的；加他一句考语，叫做（作）：'只是账簿式的一种轮廓，不能表出甚么生活的内容或情调来……'"④胡怀琛所批评的这种教员，孙俍工就可算是一个。孙俍工自己就

---

① 课程教材研究所编：《20世纪中国中小学课程标准·教学大纲汇编·语文卷》，第299、303页。
② 阮真：《中学作文题目研究》，上海：民智书局，1930年，第35—36页。
③ 同上，第295页。
④ 胡怀琛：《作文研究》，上海：商务印书馆，1925年，第96页。

有不少新文学作品发表和出版。他和沈仲九在上海吴淞中学教国文时设计的"记载文"训练题是:"于下列各题中任择一题做一篇纯净的记载文。题为《我底故乡》、《黄浦江晚景》、《海边》、《军人日记》、《病中记》、《狱中记》、《秋日的田野》等。"① 这些命题明显是参照当时新文学中流行一时的篇目——如鲁迅的《故乡》、冰心的《一个军官的笔记》、郁达夫日记,等等——而设计的,甚至连《军人日记》《狱中记》这类明显脱离一般中学生的生活经验的纯想象性命题也出现了。1923—1925 年,孙俍工又一口气编写出版了《记叙文作法讲义》《论说文作法讲义》《小说作法讲义》《新诗作法讲义》《戏剧作法讲义》这五本中学教材,大力提倡新文学写作。这几本写作教材的应用还是比较广的,1931 年,地处鲁西的山东省立第二中学初一年级使用的即孙俍工这本《记叙文作法讲义》,初三年级也采用了孙俍工的《戏剧作法讲义》《小说作法讲义》作为教材②。从《记叙文作法讲义》一书中所附的练习题即可看出某种新文学趣味:

一、关于写景的

1. 按照写生的法子以《北极阁》为题,作一篇写景文。

2. 以鸡鸣寺为中心,北极阁为近景,紫金山和清凉山为远景,做成三百字以上,五百字以下的写景文。

3. 按照感觉、色彩和个性三种的描写法,描写下列各题。

(a) 莫愁湖月夜。(b) 鼓楼晚景。(c) 黄昏。(d) 晨光。(e) 三台洞。(f) 春日的田野。(g) 海上的黄昏。

4. 按照自然界底描写法(二),写出下列各题(诗文均可)。

(a) 狮子山。(b) 海边。(c) 玄武湖。(d) 扬子江底波浪。(e) 春水。(f) 春树。(g) 松林中的一刹那。(h) 秋林之声。(i) 公园底一角。(j) 山村月色。(k) 一个荒村。(l) 麦田。(m) 深夜。(n) 朝暾。(o) 夏天底云。(p) 雨后的夕阳。(q) 微雨中的晚虹。

5. 试把下列各题作(做)成几篇抒情小品。

春月。夏云。秋山。冬夜。

---

① 孙俍工:《文艺在中等教育中的位置与道尔顿制》,《教育杂志》第 14 卷第 12 号,1922 年 12 月。

② 山东省政府教育厅编:《山东省县私立中等学校国文教学概况》,第 194、197、201 页。

二、关于叙事的

1. 试把《儒林外史》第一回，缩成一篇五百字以内的《王冕小传》。
2. 试以《李成虎小传》为参考，作（做）成一篇小说《李成虎之死》。
3. 按照主观的叙述法，作一篇《自传》。
4. 记某人底趣话一则（或二则以上）
5. 记某晚上在演讲厅观剧（或详述某剧底情节）

三、关于游记的

1. 燕子矶纪游。
2. 杭州旅行记。
3. 旅行无锡的几个杂感。
4. 梦游奇境记（小说）。①

上述命题屡屡标明"诗""小说""小品"，其文学化的写作教学倾向十分鲜明。1924年，孙俍工在谈初级中学国文教授方略时提出："第三年注重文艺，而且教文艺作法，所以作文以文艺为主……"②

国文教员的新文学趣味影响到中学生的作文训练方向，这种情形并非个案，而是具有一定的普遍性。叶圣陶说："民国十年暑假后开始教中学生。那被邀请的理由有点儿滑稽。我曾经写些短篇小说刊载在杂志上。人家以为能写小说就是善于作文，善于作文当然也能教国文，于是我仿佛是颇为适宜的国文教师了。这情形到现在仍然不变，写过一些小说之类的往往被聘为国文教师，两者之间的距离似乎还不曾有人切实注意过。"③ 当时的中学喜欢聘请新文学家当国文教员，以致形成了一时的风气，这当然也就为新文学在中学作文教学中发挥影响力奠定了基础。

著名国文教育家阮真曾在1929年出版《中学作文教学研究》一书，将二十年代的中学作文教学按教师主张之不同而划分为四派：古文派、新文艺派、新思潮派、国学派。对于"新文艺派"阮真有这样的描述：

这派教师是研究新文艺的。他们教读文全是白话的小说、剧本、新

---

① 孙俍工：《记叙文作法讲义》，上海：民智书局，1923年，第353—355页。
② 孙俍工：《初级中学国文教授大纲底说明》，《中等教育》第2卷第5期，1924年。
③ 叶圣陶：《过去随谈》，《中学生》1930年第11号。

诗，教作文当然也是这样。他们教作文是完全任凭学生自由，不加一些限制的。……（中略）这派教师把学生看作文学家……（中略）这样一来，学生也以文学家自命了。所以学生的作文簿面上不写"作文"，都写得五花八门了。有的写"浪花集""秋雨集""心田集"等等；有的写"哀鸣""苦泪""意园""我的花园"等等；有的写"言论自由""思想自由""垃圾桶""字纸篓"，等等；我还看见过一本最奇怪的作文，簿面上居然写了"吊袜带"三字。翻开一看，原来他第一篇新诗的题目是《吊袜带》。……（中略）教师的改文，不但不仔细，便是错字也不改正，甚至于不通的句子也加圈了。文后也是随便写些批语，如"写得很有情趣"，"很有文学天才"，"再加用功，不难成文学家了"等等……①

阮真以上所述并非虚言，新文艺派国文教员确是常常放任学生仿作新文学。1931年，山东省平原县立初级中学的国文教员鉴于初一年级学生中有年龄颇大者（十八九岁），在写作训练上也给学生较大的自由，由其"自行选题作文，或小说戏曲，不限定时间"，其第二学年的"作文练习"计划中更是明确制订了"诗歌的练习"这一项②。而据穆旦高中的同班同学赵清华回忆，当时（三十年代初）南开有一位教国文的张老师，他很喜欢穆旦的诗作，"每当上作文评选课的时候，他时时朗诵出来，读得抑扬顿挫，铿锵和谐，节奏感很强，诗意盎然。每当这时，良铮不禁涨红了脸，讷讷地说，'这……这……'"③ 看来，中学师生都青睐新诗，这并非个案。

新文艺派的教员不仅放任学生自由写作，自己拟题给学生时也"多是模仿小说或时文的"，例如《一个青年的烦恼》《弱小者的悲鸣》等等，常常显得"太文艺化了"④。阮真对民十四至民十八中学作文文题情况有过调查和分析，据此写出了《中学作文题目研究》一书。他以1929年秋调查的全国十多所中学——安徽天长县中学、浙江第五中学、湖南明德学校、岭南大学附中、集美中学、集美农校、集美女中、集美师范、福建龙溪中学、扬州中学、中山大学附中、广州市立中学——所提供的作文题，以及世界书局于1928年向全国中

---

① 阮真：《中学作文教学研究》，第22—25页。
② 山东省政府教育厅编：《山东省县私立中等学校国文教学概况》，第607、612页。
③ 赵清华：《怀念南开》，转引自易彬：《穆旦的中学毕业纪念册》，《新文学史料》2007年第2期。
④ 阮真：《中学作文教学研究》，第62页。

学校（以江苏、浙江、上海学校为多）征集出版之《国语文成绩大观》一书所收作文题为据，发现去掉重题，在总计1405道文题中，议论类151题，陈说类296题，记叙类377题，应用文类94题，文艺文类293题，杂体文类194题。而"文艺文"类文题又可细分为五目：小说83题，戏剧8题，小品66题，诗歌114题，寓言及戏拟（诗词仿作）22题。可以看出，当时的中学作文命题有明显的偏于文艺文的倾向：不仅文艺文类数量可观，比例最重的记叙文类也大多具有文艺的性质，即便在陈说类文题中也颇多描写性的如《我的苦闷》《春天的烦恼》《愉快》《无聊》等等。阮真将记叙类文题细分为十五目：游览及旅行66题，典礼及开会23题，参观8题，名胜及建筑25题，生活及日记54题，风俗及民生状况16题，时节及气候23题，风景及欣赏18题，人物及言语31题，故事及歌谣9题，学校及师友9题，家乡及家庭17题，见闻、随录24题，记杂事36题，记杂物18题。这些文题中许多都具有文学的意味或暗合了某些文学的技巧（如叙事、描写等），比如《今年的中秋》《初冬》《冬天的早晨》《秋之夜》《清明》《近日的天气》都"近于小说而非记叙矣"①。从阮真收集到的具体文题中我们不难推想当时中学作文偏于新文学趣味的程度：风景描写文——《春之庭园》《海滨》《春天的田野》；人物记叙文——《旧婚制下的牺牲者》《一个被经济压迫的女子》《风流军人》《一个可怜的人》《一个堕落的青年》《一个亡国民的自述》《一个老兵士的谈话》《三个避难的农民》《催租人》《一个失恋的女子》《一个义勇的青年》《可怜的女儿》。由这些题目我们很容易联想起许多新文学的篇目来。

　　阮真发现，相比较于此前两个时期，民国十四至十八年作文选题中"小说"的数量明显增多，比重明显提升，而且还出现了"小品"这个新品种，"盖小品文之提倡，为最近五六年内事；而中学作文题目多模仿现代新文学作品"②。阮真对当时中学作文重视小品文类基本持肯定的态度："小品文字，近乎散体诗歌，可说是含有诗意的散文；记叙描写兼有，又类似乎纪事短篇，实则在记叙、诗歌、小说之间之一种随意文体也。……故凡文艺化之记叙、书札、笔记、随录，均可以小品目之。此种文字，宜于初学文艺者之短篇练习，此后在中学作文题目上，其势或将增多。"但阮真也认为小品文"究太偏重文艺性质，在初年级学生尚不宜于学习也"。他举例说，《落叶》《暮色》《桂花香里》《给春之神》《雨丝风片》等题目，"描写多而纪叙少；而描写之中，复

---

① 阮真：《中学作文题目研究》，第205页。
② 同上，第209页。

有主观的感情与想像（象），非文人不易出色。高级学生之性近文艺者，固可练习；初级学生尚少文学的涵育者，恐不易学作。希望初中国文教师，勿强学生多模仿新文艺作品也。"阮真还对当时中学作文中诗歌选题较多的情况作了评述："现在旧诗格律，已经破坏；新诗格律，尚无准则。中学生率意写作，皆可为诗；即近人作品，经教科书选取者，亦多率意尝试之作；故中学生多便其易，好多作诗歌，而教师亦以此倡导学生，投其所好。中学生所作诗歌，其已发表或未发表者，当有数倍于作文题目之所见者。"① 从阮真所附录的小说类83题中我们可感知中学作文模仿当时新文学作品的程度：《失恋后的烦恼》《爱》《新婚之夕》《革命下的牺牲者》《鸣呼战后》《枪声》《我的母亲》《寻常》《手套》《归途》《沉思》《破晓》《月下》《四年前的故事》《冷寂的冬夜》《小毛》《劫》《我知道了》《一夜的悲》《我怕》《闲步》《前路》《应征》《他的一生》《玫瑰酒》《愤恨》《到底为了什么》《新人》《绣花枕》《伤兵》《贫农》《慈善家》《干号》《两个车水的农夫》《一个人力车夫》《深夜的更夫》《到光明的路》《这是对的吗》《猎人与犬》《狂人》《游移》《饥民》《初恋》《母亲的爱》《可怜的青年》《割草妇》《沉痛》《她》《十字路中》《一个中秋的晚上》《女神的爱》《野火》《往事》《双十节》《冬夜》《最后一课》《母亲的安慰》《酒徒》《我的她》……看到这些题目，我们是不是常常会想起新文学中的某些篇目呢？

瞿世镇的调查统计则可以进一步佐证阮真的发现。瞿世镇主编的《模范作文读本》（1936）中收录了从全国一些中学搜集来的作文训练题目②，其中不少就带有鲜明的新文学烙印，如《秋夜的虫声》显然是模仿叶绍钧的《没有秋虫的地方》而设计，《可怜的一个渔翁》有模仿杨振声的《渔家》（收入中学课本时又名《渔旗子税》）之嫌，《可怜的小贩》有模仿周作人《一个卖汽水的人》之嫌，其他如《冬天的穷人》《十字街头》《烈日下的黄包车夫》《山中杂记》《春夜的歌声》等也明显与某些新文学篇名雷同。

1932年，权伯华在《初中国文实验教学法》（中华书局）中罗列了他18年的教学经历中所出的作文题目，包括记叙类题目200个，论说类题目74个，诗歌题目29个，共计303个。这些题目具有三个明显的特点：其一，注意引导学生关注社会不同阶层、不同职业和身份的人群，尤其是关注社会底层人

---

① 阮真：《中学作文题目研究》，第209—211页。
② 瞿世镇：《附录：作文练习题目三百个》，《模范作文读本》，上海：春江书局，1936年增订第7版。

物，如《校门前的零食摊》《一个被经济压迫的青年》《环境下的牺牲者》《一个畸零人的心理》《闻病人呻吟声》《守财奴》《更夫》《乞丐》《童养媳》《人力车夫》《清道夫》《贫民泪》《穷途》《旧礼教下的牺牲者》《恶姑》《虐婢》《破产》等；其二，引导学生关注社会、时事，如《枪声》《深夜闻犬吠声》《闻乞丐号泣声》《土劣殃民记》《富贵眼》《冤狱》《人间地狱》《劫后的余烬》《一件杀人的惨案》《匪焚××乡镇纪闻》《贪官》《田主与佃户》等题目；其三，偏重模仿早期新文学的感伤主义式的描写和抒情作风，如《失望》《忏悔》《孤独》《寂寞》等。关于新诗类的命题则有《落叶》《笼鸟》《月夜》《鸦鸣》《久别》《夕阳》《前途》《霜晨》《卖花声》《春愁》《枯树》《破晓》《灯下》《登楼远眺××山》《古寺钟声》《失群的孤雁》《残菊》等等①，明显有模仿初期新诗的痕迹。

显然，当时的国文教员在作文命题时模仿新文学的现象是比较普遍的。山东省立第十中学的初中国文教员给学生设计的课堂作文题目中就有《初春的……》，"由学生续以'庭院''河畔''清晨''雨后''傍晚'等"②。这明显是模仿当时国文课本中常选的徐蔚南小品《初夏的庭院》。1933年10月，杭州高级中学举行校内征文竞赛，命题共十道，除时政类、教育类议论文题目，还包括文学类题目如《今后中国文学之转向试探》《保俶塔》《秋夜》。③杭州高级中学1935年下半年的校内作文比赛的题目则是《我的故乡》④。这明显模仿了胡适的《文学改良刍议》和鲁迅的《秋夜》《故乡》等文。

当时出版的许多国文教材、教参也常常根据所选新文学作品来设计相应的作文训练题。如《初中国文读本参考书》（1933）就特别注意以新文学作品为范例来命题作文。教材第一册中选入了沈尹默的《生机》和《人力车夫》这两首新诗，课后的"习题"中就设计了这样两道训练题："（一）将两首诗都改为散文；（二）试用新诗的格调，做《新生命》、《农夫》这两个题目。"⑤这就是要求学生现学现用，读写结合，模仿新文学作品的趣味来选材和设置主题。朱文叔、宋文翰编的《初中国文读本（增注本）》（1935）第二册在第六单元选录了叶绍钧的《粜米》和茅盾的《当铺门前》，一反映谷贱伤农，一反

---

① 权伯华：《初中国文实验教学法》，上海：中华书局，1932年，第41—53页。
② 山东省政府教育厅编：《山东省县私立中等学校国文教学概况》，第380页。
③ 《征文比赛办法及题目》，《浙江省立杭州高级中学校刊》第85期，1933年11月。
④ 《举行全校国文作文比赛》，《浙江省立杭州高级中学校刊》第133期，1935年10月。
⑤ 张文治、喻守真、张慎伯编：《初中国文读本参考书》第1册，第74页。

映丝业萧条和农民破产,在这两篇课文之后布置了这样的作文练习题:"写一则关于农民痛苦的情事","以《养蚕妇》为题作一篇短文"①。在鲁迅的《一件小事》课文之后又布置了这样的作文习题:"记一个可怜的黄包车夫"②。卢冠六编的《国语精读文选》(1936)在课文《学徒苦》(刘半农)之后布置作文练习材料两道:"1. 车夫苦 至少可以做成两首诗,一首说在严寒的冬天时,一首说在炎热的夏天时车夫的苦况;2. 卖油条 可以用到下列几个同韵字:'条,跑,叫,饱。高,少,了,到,……'"③ 这是要让学生模仿写新诗。《初中国文读本(增注本)》第四册选了臧克家的《答客问》这首反映农村凋敝的新诗,并且布置习题:"试以新诗描写都市的不景气。"④ 配套的《初中国文读本参考书》则在绿漪的《秋色》课文后布置习题:"描写一个乡村中的小地主或自耕农。"⑤ 而在李健吾的抗日话剧《从军》课文后也布置了两道作文题:"(一)将本篇改作小说;(二)写一篇从军的白话诗。"⑥ 命题者们只有模仿新文学的热情,却不管学生们有无相应的生活经验或社会阅历。

民国时期的教材也好,作文命题也好,都表现出鼓励模仿新文学的态度,这或许也是为了顺应中学生的兴趣和口味。据陈表在1930年对上海劳动中学153位学生的调查,曾经做过文章的97人中,写评论的有18次,包括"人生问题"3次、"社会问题"7次、"时事评论"6次、"专题研究"2次;写文艺作品的共56次,占到全部作文次数的50.5%,其中包括小说28次、诗歌12次、戏剧4次、记事12次;写杂俎的40次,包括日记14次、杂感21次、游戏文3次、讨论2次。⑦ 由这个调查看,中学生作文时的文学趣味十分鲜明。1935年时朱自清说,一般中学生对于教材的兴趣都在于白话文,尤其是偏重白话文中的文学,对于中学生来说,"欣赏文学和写作文学似乎是一种骄傲,即使不足夸耀于人,也可以教自己满意。至于说明文和议论文,他们觉得干燥无味,多半忽略过去。"而且"现代文学还在开创时期,成名比较容易,青年

---

① 朱文叔、宋文翰编:《初中国文读本(增注本)》第2册,上海:中华书局,1935年,第194、200页。

② 同上,第205页。

③ 卢冠六编:《国语精读文选》第1册,上海:三民图书公司,1936年,第63页。

④ 朱文叔、宋文翰编:《初中国文读本(增注本)》第4册,上海:中华书局,1936年,第111页。

⑤ 张文治、喻守真、张慎伯编:《初中国文读本参考书》第1册,第191页。

⑥ 朱文叔、宋文翰编:《初中国文读本(增注本)》第3册,第147页。

⑦ 陈表:《中学生读物问题之实际探讨》,李文海主编:《民国时期社会调查丛编(二编)·文教事业卷(四)》,第281页。

人多半想尝试一下。于是乎一般中学生的写作不约而同的（地）走上创作的路。"① 到了1940年，叶圣陶依然感慨："国文教师大概有这样的经验，只要教学生自由写作，他们交来的往往是一篇类似小说的东西或是一首新体诗。"②

中学生普遍喜欢文学写作，而非普通文与应用文，这也逼使某些并不热衷于新文艺的国文教员也要迎合学生而命题。20年代曾在多所学校担任国文教员的阮真就有类似的经历，他说："我因为某班学生喜欢做小说，也曾出过两次小说的题目：一次出了六题，因为漳州战争有几个逃佚伤兵到了集美，我的题目就在此着想了。我的题目是：甲，一个伤兵的自述；乙，穷途的逃佚；丙，一个寡妇的悲哀；丁，一个孤儿的命运。还有两个我记不清了。这些题目有的须根据事实，有的须运用想像（象）描写的，于是学生方才觉得小说不易做了。有一次我教学生写'三个懒惰的学生'、'三个愚笨的农夫'，要把他们的懒法愚法写得个个不同，各有一副面目，绝对不能类似。于是学生就觉得不易下笔了。我就说：'你们不能做这些题目，何以平时好做无价值的小说呢？'"③ 但这样的斥责是不可能改变青年学生爱好文艺的天性的。

此外，高中和大学的招生考试作文命题也值得注意，它们常常既反映了中学国文教学的实际状态，又反过来对其具有一定的指挥和引导作用。高中的入学招考对于初级中学的国文教学显然有较强的指引性，因为初中学校的教学不能不以升学率为检验其成绩和水平的一个重要指标。而当时不少著名高中的国文招考试题常常带有新文学趣味。如浙江省立杭州高中1935年度第一、二学期招生的国文试题，第一学期有三道题：《由初中升学高中应有之认识》《我学习国文的经历和心得》《都市的晚上》，要求任选一题，语体文言皆可。第二学期也是三道题：《我过去印象最深的一个人》《都市的夜》《旧历的岁尾年头》，要求任选一题，且限作语体。④ 这几个命题中《都市的晚上》和《都市的夜》《旧历的岁尾年头》都是文学性命题，不适合写成普通文。

民国时期大学数量不多，大学招考时的国文命题往往很受中学教育界的关注，对于中学的国文教学和学生的课外自修会有一些指挥棒的作用。1922年北京高等师范学校招考的国文试题（各省区选送复试之部）共二道，其中作文

---

① 朱自清：《论教本与写作》，朱乔森编：《朱自清全集》第2卷，南京：江苏教育出版社，1988年，第41、43—44页。

② 叶圣陶：《国文教学的两个基本观念》，中央教育科学研究所编：《叶圣陶语文教育论集》上册，第61页。

③ 阮真：《中学作文教学研究》，第110—111页。

④ 参见《浙江省立杭州高级中学校刊》第150期，1936年6月。

题为："试发表个人对于新文学之意见。"① 这既是要考察高中生对于当时的文化热点的知晓程度（即是否知道新旧文学之争），也是要考察中学生阅读新文学的情况。1930年国立河南中山大学招生的作文题是二选一，其中之一为"中国文学最近之趋势"②，也明显是要考察中学生对新文学的熟悉和了解程度，即对于新文学的潮流、运动、论争等的了解程度。这对于民国时期大多数高中国文教科书侧重古文与学术文的国故倾向无疑是一当头棒喝，对于死读教科书而不注重课外新文学阅读的高中生也是一当头棒喝。1930年，国立同济大学的招生考试国文科的作文题为六道选一：（一）现代青年之危机。（二）说科学的精神。（三）都市之夜。（四）离家的一天。（五）秋。（六）流萤。③ 其中后四道都是新文学意味浓郁的命题，而且《都市之夜》《秋》《流萤》似乎只能写成文学文。同年，同济大学高中预备班（中学插班生同）招考的作文试题为五选一，包括《敬告堕落青年》《夏夜》《三年中学生活的一断片》《梦游清凉世界记》《在考试场里》，其中《夏夜》和《梦游清凉世界记》也是文学趣味浓郁的命题；同年同济招德文补习科生，作文试题为八选一，除三道议论文外，其余五道也皆带文学色彩：《乡愁》《梧桐庭院》《炎威之下》《在旅途上》《过去学校生活之一断片》。④ 1932年夏季清华大学招考新生，其中一年级的作文题《梦游清华园记》曾经引起过社会上的争议，许多贫寒的学子认为此题反映了清华大学的"资产阶级"属性，是有意让未到过清华的贫寒学子们落选。而命题者陈寅恪辩解说，《梦游清华园记》这个题目并非想要"夸耀清华之风景与富丽"，也不是"叙事体游记"，而是要"测验考生之想象力及描写力"；"所谓梦游"，就是要描写考生"理想中之清华大学"，是否实际到过清华园，关系并不大；正是为考生考虑才不出"梦游清华大学"而出"梦游清华园"，因为"写景易而描写学校组织、师生、课业状况较难，美的描写易而写实较难"也。⑤《梦游清华园记》的命题强调"想象力"和"描写力"，

---

① 《北京高等师范学校十一年度入学试题》，《学生杂志》第10卷第6号，1923年6月。

② 《国内各大学十九年度入学试题调查·河南中山大学》，《学生杂志》第18卷第7号，1931年7月。

③ 参见中学生杂志社编：《民国十九年各大学入学试题》，上海：开明书店，1931年。

④ 《国内各大学十九年度入学试题调查·同济大学》，《学生杂志》第18卷第3号，1931年3月。

⑤ 《清华中国文学系教授陈寅恪谈出"对对子"试题理由》，载1932年8月15日《世界日报》，收入《陈寅恪集·讲义及杂稿》，北京：三联书店，2001年，第447—449页。

实则是文学趣味极浓郁的作文命题。1933年，清华大学的国文考试设置了五道作文题，供考生自选，这五道题是《苦热》《晓行》《灯》《路》和《夜》。命题人朱自清解释说："这些题的用意在看看考生观察与描写的能力"，从前因出过些议论题而考生"总是许多照例的泛而不切的话"，觉得"高中毕业生所知道的也许还不够发议论"，所以这回改为文学性命题。① 大学招考命题的新文学趣味显然也反映了新文学发展到30年代后所取得的社会影响力。

总之，民国时期中学作文教学中的新文学趣味是由多种因素共同促成的，既有教材影响的因素也有升学考试的引导因素，既有教师引导和放任的因素又有学生自愿与兴趣的原因，尤其是许多新文学出身的国文教育家和教员在其中所起到的作用。而这背后又有新文学日益发展壮大并且在社会上显示了其价值（比如作为中学生课外读物）这一重要背景。随着新文学的发展和社会影响力的扩大，中学的作文教学所受到的影响也只会日益增强而非消减。到了40年代初，李广田就主张以新文艺作为中学国文的主要教材，以便让学生"学"和"作"合一，更快地提升写作能力。他甚至主张中学作文应该以"能像一个'作家'似地那样写作"为最高目标，"而创作的实践，正应当从青年时代——中学时代——开始"②。

二、写作教材的新文学烙印

民国时期尤其是30年代，市场上出现了不少"文章作法""文学作法"之类的出版物，它们多是应国文课堂上的作文教学之需和学生课外研究写作之需而推出的。翻阅这些作文教材我们不难发现两点：其一，文学类的作法教材（如"小说作法""诗歌作法""戏剧作法""小品文作法"）的数量很多；其二，这些教材都大量地选录了新文学的作品，即便是那些名为"文章作法"的教材也偏重于以新文学作品为范文，普通文和应用文是很少成为它们的范例的。

编写这类写作教材的既有普通国文教员又有新文学家，像孙俍工、叶绍钧、夏丏尊、章衣萍、周乐山等新文学作家都热衷于此道，这些作家想借编写

---

① 朱自清：《高中毕业生国文程度一斑》，朱乔森编：《朱自清全集》第8卷，第408页。
② 李广田：《论中学国文应以文艺性的语体文为主要教材》，《国文月刊》第31、32期合刊，1944年12月。

作文教材之机把新文学推介给中学生们，并为新文学培养后来人。据周乐山说，他早在1926—1927年间就曾有写一本"作文法"的计划，总是因自己的怠惰与人事的忙迫而未能如愿，然而心中常是有一件心愿未了似的。① 他后来编写出来的《作文法精义》（广益书局1933年版）简直应该更名为《新文学作法精义》才是。其实，早在陈望道所著的《作文法讲义》（民智书局1922年3月初版）、高语罕著的《国文作法》（亚东图书馆1922年8月初版）等写作教材中即已开始征引新文学作品为例。陈望道的教材所涉新文学作品有郭沫若的《天狗》，鲁迅的《故乡》，郭沫若的译诗《瞬间》《少年的悲哀》《黄昏》。高语罕则列举了胡适的《终身大事》《梦谒四烈士墓》，俞平伯的《菊》，康白情的《再见》，傅斯年的《深秋永定门晚景》，俞平伯的《春水船》，康白情的《日观峰看浴日》等新文学作品。不过，陈望道和高语罕主要还是从文字的响亮与精气神、比喻、描写文这些具体的技巧、文体的层面上来征引的，还没有要求学生们学写诗歌、戏剧之类文学文的意思。他们的做法在当时有开风气之先的性质，当时主流的作文法教材主要还是以古代名作为范例。

1923年9月，民智书局出版了孙俍工编著的《记叙文作法讲义》，该书是孙俍工在东南大学附中教书时所编的教材，"供给初级中学一年级（或二年级）国文教授的需要"。孙俍工称："这部讲义里所举的例子，大部分都是从各名家小说作品里摘选出来的，从纯粹的记叙文里找出来的例很少……"② 这本书摘录了不少新文学作品作为例证，如田汉《蔷薇之路》和《白梅之园的内外》，瞿秋白《新俄国游记》，王统照《警钟寺》《黄昏》《月影》，俞平伯《游皋亭山杂诗》《潮歌》《夜月》《墙头》《冬夜之公园》，张资平《她怅望着祖国的天野》，冰心《遗书》《笑》，林宰平《欧行道中记》，许地山《命命鸟》，刘大白《红树》《看月》《霞底讴歌》，叶绍钧《春游》《旅路的伴侣》，鲁迅《风波》，周太玄《初秋的巴黎》，郭沫若《天上的市街》，朱自清《湖上》，孙俍工《月和雨》《心和影》，玄庐《李成虎小传》，周作人《游日本杂感》《访日本新村记》，等等。从征引的篇次来看，新文学作品约占到四成的比重，次于外国文学作品（译作），但已超越了《水浒》《红楼梦》等古代文学。

1924年2月，叶绍钧出版《作文论》（商务印书馆）一书。他在《引言》中特意申明这本书所谓的"文"既是指普通文也是指文学文。他辩解说，普通

---

① 周乐山：《自序》，《作文法精义》，上海：广益书局，1933年。
② 孙俍工：《序》，《记叙文作法讲义》，上海：民智书局，1923年。

文与文学骤然看来似乎是两件东西,"而究实细按,则觉得它们的疆域很不清楚,难以判然划分。若论它们的原料,都是思想、情感。若论技术,普通文要把原料表达出来,而文学也不过把原料表达出来而已。……在一般的见解,写作一篇文字,抒发一种情绪,描绘一种景物,往往称之为文学。然而这类文字,在作者可以留迹象,取快慰,在读者可以兴观感,供参考,何尝不是实用?至于议论事情、发表意见的文字,人家往往认为应付实际的需要的。然而自古迄今,已有不少这类的文字被认为文学了。实用这个词又怎能做得划分的标准呢?"① 叶绍钧如此奋力抹平文学文与普通文的差别,一方面固然是为了让这本书有更多的读者,使"不论想讨究普通文或文学的写作,都可以从这里得到一点益处",另一方面则流露了他作为一个新文学家的身份意识和使命意识,他是有意地要为初创期的新文学争取尽可能多的读者和学徒。考虑到讲解必须以学生熟悉的材料为依据,所以他这本书举新文学的例子并不多,只举了鲁迅所译的《灯台守》、周作人译的《月夜》和《金鱼》以及周作人的《山居杂诗》、鲁迅的《一件小事》这几篇创作。但总体看,在他这本薄薄的小册子(只有68页)中所提到的新文学(包括翻译文学)的比重还是高于中国古典文学的。

　　整体来看,20年代所出的各种作文教材主要还是以古代文学作品和翻译的外国文学作品作为范例,新文学作品虽也陆续进入此类教材,但无论是被提及和引证的频次,还是对其摘录和分析的篇幅,都不如外国文学和中国古代文学。比如夏丏尊和刘薰宇合著的《文章作法》(1926)一书,大量列举《红楼梦》《儒林外史》《水浒》等古代文学名著和《复活》《父与子》《爱的教育》等西洋文学名著为例,新文学的范例并不多,只有叶绍钧的《母》等寥寥几篇,这是因为全书的撰写主要完成于20年代初期②,而此时的新文学创作还不够丰富,所以无法多选。直到20年代末30年代初,仍然有一些作文教材偏颇地只引古代作品为例而对新文学作品不屑一顾。这一方面跟新文学的成就还没有得到普遍承认,还无法与古典文学和外国文学的地位相抗有关,另一方面也跟一些守旧的国文教员的作用有关。苏州中学初中部国文教员周服(又名周侯

---

① 叶绍钧:《作文论》,上海:商务印书馆,1924年,第5—7页。
② 这本书是刘薰宇以夏丏尊在中学教国文时的讲义稿为基础增补修改而成,而据夏丏尊在此书《序》中自述,全书的前五章是1919年在长沙第一师范时编写的,第六章小品文,是1922年在白马湖春晖中学时编的。(据夏丏尊、刘薰宇:《文章作法》,上海:开明书店,1926年。)

于)上课使用的自编作文讲义曾于 1929 年由商务印书馆以《作文基础》为书名出版,其中除征引胡适、李大钊等少数几个现代人的说理文章外,其余全是古代作品。同是这个周侯于,又在 1928 年初撰成《作文述要》(商务印书馆 1930 年版),也是通篇列举古代文言文,不涉一篇新文学作品。上述《作文基础》曾分别在 1933、1935 年重版,显示出该书还有一定的市场。又比如胡怀琛出版的《一般作文法》(世界书局 1931 年版),基本上一篇新文学作品都没引用过。当时中学校里和社会上尽有一些知识老化(对新文学知之甚少)或立场保守(偏好古代文学)的人士,他们根本就不把新文学放在眼里。

但情况在慢慢好转,毕竟新文学在逐渐成熟,在社会上的传播也越来越广。1929 年,世界书局出版徐国桢编著的《记叙文作法向导》一书,其中作为分析和举例对象的,除了少量古代文学和外国文学作品,主要的就是新文学创作了,计有叶绍钧的《悲哀的重载》《春游》《被忘却的》《晓行》,徐志摩的《哀曼殊斐尔》,庐隐的《华严泷下》,黎锦明的《复仇》,鲁迅的《孔乙己》,等等。到了 30 年代,作文法之类的出版物中新文学被引证的频率日益增长,赶超了古代文学作品的地位,甚至有的作文教材专以新文学作讲解的范例。黄洁如著的《文法与作文》(开明书店 1930 年版)本来侧重讲语法,但也摘录了不少新文学作品作为语法讲解的例证或练习的材料,如周作人的《两个扫雪的人》和《山居杂诗》、郑振铎的《荒芜了的花园》、冰心的《超人》《离家的一年》、欧阳予倩的《车夫之家》等。章衣萍的《作文讲话》(北新书局 1931 年版)的新文学趣味更加浓厚,他干脆宣称:"我是一个爱文学的人。这本小书是为了有志爱好文学的中学生们做的。"[①] 作为新文学界中人的他自然熟悉新文学作品,常常以之作例子来谈论。比如他摘引鲁迅小说《故乡》中对豆腐西施杨二嫂的"圆规"般的身材的描写,对闰土"松树皮"似的手的描写,来说明要靠观察和想象"自铸新词";他举鲁迅《示众》中"许多狗都拖出舌头来""连树上的乌老鸦也张着嘴喘气"的描写来称赞鲁迅描写的有力。此外,魏金枝的《留下镇上的黄昏》,周作人的《死法》,冰心的《寄小读者》《友情》,鲁迅的《风波》《社戏》《孔乙己》《明天》《药》《自叙传略》《马上日记》《小杂感》,废名的《桥》,朱自清的《绿》等众多新文学作品也被摘引和分析。1933 年,高语罕所著的《语体文作法》(黄华社出版)出版,书中所谈及的新文学作家和作品数量较他之前于 1922 年出版的《国文作法》已有了极大的增长。

[①] 章衣萍:《作文讲话》,上海:北新书局,1931 年,第 12 页。

周乐山所著的《作文法精义》（广益书局 1933 年）已大量征引新文学作品，如冰心的《去国》《到青龙桥去》《超人》《寄小读者》《烦闷》，鲁迅的《社戏》《上海通信》，孙福熙的《红海上的一幕》，叶绍钧的《春游》《阿菊》，朱自清的《荷塘月色》，徐志摩的《我所知道的康桥》《泰山日出》，庐隐的《蓬莱美景》，郁达夫的《迟桂花》《考试前后》《苏州烟雨记》，郭沫若的《黑猫》《红瓜》《行路难》等。对于郁达夫等新文学家的人生经历与创作的关系，周乐山多有解说。比如他说："冰心女士早期的作品，只有母爱，就因为她生活在美满的充满着慈爱和煦的家庭中。郁达夫初期感伤的作品，不是凭空的，是由于他颠连的生活背景出发的。——深入生活的内层，因为文艺是苦闷的象征；同时深入社会的内层，去发现社会的黑暗面，去体验大众的阶级苦闷；这是文学家成功的口诀！"① 周乐山本人是一位新文学作家，对新文学十分熟悉，所以尽可能地多向学生介绍新文学的情况。如在该书的第五章"小品文"中，他详细列举了我国现代的小品文作家："第一，语丝派健将周氏兄弟。开发小品文厥功最大的首推周作人，他的小品，无论闲话随笔……著有《自己的园地》《雨天的书》《泽泻集》等，极为文坛所推崇。周树人笔名鲁迅……著有《热风》《华盖集》《野草》等专集。这一派还有江绍原、刘半农、佩弦等。第二，创造派。郭沫若……成仿吾、郁达夫、张资平等……第三，文学研究会派。这派人才较多，朱自清、谢冰心、俞平伯、叶绍钧、郑振铎、绿漪、丰子恺等。第四，新月派。……"在这一章的第四节"小品文选"中周乐山收录了鲁迅、周作人、郭沫若、茅盾、朱自清、俞平伯、刘半农、落华生、陈西滢、冰心、郑振铎、叶绍钧等十多位作家的几十篇小品文。周乐山的这本《作文法精义》实际应该命名为《新文学作法精义》才是！

写作知识讲解再加范文、作品选，这是当时写作教材的通行体例。胡怀琛编著的《作文门径》（上海中央书店 1933 年版）除了讲解字词句的用法、篇的结构法，还特意附录了"小品文选读"部分，收录了周作人的《爆竹》《愚夫与英雄》《历史》《老人政治》《长毛（夏夜梦）》《诗人（夏夜梦）》、孙福熙的《"爱国"自慰》、徐志摩的《我所知道的康桥》、鲁迅的《从百草园到三味书屋》《论照相之类》《灯下漫笔》、朱自清的《背影》等 14 篇小品文。胡云翼和谢秋萍合著的《文章作法》（上海亚细亚书局 1933 年版）也可以算作一个选本性质的教材。它在"写景文"这一节既节录了徐志摩的《我所知道

---

① 周乐山：《作文法精义》，第三章"记事文"部分第 8 页，上海：广益书局，1933 年。

的康桥》,又全文收录了朱自清的《荷塘月色》、落华生的《春底林野》等等"现代著名的写景文"①,以供读者观摩参考;在"叙事文"这一节,编者节录了周作人的《卖汽水的人》来讲解"插叙"问题,选录朱自清的《背影》来讲解"追叙"问题;在为学生推荐阅读书目时,编者说:我们要把写景文叙事文做得好,则宜多读现代含有文艺性的小品散文。如周作人的《泽泻集》及《雨天的书》等,鲁迅的《野草》及《华盖集》等,徐志摩的《自剖》及《巴黎的鳞爪》,冰心的《寄小读者》,陈西滢的《西滢闲话》,孙福熙的《山野掇拾》,川岛的《月夜》,绿漪的《绿天》,朱自清的《背影》,俞平伯等的《我们的六月》《我们的七月》,以及徐蔚南、王世颖合著的《龙山梦痕》,这都是些很好的读物。② 这本《作文门径》实在可以更名为《小品文门径》。

1933 年,石苇出版了《作文与修辞》(上海光明书局),"其中大部分是在两三年前当一个中学国文兼英文教师生活的时期内编定的,一部分是后来补入的;同时为了全书编制上的统一和读者学习上的便利计,又特地把许多西洋的范例,尽可能地都改上了本国新文艺上比较名贵的文句"③。为了适应学生的需要和时代的风向,国文教员们此时既不敢"崇古"也不敢"媚外",而是顺应了"贵今"的潮流,重视起了"本国新文艺"。石苇还称:"文学的领域,似乎常是少数作家所独占的王国,这部书将告诉青年应该冲入进去。谁要是有自信,有勇气,有努力,有决心,谁都可以写他们认为值得写的作品,正不必以既成作家的成就自限……"④ 他殷切地鼓励学生们搞文学创作。郭挹清编著的《中学作文法》(上海大公书局 1934 年版)也几乎是一本专以新文学为例的书。顾凤城在 1934 年出版了自己的《新文章作法》⑤,他自称:"本书所引的范例,大都采取现代的语体文,古文或文言文一概不录。"而他采用的语体文范例大部分是新文学。上述这类纯以新文学为写作教学范例的现象之出现,或许也传达出这样一个信息:到了 30 年代,新文学已在社会上站稳脚跟,成为中学生们学习作文的主要材料,而过去被特别高看的中国古典文学和西洋文学都失去了尊崇地位,变得可有可无了。所以到了 1940 年,俞焕斗在《作文文法指导合编》(商务印书馆)一书出版之时,就连忙在《编辑例言》中声

---

① 胡云翼、谢秋萍:《文章作法》,上海:亚细亚书局,1933 年,第 88 页。
② 参照胡云翼、谢秋萍:《文章作法》,第 201 页。
③ 石苇:《序》,《作文与修辞》,上海:光明书局,1933 年。
④ 同上引。
⑤ 该书作为《读书作文通》(世界书局 1934 年)一书的中编而出版,不知是否另外单独成书。

明:"本书全用语体文撰述,即书中所举例子,亦不取乎文言。"①

二三十年代的作文法教材种类繁多,除了包含各种文体的综合性、概论性教材,更有记叙文、论辩文、日记文、书信文、抒情文、写景文等分门别类的分体作法教材。钱谦吾编著的《语体写景文作法》(上海南强书局1931年版)、汤增敫所著《写景文作法》(广益书局1933年版),都大量选录周作人、鲁迅、郭沫若等新文学家的作品。日记文体的写作教材在二三十年代也出版了多种,这是因为人们都认识到了写日记在中学作文训练中基础性的地位。日记首先应该被视为一种实用文体,藉以记录琐事以备忘,如鲁迅的日记,但当时的日记文作法教材基本都是从新文学家那里选取范文,选的都是文学性较强的篇目。如贺玉波的《日记文作法》(广益书局1933年版)选取的范文包括郁达夫的《穷冬日记》、周作人的《访日本新村记》、鲁迅的《马上日记》、郭沫若的《新生活日记》、胡适的《游山日记》、沈从文的《善钟里的生活》、冰心的《游欧日记》、许钦文的《伏中日记》、谢冰莹的《从军日记》等,普遍文学性较强。这种教材不是从学生的实际生活需要和写作教学的内在规律(从日记学习积累素材、养成运用文字的习惯)出发,而是从文学趣味出发。即便是论辩文这种明显与文学关系不太紧密的文体,其写作教材也习惯于从新文学家们的带文学性的篇章中选取范文。吴念慈所著《论辩文作法讲话》(上海南强书局1934年版)还专门设立"论辩文的文学的侧面"这一章,强调议论文的文学性。该书具有偏重新文学的小品文、杂文的倾向。

当时,许多面向中学生的文学选本其实是作为写作教学的教辅读物出版的,它们也都热衷于从新文学中取材。戴叔清编选的《模范日记文选》所收包括胡适的《游山日记》、鲁迅的《马上日记》、周作人的《访日本新村记》、冰心的《旅美日记》、郭沫若的《新生活日记》、郁达夫的《劳生日记》、张资平的《东京纪游》、田汉的《日记》、周全平的《道上日记》、沈从文的《不死日记》。沈仲文编选的《现代日记文杰作选》(上海青年书店1932年版)所收的也是鲁迅、郁达夫、郭沫若、冰心、周作人、赵景深、杨振声、章衣萍、许钦文、周全平这些作家的日记。朱益才编选的《现代日记文精选》(上海经纬书局1937年版)"所选均为当代文豪之日记"②,包括胡适的《庐山日记》、鲁迅的《马上日记》、周作人的《访日本新村记》、郭沫若的《新生活日记》、田汉的《蔷薇之路》、郁达夫的《劳生日记》等等。这些出版物是供中学生作文学

---

① 俞焕斗:《编辑例言》,《作文文法指导合编》,上海:商务印书馆,1940年。
② 朱益才:《例言》,《现代日记文精选》,上海:经纬书局1937年。

习和参考的,其侧重点却并非"日记"而是"文坛"和"文豪"。

在写作类教材或教辅中还出现了一类特殊的"描写辞典"。它们选摘新文学作品(包括翻译文学)中的精彩段落和文字,按描写对象分门别类汇编出版,以供中学生揣摩或模仿之用。这类书出版了不少,在中学生中也很流行,如钱谦吾所编《新文艺描写辞典》①(南强书局1930年版)和《青年创作辞典》②(光明书局1932年版),马兼善与姚壬龙合编的《作文描写类典》(上海普益书局1933年5月版、世界书局1934年版③),李白英编的《作文描写辞源》(中央书店1935年版),张盱编的《作文描写辞典》(上海教育书店1937年版),刘铁冷编的《作文描写辞典》(桂林文潮书店1943年版),谢天申编的《景物描写辞典》(上海经纬书局1948年版)、《记叙文描写辞典》(上海经纬书局1948年版),等等。这类描写辞典大量从中国新文学作品中节录片段文字,既是对新文学的一种信息传播,又是在培养"新文学感觉"和"新文艺趣味"。如马兼善、姚壬龙编的《作文描写类典》在其《导言》中说:"深刻的记叙,就是描写,也就是新文艺的技术的特色。"在总述"写景类""写人类""写物类"时编者又分别说道:"文学上描写最多的部分,要算自然界的景色了。""文学描写中,人的描写占着最重要的地位,而描写起来,也最复杂而细腻。""风景的中间,人事的里面,往往夹杂物的描写。所以物在文学描写上,也有相当的位置。"④从这些说法不难看出编者编选这种作文类书是着眼于"文学",是要迎合中学生们的文学写作趣味。

这种"描写辞典"在三四十年代一度有泛滥之势,不仅出版的种数较多,而且版次和印数也较多。如李白英编的《作文描写辞源》不断再版,至1948年已是第九版。"描写辞典"泛滥的现象说明,新文学作品已成为中学生们作文的主要模仿对象,也因此而必然形塑了其下笔作文的新文学趣味。这种描写辞典常常分"季节描写""天象描写""地象描写""园林花卉动物描写""都

---

① 此书共摘录世界文学名著中的片段描写共841则,编者未注明各段文字的出处,但笔者粗略的印象是多取自翻译的外国文学作品。

② 这本书共10卷,分为季节、天象、日与夜、河流与海洋、树木花卉与动物、都会与村镇、人物、对话与戏剧等类别,从小说、散文、戏剧、诗歌等文章中"举其绝妙好例,指示文学的方法与描写的技术"(出版广告)。此书基本上选取的是外国文学的例子。

③ 该书作为《读书作文通》(世界书局1934年版)一书的下编而出版,全书《叙旨》中称"系采自近代文学著作之精华,秀句隽语,凡善于状物言情者,皆一一从类编入,其以丰富雅丽之词藻,增加学者作文之语汇,而济其文思枯涩之病焉"。

④ 马兼善、姚壬龙编:《作文描写类典》,上海:普益书局,1933年,第1、3、103、145页。

会城镇乡村屋宇描写""人物描写""群众及战争描写""女性美描写""男子表情动作描写""心理感觉描写"等部分，每部分下面又细分为各小类。比如"天象描写"一部中就又细分出"天空""太阳""月亮""星星""早晨""暮""夜""风""云霞""雨""雾"等小类，而其中"早晨"一小类又分出"早晨的一般""夏的早晨""秋晨""冬的早晨""都会的早晨"，可以说是备极精细，收录的例文非常丰富。这种辞典其实是中国古代类书的一种现代变体，其功能正如类书，是在将新文学的趣味、风格和技巧（如选题眼光、描写趣味、辞藻风格）归类化、程式化和知识化。

但这类"辞典"也会带来负面的影响，比如造成抄袭与模仿之风，形成华而不实的文风。对此，当时人常常讥之以"新文艺腔"。如望鼎在《新文艺腔医治法》一文中说："新文艺而有'腔'是怪事。'腔'绝不是'风格'：'风格'是个人的笔法，'腔'却是一窝蜂的（地）模仿。这才糟了！"① 朱自清也曾经指出过当时青年人中这种"到处滥用文学的调子"的现象。而叶圣陶也说"曾经接到过几个学生的白话信，景物的描绘与心情的抒写全像小说，却与写信的目的全不相干"②。显然，《描写辞典》这种类书所提倡的细描风格和模拟之风，应当是造成上述"新文艺腔"泛滥的原因之一。当代作家叶兆言曾说，朱自清前期散文的缺点很突出地表现在"造作"上，"譬如《匆匆》，譬如《荷塘月色》，都有堆砌词（辞）藻追求华丽的毛病"，这种"新文艺腔是朱自清后来坚决要去掉的东西，这也是新文学的通病"③。实际上，朱自清这种堆砌辞藻追求华丽的散文恰恰是众多描写辞典特别青睐的材料库。

当然，对于这类描写辞典的积极作用也不能否认，它们对于学生白话文作文能力的提升是有明显的帮助的。朱自清在 1944 年时指出，近十余年来，中学生做白话文的能力，按一般的标准来说是大大的进步了，"对于写景，抒情的能力，尤其非常的可观"④。学生的白话文写作范例，不外乎国文课本、课外文学书和学生用辞典类书。有学者在论述古代类书的功用时说，类书"把诗歌变成一门可学习的技术""是促成诗歌技术化的工具之一"⑤。新文学的辞典类书显然也是促成新文学技术化和普及化的工具之一。在古代，"完全依赖类

---

① 载上海《杂志》第 11 卷第 2 期，1943 年 5 月。
② 朱自清：《论教本与写作》，朱乔森编：《朱自清全集》第 2 卷，第 44 页。
③ 叶兆言：《狷者朱自清》，《中华活页文选（高一年级）》2014 年第 1 期。
④ 朱自清：《怎样学习国文》，《国文杂志》第 3 卷第 3 期，1944 年。
⑤ 贾晋华：《隋唐五代类书与诗歌》，《厦门大学学报（哲学社会科学版）》1991 年第 3 期。

书作诗的,主要是那些缺乏诗歌天赋的小诗人,但这些众多的小诗人毕竟促成了诗国的繁荣,众星拱月般地烘托出了真正的伟大诗人"①。同理,描写辞典之类的新文学类书未必能造就出杰出的新文学家,但至少也会培养出一大批新文学的学徒与后备军。

上述作文教材、作文辞典都是面向一般中学生的,属于今天我们所谓的"基础写作"而非"文学写作"的范畴,但这些基础写作教材里已经呈现出越来越浓郁的"新文学"趣味:不仅选作范例的文章中新文学作品出现的频次越来越多,而且但凡谈到记叙、描写、抒情这类写作技巧,谈到语言技巧,谈到记事文、叙述文、描写文、抒情文等文体时几乎都把新文学作品当作主要范例。更有甚者,顺应着新文学界的"小品文"热,当时出版的《作文法精义》(周乐山编著)、《作文门径》(胡怀琛编著)、《新文章作法》(顾凤城编著)、《实用作文法》(顾凤城编著)、《作文法讲话》(胡杰编著)等书中还专门辟出"小品文作法"一章,并且提供中国新文学中的小品文范例。在当时的语境中,"小品文"无疑是较偏于审美趣味性的文学作品,不是一般性的"篇幅短小的文章"之谓。这些细微之处足以显示当时新文学界潮流对中学国文教育的影响力。

除了上述一般性的作文教材,二三十年代的中国还出现了不少面向中学生的专门的文学作法书。这些书有的是由新文学界中人士(如孙俍工)所编,大有在中学生中培养新文学后备军的企图;有的则是由某些文学研究者或书商雇人所编,常常标以"中学国文补充教材"的字样,大概是要迎合中学生对新文学的强烈兴趣,也希望从中获得丰厚的出版效益。这类文学写作教材的纷纷出现也从一个侧面印证了新文学创作的热情在社会上蔓延的局面。另外,在当时的《学生杂志》《中学生》等杂志上也常常刊登《小说作法浅说——为学作小说的学生而作》②之类讲授文学作法的文章,充分说明了中学生群体中的新文学创作热。

孙俍工是1920年代颇有些名气的新文学作家,也是著名的文学研究家。他在1920年代中期一举编著出版了《小说作法》《新诗作法讲义》《戏剧作法讲义》这一整套新文学的写作教材,热心地向中学生们普及新文学的写作知识和技巧。《小说作法》(中华书局1926年版)系"初中学生文库"之一,按照

---

① 贾晋华:《隋唐五代类书与诗歌》,《厦门大学学报(哲学社会科学版)》1991年第3期。

② 柳丝:《小说作法浅说》,《学生杂志》第18卷第1号,1931年1月。

西方传播过来的文学理论体系来编写,对与小说写作相关的各要素都做了概述。它较多引用翻译文学作品作为例证。《戏剧作法讲义》(上海亚东图书馆1925年版)附录了"名剧梗概十二篇",也基本都是翻译过来的外国剧作。《新诗作法讲义》(商务印书馆1925年版)所取例的主要是中国的新诗集,如朱自清等著《雪朝》,冰心的《春水》《繁星》,刘大白的《旧梦》,徐玉诺的《将来之花园》,郭沫若的《女神》,俞平伯的《冬夜》《西还》,汪静之的《蕙的风》,康白情的《草儿在前》,OM(朱自清等)《我们底七月》《诗》(文学研究会编)、《星海》(文学研究会编)等。大概因为新文学的小说和戏剧在1920年代前半期还不如外国文学那样鼎鼎大名,所以孙俍工很少引用新文学的小说和戏剧。但由于中国新文学实际上是从学习现代外国文学发展而来这一事实,孙俍工的这些文学作法教材虽然洋味十足,却依然对促进新文学的写作有效。

1931年,上海光华书局的文艺编辑们说:"近年来,中国底青年对于文学的狂热,为从来未有的现象;我们可以说,凡中等学校以上的学生,差不多没有一个不看过小说的,也差不多没有一个不想写作的。不过,一般青年所看的差不多都是创作或翻译底小说诗歌之类,而理论书籍很少阅读,尤其是关于'怎样写作'的书籍阅读得更少。这实在是一个不很好的现象,我们知道假如没有理论做根柢,那写作出来的东西一定是不会好的,比如做了一篇小说,而作小说者尚不知小说是什么?更不知小说的结构和描写,虽然他有很好的情节和内容,但是对于读者的感染,一定是不会强烈的,于此,可知理论指导的重要。"① 为此,上海光华书局特刊行"文艺创作讲座"系列丛刊,共出六卷,请专门人士执笔撰文,指导青年创作,或介绍创作经验,最后集结成书出版。这个讲座收录了谢六逸的《小说创作论》、高明的《小说作法》、马彦祥的《戏剧作法》、郁达夫的《关于小说的话》、傅东华的《谈谈创作》、森堡的《诗歌作法》等。这个讲座的文章中较多联系新文学创作实际而谈的是马彦祥的《戏剧作法》。此文谈到了侯曜的《山河泪》、张闻天的《青春的梦》、洪深的《赵阎王》、田汉的《火之跳舞》、洪深的《爸爸爱妈妈》(电影剧本)等。1934年,石苇也编写出版了《小说作法讲话》(上海光明书局),其目的是"帮助无数的中等学生以及一般的青年读者解决他们在初学小说的过程中所发生的种种基本问题。"② 在这本书中,鲁迅、郁达夫、叶绍钧、茅盾等人的作

---

① 光华书局:《编辑后记》,《文艺创作讲座》第1卷,上海:光华书局,1931年。
② 石苇:《序言》,《小说作法讲话》,上海:光明书局,1934年。

品和创作经验谈时时被征引,俨然已成为一部中国现代小说史话。

在当时面向中学生们推出的各种文学作法教材中,"小品文"作法类最多,如李素伯的《小品文研究》(1932)、冯三昧的《小品文作法》(1932)和《小品文研究》(1933)、石苇的《小品文讲话》(1933)、陈光虞的《小品文作法》(1934)等。小品文因为篇幅短小,取材自由,又富于文学意趣,很是受到国文教育界的重视。周乐山在其《作文法精义》一书中干脆就说:"小品文是近代文学的娇儿,她受一群文学者的欢爱,确实,她有可爱的内在力量的。尤其现在一般文学青年,都在学习小品文的写作,小品文的被重视,是无容疑义了。"[①] 1941年,女作家陆晶清在编选出版《现代小品文精选》时也同样强调了小品文的写作训练价值:"凡是爱好文艺的朋友都喜欢读小品文;高初中学生最适宜于多读小品文。因为,小品文是一种美的散文,是用畅快轻松的笔调,表现作者的思想及情趣,生活与见闻。所以多读小品文不惟可以提高读文章的兴趣,并且还能启发思想,增进写作的技巧。这是我几年来教书的经验。"[②] 在这类小品文作法书中,新文学的小品文是主要的范例。李素伯的《小品文研究》一书在"小品文举例"这一节中就分别选录了冰心、绿漪、王世颖、鲁迅、周作人、郭沫若、朱自清、俞平伯、徐志摩、许地山、叶绍钧等人的作品。冯三昧编著的《小品文作法》(上海大江书铺1932年版)收录了叶绍钧、冰心、郭沫若、鲁迅、朱自清、周作人等的许多篇目,诸如《藕与莼菜》《一个乡民的死》《苦雨斋》等等。此后,冯三昧又出版《小品文研究》(上海世界书局1933年版)和《小品文三讲》(上海光华书局1934年版),依然不脱新文学的趣味。石苇编的《小品文讲话》(上海光明书局1933年版)下编名为《小品文范例》,按题材内容或文体分类选文,包括"写景小品""状物小品""叙事小品""抒情小品""瞑想小品""谈论小品""讽刺小品"共七类,收录的几十篇作品几乎全是新文学,如朱自清的《荷塘月色》《绿》《匆匆》《背影》,鲁迅的《腊叶》《风筝》,周作人的《故乡的野菜》《泥水匠》《一个乡民的死》《卖汽水的人》《北京的茶食》《自己的园地》,叶绍钧的《没有秋虫的地方》《藕与莼菜》,等等。贺玉波编的《小品文作法》(上海广益书局1933年版)下卷名《小品文范》,以作家为单位编排,共收周作人、鲁迅、俞平伯、朱自清、郭沫若、郁达夫、苏绿漪、叶绍钧、谢冰心、徐志摩等11家小品。陈光虞编著的《小品文作法》(上海启智书局1934年版)也专

---

① 周乐山:《作文法精义》,第5章第1页,上海:广益书局,1933年。
② 陆晶清:《序》,《现代小品文精选》,上海:言行社出版,1941年。

设"现代小品文示例"一编，选录大量新文学作品。

三、小结

20—40年代中学作文教学的新文学倾向至少表现在如下几个方面：其一，作文命题上多向新文学靠拢，模仿新文学篇目的情形比较明显和普遍，这主要是受当时国文教材中所收新文学篇目的影响所致。国文教员和大部分中学生的兴趣都集中于教材中的新文学篇目上，这自然也造成了作文命题时的偏向。其二，写作教材出版活跃，且不管是什么样的文体和文类的教学，包括普通文，都热衷于举新文学作品为例；专门讲授新文学（新诗、小说、戏剧、小品）写作的教材也特别多。其三，新文学对中学作文教学的影响已深入和细化到了其思想、题材、情调、文笔、辞藻等不同的层面，"描写辞典"的出现就标志着作文教学已具体和细化到了模仿新文学的描写对象和语汇风格的层次。而在对于新文学的不同的模仿层次和维度中，最值得重视的是题材模仿，最值得肯定的则是思想倾向方面的模仿。

就题材上的模仿而言，新文学关注社会热点和现实问题的倾向明显反映到中学作文教学中来。阮真就发现，1920年代的社会风气是自由恋爱、自由结婚的口号甚嚣尘上，于是婚姻恋爱问题成为新文学最热门的题材。受此影响，"中学生多喜作小说新诗，而题材多是婚姻问题、恋爱问题，教师要讨学生的欢喜的，也就多出这类题目"①。而随着时代的演变，"革命文学"和"普罗文学"又先后兴起，也影响到了中学生们的作文。1933年，清华大学的国文招生考试设置了五道作文题供考生自选，这五道题是《苦热》《晓行》《灯》《路》和《夜》。朱自清在阅卷时发现，考生们在作文中普遍表达出一种"恨富怜穷"的思想，而这正是受到30年代初期文坛"普罗文学"潮流影响所致。比如《苦热》这一题，"北平考生做这个题，总是分两面立论：'阔人'虽也热得难受，但可以住洋房、用电扇、吃冰激凌，还可以上青岛、北戴河去。'穷人'的热可'苦'了，洋车夫在烈日炎炎的时候还得拉着车跑；跑得气喘汗流，坐车的还叫快走，于是乎倒地而死。这一回卷子里，洋车夫可真死得不少。""做《夜》的也常有分阔人的夜与穷人的夜的；做《晓行》的……

---

① 阮真：《中学作文教学研究》，第72页。

（中略）也常将农人的穷苦与苛捐杂税等等发挥一番。"① 而抗日战争爆发以后，中学生作文的题材和思想主题上也更凸现时代性和社会性，如有写战争祸乱的《挣扎》《除夕》，有写故乡沦陷的《我们的松花江》《故乡沦陷记》，有写妻离子散、失业煎熬的《流亡者》《爸爸失了业》等，有写战争中各类人物的《八路军》《老甲长》等。总之，"广大学子们关心国家的前途命运，关心民众疾苦，关心社会政治的变化，以赤子般的心灵叙写时事多艰、救亡图存的篇章"②。

中学作文教学尤其重视模仿新文学的"普罗""反帝"等思想倾向。我们从上述1933年清华大学国文招考时学生的作文倾向即已可见一斑。谢美云编的《语体文选及其作法》（乐华图书公司1934年版）一书认为"对于思想的训练较之于文章的学习尤为重要，因为假如一个青年没有健全的头脑和清晰的思想，他虽有下笔千言的本领，但他的文章还是没有骨干的"③，为此这本《语体文选及其作法》围绕"反映社会的黑暗""反帝国主义和侵略主义""反封建制度和宗法社会"等六个方面的思想主题来选文和讲解。《开明国文讲义》也告诉中学生，一般的记叙文并不等于小说，必须里面含着"作者所见的人生的、社会的某种意义的"，方才是小说。④ 注意思想意义的寄托和传达，这是新文学不同于纯粹消闲趣味或自娱自乐性质的"旧文学"和通俗文学的根本特点之所在。文学研究会成立之时即明确宣言反对"将文艺当作高兴时的游戏或失意时的消遣"，提倡文学"为人生"，后来，这种"为人生"的文学态度又发展为"为社会""为国家""为人民"，代表了中国新文学的现实主义精神和指导人生、改造社会的价值诉求。像"普罗文学""左翼文学"等代表新文学的主流思想倾向和价值观的新文学类型有幸成为中学作文教学的范例，这无疑是有助于塑造民国中学生健康的国民精神的。

---

① 朱自清：《高中毕业生国文程度一斑》，朱乔森编：《朱自清全集》第8卷，第409页。
② 刘光成：《百年中学作文命题研究》，湖南师范大学博士学位论文，2010年，第129—130页。
③ 谢美云编：《语体文选及其作法》，上海：乐华图书公司，1934年，第1页。
④ 夏丏尊、叶圣陶、宋云彬、陈望道合编：《开明国文讲义》第1册，上海：开明书店，1934年，第212页。

第八章　中学生文艺与新文学精神

上一章我们考察了国文教员和写作教材是如何教中学生写作的，谈论的是新文学如何经由作文教学而对中学生的作文及思想情感表达施加影响力的。接下来我们进一步考察民国中学生的写作成果，看看这些写作成果与新文学的契合表现在哪些方面，从学生的这些写作成果我们又能看出其怎样的思想道德素质。中学生写作中体现出来的思想道德素质正是新文学的国民素质教育功能及其效果的一种体现。我们的论述主要依据当时的一些公开出版物，如面向中学生的杂志、中学生作文的出版物以及一些著名中学的校园刊物。通过考察这些出版物，不仅可以大体呈现当时中学生写作的一般情况，还可以具体考察一篇篇的学生作品，从中窥探学生的思想言行和心志，看出新文学的精神熏陶作用。

一、新文学影响下的中学生文学热

1934 年，涂公遂在讨论国文教学问题时感叹说："自文学革命之口号倡行以后，举国青年，不究其是非，但惑其新颖。……（中略）盖为学生者，外受报纸、杂志、小说之诱掖，内受教员、同学、同志之熏陶，觉前代文学已为死骸，当无诵读之必要，而白话文学，既易为，又易读。且举世风从，胡能独异。久而久之，遂亦安于其易而奉为金科玉律矣，就余所知，中学生之以文豪自命者，颇不乏人。其所著之诗集小说，常盈箱满箧，方之哥德、雪莱，殆亦不逊也。惟社会之能以小说诗集为生活者，究亦有限。况其所谓小说与诗集者，实去鲁迅郭沫若尚几千万里也。"① 此说透露了当时中学生因广泛接触新文学而受其影响，纷纷从事文学创作的现象。朱自清在1935年时也说，中学生们"读著译的小说，读各种杂志，文艺的，非文艺的；他们写作小说、散文、论文，登在校内或校外的刊物上。他们表现了自己，有了读者，甚至于还有了倾慕的人；这些鼓励他们那样作（做）……"② 可见中学生从事文艺创作在当时确实成了气候。

中学生爱作新文学，这其实是从新文学诞生之初就已开始的现象。20年代初，当新文学挟新文化运动的巨大声势而向社会上流播的时候，思想活跃、精神需求旺盛的中学生群体便已关注到新文学并同时开始学习。当时教育发达和交通便利之地如江浙、上海、北京、天津、湖北、湖南等地就有非常活跃的中学生文艺活动。如浙江一师，据曹聚仁回忆，随着俞平伯、朱自清、刘延陵这几位新诗人来校任教，"忽然，国文教室中的空气大变，湖上诗人的时代便到来了……我们的同学，如汪静之、冯雪峰、张维琪、陈乃棠、应修人都是新诗人。"③ 他所说的就是浙江一师的一个唤作"湖畔派"的学生诗人群体。到了20年代中后期，随着新文学的发展和中学教育的逐渐扩张，更多的中学生接触到了更多的新文学作品，于是仿作新文学的现象就在全国的中等学校里蔓延开来。1926年4月，上海青年会高级中学的学生黄隐岩撰文《中国文艺界的现象》说："年来中国的青年对于文艺方面的趋向，的确可以添出盈千累万的新进作家来，怕无论记忆力怎样强的人，总记不清他们的名字吧？如虫蛆般产生的出版物，一天一天地增加起来，连数都数不清。……犯文艺狂的青年，每苦于不能把新出版的书籍一一浏览。"④ 这"连数都数不清"的出版物中就有相当部分是出自中学生之手。

随着国民党南京政权的建立及形式上统一全国，国家秩序大体上稳定下来，教育事业也得到加快发展，中学生的人数上升很快。这些背景自然也促成了中学生文艺的繁荣。可以说，全面抗战之前的30年代是民国中学教育的黄金时代，也是中学生文艺的黄金时代。这一时段内的中学生创作不仅量大而且质量提高很明显。这可以从30年代初创刊的《中学生》杂志的"学生文艺"

---

① 涂公遂：《国文教学之商榷》，《河南大学学报》第1卷第1期（创刊号），1934年4月。
② 朱自清：《中学生的国文程度》，朱乔森编：《朱自清全集》第2卷，第25页。
③ 曹聚仁：《文坛五十年》，北京：生活·读书·新知三联书店，2011年，第144页。
④ 见《学生文艺丛刊第三卷汇编》"文乙"部，上海：大东书局，1926年。

栏目的情形中看出来。这个栏目一直稳定开设，学生投稿日趋活跃，质量也稳步上升。因为创作来稿颇丰，一本《中学生》杂志容纳不下，开明书店干脆从1930年度起按年推出《中学生文艺》专集，后来又变成半年刊和季刊，直到抗战爆发才终刊。民国中学生的文艺创作或是发表于校园内部刊物上，或是由学校汇集出版，或是投稿并发表于《中学生》《学生杂志》这样的全国发行杂志，或是由某些出版商以征文的形式出版作品集。在全面抗战之前出版的中学校园刊物数不胜数，成为中学生文艺的主要园地，再加上坊间销售的中学生文艺作品集，总数量着实不少。按作家陈福熙的说法："战前坊间所出的中学生文选，车载斗量"①。

抗战时期，因为战争环境和印刷物资的匮乏，中学生数量的萎缩，全国范围的中学生文艺运动有所衰落，中学生文艺成果的出版量也远不如战前，但这并不意味着中学生文艺创作的消歇和创作质量的下降。抗战胜利，中学教育很快恢复，出版条件也有很大改善，于是中学生文艺又繁荣起来。1946年，《中学生》杂志发起"中学生与文艺"笔谈会，杂志主编交代开这次笔谈会的缘故是："从读者诸君的来稿和来信中，我们知道文艺这东西盘踞了诸君大部分的心灵；不但现在如此，从本志创办到现在将近二十年间一直如此。除开读者诸君，我们经常会面的青年朋友也不在少数，他们大多是喜爱文艺的，有的甚至说愿把文艺作为终身事业。"② 当时吕叔湘也在《中学生》上撰文说："根据我的经验，十个中学生里大概有六七个爱好文艺读物，其中又有一两个喜欢自己写写。"③ 十个中学生里面大概有一两个喜欢自己写，这种判断并不算夸大。

谈论民国中学生的文艺创作热情不能不注意到这个学生群体的年龄特征。民国时期由于贫穷、战乱和教育不发达等原因，学生普遍入学较晚，再加上留级和中途辍学等原因，中学生的平均年龄是显著大于我们今天的中学生的。当时的初中生平均年龄在十五六岁，高中生则在20岁左右。学生年龄偏大，社会阅历较丰，心智也成熟些，所以很多人早早就确立了人生目标和追求，或者是在功利性思想的影响下，想通过文学写作来出名获利。当时中学毕业生在社会上的出路很狭窄，很难谋到事情做。初中毕业生且不说，高中毕业生要是考不上大学，就业也会很成问题。而如果在校期间能够发表一些文学作品或其他文章，毕业时就有了敲门砖，有望谋取到相对较好的职位。比较理想的话，比

---

① 陈福熙：《付印记》，《战时中学生创作选》，永嘉：杭州增智书局，1941年。
② 叶圣陶：《关于本期的"笔谈会"》，《中学生》第186期，1947年4月。
③ 吕叔湘：《关于中学生与文艺》，《中学生》第186期，1947年4月。

如在学期间发表了许多文章，写作能力完全显现了出来，那么毕业后就可径直以写作为职业来养活自己。这就是当时中学生热衷于文艺创作，不惜在这上面花费巨大精力的一个重要原因。

中学生的文学创作热情还得到了当时的出版界的鼓动与支持。当时中国最大的出版机构商务印书馆就一直很重视出版中学生文艺读物，它主办的《学生杂志》自民国初年起就开设有"文苑""学生文坛""小说""剧本"等栏目，自20年代起又长期开设"青年文艺""学生文艺"等栏目，大量发表中学生习作。上海大东书局也主办有《学生文艺丛刊》，以丛书的形式大量征集和连续出版中学生作品。① 上海的中学生书局作为一家以赚中学生的钱为目标的出版机构，在30年代初期也想方设法地刺激中学生的文学兴趣和创作热情，先后出版了"中学生丛书""中学生创作丛书"和"中学生小说丛刊"。"中学生丛书"约30种，其中包括《中学生文学》《中学生日记》《中学生游记》《中学生小品》《中学生随笔》《中学生小说》《中学生戏剧》《中学生诗歌》等等，供给中学生观摩学习。"中学生小说丛刊"则是学生创作，包括《刹那》《风波》《秋蝉》《落叶》《悲恋》《童年》《重逢》《幻灭》《深情》《信稿》《溪边》《离愁》共12种（册）。"中学生创作丛书"由许寿民、洪超主编，"是精选全国中学生作家的精心力作而编成的，可称为中学生的模范文集。内容有小说、诗歌、小品、戏剧等。共出二十册。每册六万字"②。这二十册的书名是：《云倩》《追求》《微笑》《湖边》《失踪》《心痕》《离家》《回家》《往事》《雨天》《灯光》《塞外》《月夜》《故乡》《林中》《荣归》《母亲》《野宴》《密约》《血迹》。这些大多是多人合集，所收录的学生作品数量是不少的。如第一册《云倩（小说集）》收短篇小说9篇，第三册《微笑（小说集）》收9人9篇，第四册《湖边（小说集）》收13人13篇，第六册《心痕（小说集）》收12人12篇，第十一册《灯光（新诗集）》收北平、江苏、浙江、

---

① 《学生文艺丛刊》由上海大东书局编译所编辑出版，1923年8月创刊，1937年12月终刊，共出8卷，每卷10集。《学生文艺丛刊》每集篇幅多达二百余页，登载学生的语体或文言诗文、绘画、书法、金石篆刻等作品，其中诗文部分是主体，包括旧体诗词、一般议论文和新诗、小说、戏剧等新文学体裁。总体看，这份刊物收录的学生作品比较芜杂，是迎合学生发表欲的商业化出版模式，一些核心作者一而再再而三地在该刊上大量发表作品。这份《学生文艺丛刊》除按期出版外，还常常再版或出版汇编本，显示了其营销热度。这也从一个侧面说明了学生创作欲和发表欲的旺盛。

② 见许寿民主编《中学生创作丛书第十九册·密约》（上海中学生书局1932年版）一书的版权页广告。

上海、福建、广东、辽宁、湖北等省 47 位中学生的 80 首新诗，第十七册《母亲（小说集）》收 9 人 10 篇，第十九册《密约（小说戏剧集）》收 13 人 13 篇，第二十册《血迹（九一八纪念集）》收 9 人 9 篇。《中学生创作丛书》的编辑策划者不仅给出"中学生作家"这样的尊称，还热情洋溢地说："……世界上惟青年们的创作，才是无邪的，不杂渣滓的，无所欲求的真文学。""我们为探取全国青年同学们的人生意义，采集全国青年界前半期的主力军——中学生的热情表现，并鼓起全国各界的文学兴趣起见，所以发刊这《中学生创作丛书》，作为全国中学生中有文学嗜好的自由领域。我们更愿把这领域普遍地散布开去，给全国各界共同享受……""所以特地号召了在中学生时代感到文学兴趣的处女作家们，不分地域，不设界限，集合一起，站在一线，大家共同来向前奋斗，向未来努力！只有中学生是中国文学界未来的主人翁，只有中学生是中国新生命的新源泉！"① 这套丛书应该很受学生欢迎，比如其中的《密约（小说戏剧集）》于 1932 年 5 月初版，当年 9 月即出第三版，很有市场。

中学生书局不仅大搞中学生文艺出版，还曾创办《中学生文艺月刊》，试图扶持中学生文艺创作。1934 年，新文学作家施蛰存与朱雯应邀一起为中学生书局编这本《中学生文艺月刊》，计划每年出十期。现在仅见三期，出版日期分别是 1934 年 3 月 10 日，4 月 10 日，5 月 10 日。该刊前两期的常设栏目有："文艺讲座"（请成名作家讲解文学问题）、"中学生园地"（刊发各地中学生的小说诗歌散文等）、"名著节略"、"每月名作选注"或"每月名作选评"（如选评老舍的《铁牛与病鸭》）、"文化·出版·文坛·作者"（报道国内外文坛消息）等。刊物第三号略做调整，设"文学讲座""习作拔萃""名著节略""范作注释"等栏目。《中学生文艺月刊》虽是一份短命的刊物，但它着意于扶持中学生文学创作这一点却是代表了当时的潮流和风气的。施蛰存、朱雯这两位新文学家身份的编辑者试图借助书局提供的这次编刊机会来为新文学的发展做点贡献，即希望通过这个刊物来发现新人提拔新人，重振"一蹶不振"的文艺（见第 2 号《编者的话》）。②

谈到扶助中学生文艺的出版机构就不能不提开明书店。这是一家以中小学教材出版、教育类杂志和文学类图书出版为主的机构，它最著名的出版物就是《中学生》杂志。《中学生》1930 年创刊，其创刊号上倡议说："各校同学如

---

① 许寿民：《写在卷头》，《中学生创作丛书第一册·云倩》，上海：中学生书局，1931 年。
② 管冠生：《介绍〈中学生文艺月刊〉》，《新文学史料》2011 年第 3 期。

有诗文书绘惬心贵当之作亦希检录见惠本志极愿择尤（优）登载藉资观摩"。其《发刊辞》中又说："本志的使命是：替中学生诸君补校课的不足；供给多方的趣味与知识；指导前途；解答疑问；且作便利的发表机关。"①"发表机关"之说已表明了重视学生创作的态度。《中学生》第一号登载了新诗人卢冀野的《诗及诗趣》一文，显系为爱好诗歌的中学生现身说法。卢冀野在文章中称作诗并不难，只要能切实地写出自己的情绪和感觉即可。② 这不啻是引诱中学生们说：写诗很容易，大家都来写吧！《中学生》杂志在 30 年代设置有"读者园地"栏目，40 年代又曾添设"青年文艺"栏目，刊登了不少中学生文学。由于投稿给杂志的文艺作品太多，《中学生》杂志容纳不下，于是又按年陆续编辑出版了《中学生文艺》专辑，选录中学生投稿的文艺作品（以小说、诗歌、散文居多）。《中学生文艺》计有 1930、1931、1932、1933、1934 年卷，每卷载文量较大，平均都在七八十篇。《中学生文艺》的目的是"一方面可以鼓励作者的勇气，一方面也可以引起别人的发表欲"③。编者还希望"各地中学校的教师能鼓励学生多写作"④。随着《中学生》杂志的发展和读者的增加，《中学生文艺》的投稿量也有很大增加，以致 1934 年卷扩充篇幅为半年刊上下两册，"所收作品的题材范围，比以前的来得宽广"，显示出"青年学子写作锻炼的进步"⑤。由于投稿量剧增，1935 年又改名为《中学生文艺季刊》，季刊总共出版 10 期，出完 1937 年夏季号后因日军全面侵华而停刊。

  总之，由于个人的兴趣和社会各方面的促进，中学生中喜欢文学写作的人越来越多，在抗战前的 30 年代形成了一个中学生文艺的高潮。从历史的眼光来看，民国时期的中学生文学是一件特别值得注意的事情。在新文学没有产生的民国初期，甚至更早之前的科举时代，中学生和相当于其年龄的青年们大概只知道学习四书五经之类的经典和国粹，即使学习写文章也是为了应付考试，大多是没有闲心和雄心去搞与考试无关的文学写作的。而在民国之后的新中国初期，文学写作因其政治意识形态载体身份和高稿酬而一度成为名利双收的最佳事业，引得广大知识青年（包括中学生）趋之若鹜。但党和政府更希望青年们投身于工农业生产而并不支持其不切实际的作家梦。赵树理发表于 1964 年

---

① 《全国教育界均鉴》，《中学生》创刊号，1930 年 1 月。
② 卢冀野：《诗及诗趣》，《中学生》创刊号，1930 年 1 月。
③ 中学生杂志社编：《1930 年中学生文艺·序》，上海：开明书店，1930 年。
④ 中学生杂志社编：《1933 年中学生文艺·序》，上海：开明书店，1933 年。
⑤ 中学生杂志社编：《1934 年中学生文艺·序》，上海：开明书店，1934 年。

初的中篇小说（或故事）《卖烟叶》就讽刺了一个叫贾鸿年的不爱劳动而整天幻想当作家的高中毕业生。但总体来看，新中国前三十年的中学校园里并没有出现普遍的文学社团和文学创作的热潮。这大概与当时比较严密的出版管控和学校管控也有关。而民国时期的中学生们是可以到处向商家募捐、拉赞助、拉广告，甚至是得到校方的资助来从事校园出版的。到了"新时期"，在"文学热"的大背景下才再次出现校园文学的热潮，各种文学社团、文学讲座和文学征文、自费印行才在大、中学校里复兴。但好景不长，自80年代后期起，由于中国社会的市场经济转型，文学日益边缘化，校园文学也被市场经济冲击得七零八落不成气候了。

谈到校园文学尤其是中学生水平的校园文学时，人们总是倾向于认定其"习作"和"模仿"的性质。一般情况下，这种判断是正确的，对于人生阅历有限、写作经验和技巧不足的中学生来说，最初的文学创作只能是从模仿起步。陈白尘回忆自己20年代前期读中学时的情况说，当时写作和发表了不少新诗，"至于内容呢，大概不外乎写些人力车夫之类痛苦生活和空洞而廉价的同情而已！如果再进一步追问：'你是受了谁的作品影响呢？'……要说是受了《尝试集》的影响呢，这倒有些根据。"① 1932年，江苏省立南通中学学生对本校学生文艺的评论是："在质的方面大概有一种重狭小感情的倾向，这是文艺革新时代的社会意识还没有把握住的缘故。……也没有抓住时代的核心而作'时代先驱'的呼喊。"② 南昌省立一中学生罗家琅1935年在《谈学校文艺》中说："在学校中，广泛地产生一种赋有情感而缺乏实际生活为骨干的，以较天真而不免稚气的姿态而出现的文艺作品。无疑的，这因为作者都是朝气蓬勃的青年人，蕴藏着多量的热情而富于进取的心理；他们在创作欲冲动的时候，便勇敢地提起笔来，踏进了文学的领域，广泛地作各部门的尝试。这种情况下产生出来的作品，题材的范围是很狭小的，除了身边琐事的个人描写与抒情的作品外，很少发现有社会性的创作。"但作者也认为："可是，我们不应对学校文艺的作者表示失望。现在的学校文艺作者，就是文坛上的青年后备军，生活的磨炼与时代的刺激，都会使他们老练起来，充实起来。他们不是永远天真的……"③ 40年代，读初中的钱梦龙迷上了诗，甚至因为读诗着迷影响了其他

---

① 陈白尘：《初中生》，邓九平主编：《文化名人忆学生时代》上册，第467页。
② 金丹：《对于过去通中出版界的总检讨》；《江苏省立南通中学校刊》二十一年度第四期，1932年。
③ 罗家琅：《谈学校文艺》，《中学生文艺季刊》1935年夏季号。

功课而在初二那年留级。后来由读诗而写诗,"发表欲"又驱使他和另一位爱好写作的同学"合资"办起了一个叫作《爝火》的墙报,两周出一期,主要发表两人的"创作"。而"所谓'创作',其实不过是把读到的东西东拼西凑、改头换面地化为己有"①。"东拼西凑、改头换面"大概可以概括一部分中下水平的中学生的文艺创作情况。当然,少数杰出的中学生也确实既有丰厚的阅读积累,又有文学的天赋,他们的创作已开始脱离这种模仿和学习的阶段。关于这一点,我们留待下一节再予以证明。

如前所述,新文学通过教材、课堂、课外阅读、写作教学等多种渠道在影响着民国中学生。其中,鲁迅、郁达夫、郭沫若、朱自清、冰心、巴金这样的名作家的影响又特别广泛,是中学生们写作时最爱模仿的对象,而像鲁迅、茅盾这样的代表新文学主流的重视反映社会现实和批判社会黑暗的新文学家对于中学生的精神影响又最为深刻,从学生们的作品中常常可以看到这些新文学家的思想烙印或精神传染。

鲁迅作为当时最著名的新文学家,曾被广大青年尊为"思想导师",他所给予中学生们的影响也极大,学习鲁迅的笔法尤其是他的社会批评和文明批评立场的中学生比比皆是。且看30年代初北京四中的一位学生的杂文《质问诸葛亮》:

> 在请愿潮"方兴未艾"的当儿,辞职潮居然也抬起头来,再接再厉了。一般老诸葛、小诸葛、大号诸葛、二号诸葛的秘书,大忙而特忙地在写通电和辞呈,什么"守土无状""万不容己""生死以之"……充满了整篇,好不讨厌人也!
>
> 我们试拿《三国演义》和现在的情形比一比,那时阿斗独处深宫,坐享安乐;诸葛亮鞠躬鞠到九十度,尽瘁尽到一万分,去讨贼,六出祁山,七擒孟获,始终不曾说出回卧龙冈去纳福的话。现在的阿斗就大大的不然了,土匪的蹂躏,大兵的践踏,外国的欺侮,税捐的横征,藤棍的毒打,一一的(地)受尽了;可是,诸葛亮们始终不曾放出一个屁来,反倒责备阿斗不听教训!老诸葛把阿斗监在冷宫,监了三日;小诸葛把阿斗打得头破血出;此外大号二号三号……的诸葛亮趁此收兵,接着姨太太,装上五天病,亏他还有脸说:"我善唱《请宋灵》及串《岳武穆》。"我请你赶快用尺量一量长城,再摩(摸)你自己的脸皮有多们(么)厚!真个不要

---

① 钱梦龙:《碧波深处有珍奇》,刘国正主编:《我和语文教学》,第352页。

鼻子!

现在闲话少说，书归正传。诸葛亮们说："……阿斗要听相父的话，不要违背我的命令……"这几句就不通。相父们为国尽忠，为阿斗谋幸福；那末，他们的命令，不必说，阿斗是服从的，假设相父为钱尽忠，为自己为小舅子谋幸福，那阿斗岂能受他的传染？所以诸葛亮们要想想！为什么阿斗早也服从，晚也服从，却在这时候不听教训。

……（略）①

这篇写于"九一八"之后的时论不仅精神立意上而且笔法（以古讽今）、措辞上（冷嘲热讽）都有鲁迅之风，对于不抗战而只顾欺压百姓和自己发财的军阀政客进行了辛辣的讽刺和入骨三分的白描。

广雅中学校刊《广雅的一日》（1937）上发表的一篇题为《梦——逃生》（署名：荫）的文章就分明有鲁迅《野草》中《失掉的好地狱》的意味：

梦——逃生

仿佛我还没有死去；整个的（地）死去，然而我心头上，时代鞭子底挞痕，任是把我化为轻烟薄雾，焚作红炉余烬，永难湮灭，瀛海里一切的一切；贫，富，罪，欲……还活生生的（地），展显途前。

佃农底嚎咷，失业者底颠沛、流离，弱怯者的怨号……响彻了荒漠底原野。

血在流，气在喘，劳苦的大众，那（哪）个不在给金钱辗压着他们劳苦底生命，魂灵。

"是权势与金钱混溶的世界了！"

…………

这是昨夜底深宵，说起来我还有些害怕，忐忑，毛管也会悚竖，那是一个从没得到的畸形恶梦——

欧洲来了一个资本家的使者，无辜地把我——和许多像我那么年青力健的兄弟——诱到了一个阴森的大陆，那里，一切都对我陌生，陌生得使我悚慄。

---

① 瞿彭：《质问诸葛亮》，北平市立第四中学学生自治会学术部编辑：《四中》，1932年1月。

我开始彷徨，悽怆，见不到父母兄妹了，见不到可爱的国乡了，只带来同一命运的弟兄，一样地和我流泪，顿足——心里迷惘着，逃到那（哪）儿去？

五年，一千八百二十五天，我被囚到了煤矿底深窖，和那些兄弟，瘪着肚，咽着气，再见不到半丝儿天日，在洞里踱着我们底悲途。

有一个人，他拿着皮制的鞭子。澹惨的豆油灯光下，我工作怠了，正想放下铁锹休息一会，于是我的背脊立刻便感到，一阵热刺，透到心里，淌下了淤红的液体，忍痛着便要拿铁锹，往坚黑的壁上锄，锄……

……（中略）

我们终于逃出来了，天上没有月，黑魆魆的，只星星在闪烁。

"往那（哪）儿去？"我想到这里是一个绝无人迹的荒岛，没船怎渡得过对岸去？不禁哭了起来。

…………

"……"钟声响了，晨兴之号吹起，翻开被头，我眼睛有些儿潮湿。

…………

一九三七，四，廿二，脱稿于甘泉楼宿舍

又比如1947年广雅学生勋灵的一则散文诗《碎语》就有点鲁迅《这样的战士》的影子：

路，后面的一段，辉映着先行者火炬的伟迹，光芒万丈，在血光中燦射，斗士的勇姿闪耀在豪光里，看那炯炯的目光，对有勇气向阴暗的前面摸索的开拓者，他将给与（予）锐利的长矛，对畏缩不敢前者，他将毫不顾盼，让他哀怜他（地）无声幻灭——一点人生的恩惠，也得不到地沉没。

路，前面的一段，每一步都能潜伏着毒物，每一步都是峭崖险地，为了要做一个"人"，必得有克服底勇志，向前走吧！不要停留在阴暗的角落，让潮湿的冷气剥蚀你的生命，为了做一个真正的"人"，必得要勇往直前，追寻明朗的阳光去！[1]

---

[1] 勋灵：《碎语》，广东省立广雅中学学生自治会编：《广雅学生》复刊第2期，1947年6月。

一个名叫雷震霏的学生写的小说《赵老夫子》也像鲁迅的《高老夫子》，具有同样的讽刺意味与讽刺技巧。这个赵老夫子不合时宜的空论，保守落后的"国粹"思想，以及讲台下女学生们对他的空论的"吃吃地笑"，以及看到女学生们"小小的樱桃般的红嘴唇内露出两排白牙齿"而勾起赵老夫子"丁香笑吐娇无限，软语低声，道我何曾惯，云雨未偕，早被东风吹散"的淫词联想……①这许多有趣的细节正像是对《高老夫子》的模仿。

又如一位叫黄用诰的广雅学生写的短篇小说《丧钟》②，小说的开头写道：

太阳被黄昏驱下去了，黑夜之魔张开巨大的口，把大地渐渐吞噬，乌黑的云弥漫了天空，月亮不知躲到那（哪）里。在谁家的屋顶上，挂上了之（三）数颗寒星，一闪一闪的（地）眨着眼，像冷笑着惨淡的人间。

在黯淡路灯的掩映下，那可以隐隐约约看出是一条马路。路面破烂得像山地，到处都生着荒草，大概很久没有车辆通过了。路的两旁排列着的是东歪西斜的破旧木屋。在一处屋与屋的间隙中，现出了一条黑暗的小道。在这里伸手不见五指，简直是鬼的世界，行过了二三十步，可以看出在一所小破木屋板缝透出来的昏暗的灯光，在北风萧索的寒夜里，伴着微弱的呻吟。

"呀哑"一声，破烂的柴门推开了一半，露出一个人头，隐约看到了蓬乱的头发。那人看了一回，把门关了，回过头来。灯光下看出了是一个妇人，大约近五十岁了，好些头发已白，脸上和额上现出了深深的皱纹，这足以告诉给人们是饱经忧患的。她看见屋子角落的破药炉子熄了，便蹲下去生火，一会儿燃着了，火光落在她脸上，现出一个深愁的面孔。

屋子的另一边，摆着一张床，床上卧着一个老头子，看来有五十多岁，胡子长得像荒草；本来是白的，因为弄污了，显得半黑不白。面颊瘦削得不像人形，他拥着一张补钉（丁）污黑的被子，两眼没神地看着油灯，嘴里哼出无力的呻吟。

他看着灯光，竭力的（地）想：幕子慢慢地开启了，这正是三年前的一个景像（象）。他那时正是一个机关的职员，在抗战时的大后方工作，月薪倒也能维持生活。他有个儿子，在小学念书。……

---

① 参见《广雅学生》复刊第 2 期，1947 年 6 月。
② 同上。

开头写景,这是学鲁迅的小说(比如《药》《故乡》),接下来插入回忆,也是学鲁迅(如《故乡》)的笔法。小说的最后是:

> 屋子里的油灯在摇晃,药炉的火光照着了两个流泪的面孔。除了炉里的草必必剥剥地响外甚么都像死的静寂,只有外面的朔风,呼呼地刮过屋脊,刮过平地,刮过草原,丝毫不同情人世的苦楚。
>
> 这对他们,无疑是造物者的丧钟。

这结尾也大有鲁迅《药》的结尾描写坟场上"死一般静"的气味。

从上面不同时段的几个例子我们可以看出,鲁迅的影响在民国中学生文艺中是弥漫性的存在,从20—40年代,从未消失过。而且,仅仅一个广雅中学的校园刊物上,就有这么多学生的作品染上了鲜明的鲁迅烙印,这充分说明了鲁迅在当时中学生们心目中的地位和鲁迅对他们的精神影响。

中学生写作在短篇小说、散文诗、议论文(杂感文)方面最受鲁迅影响,在散文、小品、诗歌方面则最易受郭沫若、郁达夫、徐志摩、冰心、卞之琳、戴望舒等作家的影响。1924年,卞之琳入海门中学初中一年级,这时候他买了第一本白话诗集——冰心的《繁星》,并且学习冰心写了几首小诗,其中四首在初中二年级时投稿到大东书局出版的《学生文艺丛刊》发表。① 九江四中甘棠文艺社的学生社团刊物《甘棠》创刊号上就发表了周育珠的《甘棠湖之秋——小诗十三首》②,分明都是学冰心的小诗。1926年春,南开中学学生文学社团"玄背社"成员创作并发表在《庸报·玄背》上的许多作品"在艺术风格上受到郁达夫作品的影响,感伤、浪漫的情调比较浓郁"③。当时万家宝(曹禺)在《玄背》副刊发表《今宵酒醒何处》,就是受了郁达夫小说《春风沉醉的晚上》的影响才写出来的。④ 1936年,湖北省立实验学校编辑出版了一部集录该校学生创作成绩的《中学生文艺习作集(实校周报周年纪念)》,该书所收的作品有《离散》《负担》《税吏》《伤痕》《孩子的悲哀》《一个兵士的日记》《残杀》《挣扎》《一个朋友的故事》《由屈原谈到端午节》《我的故

---

① 陈越:《卞之琳的新诗处女作及其他》,《现代中文学刊》2011年第6期。
② 参见九江四中甘棠文艺社编:《甘棠》创刊号,1929年11月。
③ 徐宗琏:《作家的摇篮——中国现代史上的中学生文学社团(中)》,《语文学习》1993年第5期。
④ 参见曹禺:《学生时代拾零》,《曹禺自述——纪念曹禺先生诞辰百年》,第20—21页。

乡》《农村的早晨》，共12篇，从体裁上看有9篇是小说。仅仅从这些题目来看，其受新文学的影响痕迹就颇深——"离散""悲哀""残杀""挣扎"这类标题明显是新文学化的修辞习惯，看到这些题目我们很容易就想起新文学中的某些类似篇目，如《或人的悲哀》（庐隐）、《一个军官的笔记》（冰心）等。而《伤痕》一篇则明显近于郁达夫、郭沫若的感伤小说。

郭沫若的诗歌是很多中学生的模仿对象。丁玲回忆自己中学时代说，"那时《女神》也曾在中学里哄（轰）动"①。臧克家则说："当我在中学时代，刚刚学着写点新诗的时候，对郭沫若同志备极崇拜，使我的思想感情受到他的《女神》极大的震动，不懂技巧，只学他的豪放，手下的笔像一匹野马，任意驰骋。"② 1936年河北正定中学的淡文曾讲述过他是如何模仿郭沫若的诗的。他早年曾读过《沫若诗集》中《雨后》篇，里面的几句——"雨后的宇宙，/好似泪洗过的良心，/寂然幽静。"——他记得最清晰，深深的（地）印在脑里。后来有一年冬季，一场大雪之后，世界被这洁白的雪遮盖着，他忽然想起郭沫若的那几句诗，心灵受到触动，立即写了一篇《雪后》，其中就包含模仿郭沫若那三句而成的句子："雪后的宇宙，/好似儿童的赤心/圣洁可爱。"淡文将这篇《雪后》投寄到《大公报》的《小公园》副刊，居然被刊登了出来。后来，他又在作文课上模仿郭沫若的诗句写月色，造出这样的句子来："月色溶溶的宇宙，/好似少女的凝脂。"③ 1941年出版的北京明德中学校刊，其"文艺"栏中即收有高三学生于森的《狂歌》一诗：

幻想带我看见了上帝，/他说/世界是狂人的世界，/他教给我怎样做狂人，/他拍着大手祝我胜利。

我坐在西马拉亚高峰，/让流星穿进了我的袖子。/静听着人们的哀诉，/感动得流了泪——/像庞大的瀑布。

我朦胧的（地）走进了世界，/浮在面前的是千万张脸——/不同的带着虚伪，奸诈，自私，蛮不讲理；/我愿意给这些劈头一掌，/立刻随像火花一闪。

幻想跑到了不可知之处，/我愤恨起来世界，/我的手捏碎了地球！/

---

① 山东师范学院中文系文艺理论教研室编：《中国现代作家谈创作经验》上册，济南：山东人民出版社，1980年，第391页。
② 臧克家：《学诗纪程》，北京：人民文学出版社，1985年，第417页。
③ 淡文：《谈模仿——给初步创作的朋友》，《中学生文艺季刊》1935年冬季号。

我连称快哉！快哉！

灰色的雾，迷了我的视线，/立刻好像到了真空。/听不见了任何声响，/完了！这是宇宙的毁灭，万有皆空！

星斗眽眽（眯）着眼睛，/他说我疯颠（癫），/流水活泼的（地）跳跃；/嘲笑我是傻了，/我揪着了春风，它给我舒适的安慰，/世界只有这还使我留恋。

我再跑到亚当那里，/夏娃她正在雕塑人型，/我咆哮大喊/"你们犯了罪恶！/你们犯了罪恶！你们吃下了智慧之果。"

我仍旧遇到了上帝，/我说世界不是人类的世界，/我怎会是狂人!?/狂人是伟大的哟！/伟大得世界不能容纳。①

这首诗不仅在思想感情和风格气势上与郭沫若《女神》颇为接近，而且还兼有鲁迅的《狂人日记》和《这样的战士》的思想主题。另一明德中学高三学生周卓民的散文《彷徨》开篇即说："道边上又发现了一个流亡者！"接下来"他想起来在家乡帮长工们插秧的光景，那牧羊少女的笑容，再也看不见了。家，毁灭了！'我已经是没家的人了'！今夜在何处歇宿呢?！"② 其中情调分明是受了创造社郭沫若、郁达夫、成仿吾等人感伤的自叙传小说、散文的影响。

也有中学生爱模仿徐志摩的诗歌风格。如《爱·恨》（见零）一诗："你那明媚的眼光，/怎不常常向我盼着，/我希望！/你也愿意！/我知道——我恨极——/他们的刻薄的眼光，/对我俩针着——不停，/妨碍了我俩的——！/为什么你老是诅骂着，/说我是比红焰焰的大火炉还烈，/——凶极一切的宇宙物，/把人们生生地煎！杀害！/可是转眼儿间，/又用极度的希望，/希望我底影子光临，/说我是如何宝贵的东西，/说我是温暖的唯一可爱物！"③

还有模仿卞之琳诗风的如《小诗五首》（王天佑）："晚风轻吻着浮云，/夕阳羞得脸红了，/默默地躲向青山背后。//风号灯昏的当儿，/听邻家牛在曼声哭了，/我欲低泣呵！//谁能够数清我心之伤痕呵，/新的重重袭来，/旧的那么深刻，//人生的战场上，/有几个高唱凯歌的胜利者呢？/莫击吧，你深宵

---

① 明德中学校编：《民国三十年北京明德中学校刊》，1941年，第86—87页。
② 同上，第87页。
③ 参见广州市立第一中学学生自治会学术部编辑委员会编：《市一中学生丛刊》第6期，1937年。

之寒桥，/人们都在梦中哟！"①

模仿戴望舒诗风的如《霞飞路上》（蒋晓光）："点点街灯迷茫，/在这深长的深长的霞飞路上；/欢悦从脚步声里消逝，/悲哀爬入了创痛的心房！/女郎底一双灼热的媚眼，/随着我孤独的背影彷徨！/落叶发出低低的叹息，/在这幽静的幽静的霞飞路上。"②

又如广州市第一中学学生诗作《秋之忧郁》（兆雄）："八月的风把火热的夏带走，/鸣残了的蝉隐在林梢，/故园的葡萄早经熟透了，/这时候，悄悄飘来一个忧郁的秋。//敛了漫山的青翠；/溪流也减退了声音。/跟着早凋的梧桐病了，/一颗寂寞的心。//一颗寂寞的心和一些愁；/不能描写的也不能启口，/只如昙花一现，一阵烟。/待抓着时却又轻轻的（地）溜走。……"③ 如果将这首诗置于何其芳、戴望舒等诗人的诗歌之中恐怕可以乱真吧！

民国中学生不只是模仿和学习他们喜爱的作家，也爱追随某些新文学的思潮和观念。湖北省立实验学校学生创作集《中学生文艺习作集》（1936）中的篇目如《离散》《负担》《税吏》《一个兵士的日记》《残杀》《挣扎》《一个朋友的故事》等，在题材、主题、写法上都与乡土写实派的小说和普罗文学的小说很相似。广雅中学的校园刊物《文艺行列》（1937）中曾刊有这样一首学生诗作："……/像滔滔的江流；/流，流不尽的热血，/勇敢的健儿啊！/总有一天，会怒吼着。/……请认清——/敌人的脸孔；/请细听——/吵嘎的喉咙/举起刺刀/洞穿敌人的心胸/……/不怕死的英雄。"④ 这又分明染上了"民族主义文艺"或"国防文学"的色彩。河北大名师范学生冰夷撰文评论臧克家的诗集《罪恶的黑手》，称其特点是"含蓄着深刻的健全的写实主义的风格""作者以朴素的艺术的文笔，来暴露了帝国主义的狞恶脸孔，国内农村经济没落的悲哀""他不但描绘了一切不幸的景象，而且很大胆赤裸的（地）指出了一条路"。⑤ 这明显是在模仿左翼文艺理论中的"写实主义""帝国主义""农村经济没落"等话语。在1935年的《中学生文艺季刊》上，北平大同中学的耶菲一口气发表了《文学底真实性》和《"现实"和"典型"》两篇论文，显

---

① 中学生杂志社编选：《1933年中学生文艺》，上海：开明书店，1933年，第320—321页。

② 同上，第316—317页。

③ 广州市立第一中学学生自治会学术部编辑委员会编：《市一中学生丛刊》第6期，1937年1月。

④ 广东省立广雅中学学生自治会编：《广雅的一日》，第25页。

⑤ 冰夷：《臧克家的〈罪恶的黑手〉》，《中学生文艺季刊》1935年秋季号。

示出对马克思主义文学理论的熟练掌握。① 实际上,大同中学当时设立有左联小组,耶菲正是该小组的组长。② 中学生耶菲正是在以左联的声音说话。

经受过抗战时代洗礼,见识了纷纭复杂的社会矛盾和问题的中学生们更自觉地吸收了有助于阐释和解决这类问题的现实主义文艺理论和左翼文化思想。1947 的《广雅学生》上刊登了一篇书评,评论赛珍珠的《大地》说:"在作者眼光下,中国是一个老弱的国家,落后的国家,所以作品中所表现的都是古老的、落后的一切一切;如《大地》主人公——代表中国百姓们的——王龙的听天安命的思想,崇拜偶像的举动,没有知识以及传统旧道德观念,保守性——等等,都是中国农村的典型的社会现象和文化特质。不过,正因为她是美国的作家,对于中国的农村社会理解得不够彻底,戴起优秀民族的有色的眼镜去观察中国人,对穷苦的人类的生活不够同情,故而有些地方是写得很过分的,如王龙的妻子阿兰对她的丈夫的驯服得如羔羊,简直可以说她对于中国妇女看得太过于愚蠢,作者是有意于企图表露出中国妇女对于家庭只有驯服和义务,一些也得不到权利,比牛马还不如的,但我们不能承认这是中国妇女的特性,……""赛珍珠曾生长在中国的农村社会,但不曾生活在中国农民们的灵魂深处,这是无可否认的。"③ 这位中学生的评论显然是很准确的,也明显体现了左翼文学的阶级立场,反对贬低底层民众。其实,就像鲁迅笔下的农村妇女中有七斤嫂、阿金、杨二嫂、爱姑这样的泼妇一样,中国农村的妇女不会都像阿兰这般,如驯服的羔羊。

这期《广雅学生》上的另一篇文学评论更具左翼文艺理论色彩。在《〈春蚕〉中所反映的中国农村社会》这篇评论中,作者熟练地使用了左翼的民族主义话语和阶级话语:"……帝国主义的恶势力……使……整个中国成为帝国主义的商品推销场和原料食粮采集地了,帝国主义者仗着他们政治上经济上军事上优越的力量,用不等价交换的方式来剥削中国农村……他们的毒辣政策,则是与封建残余势力相勾结,即是说他们和农村的封建地主商业资本、官僚资本相勾结……"作者又分析《春蚕》中的几个人物说,老通宝是封建社会统治者长期的"愚民政策"所造成的"乐天知命"的"奴隶","多多头是农村中

---

① 参见《中学生文艺季刊》1935 年夏季号。
② 据马俊江:《革命文学在中学校园的兴起与展开——北方左联与 1930 年代中学生文艺的历史考察》,《中国现代文学研究丛刊》2012 年第 1 期。
③ 江重池:《"美"女笔下的中国农村——阅赛珍珠的〈大地〉后》,《广雅学生》复刊第 2 期,1947 年 6 月。

新生的一代,他热情、纯洁,有着青春的活力,生活的灾难的磨炼,使他明白不能再这样生活下去。但他幼稚,认识不清,摸不到应走的路……"而荷花"这样的人物,活着总比老通宝阿四阿四嫂甚而六宝有意义得多,如果得到好的教养,她会变成一个很有作为的女性的。"① 这期《广雅学生》上的另一篇文学书评——郑嘉锐的《介绍战时两篇成熟的作品》也熟练地运用"典型环境""典型性格""意识"等马克思主义文艺理论分析了张天翼的《华威先生》和姚雪垠的《差半车麦秸》。作者还认为《差半车麦秸》"有一点是作者不忠实的地方,那就是他竟把小资产阶级的思想套在农民差半车麦秸的身上了"。小说结尾写差半车麦秸走到村边,在一棵小树的下面,皱着眉毛,眼睛茫然地望着原野,嚼着他的小烟袋,隔很长的时间,把两片嘴唇心不在焉地吧嗒一匝,随即有两缕轻烟从鼻孔里呼出来……书评者认为这段描写"太富于诗意了","这种过于夸张的地方根本不像是一个农民所做的事"②。

彭小若的论文《文学的战斗性》就更是明显的左翼文艺理论了。彭小若在论文的一开头即说:

> 文学在社会活动和社会斗争的过程中产生,同时给予这过程以反作用。因此一个文学工作者,不仅是一个"灵魂的技师",而且是一个战斗者,正因为作者借形象反映现实,向现实投枪,所以我说:文学就是战斗本身,缺乏战斗性的文学,是对现实妥协,这种我们称之为死文学。
>
> 我们知道,配称得上是一本有价值的文学作品,他首先在描写方面具备强烈的战斗性,影响读者的行为,使读者明瞭(了)社会的黑暗面,而参加了改革社会的斗争,这才达到了文学的最终目的……

彭小若还以高尔基的小说《母亲》为例,说"这种战斗性是强烈的,包含着无比的力量,虽然一本文学作品不是钢铁制造出来的枪,但他(它)却隐藏着比枪炮还大的战斗力量,多少人是受了文学作品的影响,而才敢'直面惨淡人生'的。"作者还说:"'五四'以后,新思潮使中国一切作品都沿着战斗的路向走。鲁迅先生的杂文,与抗战期间许多描写对日战争情形的作品,都是一种压迫者与被压迫者斗争(的)声音。就是从这个时候起,中国文学正式参加了

---

① 雷震霖:《〈春蚕〉中所反映的中国农村社会》,《广雅学生》复刊第 2 期,1947 年 6 月。

② 郑嘉锐:《介绍战时两篇成熟的作品》,《广雅学生》复刊第 2 期,1947 年 6 月。

战斗行列，它可以同世界有名的文学作品相辉映，与日月共存。"①

从上述中学生的文章和措辞，我们可以看到左翼文艺理论和思潮在民国中学生精神心理上的深深烙印。当然，除了左翼文学和其文艺理论的强力影响外，唯美主义和浪漫主义的文学也影响着中学生们，比如朱自清、冰心、徐志摩、绿漪、徐蔚南等人清浅、流丽的散文小品也曾是许多中学生模仿的对象。这类风格的散文小品因为比较日常生活化，与中学生的生活和情感经验并没有太大的距离，所以学生们喜爱并模仿它们是很正常的事情。当时许多校园刊物和中学生出版物上出现的中学生新诗、散文（如游记）、小品大都属于这种风格。据笔者观察，低年级或年龄较小的中学生（比如初中生）以及女生比较喜欢模仿冰心、朱自清那种表达亲情和描写美丽自然风景的散文小品，但普遍写得清浅，只能代表中学生文艺的中下等水平。而模仿鲁迅、郭沫若、郁达夫、卞之琳等新文学家相对来说要难一些，因为这些作家的书写题材和思想情感离中学生的生活距离远一些，所以大多是高中生在模仿。这后一种模仿不仅水平更高，积极意义也更为突出，这至少表现为三个方面：其一，扩大了中学生的观察视野和生活经验范围，促使他们迅速越过自身狭隘的生活空间而放眼社会和整个世界。其二，改变和形塑了中学生们的思想感情，使他们迅速从习惯成自然的亲情、友情、爱情和爱美之类的较单纯的思想情感中超越出来，养成社会性和成人化的思想立场和情感表达方式。其三，迅速养成新文学的专业意识，按照比较专业的文学眼光和尺度来评论和写作新诗与小说、戏剧。一般地说，郭沫若、卞之琳的诗和鲁迅的小说、散文诗、杂文比朱自清、冰心、徐志摩等人的散文小品和诗更能体现新文学的成熟倾向，而中学生们乐于取法这种成熟的新文学倾向可以获得"取法乎上"的成效，尽快地缩小中学生文艺与主流新文学的差距。

二、"社会文学"倾向与忧国忧民情怀

中学生文学最初难免模仿，但这种模仿不会永远止步不前。从上面引述的某些学生作品其实已经可以看到其并不止于模仿的水平。所以，上一节曾提到过的涂公遂贬低中学生创作，称其"去鲁迅郭沫若尚几千万里也"②，这种判

---

① 彭小若：《文学的战斗性》，《广雅学生》复刊第 2 期，1947 年 6 月。
② 涂公遂：《国文教学之商榷》，《河南大学学报》第 1 卷第 1 期（创刊号），1934 年 4 月。

断并不完全合乎事实。一般人容易想当然地认为，中学生层次的校园文艺在题材与主题等方面必然是普遍局限于学生狭隘的生活内容和幼稚、肤浅的思想情感。而实际上这样的判断和想当然并不适用于民国的中学生。一方面，民国中学生普遍年龄较大，社会生活经验较丰富，社会观察、认知和思考能力都不容轻视；另一方面，民国时期的社会现实与氛围也使得广大中学生并不能安心地居于象牙塔之内过纯粹的书本生活，他们时常是自觉或被迫地走出书本和校园，置身于纷乱复杂的社会和人群之中。因此，他们的作品中的相当部分都可以视为一种紧密跟踪并反映时代与社会的"社会文学"，它们在题材内容、思想主题等方面与新文学的主流是同调的，甚至是亦步亦趋的，是可以纳入中国新文学的范畴中来谈论的。

当时许多中学生（尤其是高中生）年龄已大，生活经验和阅读经验已经算得上丰富，比如他们常常经历过从偏僻的乡村和小城镇长途跋涉来到外省的大中城市读书、生活的过程，既具有"行万里路"般的见闻，又能够观察和体会到地域风土的差异和社会阶级的差异。在民国社会乱象之下，他们也同普通中国人一样有机会见识人力车夫、兵、匪、地痞流氓、娼妓等各式人物，可能遭遇或见识过军阀战争、农工暴动、土匪抢劫等社会现象。总之，民国社会的种种乱象和错综复杂性本身就会将中学生卷入其中并丰富他们的人生经验和引导其思考。1931年，山东省平原县县立初中的某国文教员给初二年级学生命题作文，题目为《春假杂感》。结果，有个学生写的是自己家乡"几出无头的冤枉悲剧"，别的学生"有感到土匪之扰民的。有感到家境困苦的。有感到自己以往错误的。形形色色、尚不干枯"①。这些初中生们都是根据自己的亲历和见闻作文的，他们的这些见闻和亲历本身就"形形色色"、并不干枯。另外，我们也不应忘记自五四以后全国中学校园里屡屡发生的各种学潮事件，不应忽略中学生屡屡参与的各种爱国政治运动，中学生们早已在这样的运动中受到了洗礼，增长了见识，成熟了思想。自五四起，中学生参与社会政治运动（如五卅运动、抵制日货运动等等）几乎已成为潮流和传统，中学校园尤其是居于大中城市的中学校园已不是与世隔绝的象牙塔，大部分的中学生也已不是只知死读书和读死书的书呆子，而毋宁说是家事国事天下事事事关心且常常介入其中的"社会人"了。1929年10月底成立的九江四中甘棠文艺社一开始就把社团的文学取向定位于社会性文学，该社的刊物《甘棠》创刊号开宗明义："社会上的黑幕，民众的痛苦，自革命后还是一层一层的（地）增加。……（中略）

---

① 山东省政府教育厅编：《山东省县私立中等学校国文教学概况》，第616页。

希望把民众的痛苦尽情地暴露于一般大人先生们的面前，加以解放加以怜惜，……""我们又感觉到时代的不幸给与（予）我们强烈的刺激"……因此他们主张"民众的文学"和"有时代性的"文学，声称"我们要把民众的隐痛民众的忧郁和一般贪污土劣的黑幕揭开出来，引导民众的生活"①。

如果说20年代的中学生文艺还较多局限于个人生活的狭小空间而较少社会性的话，那么到了30年代，由于"九一八""一·二八"等重大事件的影响，中学生们便纷纷投目于社会现实和国家命运。1931年12月，广东省立二中学生自治会出版的《省立二中学生》第一卷第二期一下子登载了《警钟》、《给我底同学们——为日本强占东北残杀我同胞而作》、《我们对于日本帝国主义者应有的认识和努力》、《倭奴不灭誓不生还！》（独幕剧）、《杀到东京去！》（新诗）等众多抗日主题的作品，以作为对"九一八事变"的回应。1932年12月，安徽省立第四中学校校刊创刊号的"文艺"栏目中刊登了《咏义勇军》（旧体诗）、《满江红·南楼晚眺》（词）、《秋日感怀》（旧体诗）、《赠东北义勇军》（旧体诗）、《国难中的青年》（新诗）等关于"九一八事变"的文艺作品；第二期"学生文艺"栏目又一口气刊登了多篇关于"九一八""一·二八"事变的文章：《我有大刀行》（旧体诗并序）、《时事杂感》（旧体诗）、《哀辽东》（旧体诗）、《附李师时事杂感原韵》（旧体诗）、《国难志感》（旧体诗）、《悼国殇》（新诗）。② 1934年1月，河北省立第二中学校学生自治会出版的《心声月刊》又刊载"游戏杂剧"《国事恨》，作者在"小序"中历数"九一八"之后国难种种，如满洲国成立、沪战协定、热河沦亡、喜峰口与古北口战事、塘沽协定等等，感慨万千："念自'九一八'后，朝野上下，莫不声声抗日救国，发奋自强，乃至今数年之久，国事江河日下，弱点尽露，政府忍辱苟安，似忘丧地之耻；人民偷懒享乐，不知亡国之痛，前年情形如此，今日仍亦如此……"故发表此剧作，"俾国人见之，有所警惕，知所觉悟"③。1936年12月，江西省立南昌一中校刊专门推出厚厚的一期"国防专号"，包括"时事论坛"、"国防问题"专论、"国防文学"专辑等，论说文不算，仅仅抗日爱国题材和主题的小说、诗歌、小品文就多达三十余篇（首），包括小说

---

① 《我们的话》，《甘棠》创刊号，1929年11月。
② 参见《安徽省立第四中学校校刊》第1、2期，宣城：安徽省立第四中学校，1932年12月。
③ 冲霄：《国事恨（独出游戏杂剧）》，河北省立沧县中学校学生自治会出版股编印：《心声月刊》第3期，1934年1月。

《老妇人》《黄昏》，新诗《聆训》《吊今战场》《送征夫》《祈战死》《总有一天》《吊无名英雄墓》《复仇》《朋友！我要开炮了》《关山月》《遥寄给绥北的勇士》《大战的夜——寄给母亲》《黄昏》《从军行》《战士之歌》等。① 上述种种，足见中学生们关心国事之殷。

再者，当时的许多中学生已意识到了写作的社会属性，形成了反映社会和现实的文学观念。如河北省立沧县中学校的某学生撰写《现在需要怎样的文学》，认为在内有军阀土匪的蹂躏与贪污土劣的剥削，外有帝国主义者的交相侵略和压迫，一般民众家破人亡、流离失所，饿殍载道，灾民遍野，社会已近日暮途穷的情形下，必须排斥颓废文学、有闲文艺、口号文艺和亡国文艺，而提倡"暴露社会的罪恶，揭穿社会的黑幕"的文学；这种时代和社会，需要的是"能深入民众的内心，引起民众的同情，提高民众的革命精神，坚强民众奋斗的意识"的文学，需要的是"代表被剥削阶级呐喊的文学，是表示被压迫民族反抗精神的文学"②。汕头市立一中的某学生也撰文《我们现在需要的文学》，主张"（应）当破灭那花月恋爱肉感浪漫的小说和散文"，应当"鄙视那观察肤浅，认识不深的身边琐事的描写"，应当"不屑做那荒诞滑稽无勇气的幽默文"；需要的应是"以现社会的动乱和矛盾，暴力的压迫和榨取，大众的痛苦和流离，经济的恐慌和枯竭为题材"，"去指示大众应走的出路，应发愤奋斗抵抗的方针"③ 的文学。北平育英中学的学生们则说"时代是进科的，我们创造出来的文学，或科学也是如此，都应当是有改进性而适应于社会的"，"对于国家社会是有帮助的"④，或是主张"在现代的中国，可怜的中国，农村破产的中国，应当提倡农村文学，……不应当写些什么三角恋爱的爱情小说……总要于农村有利益"⑤。在1935年4月的《育英半月刊》校刊上，一名叫君芜的中学生就写了一篇文艺时评，批评某些人在编杂志和刊物时"写几篇《文艺独白》以指'杂文'要不得"，或是"弄得个《文饭小品》的经纪做

---

① 参见江西省立南昌一中校刊委员会编《一中校刊（国防专号）》第4卷第2期，1936年12月。
② 登芩：《现在需要怎样的文学》，河北省立沧县中学校学生自治会出版股编印：《心声月刊》第2期，1933年11月。
③ 沈茂彰：《我们现在需要的文学》，汕头市立第一中学校校刊编辑处编：《一中周刊》第2卷26、27期合刊，1934年5月。
④ 槐：《关于文学创作》，《育英半月刊》第3卷第3期（总第32号），1934年12月。
⑤ 寒辰：《我们需要甚么文艺？》，《育英半月刊》第3卷第3期（总第32号），1934年12月。

做",这其实是要"把现代注意到社会上去的青年中学生拉回,来讨论'性欲''吸烟',其实也够下流的了"①。这其实是对林语堂提倡的闲适幽默小品文潮流的否定和对鲁迅式的社会批评性质的杂文的拥护。就连提倡"民族文艺"、反对"普罗文艺"的思想明显右倾的学生也强调,文艺创作要贴近时代和社会:"太平洋的风云一天天地紧急了,国土一天天的(地)被敌人侵略了","你还忍心去躺在象牙之塔艺术之宫里歌咏神圣的爱情,坐在汽车里过着那样情语娓娓的生活吗?"② 一位叫蔡金声的中学生在谈到文学写作的题材问题时说:"所应当选择的题材该是现实生活里的事件,不需要的是作家个人的私生活。换句话说,作家所写作的题材应该是与大众有关系的,而非毫不相关的不痛不痒的东西。"③ 另一位叫艾光的乡村师范生在谈写作时则说:"在未写作以前,须具有充足的材料……我们搜集材料的对象,宜深入下层社会,如贫民窟、工厂、车夫、农村等。最好能亲自体验劳苦大众的生活,尝试他们的痛苦。然后写出来的文字,才会生动、深刻、真挚,切不可'闭门造车',捏造幻想,与现实隔离、悬殊。"④ 另一位中学生则撰写《写作与时代性》并宣称:"我们不仅要暴露社会的黑暗,以激动群众的反抗意识,更其要做建设工作,显示社会的黎明,指导群众正确的新途径,这才能推动社会的进步,这才能完成有时代性的伟大杰作。"⑤ 从这些言论看,民国的中学生们已从思想意识的深处确立了社会本位的文学观并以此来指引自己的写作。

开明书店主办的《中学生》杂志是三四十年代较具影响力的刊物,它上面专门辟有"青年论坛""青年文艺"等学生园地,选发学生创作。《中学生》的发展便可以清晰地呈现中学生文艺逐渐由个人性走向社会性的趋势。30年代初,该杂志的编辑和读者都感到,众多学生来稿及所发表的学生作品中"显然有两类很强烈的思想的流露,一类是写爱的,一类是写乡村困苦的"⑥。这两种倾向恰好代表了中学生创作的低端与高端这两极:年龄小的初中生(尤其

---

① 君芜:《"歪曲"新说》,北京育英中学学生自治会半月刊委员会编辑:《育英半月刊》第3卷第7期,1935年4月。
② 景懋:《给青年谈文艺创作》,北京育英中学学生自治会半月刊委员会编辑:《育英半月刊》第3卷第4期,1935年1月。
③ 蔡金声:《漫谈选择题材》,《中学生文艺季刊》1936年冬季号。
④ 艾光:《怎样写作》,《中学生文艺季刊》1936年冬季号。
⑤ 陈荣光:《写作与时代性》,《中学生文艺季刊》1936年冬季号。
⑥ 《写爱和写乡村困难》,中学生社编:《给中学青年》,上海:开明书店,1935年,第41页。

是女生）容易受朱自清、冰心、叶圣陶这一派散文作家影响，爱写亲情、友情这种"爱"的主题，而一部分年龄较大而志趣不高的中学生又偏好写恋爱文学。这两类写"爱"的情形都属于中学生文学的低端，因为其取材和思想都不脱离中学生自己有限的生活经验范围。而后一类写乡村困苦的，则应划入中学生文学的高端，它们表明部分中学生已能够跳出自己狭小的生活圈子和情感空间，超越个人性而抵达社会性的空间。这后一种选题倾向和思想倾向既可能是源于中学生对当时农村现实的切身观察和体验，也可能是受新文学的主潮影响所致。有读者在翻阅了1935年全年《中学生》杂志的"青年文艺"栏目后评论说："小说都是写农村破产、都市衰落及社会不幸的情形。"① 这与茅盾的《春蚕》《子夜》等作品的辐射影响可能有关。

开明书店出版的《中学生文艺》也是一套较大规模的中学生作品集，它所收作品大体上显示了当时比较高端的中学生写作的一般倾向和特点。其中《1931年中学生文艺》的编者称："编校完毕，觉得全集中深深留着时代的烙印；社会的变动，青年的苦闷，大半的文篇讲的就是这些。书题加上'一九三一年'五字岂止纪年而已，我们以为还有更深的意义在。"② 下面不妨对此书所收各文的题材、主题情况作一简介：

文章题目	作者身份信息	文章题材、内容或主题
关于读书的博约问题	太原，师范生	阅读对象、范围等问题
呜呼我们对于本国地理的认识	浦东，中学生	国土意识与国家建设问题
文学鉴赏上的同情的重要	劳动大学附中	文学鉴赏问题
我所希望于国语科者	浙江，高中生	中学生的国语学力、教师等问题
生活中的一点体验——哲思路	天津，中学生	中学生的精神修养经验
聪明与愚笨	广东，高二	人格、气质、处世方法等问题
中学"职业谈话"问题的研究	南京，高中生	中学生失业、自杀等问题
理想的中学	浦东中学	中学课程、训育等问题
送寒衣	苏州女中高一	亲情、教师生活的艰辛
暑假生活中的一幕	高中毕业生	亲情、母亲病逝的惨事
深创	高中毕业生	怀念亡母，感叹"这污浊的世界"
离家	杭州宗文中学	亲情、青年外出求学

---

① 吴炳庆：《一九三五年的〈中学生〉》，《中学生文艺季刊》1936年春季号。
② 中学生杂志社编：《1931年中学生文艺·序》，上海：开明书店，1931年。

（续表）

文章题目	作者身份信息	文章题材、内容或主题
永不忘掉的话	北平，高二	亲情、离别
姐姐的出嫁（小说）	上海，初中生	父母双亡、寄人篱下、姐弟情深
彝	高中毕业生	悼念亡弟
投身铁工厂的洪宗贤	浙江临海，初中	贫穷学生辍学做工
周年	不详	悼亡友，青年对社会环境不满
青萍	苏州振华女中	纪念同学友谊
珍珍	苏州振华女中	悼儿时玩伴
恩爱	劳动大学附中	小动物、亲情
猫儿	劳动大学附中	小动物，"诅咒这人间"
阴夜	唐山，中学生	夜宿乡村，避土匪
迷乱	不详	山东军阀混战，百姓遭殃
小折扇	劳动大学附中	友谊、贫富
红茶（小说）	不详	初恋、"经济的压迫"
褪了色的信封	湖北省立六中	初恋回忆
溪边	杭州盐务中学	青年的失恋
杨柳与桃花	浙江临海学生	植物说明、抒情性说明
书的广告	乡村师范生	穷学生买不起书，批判政府
陆家浜之一瞥	上海，高一	百姓艰辛与战争、帝国主义祸害
我唯一的武器——口琴	不详	批判恶俗的歌曲与"坏社会"
黑暗中	不详	抒怀：渴望光明
病中	不详	感叹青年志向、求职不易
回想到从前	苏州中学	回忆小学生活，立志努力于现在
骷髅	南洋中学	一节自然课引出的人生结局感叹
雨	不详	下雨感怀
死的原因	不详	军阀打仗祸民，穷学生活活饿死
命运与虾圆	不详	穷学生的遭遇，欠学费、无出路
初当	劳动中学	穷学生上当铺当衣物
星期六的晚上	河北正定，初三	农家子借债上学，贫富分化
鞋	不详	穷学生买鞋，贫困问题
课上	不详	不学无术的学生之胡思乱想

（续表）

文章题目	作者身份信息	文章题材、内容或主题
中学生生活的片断	不详	中学生混日子等不良状态
五分钟的热度	苏州中学，高中	中学生们立志戒烟均不成功
报复	不详	穷学生生存艰辛，文凭无用
堂役	吉林五中	学生暴动、军警弹压、帝国主义
一学期	沪江中学	"匪徒猖獗的家乡"，学生各相
懦弱	不详	男女同座引起的心理不适
课堂上	不详	课堂混乱，学生不好学
显微镜	不详	课堂师生纠纷
辜负	上海光华附中	青年意志薄弱，环境恶劣
暑假	南洋中学	学生贫穷
过去的学校生活	上海中学，高一	中小学生活经历，实干精神
夜半的火	不详	一次住房失火、救火经历
心上的袭击	不详	学生宣传抗日，百姓愚昧自私
招兵委员	南京成美中学	招兵委员鱼肉乡民
村长	不详	一个乡村恶棍的丑行
宰活人	不详	小军阀杀人如麻
借谷	浙江省立高中	一场农民抢富户案件的了结
失学	上海青年中学	"万恶的社会，穷人就永远没有读书的缘分了吗？"
×君的一生	宁波第四中学	愚昧父母阻学子前途，抑郁而死
拾麦人	如皋中学初三	寡妇孤儿被家族亲戚掠夺
贩私盐的女人	太仓中学高二	农妇为生存贩私盐，被军警掠夺
卖烧饼的	不详	孤儿苦，地主、丘八、养母作恶
他	不详	青年农人的命运：妻病、欠债
水灾声中	上海民立中学	农村学子忧惧水灾毁灭收成
重逢之夕	不详	青年夫妻重逢后的心理隔阂
香炉	不详	败家子的丑陋心理与遭遇
月下	青岛崇德中学	农村青年男女的秘密恋爱
天齐庙会	东北学生，高中	批评庙会上的愚昧、迷信、浪费
钟山之游	南京中学初三	游记，不怕野兽而怕土匪的心理

（续表）

文章题目	作者身份信息	文章题材、内容或主题
重游峥嵘山	浙江八中	游山及外国侵占、国民性等议论
写于佛山归来之后	广东省立二中	旅游、参观学校、工厂
暑假日记	南京皖中	琐事
星期日所见	立达学园初一	劳工苦，乞丐，士兵欺压百姓
星期一的日记	武昌荆南中学	学生立志勤奋
给同学的一封信	不详	举债读书、任小学教员的苦楚
出了学校以后	不详	批评坏社会：土豪、堕落的教员
给流浪的朋友	无锡中学	学校环境黑暗，学生反抗失败
失学以后	劳动大学附中	军警关闭学校、阶级、社会黑暗
公开的一封信	劳动大学附中	青年改造"丑恶的社会"之理想
我骂你——给同伴（诗）	苏州女师初三	批评不觉醒的同伴，鼓励反抗
月夜——给弟弟（诗）	苏州女师初三	批判"那厮杀着的人海"
夜曲（诗）	不详	写景诗
在暮色苍然里（诗）	不详	孤儿无归处
冷清的除夕（诗）	广东省立一中	孤独思亲
寄给父亲（诗）	高中	思亲
遥想（诗）	劳动中学	思乡思亲
寻找（诗）	青岛崇德中学	苦恼中寻找幸福，无望
阶前拾落花（诗）	湖北省立六中	爱情诗
课后（诗）	东吴二中	课后学生在教室里胡闹
给我的 V.L（诗）	不详	励志诗，鼓励对方勇敢前进

《1931年中学生文艺》中的许多文章都体现了中学生关心社会和忧国忧民的情怀。以《呜呼我们对于本国地理的认识》为例。文章一开头就举了这样一个实例：江苏某中学地理考试，许多同学都不知镇江在哪省，有答在杭州的，还有答在湖北、湖南的。其实，镇江正是当时江苏省的省会。作者由此联想到许多国人都不知道中国有几个省区的事实，感叹说："国人的地理观念之薄弱，一般大中学生地理观念之薄弱，简直有令人不可思议……""希望我们受教育的学生同一般国民都不要醉生梦死，以至于忘记了自己国家的省数。要晓得地理知识的重要，直具有左右国家的能力。一般人地理知识不充足，对于

一地一省的物产、交通、地势等不明了,所谓发展实业,发展经济,那简直是笑话!"① 这篇文章所显示的见解和观察力都是很了不起的。《陆家浜之一瞥》这篇文章则历数战争、帝国主义侵略等原因导致的中国百姓的生存状态(信佛、乞讨、人力车夫、穷学生),并控诉到:"这是谁的罪恶呀?连年战争,到处都是盗匪,帝国主义的侵略,一天一天地加重,才造成了中国现在这局面。"《黑暗中》这篇写景抒情文则有意以黑夜象征社会:"我心里禁不住要这样地呐喊——'朋友们!试张张眼看看这目前包围着我们的沉沉的黑暗!'"《心上的袭击》一文描写了这样的情形:学生们上街游行宣传抗日,街上的小贩却索要抗日传单拿去包花生米卖;乡下农民听说日本侵略中国,不思爱国反倒感叹说皇帝没有了,"真命天子不出世,天下再不会太平!"这般愚昧自私的国民让作者无语。

《1931年中学生文艺》中收录的许多作品在题材选取和主题表达上都明显脱离了学生生活的狭窄范围,写法和文笔上也极少学生气,而且有些作品的文学水平颇为可观。试录《招兵委员》(南京成美中学,夏仁麟)一文以作例证:

招兵委员

一

"哼,好大的胆!你敢淆乱人心,破坏我们的工作吗?"所谓委员的发话了。"哼……反革命!非带到司令部把你严办不可!"接着右手的食指把香烟狠命的(地)击了一下,一段灰便散开地落下了。又端起茶杯呷了口茶,像不胜愤怒的样子,呼吸很急促。

原来县里的招兵委员又和四个卫兵二次来到沛桥了,而且一脚便走向福兴茶园来。"唔,我们此地有人当兵?决没!上次已经被你骗去几个吃炮子去了!"晚上卖馄饨的老陈不识趣地这么说。谁知道这几句并不怎样惹气的话却正触怒了上次只募到三人因不足数要再来而觉得烦恼的招兵委员了。只听得雷霆似的一声猛喝:"抓他来!混蛋!"震动了满堂吃茶人的耳鼓。两个卫兵马上应声而出,赶上去,从狭长的凳子上把老陈拖下来。老陈吓得话亦说不出了,大家亦都意外的(地)惊呆着。

扑的,老陈跪下了,用颤动的声音说了"老爷!小的自知……不是,

---

① 张廷铮:《呜呼我们对于本国地理的认识》,中学生杂志社编:《1931年中学生文艺》,第9—16页。

言语冒犯你……你老人家，死罪！望……千万开恩饶了……我吧！"一段话；然后又像有所觉悟似的说："只是我这张臭嘴坏，让我掌它两下，老爷，老总们，开恩吧！"他真的用手在自己颊上左右开弓地打了两下。

"不行！不行！混蛋！……岂有此理！非带到司令部去不可！"那个委员连正眼亦不看的（地）说。

茶园内的主顾和后来的观众怕连累到他们自己，已走了许多。"老总！还是饶饶他吧？"在尚未走开的人中有一个对于陌生人稍为大胆一点的说了，"想你老人家是在三十三天上替玉皇大帝盖瓦的，他是在九十九地下跟阎王老子挖煤的，又何能相比呢？老总倒不必拿他看在眼里。"

听了这话的委员似乎已息了点怒，因为他不再狠命的（地）喝茶敲香烟灰了。一则是刚才那人捧他到三十三天之上，觉得身子真飘飘然有点舒服；二则他已顾虑到"过于认真会决裂，遇到可以放松的机会，不妨就此转圆（圜）"这一段做官的格言了。于是叫人请来镇上的绅董和陈姓大公祠内的几位先生，说这是你们地方上人，所以交把你们，明朝一早来带人，于是很放心的（地）扬长而去了。

绅董先生们都没妥当的意见，但又却不掉赶着只是磕头的老陈底娘和妻；只得胡乱的（地）商议着。自然，这事是非钱不办。但大家想到如果要罚几十元的话，老陈是死也拿不出的，除掉房子是别人的不算，拢统把家伙变卖亦不上十块钱，少不的又要耗祠堂里的公款了。恨得只指着骂老陈口臭、不识趣，闯了祸连累别人！而老陈却很丧气的（地）尽低头不语。

二

"我们是不爱钱的，请赶快商议妥当，怎样好让带人。"听完了先生和绅董代老陈哀求的话的委员接着发话了，他知道起初非硬点不行，所以尽回答得冠冕堂皇。

这时老陈的娘和妻便很识趣的（地）上来像对菩萨一般恭敬地磕了头。

"这件事本来无论如何要照军法办的，但三位先生既这样的（地）替他哀求，说他怎样可怜，那我亦不得不发点慈悲"，睁眼望着眼泪未干的两个女人的委员沉吟有顷，才很勉强的（地）说："好，看三位绅董的面子，特别从轻处罚：叫他赶紧制十套军衣，军帽，二十双线袜，唔，另外四枝木壳枪吧！"很轻松的（地）说后，却把眼斜睨着对面的三位，面上的神气表示着这是再轻没有的处罚了。

这出乎意外的条件使对方十二分的（地）惊愕了，四枝木壳枪，多少钱，天知道！于是又是女人捣蒜式的（地）叩头和绅董小心翼翼低声下气的请求。

全室都静默着等他开口，但被称为老爷的他只不发话，似乎不愿意扰乱这和平的空气。……

"我的天呀！白米现在十五六元一石。十石该多少。杀我的头吧！那（哪）……有！……唉……"老陈的娘听到委员说缴十石米了结时，惊惧和不平之气冲动着她，竟不顾死活的（地）喊出来了。但马上被旁人喝住了，向上努努嘴，又狠命的（地）指她一下。那时还没懂得土话的委员正瞪眼望着。

最后，经了女人第三次的哭着跪着，绅董再三低声的哀求，而委员自己亦想意外的获得总是便宜，才答应了二十元的条件。

当招兵委员把除去赏弟兄们外还余下的十四块白发发（花花）的袁头塞进大衣袋里的时候，一丝笑容飞上他的脸了。

此篇描写人物非常老练，稍稍勾勒几笔就让人物活灵活现出来。除了写作技巧的老练，作者观察生活的功底也很深。

开明书店出版的《1932年中学生文艺》《1933年中学生文艺》《1934年中学生文艺》反映时代和社会现实的力度更大。《1932年中学生文艺》的《序》中说："去年选辑《中学生文艺》，曾在序文里这样说：'编校完毕，觉得全集中深深留着时代的烙印；社会的变动，青年的苦闷，大半的文篇讲的就是这些。'今年编辑这一集，觉得这一句话还是适用的。"① 这一本《中学生文艺》中反映社会现实的题材占相当比重，比如反映"一·二八"抗战和抗日情绪的就有《亡国史的封面画》《北征杂记》《江湾凭吊记》《战后的上海》《募捐》《异乡人》《别》，反映军阀作恶的有《清乡》，反映底层人民处境和灾难的有《卖大饼的老人》《死了一匹驴》《决口》《荣归》《死》《死了的王君》《瘟疫》《壬妹的死》《K村的伟人》等等。因为"九一八""一·二八"，1931年和1932年度的《中学生文艺》比1930年度《中学生文艺》明显增加了反帝和抗日题材的作品。国家的危难唤起了中学生们，他们更多地把笔触由身边事情和校园空间转向社会和国家。《1933年中学生文艺》征稿和出版时间已在

---

① 中学生杂志社编：《1932年中学生文艺·序》，上海：开明书店，1933年。

"九一八"和"一·二八"之后一年多，抗日的热情和氛围有所消退，所以抗日题材的作品少了，但学生关心社会现实的良好意识却继承了下来，依然出现了《流散》《辍学》《林俊之死》《毕业》《乞儿》《伤兵》《一个兵士的自述》《狱中朋友的信》《一封关于失学的信》《动摇》《当》《小乞丐》《返乡记》《出了地狱》《喜儿姑娘的一生》《学徒》《这是谁的罪过》《临死前的一封信》《送朋友从军》《出狱者之歌》《给奴隶们》《向何处去》等忧时忧国忧民的作品。写底层人民困境的作品特别多，是这个集子的重要特点。《1934年中学生文艺》反映了1934年这个大体平和的年份的氛围，有许多写亲情和纪游的文章，但关注底层人民命运的作品数量依然可观，如《老金的职业》《佃农》《更夫》《缝衣妇》《挑水夫》《理发匠》《盲歌者》《大车夫》《讨食女》《风雨中的难民》《黄河码头》《秋收》《卖春妇的心》等，此外还有《九一八的阳光》《华哥》等抗日情绪的作品和《旱象剪影》《灾》《瘟灾》等反映农村困境的作品。

《中学生文艺》在1935年改版为《中学生文艺季刊》，季刊依然体现了同情底层疾苦和表达爱国情怀的主流，出现了《学徒》《抵债》《待赈》《逃亡》《黄灾奖券》《出狱》《劳工安集所的故事》《催租》《逃荒人》《小摊》《渔》《卖柴者》《弹花人》《拉唱的女孩》《背纤夫》《失业》《采桑女》《织布歌》《车水》《完粮》《探狱》《流浪人》《拾荒的孩子》《露宿的一群》《偷煤的孩子》《灾民墓畔》《受赈》等等"很有社会的意义"① 的作品。1936和1937年的《中学生文艺季刊》上也有《穷人的厄运》《国防前线》《寄给绥战的将士》《赴战》《东北一村庄》《军队生活剪影》《水灾》《一个灾民的日记》《歌女》《一个苦学生》《老乞丐》《舵工》《卖花女》《捡垃圾的孩子》《一幅流民图》《荒城》《绝粮》《放工》《失业者》《劫后》《搜粮》《穷人》等众多关注抗战情势和同情底层人群的作品。根据上面详细的列举我们不难得出结论：随着帝国主义侵略的日益加重和国内贫富分化等社会问题的日益严重，中学生们也感知到了国家所面临的内忧外患的紧张形势，纷纷予以表现和传达，他们很少再关心个人的命运和小得失，忧国忧民的情怀日渐增长。

上面所述的《中学生文艺》是汇集和反映全国中学生高端文学成绩的平台，下面我们再考察几个不同地域的重点中学的校园刊物，探究其发表的中学生作品所反映的中学生的思想意识情况。我们这里考察的只是办学条件较好、办学水平较高的中学的情况，其原因主要有二：其一，只有这种条件较好的中

---

① 《卷头语》，《中学生文艺季刊》1935年秋季号。

学才有各种资源办起各种校园刊物来，而且因为它们的办学质量和声誉，其校史、校刊等资料才受到重视并保存下来；其二，办学条件较差、水平不高的中学校的学生文艺整体水平通常不高，研究这种低端水平的学生文艺情况就没有多少价值和意义，而研究高水平学校的学生写作则可以反映出中学生这个群体在接受新文学影响和形成相应的素质上所能达到的最好状态。鉴于上述理由，下文所叙录的中学生作品便是从各种较高水平的校园刊物上选择出来的优秀作品，这些校刊上当然还有不少幼稚、平庸的学生作品，这里我们就不再提及了。

谈到中学生文艺，著名的南开中学的情况是不能或缺的。南开中学学生作家的杰出代表穆旦无疑代表了当时中学生创作所能达到的较高水平，也能够反映高水平的中学生文艺的基本特质。穆旦在高中三年级（1934—1935年）时便经常在校刊《南开高中生》上发表诗文。穆旦在该杂志发表诗歌《前夕》《冬夜》《流浪人》《神秘》《夏夜》《两个世界》《哀国难》，又在《南开高中三十周年纪念特刊》上发表诗《一个老木匠》。有学者在研究了穆旦的上述作品后做出结论："这些诗文，不仅开始显示这位文学青年的非凡才能，更难能可贵的是，当时还是一个中学生的穆旦，已经在殷切地关注国事，正视社会现实。在这些愤世忧时的作品里，深刻地反映出他对人民的疾苦、国家的灾难与民族危亡的切肤之痛，对世界的积极探究，以及认真的态度与进取精神。"① 还有研究者认为："穆旦中学时期的新诗创作，不仅思想倾向进步，而且在艺术上也颇显功力。"②

北平大同中学学生自治会于1936年4月出版了一期《大同周刊·春之专号》，发表同学们有关春天的感想的文章和文艺创作，其中收录的许多学生作品都体现了中学生们对于时局和社会问题的关注，体现了中学生们鲜明的忧国忧民情怀。例如《春天带来的》一文：

> 春天来到了，它带着许多的慰快和幸福，同时也带着许多的痛苦和悲伤。在碧玉似的嫩柳和粉红的桃花里，夹着嘤嘤的鸟鸣。为着那些阔少爷小姐、阔老爷太太们来享受春的快乐，同时在另一个世界里，却只有吃树

---

① 陈伯良：《穆旦传》，第15页。
② 殷之、夏家善：《诗人穆旦早年在天津的新诗创作》，杜运燮、袁可嘉、周与良编：《一个民族已经起来——怀念诗人翻译家穆旦》，南京：江苏人民出版社，1987年，第106页。

皮，吃人肉和观音土。春天给我们带来的只是更无情的饥饿和受苦！

近几天来在大公报申报上都常见到许多关于各地悲惨的灾况："皖西春荒，灾情惨重，人食猫犬或煮人肉……""鲁省灾民数百万，食粮已绝……""四川各地饥民多食观音土，死亡者甚众……""鄂省饥民千万，抢粮之风日盛，当局救济无术，派军清剿。"当我们听到这种消息以后，是多么难过和愤怒呵！

近年来，在这帝国主义和他的走狗加紧剥削榨取之下，大众们已经受够了非人类的生活。再加上了天灾，大众们更无法再继续生活下去，事实告诉我们，只是湖北一省，就有饥民千万之多。这是个什么世界呵？！

正在中国的内外敌人猖獗的时候，天灾不落到世界任何地方，偏偏落到了可怜的中国大众头上，但是终年忙于内战的中国，对于帝国主义无耻的侵略还只是忍耐，那（哪）里管到防止天灾，减轻民众的痛苦呢，这几千万的饥民是天灾，还是人祸所造成的呢。

中国的大众太可怜了，他们整天不闲的（地）劳苦工作，把自己的血汗送给人家去享乐，被帝国主义剥削去，自己反倒吃不到饱饭，这还是在太平的丰年时候，可是近年的天灾一起，劳苦的民众们就是连半碗不饱的粗饭也都吃不上了，过着非牛马，更非人类的生活，吃猫犬，吃死人的肉，吃树皮，这还算是较好的，有的连树皮、人肉猫犬都吃不着，他们只能吃观音土，明知道吃了就要死，但是为了要解一时的痛苦维持他暂时的生存，他也顾不到以后的生死了，可是有的连观音土也找不到，只等着饿死！

但是任何一个人，他总有求生的欲望，这是谁也不能否认的，为了维持他们的生命，他们决定不惜牺牲一切，不顾一切的（地）来挣扎，于是壮者铤而走险，抢粮、暴动等事情就一天天的（地）多起来。直到现在，各地农村里，土匪……无地不有，他们都是为了生而挣扎的战士，因为他们除了这样只有等待着死亡，可是他们决不甘心白白的（地）等死。

在这为生而挣扎中，许多党派就产生了，但是无论是任何党派，如果它能够解决大众的生活，大众们就要拥护它，甘心来受他"利用"，反过来，不论它是天党天派，如果它只能给大众们"光荣"，或者连"光荣"都没有，而毫不能解决大众的生活，大众们就不能拥护它，决不（甘）心

来受他的"利用"。……①

当时《大同周刊》上发表的学生文章中有许多关于国内外时政和国内外文坛情况的介绍、评论,如《一周来的国际时事》、《非常时期教育的诸问题》、《国际情势的回顾与展望》、《从防共协定说到走私问题》、《国防文艺和文学商人——中国文坛的回顾与展望》、《俄国文学的过去现在与其将来》、《值得推荐的两种文学丛书》②、《读〈生死场〉》③、《读〈南国之夜〉以后》④,等等。校刊上的这些学生文章足以显示他们的知识视野之开阔。

湖北省立实验学校于1936年编辑出版了一部集录该校学生创作成绩的《中学生文艺习作集》,其中几篇优秀作品也显示了同样的忧国忧民素质。如《税吏》的故事:税吏下乡,农民贫穷交不起税,只能借钱贿赂税吏以拖延日期。《负担》则是写城市贫民家庭,写女工辛苦挣钱养家。《一个兵士的日记》则借士兵的口吻写军阀混战及农村土匪横行等现象。《残杀》写军阀混战导致同村好友相残。《挣扎》则写小店员们的境遇。《离散》写贫穷饿肚子的一家农民忍痛将幼小的孩子卖给城里的老爷,还要被中人克扣价钱。小说通过一个十二三岁的少年的角度来写,写他饥饿的感觉,写他父母的无奈,叙述描写颇生动,风景描写方面也显示了不错的功底。今试录《离散》(作者:陈一渐)一文:

离　散

血红的太阳,刚从浓厚的云雾里懒洋洋地探出头来,放射着鲜红耀目的晨光,把大地洒上赤色。把贫苦的人们从睡梦中唤醒过来,慢慢的(地)离开温暖的被窝,同怒号着的西北风开始搏斗,准备集中全身体力,跳过年关的险阻,希望新年的好运降临。

---

① 大同中学学生自治会编:《大同周刊》第2卷第6、7期合刊,1936年4月,第134—135页。
② 刘启撰写的这篇文章介绍了文化生活出版社的"译文丛书"和容光书店出版的"奴隶丛书",包括鲁迅译的《死魂灵》、茅盾译的《校园》、叶紫的《丰收》、萧军的《八月的乡村》、萧红的《生死场》。参见《大同周刊》第2卷第1期,1936年3月。
③ 《大同周刊》第2卷第2期,1936年3月。
④ 《南国之夜》系艾芜的短篇小说集。以上篇目参见大同中学学生自治会编:《大同周刊》第2卷第10期,1936年5月。

一所差不多要倾塌的土墙砌的茅屋,斜倚着后面山麓,屋前朝南的小柴门有条小径直通往城里的大路;路旁一望无际的田野。屋内南北边零乱地陈列着农耕器具和缺脚的桌椅,破床靠在东面土墙,西面墙角摆着上面满布尘埃的饭锅和炉灶,好像几天没有用过似的。

门限上坐着的是一个三十岁左右面黄肌瘦还只穿夹衣的妇人,怀里抱着刚出世才几个月用破棉絮包着的小孩在哺乳,受不住寒气在晨光下颤抖,不耐烦的(地)等着什么,菜色的脸上眼泪一颗颗落在小孩桃红的面颊上,更显得泪珠的晶莹。

"妈!"屋后转出一个眼眶陷落颧骨高挺出的十二三岁的孩子,破的棉衣抵不住西北风的寒气,红的手瑟缩地抱了一捆枯枝黄草,一步一颠的(地)向门口走来,放下柴就说:"妈!你哭什么?爹一回来,我们不是就可以吃饱吗!"那妇人连忙拿衣角揩了揩眼泪答道:"没有什么,宝!你爹大概就要回来罢?你先把柴搬进去。"阿宝应了一声搬柴进去。一会儿出来坐在他妈旁边,逗他的小弟弟玩耍。一边咕噜着说:"爹怎么还不回来呢?"然他妈指着那从大路转湾(弯)正向这里来的四十岁以下的男子,很兴奋地站起来说:"宝,你爹回来了!"阿宝不管他妈是否在哭,野兔般的(地)窜过去接他的爹;他爹肩上背着米袋,手里提着一些蔬菜和包裹。阿宝接过蔬菜,帮他爹提着,当他走到门前时,猛回头看见他爹望着小弟弟,瘦削的脸上流下泪水,他妈也这样。他很奇怪,但他不敢问,也许是忘记了问,他一心只顾得肚饿去了。

一阵忙乱,饭菜也煮好了,阿宝吃得饱饱的,穿上他爹新赎回的棉衣。他爹哽咽着对他妈说:"下午……四点钟他们就要来把……"他妈连忙使眼色,阿宝惊疑的(地)正要问,他妈忍泪向他说:"宝!没有什么人来,不过是你舅舅又要来借米。乖点吧,出去玩一会。"阿宝很不愿意的(地)暗地说:"真讨厌,总是来借米,借去又不还!"跑出门,心想今天非找几个兄弟把狗儿打一顿不可,早上为什么欺我劫我的柴。……

四点钟了,门上来了两个衣服整洁身体肥胖的人,阿宝爹赶紧请进来看坐,献茶,恭维了好些话;那两人不受用的(地)坐下来,几次狠狠的(地)催促着说:"快点把小孩子抱来给我带回城里去好回话!免得王老爷等得焦急!"阿宝爹满脸堆下笑,泡着满眼泪水说:"是,是,大叔,还有十块钱呢?王老爷可曾给大叔带来吗?"一人听了这话,登时满面通红恶狠狠的(地)说:"呸!我们看这小孩子可怜,当初不知在王老爷面上帮你说了几多好话,王老爷才答应下来,没有我们两人,你一家不是活活的（地）饿死，那（哪）里有饭装你们的狗肚子，有衣服上身；还害得你老子老远从城里跑来，你们连感谢都不感谢一下子，有脸向我们要这十块钱，老实跟你说，这钱须孝敬你老子！我们是不白替你说情跑路的。"阿宝爹央求说："大叔，你说的何尝不是，但是当初卖契上注明二位中银由王老爹那边付出，二位千万可怜可怜我们穷人，高抬高抬贵手吧！"那人听了正要发作，亏得另一位从中作好作歹，才肯拿出五块钱；站起来从躺在床上哭的阿宝妈怀里夺去小宝，就冲出门去了。他妈那（哪）里肯舍得，爬起来歪歪跌跌的（地）就追过去，猛不防另一人从旁一推，他妈被推倒在门内打滚，他爹忍泪过来相扶。这人也扬长出门去了，远远地似乎还可听到小宝的哭声。

这时阿宝刚恰从后山带着胜利的微笑回来，一到门前把他骇住了，连问："怎么？怎么小弟弟被人抱走了。"他一看他爹妈在哭做（作）一团，他喊道："爹！妈！不要哭，我们赶快追上去，他们鸟强盗还没转湾（弯）呢！快点追，爹！妈！"说着他便要追，不料他妈他爹揪住他不放他走，他急得暴跳起来，大声说："啊！爹，妈真狠，难道不要小弟弟了！我一定要把他给追回来，……强盗！"他妈揩着泪抚慰他说："不是的，宝！是我们把小宝卖给城里的王老爷！小宝在那里有好的吃，好的穿，比我们这里好几百倍，也免得小宝在这里受活罪！"阿宝给呆住了，他不懂得为什么要卖小宝，咱家不是也有吃的吗？"爹、妈，不，我家也有稀粥吃啊，小弟弟也有棉衣穿，谁教他受罪呢？我很爱小弟弟，天天抱他，从来没有打他一下啦？"……爹、妈都没回答，只含泪看着大路上消去的人影，静听远处传来的哭声，阿宝不敢再问了……

夕阳的晚霞射成血雨，四野都变赤色，西北风刮得屋顶的茅草沙沙地响。阿宝颓丧的（地）低着头像唱歌般的（地）说："妈，我饿啦。谁教小弟弟受罪？我很爱他啊！为什么要卖掉他……"

半夜里他妈告诉他，她明年正月初四就要去城里人家当奶妈，他正想问"为什么妈也要到城里去？"可是他妈已睡着了！

广州市第一中学的学生文艺活动很活跃，水平也很高。我们可以1937年1月出版的《市一中学生丛刊》第六期上刊登的学生诗歌为例，看看其主要风貌。如《秋夜》（子瑜）："一个无边冷静的秋夜，/孤单的我步出了庭野；/天际高挂着明媚的月亮，/映照着我们玫瑰的故乡。//在高耸如龙的林边，/微风送了几声惨切与凄清的心弦，/我倾耳听了不觉悠然！/呵！惨切与凄清！/使我不约而同情。／问他究有何不可解的悲哀，／要诉之于这沉痛的琴音？／／一个瞎丐坐在高耸如龙的林边，／手把破琴俯首奏，／旁人近身倾耳闻，／他更弄了愈入于无底的哀沉，／正如病者将死时的呻吟。／／啊！瞎丐的悲琴！／令人不忍睹与闻！／他的悲音浸透了我的心，／不觉泪珠儿双流，／直流到我的衣襟。／／映照着我们玫瑰的故乡，／天际高挂着明媚的月亮，／孤单的我步出了庭野，／一个无边冷静的秋夜。"这首诗也是对新诗中描写底层人物的人道主义传统的继承。《盲女》（马华）则叙写了一个乡村盲女的苦难一生："天生她一双什么也不能看见的眼"，"一双盲眼看不见乡村的贫穷"，她的父亲将她卖给妓院，从此"打骂是六月天的淫雨，／时常狂暴地突然来去。""白天她（鸨母）要你含泪卖唱，／夜间更是一段丑的时光！／（把人肉当猪肉似的买卖）""除了她还有许多姊妹，／都受着人间地狱的活罪！／她们都不幸盲了双眼，／便永远被关在幸福的门边！"这首诗从选材、立意到修辞都很优秀，"一双盲眼看不见乡村的贫穷"更是极佳的诗句。又如《寒边火线》（安富）这首抗战诗，开头即是"朔风箭一般刮过去，／边原起了阵浮烟——／原来一些腥寒的血点，／刺激着每一个战士的热情。"然后是："炮弹的寒光和刺刀的闪动，／照耀寒边一切，／宣视着无畏的精灵，／正在聚着一条光明的坦道；／去需要更多的热情和热血，／灌溉我们战士的头颅。"

广州市一中的这本《学生丛刊》第六期上也发表了不少具有社会性的小说、散文。短篇小说《战士》写云和明这两位大学同学在国难当头的时候毅然一起参加抗日战斗的前线工作，虽然落下残疾的躯体，但他们依然爱国热情不减，斗志昂扬，决心继续以残缺之躯对日斗争。短篇小说《前途》则写两个中学生朋友为前途渺茫而忧心：他们感叹"中国究竟是让外来资本主义的罪恶渗透了，可是人们还是为着自己的饭碗，去向那资本主义摇尾乞怜，不肯跟它作战"，他们抱怨"有财有势的，什么也得到满足。可是那些穷人家，整天都是受压榨和威胁，像是命定似的"，他们也自励："我们且不管社会什么黑暗，我们只要锻炼我们的体魄，发奋我们的精神，去充实我们自己，凭着青春的朝气，吹灭了那迷人的烟雾。仗着我们坚强的意志，斫碎那障在我们进程的荆棘。"小说《不幸运的人》写中学生克达家庭的贫困与悲哀。在这个家庭里，母亲"忘命"去为儿子打算未来幸福，"顾不着她残年的身体"，"所有的血力去放在禾田上，希望禾田的收获，来供给她儿子念书所用款，她以为学业有成总找得一差半职。她并未想到失业的一回事"。而"近年商业这般凋颓，没有半点生气"。最后，母亲死掉了，妹妹生病了，克达也重病，但无钱进医院，终于不治身亡了。

作家陈福熙曾说，战前坊间所出版的中学生文艺"车载斗量"，但质量并不算高，存在"取舍不严"的问题。这主要是就书贾们所炮制的滥竽充数的征文作品集之类而言，实际上，从泥沙俱下的中学生文艺出版物中我们还是可以淘得一些金子的。尤其是从某些高水平的中学校刊上我们不难见到学生的佳作。更重要的是，即便是在抗战这样的特殊条件下，中学生的文学创作热情也并没有消歇："抗战将近四载，在烽火中生长的中学生，用他们的血和泪写下了许多好文章，虽然那些作品并不十分成熟，但内容的真挚、生动，已够宝贵的了。"① 为此，陈福熙在1941年搜集出版了两种中学生战时创作选集，主要收入诗歌、游记、小品、书札、小说等。由于经历了战乱的颠沛流离和国破家亡的惨痛，中学生们的心智迅速地成熟起来，写作上也普遍风格大变，抗战之前那种热衷写亲子和男女之"爱"，写诗情画意的写景抒情"美文"的情形也越来越少，越来越无人喝彩了。相反，中学生的文字中普遍地流露出忧国忧民的情思。由上述陈福熙在1941年时的评述当可推知，"血和泪"的题材、主题已成为抗战时期中学生创作的主流。不能不说，这也是他们长期受中国新文学这种"血和泪的文学"熏陶和影响，而如今又与时代情境和个人体验结合得更加自然的必然结果。

因为国势日危，人民生活日益艰难，抗战时期和国共内战时期的中学生作品也反映了更多现实社会的负面问题，底层关怀和"感时忧国"的新文学传统更得以凸显。北京明德中学校1941年的校刊上便多是反映社会问题和底层苦难的作品。如一篇题为《彷徨》的散文提到了"道边上又发现了一个流亡者！""家，毁灭了！""我已经是没家的人了"②。另一篇《过去的一幕》则直涉中国社会的黑暗："正月家里闹土匪，所以不得已逃进了北京，我们的房子成了土匪的宿舍，我们的存粮就是他们的食物，一切一切都在不得已中抛弃了。更可伤心的是母亲不知在什么时候走失了，剩下了我和多病的父亲，我们投奔那（哪）里去呢？"③ 高二学生冯基祥则在《纠纷》中借几家的小孩游戏时闹矛盾，各自抬出自己的父亲来威吓对方的故事，反映阶级差别和巡警、监狱对人的迫害。④ 高二学生姚国宾的小说《张老太太的寿诞》是质量较高的一

---

① 陈福熙：《付印记》，陈福熙编：《战时中学生创作选》，永嘉：杭州增智书局，1941年。
② 明德中学校编：《民国三十年北京明德中学校刊》，第87页。
③ 同上，第88页。
④ 参见《民国三十年北京明德中学校刊》第94—95页。

篇作品，它借张老太太过生日这一天的诸场景批评了旧习俗和旧国民性：爱热闹、爱争着说闲话、拜寿时磕头的繁文缛节、敬神以祈求升官发财、入席就餐的规矩和辈分、打麻将……①作者于不动声色的场景白描中暗寓褒贬，实在是有大手笔的风范。高中生们的写作已是手笔不凡，而初中生们的水平也不坏。一位叫王章琦的初三学生写作《忆亡母》一文，寓个人命运于时代大势之中，绝无一般初中生的幼稚笔调。他的文章回忆起四五年前卢沟桥事变的情景："当卢沟事变的炮火给故都带来了恐怖忧郁的气氛，人们的恐惧布满了古城。母亲正在患着沉重的肺病，三年多的病魔始终未见遁去，其中有过几次危险的转变，但终为了不忍抛弃一群弱小的子女，而忍受着病魔的残蚀，苟延着短促的一息。"② 初一学生张克明的《疯子》以第一人称叙述"我"眼中的一个青年疯子的言行举止，并巧妙地借疯子的疯话带出其苦难的原因："你们烧了我的房屋财产，你们抢了我的东西，你们又杀死了我的父母、妻、子，我要打……我一定要报复……"③ 初一学生吴可权的小说《困难》写一户城市贫民家庭的凄惨：催房租的人上门抢走钱和米面，导致风雪之夜妻儿只能挨饿，结果妻子气病，丈夫街道上撞车而亡……④在属于沦陷区的北平，这群中学生敢于在文章中揭露社会黑暗和人民苦难，这是需要一定的勇气的。这也反映了他们所受新文学的传统——一种揭露、批判和抗争的"社会文学"传统——的影响之深。

1947年6月，广东省立广雅中学出版《广雅学生》复刊第二期，其中除有学生论文外，大量的篇幅为文艺创作。其中施金波所写的《悲怆的奏鸣乐》之一《忿恨》：

> 我很久很久沙哑了喉咙，叫不出憎恨、同情，也叫不出"仁义""道德"。
>
> 谁愿意去偏爱那些幻想与享乐的意识，正如冰雪的枯枝，应该克（刻）苦地期待春天苞放的再生。
>
> 让惨笑、哭泣、软弱都离开自己吧，除非我对黑暗和罪恶淡视，除非我对无耻与奸污宽容，除非我否定人间的光和热，否则就不知道重累的生

---

① 明德中学校编：《民国三十年北京明德中学校刊》，第95—96页。
② 同上，第106页。
③ 同上，第116页。
④ 参见《民国三十年北京明德中学校刊》，第118—119页。

活常常教导我们。

　　我们前一代——用坚粗的双手去耕耘自由的土地,为子孙们培植幸福果子的老人已经一个个倒下。倘若你问"他们艰劳的生命活该如此吗?"——呵!这是罪恶在人间上行使的霸道!

　　我们这一代——用生命去冒险,用头颅去搏取一切的文明与和平的青年,在风雨沙石的摧残下苟延。倘若你问"他们智慧的生命活该如此吗?"——呵!这是罪恶在人间上行使的霸道!

　　我们下一代——"未来的主人翁","未来的国家柱石","未来的……"的孩子,在冷酷孤苦的遗弃下垂亡。倘若你问"他们有未来的一切生命活该如此吗?"——呵!这是罪恶在人间上行使的霸道!

　　你看:朱门的臭肉,路边的死骨!

　　你听:舞池的淫乐,街头的呼怆!

　　呵!你们吸血鬼,魔王以及代表一切罪愆的履行者,死了的人也要拿骨头来扑击你。

　　"一条狗在被人迫杀得没有去路的时候是会发出绝望的咆哮,会露出了牙齿而现出豺狼般狞恶的脸孔的。"

　　数不尽的愤怒!

　　盗、窃、抢、劫、扒……是谁造成的?

　　勒索、舞弊、贪污……是谁造成的?

　　失业、失学、饥饿、死亡是谁造成的?

　　……

再看高一学生陈伯达的散文《变》:

　　……

　　到处都是哭泣,到处都是死亡,到处都是瘟疫,到处都是人间不堪闻问的地狱里的情形。

　　一天而至每天,一个进到万千,被自己人、外来人残杀。那些主动者决不会停止,正在猖狂大屠杀,似乎停止了这勾当,它们是活不下去的!

　　没有饭吃,没有地方住,他们的田屋、村舍被那魔鬼在拼命的(地)焚烧!

　　他们没有犯罪,没有违法,相反的,他们这八年中吃尽了无限的苦楚,受尽了无限的耻辱,替国家尽了责任,活到如今为的是什么?

为的是甚么?

　　为的是现在挨饿,受冻,为的是自己的园舍被人烧去,为的是自己的父亲或哥哥被人打死……

　　而在这种情景里,你可看到还有戏剧院、跳舞场。那些胖子、财阀、风骚的女人,那些杀人不见血的鬼东西们,他们在享乐,他们在痛快,他们在幸福……

　　……

这一期《广雅学生》上所载徐奕的诗《妓女》也继承了新文学的底层关怀传统:"在灯红酒绿下/在'骑楼'下/或者在街巷拐角的地方/常常会看到她们的影子/她们穿着惹人注目则却并不美丽的衣服/头上也烫了发/面上涂上了/厚厚的粉/红的胭脂/嘴唇活像血盆/但/却掩不过她的/浮胀的脸/失神的眼睛/只要你是走过她们的跟前/她可会钉看着你/对你笑/是苦笑/是求乞的笑/是可怜的笑/她们在这里做什么/天知道(?)/如若有人诚恳地问她/为什么蹲在这里/她可会红着眼睛/告诉你的(这)一切/为了——/'生活'(!)"① 广雅的学生"大部分都是中下之家的子弟,在这国家社会多灾多难之秋,他们对于现实问题是非常敏感的,他们一方面要读书,一方面要为国家社会分忧。因此,他们的作品,关于小我者少,关于大我者多。"②

《广雅学生》(复刊第三期)在《卷头语》中即指出:"这是一个学生团体的刊物,但内容却颇像综合式的杂志——其中文字涉及学生本身者少,关于一般社会问题者多。这里透露出一点消息:今日中国青年的视线,已不只局限在他们自身的小小范围内,而且扩展到更大的客观环境——社会、国家民族以至全世界。……现实的一切,把他们从象牙之塔带到了十字街头,他们不得不向周围的环境多看几看,不得不把周围的问题多想一想,从而他们体味到'小我'和'大我'间互相关系的道理,因此他们不特要关心他们自己,更要关心到自己以外的事物……"③ 广雅学生文艺的这种风貌绝不是孤立现象,而是当时中学生文学的普遍现象。就在1946年左右的福州某著名私立中学,学生们爱读也爱写新文学,"他们写得真实,有感情,对当时社会的黑暗,也敢讽

---

① 参见《广雅学生》复刊第2期,1947年6月。
② 王兴瑞:《序》,《广雅学生》复刊第2期,1947年6月。
③ 王兴瑞:《卷头语》,《广雅学生》复刊第3期,1948年6月。

刺抨击……1948年秋，他们编辑出版《天亮》油印本……"① 这种揭露黑暗和期盼"天亮"的批判现实主义精神成为四十年代后期中学生文艺的主基调，而这又与二三十年代和抗战时期中学生文艺的现实主义精神和"平民文学""社会文学"取向是一脉相承的。

三、小结

民国时期的中学生们普遍显示出对于新文学的热爱，许多人因此走向了学习写作的道路，形成了从二十至四十年代持续不衰的中学生文学创作热潮。如果说20年代中学生的文学创作还多属于追逐某些新文学潮流或者模仿某位作家风格的较低层次，那么进入30年代以后，中学生的文艺创作水准则明显有了很大提升，已经不再像此前时代那样热衷描写个人生活空间中的亲情、友情、爱情等清浅主题，也不再追求诗情画意、浪漫唯美的文学风格（如诗和散文小品中），其模仿和学习的对象大体已从冰心、朱自清、郁达夫等转向了鲁迅、茅盾这类左翼风格的作家。30年代初，伊卡以青年学生的阅读和写作趣味为例，纵向梳理了从民国初年到大革命失败以后近二十年间中国学生的思想和行为特征的演变：五四运动时代，"一般的青年，差不多都倾向于文学的研究，几乎尽成了小说家诗人。赤裸裸地想像（象）——其实是写实——肉感的人生，歌咏失恋、苦闷、喜悦、快意的生活，以及一切感情上的符节。"而到了大革命时代，"一般的兴趣，从玩味文学与沉迷恋爱转向血和泪的社会。"② 当时人的这种描述显然印证了我们上面关于二三十年代中学生文艺转型的结论。在抗战前的30年代，由于中学教育的扩张、中学生自身的兴趣及众多出版机构的推波助澜，全国中学生的文学创作达到了繁荣的顶峰。抗战时期和国共内战时期，由于社会动乱和出版条件的限制，抗战前那种中学生文学创作与出版的盛况不再，但中学生的文学创作水平仍在稳步提升。

由于民国社会的混乱局面，中学生们被动地卷入其中，很早就亲历或见闻了种种社会的矛盾和问题，并从中丰富了阅历，增长了见识；再加之当时中学生年龄普遍较大，心智成熟较快，所以他们常常能够超出个人的家庭生活范围和校园生活范围而扩展到关注和思考社会上的种种现象、问题。而日本的步步侵略所导致的国家危难状态又进一步地唤起了广大中学生的忧国忧民情怀。抗

---

① 程力夫：《回顾与探索》，刘国正主编：《我和语文教学》，第366页。
② 伊卡：《二十年来的中国学生》，《学生杂志》第18卷第1号，1931年1月。

战和内战又将广大中学生卷入社会的洪流之中,促使他们放弃最后一丝对于象牙塔生活的依恋。可以说,民国时期中学生文学的高端和主流都是属于"社会文学"的类型,都表现了中学生们关心社会、人民和国家的"忧国忧民"情怀。而这除了时代政治和社会环境的影响外,新文学关心底层人民命运的"平民文学"传统,书写时代和社会现实的创作主潮,侧重于暴露、批判的现实主义立场,"血和泪"的书写传统等等也都是中学生文学的精神资源和思想资源。总之,从大量优秀的中学生作品中我们不难见出中国新文学的积极影响,同时也可以看出新文学对民国中学生们的思想和精神方面的强力塑造。

结 语

通过前面各章节的论述可以发现，经由国文教材、课堂、课外阅读和校园文艺活动、作文教学等多种渠道和途径，民国的中学生们已广泛地接触到了各式各样的新文学作品。① 从第五章中对于中学生课外阅读书目情况的了解即可看出，当时市面上能见到的新文学出版物几乎都曾进入中学生的阅读视野。其新文学阅读的活跃状况还可以从"中学国语补充读本""中学文学读本"之类名目的新文学选集的出版盛况中窥见一斑。如果没有销场，是不会有那么多书局和书商去出版、翻印甚至盗版这类选本的。尤需注意的是，以中学生为销售对象的新文学选集不仅仅只有《语体文学读本》《中学文学读本》《中学生文学读本》这类大路货，更有大量的分体裁选本，如《现代中国散文选》《模范小说选》《当代创作小说选》《诗选》《现代小品文选》《现代戏剧》《模范戏剧读本》《话剧选》《创作独幕剧选》等。品种的丰富和分类的细化足以反映新文学在中学生课外阅读中所占有的分量。

新文学不仅是民国中学生们最主要的阅读对象，还是其重要的知识和思想资源之一。他们大多将新文学作品当作了解社会、认识人生和获取知识、真理的主要来源，很少有人纯粹视新文学为消闲和娱乐之物。1934 年底，针对有些人士（如汪懋祖）一边大搞中小学文言文运动一边大肆渲染所谓"中学生国文程度低落"的论调，叶圣陶严正地指出："虽然现在很有些人在那里嚷着说，中学生的国文程度低落了，但那是指文言文的写作以及对所谓'国学'知识而言的，是另一回事。在一般常识方面，尤其在关心时事，了解世界大势方

---

① 无论是在国文教材中还是在课外阅读、校园文艺活动与作文教学中，民国时期中学生们接触到中国新文学的机会都要比后来时代的中学生们多得多。

面，现在的中学生比二十多年前的中学生是有过之无不及的。"① 而新文学正是民国中学生们获取一般常识、了解世界大势方面的途径之一。汪懋祖等人掀起的中学文言文复辟运动也引起了中学生的抗议，一位名叫吴大琨的中学生在《中学生》杂志上说："青年是究竟与老年人有些不同的。尤其是处在现时代现中国的青年。我们的头脑比较热烈，我们的血液比较沸腾，我们需要知道一切，我们尤其需要知道现社会的一切；因为只有现社会才是和我们发生直接关系。"② 而新文学正好是和民国中学生们生活于其间的"现社会"发生直接关系的文学品种，所以很好地满足了他们的心灵需要，成为他们了解社会和人民、国家的重要渠道。所以吴天石在回忆自己的中学生活时说："抗日战争前，文艺作品教育我认识了社会。抗日战争后，文艺作品教育我如何改造社会。""鲁迅的《为了忘却的记念》，使我认识了国民党如何屠杀青年"，"丁玲的《水》，叶紫的《丰收》，茅盾的《春蚕》《子夜》，洪深的《五奎桥》《香稻米》，使我明白了在蒋介石统治下，灾荒是那（哪）里来的，人民是怎样活不下去了。"③

民国中学生们不仅广泛接触了新文学，还对新文学持严肃的接受态度，所以1937年时施蛰存说："一般新文学书的读者可以说十之五六是学生，十之一二是由学生出身的职业者，其余十之一二才是刻苦用功的小市民。他们都把看新文学书认为是一件严肃的事情，没有一个人敢说他看新文学是为了消遣，也没有一个人敢说他看文学书是由于偶然的机缘。……新文学书对于这些读者，无形中已取得了圣经、公民教科书，或者政治学教科书的地位。在这样的趋势之下，新文学遂真的俨然成为一种专门学问……"④ 中学生把新文学当作一种专门学问来认真研究的现象在当时确实并不少见，不少中学生刊物中都登载有中学生们撰写的评论某些新文学作品或是评述某一新文学体裁（如新诗），或是畅论新文学思潮、论争（如"普罗文学""国防文学"⑤），总结新文学发展

---

① 叶圣陶：《时势教育着我们》，刘国正主编：《叶圣陶教育文集》第1卷，北京：人民教育出版社，1994年，第597页。
② 吴大琨：《谁使得我们国文程度低落的》，《中学生》第49号，1934年11月。
③ 吴天石：《文艺作品给我的教育》，吴天石：《漫谈国文教学》，第44—45页。
④ 施蛰存：《"文"而不"学"》，陈子善、徐如麒编选：《施蛰存七十年文选》，上海：上海文艺出版社，1996年，第381—382页。
⑤ 如南昌第一中学的学生"木吾"就撰写了《国防文学论》（江西省立南昌一中校刊委员会编《一中校刊（国防专号）》第4卷第2期，1936年12月），参与了左翼文坛的两个口号之争。

经验的文章,它们所显示的新文学知识的丰富程度、对新文学历史发展过程和现状的了解、关注程度和对于新文学作品的理解能力都令人叹为观止。就笔者有限的观感,有的民国中学生——主要是高中生,他们除了有较长时间的阅读积累,还在选修课程中学习过专门的新文学史、文学概论等课程——对新文学的熟悉程度、理解能力和研究水平丝毫不亚于今天大学中文系本科毕业生的水平。

通过一些问卷调查,一些人的回忆,通过当时中学生们的文章和作品,我们大致可以了解有哪些新文学的篇目和哪些新文学的作家与新文学的品种、类型受到了民国中学生的关注和喜爱,并且对中学生们的精神和心理产生了较大的影响和冲击。大体可以说,那些关注和同情底层人民命运的、关注社会问题与社会矛盾的、关心时局与国家民族命运的、体现了忧国忧民情怀的新文学作品类型较受民国中学生关注,也给他们留下了较深的精神烙印。而就作家来说,以鲁迅、茅盾、巴金、老舍等为代表的左翼作家因其暴露社会问题和忧国忧民的精神而受到民国中学生们的普遍爱戴,也深深地影响了他们。以鲁迅为例,他既是中学教材和课堂上的常客,又是中学生课外阅读中的常客,他的作品常常成为中学生们写作模仿和学习的对象。经由这种种渠道和方式,鲁迅的文章风格和价值立场,鲁迅的思想和气质,都深深地烙印在了民国中学生们的心灵中。鲁迅逝世不久,南昌省立第一中学校的一位学生即在校刊上撰文悼念,他称鲁迅逝世的消息宛如晴天霹雳一样地刺痛了他,他称赞鲁迅是"伟大的导师","是我们现时环境下的民族战士","多少有热血的青年,受了他真诚的感动,而会有了清晰的觉悟",并且宣称"我们该抓住现实的机轮,踏着先生遗留下的痕迹,向前做去,以完成他未竟的工作!"① 同月,广州市第一中学的校刊第六期也刊发了一组纪念鲁迅的文章②,还专门配有鲁迅遗像。这期鲁迅纪念专号生动地呈现了民国中学生们对于鲁迅的爱戴和对于鲁迅精神的理解深度。比如一首名《悼鲁迅先生》(李广泰)的诗,其中称鲁迅逝世的消息"像一根根的针儿刺痛他们(人民大众)底心!/因为他们要失掉一个抗战的领导者;/——还有无数的劳苦大众在重压下呻吟!"同刊另一首《悼鲁迅先生》(幽航)则这样写道:"你是个旧思想的叛徒,/你也是个国防线上的战兵,/这封建思想虽然黑暗,/可是给你的投刀似的

---

① 张国樾:《悼鲁迅先生》,江西省立南昌一中校刊委员会编:《一中校刊》第4卷第2期,1936年12月。

② 见广州市立第一中学学生自治会学术部编辑委员会编:《市一中学生丛刊》第6期,1936年12月。

尖刻笔中,换了光明;/这帝国主义多么野蛮,/可是给你的激动后波涛似的言论,仰着头儿把敌人吓奔!/呀!鲁迅先生!/你真的具有永生精神!//……/呀!鲁迅先生!/你才是中国新青年的首领!"这些中学生对于鲁迅的评价,如"国防线上的战兵""中国新青年的首领""抗战的领导者"之类,都是无比崇高的。另一篇题为《最大的损失》的文章说:"虽然死神缠扰了六个月把鲁迅先生的躯壳占去了,但他底灵魂,他底尖锐的呼声永久印在人们的脑海里。""他以清醒的头脑,站在十字街头尖锐地观察在这世界上奔逐的人群,不论汝是女性的尊严,学者官僚的高贵,流氓的鄙(卑)劣……他同样以极尖辣的笔端把你的假面具勾两笔。说话上也是一样。处处令你发笑,寻味,被激励,你以为他是幽默,善于讥讽;其实不然,因为他所写的和说的,太过真实和露骨,所以令你发笑,但这不是快愉的笑,而是人类的悲剧潜力的冷笑,这冷笑教你前进、自新。这深刻的印象永久烙印在人们的心里。"① 1938年,湖南私立广益中学的一位学生也写了一首《悼鲁迅》:"战云布满整个宇宙,/中国正为世界和平而奋斗,/然而勇敢的斗士啊!/你却悄然独自走了,/你能忍心抛弃你伟大的工作?//你独自走了!/走到那么遥远遥远的境地里,/但总该嗅到血和火药气,/会听到大炮和巨弹的响声,/你!鲁迅先生!/我知道:你不会合眼/你的内心在愤怒。//你!鲁迅先生!/笔是你一架猛勇的大炮,/敌人会被骇破了胆,在求饶/是你一把锐利的尖刀,/卖国者曾被刺穿了胸,/……"② 从这些学生的措辞我们不难感到,他们对于鲁迅是充满感情的,对于鲁迅作品和鲁迅精神的解读是十分准确和深入的,这充分说明了民国时期的中学生们在新文学接受上的深度。

具体作家也好,具体作品也好,文学类型和品种也好,新文学对于中学生的影响效果最终还是要体现在塑造中学生的思想观念与精神人格方面。就如某位民国中学生所说:"一个人爱读的书,不但对于他的文字有关系,就是对于他的性情、胸襟、识见也有很大的关系,这因为文学是一种精神食粮,他不知不觉地可以变化人的性情,改换人的胸襟,影响人的识见……"③ 沈仲九早在1925年即说:"这几年来国语文对于学生的影响,国语文本身还是其次,最重要的是思想问题。因为国语文虽然能载旧思想,但近年的作品却是新思想的居

---

① 古月:《最大的损失》,广州《市一中学生丛刊》第6期,1936年12月。
② 吼也:《悼鲁迅》,广益中学校刊编辑会员会编:《广益校刊》第14卷第2期,1938年6月。
③ 天游:《我爱好的作家》,《学生杂志》第23卷第9、10期合刊,1946年10月。

多数。因此，学生思想的转变，得力于国文科很不少……"① 沈仲九并没有具体点出新文学，但其所谓"国语文"中自然是包括新文学的。民国中学生所受新文学的精神、情感熏陶表现在思想、言行等等方面，而这些中学生们的精神成果——一般性文章和文学作品——则是我们借以窥视这种精神影响的最好窗口。本书前面章节的叙述已大体呈现了民国中学生们在作文、考试和课外创作时一般性的选题、选材特点和思想观念，我们不难看出其与五四以来中国新文学的内在联系，即一种"感时忧国"精神和"忧国忧民"情怀的传承与呼应。夏志清在评论始于 1917 年的文学革命而终于 1949 年的中国"新文学"时说，那个时代的新文学的一个突出特点就是"作品所表现的道义上的使命感，那种感时忧国的精神"②。我们从当时大量中学生的作品中也常常能看到这种特点。这可以说是中国新文学对于民国中学生的精神塑造的一个显著体现。

如今留下来的大量关于民国时期国文课本、课堂和教师、课外阅读、校园活动等等的回忆资料大都证明了民国时期中学新文学教育的美好的一面。这些回忆者常常谈到自己从新文学篇目中经受了思想的洗礼和精神的熏陶，而这对于他们后来一生的成长都是至关重要的。如前述的吴天石就说，鲁迅的《为了忘却的记念》，丁玲的《水》，叶紫的《丰收》，茅盾的《春蚕》《子夜》，洪深的《五奎桥》《香稻米》等新文艺作品教育他"认识了社会"，也教育他"如何改造社会"，并声称："我的走向革命，这些书给我的影响是很大的。"③ 诗人臧克家也曾在 1947 年时说："我个人在中学时代，就是因为读了郭沫若先生的一篇革命文学论，才决心冒着生命的危险跑到'武汉'革命去的。今天，像我当年的青年朋友们更多，这可以看出文艺的力量实在比想像（象）的要大得多多。"④

质而言之，新文学塑造了民国中学生们的思想观念、道德信仰和人格情操，涵养了那一代学生忧国忧民的情怀。而反过来，民国中学生们又以极大的热情和努力反哺了新文学，通过他们的阅读和习作，为新文学提供了广阔的生存空间，为新文学的发展提供了强劲的动力，准备了后备军，还使得新文学的核心精神后继有人、发扬光大、形成传统。

---

① 沈仲九：《初中国文教科书问题》，《教育杂志》第 17 卷第 10 号，1925 年 10 月。
② 夏志清：《现代中国文学感时忧国的精神》，夏志清：《中国现代小说史》，桂林：广西师范大学出版社，2014 年，第 376 页。
③ 吴天石：《文艺作品给我的教育》，吴天石：《漫谈国文教学》，第 44—45 页。
④ 臧克家：《不一定正确的答案》，《中学生》第 186 期，1947 年 4 月。

附论　新文学的教育之用
——民国时期中学国文教材中的新文学篇目分析①

向林林②　罗执廷

小　引

民国时期的中学国文教材因大量选入新文学作品而成为现代文学研究的重要对象之一。与图书、杂志、报纸副刊等新文学传媒相比，教材因受到教育体制的保证，在销量和受众人数上具有明显优势。就数量而言，当时公开出版发行的中学国文教材多达上百种，而由商务、中华、世界、正中等大书局出版的教材通常销数很大，有的版次多达几十上百次，如商务印书馆出版的《新学制初中国语教科书》自1923年初版到1929年已达132版，按每版印5000册算，累积印数当在60万册以上，也就是说，一篇新文学作品如果进入此套教材，它至少会被60万以上的人阅读。再以鲁迅的小说《故乡》为例，它被收入小说集《呐喊》，而《呐喊》的单行本截止1937年共再版24次，总印数十万册左右。但当《故乡》作为中学课文被学生阅读时，其传播面就更为可观了。据日本学者藤井省三估计，"通过教科书阅读《故乡》的读者从1923年至1937年的十五年间累计起来大概超过了一百万。这个数量远远高于通过单行本《呐

---

① 本文为暨南大学2017年硕士学位论文，指导教师为罗执廷。收入本书时著者罗执廷做了修订。
② 向林林，女，1991年生，2017年硕士毕业于暨南大学文学院，现为广东省中山市西区初级中学语文教师。

喊》阅读《故乡》的读者数"①。直到新文学出版特别繁荣的1935年时，叶圣陶还说，"我国是一本文学书卖到二三千册已经算是销数很好的国家，一种文学杂志有一二万份的销数，简直可以封王了"②。与教科书相比，此处的二三千册、一二万份，可谓九牛一毛。这也进一步说明，中学国文教材的影响力远大于其他媒介。

因此，我们以中学国文教材为据来豹窥一斑，了解新文学在民国时期中学教育中的存在状态和功效等情形，就可以为新文学的传播研究和接受研究提供一些更基础和真实的资料。为此，笔者在大量搜索民国时期中学国文教材的基础上，采用文本分析和数据统计等方法，对进入到其中的新文学篇目同时进行质化和量化研究，重点分析其在教材中的存在样态和所承担的教育功能。下面先对本文所涉及的研究对象、研究现状、研究内容等进行说明。

1. 研究对象及相关说明

首先对本文使用的几个概念或关键词进行说明。一是"民国时期"，这是泛用，本文所指的主要是1920—1949年间，因第一套选入新文学的国文教材——《白话文范》出版于1920年5—12月间。除了《白话文范》之外，笔者搜集到的中学国文教材全部出版于1922年以后。二是"中学"，本文使用的是简称，实应为"中等学校"，包括中等教育性质的普通学校、职业学校、师范学校。民国建立后最初沿用晚清的日本学制，设四年制的中学堂，国文是其必修课程。1923年起全国学校系统改为欧美学制，史称"壬戌学制"，其中中等教育阶段包括初中三年和高中三年，另外将普通中学、师范学校和职业学校分设，无论是在哪种学校，国文都是核心的必修课程。因此，笔者搜集的中学国文教材不仅包括供普通中学用教材，也包括供职业学校和师范学校使用的教材。三是"新文学"，本文所谓的"新文学"主要是指出现于五四新文化运动以后，由中国现代作家用现代白话文创作的诗歌、散文（包括杂文、报告文学等）、小说、戏剧（话剧）类作品。在民国时期，诸多教育家和评论家将其称为纯文学或文艺文，与普通文相对。本论文涉及的新文学的诗歌、小说、戏剧容易确认，唯"散文"这一大类容易产生分歧，需特别作说明。本文除了将现代文学史中通常纳入文学范畴的报告文学、文学性通讯包括在"散文"之列，

---

① ［日］藤井省三：《鲁迅〈故乡〉阅读史——现代中国的文学空间》，第54页。
② 叶圣陶：《答愿意献身于文学的青年》，叶至善、叶至美、叶至诚编：《叶圣陶集》第9卷，南京：江苏教育出版社，1990年，第116页。

还将某些带有文学色彩（如文字优美、情感丰富等）的普通文（如文艺性说明文、杂文）也包括在内。此外，文中有时也会谈及由中国现代作家翻译的外国文学作品。因为，翻译往往也是一种创作。

为详细、具体地考察新文学在民国时期中学国文教材中的情况，笔者以北京图书馆编写的《民国时期总书目·中小学教材》（1995年）为依据，依靠CADAL数字图书馆、超星数字图书馆、民国图书资源平台等数字资源库，国家图书馆、广东省立中山图书馆的馆藏，对民国时期出版的中学国文教材进行了较为广泛的搜索，共搜集到90套国文教材。需要指出的是，因为种种原因，民国时期的许多教材并没有完整保存下来，加上个人时间、精力的限制，笔者所搜集的90套教材并不能穷尽民国时期所有选录新文学作品的国文教材，但应该说，绝大部分教材，尤其是当时影响较大（印量较大）的教材都已搜集到了。需要说明的是，这90套教材并非齐全，其中有27套存在不同程度的残缺情况（缺少一册或几册）。但这些教材缺少的主要集中在第五、六册，而当时的国文教材一般是将新文学作品主要置于前面几册（第一至第四册），第五、六册一般为古文、议论文和应用文。因此，虽然许多教材缺少了其中的几册，但对于新文学作品的统计应该影响不大，故对于本文研究的结论也应该影响不大。

这90套中学国文教材的大体情况如下表：

表1：民国时期中学国文教材情况一览表

序号	编者	书名（册数）	出版地点和出版机构	出版时间（年份）	备注
1	洪北平、何仲英	《白话文范》（1—4）	上海：商务印书馆	1920	全
2	孙俍工、沈仲九	《初级中学国语文读本》（1—6）	上海：民智书局	1922—1924	缺第一、三、五、六册
3	吴研因、范祥善等	《新学制国语教科书（初中用）》（1—6）	上海：商务印书馆	1923—1924	全
4	国立北京师范大学附属中学校	《初级中学用·国文读本》（1—3）	北京：北平文化学社	1923—1928	全

（续表）

序号	编者	书名（册数）	出版地点和出版机构	出版时间（年份）	备注
5	秦同培	《中学国语文读本》（初中用）（1—4）	上海：世界书局	1924	缺第四册
6	吴遁生、郑次川	《新学制高级中学国语读本》（1—2）	上海：商务印书馆	1924	全
7	钱基博	《新师范讲习科用书·国文》（1—2）	上海：中华书局	1924—1925	全
8	沈星一	《新中学教科书·初级国语读本》（1—3）	上海：中华书局	1924—1925	全
9	穆济波	《高级国语读本》	上海：中华书局	1925	全
10	张振镛	《新师范讲习科用书·国文参考书》（全一册）	上海：中华书局	1927	全
11	胡怀琛、陈彬龢、汤彬华	《新时代国语教科书（初级中学用）》（1—6）	上海：商务印书馆	1928—1929	全
12	朱文叔	《初级中学用教科书·新中华国语与国文》（1—6）	上海：新国民图书社	1928—1929	全
13	朱剑芒	《初中国文》（1—6）	上海：世界书局	1929	全
14	庄适	《现代初中教科书·国语》（1—6）	上海：商务印书馆	1930—1932	缺第三册
15	张弓	《初中国文教本》（1—6）	上海：大东书局	1930—1933	全
16	赵景深	《初级中学混合国语教科书》（1—6）	上海：北新书局	1930—1932	全
17	赵宗预	《职业学校教科书·国文》（1—6）	上海：世界书局	1931—1932	全
18	傅东华、陈望道	《初级中学用基本教科书·国文》（1—6）	上海：商务印书馆	1931—1933	全
19	北平文化学社	《初中国文读本》（1—6）	北平：北平文化学社	1931—1932	全
20	姜亮夫、赵景深	《初级中学北新文选》（1—6）	上海：北新书局	1931	全

（续表）

序号	编者	书名（册数）	出版地点和出版机构	出版时间（年份）	备注
21	江苏省扬州中学国文分科会议	《新学制教科书初中国文》（1—6）	南京：南京书店	1931—1932	全
22	周颐甫	《基本教科书国文教本（初级中学用）》（1—6）	上海：商务印书馆	1932	缺第四册
23	徐蔚南	《创造国文读本》（1—6）	上海：世界书局	1932—1933	全
24	石泉	《师范教科书初中国文》（1—6）	北平：北平文化学社	1932—1933	全
25	孙俍工	《国文教科书（初级中学用）》（1—6）	上海：神州国光社	1932	缺第一、五、六册
26	罗根泽、高远公	《高中师范教科书·高中国文》（1—6）	北平：北平文化学社	1932—1933	全
27	陈椿年	《新亚教本初中国文》（1—6）	上海：新亚书店	1932—1933	缺第四、五、六册
28	张鸿来、卢怀琦等	《初级中学国文读本》（1—6）	北平：师大附中国文丛刊社	1932—1934	全
29	王伯祥	《开明国文读本》（1—6）	上海：开明书店	1932—1933	全
30	王伯祥	《开明国文读本参考书》（1—6）	上海：开明书店	1932—1933	全
31	北平文化学社	《高中一年级国文读本》（1—4）	北平：北平文化学社	1932	全
32	朱剑芒	《朱氏初中国文》（1—6）	上海：世界书局	1933—1934	全
33	戴叔清	《初级中学国语教科书》（1—6）	上海：文艺书局	1933	缺第六册
34	傅东华	《复兴初级中学教科书国文》（1—6）	上海：商务印书馆	1933—1935	全
35	瞿世镇、卢冠六	《中学国文读本》（1—6）	上海：春江书局	1933	缺第二、三、四、五、六册

（续表）

序号	编者	书名（册数）	出版地点和出版机构	出版时间（年份）	备注
36	史本直	《国文研究读本（高中）》（1—4）	上海：大众书局	1933	全
37	朱文叔	《初中国文读本》（1—6）	上海：中华书局	1933—1934	全
38	杜天縻、韩楚原	《高中国文》（1—6）	上海：世界书局	1933	全
39	罗根泽、高远公	《初中国文选本》（1—6）	北平：立达书局	1933	全
40	罗根泽、高远公	《高中国文选本》（1—6）	北平：立达书局	1933	缺第四、五、六册
41	马厚文	《标准国文选》（又名《初中国文教科书》）（1—3）	上海：大光书局	1933	全
42	张文治	《初中国文读本参考书》（1—6）	上海：中华书局	1933—1937	全
43	孙俍工	《中学国文特种读本》（1—2）	南京：国立编译馆	1933	全
44	杜天縻	《国语与国文（师范用）》（1—6）	上海：大华书局	1933	全
45	江苏省教育厅修订国文科教学进度表委员会	《初中标准国文》（1—6）	上海：中学生书局	1934—1935	全
46	江苏省立苏州中学初中部国文教学研究会	《实验初中国文读本》（1—6）	上海：大华书局	1934—1935	缺第六册
47	夏丏尊、叶圣陶、宋云彬、陈望道	《开明国文讲义》（1—3）	上海：开明函授学校	1934	全
48	叶楚伧主编，汪懋祖复选、编校	《初级中学国文》（1—6）	南京：正中书局	1934—1935	全
49	周侯于等	《初级中学教科书国文》（1—6）	南京：正中书局	1934—1935	全

（续表）

序号	编者	书名（册数）	出版地点和出版机构	出版时间（年份）	备注
50	施蛰存等	《初中当代国文》（1—6）	上海：中学生书局	1934—1936	全
51	施蛰存、朱雯等	《高中当代国文》（1—6）	上海：中学生书局	1934	全
52	孙怒潮	《初级中学国文教科书》（1—6）	上海：中华书局	1934—1935	全
53	赵景深	《初中混合国语》（1—6）	上海：青光书局	1934—1935	全
54	众教学会	《初级中学教科书·国文》（1—6）	北平：崇慈女子中学校	1934	缺第一、三、五、六册
55	南开中学	《南开中学高一国文教本》（上、下）	天津：南开中学	1934	缺下册
56	宋文翰	《国文读本》（1—5）	上海：中华书局	1935—1936	缺第四、五册
57	叶楚伧主编，许文雨、唐卢锋选注	《国文》（1—7）	南京：正中书局	1935—1936	全
58	夏丏尊、叶绍钧	《国文百八课》（1—4）	上海：开明书店	1935—1938	全
59	何炳松、孙俍工	《师范学校教科书国文》（1—6）	上海：商务印书馆	1935—1948	全
60	顾名	《基本国文》（1—2）	上海：教育编译馆	1935	全
61	潘尊行	《初中精读国文范程》（全一册）	南京：国立编译馆	1935	全
62	孙怒潮	《初中学生文库·注释国文副读本》（上中下册）	上海：中华书局	1935	全
63	南开中学	《南开中学初中国文教本》（上、下册）	天津：南开中学	1935	缺初一、初二下册
64	颜友松	《新课程标准初中国文教科书》（1—6）	上海：大华书局	1935	缺第五、六册

（续表）

序号	编者	书名（册数）	出版地点和出版机构	出版时间（年份）	备注
65	朱剑芒	《初中新国文》（1—6）	上海：世界书局	1936	缺第五册
66	陈介白	《初中国文教本》（1—3）	北京：贝满女子中学	1936	全
67	宋文翰、张文治	《新编高中国文》（1—6）	上海：中华书局	1936	全
68	叶圣陶	《文章例话》（全一册）	上海：开明书店	1937	全
69	大东书局编辑所	《分组编制自修国文讲座》	上海：大东书局	1937	全
70	朱剑芒	《初中新国文指导书》（1—6）	上海：世界书局	1937	全
71	郑育青、汤际亨	《修正标准新式初中国文》（1—6）	北平：北平科学社	1937	缺第二、四、五、六册
72	宋文翰	《新编初中国文》（1—6）	上海：中华书局	1937	缺第六册
73	蒋伯潜	《蒋氏初中新国文》（1—6）	上海：世界书局	1937	缺第二册
74	孙俍工	《抗战时期中学国文选》（上下册）	成都：诚达印书馆	1938	缺上册
75	杨荫深	《职业学校教科书·初级国文》（1—6）	长沙：商务印书馆	1938	缺第一、三、四、五、六册
76	（伪）中等教育研究会	《初中国文》（1—6）	天津：华北书局	1938	缺第一、三、四、五册
77	（伪）教育总署编审会	《初中国文》（1—6）	北京：新民印书馆	1939	全
78	（伪）教育总署编审会	《高中国文》（1—6）	北京：新民印书馆	1939	全

(续表)

序号	编者	书名（册数）	出版地点和出版机构	出版时间（年份）	备注
79	叶苍岑、操震球、宋云彬、傅彬然	《初中精读文选》（1—6）	桂林：文化供应社	1940—1943	全
80	国立编译馆	《初级中学国文甲编》（1—6）	重庆：正中书局	1941	全
81	叶圣陶、郭绍虞、周予同、覃必陶	《开明新编国文读本（注释本）》（甲种1—6）	上海：开明书店	1943—1947	全
82	谭正璧	《国文必读第1辑》	上海：世界书局	1944	全
83	合江省政府教育厅编审委员会	《高中文选》（1—2）	佳木斯：东北书店	1946	全
84	汪懋祖、汪定奕等原选，张裕光重选	《国文精选》（1—6）	南京：正中书局	1948	全
85	王食三等	《中等国文》（全6册）	华北新华书店	1948	缺第五、六册
86	朱自清、吕叔湘、叶圣陶	《开明新编高级国文读本》（1—2）	上海：开明书店	1948	全
87	关东公署教育厅	《中学国文选》（全6册）	大连：大众书店	1948	缺第一、四、五、六册
88	上海联合出版社临时课本编辑委员会	《临时课本·高中国文》（1—6）	上海：上海联合出版社	1949	缺第四、五、六册
89	上海联合出版社临时课本编辑委员会	《临时课本·初中国文》（1—6）	上海：上海联合出版社	1949	缺第二、四、六册
90	新时代编译社	《新国语文选（初级中学适用）》（1—6）	上海：世界书局	1949	缺第二、三、四、五、六册

上述教材，按照出版时间的先后顺序进行编号，按编辑出版时间和社会历史背景来看，大致可分为三个时段：1920—1931 年、1932—1937 年、1938—1949 年。

1920 年后，教育部颁行过 7 次课程标准方案，时间分别在 1923 年、1929 年、1932 年、1936 年、1940 年、1941 年和 1948 年。其中，1923 年公布的《中小学课程纲要》规定，初中阶段语体文至少占一半的比例，并在略读书目中推荐了胡适、鲁迅等人著译的大量语体文学，这就使新文学作品获得了进入中学国文教材的合法身份。1929 年颁布的《暂行课程标准》对国文教学进行了更细化和量化的规定，语体文和文言文的比例，第一学年为七比三，第二学年为六比四，第三学年为五比五。相较于 1923 年的规定，语体文比重进一步增加，同时暂行标准的第二、三条也都是有利于新文学作品入选的。① 在这两套标准所统领的时间段中，新文学在教材中的比重呈增长趋势，因此可视为一个阶段：即 1920—1931 年。另外，周颐甫编《基本教科书国文教本（初级中学用）》和徐蔚南编的《创造国文读本》虽然出版于 1932 年，但其编辑大意中明确指出，它们都是按照 1929 年的编选标准编辑，因此，将其纳入 1931 年的范畴。此阶段出版的教材从洪北平的《白话文范》始，到徐蔚南的《创造国文读本》终，共 23 套。

相较于 1923 和 1929 年的两个标准，在 1932 年颁布的正式《课程标准》中，新文学的比重开始压缩。该标准在日本发动"九一八"和"一·二八"事变的背景下出台，要求初中阶段教材选文要做到"含有振起民族精神，改进社会现状之意味，而无浮薄淫靡或消极厌世之色彩者"②。高中阶段则要"深切了解固有的文化，养成用文言文叙事说理表情达意之技能"③。"固有文化"的传授显示出明显的复古倾向，与此同时，还要求在选文材料中加入"中山先生传记"等党义文选。这样的标准设置导向两种结果：其一是新文学为古文和党义等普通文让位，比例大幅下降；其二是宣扬爱国主义、传统伦理道德的篇目激增，而纯文学作品比重减少。1936 年 6 月出台的新的《初级中学国文课

---

① 第二、三条的内容分别为：（2）合于现实生活的；乐于社会生活的。（3）含有改进社会现状的意味的。参见《初级中学国文暂行课程标准（1929 年）》，课程教材研究所编：《20 世纪中国中小学课程标准·教学大纲汇编·语文卷》，第 282—285 页。

② 课程教材研究所编：《20 世纪中国中小学课程标准·教学大纲汇编·语文卷》，第 280 页。

③ 同上，第 290 页。

程标准》，在 1932 年的基础上修订而来，它进一步提升了"了解固有文化"和"唤起民族意识并发扬民族精神"这两条标准的地位，而"欣赏文艺之兴趣"则下降到最后一位。由此可见，在 1932 年和 1936 年这两套标准中，新文学作品都被偏置一隅，可视为教材编选的第二阶段。需要说明的是，从宋文翰、张文治编的《新编高中国文》到蒋伯潜编的《蒋氏初中新国文》，这 7 套教材虽然都出版于 1937 年，但也是遵循 1936 年的课程标准所编辑，因此，笔者将第二阶段的时限拓展到 1937 年，此阶段从石泉的《师范教科书初中国文》始，到蒋伯潜编《蒋氏初中新国文》终，共 50 套。

1937 年"七七事变"以后，抗日战争全面爆发，但国民党仍未放松对教材编选的控制。1940 年颁布了《修正初级中学国文课程标准》，仍然将党义文选作为必选篇目，而且还增加了"总裁言论"。当然，相较于 1932 年的标准，也有一些积极的调整，将"欣赏文艺之兴趣"从"目标"第四条提前到第三条，且将原"目标"第一条的"了解固有文化，以培养其民族精神"降为第四条。① 1941 年颁布的标准，与 1940 年几乎不存在差异。1948 年颁布的国文课程标准，则特别重视学生语文技能的培养，将"欣赏文艺之兴趣""文学创作之能力"的目标改为"培养运用国语及语体文表达情意之能力，以切合生活上之应用"（《修订初级中学国文课程标准》）和"能作切合生活上最需要应用最广之文字"（《修订高级中学国文课程标准》）。② 相较于 1932、1936、1940 年的三个标准，1948 年的政治标准弱化了，但语文技能标准又压过了文学标准，新文学的地位仍然不高。抗战及以后（1938—1949）出版的教材共 17 套，此阶段虽然时间跨度比较长，但样本数量并不多。其主要原因有二，一是国民党当局强制推行使用"国定本"《初级中学国文甲编》，其他教材都被禁止使用。二是由于战乱及出版条件所限，教材的编选、出版均较困难。

在 90 套教材中，新文学作品共计 1129 篇。因编选者不同，不同教材间往往存在同文不同题的情况。对于这种情况，本文统一采用使用频次高的篇名。为避免烦琐起见，异名篇目出现的教材统一采用表 1 中的编号，不再列出教材的全名。异名篇目的情况见下表。

---

① 课程教材研究所编：《20 世纪中国中小学课程标准·教学大纲汇编·语文卷》，第 304 页。

② 同上，第 318、320 页。

表 2：新文学篇目异名情况表

作者	作品	异名情况
冰　心	《离家的一年》	第 22 套教材分为两篇，分别题为《小弟弟上学》《给小弟弟的一封信》
冰　心	《中国人要有中国人的娱乐》	第 32 套教材作《寄冰季弟信》，第 39 套教材作《寄小读者通讯（二十三）》
冰　心	《寄小读者通讯（一）》	第 53 套教材作《儿童礼赞》
冰　心	《寄小读者通讯（十）》	第 28、53 套教材作《忆儿时》，第 22 套教材作《我的幼年》
冰　心	《寄小读者通讯（十七）》	第 22、72、76、80 套教材作《蒲公英》
冰　心	《寄小读者通讯（十九）》	第 16 套教材作《别》
冰　心	《寄小读者通讯（二十八）》	第 53、65、70 套教材作《归来》
冰　心	《寄小读者通讯（七）》	第 34 套教材作《慰冰湖畔》
冰　心	《祝你奋斗到底》	第 81 套教材作《我的同班》
丰子恺	《忆儿时》	第 72、75、76、79、80 套教材作《养蚕》
郭沫若	《天上的街市》	第 2、8 套教材作《天上的市街》
胡　适	《东西文化的界线》	第 41 套教材作《东西文化之界线》，第 53 套作《东西文化及其界限》
胡　适	《我的母亲的教育》	第 23、28、80 套教材作《我的母亲》
胡　适	《一个星儿》	第 8 套教材作《一颗星儿》
胡愈之	《莫斯科印象记》	第 52 套教材作《莫斯科奇景》
李石岑	《脚踏车生活》	第 37、42 套教材作《旅居印象记一则》
李石岑	《欧洲人冬夏两季的生活》	第 23 套作《欧洲的冬夏》，第 52 套教材作《欧洲人狂热的两个季节》
梁启超	《英国威士敏士达寺》	第 1、4、14、19 套教材作《威士敏士达寺》
庐　隐	《蓬莱美景》	第 33 套教材作《蓬莱风景志》
茅　盾	《白杨树》	第 79 套教材作《白杨礼赞》
孟寿椿	《蚁战》	第 33 套教材作《蚁斗》

（续表）

作　者	作　品	异名情况
瞿世英	《干荷花瓣》	第 21 套教材作《荷瓣》
盛　炯	《梦见妈妈》	第 48、49、73 套教材作《在雪夜的战场上》
苏雪林	《鸽儿的通信（十二）》	第 53 套教材作《小公鸡的胜利》，第 65、70 套教材作《小公鸡》
杨振声	《渔旗子税》	第 22、27、46 套教材作《渔家》
易君左	《可爱的诗境》	第 64 套教材作《多谢西风》
郑振铎	《我爱的中国》	第 64 套教材中作《别了，我爱的中国》
朱自清	《记画》	第 23、41、60 套教材作《月朦胧鸟朦胧帘卷海棠红》，第 72、76、80 套作《一张小小的横幅》

如何判断新文学在国文教材中的功能是本论文的关键所在。笔者在资料的研读和整理过程中，发现了四项可供凭借的标准：其一，诸多出版于 20 世纪 30 年代的教材，编辑体例较为完备，都有编辑例言（或称为编辑大意、编辑纲要）、注释、题解等信息，在这些信息中，教材编辑者对其选材标准和教学目标以及作品的主题等进行了较为详细地说明，这些说明构成了我们判断新文学功用的标准。其二，在编排方式上，诸多教材采取中心编制法（或称为集团编制法），将思想内容相关或相近的作品编为一组，有些编者还会为每组选文撰写组序，在序言中明确交代各组的教学目的、教学中心以及教学内容，这就为我们判定新文学的功用带来了更为直观的依据。其三，在课后习题的设计中，编者往往会以设问等形式对作品的思想主题等进行引导，在这些引导中常常蕴含着编辑者的教育意图，因此，通过设问和习题，我们也能够比较准确地判定其功能设定。最后，有些编者还为教科书编订了相应的参考书或指导书，如王伯祥编辑的《开明国文读本》就有一套《开明国文读本参考书》，朱剑芒编辑的《初中新国文》也有一套《初中新国文指导书》，在这些参考书中编者对每篇课文进行了详细的讲解，这就为本论文的分析提供了更详细的依据。以上四项内容（编辑例言、编排方式、课后习题以及参考书）构成了笔者判断教材中新文学功能的四大标准，在某种程度上说，它们实在也是本文的论据。

2. 研究现状及选题价值

民国时期的中学国文教材已受到不少研究者的注意，他们已经做出了相应的研究。从研究的角度来看，主要可分为三大类型：一是语文教育学科视角的研究，对民国时期国文教科书的内容、编排体制及国文课程标准、教学方法等相关问题进行研究，以史为鉴，回应当代出现的某些语文教学问题；二是以新文学和教育的互动关系为视角，重点探讨新文学如何进入到国文教材体系之中，中学教材的选文与新文学的经典化，中学国文与新文学的知识再生产等问题；其三是探究单个作家或作品在民国国文教材中的功能、地位问题。以上这些类型的研究，或多或少都会涉及新文学及其功能的论述，但迄今为止还都只是部分的和个案式的研究，只涉及少部分教材和作家、作品情况，并没有覆盖全部（现今能搜集到的）教材，也没有对中国新文学入选教材的情况作全面性的统计和分析。总之，全面考察新文学在民国中学教育中的功能设定及其效果的成果还不多见。

具体而言，从教育学和语文学科入手研究民国时期中学国文教材的论著中，最具有代表性的是李斌的《民国时期中学国文教科书研究》，这是李斌写于2011年的博士论文，该文2016年11月以专著形式在大陆出版。该书第三章以1928—1939年间出版的39套初中国文教材为考察对象，认为这一阶段的教科书根据教学内容侧重点的不同，可以分为三种类型（思想道德教育型、文学教学型和文章作法型），并揭示了其发展演变的主要矛盾。李斌的主要目的在于回应近年来关于"语文教学内容"的问题，侧重谈论的是在语文教育中"思想道德教育"、"文学教学"和"文章作法教学"何者更重要的问题，而不是新文学接受的问题，所以并未具体分析新文学篇目在教材中的功能承担问题。而且，李斌认为30年代国文教科书大多数已经转向了文学教学和文章作法方面，但据笔者统计，在30年代出版的教材中，承担思想道德教育功能——如爱国主义和传统伦理道德教育——的新文学篇目不但没有减少而且呈递增的趋势。与李斌的研究视角相同的文章还有罗燕的《民国时期的中学语文教材研究》（广州大学2013年硕士论文）、董春华的《20世纪30年代初中语文教科书的特点与启示》（《教学与管理》2012年第11期）等，这些文章也是属于教育学科或语文学科的，笔者不再详述。

第二大类型的研究中，钱理群先生的《五四新文化运动与中小学国文教育改革》（《中国现代文学研究丛刊》2003年第7期）是开风气之先的成果，该文具体阐明了新文学在五四新文化运动中经胡适、蔡元培等人的设想和实践进入到国文教育领域的背景。张伟忠的《现代中国文学话语变迁与中学语文教育》（山东师范大学2005年博士论文），则在探讨新文学与现代国文教育的相互关系和相互影响的过程中，解决了文学思潮运动等所形成的话语对国文教育的影响问题。这两篇文章虽然与本论题并无直接关联，但为本论文提供了基础性的背景资料。与本题相关性最强的是南开大学刘绪才写于 2013 年的博士论文《1920—1937：中学国文教育中的新文学》，该文探讨了新文学进入中学国文教材的背景情况，并以 1927 年为界，对新文学在教材中的选目变化情况进行了阐述，以周氏兄弟文章的入选情况为例探讨了新文学的经典化问题，以朱自清、胡适、刘大白等人的文章在课堂上的讲授情况为例探讨了新文学知识的再生产问题。文章提及了 20 年代新文学注重思想教育的情况，但并未深入分析具体是哪些篇目承担了哪一方面的思想教育功能。另外，这篇论文只以中华、世界、商务、开明等出版机构的 20 套教材为蓝本，样本数量明显不足，得出的结论就很难周全。比如南开中学在 30 年代编辑的《南开中学初中国文教本》就没能进入刘绪才的研究视野，但笔者在研读的过程中却发现，这套教材专为传统伦理道德教育目标设置了相应的单元，且其所选新文学篇目高达 21 篇，在整个教材体系中是最多的。事实上 1930 年代出版的教材中，除了南开这套外，叶楚伧主编①的《初级中学国文》、马厚文编的《初中国文教科书》也设置了"亲子之爱"的单元，而这两套教材同样为刘所摒弃。这就可以解释，刘绪才为何无法观察到思想道德教育功能中传统伦理道德教育这一分支在 30 年代有所增强的情况了。与刘绪才此研究类似的文章还有不少，这些文章同样存在样本不足，不能全面反映情况的缺陷。为避免烦琐，笔者不再赘述。

　　第三大类型中，鲁迅、朱自清、周作人等新文学的经典作家及其作品所受关注最多，主要研究成果有陈漱渝主编的《教材中的鲁迅》（福建教育出版社 2013 年版）、李斌的《鲁迅作品在民国中学教材中的位置与功能》（《中国现代文学研究论丛》第 10 卷第 2 期，2015 年）以及刘绪才于 2014—2015 年间连续在《语文建设》期刊上发表的《民国时期中学教材中的周作人作品》、《民国教材编选〈背影〉〈荷塘月色〉状况分析》两篇文章。陈漱渝的《教材中的鲁迅》以时间和地域为线索，勾勒了鲁迅作品在各个区域和时段国语国文教材中的呈现情况，极具资料价值。李斌也按照这种划分时段和区域的思路，梳理了鲁迅作品在国文教材中的呈现情况，认为鲁迅作品在 20 年代作为新文学的代表，在 30 年代作为文章作法的例子被选入国文教材之中，而在抗战以后的解放区，则因为符合特定的意识形态需要而入选。刘绪才文章也谈到了周作人、朱自清作品入选情况及其承担的教育功能。除此以外，孙乐的《鲁迅作

---

① 教材的《编辑例言》中标明该教材为叶楚伧主编，周侯于等选注，汪懋祖复选、编校，孟宪承校订。

品在中学语文教材中的增减研究》（闽南师范大学 2015 年硕士学位论文）、何静的《〈荷塘月色〉的文学解读和教学解读》（四川师范大学 2009 年硕士学位论文）、李娜的《民国教科书中〈卖火柴的小女孩〉概说》（《语文建设》2014 年第 5 期）等文章同样属于这一研究类型。但是这些对单篇作品、单个作家在民国时期中学国文教材中的情况的研究，无法获得整体性视角，无法全面完整地呈现新文学在民国时期中学教育中的角色和功能。

以上这些先行研究构成了本论题的选题背景，由于它们并没有专注于新文学作品在民国中学教材中的教育功能问题，因此给本论题留下了较大的研究空间。基于此，笔者以为本论题的开展具有两方面的价值，其一，基于大量民国教材，对新文学的篇目进行数据统计和功能、角色分析，能够为中国现代文学史研究提供一些较为客观的资料；其二，通过对新文学作品在民国时期中学国文教材中功能设定情况的分析，呈现新文学和中学教育以及社会情势的复杂关系，有助于人们更准确地了解新文学在民国时期被接受的真实样态。

3. 研究内容及研究方法

本文所采取的研究方法主要有三种，分别是：文本细读法、个案分析法以及统计法。文本细读法与上述四大标准相结合，主要用于判定选文的功能设定；个案分析法主要用于分析某种功能范围中高频次的代表性作品和出现功能转变的作品；统计法主要是指对搜集到的教材进行分时段统计，展示各篇目的入选频次以及各种功能设定的比例情况，以便更为直观和量化地呈现各项功能演变的情况。

通过考察笔者发现，90 套教材中的 1129 篇新文学作品并非全都作为纯文学被民国时期的中学国文教材来接受。具体而言，有一部分作品在教材中是作为反映社会问题的样本，用以培养学生的社会认知，这类作品 206 篇，总共被 90 套教材选用 586 次；另外一部分作品主要是用以引导青年积极向上、热爱国家、孝敬亲友，培养其健全人格，这类作品共 484 篇，被选用的次数达 1362 次；还有一部分作品在教材中主要是用来培养学生的审美趣味，这类作品共 355 篇，入选频次为 1167 次。最后，还有一些本题无法划定其功能的作品。根据新文学作品在民国时期国文教材中被编组和阐释的情况，本文将其划入三个方面的主要教育目标系统，并据此来分别论述。文章主体部分结构如下：

第 1 章，作为社会认知载体的新文学。分为三个小节：民生问题与社会认知功能、妇女解放问题与社会认知功能以及其他系列问题与社会认知功能。这一章重点围绕四个问题展开论述，即：教材中有哪些新文学作品承担了社会认知功能？它们具体如何承担社会认知功能？这些承担社会认知功能的作品在不同时段的教材中有何变化？出现这些变化的原因又是什么？

第2章，作为思想道德教育载体的新文学。具体也分为三个小节：人格修养教育功能、民族意识和爱国主义教育功能以及传统伦理道德教育功能，这一章的论述重点与第一章大致相同，主要是通过个案分析法说明新文学作品如何承担思想道德教育之功能，用数据列表法呈现各功能中的代表性作品及其频次情况，说明其在不同时代的演变过程，重点关注一些功能设定发生变化的篇目，并分析造成变化的原因。

第3章，作为审美教育载体的新文学。本章根据新文学作品所蕴含的美的形态以及教育学中美育的相关理论，对新文学作品进行归类，将其分为自然美、生活美和艺术美，并将其归入到相应的三个小节之中。与前两章行文思路大致相同，以表格形式展现各个时段审美教育篇目的变化情况，并结合历史背景情况分析其变化的原因。

一、作为社会认知载体的新文学

民国虽已推翻帝制，但一切处在百废待兴之中，不仅各种旧有的问题（诸如封建专制、国弱民穷、外国侵略）没有得到解决，新的问题（诸如军阀割据、内战频仍、外国商品倾销、亡国灭种之危等等）又纷至沓来。可以说，民国时代是一个各种社会问题层出不穷的多灾多难的黑暗时代，忧国忧民的新文学家们自然也关心着这些社会问题。1919年12月，胡适的《新思潮的意义》一文就指出："这两三年来新思潮运动的最大成绩差不多全是研究问题的结果。新文学的运动便是一个最明白的例。"① 此话不假，纵览中国现代文学史，我们会发现新文学初期的作品大多数属于"问题文学"的范畴，人生问题、爱情婚姻问题、劳工问题、士兵问题、军阀问题、腐败问题等等，都是新文学表现的主题，冰心的"问题小说"堪称先锋之作。继冰心之后，文学研究会作家群体也创作出大量反映社会问题的作品。这种创作现状，使得教材编选者也必然大量选入这类问题文学。

根据教材本身的编排、阐释等情况和数据统计的结果，进入到教材中的社会问题系列新文学作品共207篇，其中民生问题和妇女解放问题最受编选者关注，前者有78篇作品入选，入选频次达228次，后者有60篇入选，频次达153次，其他某些社会问题，如人与人之间的隔膜问题、社会腐败问题、军阀

---

① 胡适：《新思潮的意义》，《新青年》第7卷第1号，1919年12月。

混战问题也受到不同程度的关注,这些作品共 68 篇,入选频次 204 次。下面将其分为三节分别进行论述。

(一) 民生问题作品与社会认知功能

民生问题早已受到新文学作家的关注,早在 1918 年之际,胡适就在《建设的文学革命论》一文中指出:"即如今日的贫民社会,如工厂之男女工人、人力车夫、内地农家、各处大负贩及小店铺,一切痛苦情形,都不曾在文学上占一位置。并且今日新旧文明相接触,一切家庭惨变,婚姻痛苦,女子之位置,教育之不适宜……种种问题,都可供文学的材料。"① 在这样的号召之下,新文学作家笔下涌现出一大批反映民生问题的作品来,它们中的优秀作品大都受到教材编选者们的关注。当然,不同时期的教材编选者对于民生问题的关注点也会有所不同,即使在同一时期,不同的编选者也会有不同的侧重点,下面将入选频次达 3 次以上的反映民生问题的作品陈列如下:

表 3:民生问题篇目及入选频次表

作者及其作品		1920—1931 年	1932—1937 年	1938—1949 年	合计次数
沈玄庐	《十五娘》	4	10	0	14
周作人	《卖汽水的人》	5	8	0	13
叶绍钧	《寒晓的琴歌》	6	5	1	12
周作人	《一个乡民的死》	6	5	0	11
胡 适	《东西文化的界线》	3	6	0	9
刘大白	《渴杀苦》	3	4	0	7
沈尹默	《三弦》	3	4	0	7
杨振声	《渔旗子税》	3	4	0	7
叶绍钧	《阿菊》	5	2	0	7
晨 曦	《疑问》	4	2	0	6
刘大白	《卖花女》	1	4	1	6
闻一多	《洗衣歌》	1	4	1	6
吴载胜	《奉化人的海间生活》	4	2	0	6

---

① 胡适:《建设的文学革命论》,《新青年》第 4 卷第 4 号,1918 年 4 月。

（续表）

作者及其作品		1920—1931 年	1932—1937 年	1938—1949 年	合计次数
周作人	《画家》	1	5	0	6
胡　适	《人力车夫》	5	0	0	5
沈玄庐	《李成虎小传》	1	4	0	5
刘半农	《学徒苦》	1	3	0	4
茅　盾	《当铺门前》	0	3	1	4
杨振声	《磨面的老王》	3	1	0	4
叶绍钧	《粜米》	0	3	1	4
俞平伯	《花匠》	2	2	0	4
林宰平	《记西贡华侨现状》	1	2	0	4
刘大白	《金钱》	2	1	0	3
	《卖布谣》	0	3	0	3
茅　盾	《年关》	0	3	0	3
孙伏园	《长安道上》	2	1	0	3
汪敬熙	《雪夜》	2	1	0	3
徐志摩	《一小幅的穷乐图》	1	2	0	3
合计	28 篇	69 次	94 次	5 次	168 次

从上表我们可以看出，反映民生问题的作品，大多数集中在二三十年代。这里需要说明的是：其一，1932—1937 时段的教材共有 50 套，两倍于 1920—1931 时段（23 套），所以其入选民生篇目数和频次多于前一时段，但并未多到 2 倍以上，这说明前一时期教材对于民生题材更为重视。这与五四时期"劳工神圣"口号的提出和影响，与大革命时期的反阶级剥削和阶级压迫的宣传，与当时文学界和教育界的人道主义思想潮流都有关系。其二，1938—1949 年新编选出版的中学国文教材数量很少（只有 17 套），所以入选上述新文学作品的数量和频次都极低，但不意味着这一时期的教材中没有反映民生问题的新文学篇目，只是不够集中和突出罢了。

那么这些反映民生问题的作品，在教材中具体承担了怎样的教育功能？这是本节所要解决的重点问题。通读教材笔者发现，以上作品主要承担社会认知功能，这从教材的编排体例和编辑大意以及题解中都可以看出来，另外，教师和学生的回忆也可以提供一些佐证材料。下面将结合具体的篇目进行论述。

入选频次最高的《十五娘》在民生问题作品中最具代表性。《十五娘》描述的是男主人公五十因土地被地主所占，出去谋生又不幸被机器碾压丧失生命的悲惨故事。在陈椿年编选的《新亚教本·初中国文》中，《十五娘》所承担的社会认知和社会批判功能最为明显。陈在第三册将其选入，与刘大白的《渴杀苦》、徐玉诺的《到何处去》、沈玄庐的《李成虎小传》等编为一组，命名为劳农组。在课文后围绕悲剧产生的根源设置了两个问题：（一）五十怎会有了手没工做？是自己懒么？（二）谁逼着他到远处去垦荒的？最后还就该组课文设置了两个讨论题：第一个讨论题为"农民的苦痛"，提示了三点内容：租税、兵匪、天灾；第二个讨论题为"农民的出路"，所给的提示（解决问题的办法）是"耕者有其田"和"广泛的联合"。① 仔细分析，我们可以看出问题的设置是环环相扣的，内容的提示也是层层推进的。五十并非因为自己懒惰而失去了谋生的出路，而是因为"租税、兵匪以及天灾"这三座大山逼迫着他，此处将"租税"摆在了第一位。这样的编排显然在于强调农民和地主之间不可调和的矛盾，而解决此矛盾的途径必须是实行"耕者有其田"的土地政策，农民自身也必须实行广泛的联合。一系列问题的设置以及内容的提示充分说明，《十五娘》在这套教材中承担着社会认知和社会改造的教育功能。

事实上，20、30年代在国文教育中讨论民生疾苦等社会问题，借以使学生关注底层生活、培养其社会认知能力是一种较为普遍的现象。据张允和回忆，1924年她在其父张冀牖创办的私立乐益女中读书，国文教员是张闻天，教授过她《齿痛》这篇课文。张闻天在解读《齿痛》时说了这么一段话："人们往往夸大自己的小痛苦，而不关心人民大众的大痛苦。"又说："我们要关心人类，要救受难的人类，要做世界上真正的人，不要老在自己的小痛苦上浪费时间。"② 这样的教学方式，直到30年代中期还在实施。1934年教育家阮真在《时代思潮与中学国文教学》一文中批评当时的国文教学法时说："其次中学生也爱讨论问题，有所谓经济问题、劳动问题……还有好些教师，不知白话文如何讲法，倒不如拿些主义问题，凭口空讲……"③ 显而易见，批评越是激烈越是说明社会问题导向的新文学教学在当时的盛行。

---

① 陈椿年编：《新亚教本·初中国文》第3册，第58、86页。
② 王木春主编：《过去的课堂——民国名家的教育回忆》，上海：华东师范大学出版社，2016年，第95—96页。
③ 阮真：《时代思潮与中学国文教学》，《中华教育界》第22卷第1期，1934年7月。

当然，这种关注底层社会的篇目，并非一直占据着国文教育的主流，它有着一条较为明晰的发展痕迹。从以上列表中我们就可以看出，在抗战以后，关注底层人民生活的新文学作品，只有《寒晓的琴歌》《洗衣歌》《粜米》《当铺门前》等少数作品入选。其中前3篇作品出现于日伪出版机构编选的《初中国文》和《高中国文》中，这两套教材系由宋文翰编的《新编初中国文》（中华书局1937年版）和《新编高中国文》（中华书局1936年版）略作增删而成，删除了一些抗日主题的作品，其他篇目内容基本不变，因此可以说在此阶段真正入选的新作品只有《当铺门前》。该作品出现在王食三等编的《中等国文》中，这套教材出版于1948年，是在晋察冀解放区编选的。茅盾的这篇作品入选解放区教材与作者的左翼作家身份不无关系，而其他作家即使写的是同情民生疾苦和揭露阶级矛盾的作品，但因为不属于左翼阵营也难以入选解放区教材。实际上，40年代出版的中学国文教材以中共领导下的解放区出版的数量最多，但解放区的教材对作家的身份非常计较，通常只有鲁迅、郭沫若、茅盾这样的左翼作家和解放区作家才有资格入选。

由此可以认为，反映民生疾苦的作品在20年代数量最多，比例最高，到30年代也还盛而不衰，但从全面抗战起已不再是中学国文教材的重心。出现这种变化的原因是，抗战以后民族矛盾压倒阶级矛盾上升为中国社会的首要矛盾，国民党当局也加强了对国文教材的编审，反映地主和贫民、工人和资本家之间不可调和的阶级矛盾的作品，自然会因为其不符合"不挑拨阶级矛盾和社会冲突"等政治标准而受到清洗。

另外，20、30年代虽然都比较重视民生问题的作品，但这两个时段的侧重点也有所不同，20年代的重点是反映地主和农民之间地权矛盾的作品，而1930年代则关注的是外国经济侵略所造成的民生疾苦，如《当铺门前》。为什么会出现这种变化呢？这恐怕与当时的社会思潮和教材编辑指导方针不无关联。20年代轰轰烈烈的大革命明显影响到了教育界，形成了一种重视民生问题和阶级认知的教育思潮。在大革命中，无论是中国共产党还是中国国民党，都很重视贫民疾苦和阶级矛盾、贫富分化等问题，并谋求改变之。孙中山领导的国民党提出了包括"民生主义"在内的三民主义，影响极大。当时很多教材是在"三民主义"思想的指导下编辑而成，如胡怀琛等编《新时代国语教科书（初级中学用）》，该书编辑大意中明确说明"本书的编辑，完全根据三民主义教育的精神"①。朱剑芒编选《初中国文》时，也将"不背中国国民党党义，

---

① 胡怀琛等：《新时代国语教科书（初级中学用）》，上海：商务印书馆，1928年，第1页。

尽量的（地）发扬三民主义底精神"① 作为选材的标准。但 30 年代出版的教材，很多是依据新颁布的正式课程标准来编选。这一套标准就按照国民党当权派的立场，明确规定不能挑拨阶级矛盾。因此我们可以看到在 30 年代虽然入选了《当铺门前》《年关》等反映民生问题的作品，但作品内容揭示出的矛盾已不再是中国内部的地主和农民之间的矛盾，而是帝国主义对中国经济侵略的问题，阶级矛盾的时代主题转换为了民族矛盾的时代主题。

（二）妇女解放问题作品与社会认知功能

与民生问题同时受到教育者关注的是妇女解放问题。此处的"妇女解放问题"包括了与妇女有关的婚姻家庭问题、恋爱问题等等。"五四"以来，随着个性解放、男女平等等西方传来的先进思想观念的影响，女性解放的呼声水涨船高，这样的势头也影响了国文教材的选材，一大批反映妇女问题的新文学作品进入到国文教材之中，主要有以下一些篇目：

表 4：妇女问题篇目和入选频次表

作者	及其作品	1920—1931 年	1932—1937 年	1938—1949 年	合计次数
叶绍钧	《母》	9	9	0	18
叶绍钧	《寒晓的琴歌》	6	5	1	12
谢　寅	《希望》	5	4	0	9
胡　适	《李超传》	5	3	0	8
徐志摩	《苏苏》	1	4	2	7
郑振铎	《苦鸦子》	3	3	0	6
鲁　迅	《幸福的家庭》	1	4	0	5
叶绍钧	《这也是个人吗？》	3	2	0	5
陈衡哲	《新时代的女子》	0	3	1	4
胡　适	《终身大事》	3	1	0	4
夬　庵	《一个贞烈的女子》	1	3	0	4
胡　适	《美国的妇人》	3	0	0	3
胡　适	《我的母亲的订婚》	1	2	0	3

---

① 朱剑芒：《初中国文》第 1 册，第 2 页。

（续表）

作者及其作品		1920—1931年	1932—1937年	1938—1949年	合计次数
胡 适	《终身大事》	3	0	0	3
鲁 迅	《杂感二十五》	1	2	0	3
瞿世英	《干荷花瓣》	2	1	0	3
俞平伯	《花匠》	1	2	0	3
合计	17篇	48次	48次	4次	100次

上表中列举出来的也是入选3次及以上的作品，总共17篇，频次为100。这样的入选频次，相对于民生问题的作品似乎有所减少。但这并不意味着编选者们对于此问题的重视程度亚于民生问题。实际上，许多教材编辑者在讨论妇女问题之时，所选取的范文并不限于国内创作，一大部分作品来源于翻译，而且这些翻译作品入选频率也相当高。比如周作人所译什朗斯奇的《黄昏》（9次）、须莱纳尔的《沙漠间的三个梦》（8次），胡适所译史特林堡的《爱情与面包》（4次），真常翻译法国考贝的《名节保全了》（3次）以及潘家洵译易卜生的《娜拉》（3次）。另外，除了表格中的高频作品之外，一些女作家的同类主题作品也进入到教材之中，如凌叔华的《绣枕》（2次）、陈衡哲的《洛绮斯的问题》（1次）。那么在教材中这些作品又承担着怎样的功能呢？下面从各教材的编排、"题解"等情况来考察此问题。

从编排情况来看，在1920—1931年间，这些新文学作品都是与一些讨论妇女解放问题的普通文编排在一起。如1923年出版的《初级中学国语文读本》第二册，编者孙俍工、沈仲九将叶绍钧的《母》选入，排在《母》之前的作品有胡适的《美国的妇人》、陈望道的《介绍珊格夫人》以及周建人的《珊格夫人自传》，这几篇作品全是围绕女性进行选文，所述的外国女子都具有人格独立意识、服务社会的精神，与《母》中的女主角形成对照，由此构成了倡导女性解放和参与社会生活的专题。张弓1927年编选《初中国文教本》时所选的篇目是胡适的《李超传》、易卜生的《娜拉》，这两篇作品与冯飞的《妇女之三大解放》等普通文并列，进入第四册第九组——"妇女解放组目"。编者明确提出其教学总旨在于让学生"看清妇女解放对于人类社会文化的重大关系，认明妇女解放之职业、教育、道德的三条大路"①。

进入到第二阶段后（1932—1937年），随着教材编辑体制的进一步完善，出现了专为妇女问题设置的单元。如朱文叔编辑的《初中国文读本》第二册第二组就是以"妇女社会生活的记述"命名，"全组以妇女为中心，所传述之人物，皆有时代性与社会性，可资比较"②。所选的作品即有袁昌英的《朴朗吟教授》。除此以外，朱剑芒在其编选的《朱氏初中国文》和《初中新国文》两套教材中也为女性问题设置了3个相应的单元，分别是"申论女权问题"、"申论妇女解放问题"以及"被压迫的妇女之困苦"，所选作品既有朱凰蔚的《遗产制与女权》等普通文，也有外国翻译文学作品，如与谢野晶子的《贞操论》、什朗斯基的《黄昏》等。

关注妇女解放问题，借以引导学生的社会认知在当时也是一种潮流。沈仲九甚至说："就轻重缓急而论，要做一现代人，不懂《庄子》、《墨子》等学说不要紧；不懂国语文提倡的理由，不懂女子解放问题、贞操问题、婚姻问题、礼教问题、劳动问题等，却是要做一时代的落伍者。"③ 编选者将"妇女解放问题"排在首要位置，对于该问题的认知，已然被提到"现代人品质"的高度。在实际的国文教学中，国文教员们也特别重视妇女问题的探讨。如1923年在河南开封第二中学任国文教员的张岸勤，他在《一个月国文教材的计划及教学上经过的实况》中提到，他编选的教材就有"婚姻问题号"这一单元，并明确说明其目的是要"养成学生研究问题的兴味、解决问题的能力"④。而一些女教员甚至以言传身教的方式，告诉学生封建包办婚姻的伤害，引导学生寻求解放之路。据郑延在《人生之曲：我和我的一家》中回忆，1932年7月，她在杭州女中读初一，当时的国文教师是曾朴的妹妹曾季肃，她在课堂上讲曾朴的小说《鲁男子》及其背后的恋爱故事，讲自己反抗封建包办婚姻和谋求妇女解放与独立的经历，"曾先生讲的这些事情我当故事来听，似懂非懂，但她无意中给我种下了一颗种子，就是对封建包办婚姻的反抗，这对我成长后要求婚姻自主树立了榜样。"⑤ 这样一段回忆性文字，正好是关于妇女问题教学效果的佐证。

---

① 张弓：《第四册第九组组序》，《初中国文教本》，上海：大东书局，1930年，第1页。
② 张文治：《初中国文读本参考书》第2册，上海：中华书局，1934年，第89页。
③ 沈仲九：《中学国文教授的一个问题》，《教育杂志》第16卷第5号，1924年5月。
④ 张岸勤：《一个月国文教材的计划及教学上经过的实况》，《中华教育界》第13卷第12期，1924年6月。
⑤ 郑延：《人生之曲：我和我的一家》，北京：中国青年出版社，1997年，第28—29页。

当然，以上分析的也大致是在20、30年代的教学情形，从上表中我们可以发现，进入抗战以后，反映婚姻家庭问题的作品几乎退出了中学国文教育的舞台。新入选的作品只有赵树理的《小二黑结婚》（因其入选频次较低，未在表格中列出），它在共产党领导下编选的《临时课本·高中国文》中入选。但赵树理写这篇关于婚姻问题的作品，其目的不是宣传妇女解放与个性自由，而是要宣传党的婚姻法规和政策。小说出版后大受民众欢迎，小二黑、小芹的榜样力量，使得"当时不少青年胆子变大，敢起来反千年的封建古规了，青年们争得婚姻自由后，抗日热情也随之提高，有些结婚后双双报名参加了八路军，走上抗日最前线。"① 显然，《小二黑结婚》在解放区教材中承担的是宣传党的政策和鼓动青年与腐朽思想和坏分子斗争的教育功能，而不是社会认知的功能（扩充社会经验等）。全面抗战以后，反映妇女解放问题的作品之所以退出了教材，主要是因为"妇女解放"的思潮早已被抗日的呼声所取代，人道主义、个性自由等在20年代盛行的时代思潮已不复存在。

相较于抗战以后，20、30年代都比较重视妇女问题，但这两个时段之间又有所差异。一是进入到30年代后表现的主题进一步深化。20年代所选取的高频作品如《希望》《寒晓的琴歌》《这也是个人吗？》《苦鸦子》《花匠》等，大部分突出的是女性受压迫、遭虐待、被凌辱和毫无人身自由的问题，30年代这些作品继续入选但频次有所降低。30年代入选频次增加的作品突出了困扰女性的婚姻和家庭问题的深层因子——思想观念、婚姻制度和经济条件等等，主题开始延伸。在频次增加的作品中，冉庵的《一个贞烈的女子》和胡适的《我的母亲的订婚》描写的是不合理的"三从四德"观念、封建婚姻制度对于女性的戕害，而鲁迅的《幸福的家庭》则是描写"理想与事实相冲突之故事，指示读者在经济压迫之下，人生实无幸福之可言"②。这就使学生认识到经济基础是幸福婚姻的保障。

二是编选者对个别作品的功能定位出现了变化，最突出的是入选频次最高的《母》。在20年代，教材编选者们将它视为"问题小说"，常常与一系列阐述妇女解放问题的普通文前后排列。如前文提到的孙俍工、沈仲九编的《初级中学国语文读本》。但进入到30年代以后，《母》的功能定位转向了传统伦理道德教育方面，常常与表达亲情伦理的经典作品排列在一起。如江苏省教育厅修订中学国文科教学进度表委员会编的《初中标准国文》将《母》排在冰心

---

① 高捷：《赵树理传》，太原：山西人民出版社，1982年，第78页。
② 宋文翰编：《国文读本（新课程标准师范乡村师范学校适用）》第1册，第165页。

的《寄小读者通讯（十）》之后，称"本篇描写母亲对于儿女之情绪"①；苏州中学沈荣龄等编选的《实验初中国文读本》将《母》归入到"家庭之爱"的单元；大东书局编辑所编选的《分组编制自修国文讲座》更是将它与孟郊的《游子吟》排列在一起，借以传达"美与爱的认识"，让学生"感应人间纯爱的伟力"②。出现这种变化的原因，主要与蒋介石提倡"四维八德"，推崇中华民族"忠孝仁爱信义和平"的旧道德有关，关于这一点将在下一章论述。

（三）其他系列问题作品与社会认知功能

民国时期是一个问题重重的时代，除了上两节论述到的最严重、最受关注的民生问题和妇女解放问题外，其他问题也层出不穷，它们同样为教材编选者们所重视，这些社会问题主要有：人与人之间的隔膜问题、底层庸众问题、战乱问题和社会腐败问题。各问题的主要篇目情况及入选频次如下表：

表5：其他系列问题篇目及入选频次表

	作者及其作品		1920—1931年	1932—1937年	1938—1949年	合计次数
人与人之间的关系问题	鲁迅	《聪明人和傻子和奴才》	7	8	3	18
	鲁迅	《故乡》	5	10	2	17
	叶绍钧	《隔膜》	6	2	0	8
	冰心	《超人》	3	3	0	6
	叶绍钧	《一个朋友》	2	2	0	4
	鲁迅	《示众》	1	1	0	2
	晨曦	《光明》	1	0	0	1
庸众问题	鲁迅	《风波》	5	2		7
	郑振铎	《止水的下层》	1	4	0	5
	孙俍工	《你发了财回来》	0	1	0	1

---

① 江苏省教育厅修订中学国文科教学进度表委员会编注：《初中标准国文》第1册，第76页。

② 《第七组"美与爱的认识"组序》，大东书局编辑所编选：《分组编制自修国文讲座》，上海：大东书局，1937年。

（续表）

	作者及其作品		1920—1931 年	1932—1937 年	1938—1949 年	合计次数
战乱问题	盛 炯	《梦见妈妈》	4	7	0	11
	徐鹤林	《龙潭之役》	4	7	0	11
	冰 心	《一个军官的笔记》	3	7	0	10
	梁启超	《凡尔登》	4	6	0	10
	冰 心	《国旗》	2	2	0	4
社会腐败问题	鸣 剑	《早晨的社会》	6	1	0	7
	漱 琴	《长江印象记》	0	2	0	2
	孙伏园	《从北京到北京》	0	2	0	2
	冰 心	《去国》	1	0	0	1
	高一涵	《皖江见闻记》	0	1	0	1
	许钦文	《一坛酒》	0	1	0	1
总计		20 篇	55 次	69 次	5 次	129 次

从以上表格可以看出，相较于前面所论述的民生问题和妇女问题，教材中选入人与人之间隔膜等问题的作品相对较少，但入选的频次并不低，单就鲁迅作品的入选情况来看，其《故乡》《聪明人和傻子和奴才》入选频次都已超过15 次，反映军阀混战问题的《一个军官的笔记》也有较高的入选频率。那么，这些作品进入到教材之中又承担着怎样的教育功能呢？在不同的时代，教材编选者对其功能定位是否会发生变化？导致变化的原因又有哪些？下面选取最具代表性的教材加以考察。

傅东华、陈望道编选的《初级中学用基本教科书·国文》是一套使用较广泛的课本，从 1931 年 12 月初版到 1933 年 2 月已印到第 51 版。它在第四册选入了鲁迅的《聪明人和傻子和奴才》和《风波》。在教材的"题解"部分，编者认为《聪明人和傻子和奴才》"是分析现代社会问题的一个结果。作者发现现代社会中，除和奴才敌对的'主人'之外，就是'聪明人''傻子'和'奴才'三个类型的人。因这四种人的相互关系，就构成现代社会一切不合理和一切矛盾。作者虽然没有告诉我们应该怎样去调整这四种人的关系，但经这样的分析之后，我们的解决之路就明白多了。"[1] 这样的一段题解，毋庸置疑

---

[1] 傅东华、陈望道合编：《初级中学用基本教科书·国文》第 4 册，上海：商务印书馆，1933 年，第 154 页。

是将文章定位在社会认知方面。而对《风波》的解释也是从社会问题的角度出发："我们读了这篇，至少要想到三个问题：（一）这些人的愚蠢对于社会是有益的呢，有害的呢？（二）如果是有害的，那么这个责任应该归他们自己负呢，还是该归社会负？（三）如果该归社会负，那末社会应该用什么方法补救自己的过失？"① 这样的问题设计，循循善诱，意在引导学生反思社会。

在反映战乱问题的作品中，编辑者强调的是战争所造成的母子分离、兄弟成仇之类的悲剧，以表露渴望和平安定反对战争尤其是内战的立场。最典型的作品是徐鹤林的《龙潭之役》、冰心的《一个军官的笔记》、盛炯的《梦见妈妈》。其中《龙潭之役》的主题是"战争真是万不得已的事"，认为战争是"疯狂的戕杀"、"大杀人的悲剧"②，《一个军官的笔记》"写战争的——特别是内战的——不人道"，使"两个好友成了对敌"③。而盛炯的《梦见妈妈》在朱剑芒的《初中国文》中被提问到：母在家想念战场上的爱儿，是怎样一种凄惨？在积雪的战场上想念家中的母，又是怎样一种凄惨？大地的疮痍要怎样才能补好？从问题中的关键词"凄惨""疮痍"可以看出，编选者意在突出战争给黎民百姓和国家所造成的伤害。在朱剑芒这套教材的《编辑大意》中，我们还可以得到更为明确的证据："本册内容，在诱导读者对于国家状况，具有深切的观念，然总注重于非战主义，以合'天下为公'之原则。"④ 这种选材标准明白无误地告诉我们，培养学生的对于战争的正确认知和热爱和平的精神成了教育的落脚点。

反映社会腐败问题的作品具有一些特殊性，它们常常与其他社会问题的描写交织在一起，在游记散文中表现得尤为突出。如江苏省教育厅编的《初中当代国文》，这一套教材在第二册第十六组选漱琴的《长江印象记》、孙伏园的《从北京到北京》、高一涵的《皖江见闻记》三篇。漱琴的《长江印象记》，随着作者的游踪记述了父母逼婚、乡村战乱、团丁欺诈、人心冷漠、贫富差距等多种问题；孙伏园的《从北京到北京》则交织着社会底层的听差、茶房、轿夫的社会地位问题以及社会中上层的嫖妓问题；高一涵的《皖江见闻记》则看到

---

① 傅东华、陈望道合编：《初级中学用基本教科书·国文》第4册，上海：商务印书馆，1933年，第82页。

② 课文原文中即有"我永远要把龙潭之役所遇到的、所见到的报告于同志们之前，好教同志们知道战争真是万不得已的事！"和"疯狂的戕杀""大杀人的悲剧"这样的语句。

③ 傅东华、陈望道：《注释与说明》，《初级中学用基本教科书·国文》第3册，上海：商务印书馆，1933年，第187页。

④ 朱剑芒：《初中国文》第6册，上海：世界书局，1929年，第1页。

的是民众的无聊聚赌，船上安检员打着检查的幌子行合伙抢劫的无耻勾当以及无良的辫子兵破坏古迹、欺压百姓的现状。高一涵在《皖江见闻记》的末尾写道："我作这篇的意思，要想在日日所见的小事上着眼；要想使人不满意于社会现状，不要为社会现状所同化；要想使人立在社会外看社会，不要钻到社会中为那社会融化了。"① 编选者不加删节地将这段话选入，可见作者的写作意图与编选者的教育目的相契合，即一方面提供社会认知材料，另一方面也对即将步入社会的学生有所警戒。

除了上述各问题外，还有一种解读变化的情况也值得一提，这主要表现在鲁迅的《故乡》上。大多数编选者都将鲁迅的《故乡》视为问题小说，但解读的侧重点有所不同。如在张鸿来等选注的《初级中学国文读本》和史本直编的《国文研究读本》中，《故乡》被认为是反映人与人之间隔膜问题的作品，"这篇小说所显示的意义是生的悲哀、寂寞、冷酷、烦闷，都由于人相互间不了解，天真的亲爱为阶级思想及习惯所隔膜，所以我们大家须合力的（地）打倒这隔膜之墙"②。戴叔清所编的《初级中学国语教科书》和郑育青编选的《修正标准新式初中国文》则侧重于作品的政治意义方面的解读。戴认为《故乡》是一篇反映社会变革问题的作品："《故乡》这一篇创作里面，说明了封建社会的实际情况。"③郑则认为《故乡》是政治现象的素描，文中所表现的是一些暴政现象④，并对鲁迅进行了高度赞扬，将其与孙中山齐名，认为"在近代解放中国民众者，在政治上为孙中山；在文以上为鲁迅了"⑤。

问题是为什么对于同一篇作品《故乡》会出现如此多样化的解读呢？除了作品本身所具有的丰富性内涵之外，是否还有其他因素？笔者以为这恐怕与当时的社会思潮以及编选者的政治背景不无关联。戴叔清和郑育青的教材之所以突出社会变革，强调作品中的政治因素，是因为他们受到了 30 年代左翼文学的影响，而且最为关键的是"戴叔清"本就是左翼作家阿英（钱杏邨）的化名。而史本直即使将《故乡》定位在人与人的隔膜问题上，但在分析其原因时，也认为是阶级思想所致。

---

① 江苏省教育厅：《初中当代国文》第 2 册，上海：中学生书局，1934 年，第 325 页。
② 史本直：《国文研究读本》第 1 册，上海：大众书局，1933 年，第 119 页。
③ 戴叔清：《初级中学国语教科书》第 3 册，上海：文艺书局，1933 年，第 270 页。
④ 编选者在参考书中提出了如下问题：文中所表现的暴政都是什么？鲁迅是消极的么？（见郑育青、汤际亨：《修正标准新式初中国文参考书》，北平：北平科学社，1937 年，第 10 页。）
⑤ 郑育青、汤际亨：《修正标准新式初中国文参考书》，第 10 页。

本章小结

通过本章三节内容的分析以及表格数据的统计，我们可以看出在20、30年代许多新文学作品是被当作反映现实社会问题的材料来使用的。笔者以为导致这一现象的原因主要包括以下三点：其一是当时的文化思潮和社会背景。五四时期的劳工问题、妇女解放问题、社会腐败等问题都是社会思潮中的热点，而教材编辑者身处五四新文化运动的浪潮中多多少少会受到影响，从而在教材中大量选入反映社会热点问题的作品。其二是国文教育目标的影响。民国时期，"立人""改造社会"一直都是国民教育的目标，选入社会问题系列作品以帮助学生了解国情，激发学生对于现行社会种种弊端的不满和改进之心，培养学生正确的社会观念和批判思维，可以说是对这一大目标的具体落实。最后，是新文学自身发展因素的制约。20年代新文学还处在初创期，各种文体的作品均显幼稚，而作家们所创作的作品中，反映社会、人生问题的占据了很大比重，大都属于较粗浅的问题文学的类型。巧妇难为无米之炊，新文学的这种发展现状也迫使教材编选者们只能到这些作品中去筛选。

当然，随着社会历史情势的发展变化，编选者对于作品主题的阐释也在发生着变化，如第二节中提到的叶绍钧的《母》、第三节中鲁迅的《故乡》。与此同时，注重社会问题，以文学作品充当讨论社会问题的材料的编选方式和教学方式，在30年代中期以后也受到了批判，如孟宪承就曾指出："国文科的训练，本注重思想形式上……现在专注重社会问题的讨论，是否不致反忽视了形式上的训练，喧宾夺主，而失却了国文科主要的目的，很是一个问题。"[①] 这种批判和质疑，在30年代中期发挥了作用。从以上各节的表格数据中，我们可以看出大部分反映社会问题的作品在30年代渐渐退出了国文教材，一部分则被当作训练写作技能的范文教给学生一些写作技巧，而个别作品的功能设定则转向了思想道德教育方面。

二、作为思想道德教育载体的新文学

德育，自古以来都是教育的重中之重，自然也是现代国文教育的重要课题。民国时期，虽然实现了分科教学，先后开设了专为训练学生思想道德品质的"修身""公民""社会"等课程，但在国文教育中包蕴德育目标的做法却得以传承。从某种意义上来说，通过国文课程来进行德育效果更好，更能潜移

---

① 孟宪承：《初中国文之教学》，《新教育》第9卷第1、2期合刊，1924年9月。

默化，同时，也正是借助了中学国文教材，新文学才得以将自由、平等、民主、科学等新思想、新道德顺利地灌输给青少年一代。

经统计发现，承担德育功能的新文学篇目共计484篇，入选频次1362次，其中有三个分支表现最为突出，分别是：人格修养教育、爱国主义教育以及传统伦理教育。承担爱国主义教育使命的篇目179篇，入选频次333次；承担人格教育的篇目202篇，入选频次672次；承担传统伦理教育的篇目103篇，入选357次。下面同样分三节分别论述。

（一）新文学与民族主义和爱国主义教育

"五卅运动"之后，随着帝国主义侵略的加深，中国社会各界的民族意识渐渐觉醒，"发扬民族精神"成为国内有识之士的共识。"九一八""一·二八"更加刺激了民族主义的勃发。1932年国民政府教育部颁布正式的中学国文《课程标准》，将"培养民族精神"排在了重要位置。1933年9月孙俍工编选了专为"唤醒我国固有民族精神"的《中学国文特种读本》，1934年3月沈荣龄等在所编《实验初中国文读本》中更进一步将"民族复兴之训练"提升到"国文教学使命"的新高度。正是在这样的背景下，新文学中的爱国主义篇目大量进入到中学国文教材之中，这些作品主要有：

表6：民族主义、爱国主义篇目及入选频次表

作者及其作品		1920—1931年	1932—1937年	1938—1949年	合计次数
杨振声	《济南城上》	1	14	1	16
冰 心	《赴敌》	3	8	0	11
王世颖	《虎门》	2	9	0	11
叶绍钧	《五月卅一日急雨中》	2	8	1	11
冰 心	《到青龙桥去》	6	4	0	10
梁启超	《凡尔登》	4	6	0	10
楼适夷	《战地的一日》	0	9	1	10
胡云翼	《支那妇人》	3	5	0	8
郑振铎	《我爱的中国》	2	6	0	8
朱自清	《白种人——上帝之骄子》	4	3	1	8
刘半农	《爱尔兰爱国诗人》	4	3	0	7
郑振铎	《街血洗去后》	2	4	1	7
李健吾	《从军》	0	6	0	6

（续表）

作者及其作品		1920—1931年	1932—1937年	1938—1949年	合计次数
郭沫若	《五月三十日》	1	4	0	5
向培良	《国旗》	0	5	0	5
叶绍钧	《倪焕之》	2	3	0	5
郑振铎	《泰戈尔的印度国歌》	3	2	0	5
刘延陵	《在柏林》	4	0	0	4
孙俍工	《复仇》	1	3	0	4
郑振铎	《桂公塘》	0	2	2	4
罗家伦	《玉门出塞歌》	0	2	1	3
翁照垣	《一月二十八夜》	0	3	0	3
合计	22篇	44次	109次	8次	161次

从上表可以看出，无论是在20年代、30年代还是在抗战以后，各个时段编辑出版的教材都很重视爱国主义的篇目。在20年代的23套教材中爱国主义作品入选的次数为44次，平均每套教材中至少有1.9篇爱国主义主题的新文学作品入选；进入30年代这种趋势更加明显，50套教材入选频次高达109次，平均每套教材中至少有2篇入选；而进入到抗战以后，入选的爱国主义篇目有增无减，因为抗战以后新进入到教材中的爱国主义篇目入选频次大多数在1次或者2次，上表未将其列举出来。此外，一些具有爱国主义教育之功用的翻译作品也值得一提，都德的《最后一课》（30次）和《柏林之围》（20次）入选频次都已超过了20次，莫泊桑的《二渔夫》（18次）和亚米契斯的《少年爱国者》（16次）也超过了15次。由此可见，编选者对于这一类作品的重视。

事实上自"九一八事变"以后，无论是坊间还是官方出版的教材都将"发扬民族精神"定为重要的选材标准。有些编辑者甚至不厌其烦地在其所编选的多套教材中反复申说，如罗根泽、高远公在1933年所编的《初中国文选本》和《高中国文选本》都将"培养民族精神"定为教学目标的首条。宋文翰、张文治编选的《新编初中国文》和《新编高中国文》，其选材标准的第一条也是"思想积极，足以发扬民族之精神者"。国民党官方虽然注重搞党化教育和宣传，但对爱国主义教育也不放松。任国民党中央党部宣传部长、秘书长、立法院副院长等要职的叶楚伧出面主编了《初级中学国文》《初级中学教科书·国文》《简易师范学校及简易乡村师范学校国文》等教材,它们都将"合于振起民族精神,改进社会现状者"排在了选材标准的第二位,位列"合于中国党国之体制及政策者"之后。以上事例足以说明,弘扬民族精神,成为30年代大多数教材编辑者自觉遵循的选材标准。诚如马厚文所说:"当此内忧外患交迫之秋,尤宜有全国发扬蹈厉之致。因而取材尤重九一八事变以后,以其为目前切肤之痛。人人易于感动发奋者也。"① 以上这些篇目正是因为其合于时宜,具有激励青年爱国的功用,才被选入了国文教材之中。以入选频次最高的《济南城上》为例,这篇小说的创作背景是"五三惨案",描述了哥哥皖生和弟弟湘生协助北伐军孙良诚部抵抗日军侵略、保卫济南城的故事。从入选时间来看,该文在1928年刚刚发表就被朱文叔选入《初级中学用教科书·新中华国语与国文》第一册。这是笔者所见先于官方的课程标准将"发扬民族精神"定为选材标准之首位的第一套教材。从编排情况来看,《济南城上》常常与《最后一课》等爱国名篇编为一组,共同激发青年学生的爱国心。如将"民族复兴之训练"定为"国文教学新使命"的沈荣龄,其所编《实验初中国文读本》第一册第五组即命名为"民族精神"单元,所选作品包括《济南城上》和《最后一课》《少年爱国者》《二渔夫》等经典名篇。

从课文注解情况来看,孙怒潮编的《初级中学国文教科书》最具有代表性。孙将《济南城上》编入第六单程第23课,与陈梦家的《在蕰藻浜的战场上》(第21课)、梁启超的《志未酬》(第22课)以及佚名的《村中》(第24课)编为一单元,在该单元教学举要中对各篇内容进行了详细的说明:"这一单程里虽是两篇小说和两篇诗歌,可以说都是弱小民族被压迫者的呼声。(第)二十一篇是作者亲身参加'一·二八'之役在蕰藻浜战场上的慷慨之歌,(第)二十二篇是作者睹甲午之役有志莫酬的悲壮之歌,(第)二十三篇是日帝国主义者在五三惨案里底惨杀与反抗者的情形,(第)二十四篇是日帝国主义者惨杀无知农民的新式方法。"② 在介绍完内容后,编选者发出了急切的爱国呼号:"被压迫着的读者们呵,你们应该觉醒了吧!"③ 在这种急切的呼声中,我们可以感受到培养民族精神的迫切性。

---

① 马厚文、吕思勉编:《初中国文教科书》第1册,上海:光华书局,1933年,第1页。

② 孙怒潮:《第六单程教学做举要》,《初级中学国文教科书》第2册,上海:中华书局,1934年,第100—101页。

③ 同上,孙怒潮,第101页。

除此以外，还有一种功能定位发生转变的现象。最为明显的例子就是盛烔的《梦见妈妈》。在第一章的第三节中，我们已经举例说明《梦见妈妈》在1932年以前是作为社会问题文学而入选，编选者看中的是作品对于战场上的儿子和家中的母亲相互挂念的凄惨状态的刻画，事实上是表明了编者对于内战的一种批评态度。但进入到1932年后情况变了，一部分教材突出的是它的亲情教育功能（关于这一方面的变化及其原因，将在本章的第三节进行具体论述），而另一部分教材则强调的是其民族精神，如1932年8月张鸿来、庐怀琦选注《初级中学国文读本》之时，就指出《梦见妈妈》"为新诗体，写军人从征之苦，而不没国家正义，写骨肉怀恋之情，而不失英雄本色，洵悲壮入情之作也。"① 这种题解，已经不再突出母子间互相挂念的"凄惨"，而是强调了作品中的正义感和英雄气概。而到1934年叶楚伧主编《初级中学国文》之时，则直接将《梦见妈妈》的名称更换成《在雪夜的战场上》，并依照文字内容的相关性原则，将其编入到"民族意识"的组目，与《济南城上》《最后一课》等爱国主义篇目排列在一起。将原本反映内战（北伐）的作品——这是一篇"以国民革命尚未成功的战场做背景，描写军政时期的为党国而奋斗而牺牲的作品"② ——置于反帝国主义侵略的作品系列之中，这是教材编者出于政治目的的有意的偷梁换柱和曲解。

不可否认的是，民国时期的国文课堂确实成了宣扬爱国主义精神的场所，爱国主义的篇目也起到了鼓舞民族精神的作用。据现代作家骆宾基回忆，1932年之际他在县立高小二年级（相当于初中水平）就读，当时的国文老师是白全泰，平常极少谈论政治，但在"九一八"事件发生之际，给学生讲了《最后一课》，当时的场景是"教室里一片静寂，有人在低声哭泣"③。而张允和的回忆，更加直接地说明了爱国主义名篇的教学效果，她说："《最后一课》是大家知道的爱国主义的好文章，当时给我们女孩子很大的震动，激发了我们的爱国心。由此，在1925年'五卅惨案'之后的爱国运动中，乐益女中的同学跑遍苏州的八个城门去募捐，特别是火车站，我们的竹筒总是满载而归。统计苏州各界的募捐，乐益女中占第一位。后来苏州公园和公共体育场之间的'五卅路'就是用这笔募捐款开辟建成的。"④ 从以上两个事例中，我们可以知道在

---

① 张鸿来、卢怀琦编：《初级中学国文读本》第2册，北平：师大附中国文丛刊社，1932年，第43页。
② 颜友松主编：《新课程标准初中国文教科书》第2册，上海：大华书局，1935年，第133页。
③ 韩文敏：《现代作家骆宾基》，北京：北京燕山出版社，1989年，第4页。
④ 王木春主编：《过去的课堂——民国名家的教育回忆》，第96页。

面临强敌入侵之际,即使是一些不谈政治的教师也无法掩饰其悲愤之情,加大了对于学生的爱国主义教育力度,事实证明他们所讲授的爱国主义篇目也确实起到了良好的教育效果。

(二) 新文学与人格修养教育

人格教育为历代教育者所重视,民国时期也不例外。从笔者搜集到的资料来看,无论是普通中学还是职业学校的教材都曾以"有利于青年人格修养"作为选材标准之一。如张弓编《初中国文教本》其编辑旨趣的第一条即为:"以培育初级中学学生'敬己'、'爱群'、'创新'的态度为中心。"① 赵宗预编的《职业学校教科书·国文》第 3 册是"以修养小己的人格始,以爱国为人格表现的目标终。"②在人格教育这一目标的导向下,一大批新文学作品涌现于国文教材之中,主要篇目及频次见下表:

表7 人格修养篇目及入选频次表

作者及其作品		1920—1931年	1932—1937年	1938—1949年	合计次数
朱自清	《匆匆》	8	14	1	23
沈尹默	《生机》	10	8	1	19
鲁迅	《孔乙己》	7	9	1	17
许地山	《落花生》	4	10	3	17
叶绍钧	《篮球比赛》	2	11	3	16
陈衡哲	《运河与扬子江》	4	11	0	15
陈西滢	《哀思》	3	9	1	13
孙毓修	《林肯的少年时代》	4	9	0	13
李大钊	《今》	3	9	0	12
郑振铎	《我是少年》	5	7	0	12
胡适	《威权》	6	5	0	11
苏雪林	《秃的梧桐》	1	8	2	11
叶绍钧	《小蚬的回家》	2	9	0	11
周作人	《两个扫雪的人》	5	6	0	11

---

① 张弓主编:《初中国文教本》第 1 册,上海:大东书局,1930 年,第 1 页。
② 赵宗预:《编辑凡例》,《职业学校教科书·国文》第 3 册,上海:世界书局,1931 年。

（续表）

作者及其作品		1920—1931 年	1932—1937 年	1938—1949 年	合计次数
左大璋	《路程》	2	9	0	11
冰　心	《迎春》	5	4	1	10
叶绍钧	《蚕儿和蚂蚁》	1	8	1	10
叶绍钧	《古代英雄的石像》	1	7	2	10
黄昌谷	《孙中山先生的幼年时代》	0	9	0	9
苏雪林	《鸽儿的通信（十二）》	3	6	0	9
郑振铎	《荒芜了的花园》	4	3	1	8
蔡元培	《劳工神圣》	3	4	0	7
芳　草	《被系着的》	2	5	0	7
孙毓修	《勇敢的纳尔逊》	3	4	0	7
周作人	《小河》	2	5	0	7
总计	25 篇	90 次	189 次	17 次	296 次

以上表中的篇目，既有宣扬自由平等观念的作品如郑振铎的《我是少年》、胡适的《威权》、芳草的《被系着的》、苏雪林的《鸽儿的通信（十二）》，又有强调自强不息精神的作品如沈尹默的《生机》、陈衡哲的《运河与扬子江》、苏雪林的《秃的梧桐》和《溪水》、周作人的《小河》，还有凸显团结互助意识的篇目如叶绍钧的《篮球比赛》、陈西滢的《管闲事》，更有一些培养同情仁爱品质的篇章如鲁迅的《孔乙己》、叶绍钧的《小蚬的回家》。另外还有突出时间宝贵，勉励学子奋发图强的作品如朱自清的《匆匆》和李大钊的《今》，提倡劳动、培养学生勤劳品质的如叶绍钧的《蚕儿与蚂蚁》、周作人的《两个扫雪的人》、孙俍工的《劳工之神》。从这些作品的入选，我们可以看出人格中的一些最重要的质素都在教材中得到了不同程度的强调。

当然，在不同的时间段，对于人格中诸要素的强调程度有所不同。具体来说，在第一阶段即 1920—1931 年间出版的教材中，特别重视对于自强不息精神、自由平等意识的培养。此阶段入选频次最高的作品《生机》（10 次），在教材中就被阐释为是一篇"对于奋斗的礼赞，是新诗中最易引起读者同情的作品"①。入选频次居第二的《匆匆》其主题虽然是强调时间的宝贵，但教材编

---

① 张文治：《初中国文读本参考书》第 1 册，第 72 页。

选者们的落脚点也是要求学生"以有限的时间努力奋斗，多做有益之事"①。其余排在前几位的作品还有郑振铎的新诗《我是少年》、陈衡哲的寓言《运河与扬子江》以及胡适的《威权》，这三篇作品中前两篇也都是激励少年奋发自强的作品，《威权》则是激励学子寻求自由平等的作品，陈椿年在选入这篇作品时告知学生平等的重要意义，并明确提示他们只有消灭特权阶级、打倒威权才是通往平等之路。②

进入到1932年以后，情况有所不同。上述强调自强不息精神、自由平等意识的作品虽然继续入选，但其频次开始降低。且不说入选频次下降明显的《生机》，即使保持高频入选的《匆匆》，与前一阶段相比也呈下降趋势。在第一阶段23套教材中《匆匆》入选8次，而在此阶段50套教材中，入选14次，同比下降了6.8%，这说明此阶段编选者对于自强不息精神、自由平等意识的关注程度已开始降低。另外，此阶段还有一篇新入选的作品《孙中山先生的幼年时代》也值得一提，这是一篇在此阶段登场，迅即又退出的作品。那么这篇作品是缘何进入到教材之中的呢？答案在课程标准中。1932年新颁布的《初级中学国文课程标准》和《高级国文课程标准》均明确要求，各教材的编辑选材应注意加入"党义文选"，包括："中山先生传记、中山先生遗著、中山先生演说词、中国国民党历次重要宣言、中国国民革命史实、中国国民党史略、革命先烈传记、革命先烈遗著、党国先进言论。"③ 而描写孙中山先生童年时代英勇行为的传记作品自然归属其中。除了这篇传记之外，还有耕愚的游记《谒中山先生故居记》、朱湘的诗《哭孙中山》也因之进入到教材之中。显然，这些作品的高频入选，是国民党搞党化教育的产物。

到抗战以后，人格修养问题不再受到教材重视，大部分此类作品已经退出了国文教材，在留下的几位作家的作品中，叶绍钧的作品最多，有《篮球比赛》《古代英雄的石像》以及《蚕儿和蚂蚁》，且与同期作品相比它们的频次也较高。那么为何叶绍钧的作品会继续入选，而且保持相对较高的频次呢？这是因为作品的思想主题和当时的政治形势有着极大的关联度。下面以《篮球比赛》和《古代英雄的石像》为例进行说明。

从主题上来看，《篮球比赛》和《古代英雄的石像》都是强调团结协作精

---

① 朱剑芒：《初中国文》第1册，上海：世界书局，1929年，第65页。
② 陈椿年：《新亚教本初中国文》第2册，上海：新亚书店，1932年，第71页。
③ 课程教材研究所编：《20世纪中国中小学课程标准·教学大纲汇编·语文卷》，第289—290页。

神的作品，在《篮球比赛》一文中编辑者提醒教者要注意作品中"游戏的技能和道德"①，此处的"道德"显然蕴含了"团结协作"之意。在强敌入侵之际，培养学生的团结精神是非常必要的，这种主题的作品无疑会受到重视。但与《篮球比赛》相比，《古代英雄的石像》在教材中的定位有所变化：30年代，王伯祥编选的《开明国文读本参考书》认为"这是一个意义深长的故事。……石像受敬而骄，最终从高台坠毁，与小石块一样成为铺路石，小石头们获得了平等的愉快"。② 解读的目的在告诫学子戒骄戒躁，而重心落在"平等"上。抗战以后定位有所不同，《新国语文选（初级中学适用）》认为这篇作品"以一个古代英雄的石像，来比喻脱离群众的领袖，是不能立足的，空名高位是不足取的，只有和群众连在一起，才能做出切切实实的事业来"③。这种解读突出的是领导与群众的关系，要求领导者团结群众。《新国语文选（初级中学适用）》是在上海解放初期因应政治形势而编的一套教材，它明显反映了共产党的某些政治立场和宣传主题，比如对蒋介石似的独裁统治者的嘲讽和批判，对中共和解放区形成的新型干群关系的宣扬等等。

综合上述分析，教材编选者对人格修养篇目的选择经历了这么一个过程：从强调自强不息、自由平等的个体人格修养，到突出团结互助、人道主义精神的群体道德修养。在这种变化之中，我们能够看到政治意识形态对作品选择的强力干预，如《孙中山先生的幼年时代》这一作品的高频入选；同时也能发现时代精神、政治发展形势以及人民意志对编选者编选、解读作品的影响，如《古代英雄的石像》主题解读的变更。

（三）新文学与传统伦理教育

本节所指的传统伦理，主要包含了两个维度，即亲情和友情。在中国的传统伦理教育中，子孝父慈的"孝""慈"观念占有伦理核心的地位，朋友之间的"友"和"敬"也是一项重要内容。具体到民国教材中的新文学选目来说，亲情主题的作品，即表现亲子之爱（如母爱、父爱）的作品，篇目十分多，入选频次也比较高（著名的如《背影》等），且持续时间相当长。表现友情的作品，较之于前者篇

---

① 国立编译馆编：《初级中学国文甲编》第2册，重庆：正中书局，1941年，第68页。
② 王伯祥编：《开明国文读本参考书》，上海：开明书店，1932年，第80页。
③ 新时代编译社编：《新国语文选（初级中学适用）》，上海：世界书局，1949年，第52页。

目少了很多，频次相对较少，持续时间相对较短，在 30 年代部分作品比例降低，抗战以后则更少。这两大类型的主要篇目及入选情况见下表：

表 8：传统伦理篇目及入选频次表

	作者及其作品		1920—1931 年	1932—1937 年	1938—1949 年	合计次数
亲情	朱自清	《背影》	8	21	5	34
	叶绍钧	《伊和他》	8	8	0	16
	丰子恺	《忆儿时》	2	8	5	15
	冰 心	《寄小读者通讯（十）》	1	10	2	13
	叶绍钧	《地动》	6	6	1	13
	鲁 迅	《风筝》	4	7	1	12
	叶绍钧	《小蚬的回家》	2	9	0	11
	冰 心	《莲花》	2	7	1	10
	冰 心	《梦》	4	3	1	8
	陈南士	《谒墓》	2	6	0	8
	胡 适	《我的母亲的教育》	1	5	1	7
	罗黑芷	《乡愁》	2	5	0	7
	苏雪林	《小汤先生》	3	4	0	7
	苏雪林	《买绒线》	3	3	0	6
	陈学昭	《清明日》	3	2	0	5
	胡 适	《十二月一日奔丧到家》	1	4	0	5
	刘延陵	《水手》	2	2	1	5
	冰 心	《南归序引》	0	3	1	4
	陈西滢	《成功》	0	2	1	3
友情	鲁 迅	《鸭的喜剧》	7	8	1	16
	周作人	《爱罗先珂君》	1	5	0	6
	周作人	《志摩纪念》	0	6	0	6
	胡 适	《朋友篇》	2	3	0	5
	胡 适	《许怡荪传》	3	2	0	5
	总计	24 篇	67 次	139 次	21 次	227 次

注：周作人的《爱罗先珂君》是指其所写的关于朋友爱罗先珂的系列

短文，包含《怀爱罗先珂君》《送爱罗先珂君》以及《爱罗先珂君》。其中，选《怀爱罗先珂君》的教材有：1. 吴遁生、郑次川编：《新学制高级中学国语读本·近人白话文选》，商务印书馆1924年版；2. 叶楚伧主编：《初级中学教科书国文》第五册，南京正中书局1934年7月初版；3. 叶楚伧主编：《初级中学国文》第五册，南京正中书局1934年8月初版；4. 陈介白主编：《初中国文教本》第一册，北京贝满女子中学1936年8月初版。选《送爱罗先珂君》的是孙俍工、沈仲九编的《初级中学国语文读本》第二册（上海民智书局1923年1月初版）。江苏省教育厅编的《初中当代国文》第二册（上海中学生书局1934年1月初版）则将三篇作品全部选入，总题为《爱罗先珂君》。

从共时维度来看，无论是官方的教材还是民营机构、私立学校出版的教材，都大量选入具有伦理教育功能的作品。在一系列教材中，私立南开中学编选的《南开中学初中国文教本》表现得最为明显。这套教材约出版于1935年，共6册，所选篇目中新文学比例十分高。但笔者只搜集到4册。现有的4册中，有2册设置了传统伦理教育的单元，所选的新文学作品有《伊和他》《莲花》《背影》《梦见妈妈》《朋友篇》《答别王德熙》等21篇，这是笔者所见选入传统伦理教育篇目最多的一套教材。这套教材每一单元都有相应的"教学举要"，对作品的内容及其功能做出详细的说明，如初中一年级上册第三单元的说明："依据本单元中心及教学目标，选择能表现爱亲、敬友之文章，以陶冶学者真挚笃厚之情怀。第一组亲子之爱。首列《莲花》《芳儿的梦》而以《伊和他》副之，以见母爱之伟大。次列马君武《思慈母弟妹》而以盛炯《梦见妈妈》、胡适《我的母亲的教育》两篇副之，以启示学者，无论何时何地，均应善体亲心，以报慈恩。最后排以《背影》《若子的病》两篇，以明父母之于子女体贴爱护，无微不至，使学者加以体验，而谋所以事亲之道。""第二组友情。吾人欲开智进德，获得种种之安慰，必须结交良友，故首列《雨夕》，而以《寄小读者通讯（一）》副之，以见朋友之爱足以补家庭之爱之不足，而学识之增进，更有赖于朋友之辅助。至朋友对于自身之关系，尤应使青年有深切之认识，继列《小妹》而以康白情《答别王德熙》、胡适《朋友篇》副之，以明朋友之重要，及其给予吾人之影响。最后殿以冯至《遥遥》一篇，而以俞平伯《送金甫到纽约》副之，以明朋友之道，非徒相爱已也，尤须互相勖勉，力求上进，庶几人类互助之至谊乃现。"① 由此，我们也能确信，以上新文学篇目确实被当作了传统伦理教育的材料。

从历时维度来看，在第一阶段（1920—1931 年）出版的教材中，情感教育的两个维度都有相应的篇目入选。在亲情的这个维度中，朱自清传达父爱的经典之作《背影》与叶绍钧表现母爱的《伊和他》入选频次相等，而鲁迅怀念爱罗先珂的友情之作——《鸭的喜剧》入选频次也高达 7 次。进入到第二阶段后情况有所变化，亲情这一维度的作品入选频次远高于友情篇目。表现在三个方面：一是 20 年代的亲情教育高频作品（如《背影》）保持着持续增长的入选态势；二是入选频次相对较低的作品在此阶段也呈现加速增长的趋势，如冰心的《寄小读者通讯（十）》，这篇作品在第一阶段入选频次仅 1 次，但在第二阶段一跃而为 10 次，增长的幅度达 4.6 倍，冰心的另一篇作品《莲花》和叶绍钧的《小蚬的回家》增长速度也超过了 2 倍。最后，在 20 年代作为"社会问题"的材料入选的篇目，也在此阶段转向了亲情教育这一功能设定②。这样的增长幅度和转变都说明在第二阶段，编选者更加注重亲情教育。

那么导致 30 年代亲情教化功能篇目激增的原因有哪些呢？这与国民党当局出台的政策及其所提倡的教育目的有关。30 年代国民党已经加强了对图书出版的控制和监管。一方面他们查封了一大批左翼刊物和文艺作品，禁书的同时，他们还创办了正中书局和国立编译馆两大官方出版机构，国立编译馆设编审处，专门审查教科书，这样就使得国文教材的编选受到一定的限制，选目上不能不顺应国民党的政策要求。另一方面，蒋介石自 1932 年在南昌发起新生活运动以来，就大力推举以"礼义廉耻""忠孝仁爱信义和平"为内容的"四维八德"教化目标，还由教育部制订了新的国文课程标准（1932 年）以实施这一目标。在 1934 年重订发表的《新生活运动纲要》中，蒋介石对"礼义廉耻"做出过界定，"礼"是"规规矩矩的态度"，这样的界定将讲究上下有别的"忠孝"思想和"孝悌之义"蕴含在"礼"的范畴之中。1932 年新颁布的正式课程标准相对此前的暂行标准，增加了"了解固有文化"这一条，而亲情伦理本身就是"固有文化"中的重要因子。由教育部按照蒋介石手谕组织人员

---

① 南开中学编：《南开中学初中国文教本一年级上册》，天津：南开中学，1930 年，第 1 页。该书每一单元的起首页，都标为第 1 页，本文沿用。

② 转变的篇目主要是盛炯的《梦见妈妈》和叶绍钧的《母》。《梦见妈妈》已在上一节中分析过，除了南开的教材之外，北平文化学社出版于 1932—1933 年间的《初中一年级国文读本》将其排在冰心的《莲花》之后，也是作为表达母爱的篇目入选。《母》在前面已分析过，此处不再赘述。

编辑的"国定本"《初级中学国文甲编》堪称传统伦理教育的范本，该教材大选特选合乎蒋委员长提倡的"忠孝仁爱信义和平"等所谓民族美德的作品，如冰心的《寄小读者通讯（十）》和《南归序引》、胡适的《我的母亲》、叶绍钧的《地动》、朱自清的《背影》，等等。编者称《背影》令人"倍觉亲子之爱，高于一切"①，而《南归序引》"抒写母女间之感情，其为亲子之爱则一也"②。从这样的政治背景中，我们也就可以知道，传达亲情伦理的作品为何会在此阶段以成倍的速度增长了。

友情这一维度增加的作品主要是鲁迅和周作人怀念爱罗先珂、纪念徐志摩的作品。爱罗先珂在20年代初期曾寄居在周氏兄弟八道湾的住所，与他们结下了深厚的友谊。孙怒潮编的《初级中学国文教科书》中选入《鸭的喜剧》，并对其做出了解读："作者从主人公所喜爱的一件小趣事上，写出秋日怀人之感，写出诗人去后的沙漠上，只有咻咻的鸭鸣，叙事的抒情，到此可称顶点。教者应指出周作人的《爱罗先珂君》作为补充。"③ 编者点明了"怀人"这一情感伦理维度。1932年诗人徐志摩的逝世轰动了整个文坛，作家们纷纷撰文抒写怀念之情。朱剑芒将《初中新国文》第三册第十二组定为纪念徐志摩的专辑，除周作人的《志摩纪念》以外，还选入了杨振声的《与志摩最后的一别》以及朱剑芒自己撰写的旧体诗《吊诗人徐志摩》。这样的一些作品进入到国文教材之中，可以说，一方面显示出编辑者对于文坛健将的深厚关切，另一方面也是借以引起学生对于友情的爱惜、对于诗人的敬仰之意。

进入到抗战之后，友情这一维度的作品已基本不再入选④，只剩下亲情这一维度，共有8篇。其中胡适的《我的母亲的教育》、冰心的《寄小读者通讯（十）》《莲花》、叶绍钧的《地动》等作品在"国定本"中出现，陈西滢描写父子之情的《成功》只出现在《国文精选》中。"国定本"和《国文精选》都是国民党的党营机构正中书局的出版物，而且《国文精选》的编选者汪懋祖是守旧文人且与国民党政权走得较近。因此，我们可以看到它们仅仅围绕着"孝悌之道"对所选作品进行阐释，如说《寄小读者通讯（十）》"就中写母子之爱，极为挚切动人"，又就黄宗羲的《万里寻兄记》而发感慨："孝悌系我

---

① 教育部教科用书编辑委员会编：《初级中学国文甲编》第5册，国定中小学教科书七家联合供应处，1947年，第104页。
② 同上，第105页。
③ 孙怒潮编：《初级中学国文教科书》第4册，第84页。
④ 《鸭的喜剧》出现在伪教育编审会编辑的《初等国文》中，但这套教材是抄袭战前出版的宋文翰编的《新编初中国文》（依据1936年国文课程标准编写）而来。

国固有之道德，而后世人于为孝则易，为悌则难，致有'兄弟阋墙'之讥。"①朱自清的《背影》和丰子恺《忆儿时》入选频次最高，也被当作传达"孝悌"之情的文章选入"国定本"之中。但同时期的其他教材则不像国定本那样强调《背影》、《忆儿时》的"孝悌"价值。如《开明新编国文甲种》侧重的是它们的文体写作价值，让读者分析其篇章结构，学习写作的技巧。《新国语文选（初级中学适用）》也指出《忆儿时》"是回忆童年时代的记叙文，其特色是多任务描写"②。从开明国文教材和《新国语文选（初级中学适用）》对《背影》《忆儿时》这两篇作品的处置情况来看，抗战以后，相对于国民党的党营机构出版的教材，民营机构的教材更加注重对学生语文技能的训练，而不像国民党出版机构那样重视宣传传统伦理。

本章小结

从以上三节的分析可知，思想道德教育的三个主要分支并非均衡发展，而且每一个分支中还可以细分，它们也受时代的影响产生出多种变化。具体来说，在20年代，人格修养的篇目占主要位置，编选者主要强调对学生进行自强不息精神、自由平等意识的培养；进入到30年代，随着日本肆意疯狂的侵略，亡国危机显现，"发扬民族精神"成为教材编辑者们自觉遵守的选材标准之一，爱国主义教育占据主流并一直持续到抗战以后。此外，一些作品的入选（如《中山先生的幼年时代》）、主题解读的转换（如《梦见妈妈》），也显示了国民党当局对思想道德教育的日益重视和加强牵引。

需要指出的是，进入到全面抗战以后，承担爱国主义教育功能的篇目实现了更迭，许多在战前入选率极高的篇目落选，取而代之的是一些新近创作的作品，包括朱学信的《奇兵》、荒煤的《勇敢的小号兵》、叶绍钧的《乐山被炸》和《邻舍吴老先生》、臧克家的《十六岁的游击队员》、姚雪垠的《差半车麦秸》、力扬的《仇恨》、艾青的《吹号者》、邵家天的《小兵的欢喜》、任均的《中华女儿》（戏剧）、巴金《轰炸后》等，作品的内容主要是对人民在抗日战争中表现出的爱国主义精神进行赞美。这种更迭说明国文教材因应着时代的需要，迅速地选入反映抗战期间事件与现象的新作品，以便更及时地发挥宣传和教育作用。

---

① 国立编译馆主编：《初级中学国文甲编（第二次修订本）》第2册，上海：中华书局，1947年第5版，第48、56页。

② 新时代编译社编：《新国语文选（初级中学适用）》第1册，第20页。

三、作为审美教育载体的新文学

审美教育是"运用艺术美、自然美、社会生活美培养受教育者正确的审美观念和感受美、鉴赏美、创造美的能力的教育。"① 相较于修身教育和道德教育，现代意义上的美育思想和美育观念兴起较晚，直到中华民国临时政府成立之后，蔡元培出任第一届教育总长，美育的目标才以法令的形式得到确认。1912年9月2日公布新教育方针，蔡元培提出了"五育并举"的方案，并在《对于新教育之意见》一文中对"五育"的比例进行了说明，其中美育占百分之二十五，仅次于实利主义位居第二。以后，蔡元培更是在《新青年》上发表了《以美育代宗教说》的著名文章，进一步强调了美育的重要性。

蔡元培的美育学说对民国时期的教育界有着广泛和深远的影响力。当时中学国文教材中的许多新文学作品就承担着"美育"的使命，具体来说，这些新文学作品主要涉及"美育"中的三种内涵：自然美、艺术美和社会生活美。其中，自然美主要是指文学作品所描绘的时令气象变化和山川草木虫鱼之美等等；社会生活美主要是指文学所描写和反映的人的心灵美和生活情趣之美等等；艺术美主要是指文学艺术（包含音乐、舞蹈、美术等）的欣赏和文章自身之美（包括文章的语言之美、体裁风格之美，等等，即所谓"美文"）。

（一）新文学与自然美的领略

自然美作为一种文学内容，源远流长。早在东晋时期，谢灵运就已将自然景物作为独立的审美对象进行歌咏。文学发展到现代，经国语运动后，工具虽然换成了白话，但以自然景物为审美对象的写景文传统却传承下来，一度还十分兴盛。新文学初期就涌现出大量的描写和歌咏自然之美的写景抒情文，它们也大量进入到中学国文教材之中，具体篇目如下：

---

① 周冠生：《美育的今天明天与昨天——对美育概念及其在教育中地位之我见》，《上海师范大学学报（哲学社会科学版）》，1998年第1期。

表9：自然美篇目及入选频次表

作者及其作品		1920—1931年	1932—1937年	1938—1949年	合计次数
朱自清	《荷塘月色》	7	16	2	25
苏雪林	《扁豆》	4	13	0	17
孙福熙	《红海上的一幕》	2	14	1	17
徐蔚南	《山阴道上》	5	10	2	17
李哲生	《东行随感录》	11	4	1	16
鲁 迅	《雪》	2	12	2	16
徐志摩	《泰山日出》	5	9	2	16
叶绍钧	《没有秋虫的地方》	3	11	0	14
周作人	《苦雨》	4	10	0	14
叶绍钧	《藕与莼菜》	1	10	2	13
周作人	《故乡的野菜》	3	10	0	13
徐蔚南	《初夏的庭院》	3	8	1	12
俞平伯	《西湖的六月十八夜》	2	10	0	12
郑振铎	《蝉与纺织娘》	5	6	0	11
朱光熊	《新柳》	4	7	0	11
朱自清	《绿》	3	6	1	10
王鲁彦	《雪》	0	9	0	9
袁昌英	《游新都后的感想》	3	6	0	9
陈醉云	《海滨的秋宵》	2	6	0	8
老 舍	《济南的冬天》	0	5	3	8
苏雪林	《收获》	3	4	1	8
俞平伯	《夜月》	3	5	0	8
胡 适	《鸽子》	4	3	0	7
康白情	《雪后》	4	3	0	7
刘大白	《桃花几瓣》	3	4	0	7
茅 盾	《红叶》	0	6	1	7
孙福熙	《印度洋中的风浪》	3	4	0	7

（续表）

作者及其作品		1920—1931年	1932—1937年	1938—1949年	合计次数
郑振铎	《海燕》	0	5	2	7
总计	28篇	89次	216次	21次	326次

  那么以上这些作品在教材中又是如何处理的呢？在20年代的教材中，这些作品的身份和职能定位主要是通过编者对于教学目标和选材标准的说明体现出来。如商务印书馆的《新学制国语教科书（初级中学用）》在《编辑大意》中申明："本书所列各文，约分记叙的、写景的、抒情的、说理的、议论的五种。但以记叙文、写景文及抒情文为主，说理文、议论文居少数。"① 其所重视的"写景文"，当然是自然美的主要载体。秦同培主编的《中学国语文读本》也在《编辑大意》中申明"书中于有趣味的小说游记一类，搜罗得特别的多"。② 游记当然也是自然美的主要书写载体。30年代的教材则是在单元的设置中体现出来，形式上更加明显。如由朱剑芒编选的《朱氏初中国文》（1934年版）和《初中新国文》（1936年版）前四册都设置了相应的自然审美单元。《朱氏初中国文》第一册共18个单元，描写自然美景的有6个，占据了1/3的篇幅。内容上既有描写乡间秋令蔬果、树木的组目，也有描写海滨、水上景色和天空、雪中之景的单元，所选作品包括苏梅《扁豆》、俞平伯《夜月》、郭沫若《晴朝》、朱自清《秋》，以及鲁迅的《秋夜》和《雪》，等等。在国民党官方机构出版的教材中，叶楚伧主编的《初级中学国文》（1934—1935年版）也表现得较为突出。它包含了"审美""游赏与美感"等单元，所选篇目有苏梅《扁豆》、刘大白《钱塘江上的一瞥》、徐蔚南《初夏的庭院》、朱自清《荷塘月色》、徐志摩《泰山日出》等。从作家的构成来看，其所选作品全是中间派和右翼文人的作品，鲁迅、郭沫若、茅盾等左翼作家一篇也不见。这样的篇目构成也反映出国民党当局的党化教育面目，他们要借这些诗情画意的作品来遮蔽左翼作家反映阶级矛盾和社会矛盾的作品。

  从纵向的时间维度来看，表现自然美的作品选目也出现了变化。20年代的入选频次较高的作品如李哲生的《东行随感录》、康白情的《雪后》、胡适的

---

  ① 范祥善、吴研因、周予同编：《新学制国语教科书（初级中学用）》第1册，上海：商务印书馆，1923年。
  ② 秦同培主编：《中学国语文读本》第1册，上海：世界书局，1924年。

《鸽子》，在 30 年代入选频次明显下降，而一些在 20 年代入选频次较少的作品如鲁迅的《雪》和《秋夜》、孙福熙的《红海上的一幕》等却在此阶段加速增长，还有一些 20 年代未入选的作家作品也在此阶段进入到教材之中，如王鲁彦的《雪》、老舍的《济南的冬天》、茅盾的《红叶》，这些入选相对较晚的作品，有些还延续到了抗战以后。在抗战以后，自然美的作品相对 20、30 年代无论在篇目数量上还是在入选频次上都有所下降，但是基于此阶段教材数量只有 17 套且不齐全的前提，这样的入选频次也不算低。

那么这种时代变化的背后又隐含了怎样的因素呢？这首先与新文学自身的发展有关。以胡适的《鸽子》为例，这首诗在 20 年代之所以高频入选，是因为此时新诗还处在萌芽阶段，并未见到成熟的力作，编选者将这篇作品选入课本中，主要是将其作为新诗的范例来说明其特点。如张振镛在《新师范讲习科用书国文参考书》（中华书局 1927 年）中就引用胡适自己的话对新体诗的特征做出过说明："此新体诗也。胡氏尝谓：'新诗自解放词调而出，不拘格律，不拘平仄，不拘长短，唯须讲究音节。而音节一由于语气的自然节奏，二由于每句内部所用字的自然和谐。至句末的韵脚，句中的平仄，都是不重要的事。'"① 基于此目的的选文，在新诗发展成熟后，自然也就退出了。同理，当新文学日益发展，新作品不断涌现且其水平超越了初期的创作之后，这些后来的作品也必然会在教材中逐渐取代早期的作品，像朱自清的《绿》《梅雨潭》这些较早的写景文在三四十年代的教材中出现的频率就不高了。其次，与作品的内容和编选原则也有关联。如王鲁彦和鲁迅的同名作品《雪》，但凡选入了王鲁彦《雪》的教材，必选鲁迅的《雪》，因为教材大多数是按照内容的相关性来排列，编选者将同名、同类作品选入同一个单元，目的是让学生比较其不同点，以利于揣摩写作方法。如宋文翰的《新编初中国文》第一册（中华书局 1937 年 7 月初版）在第十一组选了这两篇课文，课后练习题中就有"比较两篇作品的不同点"的学习要求，这是一种偏重于写作教学的选文模式。在注重写作教学的教材中，写景文总是一个重要的文体类别，选文也相应较多。

当然，作品入选频次的变化和篇目的更替，只能说明文学发展的内部规律。无法否认的是以自然景物为描写对象的作品，因对象本身的美而具备陶冶人的情操、净化人的灵魂的功能。当作家以纯粹的审美心灵感应，将其描绘于笔端之时，就具备了一种无可比拟、超脱世俗的力量。编辑者将这类新文学作品选入教材之中，通过细致的分析和解读，使学生在学习阅读的过程中，习得

---

① 张振镛：《新师范讲习科用书国文参考书》，上海：中华书局，1927 年，第 11 页。

表现技能的同时，也进一步品味到自然之美，并且感发意兴，从而使美育的目标得以实现。

（二）新文学与生活美的感受

"生活美"作为美学范畴在 1947 年由蔡仪首次在其著作《新美学》中提出，它具体是指"社会生活中的美，具体包括三种表现形态，实践活动的美，实践成果的美，实践主体的美"①。本文借用这个概念并非是完全同意其定义和解释，而只是为了便于指称除自然审美和艺术审美之外的其他类型的审美内容。按此，教材中所收录的除反映自然美和艺术美之外的社会生活之美的新文学篇目主要有以下这些：

表 10：生活美篇目及入选频次表

作者及其作品		1920—1931 年	1932—1937 年	1938—1949 年	合计次数
冰　心	《笑》	11	9	1	21
周作人	《乌篷船》	4	10	2	16
刘半农	《一个小农家的暮》	5	4	2	11
孙福熙	《大家放起风筝来啊》	3	6	1	10
苏雪林	《收获》	3	4	1	8
李石岑	《欧洲人狂热的两个季节》	1	6	0	7
罗黑芷	《灯下》	3	4	0	7
易君左	《可爱的诗境》	2	4	1	7
徐志摩	《海滩上种花》	1	5	0	6
周作人	《吃茶》	2	4	0	6
冰　心	《说几句爱海的孩气的话》	2	3	0	5
罗黑芷	《春日》	2	3	0	5
孙福熙	《夏天的生活》	0	3	2	5
朱自清	《桨声灯影里的秦淮河》	1	4	0	5
冰　心	《寄小读者通讯（一）》	0	4	0	4

---

① 刘叔成等：《美学基本原理》，上海：上海人民出版社，2011 年，第 91 页。

（续表）

作者及其作品		1920—1931年	1932—1937年	1938—1949年	合计次数
茅 盾	《浴池速写》	0	4	0	4
夏丏尊	《子恺漫画序》	0	4	0	4
冰 心	《埋存与发掘》	2	1	0	3
丰子恺	《从孩子得到的启示》	2	1	0	3
许地山	《春底林野》	0	3	0	3
朱 湘	《棹歌》	1	2	0	3
总计	21 篇	45 次	88 次	10 次	143 次

以上列举出来的是入选频次在 3 次及以上的作品，其中表现人性人情之美的作品有冰心的《笑》、苏雪林的《收获》、罗黑芷的《灯下》和《春日》、易家钺的《可爱的诗境》、丰子恺的《从孩子得到的启示》、茅盾的《浴池速写》、许地山的《春底林野》，共计 8 篇。表现生活方式和情趣之美的作品 5 篇。当然，这种分类也并非截然分明，在同一篇作品中展现人性人情之美的作品，也会蕴含生活方式与情趣之美。如《一个小农家的暮》，重在描画夜幕降临时分农家和谐静美的生活，但未尝不是表现了农家夫妇和孩子们身上闪耀的人性美。下面以举例的方式对人性人情和生活情趣这两个维度进行说明。

在表现人性人情之美的维度中，《笑》是一篇较为典型的作品，它描绘的是画中安琪儿、乡村小儿以及檐下老妪之笑容，作者冰心以"爱"之名将这三个"捧着花儿，朝我微笑"的形象调和在同一篇作品中。这篇作品被傅东华、陈望道选入《初级中学用基本教科书·国文》第二册（商务印书馆 1931 年）中，编者认为"作者的用意在于叫人认识爱是什么，不过把三个笑容作为象征罢了"①。实则，爱与美是两个不可截然分开的因素，以爱为表现主题的作品其实也是对美的阐释。朱剑芒在《初中新国文指导书》中也指出《笑》"虽描写的是三个笑容而主要表现出心中爱美的情绪"②。除了《笑》之外，其他描写人性人情之美的作品，其对象主要是儿童，如罗黑芷的《灯下》描写的是孩

---

① 傅东华、陈望道编：《初级中学用基本教科书·国文》第 2 册，上海：商务印书馆，1931 年，第 31 页。

② 朱剑芒编：《初中新国文指导书》第 1 册，上海：世界书局，1937 年，第 34 页。

子们看到黑猫生育小猫时的欢乐场景,《春日》则描述春天来临之际小孩们与乞求老妇的互动;许地山的《春底林野》、徐蔚南的《我们快活》、茅盾的《浴池速写》则都描画了小女孩可爱伶俐的性格特点。

周作人的《乌篷船》《吃茶》和朱自清的《桨声灯影里的秦淮河》是表现生活方式和情趣之美的代表性作品。周作人的两篇作品在短小精悍的篇幅中寄托了作者的生活情趣,这样的小品文字,既是观察生活、品味生活乐趣的美文,也为学生们树立了追求艺术化的、审美化的生活方式的标榜。朱自清的《桨声灯影里的秦淮河》也充满着生活气息,将六朝古都之美以及游览中的体悟感受表现得淋漓尽致。施蛰存、柳亚子等人认为这篇作品"描写真实,抒情恳挚,体裁风格堪为模范"①。罗根泽、高远公则将朱氏《桨声灯影里的秦淮河》和徐志摩的《海滩上种花》选入高中国文教材,并且申明:"本书选文标准,于注重文学的技术以外,兼注重真诚的生命,藉以提高学者之生活态度。"②

从作品入选的变化情况来看,这类表现生活方式之美和生活情趣之美的作品在抗战以后几乎已不再入选,其原因是多方面的。首先,40年代的社会政治情势确实让这种充满诗情画意的作品显得有些不合时宜。20、30年代出版的一些国文教材热衷于大量选择朱自清、俞平伯、冰心、苏雪林、徐蔚南等人的审美性较强的散文小品,针对这种审美化的纯文学教学倾向,当时就有人表示不满并批评说:"现代中学文学的教学,大都有倾向休闲目标而忽略社会目标的趋势。"③ 到了抗战时期和40年代,国势陵夷,人民生活颠沛流离,大概只有极少数的人才可能有闲适优雅和玩味生活的心境,于是偏向休闲、审美目标的选文倾向自然就偃旗息鼓了。其次,热衷于写这种休闲审美性的散文小品的文坛主将周作人因为抗战期间投敌作了汉奸,自然也失去了入选教材的资格,这就使得在二三十年代高频入选的周作人作品不见踪影。失去了如此重要的一个选材对象,这自然也降低了休闲趣味性作品的入选比例。

回到民国课堂的现场,这些作品又产生了怎样的教学效果呢?关于这一点,郑延在《人生之曲:我和我的一家》一书中也有过回忆,她说她的国文教师"喜欢选一些五四以来的女作家的作品给我们阅读,如冰心、庐隐的作品,还讲过徐志摩的诗,她以真善美陶冶我们的性情和情操,给了我很深的印象,

---

① 江苏省教育厅编:《初中当代国文》第1册,上海:中学生书局,1934年,第1页。
② 罗根泽、高远公编:《编辑纲要》,《高中国文》第1册,北京:北平文化学社,1932年,第1页。
③ 程其保:《初级中学课程标准之讨论》,《教育杂志》第23卷第9号,1931年9月。

形成了基本的性格与气质。"① 虽然在这段话中，郑延没有具体说明国文教师给她们选的到底是冰心的哪一篇作品，但是冰心对于爱的传播、对于生活美的热情描写却是众所周知的，也最能代表她的创作主流和风格，因此，"真善美"之说也就可以视为新文学审美教育效果的明证了。

（三）新文学与艺术美的赏鉴

在自然美和生活美之外，人会追求一种更高层次的美，即艺术审美。艺术审美包括对文学艺术品的欣赏或者创造过程中的各种审美感受，文学欣赏即属于艺术审美的范畴。民国时期中学国文教材中的新文学作品所涉及的艺术审美包括直接以各类艺术品，如建筑、雕刻、绘画、音乐、舞蹈等为书写对象的篇目以及具有明显的审美价值的文学作品。从宽泛的意义上来说，所有的文学作品都具有艺术美的属性，包括文学作品内容（如主题、情感）的美感和形式上的美感（文体风格、形式和语言之美等等）。较狭义地来说，最具审美价值的无疑是那些通常被称为"美文"的文字和情思都比较优美的作品。如沈星一编的《新中学教科书·初级国语读本》（1924 年）在《编辑大意》中即申明注重选文本身的艺术价值："本书选材，注重下列二要点：一、内容务求适切于现实的人生，二、文章务求富有艺术的价值。"② 俍工、仲九为《初级中学国语文读本》所设定的教学目标之二即为"人人有精密鉴赏国语文艺的能力，以培养美的感情"③。朱文叔编于1928 年的《初级中学用教科书·新中华国语与国文》的选文标准之三为："合于艺术的条件，能够扩展想象、陶融感情、激起文学兴趣，习得发表思想的技术者。"④

各类型的艺术美的选目情况见下表：

---

① 郑延：《人生之曲：我和我的一家》，第 29 页。
② 沈星一：《编辑大意》，《新中学教科书·初级国语读本》第 1 册，上海：中华书局，1924 年。
③ 俍工、仲九：《初级中学国文教授大纲》，《初级中学国语文读本》第 1 编，上海：民智书局，1922 年。
④ 朱文叔：《编辑大意》，《初级中学用教科书·新中华国语与国文》第 1 册，上海：新国民图书社，1928 年。

表 11：艺术美篇目及入选频次表

作者及其作品			1920—1931 年	1932—1937 年	1938—1949 年	合计次数
艺术之美	朱自清	《记画》	2	5	3	10
	蔡元培	《雕刻》	5	3	0	8
	蔡元培	《图画》	5	2	0	7
	宗白华	《看了罗丹雕刻以后》	5	2	0	7
	蔡元培	《建筑》	4	2	0	6
	梁启超	《美术与生活》	1	5	0	6
	蔡元培	《装饰》	3	1	0	4
	萧友梅	《关于国民音乐会的谈话》	4	0	0	4
美文	梁启超	《欧游心影录楔子》	13	11	2	26
	徐志摩	《我所知道的康桥》	7	12	2	21
	鲁 迅	《秋夜》	1	13	1	15
	周作人	《苦雨》	5	10	0	15
	叶绍钧	《藕与莼菜》	1	10	2	13
	周作人	《自己的园地》	3	8	1	12
	周作人	《苍蝇》	4	6	0	10
	王世颖	《怅惆》	2	6	0	8
	徐志摩	《想飞》	1	5	2	8
	周作人	《慈姑的盆》	5	1	0	6
	周作人	《秋风》	5	1	0	6
	周作人	《日记与尺牍》	1	5	0	6
总计		20 篇	77 次	108 次	13 次	198 次

数据表明，20 年代至抗战以后教材中都有体现艺术美的篇目入选，这可以看出编选者对这类作品的重视。但不同时段作品的入选频次却不同，编选者对不同的作者也有所偏重。具体来说，在 20 年代，编选者们特别青睐美育的提倡者蔡元培的谈艺术品的作品，其《图画》《装饰》《建筑》《雕刻》等大量入选，萧友梅和宗白华谈论音乐和罗丹雕刻的作品入选频次也不低，但到 30 年代后这些作品入选频次明显呈下降的趋势。导致这一现象的原因是什么呢？这首先与蔡元培的身份及其美育思想的影响力的变化有关。在本章开头部分，

笔者已谈及，现代意义上的美育思想是经蔡元培的大力倡导才确立的。作为教育界的掌舵人和名家，蔡元培的美育思想对国文教育产生影响是顺理成章的，而此时成熟的堪称模范的新文学作品并不多见，只能选取一些直接呈现艺术之美的作品来让学生了解艺术，陶冶其艺术审美情操，以体现"美育"的目标。但进入30年代后则不同，文学自身发展已经比较成熟，出现了一大批文辞优美堪称典范的作品，因此这些直接以艺术品为描写对象的篇目自然也就遭到了淘汰，取而代之的是大量堪称美文的散文小品。从列表中我们可以看到，此时许多堪称新文学史上的优秀篇目的散文小品，入选频次开始激增。如鲁迅的《秋夜》，在20年代入选频次为仅仅1次，但在1932—1937年间被选了13次。在20年代，新文学中美文类散文、小品在教材中的比例为4.3%，但到30年代后数量猛增，达到25%。这说明美育的载体，已由直接介绍艺术品的说明性文章转向了纯文学的美文方面。

事实上，进入到30年代中期以后，有些教材中专门设置新诗单元或散文小品单元，侧重从写作训练的角度，让学生学会欣赏和写作新诗与小品，在教材的注解、说明文字中也有较多对于这类体裁的音韵、文笔、辞藻和形式美、风格美的说明。如朱剑芒编选《朱氏初中国文》（世界书局）时在附录中强调周作人小品文的创作风格及其影响："他所作的小品文，清淡而幽默，笔调又带讽刺，故能使读者不易遗忘。"① 这样的介绍显然也是在引导学生对某种文学风格的欣赏。1935年宋文翰编《国文读本》第一册（中华书局1935年）时，将第二单元辟为"小品文的篇章"，但所选的范例不再是周作人的作品，而是叶绍钧的《暮》和丰子恺的《秋》。1936年朱剑芒编辑《初中新国文》（世界书局）时特意从唐宗辉所编的《分类小品文选》中选入了并不常见的作者缪崇群的《自然的节律》一文，也未选周作人的作品。这样的变化既说明美文写作队伍日益扩大且后继有人，也表明教材编选者们注意到了文坛的演进，能够及时地选入新进作家和作品。从20年代到30年代，具体的选文虽然有较多变化，但不变的是，小品文作为提升学生审美意识、提高其文学欣赏和写作能力的主要载体，却在教材的编选中延续了下来。

文学美除了集中体现于美文这种文学品种身上，还广泛显现于文学作品的体裁、风格、语言文字等方面。教材编选者在对文章进行解析时，十分注意对文章的语言使用情况进行评价。如梁启超的《欧游心影录楔子》，这篇文章在20年代已经进入教材，钱基博的《新师范讲习科用书·国文》将其选入，张

---

① 朱剑芒：《附件：作者事略》，《朱氏初中国文》第2册，上海：世界书局，1933年。

振镛在配套参考书该文后对其进行了评价——"文境苍凉萧瑟,绝似战后景象",并对梁启超的语言风格进行了说明:"务为纵横轶荡,时时杂以偶语、俚语、韵语及外国语法皆所不禁。老辈见之诋为文妖。学者竞喜效之,谓之'新民体'。其文析于事理,丰于情感,使读者如为电力所摄,不能自已。"① "国定本"也对《欧游心影录楔子》做出了类似的解读:"《楔子》记述旅居法国白鲁威宫庐中一段生活,兼及当地风物,梁氏匪特长于学术,即文章也为时所称道,氏之文笔明晰轻快,无论写人、写物,均能赋以活泼之生命,使人读之,发生快感"②。这样的导读方式,显然是对作者及其语言风格的一种评价,在评价之中蕴含了编选者的审美趣味,也在引导读者的审美趣味。

那么这样的引导,最终又产生了怎样的效果呢?据蒋介石的私人医生熊丸回忆,他在1930年考入同济大学附属中学,1934年高中毕业。他说:"高中时代的作家以鲁迅风头最健,老师讲课时都在讲他。那时我们对鲁迅印象最深的就是他最著称的幽默感,他有几句话我很喜欢,且一直到现在还记得。这几句话也很奇怪:'庙的门前有两株树,一株是枣树,另一株也是枣树。'"③ 根据这段回忆文字,我们可以断定熊丸所说的作品正是《秋夜》,而这篇文章留给学生的印象就是其文章的风格即"幽默感"。

本章小结

正是通过这些表现自然美、生活美和艺术美的新文学作品,教材编者将美育的目标落到了实处。但从时间的维度上来看,这些审美性的文字,在抗战以后几乎已退出了国文教育的中心,而这也有时代发展的必然性。在民族危亡之际,"发扬民族精神"才是教学的主要目标,风花雪月、诗情画意的东西虽然也需要,但显然已不是重点所在。另外值得一提的是,并非所有的编选者都重视美育。如戴叔清(钱杏邨)的《初级中学国语教科书》虽然选了徐蔚南的《快阁的紫藤花》和郑振铎的《蝉与纺织娘》,但只是将这两篇作品作为"提供花卉动物描写的范作,使读者能把握到如何写花卉动物。"而且还对作者进行了批评:"这些作者,都是以一种田园诗人的心情,一味的(地)崇拜自然的力量,而不能更发展的(地)去思索如何利用自然力量。"④ 从这一段话中

---

① 张振镛编:《新师范讲习科用书国文参考书》,上海:中华书局,1927年,第1页。
② 国立编译馆:《初级中学国文甲编》第2册,重庆:正中书局,1941年,第12页。
③ 熊丸:《蒋介石私人医生回忆录》,北京:团结出版社,2010年,第183页。
④ 戴叔清:《初级中学国语教科书》第1册,上海:文艺书局,1933年,第209页。

我们可以看出，左翼文化立场的编选者似乎并不推崇美育，而是更关心社会政治的改造。

结　语

通过对新文学在教材中的功能分类和统计，我们能从整体上把握新文学作品在民国时期中学国文教材中的存在样态和角色设定，也可以进而从侧面了解新文学作品在中学生群体中的接受状态。这种分类归纳和统计能做到直观醒目，便于比较，但也并非十全十美，有几种情况是无法兼顾的：其一，毕竟还有少量教材没有保存下来，已搜集到的教材中也有部分残缺，这导致对新文学作品在当时教材中的出现频次和功能设定等等情况的统计和分析难免有一些误差；其二，统计的 90 套教材中，有的教材印数较多使用较广，而有的教材则印数较少、使用范围较窄，而本文只能忽略这种差异对它们作均质化的处理，以从整体（或普遍趋势）上观察当时的情形；其三，新文学在民国时期中学国文教育中承担的功能绝非只有本文所论述的三种，当时新文学在国文教材中呈现出来的样态也是丰富多彩的，本论文举出三种之说，是就其最主要和最突出的倾向而言。而当时教材中的许多新文学作品并不一定都能划入以上三大类之中，本文无暇再一一论及。其四，进入到全面抗战之后，国统区、沦陷区和解放区三个区域的教材对新文学作品的处理方式也存在差异，这在数据统计和分析中往往无法具体显现，而且由于目前能见到的解放区教材缺漏较多，导致相关的分析和论述只能是大概的和粗略的，无法做到精细化。其五，在正文部分梳理的只是新文学作品各项功能的纵向变化发展的大致情况，没有也不可能叙述得更精细和更完整。下面再就以上情况略作说明。

第一，是无法归入上述三大类别的作品，这类作品共计 56 篇，占新文学入选总篇目数的 6%。具体篇目如焦菊隐的诗歌《道一声珍重》《寂月》《邻家的佛磬声》《莫来由》《人间》《他乡》和汤增敫的诗歌《对着骷髅痛饮》《给——》《旅程》《秋风里》，白丹宁的寓言《挨饿的狼》《猫和狗》《破花瓶》等。这些作品入选到教材之中，主要是承担两种功能，一是作为一种范例，培养学生的写作技能，如焦菊隐和汤增敫的诗歌，它们只出现在南开中学的自编教材初中三年级下册第九单元，这一单元所选全部是诗歌，既有知名作家的作品，如胡适《十二月一日奔丧到家》、周作人的《小河》等，也有较少见的作家如焦、汤两位。其目的就是要提供多种多样的诗歌，供学生观摩和模仿，以培养其写作能力。另一种功能是作为文体范例，教给学生一种文体知识。如白丹宁的三篇寓言就属于这一类。这三篇寓言是在何炳松、孙俍工编的《师范学校教科书甲种国文》（商务印书馆1935年初版）中入选，这套教材十分重视对学生的文体知识的培养，之所以选寓言，其目的只是要讲明这种寓言的形式。这种入选频次较少，不便于归类的作品，主要是出现在具有特色的校本教材或师范教材中。

第二，是三大政治区域中新文学作品的入选情况。从抗战后期始的国统区，发行和使用的主要是"国定本"，这套教材是奉蒋介石手谕编辑的，堪称"党化教育"的样本。1943年7月，教育部命令正中书局、商务印书馆、中华书局、世界书局、大东书局、开明书店、文通书局联合成立"七联处"发行此教材，并限令各级学校自1943年起统一采用此教本，1946年7月重新修订时，全部落款为国立编译馆主编。这套教材在选文方面基本规避了左翼作家如鲁迅、郭沫若、茅盾、田汉等人的作品，而无政治倾向性的作家和右翼文人的作品则受到偏爱，在为数不多的48篇新文学作品中，苏雪林、孙福熙、徐志摩、冰心等人的审美小品有24篇，占据了半壁江山。从政治因素来看，对于右派作家和中立派作家散文小品的偏爱，实则也是国民党的文化策略之一，唯其多选审美小品，方能压缩反映社会政治制度、经济制度方面问题的作品的生存空间，从而避免政治批判思想在师生中的萌发。而在华北沦陷区，日伪把控的政治机构也参与到教材编审过程之中，在严密的政治监视之下，具有反抗外国侵略、激发民族精神的作品一律排除在外。这种教材笔者只搜集到3套，两套《初中国文》，一套《高中国文》。其中一套《初中国文》由日伪把控的中等教育研究会编，天津的华北书局发行，另一套《初中国文》和《高中国文》由日伪教育总署编审会编，北京新民印书馆股份有限公司在1939年8—12月间印刷发行。新民印书馆是日伪政权下最大的官办出版社，1938年10月创办于北京，由日本人下中弥三郎担任董事长。这两套教材基本上是以宋文翰所编《新编初中国文》（中华书局1937年8月初版）和《新编高中国文》（中华书局1936年初版）为蓝本，在其基础上增删而来，删去的篇目是关于孙中山的选目如《孙中山先生的幼年时代》《祭中山先生文》，还有一些爱国主义的篇目如李健吾的抗日戏剧《从军》，其他具有爱国精神的译作《最后一课》《柏林之围》等也被排除在外。增加的篇目是胡适的《我的母亲》和鲁迅的《孔乙己》，显然这一删减的目的在于泯灭我国民的抗敌之心。在解放区，共产党领导下的教材编选主要是围绕着新民主主义的教育宗旨进行选文。但笔者所搜集到的教材不多,而且不齐全,因此只能凭借二手材料对其进行说明。据陈漱渝等主编的《教材中的鲁迅》一书的介绍,抗战以后解放区最具代表性的一套教材是《中等国文》,这套教材在陕甘宁边区教育厅的领导下,由胡乔木主持编制,1945年5月由新华书店出版发行,是严格按照陕甘宁边区教育厅制订的《初中国文课程标准草案》进行编选的一套教材。草案规定各学年精读文文体比重为:应用文16%,普通文(记叙文、说明文、议论文)48%,文艺文16%,语文规律的说明20%。① 从这样的比例可以看出,解放区的国文教材十分重视对学生的语文知识和语文技能的培养,新文学作品并不是教学的重点。万曼在其主持编选的《高中国语》一书中也直言:在选文内容方面要"力求切合新民主主义方针,精神,联系群众革命生活和斗争","至于徒供欣赏玩味的'美术文',暂未选用。"② 而解放区教材之所以少量选择文学文,也只是"为了调剂教学时的兴趣,使学者对于文学也多少得到一些常识"③。这样,纯粹的审美性小品文不会受到重视,右派文人如苏雪林、徐蔚南等人的文章自然更不会进入到备选之列。解放区教材在作品解读时一般不是围绕文艺欣赏与美育的目标,而是围绕树立学生正确的世界观、人生观和价值观进行,在政治标准的审视下,一切"反动文人"都受到了最严格的批判。如韩启晨编选并于1949年由西北新华书店发行的《高中活页文选》,它选了鲁迅的《论"打落水狗"》一文,在这篇文章后对林语堂进行了注解:"福建人,曾留学美国,并长期旅居美国,思想反动。为中国大地主、买办阶级的代言人。"④ 这样的选文标准和导读方式与国民党截然不同,解放区教材是直接从阶级论观点和立场出发,国民党官版教材则是回避阶级视角和主题。双方的共同点是,都重视和强调党义类的选文而非文学文,新文学的入选或者是因为其能契合当时的政治需要,或者仅仅是起调剂作用,让学生略具文学知识和欣赏能力。

第三,虽然新文学也还承担着文体、写作教学等方面的职能,但一般地说还是没有被置于与社会认知和思想道德教育同等重要的地位。学生会不会写文章,写作能力和水平是高还是低,相较于其人格修养、道德修养和社会认知与实践能力,甚至相较于其审美趣味和审美理想、审美追求而言,都似乎并不是那么重要。就像鲁迅在《青年必读书》一文中所说:"少看中国书,其结果不

---

① 参见周庆元:《语文教育研究概论》,长沙:湖南人民出版社,2005年,第204页。
② 万曼等:《编辑例言》,《高中国语》第1册,开封新华书店,1949年,第1页。
③ 周庆元:《语文教育研究概论》,第204页。
④ 转引自陈漱渝主编:《教材中的鲁迅》,第153页。

过不能作文而已。但现在的青年最要紧的是'行',不是'言'。只要是活人,不能作文算什么大不了的事。"① 从教育的根本宗旨和目标是塑造人、是培养现代国民这一点来说,道德教育、社会认知、审美教育比写作教学的目标更重大。因此,本论文暂且只就这三个重要方面来展开研究,而将新文学与写作教学的关系问题留待另文探讨。

总之,社会认知、道德教育和审美教育这三大功能构成了新文学作品在民国时期中学国文教材中的主要角色。由于社会政治形势变化、教育理念、教育政策调整以及新文学自身发展等因素的影响,上述三种功能又存在声势大小之别。

20年代,新文学作品主要承担社会认知功能,道德教育功能次之,审美教育功能再次之。其原因有三:一是此时恰逢新文学发展的初期,"社会问题文学"盛行,教材编选者为白话文选文要求所限,只得从中选择。二是大部分编选者本身处在新文化运动的浪潮之中,很容易受各种社会思潮的影响,热衷选入反映各种社会问题的作品;三是此阶段的中国也确实是各种社会问题频频的国度,关心社会、关注现实本身也是主流性的教育思潮,更何况当时的教育还承担着"新民"与"改造社会"等重大的历史使命!因此,立足于社会本位,试图以此来培养学生了解社会、认识社会的能力,以便将来改造社会,就成了这一时期国文教材的首要宗旨。

30年代(具体来说是1932年以后),"九一八""一·二八"等一系列日本帝国主义侵华事件的爆发,激起了民族愤慨,爱国主义情绪高涨,反映民族主义意识和爱国主义精神的篇目大量入选,新文学成为培养青年爱国主义精神和民族精神的重要载体,而且一直持续到抗战以后。与此同时,30年代受蒋介石"新生活运动"及"四维八德"教育思想的影响,传统伦理道德教育也在国文教育中占据了一席之地,甚至一些在20年代作为社会问题作品入选的篇目也在此阶段转向了传统伦理道德教育的定位。而另一方面,20年代盛行的社会认知目标的地位则有所下降,这一方面是因为抗日形势使得民族主义和爱国主义教育上升为首要教育目标,另一方面也是因为随着国文教育的发展,20年代盛行的那种问题演讲与讨论式国文教学模式已显得简单粗糙和不合时宜,与此相应,粗糙的社会问题式文学作品也不再受到特别的青睐。至于人格修养这方面的教育目标则在二三十年代保持一贯,相应的新文学作品入选比例比较稳定,基本没什么大的变化。

---

① 鲁迅:《青年必读书——应〈京报副刊〉的征求》,《鲁迅全集》第3卷,第12页。

到了 40 年代，因为出现了国统区、沦陷区和解放区这三大不同的政权区域，各自的教育、文化政策都不一样，其教材中新文学作品的面目就很复杂了。对于国统区的教材来说，首先是"国定教材"盛行而民间自行出版的教材数量较少，国定教材又主要是强调抗日等民族主义和爱国主义以及民族传统美德方面的教育内容，另外也点缀一些诗情画意的审美性作品。40 年代国统区民间出版的教材如开明版教材等，则明显与国民党当局强调党义和民族传统美德教育的思路不同，教材的选文和导读更倾向于民主精神，另外反映社会现实问题的作品也较多。但重视爱国主义教育的目标是一致的。40 年代的沦陷区出版的教材也很少，因为日本侵略者大力推行日语教育和奴化教育，并不热衷于汉语教育，只在占领初期出版过几套应急性质的中学国文教材，但大都是改窜 30 年代教材而来。这些沦陷区教材的特点有二，一是和国民党一样重视和强调所谓的传统道德教育（"忠""孝"之类），二是剔除了民族主义和爱国主义教育的内容。解放区的教材，因为对应的解放区中学生人数较少，学生文化水平普遍较低，所以重视的是语文应用能力（读写能力）教育和政治教育（阶级教育、抗日爱国等），并不重视新文学篇目，所涉及的也主要是鲁迅、郭沫若、茅盾等左翼作家和解放区自己的作家（如丁玲、周立波等）的作品。

在新文学的社会、道德、审美这三大教育功能中，美育的功能相对较为弱势，其地位很难与前两种相抗衡。具有美育功能的新文学作品虽然早就进入到教材之中，而且入选的篇目和频次也不少，但相对前两大功能，这一功能一直未占据主导地位。如在 20 年代初期，胡适、刘大白、周作人等人的诗歌虽然已入选，但是它们并没有被当作审美之用，而是用于说明白话诗"不押韵，不讲究对称"的特点，或是被当作社会问题与励志教育等道德、人格教育的材料，如《努力》《威权》《小河》《渴杀苦》等诗。直到 20 年代末期，纯粹被当作美育之用的新文学作品（新诗、散文小品）才开始大量入选，到了 30 年代编选者才为它们设置了相应的单元。笔者以为造成这一局面的原因有三：一是新文学自身的发展，二是与 1929 年的课程标准改革有极大关联，三是时代情势所致。20 年代，新文学整体还处在起步阶段，盛行的是粗糙简单的社会问题文学，文质兼美的作品并不多，这就决定了"美育"说虽然在 20 年代流行于教育界，实际的教材选文上却得不到真正的体现。到了 30 年代出现了一个积极的变化，那就是新颁布的 1929 年《暂行课程标准》对 1923 年颁布的课程标准有一个显著的调整，即由"能欣赏浅近文学作品"（《新学制课程标准纲要·初级中学国语课程纲要》），提升到"养成……欣赏文艺的兴趣"（《初级中学国文暂行课程标准》）。要养成欣赏文艺的兴趣，必然要求提供文质兼美，足以激发学生欣赏兴趣的范文，这也就是 30 年代美文篇目比例大幅度增加的原因了。但与此同时，随着 1932 年正式课程标准的颁布，"救亡压倒启蒙"，同时也使得重视美育功能的做法只是昙花一现，根本不可能成为主流。新文学的审美教育功能长期居于弱势地位的首要原因还是时代与社会情势，在一个多灾多难的中国，在险恶的社会环境和混乱的时代情势面前，纯粹的美育目标总是显得格格不入，缺乏生存的根基。

总之，受社会政治情势、文化思潮和教育理念、政策等多方面因素的影响，新文学作品在民国时期的中学国文教材中大多数时候不是被当作文学作品来对待和处理的，其主要功能和使命也不是培养学生的审美品位和审美追求，而是被当作讨论社会问题的材料和进行思想道德教育的工具，来培养学生的社会认知能力、社会批判和社会改造意识、爱国主义、民族主义情感和孝亲敬友等传统的伦理道德。这可以说是一种社会本位和伦理道德本位的文学教育，换言之，"非文学的文学教育"。

附　表

民生问题篇目及入选频次总表

作者及其作品		1920—1931 年	1932—1937 年	1938—1949 年	合计次数
沈玄庐	《十五娘》	4	10	0	14
周作人	《卖汽水的人》	5	8	0	13
叶绍钧	《寒晓的琴歌》	6	5	1	12
周作人	《一个乡民的死》	6	5	0	11
胡　适	《东西文化的界线》	3	6	0	9
刘大白	《渴杀苦》	3	4	0	7
沈尹默	《三弦》	3	4	0	7
杨振声	《渔旗子税》	3	4	0	7
叶绍钧	《阿菊》	5	2	0	7
晨　曦	《疑问》	4	2	0	6
刘大白	《卖花女》	1	4	1	6
闻一多	《洗衣歌》	1	4	1	6
吴载胜	《奉化人的海间生活》	4	2	0	6
周作人	《画家》	1	5	0	6
胡　适	《人力车夫》	5	0	0	5
沈玄庐	《李成虎小传》	1	4	0	5
刘半农	《学徒苦》	1	3	0	4
茅　盾	《当铺门前》	0	3	1	4
杨振声	《磨面的老王》	3	1	0	4
叶绍钧	《粜米》	0	3	1	4
俞平伯	《花匠》	2	2	0	4
林宰平	《记西贡华侨现状》	1	2	0	3
刘大白	《金钱》	2	1	0	3
刘大白	《卖布谣》	0	3	0	3
茅　盾	《年关》	0	3	0	3

（续表）

作者及其作品		1920—1931 年	1932—1937 年	1938—1949 年	合计次数
孙伏园	《长安道上》	2	1	0	3
汪敬熙	《雪夜》	2	1	0	3
徐志摩	《一小幅的穷乐图》	1	2	0	3
梁绍文	《邮船上的两个印度人》	2	0	0	2
刘　刚	《两个乞丐》	1	1	0	2
沈玄庐	《顾老头子的秘史》	1	1	0	2
沈尹默	《人力车夫》	0	2	0	2
孙伏园	《战氛》	2	0	0	2
田　汉	《竹叶》	1	1	0	2
徐玉诺	《农村的歌》	1	1	0	2
许　杰	《山径》	1	1	0	2
许幸之	《归来》	0	2	0	2
叶绍钧	《花园之外》	1	1	0	2
朱自清	《生命的价格——七毛钱》	0	2	0	2
陈学昭	《停船西贡》	0	1	0	1
高语罕	《给沈伯修君的信》	0	1	0	1
焦菊隐	《他乡》	0	1	0	1
黎锦明	《店徒阿桂》	1	0	0	1
黎锦明	《小黄的末日》	1	0	0	1
李大钊	《山中落雨》	0	1	0	1
梁绍文	《不轻易同化异族的特性》	1	0	0	1
梁绍文	《二十年前之维新人物》	1	0	0	1
梁绍文	《华民政务司与汉奸》	1	0	0	1
梁绍文	《华侨的大腹贾与小苦力》	1	0	0	1
梁绍文	《华侨社会之一斑》	1	0	0	1
梁绍文	《纪英人摧残教育始末》	1	0	0	1
梁绍文	《领事与书报社》	1	0	0	1
梁绍文	《旅行南洋漫画序言》	1	0	0	1
梁绍文	《南洋之女豪杰》	1	0	0	1

（续表）

作者及其作品		1920—1931年	1932—1937年	1938—1949年	合计次数
梁绍文	《世界上最懒惰的民族》	1	0	0	1
梁绍文	《提倡学校后之华侨》	1	0	0	1
梁绍文	《亡国后的梭罗》	0	1	0	1
梁绍文	《我所见的华侨总商会》	1	0	0	1
梁绍文	《殖民政府对华侨办学的妒视》	1	0	0	1
林宰平	《地中海道中》	1	0	0	1
刘半农	《饿》	1	0	0	1
刘 刚	《一个冬天的晚上》	1	0	0	1
刘薰宇	《西贡》	0	1	0	1
刘延陵	《巡回陈列馆》	1	0	0	1
茅 盾	《林家铺子》	0	1	0	1
双 明	《一个农夫》	1	0	0	1
王统照	《离乡》	0	1	0	1
晓 岚	《水灾区域的来信》	0	1	0	1
徐霞村	《夜谈》	0	1	0	1
徐玉诺	《到何处去》	0	1	0	1
徐志摩	《盖上几张油纸》	0	1	0	1
许地山	《蜜蜂和农人》	1	0	0	1
叶绍钧	《赤着的脚》	0	0	1	1
佚 名	《徒弟火儿》	0	1	0	1
佚 名	《新闻记者之日日》	1	0	0	1
臧克家	《答客问》	0	1	0	1
张资平	《寒风之夜》	1	0	0	1
合计	77篇	102次	120次	6次	228次

妇女问题篇目及入选频次总表

作者及其作品		1920—1931年	1932—1937年	1938—1949年	合计次数
叶绍钧	《母》	9	9	0	18
叶绍钧	《寒晓的琴歌》	6	5	1	12
谢 寅	《希望》	5	4	0	9
胡 适	《李超传》	5	3	0	8
徐志摩	《苏苏》	1	4	2	7
郑振铎	《苦鸦子》	3	3	0	6
鲁 迅	《幸福的家庭》	1	4	0	5
叶绍钧	《这也是个人吗?》	3	2	0	5
陈衡哲	《新时代的女子》	0	3	1	4
胡 适	《终身大事》	3	1	0	4
夬 庵	《一个贞烈的女子》	1	3	0	4
胡 适	《美国的妇人》	3	0	0	3
胡 适	《我的母亲的订婚》	1	2	0	3
胡 适	《终身大事》	3	0	0	3
鲁 迅	《杂感二十五》	1	2	0	3
瞿世英	《干荷花瓣》	2	1	0	3
俞平伯	《花匠》	1	2	0	3
戴季陶	《日本人的两性生活》	1	1	0	2
蒋山青	《盲乐师》	0	2	0	2
梁启超	《人权与女权》	2	0	0	2
凌叔华	《绣枕》	0	2	0	2
鲁 迅	《娜拉走后怎样》	1	1	0	2
鲁 迅	《端午节》	1	1	0	2
孙伏园	《津浦车中一个女孩子》	2	0	0	2
周建人	《珊格夫人自传》	1	1	0	2
周建人	《中国旧家庭制度的变动》	1	1	0	2
朱凰蔚	《遗产制与女权》	0	2	0	2
陈大悲	《哭中的笑声》	0	1	0	1

（续表）

作者及其作品		1920—1931 年	1932—1937 年	1938—1949 年	合计次数
陈东原	《中国妇女生活史后序》	0	1	0	1
陈衡哲	《洛绮思的问题》	0	1	0	1
陈望道	《介绍珊格夫人》	1	0	0	1
春 华	《女子经济独立问题底我见》	1	0	0	1
戴季陶	《女子解放从哪里做起》	1	0	0	1
戴季陶	《中国妇女的地位》	1	0	0	1
冯 飞	《妇女之三大解放》	1	0	0	1
冯 至	《帷幔》	0	1	0	1
葛洪钧	《大家族的弊害》	1	0	0	1
胡春华	《女子的根本要求》	1	0	0	1
胡 适	《一个问题》	1	0	0	1
李光业	《家庭的民本化》	1	0	0	1
鲁 迅	《我们现在怎样做父亲》	1	0	0	1
鲁 迅	《杂感四十》	1	0	0	1
鲁 迅	《祝福》	0	0	1	1
陆费逵	《女子教育的急务》	1	0	0	1
明 子	《阿珊》	0	1	0	1
潘光旦	《中国之家庭问题序》	1	0	0	1
彭家煌	《喜期》	0	1	0	1
濮舜卿	《黎明》	0	1	0	1
苏雪林	《来梦湖上》	0	1	0	1
夏丏尊	《闻歌有感》	0	1	0	1
晓 风	《恋爱发凡论》	1	0	0	1
叶绍钧	《遗腹子》	0	1	0	1
叶绍钧	《祖母的心》	1	0	0	1
佚 名	《各国妇女的剖面》	0	1	0	1
佚 名	《一个村正的妇人》	1	0	0	1
佚 名	《怎样建设完全美的家庭》	0	1	0	1
赵祖欣	《可怜的若格》	1	0	0	1

（续表）

作者及其作品		1920—1931 年	1932—1937 年	1938—1949 年	合计次数
赵树理	《小二黑结婚》	0	0	1	1
朱执信	《男子解放就是女子解放》	1	0	0	1
合计	59 篇	75 次	71 次	6 次	152 次

其他社会问题篇目及入选频次总表

作者及其作品		1920—1931 年	1932—1937 年	1938—1949 年	合计次数
鲁 迅	《聪明人和傻子和奴才》	7	8	3	18
鲁 迅	《故乡》	5	10	2	17
盛 炯	《梦见妈妈》	4	7	0	11
徐鹤林	《龙潭之役》	4	7	0	11
冰 心	《一个军官的笔记》	3	7	0	10
梁启超	《凡尔登》	4	6	0	10
叶绍钧	《隔膜》	6	2	0	8
鲁 迅	《风波》	5	2	0	7
鸣 剑	《早晨的社会》	6	1	0	7
冰 心	《超人》	3	3	0	6
陈西滢	《南京》	2	3	0	5
丁西林	《压迫》	0	5	0	5
郑振铎	《止水的下层》	1	4	0	5
冰 心	《国旗》	2	2	0	4
丁西林	《北京的空气》	2	2	0	4
叶绍钧	《一个朋友》	2	2	0	4
周作人	《关于三月十八日的死者》	0	4	0	4
鲁 迅	《双十节》	0	3	0	3
沈玄庐	《石子》	1	2	0	3
叶绍钧	《养蜂》	0	3	0	3
李思纯	《赴法船中的报告》	2	0	0	2

（续表）

作者及其作品		1920—1931 年	1932—1937 年	1938—1949 年	合计次数
鲁　迅	《示众》	1	1	0	2
鲁　迅	《父亲的病》	0	2	0	2
鲁　迅	《屠杀》	1	1	0	2
漱　琴	《长江印象记》	0	2	0	2
孙伏园	《从北京到北京》	0	2	0	2
叶绍钧	《书的夜话》	0	2	0	2
叶绍钧	《义儿》	2	0	0	2
张天翼	《学费》	0	2	0	2
朱自清	《执政府大屠杀记》	0	2	0	2
冰　心	《去国》	1	0	0	1
晨　曦	《光明》	1	0	0	1
丰子恺	《剪网》	0	1	0	1
高一涵	《皖江见闻记》	0	1	0	1
郭沫若	《炼狱》	0	1	0	1
郭沫若	《歧路》	0	1	0	1
郭沫若	《十字架》	0	1	0	1
胡　适	《名教》	0	1	0	1
刘半农	《稿子》	0	1	0	1
鲁　迅	《白光》	1	0	0	1
鲁　迅	《打拳》	0	1	0	1
鲁　迅	《恨恨而死》	0	1	0	1
鲁　迅	《忽然想到》	0	1	0	1
鲁　迅	《华盖集序引》	0	1	0	1
鲁　迅	《狂人日记》	0	1	0	1
鲁　迅	《夏三虫》	0	1	0	1
鲁　迅	《再谈香港》	0	1	0	1
鲁　迅	《怎么写》	0	1	0	1
孙俍工	《黄昏》	0	1	0	1
孙俍工	《理想的故乡》	0	1	0	1

作者及其作品		1920—1931年	1932—1937年	1938—1949年	合计次数
孙俍工	《你发了财回来》	0	1	0	1
唐锡如	《岳阳丛记》	0	1	0	1
陶行知	《从烧煤炉谈到教育》	0	1	0	1
田 汉	《南归》	0	1	0	1
汪仲贤	《好儿子》	0	1	0	1
王化周	《从大连到旅顺》	0	1	0	1
王鲁彦	《新的枝叶》	0	0	1	1
向培良	《从石家庄到北京》	0	1	0	1
熊佛西	《青春的悲哀》	0	1	0	1
许钦文	《一坛酒》	0	1	0	1
杨振声	《阿兰的母亲》	1	0	0	1
叶绍钧	《浏河之战》	0	1	0	1
叶绍钧	《小铜匠》	0	1	0	1
叶绍钧	《一课》	1	0	0	1
叶绍钧	《云翳》	1	0	0	1
郁达夫	《灯蛾埋葬之夜》	0	1	0	1
张天翼	《华威先生》	0	0	1	1
郑振铎	《宴之趣》	0	1	0	1
周作人	《一日里的一休和尚》	0	1	0	1
总计	69篇	69次	128次	7次	204次

民族主义、爱国主义篇目及入选频次总表

作者及其作品		1920—1931年	1932—1937年	1938—1949年	合计次数
杨振声	《济南城上》	1	14	1	16
冰 心	《赴敌》	3	8	0	11
王世颖	《虎门》	2	9	0	11
叶绍钧	《五月卅一日急雨中》	2	8	1	11

（续表）

作者及其作品		1920—1931年	1932—1937年	1938—1949年	合计次数
冰 心	《到青龙桥去》	6	4	0	10
梁启超	《凡尔登》	4	6	0	10
楼适夷	《战地的一日》	0	9	1	10
胡云翼	《支那妇人》	3	5	0	8
郑振铎	《我爱的中国》	2	6	0	8
朱自清	《白种人——上帝之骄子》	4	3	1	8
刘半农	《爱尔兰爱国诗人》	4	3	0	7
郑振铎	《街血洗去后》	2	4	1	7
李健吾	《从军》	0	6	0	6
郭沫若	《五月三十日》	1	4	0	5
向培良	《国旗》	0	5	0	5
叶绍钧	《倪焕之》	2	3	0	5
郑振铎	《泰戈尔的印度国歌》	3	2	0	5
刘延陵	《在柏林》	4	0	0	4
孙俍工	《复仇》	1	3	0	4
郑振铎	《桂公塘》	0	2	2	4
罗家伦	《玉门出塞歌》	0	2	1	3
翁照垣	《一月二十八夜》	0	3	0	3
白 薇	《长城外》	0	2	0	2
卞之琳	《给修筑飞机场的工人们》	0	1	1	2
郭沫若	《杜鹃》	0	0	2	2
黄震遐	《一二八之夜》	1	1	0	2
鲁 迅	《头发的故事》	2	0	0	2
罗家伦	《军歌》	0	2	0	2
茅 盾	《五月三十日的下午》	1	1	0	2
木 娄	《给父亲的信》	0	2	0	2
王平陵	《狮子吼了》	0	2	0	2
熊佛西	《卧薪尝胆》	0	2	0	2
徐庆誉	《大国民》	0	2	0	2

（续表）

作者及其作品		1920—1931 年	1932—1937 年	1938—1949 年	合计次数
佚　名	《请站立半旗之下》	2	0	0	2
袁昌英	《朴朗吟教授》	0	2	0	2
张佐华	《耻辱之夜》	0	2	0	2
郑伯奇	《抗争》	0	2	0	2
艾　青	《吹号者》	0	0	1	1
艾　青	《太阳的话》	0	0	1	1
艾　青	《我爱这土地》	0	0	1	1
艾　芜	《一个伤兵》	0	0	1	1
巴　金	《轰炸后》	0	0	1	1
白　刃	《爬雪山过草地》	0	0	1	1
白　薇	《战祸》	0	1	0	1
北　原	《希望》	0	0	1	1
冰　莹	《从军日记二则》	0	1	0	1
蔡元培	《五卅殉难烈士墓碑》	1	0	0	1
曹　禺	《蜕变》	0	0	1	1
草　明	《马老太太之死》	0	0	1	1
草　明	《沙漠之夜》	0	0	1	1
曾虚白	《后防的战士》	0	1	0	1
陈梦家	《在蕰藻浜的战场上》	0	1	0	1
陈石孚	《帝国主义统治下的香港》	0	1	0	1
陈天华	《狮子吼》	0	1	0	1
陈柱尊	《赠十九路军》	1	0	0	1
澄　波	《记苗可秀》	0	0	1	1
丁　玲	《"海燕"行》	0	0	1	1
冯仲云	《抗联的父亲——李老头》	0	0	1	1
高　兰	《东北我的母亲》	0	0	1	1
顾颉刚	《中华民族是一个》	0	0	1	1
郭沫若	《到东北去》	0	0	1	1
郭沫若	《敌军偷渡之夜》	0	0	1	1

（续表）

作者及其作品		1920—1931 年	1932—1937 年	1938—1949 年	合计次数
郭沫若	《洪水时代》	0	1	0	1
郭沫若	《我们所失掉的只是奴隶的镣铐》	0	0	1	1
郭沫若	《巫峡的回忆》	0	1	0	1
郭沫若	《吴淞堤上》	0	1	0	1
郭沫若	《乡愁与乡游》	0	1	0	1
郭沫若	《血的幻影》	0	1	0	1
寒 生	《松花江》	0	1	0	1
何懋勋	《张伯苓先生》	0	0	1	1
胡 适	《你莫忘记》	0	1	0	1
荒 煤	《勇敢的小号兵》	0	0	1	1
黄震遐	《蓝衣的兄弟们》	1	0	0	1
蒋山青	《卢沟晓月》	0	0	1	1
靳 以	《冬晚》	0	0	1	1
靳 以	《我们的血》	0	0	1	1
老 舍	《张忠定计》	0	0	1	1
黎烈文	《伟大的抗战》	0	0	1	1
李广田	《活在谎话里的人们》	0	0	1	1
李 华	《吊古战场文》	0	1	0	1
李 雷	《记父亲》	0	0	1	1
李 雷	《记李春林》	0	0	1	1
李守章	《黄鹤楼头怀屈平》	1	0	0	1
李则蓝	《光荣属于红军》	0	0	1	1
力 扬	《仇恨》	0	0	1	1
梁启超	《战后雾中的伦敦》	0	1	0	1
林 风	《辽宁月色》	0	1	0	1
林宰平	《香港》	1	0	0	1
刘白羽	《火炬映红了长江》	0	0	1	1
楼适夷	《回到武汉》	0	0	1	1
陆晶清	《喘息在炮声弹雨中》	0	1	0	1

（续表）

作者及其作品		1920—1931 年	1932—1937 年	1938—1949 年	合计次数
骆宾基	《我有右胳臂就行》	0	0	1	1
骆凰嶙	《从军歌》	1	0	0	1
茅 盾	《今年的"九一八"》	0	0	1	1
青 海	《塞上归来》	0	1	0	1
任 均	《中华女儿》	0	0	1	1
邵家天	《小兵的欢喜》	0	0	1	1
沈起予	《火线内》	1	0	0	1
沈玄瑛	《暴风雨》	1	0	0	1
舒 群	《归来人》	0	0	1	1
苏 夫	《我童年时的王国》	0	0	1	1
苏金伞	《离家》	0	0	1	1
孙怒潮	《光芒万丈的台儿庄》	0	0	1	1
田 汉	《月夜访大场战线记》	0	0	1	1
万国安	《大青山中之马将军》	0	1	0	1
汪 裼	《献给战死的学友》	0	1	0	1
王独清	《吊罗马》	0	1	0	1
王独清	《上海底忧郁之一》	0	1	0	1
王礼锡	《一月二十九日》	0	1	0	1
王鲁彦	《鞭炮声中》	0	0	1	1
王平陵	《吴国才之死》	0	1	0	1
王平陵	《扬子江的波涛》	0	1	0	1
王统照	《夜深沉》	0	0	1	1
王亚平	《八月的黄浦江》	0	0	1	1
王雨亭	《东北印象拾零》	0	1	0	1
闻一多	《故乡》	0	1	0	1
翁照垣	《夺取第三次的胜利》	0	1	0	1
翁照垣	《沪战第一夜的回忆》	1	0	0	1
翁照垣	《纪家桥之战》	0	1	0	1
翁照垣	《一个军官的笔记》	0	0	1	1

（续表）

作者及其作品		1920—1931年	1932—1937年	1938—1949年	合计次数
翁照垣	《自卫的战争》	0	1	0	1
吴佩林	《致林雪江女士书》	0	1	0	1
夏衍	《旧家的火葬》	0	0	1	1
夏一粟	《夜袭》	0	1	0	1
谢冰莹	《火线上的东北同胞》	0	0	1	1
谢冰莹	《重上征途》	0	0	1	1
杨朔	《台湾人》	0	0	1	1
杨朔	《吴淞口外》	0	0	1	1
姚蓬子	《被蹂躏的中国大众》	0	1	0	1
姚蓬子	《讽嘲》	0	0	1	1
姚蓬子	《铁人》	0	0	1	1
叶绍钧	《乐山被炸》	0	0	1	1
叶绍钧	《邻舍吴老先生》	0	0	1	1
叶绍钧	《五月三十日》	1	0	0	1
叶绍钧	《夜》	0	1	0	1
叶圣陶	《后方杂景》	0	0	1	1
叶圣陶	《少年们的责任》	0	0	1	1
叶圣陶	《我们的骄傲》	0	0	1	1
叶圣陶	《战地中秋》	0	0	1	1
佚名	《哀文化城》	0	0	1	1
佚名	《宝山殉难一青年》	0	0	1	1
佚名	《蔡丙炎将军血战罗店殉国记》	0	0	1	1
佚名	《残酷的赐与》	0	0	1	1
佚名	《曹家桥之役》	0	1	0	1
佚名	《村中》	0	1	0	1
佚名	《第四伤兵医院慰劳记》	0	0	1	1
佚名	《东京情调》	0	0	1	1
佚名	《二十九军的两个抗敌英雄》	0	0	1	1
佚名	《繁星闪耀之夜》	0	0	1	1

（续表）

作者及其作品		1920—1931年	1932—1937年	1938—1949年	合计次数
佚　名	《光荣的死》	0	0	1	1
佚　名	《沪战之第一夜》	0	1	0	1
佚　名	《黄梅兴将军壮烈殉国》	0	0	1	1
佚　名	《记新疆边防》	0	1	0	1
佚　名	《南口喋血记》	0	1	0	1
佚　名	《平汉线上》	0	0	1	1
佚　名	《平型关之血战》	0	0	1	1
佚　名	《去吧为国珍重》	0	1	0	1
佚　名	《淞沪阵中零忆》	0	0	1	1
佚　名	《佟赵两将军沙场收骨记》	0	0	1	1
佚　名	《我怎样炸出云舰》	0	0	1	1
佚　名	《鲜红的长虹桥》	0	0	1	1
佚　名	《一周回顾》	0	0	1	1
佚　名	《杂话北方》	0	0	1	1
佚　名	《战区的凭吊》	0	1	0	1
佚　名	《张治中将军会见记》	0	0	1	1
佚　名	《漳河血战》	0	0	1	1
佚　名	《阵中日记》	0	0	1	1
佚　名	《中国的少年英雄》	0	0	1	1
佚　名	《忠勇抗战的吉星文》	0	0	1	1
佚　名	《追忆旧关之战》	0	0	1	1
易君左	《勇敢的童子》	0	1	0	1
尹　民	《吃榛子》	0	1	0	1
尹　民	《宁波卫城的掌故》	0	1	0	1
臧克家	《抗战的火苗》	0	0	1	1
臧克家	《十六岁的游击队员》	0	0	1	1
张大复	《刺字》	0	1	0	1
郑伯奇	《另一种难民》	0	0	1	1
周近新	《民族英雄》	0	1	0	1

(续表)

作者及其作品		1920—1931年	1932—1937年	1938—1949年	合计次数
周越	《渔村的火》	0	1	0	1
合计	179篇	60次	177次	96次	333次

人格修养篇目及入选频次总表

作者及其作品		1920—1931年	1932—1937年	1938—1949年	合计次数
朱自清	《匆匆》	8	14	1	23
沈尹默	《生机》	10	8	1	19
鲁迅	《孔乙己》	7	9	1	17
许地山	《落花生》	4	10	3	17
叶绍钧	《篮球比赛》	2	11	3	16
陈衡哲	《运河与扬子江》	4	11	0	15
陈西滢	《哀思》	3	9	1	13
孙毓修	《林肯的少年时代》	4	9	0	13
李大钊	《今》	3	9	0	12
郑振铎	《我是少年》	5	7	0	12
胡适	《威权》	6	5	0	11
梁启超	《威士敏士达寺》	7	3	1	11
苏雪林	《秃的梧桐》	1	8	2	11
叶绍钧	《小蚬的回家》	2	9	0	11
周作人	《两个扫雪的人》	5	6	0	11
左大璋	《路程》	2	9	0	11
冰心	《迎春》	5	4	1	10
叶绍钧	《蚕儿和蚂蚁》	1	8	1	10
叶绍钧	《古代英雄的石像》	1	7	2	10
黄昌谷	《孙中山先生的幼年时代》	0	9	0	9
苏雪林	《鸽儿的通信（十二）》	3	6	0	9
袁昌英	《游新都后的感想》	3	6	0	9

(续表)

作者及其作品		1920—1931 年	1932—1937 年	1938—1949 年	合计次数
郑振铎	《荒芜了的花园》	4	3	1	8
蔡元培	《劳工神圣》	3	4	0	7
芳 草	《被系着的》	2	5	0	7
孙毓修	《勇敢的纳尔逊》	3	4	0	7
周作人	《访日本新村记》	5	2	0	7
周作人	《小河》	2	5	0	7
冰 心	《寄小读者通讯（十七）》	2	4	0	6
陈西滢	《管闲事》	2	4	0	6
耕 愚	《谒孙中山先生故居》	1	5	0	6
洪白蘋	《天亮了》	4	2	0	6
胡 适	《上山》	2	4	0	6
胡 适	《四烈士冢上的没字碑歌》	2	4	0	6
孙俍工	《劳工之神》	2	4	0	6
周作人	《祖先崇拜》	4	2	0	6
冰 心	《中国人要有中国人的娱乐》	2	3	0	5
冰 心	《祝你奋斗到底》	2	3	0	5
胡 适	《乐观》	3	2	0	5
胡 适	《差不多先生传》	0	5	0	5
李石岑	《脚踏车生活》	1	4	0	5
鲁 迅	《维新与守旧》	0	5	0	5
鲁 迅	《一件小事》	0	2	3	5
苏雪林	《溪水》	2	3	0	5
严既澄	《野心》	3	2	0	5
朱 湘	《哭孙中山》	0	5	0	5
陈衡哲	《小雨点》	1	3	0	4
陈醉云	《落叶的挽词》	1	3	0	4
丰子恺	《东京某晚的事》	4	0	0	4
高一涵	《立志》	1	3	0	4
鲁 迅	《最先与最后》	0	4	0	4

（续表）

作者及其作品		1920—1931 年	1932—1937 年	1938—1949 年	合计次数
如 一	《爝火》	0	3	1	4
汤西台	《一片草地》	2	2	0	4
王光祈	《团体生活》	1	3	0	4
徐志摩	《鹞鹰与芙蓉雀》	0	3	1	4
叶楚伧	《牛的觉悟》	1	3	0	4
郑振铎	《自由》	2	2	0	4
周作人	《游日本杂感》	1	3	0	4
朱自清	《春》	0	3	1	4
冰 心	《国旗》	2	1	0	3
郭沫若	《列宁格勒参观记》	0	0	3	3
凌 冰	《前途》	2	1	0	3
苏雪林	《瓦盆里的胜负》	0	3	0	3
孙福熙	《旅行的动机》	2	1	0	3
孙福熙	《夏天的生活》	0	3	0	3
王统照	《烈风雷雨》	0	3	0	3
叶绍钧	《两法师》	1	2	0	3
郑振铎	《旅程》	3	0	0	3
周 无	《过印度洋》	1	2	0	3
周作人	《歧路》	3	0	0	3
冰 心	《往事》	0	2	0	2
陈衡哲	《居里夫人小传——一个新女子的模型》	0	0	2	2
陈衡哲	《西风》	1	1	0	2
陈学昭	《北海浴日》	1	1	0	2
成仿吾	《不朽的人豪》	1	1	0	2
丁文江	《我所知道的朱庆澜将军》	1	1	0	2
胡 适	《健儿歌》	1	1	0	2
胡 适	《一个劳工代表》	1	1	0	2
刘大白	《争光》	1	1	0	2

(续表)

作者及其作品		1920—1931 年	1932—1937 年	1938—1949 年	合计次数
庐 隐	《光明的使者》	2	0	0	2
鲁 迅	《论雷峰塔的倒掉》	0	2	0	2
鲁 迅	《生命的路》	0	2	0	2
吕梦周	《水的希望》	0	1	1	2
茅 盾	《白杨礼赞》	0	0	2	2
茅 盾	《大泽乡》	0	2	0	2
舒新城	《爱与人生》	1	1	0	2
王统照	《西湖上的沉醉》	1	1	0	2
吴敬恒	《我亦一讲中山先生》	0	2	0	2
夏丏尊	《自发的更新》	0	1	1	2
夏 衍	《野草》	0	0	2	2
徐特立	《留法老学生之自述》	1	1	0	2
徐蔚南	《男子汉的一言》	1	1	0	2
徐蔚南	《若耶谷底神话》	2	0	0	2
许地山	《蛇》	1	1	0	2
叶绍钧	《假如我有一个弟弟》	0	1	1	2
叶绍钧	《潜隐的爱》	1	1	0	2
余上沅	《爱的神呵后篇》	1	1	0	2
郑振铎	《阿剌伯人》	1	1	0	2
郑振铎	《猫》	1	1	0	2
周而复	《诺尔曼·白求恩断片》	0	0	2	2
周作人	《镜花缘》	2	0	0	2
周作人	《上下身》	1	1	0	2
朱文叔	《新铭轮途遇飓风记》	0	2	0	2
朱 湘	《少年歌》	0	2	0	2
艾 漠	《生活》	0	0	1	1
艾 青	《城市》	0	0	1	1
冰 心	《冬儿姑娘》	0	0	1	1
冰 心	《我的同班》	0	0	1	1

（续表）

作者及其作品		1920—1931年	1932—1937年	1938—1949年	合计次数
冰　心	《我的学生》	0	0	1	1
陈衡哲	《老柏与野蔷薇》	1	0	0	1
陈衡哲	《南京与北京》	1	0	0	1
陈西滢	《参战》	1	0	0	1
陈　原	《红色的勇士》	0	0	1	1
陈醉云	《蛙唱》	1	0	0	1
陈醉云	《自春徂秋》	0	1	0	1
戴季陶	《到湖州后的感想》	1	0	0	1
芳　草	《谁愿得谁》	1	0	0	1
丰子恺	《闲居》	0	1	0	1
福　林	《卖鱼郎》	0	0	1	1
王希坚	《被霸占的田地》	0	0	1	1
郭沫若	《大鹭》	0	1	0	1
郭沫若	《函谷关》	0	1	0	1
贺敬之	《杨喜儿过年》	0	0	1	1
胡　适	《麻将》	1	0	0	1
胡　征	《强渡黄河》	0	0	1	1
华　山	《英雄的十月》	0	0	1	1
金　童	《翻身农民朱富胜》	0	0	1	1
金啸梅	《丑童》	1	0	0	1
孔　厥	《凤仙花》	0	0	1	1
李　季	《王贵与李香香》	0	0	1	1
李石岑	《旅德的印象》	0	0	1	1
林语堂	《广田示儿记》	0	1	0	1
刘白羽	《光明照耀着沈阳》	0	0	1	1
刘大白	《聪明的戏子》	0	0	1	1
刘大白	《回头来了的东风》	1	0	0	1
刘大白	《西风》	1	0	0	1
刘大白	《新秋杂感》	1	0	0	1

(续表)

作者及其作品		1920—1931 年	1932—1937 年	1938—1949 年	合计次数
刘大杰	《病猫》	0	1	0	1
芦 焚	《邮差先生》	0	0	1	1
庐 隐	《海洋里的一出惨剧》	1	0	0	1
鲁 藜	《泥土》	0	0	1	1
鲁 迅	《〈一个青年的梦〉序》	1	0	0	1
鲁 迅	《过客》	0	1	0	1
鲁 迅	《合群的爱国的自大》	0	1	0	1
鲁 迅	《为了忘却的记念》	0	0	1	1
鲁 迅	《我们不再受骗了》	0	0	1	1
鲁 迅	《羊与猪》	0	1	0	1
鲁 艺	《白毛女》	0	0	1	1
露 萍	《迷途的小鸽子》	1	0	0	1
马凡陀	《送军粮》	0	0	1	1
马烽等	《砍桦林》	0	0	1	1
马 可	《夫妻识字》	0	0	1	1
茅 盾	《青年警卫军》	0	0	1	1
茅 盾	《青年日速写》	0	0	1	1
阮章竞	《圈套》	0	0	1	1
邵洵美	《爬山》	1	0	0	1
沈从文	《给一个大学生》	0	0	1	1
沈仲九	《自决的儿子》	1	0	0	1
宋云彬	《谈气节》	0	0	1	1
宋云彬	《我爱孔子》	0	0	1	1
孙伏园	《呆子伊凡》	1	0	0	1
孙伏园	《哭鲁迅先生》	0	0	1	1
孙 犁	《荷花淀》	0	0	1	1
田 汉	《一致》	0	1	0	1
田 间	《多一些》	0	0	1	1
王大化	《兄妹开荒》	0	0	1	1

（续表）

作者及其作品		1920—1931 年	1932—1937 年	1938—1949 年	合计次数
王 匡	《南征散记》	0	0	1	1
吴伯箫	《丰饶的战斗的南泥湾》	0	0	1	1
夏丏尊	《长闲》	0	1	0	1
萧 艾	《居里夫人的配偶》	0	0	1	1
萧 乾	《朦胧的敬慕》	0	0	1	1
熊佛西	《枯树》	0	1	0	1
许地山	《暗途》	0	1	0	1
许地山	《愿》	0	1	0	1
许地山	《债》	0	1	0	1
姚雪垠	《差半车麦秸》	0	0	1	1
叶灵凤	《红百合》	0	0	1	1
叶绍钧	《漫谈结婚与恋爱》	0	0	1	1
叶绍钧	《锁闭的生活》	1	0	0	1
叶正明	《我的爸爸叶挺将军》	0	0	1	1
佚 名	《红军中的小鬼们》	0	0	1	1
佚 名	《刘顺清》	0	0	1	1
佚 名	《鲁迅与青年》	0	0	1	1
佚 名	《一个伤兵的愿望》	0	0	1	1
佚 名	《一条花被子》	0	0	1	1
俞平伯	《他是一块洪炉的赤铁》	0	1	0	1
郁达夫	《故事》	0	1	0	1
袁 俊	《万世师表》	0	0	1	1
翟 强	《鞋子不见了》	0	0	1	1
张 浩	《打死工贼韩老三》	0	0	1	1
张荫麟	《教育家的孔子》	0	0	1	1
张友鸾	《怀念拜伦》	1	0	0	1
张志民	《死不着》	0	0	1	1
张资平	《于福矿山实习记》	1	0	0	1
赵景深	《记苏雪林》	0	0	1	1

（续表）

作者及其作品		1920—1931年	1932—1937年	1938—1949年	合计次数
赵树理	《传家宝》	0	0	1	1
赵树理	《小经理》	0	0	1	1
郑振铎	《空虚之心》	1	0	0	1
周立波	《几页日记》	0	0	1	1
周作人	《背枪的人》	0	1	0	1
周作人	《寻路的人》	0	1	0	1
庄泽宣	《意大利的青年露营》	0	1	0	1
合计	202篇	209次	368次	95次	672次

传统伦理篇目及入选频次总表

作者及其作品		1920—1931年	1932—1937年	1938—1949年	合计次数
朱自清	《背影》	8	21	5	34
叶绍钧	《伊和他》	8	8	0	16
丰子恺	《忆儿时》	2	8	5	15
冰 心	《寄小读者通讯（十）》	1	10	2	13
叶绍钧	《地动》	6	6	1	13
鲁 迅	《风筝》	4	7	1	12
叶绍钧	《小蚬的回家》	2	9	0	11
冰 心	《莲花》	2	7	1	10
冰 心	《梦》	4	3	1	8
陈南士	《谒墓》	2	6	0	8
胡 适	《我的母亲的教育》	1	5	1	7
罗黑芷	《乡愁》	2	5	0	7
苏雪林	《小汤先生》	3	4	0	7
苏雪林	《买绒线》	3	3	0	6
陈学昭	《清明日》	3	2	0	5
胡 适	《十二月一日奔丧到家》	1	4	0	5
刘延陵	《水手》	2	2	1	5

（续表）

作者及其作品		1920—1931 年	1932—1937 年	1938—1949 年	合计次数
鲁　迅	《鸭的喜剧》	7	8	1	16
周作人	《爱罗先珂君》	1	5	0	6
周作人	《志摩纪念》	0	6	0	6
胡　适	《朋友篇》	2	3	0	5
胡　适	《许怡荪传》	3	2	0	5
冰　心	《离家的一年》	2	2	0	4
冰　心	《南归序引》	0	3	1	4
蔡元培	《祭亡妻黄仲玉》	2	2	0	4
冯　至	《遥遥》	0	4	0	4
胡其清	《我的故乡》	2	2	0	4
马君武	《思慈母弟妹》	1	3	0	4
冰　心	《寄小读者通讯（九）》	2	1	0	3
陈西滢	《成功》	0	2	1	3
郭沫若	《芭蕉花》	0	3	0	3
梁启超	《亡友夏穗卿先生》	1	2	0	3
鲁　迅	《藤野先生》	2	1	0	3
王世颖	《归也》	0	3	0	3
闻一多	《太阳吟》	2	1	0	3
叶绍钧	《芳儿的梦》	1	2	0	3
朱自清	《给亡妇》	0	3	0	3
巴　金	《朋友》	0	2	0	2
冰　心	《慈爱的结束》	0	2	0	2
冰　心	《寄小读者通讯（十九）》	1	1	0	2
冰　心	《雨夕》	1	1	0	2
丰子恺	《伯豪之死》	0	2	0	2
胡　适	《送叔永回四川》	1	1	0	2
康白情	《答别王德熙》	0	2	0	2
克　士	《忆杜亚泉先生》	0	2	0	2
刘大白	《泪如红豆红》	1	1	0	2

（续表）

作者及其作品		1920—1931 年	1932—1937 年	1938—1949 年	合计次数
刘延陵	《河边》	1	1	0	2
田 汉	《惠特曼的百年祭》	1	1	0	2
王世颖	《送妹》	0	2	0	2
吴 晗	《哭一多父子》	0	0	2	2
谢六逸	《作了父亲》	1	1	0	2
徐志摩	《他眼里有你》	1	1	0	2
许地山	《爱流汐涨》	1	1	0	2
郁达夫	《送仿吾的行》	0	2	0	2
赵景深	《小妹》	0	2	0	2
周作人	《若子的病》	1	1	0	2
朱 溪	《父与子》	0	2	0	2
巴 金	《狮子》	0	1	0	1
冰 心	《爱的实现》	0	1	0	1
冰 心	《海上》	1	0	0	1
冰 心	《黄昏》	1	0	0	1
冰 心	《纸船》	0	1	0	1
陈学昭	《法行杂简》	1	0	0	1
程鼎兴	《七夕》	1	0	0	1
丰子恺	《儿女》	0	1	0	1
丰子恺	《饭厅生活的回忆》	0	1	0	1
丰子恺	《作父亲》	0	1	0	1
郭沫若	《橄榄》	0	1	0	1
胡 适	《一笑》	1	0	0	1
康白情	《别国立北京大学同学》	0	1	0	1
康白情	《哭祭先母》	0	1	0	1
康白情	《一封没写完的信》	0	0	1	1
李同愈	《红豆与胭脂叶》	0	0	1	1
刘大白	《别后之泪》	0	1	0	1
庐 隐	《雷峰塔下》	0	0	1	1

（续表）

作者及其作品		1920—1931年	1932—1937年	1938—1949年	合计次数
鲁　迅	《忆爱罗先珂华希理君》	1	0	0	1
罗黑芷	《甲子年终之夜》	0	0	1	1
囡　昱	《儿时的回忆》	1	0	0	1
盛焕明	《墓前》	0	1	0	1
石评梅	《荒丘》	0	1	0	1
石评梅	《恐怖》	0	1	0	1
田　汉	《白梅之园的内外》	1	0	0	1
田　汉	《罗丹》	1	0	0	1
王鲁彦	《婴儿日记自叙》	0	0	1	1
向培良	《最后一夜》	0	1	0	1
萧　红	《回忆鲁迅先生》	0	0	1	1
徐志摩	《悼沈叔薇》	0	1	0	1
徐志摩	《曼殊斐尔》	1	0	0	1
徐志摩	《我的彼得》	0	1	0	1
徐志摩	《再休怪我的脸沉》	0	1	0	1
徐祖正	《山中杂记》	1	0	0	1
杨　骚	《泪河中的漪涟》	0	1	0	1
杨振声	《与志摩最后的一别》	0	1	0	1
余　毅	《蔡元培先生》	0	0	1	1
俞平伯	《送金甫道纽约》	0	1	0	1
郁达夫	《一个人在途上》	0	1	0	1
郑振铎	《纪念徐志摩先生》	0	1	0	1
朱　德	《母亲的回忆》	0	0	1	1
朱剑芒	《吊诗人徐志摩》	0	1	0	1
朱　湘	《情歌》	0	1	0	1
朱自清	《儿女》	0	1	0	1
朱自清	《笑的历史》	0	1	0	1
子　冈	《怀念振黄》	0	0	1	1
合计	103篇	103次	222次	32次	357次

自然美篇目及入选频次总表

作者及其作品		1920—1931 年	1932—1937 年	1938—1949 年	合计次数
朱自清	《荷塘月色》	7	16	2	25
苏雪林	《扁豆》	4	13	0	17
孙福熙	《红海上的一幕》	2	14	1	17
徐蔚南	《山阴道上》	5	10	2	17
李哲生	《东行随感录》	11	4	1	16
鲁迅	《雪》	2	12	2	16
徐志摩	《泰山日出》	5	9	2	16
叶绍钧	《没有秋虫的地方》	3	11	0	14
周作人	《苦雨》	4	10	0	14
叶绍钧	《藕与莼菜》	1	10	2	13
周作人	《故乡的野菜》	3	10	0	13
徐蔚南	《初夏的庭院》	3	8	1	12
俞平伯	《西湖的六月十八夜》	2	10	0	12
郑振铎	《蝉与纺织娘》	5	6	0	11
朱光熊	《新柳》	4	7	0	11
朱自清	《绿》	3	6	1	10
王鲁彦	《雪》	0	9	0	9
袁昌英	《游新都后的感想》	3	6	0	9
陈醉云	《海滨的秋宵》	2	6	0	8
老舍	《济南的冬天》	0	5	3	8
苏雪林	《收获》	3	4	1	8
俞平伯	《夜月》	3	5	0	8
胡适	《鸽子》	4	3	0	7
康白情	《雪后》	4	3	0	7
刘大白	《桃花几瓣》	3	4	0	7
茅盾	《红叶》	0	6	1	7
孙福熙	《印度洋中的风浪》	3	4	0	7
郑振铎	《海燕》	0	5	2	7
巴金	《繁星》	0	4	2	6

（续表）

作者及其作品		1920—1931年	1932—1937年	1938—1949年	合计次数
丰子恺	《秋》	1	5	0	6
俞平伯	《陶然亭的雪》	1	5	0	6
陈学昭	《春》	1	4	0	5
高一涵	《三峡记游》	0	3	2	5
金兆梓	《风雪中的北平》	0	3	2	5
老舍	《趵突泉的欣赏》	0	4	1	5
梁启超	《亚尔莎士洛林两州记行》	1	4	0	5
刘大白	《钱塘江上的一瞥》	0	5	0	5
刘大白	《西湖秋泛》	1	4	0	5
庐隐	《蓬莱美景》	2	3	0	5
徐蔚南	《快阁的紫藤花》	0	5	0	5
叶绍钧	《牵牛花》	0	4	1	5
钟敬文	《谈雨》	1	4	0	5
周作人	《乌桕》	0	4	1	5
曾虚白	《秋听说你已来到》	1	3	0	4
陈学昭	《雪地里》	1	3	0	4
傅东华	《杭江之秋》	0	3	1	4
胡适	《南高峰看日出》	2	2	0	4
梁启超	《游锡兰岛》	2	2	0	4
苏雪林	《画》	0	3	1	4
王世颖	《如此湖山》	3	1	0	4
夏丏尊	《白马湖之冬》	0	2	2	4
徐蔚南	《莫辜负了秋光》	0	4	0	4
叶绍钧	《晨》	0	3	1	4
俞平伯	《春晨》	1	3	0	4
俞平伯	《眠月》	1	3	0	4
俞平伯	《雪晚归船》	0	4	0	4
朱自清	《莱茵河》	0	3	1	4
朱自清	《秋》	0	4	0	4

（续表）

作者及其作品		1920—1931 年	1932—1937 年	1938—1949 年	合计次数
巴　金	《海上的日出》	0	3	0	3
林守庄	《滴铃子》	1	2	0	3
刘大白	《咏雪诗》	1	2	0	3
鲁　迅	《兔和猫》	2	1	0	3
茅　盾	《雾》	0	2	1	3
孟寿椿	《蚁战》	0	3	0	3
苏雪林	《金鱼的劫运》	1	2	0	3
闻一多	《青岛》	0	2	1	3
俞平伯	《桨声灯影里的秦淮河》	1	2	0	3
钟敬文	《水仙花》	1	2	0	3
周作人	《金鱼》	0	3	0	3
朱自清	《纪游》	0	3	0	3
巴　金	《海上日出》	0	1	1	2
巴　金	《植物园》	0	1	1	2
冰　心	《慰冰湖畔》	0	2	0	2
陈醉云	《蝉与萤》	1	1	0	2
丁文江	《窑》	0	2	0	2
傅斯年	《深秋永定门城上晚景》	1	1	0	2
康白情	《日观峰看浴日》	0	2	0	2
罗黑芷	《雨前》	0	2	0	2
茅　盾	《育蚕》	0	2	0	2
倪锡英	《大明湖》	0	1	1	2
舒新城	《湖上中秋》	0	1	1	2
舒新城	《雾》	0	2	0	2
苏雪林	《秋色》	0	2	0	2
孙福熙	《湖上》	0	2	0	2
吴守中	《迎春》	0	2	0	2
易君左	《潮》	0	2	0	2
俞平伯	《冬夜之公园》	0	2	0	2

（续表）

作者及其作品		1920—1931 年	1932—1937 年	1938—1949 年	合计次数
俞平伯	《山阴五日记游》	0	1	1	2
郁达夫	《钓台的春昼》	0	2	0	2
郑振铎	《塔山公园》	2	0	0	2
朱自清	《看花》	0	2	0	2
朱自清	《卢参》	0	2	0	2
巴　金	《海珠桥》	0	1	0	1
巴　金	《鸟的天堂》	0	0	1	1
卞之琳	《垣曲风光》	0	0	1	1
冰　心	《从昆明到重庆》	0	0	1	1
冰　心	《从神户到波士顿》	0	1	0	1
冰　心	《东京纪游》	0	1	0	1
冰　心	《赴百灵庙》	0	1	0	1
冰　心	《赴美途中》	0	0	1	1
冰　心	《鱼儿》	1	0	0	1
冰　心	《云冈》	0	1	0	1
曹揆百	《海滨琐记》	0	0	1	1
陈伯吹	《消夏琐记》	1	0	0	1
陈学昭	《春山》	1	0	0	1
陈学昭	《钓鱼台》	1	0	0	1
陈友琴	《温泉峡》	0	0	1	1
陈醉云	《一个春天的早晨》	0	1	0	1
陈醉云	《在鸤鸠声里》	0	1	0	1
丁文江	《金沙江》	0	1	0	1
丁文江	《太行山的西麓》	0	0	1	1
丰子恺	《惜春》	0	1	0	1
冯　至	《在赣江上》	0	0	1	1
傅东华	《山胡桃》	0	1	0	1
胡　适	《白鹿洞》	0	1	0	1
胡　适	《广西山水》	0	1	0	1

（续表）

作者及其作品		1920—1931年	1932—1937年	1938—1949年	合计次数
胡 适	《游山日记》	0	1	0	1
胡 适	《雨后赴白鹿洞》	1	0	0	1
黄炎培	《溪口》	0	0	1	1
蹇先艾	《车窗外》	0	0	1	1
康白情	《登泰山西望》	0	1	0	1
老 舍	《北平的夏天》	0	0	1	1
凌叔华	《登富士山》	1	0	0	1
刘大白	《花闲》	1	0	0	1
刘大白	《莫干上的风雨》	1	0	0	1
刘大白	《是谁把》	1	0	0	1
刘大白	《腰有一匕首》	1	0	0	1
刘延陵	《竹》	0	1	0	1
茅 盾	《"拉拉车"》	0	0	1	1
茅 盾	《冬天》	0	0	1	1
戚维翰	《中秋》	0	1	0	1
秋 水	《北戴河》	0	1	0	1
沈玄庐	《沉寂中的妙音》	1	0	0	1
沈尹默	《雪》	1	0	0	1
沈祖年	《港口的黄昏》	0	1	0	1
舒新城	《西湖纪游》	1	0	0	1
舒新城	《薛涛井》	0	1	0	1
舒新城	《巫山云与巫山十二峰》	0	1	0	1
苏雪林	《绿天》	1	0	0	1
苏雪林	《秋夜的星星》	1	0	0	1
苏雪林	《松川秋景》	1	0	0	1
苏雪林	《樱桃》	1	0	0	1
孙伏园	《黄河上》	0	1	0	1
孙伏园	《热河》	0	0	1	1
孙福熙	《夕阳中的画幅》	0	1	0	1

（续表）

作者及其作品		1920—1931年	1932—1937年	1938—1949年	合计次数
孙福熙	《一日中游两处瀑布》	1	0	0	1
王世颖	《放生日的东湖》	0	1	0	1
王世颖	《珠江散记》	0	1	0	1
王统照	《湖畔》	0	0	1	1
王统照	《黄昏》	1	0	0	1
吴宓	《牛津尖塔》	1	0	0	1
西岩	《北海的雪月》	0	1	0	1
萧红	《火烧云》	0	0	1	1
小默	《威匿思》	0	1	0	1
谢冰莹	《独秀峰》	0	0	1	1
徐志摩	《车眺》	0	1	0	1
徐志摩	《山中》	0	1	0	1
徐志摩	《五老峰》	1	0	0	1
许地山	《梨花》	1	0	0	1
俞平伯	《清河坊》	0	1	0	1
郁达夫	《北山记游》	0	1	0	1
郁达夫	《横山记游》	0	0	1	1
郁达夫	《立秋之夜》	0	1	0	1
郁达夫	《苎萝村》	0	0	1	1
郑振铎	《观前街》	1	0	0	1
郑振铎	《黄昏的观前街》	0	1	0	1
郑振铎	《莫干山的瀑布》	1	0	0	1
郑振铎	《塔山看日出》	0	0	1	1
郑振铎	《雁荡山之顶》	0	1	0	1
钟敬文	《钱塘江的夜潮》	0	1	0	1
周作人	《爆竹》	0	1	0	1
朱湘	《雨景》	0	1	0	1
朱自清	《冬天》	0	1	0	1
朱自清	《交湖风景》	0	0	1	1

（续表）

作者及其作品		1920—1931年	1932—1937年	1938—1949年	合计次数
朱自清	《伦敦的动物园》	0	0	1	1
朱自清	《梅雨潭》	0	1	0	1
朱自清	《南京》	0	1	0	1
朱自清	《温州的踪迹》	0	1	0	1
朱自清	《西比利亚》	1	0	0	1
宗白华	《冬景》	1	0	0	1
合计	180篇	145次	422次	65次	632次

生活美篇目及入选频次总表

作者及其作品		1920—1931年	1932—1937年	1938—1949年	合计次数
冰　心	《笑》	11	9	1	21
周作人	《乌篷船》	4	10	2	16
刘半农	《一个小农家的暮》	5	4	2	11
孙福熙	《大家放起风筝来啊》	3	6	1	10
苏雪林	《收获》	3	4	1	8
李石岑	《欧洲人狂热的两个季节》	1	6	0	7
罗黑芷	《灯下》	3	4	0	7
易君左	《可爱的诗境》	2	4	1	7
徐志摩	《海滩上种花》	1	5	0	6
周作人	《吃茶》	2	4	0	6
冰　心	《说几句爱海的孩气的话》	2	3	0	5
罗黑芷	《春日》	2	3	0	5
孙福熙	《夏天的生活》	0	3	2	5
朱自清	《桨声灯影里的秦淮河》	1	4	0	5
冰　心	《寄小读者通讯（一）》	0	4	0	4
茅　盾	《浴池速写》	0	4	0	4
夏丏尊	《子恺漫画序》	0	4	0	4
冰　心	《埋存与发掘》	2	1	0	3

（续表）

作者及其作品		1920—1931年	1932—1937年	1938—1949年	合计次数
丰子恺	《从孩子得到的启示》	2	1	0	3
许地山	《春底林野》	0	3	0	3
朱 湘	《椁歌》	1	2	0	3
冰 心	《一个兵丁》	2	0	0	2
陈无我	《春的使命》	0	2	0	2
丰子恺	《华瞻的日记》	0	1	1	2
丰子恺	《美与同情》	1	1	0	2
郭沫若	《牧羊少女》	1	1	0	2
庐 隐	《给我的小鸟儿们》	0	2	0	2
鲁 迅	《从百草园到三味书屋》	0	2	0	2
鲁 迅	《社戏》	0	1	1	2
凝 如	《田舍风味中的一幕》	0	2	0	2
徐蔚南	《我们快活》	0	2	0	2
周作人	《村里的戏班子》	1	1	0	2
巴 金	《香港之夜》	0	0	1	1
冰 心	《寄小读者通讯（四）》	0	1	0	1
成仿吾	《龙华看桃花》	1	0	0	1
承名世	《山水画》	0	0	1	1
顾成吾	《乡间的孩子》	0	1	0	1
郭沫若	《地球！我的母亲！》	0	0	1	1
李广田	《野店》	0	0	1	1
庐 隐	《一个快乐的村庄》	1	0	0	1
庐 隐	《华严泷下》	1	0	0	1
南庶熙	《儿童的春》	1	0	0	1
彭雪珍	《早市》	0	1	0	1
沈从文	《常德的船》	0	0	1	1
施蛰存	《买旧书》	0	0	1	1
石评梅	《社戏》	0	1	0	1
史震林	《散记》	0	1	0	1

（续表）

作者及其作品		1920—1931年	1932—1937年	1938—1949年	合计次数
苏雪林	《巴黎与北京》	0	1	0	1
孙福熙	《年画》	0	0	1	1
向锦江	《千佛洞的壁画》	0	0	1	1
星 野	《从纽约到芝加哥》	0	1	0	1
星 野	《渡落机山》	0	1	0	1
叶圣陶	《春联》	0	0	1	1
叶至诚	《成都农家的春季》	0	0	1	1
佚 名	《人类底爱》	1	0	0	1
张资平	《海滨》	0	1	0	1
郑振铎	《小孩子》	0	1	0	1
朱 湘	《捉露珠》	0	1	0	1
朱自清	《文人宅》	0	0	1	1
合计	59篇	55次	114次	23次	192次

艺术美篇目及入选频次总表

作者及其作品		1920—1931年	1932—1937年	1938—1949年	合计次数
梁启超	《欧游心影录楔子》	13	11	2	26
徐志摩	《我所知道的康桥》	7	12	2	21
鲁 迅	《秋夜》	1	13	1	15
周作人	《苦雨》	5	10	0	15
叶绍钧	《藕与莼菜》	1	10	2	13
周作人	《自己的园地》	3	8	1	12
周作人	《苍蝇》	4	6	0	10
朱自清	《记画》	2	5	3	10
蔡元培	《雕刻》	5	3	0	8
王世颖	《侘傺》	2	6	0	8
徐志摩	《想飞》	1	5	2	8
蔡元培	《图画》	5	2	0	7

（续表）

作者及其作品		1920—1931 年	1932—1937 年	1938—1949 年	合计次数
宗白华	《看了罗丹雕刻以后》	5	2	0	7
蔡元培	《建筑》	4	2	0	6
梁启超	《美术与生活》	1	5	0	6
周作人	《慈姑的盆》	5	1	0	6
周作人	《秋风》	5	1	0	6
周作人	《日记与尺牍》	1	5	0	6
刘大白	《自然底微笑》	3	2	0	5
鲁迅	《好的故事》	0	4	1	5
叶绍钧	《暮》	1	4	0	5
朱自清	《〈背影〉序》	1	3	1	5
蔡元培	《装饰》	3	1	0	4
傅东华	《火龙》	0	3	1	4
鲁迅	《腊叶》	0	4	0	4
鲁迅	《〈呐喊〉自序》	1	3	0	4
萧友梅	《关于国民音乐会的谈话》	4	0	0	4
徐志摩	《济慈的夜莺歌》	2	2	0	4
佚 名	《西窗晚望》	4	0	0	4
周作人	《美文》	0	4	0	4
周作人	《唁辞》	3	1	0	4
朱自清	《静》	3	1	0	4
宗白华	《流云》	3	1	0	4
冰 心	《假如我是个作家》	2	1	0	3
丰子恺	《从梅花说到美》	1	1	1	3
郭沫若	《天上的市街》	2	0	1	3
郭沫若	《夕暮》	1	1	1	3
郭沫若	《雨后》	3	0	0	3
胡 适	《一颗星儿》	1	2	0	3
刘大白	《秋意》	2	1	0	3
王统照	《农家生活的一节》	2	1	0	3

（续表）

作者及其作品		1920—1931年	1932—1937年	1938—1949年	合计次数
徐志摩	《无题》	2	1	0	3
俞平伯	《〈冬夜〉自序》	1	2	0	3
俞平伯	《潮歌》	1	2	0	3
朱　湘	《采莲曲》	0	2	1	3
戴望舒	《雨巷》	2	0	0	2
邓均吾	《半淞园》	2	0	0	2
郭沫若	《白云》	2	0	0	2
郭沫若	《山茶花》	1	0	1	2
郭沫若	《水墨画》	1	0	1	2
郭沫若	《太阳礼赞》	0	2	0	2
郭沫若	《新月》	2	0	0	2
胡愈之	《莫斯科印象记》	0	2	0	2
刘大白	《红树》	2	0	0	2
茅　盾	《叩门》	1	1	0	2
茅　盾	《卖豆腐的哨子》	0	2	0	2
徐志摩	《雁儿们》	1	1	0	2
钟敬文	《花的故事》	1	1	0	2
钟敬文	《黄叶小谈》	0	2	0	2
周作人	《北京的茶食》	0	2	0	2
周作人	《苦雨斋的一周间》	0	2	0	2
周作人	《〈雨天的书〉序》	1	1	0	2
冰　心	《哀词》	1	0	0	1
冰　心	《安慰》	1	0	0	1
冰　心	《春水》	0	1	0	1
冰　心	《繁星》	1	0	0	1
冰　心	《崎路》	1	0	0	1
冰　心	《使命》	1	0	0	1
曹聚仁	《叫卖》	0	1	0	1
丰子恺	《渐》	0	1	0	1

（续表）

作者及其作品		1920—1931年	1932—1937年	1938—1949年	合计次数
丰子恺	《艺术三昧》	0	0	1	1
冯雪峰	《清明日》	0	1	0	1
郭沫若	《Lobilicht 的塔》	0	1	0	1
郭沫若	《春潮》	0	1	0	1
郭沫若	《黄海中的哀歌》	0	1	0	1
郭沫若	《南风》	1	0	0	1
郭沫若	《晴朝》	0	1	0	1
郭沫若	《司春的女神歌》	1	0	0	1
郭沫若	《新芽》	0	1	0	1
郭沫若	《痫》	0	1	0	1
郭沫若	《月下的故乡》	0	1	0	1
胡适	《旧梦》	0	1	0	1
胡适	《老鸦》	1	0	0	1
胡适	《三溪路上大雪里一个红叶》	1	0	0	1
胡适	《新婚杂诗》	1	0	0	1
胡适	《一念》	1	0	0	1
钟敬文	《海行日述》	0	1	0	1
康白情	《紫踯躅花之侧》	1	0	0	1
老舍	《北平的洋车夫》	0	1	0	1
梁遇春	《又是一年春草绿》	0	1	0	1
缪崇群	《自然的节律》	0	1	0	1
林憾	《月亮》	1	0	0	1
刘大白	《秋晚的江上》	1	0	0	1
刘大白	《整片的寂寥》	0	1	0	1
鲁迅	《看戏》	0	1	0	1
鲁迅	《说胡须》	1	0	0	1
茅盾	《风景谈》	0	0	1	1
茅盾	《黄浦滩》	0	1	0	1
茅盾	《金字塔》	0	1	0	1

（续表）

作者及其作品		1920—1931 年	1932—1937 年	1938—1949 年	合计次数
茅 盾	《邻》	0	1	0	1
沈从文	《辰州途中》	0	1	0	1
石 民	《夏日》	0	1	0	1
石 民	《野花之歌》	0	1	0	1
孙福熙	《清华园之菊》	0	1	0	1
孙福熙	《我的舱房》	0	1	0	1
唐小圃	《大玉和小玉》	0	1	0	1
汪馥泉	《妹嫁》	0	1	0	1
汪静之	《海滨》	1	0	0	1
汪静之	《蕙的风》	0	1	0	1
汪静之	《我愿》	1	0	0	1
王统照	《梦境》	1	0	0	1
王统照	《西湖上的沉醉》	0	1	0	1
王轸远	《读画》	1	0	0	1
闻一多	《死水》	1	0	0	1
闻一多	《也许》	1	0	0	1
夏丏尊	《整理好了的箱子》	0	1	0	1
徐 盈	《从荥阳到汜水》	0	1	0	1
徐志摩	《沪杭车中》	0	1	0	1
徐志摩	《康桥的早晨》	0	1	0	1
徐志摩	《西伯利亚》	1	0	0	1
徐志摩	《西湖日记一则》	0	0	1	1
徐志摩	《再别康桥》	0	1	0	1
叶绍钧	《江滨》	1	0	0	1
叶绍钧	《将离》	0	1	0	1
叶绍钧	《旅行家》	0	1	0	1
叶绍钧	《寓楼》	0	1	0	1
鲁 迅	《〈草鞋脚〉小引》	0	0	1	1
合计	127 篇	155 次	208 次	26 次	389 次

参考文献

（按作品发表及图书出版时间先后排序）

1. 外文资料

[1] 唐澤富太郎．『世界の道徳教育——各国の教科書に見る理想の人間像』，『唐澤富太郎著作集（第8—9卷）』[M]．東京：株式会社ぎょうせい，1989．

[2] 唐澤富太郎．『教科書の歴史——教科書と日本人の形成（上）』，『唐澤富太郎著作集（第6卷）』[M]．東京：株式会社ぎょうせい，1989．

[3] 唐澤富太郎．『教科書の歴史——教科書と日本人の形成（下）』，『唐澤富太郎著作集（第7卷）』[M]．東京：株式会社ぎょうせい，1990．

[4] 王智新．『日本の植民地教育・中国からの視点』[M]．東京：（株式会社）社会評論社，2000．

[5] 並木頼寿，大里浩秋，砂山幸雄．『近代中国・教科書と日本』[C]．東京：研文出版，2010．

[6] Andrew Hall、金斑实．『満洲及び朝鮮教育史——国際的なアプローチ』[C]．福岡：（有限会社）花書院，2016．

2. 教材、教参、选本

[1] 洪北平，何仲英．白话文范[M]．上海：商务印书馆，1920．

[2] 朱毓魁．国语文类选[M]．上海：中华书局，1920．

[3] 仲九，悢工．初级中学国语文读本[M]．上海：民智书局，1922—1923．

[4] 范祥善, 吴研因, 周予同, 等. 新学制初中国语教科书 [M]. 上海: 商务印书馆, 1923.

[5] 秦同培. 中学国语文读本 [M]. 上海: 世界书局, 1924.

[6] 沈星一. 新中学教科书·初级国语读本 [M]. 上海: 中华书局, 1924.

[7] 吴遁生, 郑次川. 新学制高级中学国语读本·近人白话文选 [M]. 上海: 商务印书馆, 1924.

[8] 国立北京师范大学附属中学校. 初级中学用·国文读本 [M]. 北京: 北京师范大学附属中学校, 1925.

[9] 秦同培. 高级国文读本 [M]. 上海: 世界书局, 1925.

[10] 胡怀琛. 作文研究 [M]. 上海: 商务印书馆, 1925.

[11] 穆济波. 新中学教科书·高级国语读本 [M]. 上海: 中华书局, 1926.

[12] 孔德学校. 北京孔德学校初中国文选读 [M]. 北京: 孔德学校, 1926.

[13] 张振镛. 新师范讲习科国文参考书 [M]. 上海: 中华书局, 1927.

[14] 胡怀琛, 陈彬龢, 汤彬华. 新时代国语教科书（初级中学用）[M]. 上海: 商务印书馆, 1928.

[15] 朱文叔. 初级中学用新中华教科书·国语与国文 [M]. 上海: 新国民图书社, 1928.

[16] 江恒源. 新学制高级中学教科书·国文读本 [M]. 上海: 商务印书馆, 1928.

[17] 朱剑芒. 初中国文 [M]. 上海: 世界书局, 1929.

[18] 叶绍钧. 作文论 [M]. 上海: 商务印书馆, 1929.

[19] 庄适. 现代初中教科书·国语 [M]. 上海: 商务印书馆, 1930.

[20] 张弓. 初中国文教本 [M]. 上海: 大东书局, 1930.

[21] 南开中学. 南开中学初中国文教本 [M]. 天津: 南开中学, 1930.

[22] 赵景深. 初级中学混合国语教科书 [M]. 上海: 北新书局, 1930—1932.

[23] 朱剑芒. 初中国文指导书 [M]. 上海: 世界书局, 1931.

[24] 姜亮夫, 赵景深. 初级中学北新文选 [M]. 上海: 北新书局, 1931.

[25] 江苏省立中学国文学科会议联合会. 新学制中学国文教科书·初中国文 [M]. 南京: 南京书店, 1931.

[26] 马仲殊. 中学生小说作法 [M]. 上海：中学生书局，1931.

[27] 戴叔清. 语体文学读本 [M]. 上海：文艺书局，1931.

[28] 傅东华，陈望道. 初级中学用基本教科书·国文 [M]. 上海：商务印书馆，1931—1933.

[29] 北新书局. 北新文选 [M]. 上海：北新书局，1931—1934.

[30] 开明书店. 开明语体文选类编 [M]. 上海：开明书店，1931—1934.

[31] 北平师大附中. 初中国文读本 [M]. 北平：北平文化学社，1931.

[32] 洪超. 中学生文学读本 [M]. 上海：中学生书局，1932.

[33] 李素伯. 小品文研究 [M]. 上海：新中国书局，1932.

[34] 王灵皋. 国文评选 [M]. 上海：亚东图书馆，1932.

[35] 孙俍工. 初中国文教科书 [M]. 上海：神州国光社，1932.

[36] 商务印书馆函授学校国文科. 高级国文读本 [M]. 上海：商务印书馆，1932.

[37] 张鸿来，卢怀琦，汪震，等. 初级中学国文读本 [M]. 北平：北平师大附中国文丛刊社，1932.

[38] 陈椿年. 新亚教本·初中国文 [M]. 上海：新亚书店，1932.

[39] 周颐甫. 基本教科书国文教本（初级中学用）[M]. 上海：商务印书馆，1932.

[40] 高中一年级国文读本 [M]. 北平：北平文化学社，1932.

[41] 初中一年级国文读本 [M]. 北平：北平文化学社，1932.

[42] 初中二年级国文读本 [M]. 北平：北平文化学社，1932.

[43] 初中三年级国文读本 [M]. 北平：北平文化学社，1932.

[44] 徐蔚南. 创造国文读本 [M]. 上海：世界书局，1932—1933.

[45] 王伯祥. 开明国文读本 [M]. 上海：开明书店，1932—1933.

[46] 王伯祥. 开明国文读本参考书 [M]. 上海：开明书店，1932—1933.

[47] 石泉. 师范教科书·初中国文 [M]. 北平：北平文化学社，1932—1933.

[48] 罗根泽，高远公. 高中国文 [M]. 北平：北平文化学社，1932—1933.

[49] 罗根泽，高远公. 高中国文选本 [M]. 北平：立达书局，1933.

[50] 罗根泽，高远公. 初中国文选本 [M]. 北平：立达书局，1933.

[51] 戴叔清. 初级中学国语教科书 [M]. 上海：文艺书局，1933.

[52] 史本直. 国文研究读本 [M]. 上海：大众书局，1933.

[53] 杜天縻，韩楚原. 杜韩两氏高中国文 [M]. 上海：世界书局，1933.

[54] 杜天縻. 国语与国文（师范用）[M]. 上海：大华书局，1933.

[55] 高语罕. 语体文作法 [M]. 上海：黄华社出版部，1933.

[56] 周倩丝. 现代国文讲话 [M]. 北平：现代文化出版部，1933.

[57] 瞿世镇，卢冠六. 中学国文读本 [M]. 上海：春江书局，1933.

[58] 傅东华. 复兴初级中学教科书·国文 [M]. 上海：商务印书馆，1933.

[59] 马厚文. 初中国文教科书 [M]. 上海：光华书局，1933.

[60] 孙俍工. 中学国文特种读本 [M]. 上海：国立编译馆，1933.

[61] 朱文叔. 初中国文读本 [M]. 上海：中华书局，1933.

[62] 朱剑芒. 朱氏初中国文 [M]. 上海：世界书局，1933—1934.

[63] 开明书店. 开明活页文选注释 [M]. 上海：开明书店，1933—1943.

[64] 孙怒潮. 初级中学国文教科书 [M]. 上海：中华书局，1934.

[65] 江苏省立苏州中学初中部国文教学研究会. 实验初中国文读本 [M]. 上海：大华书局，1934.

[66] 施蛰存，等. 初中当代国文 [M]. 上海：中学生书局，1934.

[67] 施蛰存，等. 高中当代国文 [M]. 上海：中学生书局，1934.

[68] 江苏省教育厅修订国文科教学进度表委员会. 高中标准国文 [M]. 上海：中学生书局，1934.

[69] 江苏省教育厅修订国文科教学进度表委员会. 初中标准国文 [M]. 上海：中学生书局，1934—1935.

[70] 南开中学. 南开中学高一国文教本 [M]. 天津：南开中学，1934.

[71] 刘劲秋，朱文叔. 高中国文读本 [M]. 上海：中华书局，1934.

[72] 张文治，喻守真，张慎伯. 初中国文读本参考书 [M]. 上海：中华书局，1934.

[73] 谢美云. 语体文选及其作法 [M]. 上海：乐华图书公司，1934.

[74] 赵景深. 初中混合国语 [M]. 上海：青光书局，1934.

[75] 叶圣陶，夏丏尊，宋云彬，等. 开明国文讲义 [M]. 上海：开明函授学校，1934.

[76] 崇慈女子中学校. 初级中学教科书·国文 [M]. 北平：崇慈女子中学校，1934.

[77] 叶楚伧. 初级中学国文 [M]. 南京：正中书局，1934.

[78] 叶楚伧. 初级中学教科书·国文 [M]. 南京：正中书局，1934—1935.

[79] 叶楚伧. 国文（师范用）[M]. 南京：正中书局，1935.

[80] 叶楚伧. 简易师范学校及简易乡村师范学校国文 [M]. 南京：正中书局，1935—1936.

[81] 何炳松，孙俍工. 师范学校教科书甲种国文 [M]. 上海：商务印书馆，1935.

[82] 颜友松. 新课程标准初中国文教科书 [M]. 上海：大华书局，1935.

[83] 顾名. 基本国文 [M]. 上海：教育编译馆，1935.

[84] 潘尊行. 初中精读国文范程 [M]. 上海：国立编译馆，1935.

[85] 国立北京师范大学附属中学. 国文读本 [M]. 北平：北平文化学社，1935.

[86] 南开中学. 南开中学初一国文教本（上册）[M]. 天津：南开中学，1935.

[87] 南开中学. 南开中学初二国文教本（上册）[M]. 天津：南开中学，1935.

[88] 广东全省第四次教育大会. 高中精读国文课本 [M]. 上海：民智书局，1935.

[89] 王梅痕. 注释现代小说选 [M]. 上海：中华书局，1935.

[90] 卢冠六. 国语模范读本 [M]. 上海：三民图书公司，1935.

[91] 志成中学国文学科编辑委员会. 国文读本（高级中学用）[M]. 北平：震东印书馆，1935—1936.

[92] 夏丏尊，叶圣陶. 国文百八课 [M]. 上海：开明书店，1935—1936.

[93] 宋文翰. 国文读本（新课程标准师范乡村师范学校适用）[M]. 上海：中华书局，1935—1936.

[94] 朱文叔，宋文翰. 初中国文读本（增注本）[M]. 上海：中华书局，1935—1936.

[95] 卢冠六. 国语精读文选 [M]. 上海：三民图书公司，1936.

[96] 陈介白. 初中国文教本 [M]. 北京：贝满女子中学，1936.

[97] 朱剑芒. 初中新国文 [M]. 上海：世界书局，1936.

[98] 吴拯寰. 中学适用标准文选 [M]. 上海：三民图书公司，1936.

[99] 冯三昧. 小品文三讲 [M]. 南京：大光书局，1936.

[100] 宋文翰. 新编初中国文 [M]. 上海：中华书局，1937.

[101] 宋文翰，张文治. 新编高中国文 [M]. 上海：中华书局，1937.

[102] 郑育青,汤际亨. 修正标准新式初中国文[M]. 出版地点不详,1937.

[103] 夏丏尊,叶绍钧. 初中国文教本[M]. 上海:开明书店,1937.

[104] 大东书局编辑所. 分组编制自修国文讲座[M]. 上海:大东书局,1937.

[105] 徐遽轩. 女子国文读本[M]. 上海:大华书局,1937.

[106] 杨荫深. 职业学校教科书·初级国文[M]. 长沙:商务印书馆,1938.

[107] 蒋伯潜. 蒋氏初中新国文[M]. 上海:世界书局,1938.

[108] 孙俍工. 抗战时期中学国文选[M]. 成都:自印,1938.

[109] 中等教育研究会. 初中国文[M]. 天津:华北书局,1938.

[110] 教育总署编审会. 初中国文[M]. 北京:新民印书馆,1938.

[111] 教育总署编审会. 高中国文[M]. 北京:新民印书馆,1939.

[112] 王季思,赵建新,等. 初中国文讲义[M]. 南平:国民出版社,1940.

[113] 国立编译馆. 初级中学国文甲编[M]. 重庆:正中书局,1941.

[114] 初中国语读本[M]. 山东省第十四行政督察区中等学校教材编审委员会翻印,1942.

[115] 卢冠六. 初级国文精读文选[M]. 上海:春江书局,1942.

[116] 叶圣陶,郭绍虞,周予同,等. 开明新编国文读本(甲种)[M]. 上海:开明书店,1943,1946,1947.

[117] 谭正璧. 国文入门[M]. 上海:世界书局,1944.

[118] 谭正璧. 国文进修[M]. 上海:世界书局,1944.

[119] 范文澜等. 中级国文选[M]. 新华书店,1944.

[120] 陕甘宁边区教育厅. 中等国文[M]. 新华书店,1946.

[121] 中学活叶国文选[M]. 东北书店,1946.

[122] 胶东中学教材编委会. 初中国语[M]. 烟台:胶东新华书店,1946.

[123] 合江省政府教育厅编审委员会. 高中文选[M]. 佳木斯:东北书店,1946.

[124] 合江省政府教育厅编审委员会. 初中文选(第2辑)[M]. 佳木斯:东北书店,1946.

[125] 瞿世镇,卢冠六. 中学国文读本[M]. 上海:三民图书公司,1946.

[126] 朱廷珪，朱翔，等. 初中国文选读 [M]. 上海：土山湾印书馆，1946.

[127] 东北政委会编审委员会. 国文（初级中学用）[M]. 新华书店东北总分店，1947.

[128] 汪懋祖. 初中适用国文精选 [M]. 上海：正中书局，1948.

[129] 朱自清，吕叔湘，叶圣陶，等. 开明新编高级国文读本 [M]. 上海：开明书店，1948.

[130] 关东公署教育厅. 中学国文选 [M]. 大连：大众书店，1948.

[131] 于敏，李光家，陈光祖，等. 国语文选（中学课本及青年自学读物）[M]. 华东新华书店，1948.

[132] 于敏，李光家，陈光祖，等. 国语文选（初级中学适用）[M]. 合肥：皖北新华书店，1949.

[133] 王食三，韩书田，李光增，等. 中等国文 [M]. 晋察冀：新华书店，1948.

[134] 王食三，韩书田，李光增，等. 初中国文 [M]. 北平：新华书店，1949.

[135] 东北行政委员会教育部. 初中临时教材·国文 [M]. 沈阳：东北新华书店，1949.

[136] 东北行政委员会教育部. 高中临时教材·国文 [M]. 沈阳：东北书店，1949.

[137] 东北行政委员会教育部. 高中临时教材·国文（专科学校适用）[M]. 沈阳：东北书店，1949.

[138] 万曼，刘永之. 高级中学试用课本·语文 [M]. 开封：开封新华书店，1949.

[139] 万曼，杜子劲，刘永之，等. 高级中学适用课本·国语 [M]. 北京：新华书店，1949.

[140] 韩启晨. 高中活页文选 [M]. 西安：西北新华书店，1949.

[141] 周静，张山，王朴. 高中国文 [M]. 北京：新华书店，1949.

[142] 华北人民政府教育部教科书编审委员会. 高级中学适用临时课本·高中国文 [M]. 北京：华北联合出版社，1949.

[143] 上海联合出版社临时课本编辑委员会. 初级中学适用临时课本·初中国文 [M]. 上海：上海联合出版社，1949.

[144] 临时课本编辑委员会. 初中国文 [M]. 上海：上海联合出版社，1949.

[145] 王任叔, 宋云彬, 等. 新编初中精读文选（语体文）[M]. 上海: 文化供应社, 1949.

[146] 新时代编译社. 新国语文选（初级中学适用）[M]. 上海: 世界书局, 1949.

3. 国文刊物、校园刊物、学生创作

[1] 商务印书馆. 学生杂志[J]. 上海: 商务印书馆, 1914—1931, 1946—1947.

[2] 大东书局. 学生文艺丛刊[J]. 上海: 大东书局, 1923—1937.

[3] 吉林省立第三中学校自治会月刊部. 三中月刊[J]. 双城: 吉林省立第三中学校, 1923—1926.

[4] 浙江省立第一中学校高中部. 高钟月刊[J]. 杭州: 浙江省立第一中学校, 1924.

[5] 苏州私立晏成两级中学校. 晏成校刊[J]. 苏州: 晏成两级中学校, 1925—1927.

[6] 吉林省立第三中学校自治会. 三中季刊[J]. 双城: 吉林省立第三中学校, 1926—1928.

[7] 江苏省立南通中学. 通中月刊[J]. 南通: 南通中学, 1929.

[8] 九江四中甘棠文艺社. 甘棠[J]. 九江: 九江四中, 1929—1930.

[9] 杭州私立蕙兰中学校学生会. 蕙兰校刊[J]. 杭州: 蕙兰中学校, 1929.

[10] 广东省立第四中学校. 四中周刊[J]. 潮安: 广东省立第四中学校, 1930—1931.

[11] 北平市立第一中学校出版委员会. 北平一中[J]. 北平: 北平市立第一中学校, 1930.

[12] 河北省立第一中学校出版委员会. 一中文艺[J]. 天津: 河北省立第一中学校, 1930.

[13] 河北省立第四中学校校刊社. 河北省立第四中学校校刊（唐山号）[J]. 唐山: 河北省立第四中学校, 1930.

[14] 山东省立第一中学一中旬刊社. 山东一中旬刊[J]. 济南: 山东省立第一中学校, 1930—1931.

[15] 开明书店. 中学生[J]. 1930—1949.

[16] 中学生杂志社. 1930年中学生文艺[M]. 上海: 开明书店, 1930.

[17] 中学生杂志社. 1931年中学生文艺[M]. 上海: 开明书店, 1931.

[18] 中学生杂志社. 1932年中学生文艺 [M]. 上海：开明书店，1933.

[19] 中学生杂志社. 1933年中学生文艺 [M]. 上海：开明书店，1933.

[20] 中学生杂志社. 1934年中学生文艺 [M]. 上海：开明书店，1934.

[21] 中学生杂志社. 中学生文艺季刊 [J]. 上海：开明书店，1935—1937.

[22] 湖南明德中学校校长办公室. 湖南私立明德中学校一览 [M]. 长沙：明德中学校，1930年.

[23] 广东省立二中学生自治会. 省立二中学生 [J]. 广州：广东省立第二中学，1931.

[24] 广东省立第二中学校思社. 思絮 [J]. 广州：广东省立第二中学，1931.

[25] 私立北平大同中学校学生会. 大同半月刊 [J]. 北平：大同中学校，1931—1934.

[26] 私立北平大同中学校抗日救国会宣传科. 反日专刊 [J]. 北平：大同中学校，1931.

[27] 山东省立第三中学学生自治会编辑委员会. 三中 [J]. 泰安：山东省立第三中学校，1931.

[28] 许寿民. 云倩（中学生创作丛书第一册）[M]. 上海：中学生书局，1931.

[29] 许寿民. 密约（中学生创作丛书第十九册）[M]. 上海：中学生书局，1932.

[30] 北平市立第四中学学生自治会学术部. 四中 [J]. 北平：市立第四中学校，1932.

[31] 广州真光中学学生自治会. 真光 [J]. 广州：真光中学，1932.

[32] 广东省立第一中学校二十年度初一甲班. 一年生活（广东省立一中二十年度初一甲班刊）[J]. 广州：广东省立一中，1932.

[33] 河北省立第一中学校学生自治会. 铃铛 [J]. 天津：河北省立第一中学校，1932—1937.

[34] 安徽省立第四中学校. 安徽省立第四中学校校刊 [J]. 宣城：安徽省立第四中学校，1932.

[35] 贵州省立第一中学校学生自治会校刊社. 一中校刊 [J]. 贵阳：贵州省立第一中学校，1932.

[36] 江苏省立南通中学. 江苏省立南通中学校刊 [J]. 南通：南通中学，1932—1934.

[37] 山东省立第八中学出版部. 山东省立第八中学校刊 [J]. 烟台: 山东省立第八中学, 1933.

[38] 河北省立第二（沧县）中学校学生自治会出版股. 心声月刊 [J]. 沧县: 河北省立沧县中学校, 1933—1934.

[39] 江西省立第一中学校刊委员会. 一中校刊 [J]. 南昌: 江西省立第一中学校, 1933—1937.

[40] 浙江省立第十一中学校. 浙江省立第十一中学月刊 [J]. 丽水: 浙江省立第十一中学校, 1932—1933.

[41] 浙江省立第四中学学生自治会出版股. 四中学生 [J]. 宁波: 浙江省立第四中学, 1933.

[42] 浙江省立杭州高级中学校. 浙江省立杭州高级中学校刊 [J]. 1933—1937.

[43] 汕头市立第一中学校校刊编辑处. 一中周刊 [J]. 汕头: 汕头市立第一中学校, 1933—1934.

[44] 广州市一中学生自治会. 市一中学生丛刊 [J]. 广州: 广州市一中, 1933.

[45] 北平市市立二中学生自治会. 二中学生 [J]. 北平: 市立第二中学校, 1934.

[46] 北平市市立第三中学学生刊物委员会. 三中学生 [J]. 北平: 市立第三中学校, 1934.

[47] 正定中学校校刊编辑委员会. 河北省省立正定中学校一览 [M]. 正定: 正定中学校, 1934.

[48] 陈访先. 中学生国文成绩 [M]. 作者自印, 1934.

[49] 北平育英中学学生自治会半月刊委员会. 育英半月刊 [J]. 北平: 育英中学, 1934—1935.

[50] 北平大同中学校学生自治会学术股. 大同月刊 [J]. 北平: 大同中学校, 1935.

[51] 北平大同中学学生自治会. 大同周刊 [J]. 北平: 大同中学校, 1936.

[52] 湖北省立实验学校研究部. 中学生文艺习作集 [M]. 武汉: 湖北省立实验学校, 1936.

[53] 杭州私立蕙兰中学校刊社. 蕙兰 [J]. 杭州: 蕙兰中学校, 1937.

[54] 广东省立广雅中学学生自治会. 广雅的一日 [M]. 广州: 广雅中学, 1937.

[55] 广州市立第一中学学生自治会学术部编辑委员会. 市一中学生丛刊 [J]. 广州：广州市第一中学，1937.

[56] 青海省立西宁第一中学校校刊编辑室. 青海一中校刊 [J]. 西宁：青海省立第一中学校，1937.

[57] 湖南广益中学校刊编辑会员会. 广益校刊 [J]. 长沙：广益中学，1938.

[58] 战时中学生月刊社. 战时中学生 [J]. 丽水：杭州正中书局，1939—1940.

[59] 北京育英中学校育英年刊编辑部. 育英年刊（1939年）[J]. 北京：育英中学，1940.

[60] 国文月刊社. 国文月刊 [J]. 1940—1949.

[61] 北京明德中学校. 民国三十年北京明德中学校刊 [J]. 北京：明德学校，1941.

[62] 陈福熙. 战时中学生创作选 [M]. 杭州：增智书局，1941.

[63] 广西郁林中学学生自治会. 郁中霹雳（郁中校刊）[J]. 郁林：郁林中学校，1943.

[64] 国立第二十一中学校刊编辑委员会. 国立二十一中学校刊 [J]. 太和：国立第二十一中学校，1944.

[65] 广东省立广雅中学学生自治会. 广雅学生 [J]. 广州：广雅中学，1947—1948.

4．编著、论著

[1] 张震南，等. 中学国文述教 [M]. 上海：商务印书馆，1925.

[2] 廖世承. 东大附中道尔顿制实验报告 [M]. 上海：商务印书馆，1925.

[3] 教育杂志社. 国文科试行道尔顿制的说明 [M]. 上海：商务印书馆，1925.

[4] 周铭三，冯顺伯. 中学国语教学法 [M]. 上海：商务印书馆，1926.

[5] 光华大学教育系，国文系. 中学国文教学论丛 [C]. 上海：商务印书馆，1927.

[6] 阮真. 中学国文校外阅读研究 [M]. 上海：民智书局，1929.

[7] 中学生读书会. 中学读书指导 [M]. 上海：开华书局，1930.

[8] 中学生杂志社. 民国十九年各大学入学试题 [G]. 上海：开明书店，1931.

[9] 山东省政府教育厅. 山东省县私立中等学校国文教学概况 [G]. 济南：山东省政府教育厅, 1931.

[10] 山东省政府教育厅. 山东省地方教育讨论会会议记录 [G]. 济南：山东省政府教育厅, 1932.

[11] 张官廉. 中国中学生心理态度之研究 [M]. 北平：燕京大学, 1932.

[12] 黄人影. 文坛印象记 [M]. 上海：乐华图书公司, 1932.

[13] 国联教育考察团. 中国教育之改进 [M]. 国立编译馆译, 南京：国立编译馆, 1932.

[14] 权伯华. 初中国文实验教学法 [M]. 上海：中华书局, 1932.

[15] 艺文中学校. 北平艺文中学校道尔顿制实施概况 [M]. 北平：艺文中学校, 1933.

[16] 黎锦熙, 王恩华. 中等学校国文选本书目提要 [M]. 北平：国立北平师范大学文学院, 1937.

[17] 叶圣陶. 文章例话 [M]. 上海：开明书店, 1937.

[18] 钟鲁斋. 中学各科教学法 [M]. 上海：商务印书馆, 1938.

[19] 俞焕斗. 作文文法指导合编 [M]. 上海：商务印书馆, 1940.

[20] 蒋伯潜. 中学国文教学法 [M]. 上海：中华书局, 1941.

[21] 吴天石. 漫谈国文教学 [M]. 北京：中华书局, 1954.

[22] 舒新城. 中国近代教育史资料 [G]. 北京：人民教育出版社, 1961.

[23] 中央教育科学研究所. 叶圣陶语文教育论集 [G]. 北京：教育科学出版社, 1980.

[24] 叶圣陶. 文章例话 [M]. 北京：三联书店, 1983.

[25] 刘国正. 我和语文教学 [M]. 北京：人民教育出版社, 1984.

[26] 夏家善, 崔国良, 李丽中. 南开话剧运动史料（1909—1922）[G]. 天津：南开大学出版社, 1984.

[27] 王兴平, 刘思久, 陆文璧. 中国当代文学研究资料·曹禺专集 [G]. 福州：海峡文艺出版社, 1985.

[28] 杜运燮, 周与良. 一个民族已经起来——怀念诗人翻译家穆旦 [C]. 南京：江苏人民出版社, 1987.

[29] 高平叔. 蔡元培教育论集 [G]. 长沙：湖南教育出版社, 1987.

[30] 朱乔森. 朱自清全集 [M]. 南京：江苏教育出版社, 1988, 1993.

[31] 黎锦熙. 国语运动史纲 [M]. 上海：上海书店, 1990.

[32] 叶至善, 叶至美, 叶至诚. 叶圣陶集（第九卷）[G]. 南京：江苏教育出版社, 1990.

[33] 高平叔. 蔡元培教育论著选[M]. 北京：人民教育出版社, 1991.

[34] 顾黄初, 李杏保. 二十世纪前期中国语文教育论集[G]. 成都：四川教育出版社, 1991.

[35] 崔国良, 夏家善, 李丽中. 南开话剧运动史料（1923—1949）[G]. 天津：南开大学出版社, 1993.

[36] 刘国正. 叶圣陶教育文集[G]. 北京：人民教育出版社, 1994.

[37] 白吉庵, 刘燕云. 胡适教育论著选[G]. 北京：人民教育出版社, 1994.

[38] 中国第二历史档案馆. 中华民国史档案资料汇编·第五辑·第一编·政治（二）[G]. 南京：江苏古籍出版社, 1994.

[39] 曲士培. 蒋梦麟教育论著选[G]. 北京：人民教育出版社, 1995.

[40] 北京图书馆, 人民教育出版社图书馆. 民国时期总书目（1911—1949）·中小学教材[G]. 北京：书目文献出版社, 1995.

[41] 王建军. 中国近代教科书发展研究[M]. 广州：广东教育出版社, 1996.

[42] 黎泽渝, 马啸风, 李乐毅. 黎锦熙语文教育论著选[G]. 北京：人民教育出版社, 1996.

[43] 朱绍禹. 中学语文教材概观[M]. 北京：人民文学出版社, 1997.

[44] 中国第二历史档案馆编. 中华民国史档案资料汇编·第五辑·第二编·教育（一）[G]. 南京：江苏古籍出版社, 1997.

[45] 周谷平, 赵卫平. 孟宪承教育论著选[G]. 北京：人民教育出版社, 1997.

[46] 崔国良. 张伯苓教育论著选[G]. 北京：人民教育出版社, 1997.

[47] 梁吉生. 南开逸事[G]. 沈阳：辽海出版社, 1998.

[48] 高增德, 丁东. 世纪学人自述（第四卷）[G]. 北京：十月文艺出版社, 2000.

[49] 于漪. 于漪文集（第6卷）[M]. 济南：山东教育出版社, 2001.

[50] 顾黄初. 中国现代语文教育百年事典[M]. 上海：上海教育出版社, 2001.

[51] 课程教材研究所. 20世纪中国中小学课程标准·教学大纲汇编·语文卷[G]. 北京：人民教育出版社, 2001.

[52] 迈克尔·W. 阿普尔. 意识形态与课程[M]. 黄忠敬, 译. 上海：

华东师范大学出版社，2001.

[53] 王伦信. 清末民国时期中学教育研究 [M]. 上海：华东师范大学出版社，2002.

[54] 王丽. 我们怎样学语文 [G]. 北京：作家出版社，2002.

[55] 崔国良，崔红. 张彭春论教育与戏剧艺术 [G]. 天津：南开大学出版社，2003.

[56] 李杏保，顾黄初. 中国现代语文教育史 [M]. 成都：四川教育出版社，2004.

[57] 黄开发. 文学之用——从启蒙到革命 [M]. 北京：十月文艺出版社，2004.

[58] 邓九平. 文化名人：忆学生时代 [G]. 北京：同心出版社，2004.

[59] 吕达，刘立德. 舒新城教育论著选 [G]. 北京：人民教育出版社，2004.

[60] 李文海. 民国时期社会调查丛编·文教事业卷 [C]. 福州：福建教育出版社，2004.

[61] 罗岗. 危机时刻的文化想像——文学·文学史·文学教育 [M]. 南昌：江西教育出版社，2005.

[62] M. 阿普尔，克丽斯蒂安·史密斯. 教科书政治学 [M]. 侯定凯译，上海：华东师范大学出版社，2005.

[63] 迈克尔·W. 阿普尔. 文化政治与教育 [M]. 阎光才等，译，北京：教育科学出版社，2005.

[64] 李宗刚. 新式教育与五四文学的发生 [M]. 济南：齐鲁书社，2006.

[65] 陈平原. 教育、知识生产与文学传播 [M]. 合肥：安徽教育出版社，2007.

[66] 赵志伟. 旧文重读——大家谈语文教育 [G]. 上海：华东师范大学出版社，2007.

[67] 张君劢，等. 科学与人生观 [C]. 合肥：黄山书社，2008.

[68] 黄耀红. 百年中小学文学教育史论 [M]. 长沙：湖南师范大学出版社，2008.

[69] 张伯苓教育思想研究会. 中国话剧先行者张伯苓张彭春 [C]. 北京：人民出版社，2009.

[70] 曹聚仁. 文坛五十年 [M]. 北京：生活·读书·新知三联书店，2011.

[71] 陈平原. 现代中国的文学、教育与都市想像 [M]. 北京：北京师范大学出版社，2011.

[72] 王彬彬. 中国现代大学与中国现代文学 [M]. 上海：上海人民出版社，2011.

[73] 季剑青. 北平的大学教育与文学生产 [M]. 北京：北京大学出版社，2011.

[74] 藤井省三. 鲁迅〈故乡〉阅读史——现代中国的文学空间 [M]. 董炳月，译. 南京：南京大学出版社，2013.

[75] 陈漱渝. 教材中的鲁迅 [M]. 福州：福建教育出版社，2013.

[76] 刘兴育，雷文彬，孙晓明. 李广田论教育 [C]. 昆明：云南人民出版社，2013.

[77] 李文海. 民国时期社会调查丛编（二编）·文教事业卷 [G]. 福州：福建教育出版社，2014.

5. 学位论文

[1] 李亚. 陕甘宁边区语文教育研究 [D]. 兰州：西北师范大学，2002.

[2] 王林. 论现代文学与晚清民国语文教育的互动关系 [D]. 北京：北京师范大学，2004.

[3] 沈晴. 民国时期著名中学的办学实践 [D]. 上海：华东师范大学，2004.

[4] 张伟忠. 现代中国文学话语变迁与中学语文教育 [D]. 济南：山东师范大学，2005.

[5] 蔡可. 现代中学语文课程与文学教育的演变 [D]. 北京：北京大学，2005.

[6] 刘浪. 新国文·新文学·新国民——以民国时期叶圣陶国文教育思想为例 [D]. 上海：华东师范大学，2006.

[7] 林喜杰. 群体性解读与想象——新诗教育研究 [D]. 北京：首都师范大学，2007.

[8] 黄耀红. 演变与反思：百年中小学文学教育研究 [D]. 长沙：湖南师范大学，2008.

[9] 刘光成. 百年中学作文命题研究 [D]. 长沙：湖南师范大学，2010.

[10] 肖志. 1930年代雅礼中学国文教学的历史钩沉与现实启示 [D]. 长沙：湖南师范大学，2010.

[11] 李斌. 民国时期中学国文教科书研究 [D]. 北京：北京大

学，2011．

［12］刘绪才．1920—1937：中学国文教育中的新文学［D］．天津：南开大学，2013．

6．期刊论文

［1］徐宗琏．作家的摇篮——中国现代史上的中学生文学社团［J］．语文学习，1993（4—6）．

［2］藤井省三．鲁迅《故乡》的阅读史与中华民国公共圈的成熟［J］．中国现代文学研究丛刊，2000（1）．

［3］钱理群．五四新文化运动与中小学国文教育改革［J］．中国现代文学研究丛刊，2003（3）．

［4］姚丹．二十世纪二三十年代中小学新文学教育——以教材为考察对象［J］．鲁迅研究月刊，2008（4）．

［5］武明春．论早期新诗在中学的传播［J］．山西师大学报（社会科学版），2009（3）．

［6］蔡可．"五四"之后中学文学教育的形态发展［J］．教育理论与实践，2011（1）．

［7］马俊江．革命文学在中学校园的兴起与展开——北方左联与1930年代中学生文艺的历史考察［J］．中国现代文学研究丛刊，2012（1）．

［8］马俊江．中学生与现代中国的文学运动［J］．文学评论，2013（4）．

后　记

　　这本书的写作起意于 2012 年秋季。彼时我进入四川大学中国语言文学博士后流动站，准备开题。最先提交的一个研究计划是"民国时期的新文学选本研究"。但在开题报告会上专家们认为这个选题有些大，因为所涉及的研究对象太过庞杂，在短短的两三年时间里很难完成。我虚心接受了这个意见，想方设法以缩小课题。在重新构思选题的过程中，我的注意力集中到了民国时期的中学国文课本，意识到了这是民国时期多如牛毛的各色新文学选本中最具影响力也从而最具研究价值的一类。于是我初步定下这个研究对象，并围绕它去广泛搜集资料。

　　随着资料搜集和阅读的进展，我发现关于民国国文课本的研究已有不少，好几篇博士论文以及更多的硕士论文都研究或涉及了国文课本与新文学的关系问题。虽然从研究的全面性和细致深入性的角度看，对民国时期国文课本与新文学关系的研究都还有深化与开拓的空间，但我不想简单地重复同类选题，于是几经思考后把选题调整为研究民国时期中学生接受新文学的情况。我的初衷是不仅谈国文课本问题，还要全面考察民国中学生的课外阅读、校园活动、文艺写作等情况，从中探测他们接受新文学和受其影响的情况。

　　确定了选题之后我便按部就班地展开研究，并在 2013 年上半年以相关题目"新文学与现代国民素质培育——以民国中学教育为中心的考察"申请并获得了中国博士后科学基金的资助。随后我便一边研究资料一边分析、思考，初步形成了全书的框架。到了 2014 年底形成了约 20 万字的论文初稿。但我觉得占有的原始资料还很不够，比如民国时期中学生办的大量校园刊物和其上的作品我根本没有时间全部涉猎。这些方面的困难让我越来越不自信，于是就暂时放下了，又转头以《民国社会场域中的新文学选本活动》为题完成博士后工作。之后几年间，我继续搜集和阅读民国中学校园刊物等方面的资料，断断续续地改写和增补，最后就形成了现在的这个样子。

这本书的最终完成并出版首先要感谢李怡教授，是他主持的这个"民国文学史论"第二辑的出版计划的纳入和催促，才鼓起我持续补充、修改和最终完成书稿的勇气。当然，也要感谢四川大学赐予我的博士后工作机会，没有这个因缘大概也不会有这本书。

另外，感谢中国博士后科学基金会对我的博士后研究课题的慷慨资助；感谢郭沫若纪念馆的李斌、《中国图书评论》的洪滔等同行、好友所提供的资料帮助与思想交流；感谢花城出版社的张瑛副编审为此学术出版项目所付出的努力和辛劳。

补记：本书于2016年末大致定稿，次年2月我到日本九州大学做访问学者，有缘接触到一些日本的研究资料，并据此对书稿进行了少许补充。在此对九州大学提供的方便也一并表示感谢。此外，出于资料性的考虑，本书特意附录了我指导的硕士生向林林的硕士论文，在此也向她表示感谢。

罗执廷
2018年6月20日于暨南大学